# NEVILLE GODDARD ESPAÑOL COLECCIÓN

## NEVILLE GODDARD

NOAH PRESS

# ÍNDICE

## IMAGINACIÓN DESPIERTA Y BÚSQUEDA

## SENTIR ES EL SECRETO

## LIBERTAD PARA TODOS

## ROMPE LA CÁSCARA

## CONOZCO A MI PADRE

## FUERA DE ESTE MUNDO

## LA ORACIÓN - EL ARTE DE CREER

## RESURRECCIÓN - UNA CONFESIÓN DE FE

## TIEMPO DE SIEMBRA Y COSECHA

## LA LEY Y LA PROMESA

## EL PODER DE LA CONCIENCIA

## TU FE ES TU FORTUNA

# HISTORIA Y MOTIVACIONES

Neville Lancelot Goddard (del 19 de febrero de 1905 al 1 de octubre de 1972), más conocido simplemente como Neville Goddard, fue un autor y místico del Nuevo Pensamiento nacido en Saint Michael, Barbados.

¿QUÉ ES EL NUEVO PENSAMIENTO? Es un movimiento espiritual que comenzó en Estados Unidos a principios del siglo XIX. Los pensadores del Nuevo Pensamiento solían escribir sobre la relación entre la conciencia, el pensamiento y las creencias en la mente humana. Así como los efectos de éstas dentro y más allá de la mente humana.

GODDARD, uno de los pioneros de la ley de la atracción, emigró a Nueva York en 1922, donde empezó a estudiar con un rabino que le introdujo en la Cábala.

GODDARD CONSIDERABA la Biblia como un relato de la psique humana, en contraposición a un registro limpio de acontecimientos históricos. Creía que, para captar realmente su esencia, había que interpretarla como un manual para la iluminación y el poder personal.

EL PENSAMIENTO DE GODDARD, por tanto, se compara a menudo con el solipsismo, el no dualismo y el Vedanta Advaita.

NEVILLE TAMBIÉN CREÍA que la muerte es una ilusión y que, una vez "muertas", las personas serían "restauradas" en la misma vida que volvieron a vivir.

LA FILOSOFÍA DE GODDARD está profundamente arraigada en las enseñanzas espirituales, y creía que este poder era accesible a todos. Animaba a sus lectores a mirar hacia dentro, a aprovechar su propio poder interior y a utilizarlo para crear cambios positivos en sus vidas.

LAS ENSEÑANZAS DE GODDARD se centraban en la importancia de la fe, haciendo hincapié en que todos podemos alcanzar nuestros objetivos si tenemos fe en nosotros mismos y en el universo.

TAMBIÉN CREÍA que nuestros pensamientos son fuerzas poderosas que pueden dar forma a nuestra vida y manifestar nuestros deseos. Goddard enseñó que nuestros pensamientos, emociones y creencias son las claves para desbloquear nuestro poder y alcanzar nuestros sueños.

AL COMPRENDER cómo creamos nuestra realidad mediante el pensamiento consciente y la intención, podemos empezar a tomar el control de nuestras vidas e iniciar el camino hacia la verdadera plenitud.

# A TUS ÓRDENES

# INTRODUCCIÓN

ESTE libro contiene la esencia misma del Principio de Expresión. Si hubiera querido, podría haberlo ampliado hasta convertirlo en un libro de varios cientos de páginas, pero tal ampliación habría frustrado el propósito de este libro.

Las órdenes, para ser eficaces, deben ser breves y directas. La mayor orden jamás registrada se encuentra en unas sencillas palabras: "Y dijo Dios: 'Hágase la luz'".

De acuerdo con este principio, ahora te ofrezco a ti, lector, en estas pocas páginas, la verdad tal como me fue revelada.

- Neville

# CAPÍTULO 1

¿Puede el hombre decretar una cosa y que se cumpla? ¡Por supuesto que sí! El hombre siempre ha decretado lo que ha aparecido en su mundo y hoy está decretando lo que está apareciendo en su mundo y seguirá haciéndolo mientras el hombre tenga conciencia de ser hombre. Nunca ha aparecido en el mundo del hombre nada que no haya sido decretado por el hombre. Esto puedes negarlo, pero por mucho que lo intentes no puedes refutarlo, porque este decreto se basa en un principio inmutable.

No ordenas a las cosas que aparezcan mediante tus palabras o afirmaciones en voz alta. Esas vanas repeticiones son, la mayoría de las veces, la confirmación de lo contrario. Decretar siempre se hace en conciencia. Es decir, todo hombre es consciente de ser lo que ha decretado ser. El hombre mudo, sin usar palabras, es consciente de ser mudo. Por tanto, se decreta a sí mismo como mudo.

Cuando leas la Biblia bajo este prisma, descubrirás que es el mayor libro científico jamás escrito. En lugar de considerar la Biblia como el registro histórico de una civilización antigua o la biografía de la insólita vida de Jesús, considérala como un gran drama psicológico que tiene lugar en la conciencia del hombre.

Reclámalo como tuyo y de repente transformarás tu mundo de los áridos desiertos de Egipto a la tierra prometida de Canaán.

Todo el mundo estará de acuerdo con la afirmación de que todas las cosas fueron hechas por Dios, y sin él no hay nada de lo que está hecho, pero en lo que el hombre no está de acuerdo es en la identidad de Dios. Todas las iglesias y sacerdocios del mundo discrepan en cuanto a la identidad y verdadera naturaleza de Dios. La Biblia demuestra más allá de toda sombra de duda que Moisés y los profetas estaban de acuerdo al cien por cien en cuanto a la identidad y naturaleza de Dios. Y la vida y las enseñanzas de Jesús concuerdan con las conclusiones de los profetas de la antigüedad.

Moisés descubrió que Dios era la conciencia de ser del hombre, cuando declaró estas palabras poco comprendidas: "YO SOY me ha enviado a vosotros". David cantó en sus salmos: "Estad quietos y conoced que YO SOY Dios". Isaías declaró: "YO SOY el Señor y no hay otro. No hay Dios fuera de mí. Yo te ceñí, aunque no me conociste. Yo formo la luz y creo las tinieblas; yo hago la paz y creo el mal. Yo, el Señor, hago todas estas cosas".

La conciencia de ser como Dios se afirma cientos de veces en el Nuevo Testamento. Por nombrar sólo algunas: "YO SOY el pastor, YO SOY la puerta; YO SOY la resurrección y la vida; YO SOY el camino; YO SOY el Alfa y la Omega; YO SOY el principio y el fin"; y de nuevo: "¿Quién decís que SOY?".

No se dice: "Yo, Jesús, soy la puerta. Yo, Jesús, soy el camino", ni se dice: "¿Quién decís que soy yo, Jesús?". Se afirma claramente: "YO SOY el camino". La conciencia de ser es la puerta a través de la cual las manifestaciones de la vida pasan al mundo de la forma.

La conciencia es el poder resucitador: resucita lo que el hombre es consciente de ser. El hombre siempre está exteriorizando aquello de lo que es consciente de ser. Ésta es la verdad que hace libre al hombre, pues el hombre siempre está autoencarcelado o autoliberado.

Si tú, lector, renuncias a todas tus antiguas creencias en un Dios aparte de ti mismo, y afirmas que Dios es tu conciencia de ser -como hicieron Jesús y los profetas-, transformarás tu mundo con la comprensión de que "Yo y mi padre somos uno". Esta afirmación, "Yo y mi padre somos uno, pero mi padre es mayor que yo", parece muy confusa; pero si la interpretas a la luz de lo que acabamos de decir sobre la identidad de Dios, la encontrarás muy reveladora.

La conciencia, siendo Dios, es como 'padre'. Lo que eres consciente de ser es el "hijo" que da testimonio de su "padre". Es como el concebidor y sus concepciones. El concebidor es siempre más grande que sus concepciones, pero permanece siempre uno con su concepción. Por ejemplo, antes de ser consciente de ser hombre, primero eres consciente de ser. Después eres consciente de ser hombre. Sin embargo, sigues siendo el concebidor, más grande que tu concepción: el hombre.

Jesús descubrió esta gloriosa verdad y declaró ser uno con Dios, no un Dios que el hombre hubiera creado. Pues nunca reconoció a tal Dios. Dijo: "Si alguna vez viene alguien diciendo: 'Mirad aquí o mirad allá', no le creáis, porque el reino de Dios está dentro de vosotros". El Cielo está dentro de ti. Por eso, cuando se dice que "se fue a su padre", se te está diciendo que se elevó en conciencia hasta el punto en que sólo era consciente de ser, trascendiendo así las limitaciones de su concepción actual de sí mismo, llamada "Jesús".

En la conciencia de ser todas las cosas son posibles, dijo: "Decretarás una cosa y se cumplirá". Éste es su decretar: elevarse en conciencia a la naturalidad de ser la cosa deseada. Tal como lo expresó: "Y yo, si soy elevado, atraeré a todos hacia mí". Si me elevo en conciencia a la naturalidad de la cosa deseada, atraeré hacia mí la manifestación de ese deseo. Pues afirma: "Nadie viene a mí si el padre que está en mí no lo atrae, y yo y mi padre somos uno". Por lo tanto, la conciencia es el padre que atrae hacia ti las manifestaciones de la vida. En este mismo momento estás atrayendo a tu mundo lo que ahora eres consciente de ser. Ahora puedes ver lo que significa: "Tienes que nacer de nuevo". Si no estás satisfecho con tu expresión actual en la vida, la única manera de cambiarla es apartar tu atención de aquello que te parece tan real y elevarte en conciencia hacia aquello que deseas ser. No puedes servir a dos amos, por lo que retirar tu atención de un estado de conciencia y colocarla en otro es morir para uno y vivir para el otro. La pregunta "¿Quién decís que SOY?" no la dirige uno llamado "Jesús" a un hombre llamado "Pedro". Es la pregunta eterna dirigida a uno mismo por su verdadero ser. En otras palabras: "¿Quién dices que eres?". Pues tu convicción de ti mismo -tu opinión de ti mismo- determinará tu expresión en la vida.

Afirma: "Crees en Dios, cree también en mí". En otras palabras, es el yo que hay en ti el que es este Dios. Así pues, rezar es reconocerte a ti mismo como aquello que ahora deseas, en lugar de aceptar la forma de pedir a un Dios que no existe aquello que ahora deseas. Entonces, ¿no ves por qué millones de oraciones no obtienen respuesta? Los hombres rezan a un Dios que no existe. Por ejemplo: Ser consciente de ser pobre y rezar a un Dios pidiendo riquezas es ser recompensado con aquello de lo que eres consciente, que es la pobreza.

Para que las oraciones tengan éxito, deben ser reivindicativas y no suplicantes. Así pues, si quieres rezar pidiendo riquezas, abandona tu imagen de pobreza negando la evidencia misma de tus sentidos y asume la naturaleza de ser rico. Se nos dice: "Cuando ores entra en secreto y cierra la puerta. Y lo que tu padre vea en secreto, con eso te recompensará abiertamente".

Hemos identificado al "padre" como la conciencia del ser. También hemos identificado la "puerta" como la conciencia de ser. Así pues, "cerrar la puerta" es cerrar el paso a lo que ahora soy consciente de ser y afirmar que soy lo que deseo ser. En el momento en que mi afirmación se establece hasta el punto de la convicción, empiezo a atraer hacia mí las pruebas de mi afirmación.

No te preguntes cómo aparecerán estas cosas, pues nadie lo sabe. Es decir, ninguna manifestación sabe cómo aparecerán las cosas deseadas. La conciencia es el camino o la puerta a través de la cual aparecen las cosas. Él dijo: "YO SOY el camino" - no "yo", John Smith, soy el camino, sino "YO SOY", la conciencia de ser, es el camino a través del cual la cosa vendrá. Los signos siempre siguen. Nunca preceden. Las cosas no tienen realidad más que en la consciencia. Por tanto, consigue primero la consciencia y la cosa se verá obligada a aparecer.

Se te dice: "Buscad primero el Reino de los Cielos y todas las cosas os serán añadidas". Consigue primero la conciencia de las cosas que buscas y deja las cosas en paz. Esto es lo que significa "Decretaréis una cosa y se cumplirá".

Aplica este principio y sabrás lo que es "pruébame y verás". La historia de María es la historia de todo hombre. María no era una mujer que diera a luz de forma milagrosa a uno llamado "Jesús".

María es la conciencia del ser que permanece siempre virgen, por muchos deseos que dé a luz. Ahora mismo mírate a ti mismo como esta virgen María, siendo impregnado por ti mismo a través del deseo, haciéndote uno con tu deseo hasta el punto de encarnar o dar a luz a tu deseo.

Por ejemplo: Se dice de María (que ahora sabes que eres tú) que no conoció varón. Sin embargo, concibió. Es decir, tú, John Smith, no tienes ninguna razón para creer que lo que ahora deseas es posible, pero habiendo descubierto que tu conciencia de ser es Dios, haces de esta conciencia tu esposo y concibes un hijo varón (manifestación) del Señor. "Porque tu creador es tu esposo; el Señor de los ejércitos es su nombre; el Señor Dios de toda la tierra será llamado". Tu ideal o ambición es esta concepción: la primera orden para ella, que ahora es para ti, es: "Ve y no se lo digas a nadie". Es decir, no hables de tus ambiciones o deseos con otro, pues el otro sólo se hará eco de tus temores actuales.

El secreto es la primera ley que debes observar para realizar tu deseo. La segunda, como se nos dice en la historia de María, es "Magnificar al Señor". Hemos identificado al Señor como tu conciencia de ser. Por tanto, "Magnificar al Señor" es revalorizar o ampliar la concepción actual de uno mismo hasta el punto en que esta revalorización se convierta en algo natural. Cuando se alcanza esta naturalidad, das a luz convirtiéndote en aquello con lo que eres uno en conciencia.

# CAPÍTULO 2

E<small>L</small> <small>RELATO</small> de la creación se nos ofrece en forma resumida en el primer capítulo de Juan.

"En el principio era el Verbo". Ahora, en este mismo instante, es el "principio" del que se habla. Es el comienzo de un impulso, de un deseo. La "palabra" es el deseo que nada en tu conciencia, buscando encarnación. El deseo en sí no tiene realidad, pues "YO SOY" o la conciencia de ser es la única realidad. Las cosas sólo viven mientras YO SOY consciente de serlas; por eso, para realizar el propio deseo, hay que aplicar la segunda línea de este primer versículo de Juan. Es decir: "Y la palabra estaba con Dios".

La palabra, o el deseo, debe fijarse o unirse a la conciencia para darle realidad. La conciencia toma conciencia de ser la cosa deseada, clavándose así en la forma o concepción -y dando vida a su concepción- o resucitando lo que hasta entonces era un deseo muerto o incumplido. "Dos se pondrán de acuerdo sobre cualquier cosa y se establecerá en la tierra".

Este acuerdo nunca se establece entre dos personas. Es entre la conciencia y la cosa deseada.

Ahora eres consciente de ser, así que en realidad te estás diciendo a ti mismo, sin utilizar palabras: "YO SOY". Ahora bien, si lo que deseas alcanzar es un estado de salud, antes de tener ninguna evidencia de salud en tu mundo, empiezas a SENTIR que estás sano. Y en el mismo instante en que se alcanza el sentimiento "ESTOY sano", los dos se han puesto de acuerdo. Es decir, YO SOY y la salud han acordado ser uno, y este acuerdo da lugar siempre al nacimiento de un hijo que es lo acordado, en este caso, la salud. Y porque yo hice el acuerdo, expreso la cosa acordada.

Así puedes ver por qué Moisés declaró: "YO SOY me ha enviado". Pues ¿qué otro ser, aparte de YO SOY, podría enviarte a la expresión? Ninguno, pues "YO SOY el camino - Junto a mí no hay otro". Si tomas las alas de la mañana y vuelas a los confines del mundo, o si haces tu cama en el Infierno, seguirás teniendo conciencia de ser. Siempre eres enviado a la expresión por tu consciencia, y tu expresión es siempre aquello que eres consciente de ser.

De nuevo, Moisés declaró: "YO SOY EL QUE SOY". He aquí algo que debes tener siempre presente. No puedes poner vino nuevo en botellas viejas ni remiendos nuevos en vestidos viejos. Es decir, no puedes llevar contigo a la nueva conciencia ninguna parte del hombre viejo. Todas tus creencias, miedos y limitaciones actuales son pesos que te atan a tu nivel actual de conciencia. Si quieres trascender este nivel, debes dejar atrás todo lo que ahora es tu yo actual, o concepción de ti mismo. Para ello, retira tu atención de todo lo que ahora es tu problema o limitación y quédate simplemente en el ser. Es decir, te dices a ti mismo en silencio pero sintiendo: "YO SOY".

No condiciones todavía esta "conciencia". Declárate simplemente ser, y continúa haciéndolo hasta que te hayas perdido en la sensación de simplemente ser, sin rostro y sin forma. Cuando alcances esta expansión de conciencia, entonces, en esta profundidad sin forma de ti mismo, da forma a la nueva concepción SIENTENDO que eres AQUELLO que deseas ser. Verás que en esta profundidad de ti mismo todo es divinamente posible. Todo lo que puedas concebir en el mundo es para ti -dentro de esta conciencia actual sin forma- un logro de lo más natural.

La invitación que nos hacen las Escrituras es "ausentarse del cuerpo y estar presente con el Señor". Siendo el "cuerpo" tu antigua concepción de ti mismo y "el Señor" tu conciencia de ser. Esto es lo que se quiere decir cuando Jesús dijo a Nicodemo: "Tenéis que nacer de nuevo, porque si no nacéis de nuevo no podréis entrar en el Reino de los Cielos". Es decir, a menos que dejes atrás tu concepción actual de ti mismo y asumas la naturaleza del nuevo nacimiento, seguirás superando tus limitaciones actuales.

La única forma de cambiar tus expresiones de vida es cambiar tu conciencia. Pues la conciencia es la realidad que se solidifica eternamente en las cosas que te rodean. El mundo del hombre, en cada uno de sus detalles, es su conciencia exteriorizada. No puedes cambiar tu entorno o tu mundo destruyendo las cosas, como no puedes cambiar tu reflejo destruyendo el espejo. Tu entorno y todo lo que hay en él refleja lo que tú eres en conciencia. Mientras sigas siendo eso en conciencia, seguirás reflejándolo en tu mundo.

Sabiendo esto, empieza a revalorizarte. El hombre se ha valorado demasiado poco a sí mismo.

En el Libro de los Números leerás: "En aquel tiempo había gigantes en la tierra; y nosotros éramos a nuestros propios ojos como saltamontes. Y nosotros éramos a sus ojos como saltamontes". Esto no se refiere a un tiempo del oscuro pasado en el que el hombre tenía la estatura de los gigantes. Hoy es el día, el eterno ahora en que las condiciones que te rodean han alcanzado la apariencia de gigantes -como el desempleo, los ejércitos de tu enemigo, tus problemas y todas las cosas que parecen amenazarte; ésos son los gigantes que te hacen sentirte como un saltamontes. Pero, se te dice, primero fuiste a tu propia vista un saltamontes, y por ello, fuiste para los gigantes un saltamontes. En otras palabras, sólo puedes ser para los demás lo que primero eres para ti mismo.

Por tanto, revalorizarte y empezar a sentirte el gigante, un centro de poder, es empequeñecer a esos antiguos gigantes y hacer de ellos saltamontes. "Todos los habitantes de la tierra son como nada, y él hace según su voluntad en los ejércitos del Cielo y entre todos los habitantes de la tierra; y nadie puede detener su mano, ni decirle: "¿Qué haces?"". Este ser del que se habla no es el Dios ortodoxo sentado en el espacio, sino el único Dios: el padre eterno, tu conciencia del ser. Así que despierta al poder de que no eres como hombre, sino como tu verdadero ser: una conciencia sin rostro y sin forma; y libérate de tu prisión autoimpuesta.

"Yo soy el buen pastor y conozco a mis ovejas y soy conocido de las mías. Mis ovejas oyen mi voz y yo las conozco y me seguirán". La conciencia es el buen pastor. Lo que soy consciente de ser son las "ovejas" que me siguen. Tan buen "pastor" es tu conciencia que nunca ha perdido una de las "ovejas" que eres consciente de ser.


SOY una voz que llama en el desierto de la confusión humana a lo que soy consciente de ser, y nunca llegará un momento en que aquello de lo que estoy convencido que soy deje de encontrarme. "YO SOY" es una puerta abierta para que entre todo lo que soy. Tu conciencia de ser es señor y pastor de tu vida. Así pues, "El Señor es mi pastor; nada me faltará" se ve ahora en su verdadera luz que es tu conciencia. Nunca te faltarán pruebas ni te faltará la evidencia de lo que eres consciente de ser.

Siendo esto cierto, ¿por qué no tomar conciencia de ser grande, amante de Dios, rico, sano y de todos los atributos que admiras?

Es tan fácil poseer la conciencia de estas cualidades como poseer sus opuestas, pues no tienes tu conciencia actual a causa de tu mundo. Al contrario, tu mundo es lo que es a causa de tu conciencia actual. Sencillo, ¿verdad? Demasiado sencillo, de hecho, para la sabiduría del hombre que intenta complicarlo todo.

Pablo dijo de este principio: "Para los griegos (o sabiduría de este mundo) es necedad". "Y para los judíos (o los que buscan señales) un tropiezo", con el resultado de que el hombre sigue caminando en las tinieblas en vez de despertar al ser que es. El hombre ha adorado durante tanto tiempo las imágenes de su propia creación que, al principio, esta revelación le parece blasfema, pues supone la muerte de todas sus creencias anteriores en un Dios aparte de sí mismo.

Esta revelación traerá el conocimiento de que "Yo y mi padre somos uno, pero mi padre es mayor que yo". Eres uno con tu concepción actual de ti mismo. Pero eres más grande que lo que actualmente sabes que eres.

Antes de que el hombre pueda intentar transformar su mundo, primero debe sentar las bases: "YO SOY el Señor". Es decir, la conciencia del hombre, su conciencia de ser es Dios. Hasta que esto no esté firmemente establecido, de modo que ninguna sugerencia o argumento esgrimido por otros pueda sacudirlo, se encontrará volviendo a la esclavitud de sus antiguas creencias.

"Si no creéis que YO SOY, moriréis en vuestros pecados". Es decir, seguiréis confundidos y frustrados hasta que encontréis la causa de vuestra confusión. Cuando hayáis elevado al hijo del hombre, entonces sabréis que YO SOY él; es decir, que yo, John Smith, no hago nada por mí mismo, sino que mi padre, o ese estado de conciencia con el que ahora soy uno, hace las obras.

Cuando esto se realice, todo impulso y deseo que brote en tu interior encontrará expresión en tu mundo. "He aquí que estoy a la puerta y llamo. Si alguno oye mi voz y abre la puerta, entraré en su casa y cenaré con él y él conmigo". El "yo" que llama a la puerta es el impulso.

La puerta es tu conciencia. Abrir la puerta es hacerse uno con aquello que llama, SIENTENDO que uno mismo es lo deseado. Sentir el propio deseo como imposible es cerrar la puerta o negar la expresión de este impulso.

Elevarse en conciencia hasta la naturalidad de lo sentido es abrir de par en par la puerta e invitar a éste a la encarnación. Por eso consta constantemente que Jesús abandonó el mundo de la manifestación y ascendió hacia su padre.

Jesús, como tú y como yo, encontró todas las cosas imposibles para Jesús, como hombre. Pero habiendo descubierto que su padre era el estado de conciencia de la cosa deseada, dejó atrás la "conciencia de Jesús" y se elevó en conciencia hasta ese estado deseado y se mantuvo en él hasta que se hizo uno con él. Al hacerse uno con eso, se convirtió en eso en expresión.

Éste es el sencillo mensaje de Jesús al hombre: Los hombres no son más que vestiduras en las que mora el ser impersonal "YO SOY", la presencia que los hombres llaman Dios. Cada vestidura tiene ciertas limitaciones. Para trascender estas limitaciones y dar expresión a aquello que como hombre, John Smith, te ves incapaz de hacer, aparta tu atención de tus limitaciones actuales -o de la concepción que John Smith tiene de ti mismo- y fúndete en el sentimiento de ser aquello que deseas.

# CAPÍTULO 3

Nadie sabe exactamente cómo se encarnará este deseo o conciencia recién adquirida. Porque "YO SOY", o la conciencia recién alcanzada, tiene "caminos que vosotros no conocéis"; sus "caminos no se pueden descubrir".

No especules sobre el CÓMO de esta conciencia que se encarna a sí misma, pues ningún hombre es lo bastante sabio para saber el cómo. La especulación es la prueba de que no has alcanzado la naturalidad de ser la cosa deseada y por eso estás lleno de dudas.

Se te dice: "El que carezca de sabiduría, que la pida a Dios, que da a todos abundantemente y sin reproche, y le será dada. Pero que no pida dudando, porque el que duda es como una ola del mar que es zarandeada y azotada por los vientos. Y no piense el tal que recibirá algo del Señor". Puedes ver por qué se hace esta afirmación, pues sólo sobre la roca de la fe puede establecerse algo.

Si no tienes la conciencia de la cosa, no tienes la causa o el fundamento sobre el que se erige la cosa. Una prueba de esta conciencia establecida te la dan las palabras: "Gracias, padre". Cuando entras en la alegría de la acción de gracias de modo que te sientes realmente agradecido por haber recibido aquello que todavía no es aparente a los sentidos, te has convertido definitivamente en uno en conciencia con la cosa por la que has dado gracias.

Dios (tu consciencia) no se burla. Siempre recibes aquello de lo que eres consciente y ningún hombre da las gracias por algo que no ha recibido. "Gracias, padre" no es, como la utilizan muchos hoy en día, una especie de fórmula mágica. Nunca necesitas pronunciar en voz alta las palabras: "Gracias, padre".

Al aplicar este principio a medida que te elevas en conciencia hasta el punto en que te sientes realmente agradecido y feliz por haber recibido la cosa deseada, automáticamente te regocijas y das gracias interiormente. Ya has aceptado el don que no era más que un deseo antes de elevarte en conciencia, y tu fe es ahora la sustancia que revestirá tu deseo.

Esta elevación de la conciencia es el matrimonio espiritual en el que dos se ponen de acuerdo para ser uno, y su semejanza o imagen se establece en la tierra. "Porque todo lo que pidiereis en mi nombre, os lo daré". Todo" es una medida bastante amplia. Es lo incondicional. No dice si la sociedad considera correcto o incorrecto que lo pidas; depende de ti.

¿Realmente lo quieres? ¿Lo deseas? Eso es todo lo que hace falta. La vida te lo dará si se lo pides "en su nombre". Su nombre no es un nombre que pronuncies con los labios. Puedes pedir eternamente en nombre de Dios o de Jehová o de Cristo Jesús y pedirás en vano. 'Nombre' significa naturaleza; por eso, cuando pides en la naturaleza de una cosa, los resultados llegan siempre.

Pedir en el nombre es elevarse en consciencia y hacerse uno en naturaleza con la cosa deseada. Eleva tu conciencia hasta la naturaleza de la cosa, y te convertirás en esa cosa en expresión.

Por eso, "todo lo que pidiereis orando, creed que lo recibiréis y lo recibiréis". Orar, como te hemos mostrado antes, es reconocimiento: el mandato de "creed que lo recibiréis" es en primera persona, tiempo presente. Esto significa que debes estar en la naturaleza de las cosas pedidas antes de poder recibirlas.

PARA ENTRAR FÁCILMENTE en la naturaleza, es necesaria una amnistía general. Se nos dice: "Perdonad si tenéis algo contra alguno, para que también vuestro padre, que está en los cielos, os perdone. Pero si no perdonáis, tampoco vuestro padre os perdonará". Puede parecer que se trata de un Dios personal al que le complacen o disgustan tus acciones, pero no es así.

Siendo la conciencia Dios, si retienes en la conciencia algo contra el hombre, estás atando esa condición en tu mundo. Pero liberar al hombre de toda condenación es liberarte a ti mismo para que puedas elevarte a cualquier nivel necesario; por tanto, no hay condenación para los que están en Cristo Jesús.

Por tanto, una práctica muy buena antes de entrar en tu meditación es liberar primero de culpa a cada hombre del mundo. Porque la LEY nunca se viola, y puedes descansar con confianza sabiendo que la concepción que cada hombre tiene de sí mismo va a ser su recompensa. Así que no tienes que preocuparte por ver si el hombre obtiene o no lo que tú consideras que debe obtener. Porque la vida no comete errores y siempre da al hombre lo que el hombre se da a sí mismo en primer lugar.

Esto nos lleva a esa afirmación tan maltratada de la Biblia sobre el diezmo. Maestros de todo tipo han esclavizado al hombre con este asunto del diezmo;

pues no comprendiendo ellos mismos la naturaleza del diezmo y estando ellos mismos temerosos de la carencia, han hecho creer a sus seguidores que una décima parte de sus ingresos debe darse al Señor.

Lo que significa, como dejan muy claro, que, cuando uno da la décima parte de sus ingresos a su organización particular, está dando su "décima parte" al Señor (o está diezmando). Pero recuerda: "YO SOY" el Señor". Tu conciencia de ser es el Dios al que das y al que siempre das de esta manera.

Por lo tanto, cuando afirmas que eres algo, has dado esa afirmación o cualidad a Dios. Y tu conciencia de ser, que no hace acepción de personas, volverá a ti presionada, sacudida y atropellada por esa cualidad o atributo que reclamas para ti.

La conciencia del ser no es nada que puedas nombrar. Afirmar que Dios es rico, que es grande, que es amor, que es todo sabiduría, es definir lo que no puede definirse. Pues Dios no es nada que pueda nombrarse jamás.

Diezmar es necesario y diezmas a Dios. Pero a partir de ahora da al único Dios, y procura darle la cualidad que deseas expresar como hombre al pretender ser el grande, el rico, el amoroso, el omnisapiente.

No especules sobre cómo expresarás estas cualidades o pretensiones, pues la vida tiene un camino que tú, como hombre, desconoces. Sus caminos ya no se pueden descubrir. Pero te aseguro que el día que reivindiques estas cualidades hasta el punto de la convicción, tus reivindicaciones serán honradas.

No hay nada oculto que no se descubra. Lo que se dice en secreto se proclamará desde los tejados. Es decir, tus convicciones secretas de ti mismo - esas afirmaciones secretas que nadie conoce-, cuando realmente se crean, se gritarán desde los tejados de tu mundo. Porque tus convicciones de ti mismo son las palabras del Dios que hay en ti, que son espíritu y no pueden volver a ti vacías, sino que deben cumplir aquello a lo que son enviadas.

En este momento estás llamando desde el infinito a lo que ahora eres consciente de ser. Y ni una sola palabra o convicción dejará de encontrarte.

"YO SOY la vid y vosotros los sarmientos". La conciencia es la "vid", y las cualidades que ahora eres consciente de ser son como "sarmientos" que alimentas y mantienes vivos. Del mismo modo que una rama no tiene vida si no está enraizada en la vid, las cosas no tienen vida si no eres consciente de ellas. Igual que una rama se marchita y muere si la savia de la vid deja de fluir hacia ella, así las cosas de tu mundo se marchitan si apartas de ellas tu atención; porque tu atención es como la savia de la vida que mantiene vivas y sostiene las cosas de tu mundo.

Para disolver un problema que ahora te parece tan real, lo único que tienes que hacer es apartar tu atención de él. A pesar de su aparente realidad, aléjate de él en conciencia. Vuélvete indiferente y empieza a sentirte como aquello que sería la solución del problema.

Por ejemplo, si estuvieras encarcelado, ningún hombre tendría que decirte que debes desear la libertad. La libertad, o más bien el deseo de libertad, sería automático. Entonces, ¿por qué mirar detrás de las cuatro paredes de los barrotes de tu prisión? Aparta tu atención de estar encarcelado y empieza a sentirte libre. Siéntelo hasta el punto en que sea natural; en el mismo instante en que lo hagas, esos barrotes de la prisión se disolverán. Aplica este mismo principio a cualquier problema.

He visto a personas que estaban endeudadas hasta las orejas aplicar este principio, y en un abrir y cerrar de ojos, deudas que eran montañosas fueron eliminadas. He visto a personas a las que los médicos habían dado por incurables apartar su atención del problema de su enfermedad y empezar a sentirse bien, a pesar de la evidencia de su sentido de lo contrario. En poco tiempo, la llamada "enfermedad incurable" se desvaneció y no dejó ninguna cicatriz.

Tu respuesta a "¿quién dices que SOY?" determina siempre tu expresión. Mientras seas consciente de estar encarcelado o enfermo o de ser pobre, tanto tiempo seguirás exteriorizando o expresando estas condiciones. Cuando el hombre se dé cuenta de que ya es aquello que busca y empiece a afirmar que lo es, tendrá la prueba de su afirmación. Esta señal se te da en palabras: "¿A quién buscáis? Y ellos respondieron: a Jesús". Y la voz dijo: "Yo soy". Jesús" significa aquí salvación o salvador. Buscas ser salvado de lo que no es tu problema.

"Yo soy" es el que te salvará. Si tienes hambre, tu salvador es la comida. Si eres pobre, tu salvador es la riqueza. Si estás encarcelado, tu salvador es la libertad. Si estás enfermo, no será un hombre llamado Jesús quien te salve, sino que la salud se convertirá en tu salvador. Por tanto, afirma "Yo soy". En otras palabras, afirma que tú eres la cosa deseada. Afírmalo en conciencia -no con palabras- y la conciencia te recompensará con tu afirmación. Se te dice: "Me encontrarás cuando SIENTES tras de mí". Pues bien, SIENTE esa cualidad en la consciencia hasta que SIENTAS que eres ella.

Cuando te pierdas en la sensación de serlo, la cualidad se encarnará en tu mundo. Te curas de tu problema cuando tocas su solución. "¿Quién me ha tocado? Porque percibo que la virtud ha salido de mí". Sí, el día que toques a este ser dentro de ti -sintiendo que te curas o sanas-, las virtudes saldrán de tu propio ser y se solidificarán en tu mundo como curaciones.

Se dice: "Tú crees en Dios. Cree también en mí, porque yo soy". Ten la fe de Dios. "Se hizo uno con Dios y no le pareció un robo hacer las obras de Dios". Ve, tú, y haz lo mismo. Sí, empieza a creer que tu conciencia -tu conciencia de ser- es Dios. Reclama para ti todos los atributos que hasta ahora has otorgado a un Dios externo, y empezarás a expresar estas afirmaciones.

"Porque no soy un Dios lejano. Estoy más cerca que tus manos y tus pies, más cerca que tu propia respiración". YO SOY tu conciencia de ser. YO SOY aquello en lo que comenzará y terminará toda conciencia de ser. "Porque antes que el mundo fuese, YO SOY; y cuando el mundo deje de ser, YO SOY; antes que Abraham fuese, YO SOY". Este YO SOY es tu conciencia.

Si el Señor no construye la casa, en vano trabajan los que la construyen" - "El Señor" es tu conciencia; si lo que buscas no se establece primero en tu conciencia, trabajarás en vano para encontrarlo. Todas las cosas deben comenzar y terminar en la conciencia. Así pues, bienaventurado el hombre que confía en sí mismo, pues la fe del hombre en Dios se medirá siempre por su confianza en sí mismo. Si crees en un Dios, cree también en MÍ.

No pongas tu confianza en los hombres para los hombres, sino refleja el ser que eres y sólo puede traerte o hacerte lo que primero te has hecho a ti mismo.

"Nadie me quita la vida, yo mismo la pongo". Tengo el poder de entregarla y el poder de retomarla. No importa lo que le ocurra al hombre en este mundo, nunca es un accidente. Ocurre bajo la guía de una Ley exacta e inmutable.

"Ningún hombre (manifestación) viene a mí si el padre que está en mí no le atrae" y "Yo y mi padre somos uno". Cree en esta verdad y serás libre. El hombre siempre ha culpado a otros de lo que él es y seguirá haciéndolo hasta que se encuentre a sí mismo como causa de todo.

"YO SOY" no viene a destruir, sino a llenar. "YO SOY" -la conciencia que hay en ti- no destruye nada, sino que llena siempre los moldes o la concepción que uno tiene de sí mismo.

Es imposible que el pobre encuentre riqueza en este mundo, por mucho que se le rodee de ella, mientras no se proclame primero rico.

Porque las señales siguen, no preceden. Patalear y quejarse constantemente contra las limitaciones de la pobreza mientras se permanece pobre de conciencia es jugar al juego de los tontos. Los cambios no pueden producirse desde ese nivel de conciencia, pues la vida está constantemente fuera de todos los niveles.

Sigue el ejemplo del hijo pródigo. Date cuenta de que tú mismo provocaste esta condición de despilfarro y carencia, y toma la decisión en tu interior de elevarte a un nivel superior, donde el ternero cebado, el anillo y la túnica esperan tu reclamo.

No hubo condena del pródigo cuando tuvo el valor de reclamar esta herencia como suya. Los demás nos condenarán sólo mientras sigamos en aquello por lo que nos condenamos a nosotros mismos. Por eso, "Feliz el hombre que no se condena en aquello que permite". Pues a la vida nada se condena. Todo se expresa.

# CAPÍTULO 4

A la VIDA no le importa si te llamas rico o pobre, fuerte o débil. Te recompensará eternamente con aquello que afirmas como verdadero de ti mismo. Las medidas del bien y del mal pertenecen sólo al hombre. Para la vida no hay nada correcto ni incorrecto.

Como afirmó Pablo en sus cartas a los Romanos: "Sé y estoy persuadido por el Señor Jesús de que nada hay impuro en sí mismo, sino que para el que estima que algo es impuro, para él es impuro". Deja de preguntarte si eres digno o indigno de recibir lo que deseas. Tú, como hombre, no has creado el deseo. Tus deseos se forjan siempre dentro de ti a causa de lo que ahora afirmas ser.

Cuando un hombre tiene hambre, sin pensarlo, automáticamente desea comida. Cuando está encarcelado, automáticamente desea la libertad y así sucesivamente. Tus deseos contienen en sí mismos el plan de autoexpresión. Así que deja de lado los juicios y eleva tu conciencia hasta el nivel de tu deseo, y hazte uno con él afirmando que es así ahora. Porque "Te basta mi gracia. Mi fuerza se perfecciona en la debilidad".

Ten fe en esta afirmación invisible hasta que nazca en ti la convicción de que es así. Tu confianza en esta pretensión te reportará grandes recompensas. Sólo un poco de tiempo y él, la cosa deseada, vendrá. Pero sin fe es imposible realizar nada. Por la fe se crearon los mundos, porque "la fe es la sustancia de lo que se espera, la evidencia de lo que aún no se ve".

No te inquietes ni te preocupes por los resultados. Llegarán con la misma seguridad con la que el día sigue a la noche. Considera tus deseos -todos ellos- como palabras de Dios, y cada palabra o deseo como una promesa. La razón por la que la mayoría de nosotros no realizamos nuestros deseos es que los condicionamos constantemente. No condiciones tu deseo. Acéptalo tal como te llegue. Agradécelo hasta el punto de estar agradecido por haberlo recibido ya; luego sigue tu camino en paz.

Tal aceptación de tu deseo es como dejar caer una semilla -una semilla fértil- en un terreno preparado. Pues cuando puedes dejar caer la cosa deseada en la conciencia, confiado en que aparecerá, habrás hecho todo lo que se espera de ti. Pero preocuparse o inquietarse por el CÓMO de la maduración de tu deseo es retener esas semillas fértiles en un asidero mental y, por tanto, no haberlas dejado caer nunca en el suelo de la confianza.

La razón por la que los hombres condicionan sus deseos es porque juzgan constantemente según la apariencia del ser y ven las "cosas" como reales, olvidando que la única realidad es la conciencia que las respalda. Ver las "cosas" como reales es negar que todas las cosas son posibles para Dios. El hombre que está encarcelado y ve sus cuatro paredes como reales está negando automáticamente el impulso o la promesa de Dios en su interior de libertad.

Una pregunta que se plantea a menudo cuando se hace esta afirmación es: Si el deseo de uno es un don de Dios, ¿cómo puedes decir que si uno desea matar a un hombre ese deseo es bueno y, por tanto, enviado por Dios?

En respuesta a esto, permíteme decir que ningún hombre desea matar a otro. Lo que desea es liberarse de él. Pero como no cree que el deseo de liberarse de ese otro contenga en sí mismo los poderes de la libertad, condiciona ese deseo y considera que la única forma de expresar esa libertad es destruir al hombre, olvidando que la vida envuelta en el deseo tiene caminos que él, como hombre, desconoce. Sus caminos ya no se pueden descubrir.

Así el hombre distorsiona los dones de Dios por su falta de fe. Los problemas son las montañas de las que se habla, que pueden eliminarse si se tiene la fe de un grano de mostaza. Los hombres abordan su problema como lo hizo la anciana que, al asistir al servicio, oyó decir al sacerdote: "Si tuvieras la fe de un grano de mostaza, dirías a aquella montaña: "Quítate", y se quitaría, y nada te sería imposible".

Aquella noche, mientras rezaba sus oraciones, citó esta parte de las escrituras y se retiró a la cama con lo que creía que era fe. Al levantarse por la mañana, corrió a la ventana y exclamó: "¡Sabía que aquella vieja montaña seguiría allí!".

Pues así es como el hombre aborda su problema. Sabe que seguirán enfrentándose a él. Y como la vida no hace acepción de personas y no destruye nada, sigue manteniendo vivo lo que tiene conciencia de ser.

Las cosas sólo desaparecerán cuando el hombre cambie de conciencia. Niégalo si quieres, sigue siendo un hecho que la conciencia es la única realidad y las cosas no son más que el espejo de lo que eres en conciencia. Así pues, el estado celestial que buscas sólo lo encontrarás en la conciencia, pues el reino de los cielos está dentro de ti. Como la voluntad del cielo se cumple siempre en la tierra, hoy vives en el cielo que has establecido en tu interior. Pues aquí, en esta misma tierra, se revela tu cielo. El reino de los cielos está realmente cerca.

AHORA es el momento aceptado. Así que crea un nuevo cielo, entra en un nuevo estado de conciencia y aparecerá una nueva tierra. "Las cosas anteriores pasarán. Ya no serán recordadas, ya no vendrán a la mente. Porque he aquí que yo (tu conciencia) vengo pronto y mi recompensa está conmigo".

YO SOY sin nombre, pero tomaré sobre mí todo nombre (naturaleza) que me llame. Recuerda que es de ti, de ti mismo, de quien hablo como "yo". Así pues, toda concepción que tengas de ti mismo -es decir, toda convicción profunda que tengas de ti mismo- es lo que parecerás ser, pues YO NO SOY engañado; Dios no es burlado.

Ahora déjame instruirte en el arte de la pesca. Consta que los discípulos pescaron toda la noche y no pescaron nada. Entonces Jesús entró en escena y les dijo que volvieran a echar las redes en las mismas aguas que un momento antes estaban estériles, y esta vez sus redes reventaron de pesca.

Esta historia tiene lugar en el mundo actual, justo dentro de ti, lector. Pues tienes dentro de ti todos los elementos necesarios para salir a pescar. Pero hasta que no descubras que Jesucristo (tu conciencia) es el Señor, pescarás, como estos discípulos, en la noche de las tinieblas humanas. Es decir, pescarás COSAS, pensando que las "cosas" son reales, y pescarás con el cebo humano que es una lucha y un esfuerzo, intentando entrar en contacto con éste y aquél, intentando coaccionar a este ser o al otro; y todo ese esfuerzo será en vano. Pero cuando descubras que tu conciencia del ser es Cristo Jesús, dejarás que él dirija tu pesca. Y pescarás en conciencia las cosas que desees. Pues tu deseo será el pez que pescarás. Puesto que tu conciencia es la única realidad viva, pescarás en las aguas profundas de la conciencia.

Si quieres pescar lo que está más allá de tu capacidad actual, debes lanzarte a aguas más profundas, porque dentro de tu conciencia actual esos peces o deseos no pueden nadar. Para lanzarte a aguas más profundas, debes dejar atrás todo lo que ahora es tu problema o limitación actual, apartando de ello tu ATENCIÓN. Da completamente la espalda a todos los problemas y limitaciones que posees ahora.

Medita sobre el mero hecho de ser diciéndote a ti mismo: "YO SOY, YO SOY, YO SOY". Continúa declarándote que simplemente eres. No condiciones esta declaración, sólo continúa SIÉNTETE SER, y sin previo aviso te encontrarás soltando el ancla que te ataba a lo superficial de tus problemas y adentrándote en lo profundo.

Esto suele ir acompañado de la sensación de expansión. SENTIRÁS que te expandes, como si realmente estuvieras creciendo. No tengas miedo, pues el valor es necesario. No vas a morir a nada por tus antiguas limitaciones, sino que éstas morirán a medida que te alejes de ellas, pues sólo viven en tu consciencia. En esta conciencia profunda o expandida, te encontrarás con un poder que nunca antes habías soñado.

Las cosas deseadas antes de que te alejaras de las orillas de la limitación son los peces que vas a pescar en estas profundidades. Como has perdido toda conciencia de tus problemas y barreras, ahora lo más fácil del mundo es SENTIR que eres uno con las cosas deseadas.

Como YO SOY (tu consciencia) es la resurrección y la vida, debes unir este poder resucitador que eres a la cosa deseada, si quieres que aparezca y viva en tu mundo. Ahora empiezas a asumir la naturaleza de la cosa deseada sintiendo: "SOY rico", "SOY libre", "SOY fuerte". Cuando estos "SENTIMIENTOS" se fijen dentro de ti, tu ser informe tomará sobre sí las formas de las cosas sentidas.

Te "crucificas" sobre los sentimientos de riqueza, libertad y fuerza. Permanece enterrado en la quietud de estas convicciones. Entonces, como un ladrón en la noche y cuando menos lo esperes, estas cualidades resucitarán en tu mundo como realidades vivas. El mundo te tocará y verá que eres de carne y hueso, pues empezarás a dar frutos de la naturaleza de estas cualidades recién apropiadas. Éste es el arte de pescar con éxito las manifestaciones de la vida.

La realización con éxito de lo deseado también se nos cuenta en la historia de Daniel en el foso de los leones. Aquí consta que Daniel, mientras estaba en el foso de los leones, les dio la espalda y miró hacia la luz que venía de lo alto; que los leones permanecieron impotentes y que la fe de Daniel en su Dios le salvó.

Ésta también es tu historia, y tú también debes hacer como Daniel. Si te encontraras en la guarida de un león, no tendrías otra preocupación que los leones. No pensarías en nada más que en tu problema, que serían los leones.

Sin embargo, se te dice que Daniel les volvió la espalda y miró hacia la luz que era su Dios. Si siguiéramos el ejemplo de Daniel, mientras estuviéramos presos en el antro de la pobreza o la enfermedad, apartaríamos nuestra atención de nuestros problemas de deudas o enfermedad y nos fijaríamos en lo que buscamos.

Si no miramos hacia atrás con conciencia de nuestros problemas, sino que continuamos con fe, creyendo que somos aquello que buscamos, también nosotros encontraremos los muros de nuestra prisión abiertos y aquello que buscamos -sí, "cualquier cosa"- realizado.

También se nos cuenta la historia de la viuda y las tres gotas de aceite. El profeta preguntó a la viuda: "¿Qué tienes en tu casa?". Y ella respondió: "Tres gotas de aceite". Entonces él le dijo: "Ve y pide vasijas prestadas. Cierra la puerta cuando hayas vuelto a tu casa y empieza a verter". Y ella vertió de las tres gotas de aceite en todas las vasijas prestadas, llenándolas hasta los topes de aceite sobrante.

Tú, lector, eres esta viuda. No tienes marido que te fecunde ni te haga fructífera, pues "viuda" es un estado estéril. Tu conciencia es ahora el Señor -o el profeta- que se ha convertido en tu esposo.

Sigue el ejemplo de la viuda, que en lugar de reconocer un vacío o la nada, reconoció el algo: tres gotas de aceite. Entonces se le ordenó: "Entra y cierra la puerta". Es decir, cierra la puerta de los sentidos que te hablan de las medidas vacías, las deudas, los problemas.

Cuando hayas retirado completamente tu atención cerrando el paso a la evidencia de los sentidos, empieza a SENTIR la alegría (simbolizada por el aceite) de haber recibido las cosas deseadas. Cuando el acuerdo se establezca en tu interior de modo que hayan desaparecido todas las dudas y temores, entonces tú también llenarás todas las medidas vacías de tu vida y tendrás abundancia a raudales.

El reconocimiento es el poder que conjura en el mundo. Cada estado que has reconocido, lo has encarnado. Lo que hoy reconoces como verdadero en ti es lo que estás experimentando. Así que sé como la viuda y reconoce la alegría, por pequeño que sea el comienzo del reconocimiento, y serás generosamente recompensada. Porque el mundo es un espejo magnificado, que magnifica todo lo que eres consciente de ser.

"YO SOY el Señor Dios, que te saqué de la tierra de Egipto, de la casa de servidumbre; no tendrás dioses ajenos delante de mí" ¡Qué gloriosa revelación, tu conciencia revelada ahora como el Señor tu Dios! Ven, despierta de tu sueño de estar prisionero. Date cuenta de que la tierra es tuya, "y la plenitud de ella; el mundo y todo lo que en él habita".

Te has enredado tanto en la creencia de que eres hombre que has olvidado el glorioso ser que eres. Ahora que has recuperado la memoria, DECRETA que aparezca lo invisible y aparecerá, porque todas las cosas están obligadas a responder a la Voz de Dios, tu conciencia de ser. ¡El mundo está A TUS MANOS!

# IMAGINACIÓN DESPIERTA Y BÚSQUEDA

# INTRODUCCIÓN

"El Poder que hace que el logro de los objetivos... la consecución de los deseos... sea inevitable".

Para Bill

"Imaginación, el mundo real y eterno del que este Universo Vegetal no es más que una tenue sombra. ¿Qué es la vida del Hombre sino el Arte y la Ciencia?"

WILLIAM BLAKE, Jerusalén

"La imaginación es más importante que el conocimiento".

ALBERT EINSTEIN, Sobre la ciencia

# CAPÍTULO 1: ¿QUIÉN ES TU IMAGINACIÓN?

"No descanso de mi gran tarea
Para abrir los Mundos Eternos, para abrir
los Ojos inmortales
Del Hombre hacia el interior de los Mundos de
Pensamiento: hacia la Eternidad
Siempre en expansión en el seno de
Dios, la imaginación humana".
Blake, Jerusalén 5:18-20

DETERMINADAS PALABRAS, con el paso del tiempo, adquieren tantas connotaciones extrañas que casi dejan de significar algo. Una palabra así es imaginación. Esta palabra se pone al servicio de todo tipo de ideas, algunas de ellas directamente opuestas entre sí. Fantasía, pensamiento, alucinación, sospecha: de hecho, tan amplio es su uso y tan variados sus significados, que la palabra imaginación no tiene estatus ni significado fijo.

Por ejemplo, pedimos a un hombre que "utilice su imaginación", lo que significa que su perspectiva actual es demasiado restringida y, por tanto, no está a la altura de la tarea. A continuación, le decimos que sus ideas son "pura imaginación", dando a entender que sus ideas no son sólidas. Hablamos de una persona celosa o desconfiada como "víctima de su propia imaginación", lo que significa que sus pensamientos son falsos. Un minuto después, rendimos a un hombre el más alto tributo describiéndole como un "hombre de imaginación".

Así pues, la palabra imaginación no tiene un significado definido. Ni siquiera el diccionario nos ayuda. Define la imaginación como (1) el poder de imaginar o el acto de la mente, el principio constructivo o creativo; (2) un fantasma; (3) una noción o creencia irracional; (4) planear, tramar o maquinar como si implicara una construcción mental.

Identifico la figura central de los Evangelios con la imaginación humana, el poder que hace inevitable el perdón de los pecados, la consecución de nuestros objetivos.

**"Todas las cosas fueron hechas por Él; y sin Él no fue hecho nada de lo que ha sido hecho".**
Juan 1:3

Sólo hay una cosa en el mundo, la Imaginación, y todas nuestras deformaciones de ella.

**"Despreciado y desechado entre los hombres, varón de dolores y experimentado en quebranto".**
Isaías 53:3

La imaginación es la puerta misma de la realidad.

"El hombre", decía Blake, "o es el arca de Dios o un fantasma de la tierra y del agua". "Naturalmente sólo es un órgano natural sujeto al Sentido". "El Cuerpo Eterno del Hombre es La Imaginación: es Dios mismo, El Cuerpo Divino. [yod, shin, ayin; de derecha a izquierda]: Jesús: nosotros somos Sus Miembros".

No conozco una definición mayor y más verdadera de la Imaginación que la de Blake. Mediante la imaginación tenemos el poder de ser cualquier cosa que deseemos ser.

"Mediante la imaginación, desarmamos y transformamos la violencia del mundo. Nuestras relaciones más íntimas, así como las más casuales, se vuelven imaginativas, a medida que despertamos al "misterio oculto desde los siglos" [Colosenses 1:26], que Cristo en nosotros es nuestra imaginación."

Entonces nos damos cuenta de que sólo cuando vivimos de la imaginación puede decirse que vivimos de verdad.

Quiero que este libro sea la obra más sencilla, clara y franca que esté en mi mano hacer, para animarte a funcionar imaginativamente, para que abras tus "Ojos Inmortales hacia el interior, hacia los Mundos del Pensamiento" [William Blake], donde contemplas cada deseo de tu corazón como grano maduro "blanco ya para la siega" [Juan 4:35].

**"He venido para que tengan vida, y para que la tengan en abundancia".**
Juan 10:10

La vida abundante que Cristo nos prometió es nuestra para experimentarla ahora, pero no podremos experimentarla hasta que tengamos el sentido de Cristo como imaginación.

"El misterio oculto desde los siglos... Cristo en vosotros, esperanza de gloria" [Colosenses 1:26,27] es tu imaginación.

Éste es el misterio que siempre me esfuerzo por comprender mejor y por exhortar a los demás.

La imaginación es nuestro redentor, "el Señor del Cielo" nacido del hombre pero no engendrado por el hombre [El Credo Niceno-Constantinopolitano o el Símbolo de la Fe, 325/381 d.C.].

Todo hombre es María y debe dar a luz a Cristo.

Si la historia de la inmaculada concepción y nacimiento de Cristo parece irracional al hombre, es sólo porque se lee erróneamente como biografía, historia y cosmología, y los modernos exploradores de la imaginación no ayudan llamándola mente inconsciente o subconsciente.

El nacimiento y crecimiento de la imaginación es la transición gradual de un Dios de tradición a un Dios de experiencia. Si el nacimiento de Cristo en el hombre parece lento, es sólo porque el hombre no está dispuesto a desprenderse del cómodo pero falso anclaje de la tradición.

Cuando se descubra que la imaginación es el primer principio de la religión, la piedra del entendimiento literal habrá sentido la vara de Moisés y, como la roca de Sión [Isaías 28:16; Romanos 9:33], emitirá el agua del significado psicológico para saciar la sed de la humanidad; y todos los que tomen la copa ofrecida y vivan una vida de acuerdo con esta verdad transformarán el agua del significado psicológico en el vino del perdón. Entonces, como el buen samaritano [Lucas 10:33-35], lo derramarán sobre las heridas de todos.

El Hijo de Dios no se encuentra en la historia ni en ninguna forma externa. Sólo se le puede encontrar como la imaginación de aquel en quien se manifiesta Su presencia.

"¡Oh, si tu corazón fuera un pesebre para Su nacimiento! Dios volvería a ser un niño en la tierra. [Angelus Silesius, poeta del siglo XVII].

El hombre es el jardín en el que duerme este Hijo Unigénito de Dios. Despierta a este Hijo elevando su imaginación hasta el cielo y vistiendo a los hombres con la estatura de Dios. Debemos seguir imaginando mejor de lo que conocemos.

El hombre, en el momento de su despertar a la vida imaginativa, debe superar la prueba de la filiación.

**"Padre, revela a Tu Hijo en mí"**
James Montgomery

**"Quiso Dios revelar a Su Hijo en mí"**

## Gálatas 1:15,16

La prueba suprema de la filiación es el perdón del pecado. La prueba de que tu imaginación es Cristo Jesús, el Hijo de Dios, es tu capacidad para perdonar el pecado. El pecado significa errar el blanco en la vida, no alcanzar el ideal, no lograr el objetivo. El perdón significa la identificación del hombre con su ideal o meta en la vida. Éste es el trabajo de la imaginación despierta, el trabajo supremo, pues pone a prueba la capacidad del hombre para entrar y participar de la naturaleza de su opuesto.

### "Que el débil diga: Yo soy fuerte"
### Joel 3:10

Razonablemente, esto es imposible. Sólo la imaginación despierta puede entrar y participar de la naturaleza de su opuesto.

Esta concepción de Cristo Jesús como imaginación humana plantea estas cuestiones fundamentales: ¿Es la imaginación un poder suficiente, no sólo para permitirme suponer que soy fuerte, sino que es también por sí misma capaz de ejecutar la idea?

Supón que deseo estar en otro lugar o situación. ¿Podría, imaginándome en tal estado y lugar, provocar su realización física? Supongamos que no pudiera permitirme el viaje y que mi situación social y económica actual se opusiera a la idea que deseo realizar. ¿Bastaría la imaginación por sí misma para encarnar estos deseos? ¿Comprende la imaginación la razón? Por razón entiendo las deducciones de las observaciones de los sentidos.

¿Reconoce el mundo externo de los hechos? En la forma práctica de la vida cotidiana, ¿es la imaginación una guía completa del comportamiento?

Supongamos que soy capaz de actuar con imaginación continua, es decir, supongamos que soy capaz de sostener el sentimiento de mi deseo cumplido, ¿se convertirá mi suposición en un hecho?

Y, si se convierte en un hecho, ¿podré pensar que mis acciones durante el periodo de incubación han sido razonables? ¿Es mi imaginación un poder suficiente, no sólo para asumir el sentimiento del deseo cumplido, sino que también es capaz por sí misma de encarnar la idea?

Tras suponer que ya soy lo que quiero ser, ¿debo guiarme continuamente por ideas y acciones razonables para que se cumpla mi suposición?

La experiencia me ha convencido de que una suposición, aunque falsa, si se persiste en ella, se convertirá en un hecho, que la imaginación continua es suficiente para todas las cosas, y todos mis planes y acciones razonables nunca compensarán mi falta de imaginación continua.

¿No es cierto que las enseñanzas de los Evangelios sólo pueden recibirse en términos de fe y que el Hijo de Dios busca constantemente signos de fe en las personas, es decir, fe en su propia imaginación?

¿No es la promesa "Creed que recibís y recibiréis", Marcos 11:24, "lo mismo que "Imaginad que sois y seréis"? ¿No era un estado imaginario en el que Moisés "Soportó, como viendo a Aquel que es invisible" [Hebreos 11:27]?

¿No fue por el poder de su propia imaginación por lo que aguantó?

La verdad depende de la intensidad de la imaginación, no de los hechos externos. Los hechos son el fruto que da testimonio del uso o mal uso de la imaginación.

El hombre se convierte en lo que imagina. Tiene una historia autodeterminada. La imaginación es el camino, la verdad, la vida revelada.

No podemos asir la verdad con la mente lógica. Donde el hombre natural de sentido ve un capullo, la imaginación ve una rosa completamente desarrollada.

La verdad no puede ser abarcada por los hechos.

A medida que despertamos a la vida imaginativa, descubrimos que imaginar una cosa es hacerla así, que un juicio verdadero no tiene por qué ajustarse a la realidad exterior con la que se relaciona.

El hombre imaginativo no niega la realidad del mundo exterior sensual del Devenir, pero sabe que es el mundo interior de la Imaginación continua la fuerza por la que el mundo exterior sensual del Devenir se hace realidad. Ve el mundo exterior y todos sus acontecimientos como proyecciones del mundo interior de la Imaginación.

Para él, todo es una manifestación de la actividad mental que se desarrolla en la imaginación del hombre, sin que el hombre razonable sensual sea consciente de ello.

Pero se da cuenta de que todo hombre debe tomar conciencia de esta actividad interior y ver la relación entre el mundo causal interior de la imaginación y el mundo exterior sensual de los efectos.

Es algo maravilloso descubrir que puedes imaginarte en el estado de tu deseo realizado y escapar de las cárceles que construyó la ignorancia.

El Hombre Real es una Imaginación Magnífica. Es este yo el que hay que despertar.

**"Despierta tú que duermes, y levántate de entre los muertos, y te alumbrará Cristo".**
Efesios 5:14

En el momento en que el hombre descubre que su imaginación es Cristo, realiza actos que a este nivel sólo pueden calificarse de milagrosos. Pero hasta que el hombre no tenga el sentido de que Cristo es su imaginación - "No me habéis elegido vosotros a mí, sino que yo os he elegido a vosotros" [Juan 15:16]-, lo verá todo en pura objetividad, sin ninguna relación subjetiva."

Al no darse cuenta de que todo lo que encuentra es parte de sí mismo, se rebela ante la idea de que ha elegido las condiciones de su vida, de que están relacionadas por afinidad con su propia actividad mental.

El hombre debe llegar a creer firmemente que la realidad está dentro de él y no fuera.

Aunque los demás tengan cuerpo, vida propia, su realidad está enraizada en ti, termina en ti, como la tuya termina en Dios.

# CAPÍTULO 2: INSTRUCCIONES SELLADAS

**"El primer poder que nos sale al encuentro en el umbral del dominio del alma es el poder de la imaginación".**
Dr. Franz Hartmann

FUI CONSCIENTE por PRIMERA VEZ del poder, la naturaleza y la función redentora de la imaginación a través de las enseñanzas de mi amigo Abdullah; y a través de experiencias posteriores, aprendí que Jesús era un símbolo de la llegada de la imaginación al hombre, que la prueba de Su nacimiento en el hombre era la capacidad del individuo para perdonar el pecado; es decir, su capacidad para identificarse a sí mismo o a otro con su objetivo en la vida.

Sin la identificación del hombre con su objetivo, el perdón del pecado es una imposibilidad, y sólo el Hijo de Dios puede perdonar el pecado.

Por tanto, la capacidad del hombre de identificarse con su objetivo, aunque la razón y sus sentidos lo nieguen, es una prueba del nacimiento de Cristo en él.

Rendirte pasivamente a las apariencias e inclinarte ante la evidencia de los hechos es confesar que Cristo aún no ha nacido en ti.

Aunque esta enseñanza me chocó y me repugnó al principio -pues yo era un cristiano convencido y ferviente, y no sabía entonces que el cristianismo no podía heredarse por el mero accidente del nacimiento, sino que debía adoptarse conscientemente como forma de vida-, más tarde, a través de visiones, revelaciones místicas y experiencias prácticas, se introdujo en mi entendimiento y encontró su interpretación en un estado de ánimo más profundo.

Pero debo confesar que es una época difícil cuando se tambalean las cosas que uno siempre ha dado por sentadas.

### "¿Ves estos grandes edificios? No quedará piedra sobre piedra que no sea derribada".
Marcos 13:2

No quedará ni una piedra de comprensión literal después de beber el agua del significado psicológico.

Todo lo que ha construido la religión natural es arrojado a las llamas del fuego mental. Sin embargo, ¿qué mejor manera hay de comprender a Cristo Jesús que identificar al personaje central de los Evangelios con la imaginación humana, sabiendo que, cada vez que ejercitas tu imaginación amorosamente en favor de otro, estás literalmente mediando de Dios al hombre y, por tanto, alimentando y vistiendo a Cristo Jesús, y que, cada vez que imaginas el mal contra otro, estás literalmente golpeando y crucificando a Cristo Jesús?

Toda imaginación del hombre es el vaso de agua fría o la esponja de vinagre para los labios resecos de Cristo.

"Que ninguno de vosotros imagine el mal en su corazón contra su prójimo", advirtió el profeta Zacarías [8,17].

Cuando el hombre atienda a este consejo, despertará del sueño impuesto de Adán a la plena conciencia del Hijo de Dios. Él está en el mundo, y el mundo está hecho por Él, y el mundo no le conoce [Aprox., Juan 1:10]: La Imaginación Humana.

Me pregunté muchas veces: "Si mi imaginación es Cristo Jesús y todo es posible para Cristo Jesús, ¿todo es posible para mí?".

A través de la experiencia, he llegado a saber que, cuando me identifico con mi objetivo en la vida, entonces Cristo está despierto en mí.

"Cristo basta para todo. [Porque en Él habita corporalmente toda la plenitud de la Divinidad, y vosotros estáis completos en Él, que es la cabeza de todo principado y potestad", Colosenses 2:9,10; "Te basta mi gracia", 2Corintios 12:9].

### "Yo pongo Mi vida para volverla a tomar. Nadie Me la quita, sino que Yo la pongo de Mí mismo".
Juan 10:17,18

¡Qué consuelo es saber que todo lo que experimento es el resultado de mi propia norma de creencias; que soy el centro de mi propia red de circunstancias y que, a medida que yo cambio, también debe hacerlo mi mundo exterior!

El mundo presenta distintas apariencias según difieran nuestros estados de conciencia.

Lo que vemos cuando estamos identificados con un estado no puede verse cuando ya no estamos fusionados con él.

Por estado se entiende todo lo que el hombre cree y consiente como verdadero.

Ninguna idea presentada a la mente puede realizarse a menos que la mente la acepte.

Depende de la aceptación, del estado con el que nos identifiquemos, de cómo se presenten las cosas. En la fusión de la imaginación y los estados se encuentra la conformación del mundo tal como parece. El mundo es una revelación de los estados con los que se fusiona la imaginación. Es el estado desde el que pensamos el que determina el mundo objetivo en el que vivimos. El rico, el pobre, el bueno y el ladrón son lo que son en virtud de los estados desde los que ven el mundo. De la distinción entre estos estados depende la distinción entre los mundos de estos hombres. Individualmente tan diferente es este mismo mundo. No hay que comparar las acciones y el comportamiento del hombre bueno, sino su punto de vista.

Las reformas exteriores son inútiles si no se cambia el estado interior.

El éxito no se consigue imitando las acciones externas de los que tienen éxito, sino con acciones internas correctas y hablando interiormente.

Si nos desprendemos de un estado, y podemos hacerlo en cualquier momento, las condiciones y circunstancias a las que esa unión dio el ser se desvanecen.

Fue en el otoño de 1933, en Nueva York, cuando me acerqué a Abdullah con un problema. Me hizo una simple pregunta: "¿Qué quieres?".

Le dije que me gustaría pasar el invierno en Barbados, pero que estaba sin blanca. Literalmente, no tenía ni un céntimo.

"Si te imaginas que estás en Barbados", dijo, "pensando y viendo el mundo desde ese estado de conciencia en lugar de pensar en Barbados, pasarás allí el invierno.

No debes preocuparte por los medios para llegar allí, pues el estado de conciencia de estar ya en Barbados, si lo ocupa tu imaginación, ideará los medios más adecuados para realizarse."

El hombre vive comprometiéndose con estados invisibles, fusionando su imaginación con lo que sabe que es distinto de él, y en esta unión experimenta los resultados de esa fusión. Nadie puede perder lo que tiene, si no es desprendiéndose del estado en el que las cosas experimentadas tienen su vida natural.

"Debes imaginarte en el estado de tu deseo cumplido", me dijo Abdullah, "y dormirte viendo el mundo desde Barbados".

El mundo que describimos a partir de la observación debe ser como lo describimos en relación con nosotros mismos.

Nuestra imaginación nos conecta con el estado deseado.

Pero debemos utilizar la imaginación con maestría, no como espectadores que piensan en el final, sino como partícipes que piensan desde el final.

Debemos estar realmente allí en la imaginación.

Si hacemos esto, nuestra experiencia subjetiva se realizará objetivamente.

"Esto no es mera fantasía", dijo, "sino una verdad que puedes demostrar por experiencia".

Su llamamiento a entrar en el deseo cumplido era el secreto de pensar desde el fin. Todo estado está ya ahí como "mera posibilidad" mientras piensas en él, pero es poderosamente real cuando piensas desde él. Pensar desde el final es el camino de Cristo.

Empecé allí mismo, fijando mis pensamientos más allá de los límites del sentido, más allá de ese aspecto al que daba existencia mi estado actual, hacia la sensación de estar ya en Barbados y ver el mundo desde ese punto de vista.

Destacó la importancia del estado desde el que el hombre ve el mundo cuando se duerme. Todos los profetas afirman que la voz de Dios la oye el hombre principalmente en sueños.

**"En un sueño, en una visión nocturna, cuando el sueño profundo se apodera de los hombres, mientras duermen en el lecho; entonces abre los oídos de los hombres y sella su instrucción".**
Job 33:15,16

Aquella noche y varias noches después, me dormí pensando que estaba en casa de mi padre, en Barbados. Al cabo de un mes, recibí una carta de mi hermano, en la que me decía que tenía un gran deseo de tener a la familia reunida en Navidad y me pedía que utilizara el billete de barco de vapor adjunto para Barbados. Me embarqué dos días después de recibir la carta de mi hermano y pasé un invierno maravilloso en Barbados.

Esta experiencia me ha convencido de que el hombre puede ser lo que quiera si hace habitual la concepción y piensa desde el fin.

También me ha mostrado que ya no puedo excusarme echando la culpa al mundo de las cosas externas, que mi bien y mi mal no dependen más que de mí mismo, que depende del estado desde el que veo el mundo cómo se presentan las cosas.

El hombre, que es libre en su elección, actúa a partir de concepciones que elige libremente, aunque no siempre con sabiduría. Todos los estados concebibles están a la espera de nuestra elección y ocupación, pero ninguna racionalización nos proporcionará por sí misma el estado de conciencia que es lo único que merece la pena tener.

La imagen imaginativa es lo único que hay que buscar.

El fin último de la imaginación es crear en nosotros "el espíritu de Jesús", que es el perdón continuo del pecado, la identificación continua del hombre con su ideal.

Sólo identificándonos con nuestro objetivo podremos perdonarnos por no haberlo alcanzado. Todo lo demás es trabajo en vano. En este camino, a cualquier lugar o estado al que llevemos nuestra imaginación, a ese lugar o estado gravitaremos también físicamente".

**"En la casa de mi Padre hay muchas moradas; si no fuera así, os lo habría dicho. Voy a prepararos un lugar. Y si me voy y os preparo un lugar, vendré otra vez y os recibiré a mí mismo, para que donde yo esté, estéis también vosotros."**
Juan 14:2,3

Al dormir en la casa de mi padre en mi imaginación como si durmiera allí en la carne, fusioné mi imaginación con ese estado y me vi obligado a experimentar ese estado también en la carne.

Tan vívido era para mí este estado, que podría haber sido visto en la casa de mi padre si cualquier sensible hubiera entrado en la habitación donde en la imaginación dormía. Un hombre puede ser visto donde está en la imaginación, pues un hombre debe estar donde está su imaginación, ya que su imaginación es él mismo. Esto lo sé por experiencia, pues he sido visto por algunos a quienes deseaba ser visto, cuando físicamente me encontraba a cientos de kilómetros de distancia.

Yo, por la intensidad de mi imaginación y sentimiento, imaginándome y sintiéndome en Barbados en vez de simplemente pensando en Barbados, había atravesado el vasto Atlántico para influir en mi hermano a fin de que deseara mi presencia para completar el círculo familiar en Navidad.

Pensar desde el final, desde el sentimiento de mi deseo cumplido, era la fuente de todo lo que ocurría como causa externa, como el impulso de mi hermano de enviarme un billete de vapor; y también era la causa de todo lo que aparecía como resultado.

En Ideas del Bien y del Mal, W. B. Yeats, tras describir algunas experiencias similares a la mía, escribe:

"Si todos los que han descrito sucesos como éste no han soñado, deberíamos reescribir nuestras historias, pues todos los hombres, ciertamente todos los hombres imaginativos, deben estar siempre lanzando encantamientos, espejismos, ilusiones; y todos los hombres, especialmente los hombres tranquilos que no tienen una vida egoísta poderosa, deben estar pasando continuamente bajo su poder."

La imaginación decidida, pensando desde el final, es el principio de todos los milagros.

Me gustaría que creyeras inmensamente en los milagros, pero milagro no es más que el nombre que dan a las obras de la imaginación quienes no conocen el poder y la función de la imaginación.

Imaginarse a uno mismo en la sensación del deseo cumplido es el medio por el que se entra en un nuevo estado. Esto confiere al estado la cualidad de ser.

nos dice Hermes:

**"Lo que es, se manifiesta; lo que ha sido o será, no se manifiesta, pero no está muerto; pues el Alma, la actividad eterna de Dios, anima todas las cosas".**

El futuro debe convertirse en presente en la imaginación de aquel que sabia y conscientemente crea las circunstancias.

Debemos traducir la visión en Ser, el pensamiento de en pensamiento desde. La imaginación debe centrarse en algún estado y ver el mundo desde ese estado. Pensar desde es una percepción intensa del mundo del deseo cumplido.

Pensar desde el estado deseado es la vida creativa. La ignorancia de esta capacidad de pensar desde el fin es la esclavitud.

Es la raíz de todas las ataduras a las que está sometido el hombre. Rendirse pasivamente a la evidencia de los sentidos subestima las capacidades del Ser Interior.

Una vez que el hombre acepta el pensar desde el fin como principio creador en el que puede cooperar, entonces se redime del absurdo de intentar alcanzar su objetivo simplemente pensándolo.

Construye todos los fines según el modelo del deseo cumplido.

Toda la vida no es más que el apaciguamiento del hambre, y los infinitos estados de conciencia desde los que un hombre puede ver el mundo no son más que un medio de satisfacer esa hambre.

El principio sobre el que se organiza cada estado es alguna forma de hambre para elevar la pasión por la autogratificación a niveles de experiencia cada vez más altos.

El deseo es el resorte principal de la maquinaria mental. Es algo bendito. Es un deseo correcto y natural que tiene como satisfacción correcta y natural un estado de conciencia.

**"Pero una cosa hago: olvidando lo que queda atrás, y extendiéndome hacia lo que está delante, prosigo hacia la meta".**
Filipenses 3:13,14

Es necesario tener un objetivo en la vida. Sin un objetivo, vamos a la deriva. "¿Qué quieres de Mí?" [¿Qué quieres que te haga? [¿Qué quieres que te haga? Lucas 18:41] es la pregunta implícita que formula con más frecuencia la figura central de los Evangelios. Al definir tu objetivo, debes desearlo.

**"Como el ciervo corre tras los arroyos de agua, así corre mi alma tras Ti, oh, Dios".**
Salmos 42:1

Es la falta de esta dirección apasionada hacia la vida lo que hace que el hombre fracase en su realización.

Es muy importante tender el puente entre el deseo -pensar en- y la satisfacción -pensar desde-.

Debemos pasar mentalmente de pensar en el fin a pensar desde el fin.

Esto, la razón nunca podría hacerlo. Por su naturaleza, está restringida a la evidencia de los sentidos; pero la imaginación, al no tener tal limitación, puede hacerlo.

El deseo existe para ser gratificado en la actividad de la imaginación.

Mediante la imaginación, el hombre escapa de la limitación de los sentidos y de la esclavitud de la razón.

No hay nada que detenga al hombre que puede pensar desde el final. Nada puede detenerle. Crea los medios y hace crecer su camino fuera de la limitación hacia mansiones del Señor cada vez más grandes.

No importa lo que haya sido o lo que sea. Lo único que importa es "qué quiere".

Sabe que el mundo es una manifestación de la actividad mental que se desarrolla en su interior, por lo que se esfuerza por determinar y controlar los fines desde los que piensa.

En su imaginación habita en el fin, seguro de que allí morará también en la carne.

Pone toda su confianza en el sentimiento del deseo cumplido y vive comprometiéndose con ese estado, pues el arte de la fortuna consiste en tentarle para que así lo haga.

Como el hombre del estanque de Betesda, está preparado para que se muevan las aguas de la imaginación.

Sabiendo que todo deseo es grano maduro para quien sabe pensar desde el final, se muestra indiferente ante la mera probabilidad razonable y confiado en que, mediante la imaginación continua, sus suposiciones se endurecerán hasta convertirse en hechos.

Pero cómo persuadir a los hombres de todo el mundo de que pensar desde el fin es lo único vivo, cómo fomentarlo en cada actividad del hombre, cómo revelarlo como la plenitud de la vida y no como la compensación de los decepcionados: ése es el problema.

La vida es algo controlable.

Puedes experimentar lo que te plazca una vez que te des cuenta de que eres Su Hijo, y de que eres lo que eres en virtud del estado de conciencia desde el que piensas y ves el mundo,

**"Hijo, Tú estás siempre conmigo, y todo lo que tengo es Tuyo".**
Lucas 15:31

# CAPÍTULO 3: LAS AUTOPISTAS DEL MUNDO INTERIOR

"Y los niños luchaban dentro de ella... y el Señor le dijo: Dos pueblos están en tu seno, y dos clases de pueblos se separarán de tus entrañas; y un pueblo será más fuerte que el otro pueblo, y el mayor servirá al menor."
Génesis 25:22,23

LA DUALIDAD ES una condición inherente a la vida. Todo lo que existe es doble. El hombre es una criatura dual con principios contrarios incrustados en su naturaleza. Luchan en su interior y presentan actitudes ante la vida que son antagónicas. Este conflicto es la empresa eterna, la guerra en el cielo, la lucha interminable del hombre más joven o interior de la imaginación por afirmar Su supremacía sobre el hombre mayor o exterior del sentido.

**"Los primeros serán los últimos y los últimos serán los primeros".**
Mateo 19:30
**"El que viene detrás de mí es preferido antes que yo".**
Juan 1:27
**"El segundo Hombre es el Señor del cielo".**
1 Corintios 15:47

El hombre comienza a despertar a la vida imaginativa en el momento en que siente la presencia de otro ser en sí mismo.

En tus miembros yacen naciones gemelas, razas rivales desde su nacimiento; una ganará el dominio, la más joven sobre la mayor reinará.

Cada hombre posee dos centros de pensamiento o perspectivas del mundo distintos.

La Biblia habla de estas dos perspectivas como natural y espiritual.

**"El hombre natural no recibe las cosas del Espíritu de Dios, porque le son locura, y no las puede entender, porque se disciernen espiritualmente."**
1 Corintios 2:14

El cuerpo interior del hombre es tan real en el mundo de la experiencia subjetiva como su cuerpo físico exterior lo es en el mundo de las realidades externas, pero el cuerpo interior expresa una parte más fundamental de la realidad.

Este cuerpo interior existente en el hombre debe ejercitarse y dirigirse conscientemente.

El mundo interior del pensamiento y del sentimiento con el que está sintonizado el cuerpo interior tiene su estructura real y existe en su propio espacio superior.

Hay dos tipos de movimiento, uno que es conforme al cuerpo interior y otro que es conforme al cuerpo exterior. El movimiento que es conforme al cuerpo interior es causal, pero el movimiento exterior es bajo coacción. El movimiento interior determina el exterior que está unido a él, llevando al exterior un movimiento que es similar a las acciones del cuerpo interior. El movimiento interior es la fuerza por la que se producen todos los acontecimientos. El movimiento exterior está sometido a la compulsión que le aplica el movimiento del cuerpo interior.

Siempre que las acciones del cuerpo interior coincidan con las acciones que el exterior debe realizar para apaciguar el deseo, ese deseo se realizará.

Construye mentalmente un drama que implique que tu deseo se realice y haz que implique movimiento del yo. Inmoviliza tu yo físico exterior. Actúa exactamente como si fueras a echarte una siesta, e inicia la acción predeterminada en la imaginación.

Una representación vívida de la acción es el comienzo de esa acción. Luego, mientras te duermes, imagínate conscientemente en la escena. La duración del sueño no es importante, una siesta corta es suficiente, pero llevar la acción al sueño convierte la fantasía en un hecho.

Al principio tus pensamientos pueden ser como ovejas errantes que no tienen pastor. No desesperes. Si tu atención se desvía setenta veces siete, devuélvela setenta veces siete a su curso predeterminado hasta que, por puro agotamiento, siga el camino señalado. El viaje interior nunca debe carecer de dirección. Cuando emprendes el camino interior, es para hacer lo que hacías mentalmente antes de empezar. Vas a por el premio que ya has visto y aceptado.

En El camino a Xanadú, el profesor John Livingston Lowes dice:

"Pero hace tiempo que tengo la sensación, que este estudio ha madurado hasta convertirla en convicción, de que la Fantasía y la Imaginación no son en absoluto dos potencias, sino una sola. La distinción válida que existe entre ellas reside, no en los materiales con los que operan, sino en el grado de intensidad de la propia potencia operante. Trabajando a alta tensión, la energía imaginativa asimila y transmuta; a baja tensión, la misma energía agrega y une las imágenes que, en su tono más alto, funde indisolublemente en una".

La fantasía ensambla, la imaginación funde.

He aquí una aplicación práctica de esta teoría. Hace un año, una chica ciega que vivía en la ciudad de San Francisco se encontró con un problema de transporte. Un cambio de ruta de los autobuses la obligó a hacer tres transbordos entre su casa y su oficina. Esto alargaba su viaje de quince minutos a dos horas y quince minutos. Reflexionó seriamente sobre este problema y llegó a la conclusión de que la solución era un coche. Sabía que no podía conducir un coche, pero creía que podían llevarla en uno. Poniendo a prueba la teoría de que "siempre que las acciones del yo interior se correspondan con las acciones que el yo exterior, físico, debe realizar para apaciguar el deseo, ese deseo se realizará", se dijo a sí misma: "Me sentaré aquí e imaginaré que me llevan en coche a mi oficina".

Sentada en el salón de su casa, empezó a imaginarse sentada en un coche. Sintió el ritmo del motor. Imaginó que olía el olor de la gasolina, sintió el movimiento del coche, tocó la manga del conductor y sintió que éste era un hombre. Sintió que el coche se detenía y, volviéndose hacia su acompañante, dijo: "Muchas gracias, señor".

A lo que él respondió: "El placer es todo mío".

Luego salió del coche y oyó el chasquido de la puerta al cerrarla.

Me dijo que centraba su imaginación en estar en un coche y, aunque era ciega, veía la ciudad desde su paseo imaginario. No pensaba en el viaje. Pensaba en el viaje y en todo lo que implicaba. Este viaje intencionado, controlado y dirigido subjetivamente, elevó su imaginación a su máxima potencia. Mantenía su propósito siempre ante ella, sabiendo que había cohesión en el movimiento interior intencionado. En estos viajes mentales debe mantenerse una continuidad emocional: la emoción del deseo cumplido. La expectativa y el deseo se unieron tan intensamente que pasaron de inmediato de un estado mental a un acto físico.

El yo interior se mueve por el curso predeterminado mejor cuando colaboran las emociones. El yo interior debe encenderse, y se enciende mejor con el pensamiento de grandes hazañas y beneficios personales. Debemos sentir placer en nuestras acciones.

En dos días sucesivos, la niña ciega dio su paseo imaginario, dándole toda la alegría y viveza sensorial de la realidad. Unas horas después de su segundo paseo imaginario, una amiga le habló de una noticia aparecida en el periódico de la tarde. Era la historia de un hombre que se interesaba por los ciegos. La chica ciega le telefoneó y le expuso su problema. Al día siguiente, de camino a casa, se detuvo en un bar y, mientras estaba allí, tuvo el impulso de contar la historia de la chica ciega a su amigo el propietario. Un completo desconocido, al oír la historia, se ofreció a llevar a la chica ciega a casa todos los días. El hombre que le contó la historia le dijo: "Si tú la llevas a casa, yo la llevaré al trabajo".

Esto ocurrió hace más de un año, y desde aquel día, estos dos caballeros llevan y traen a esta chica ciega a su oficina. Ahora, en lugar de pasar dos horas y quince minutos en tres autobuses, está en su oficina en menos de quince minutos. Y en aquel primer trayecto a su oficina, se volvió hacia su buen samaritano y le dijo: "Muchas gracias, señor"; y él respondió: "El placer es todo mío".

Así, los objetos de su imaginación eran para ella las realidades de las que la manifestación física sólo era el testigo.

El principio animador determinante era el paseo imaginativo. Su triunfo sólo podía sorprender a quienes no conocían su viaje interior. Ella veía mentalmente el mundo desde este paseo imaginativo con tal claridad de visión que cada aspecto de la ciudad alcanzaba identidad."

Estos movimientos interiores no sólo producen los correspondientes movimientos exteriores: ésta es la ley que opera por debajo de todas las apariencias físicas.

El que practique estos ejercicios de bilocación desarrollará poderes inusuales de concentración y quietud y alcanzará inevitablemente la conciencia despierta en el mundo interior y dimensionalmente más amplio.

Actualizándose con fuerza, cumplió su deseo, pues, contemplando la ciudad desde el sentimiento de su deseo cumplido, igualó el estado deseado y se concedió a sí misma lo que los hombres dormidos piden a Dios.

Para realizar tu deseo, debe iniciarse una acción en tu imaginación, aparte de la evidencia de los sentidos, que implique "movimiento del yo e implique la realización de tu deseo". Siempre que sea la acción que el yo exterior emprenda para apaciguar el deseo, ese deseo se realizará.

El movimiento de todo objeto visible no es causado por cosas externas al cuerpo, sino por cosas internas a él, que operan desde dentro hacia fuera.

El viaje está en ti mismo. Viajas por las carreteras del mundo interior. Sin movimiento interior, es imposible hacer surgir nada. La acción interior es sensación introvertida. Si construyes mentalmente un drama que implique que has realizado tu objetivo, luego cierras los ojos y dejas caer tus pensamientos hacia dentro, centrando todo el tiempo tu imaginación en la acción predeterminada y participas en esa acción, te convertirás en un ser autodeterminado.

La acción interior ordena todas las cosas según la naturaleza de sí misma.

Pruébalo y comprueba si una vez formulado el ideal deseable es posible, pues sólo mediante este proceso de experimentación podrás realizar tus potencialidades.

Es así como se realiza este principio creador. Así pues, la clave de la vida intencionada es centrar tu imaginación en la acción y el sentimiento del deseo cumplido con tal conciencia, con tal sensibilidad, que inicies y experimentes el movimiento en el mundo interior.

Las ideas sólo actúan si se sienten, si despiertan el movimiento interior. El movimiento interior está condicionado por la automotivación, el movimiento exterior por la compulsión.

**"Dondequiera que pise la planta de tu pie, lo mismo daré a"**
Josué 1:3
y recuerda,
**"El Señor tu Dios en medio de ti es poderoso".**
Sofonías 3:17

# CAPÍTULO 4: LAS TIJERAS DE PODAR DE LA REVISIÓN

**"El segundo Hombre es el Señor de los Cielos".**
1 Corintios 15:47
**"Nunca dirá orugas.**
**Dirá: "Hay muchas mariposas-así-que-ser en nuestras coles, Pure".**
**No dirá: "Es invierno".**
**Dirá: "Summer está durmiendo".**
**Y no hay capullo lo bastante pequeño ni de color tan triste como para que**
**Kester no lo llame el principio del golpe".**
Mary Webb, Precious Bane
EL PRIMER acto de corrección o cura es siempre "revisar". Hay que empezar
por uno mismo. Es la propia actitud la que hay que cambiar.
**"Lo que somos, sólo eso podemos ver".**
Emerson

Es un ejercicio de lo más saludable y productivo revivir diariamente el día
como te gustaría haberlo vivido, revisando las escenas para que se ajusten a
tus ideales.

Por ejemplo, supón que el correo de hoy trae noticias decepcionantes.
Revisa la carta. Reescríbela mentalmente y haz que se ajuste a las noticias que
desearías haber recibido. Luego, con la imaginación, lee la carta revisada una
y otra vez. Esta es la esencia de la revisión, y la revisión da lugar a la
revocación.

El único requisito es despertar tu atención de un modo y con tal intensidad que quedes totalmente absorto en la acción revisada. Experimentarás

una expansión y un refinamiento de los sentidos mediante este ejercicio imaginativo y, finalmente, alcanzarás la visión.

Pero recuerda siempre que el fin último de este ejercicio es crear en ti "el Espíritu de Jesús", que es el perdón continuo de los pecados.

La revisión es de la mayor importancia cuando el motivo es cambiar uno mismo, cuando hay un deseo sincero de ser algo diferente, cuando el anhelo es despertar el espíritu activo ideal del perdón.

Sin imaginación, el hombre sigue siendo un ser de pecado.

El hombre o avanza hacia la imaginación o permanece prisionero de sus sentidos. Avanzar hacia la imaginación es perdonar. El perdón es la vida de la imaginación. El arte de vivir es el arte de perdonar.

El perdón es, de hecho, experimentar en la imaginación la versión revisada del día, experimentar en la imaginación lo que desearías haber experimentado en la carne.

Cada vez que se perdona de verdad, es decir, cada vez que se revive el acontecimiento tal como debería haberse vivido, se nace de nuevo.

"Padre, perdónalos" no es la súplica que llega una vez al año, sino la oportunidad que se presenta cada día. La idea de perdonar es una posibilidad diaria, y, si se hace sinceramente, elevará al hombre a niveles cada vez más altos del ser. Experimentará una Pascua diaria, y la Pascua es la idea de resucitar transformado.

Y eso debería ser casi un proceso continuo.

La libertad y el perdón están indisolublemente unidos.

No perdonar es estar en guerra con nosotros mismos, pues somos liberados según nuestra capacidad de perdonar.

**"Perdona y serás perdonado".**
Lucas 6:37

Perdona, no sólo por sentido del deber o del servicio; perdona porque quieres.

**"Tus caminos son caminos agradables y todas tus sendas son paz".**
Proverbios 3:17

Debes sentir placer en la revisión. Sólo puedes perdonar eficazmente a los demás cuando tienes el sincero deseo de identificarlos con su ideal. El deber no tiene impulso.

El perdón consiste en retirar deliberadamente la atención del día no revisado y dedicarla con toda su fuerza, y alegría, al día revisado. Si un hombre empieza a revisar aunque sólo sea un poco las vejaciones y los problemas del día, entonces empieza a trabajar prácticamente sobre sí mismo. Cada revisión es una victoria sobre sí mismo y, por tanto, una victoria sobre su enemigo.

"Los enemigos del hombre son los de su casa", Mateo 10:36, y su casa es su estado de ánimo. Cambia su futuro como revisa su día.

Cuando un hombre practica el arte del perdón, de la revisión, por muy factual que sea la escena sobre la que se posa entonces la vista, la revisa con su imaginación y contempla una nunca antes presenciada. La magnitud del cambio que implica cualquier acto de revisión hace que dicho cambio parezca totalmente improbable para el realista, el hombre sin imaginación; pero los cambios radicales en la suerte del Pródigo [Lucas 15:11-32] fueron todos producidos por un "cambio de corazón".

La batalla que libra el hombre se libra en su propia imaginación. El hombre que no revisa el día ha perdido la visión de esa vida, a cuya semejanza es la verdadera labor del "Espíritu de Jesús" transformar esta vida.

**"Todo lo que queráis que los hombres hagan con vosotros, así haced vosotros con ellos, porque ésta es la ley".**
Mateo 7:12

He aquí la forma en que una amiga artista se perdonó a sí misma y se liberó del dolor, el fastidio y la antipatía. Sabiendo que sólo el olvido y el perdón nos llevarán a nuevos valores, se encomendó a su imaginación y escapó de la prisión de sus sentidos. Escribe:

"El jueves enseñé todo el día en la escuela de arte. Sólo una pequeña cosa empañó el día. Al entrar en mi aula de la tarde, descubrí que el conserje había dejado todas las sillas encima de los pupitres después de limpiar el suelo. Al levantar una silla, se me escapó de las manos y me dio un fuerte golpe en el empeine del pie derecho. Inmediatamente examiné mis pensamientos y descubrí que había criticado al hombre por no hacer bien su trabajo. Como había perdido a su ayudante, me di cuenta de que probablemente pensaba que había hecho más que suficiente y que había sido un regalo no deseado el que había rebotado y me había golpeado en el pie. Al mirar mi pie, vi que tanto mi piel como mis medias de nylon estaban intactas, así que olvidé todo el asunto.

Aquella noche, después de haber estado trabajando intensamente durante unas tres horas en un dibujo, decidí prepararme una taza de café. Para mi total asombro, no podía manejar en absoluto el pie derecho y me daba grandes golpes de dolor. Me acerqué de un salto a una silla y me quité la zapatilla para mirarlo. Todo el pie era de un extraño color rosa violáceo, estaba hinchado hasta perder la forma y al rojo vivo. Intenté caminar sobre él y me di cuenta de que sólo se agitaba. No tenía ningún control sobre él. Parecía una de dos: o me había roto un hueso al dejar caer la silla sobre él, o podía tener algo dislocado.

Es inútil especular sobre lo que es. Mejor deshacerse de él enseguida'.

Así que me quedé en silencio, dispuesta a fundirme en la luz. Para mi total desconcierto, mi imaginación se negó a cooperar. Se limitó a decir "No".

Esto me pasa a menudo cuando pinto. Empecé a argumentar: "¿Por qué no?" Y seguía diciendo: "No".

Finalmente, me rendí y le dije: 'Sabes que me duele. Me esfuerzo por no asustarme, pero tú eres el jefe. ¿Qué quieres hacer?

"La respuesta: 'Vete a la cama y repasa los acontecimientos del día'.

Así que le dije: 'De acuerdo. Pero déjame decirte que si mi pie no está perfecto mañana por la mañana, sólo podrás culparte a ti mismo'.

Después de acomodar la ropa de cama para que no me tocara el pie, empecé a repasar el día. Fue lento, ya que me costaba mantener la atención lejos de mi pie. Repasé todo el día y no vi nada que añadir al incidente de la silla. Pero cuando llegué a primera hora de la tarde, me encontré cara a cara con un hombre que durante el último año se había empeñado en no hablarme. La primera vez que esto ocurrió, pensé que se había quedado sordo. Le conocía desde la época del colegio, pero nunca habíamos hecho más que saludarnos y comentar el tiempo. Amigos comunes me aseguraron

Yo no había hecho nada, que él había dicho que nunca le había gustado y que finalmente había decidido que no valía la pena hablar. Había dicho "¡Hola!".

No había contestado. Me di cuenta de que pensaba: "Pobre hombre, en qué horrible estado se encuentra. Haré algo para remediar esta ridícula situación".

Así que, en mi imaginación, me detuve allí mismo y rehice la escena. Dije '¡Hola!' Él respondió '¡Hola!' y sonrió. Ahora pensé: "El bueno de Ed".

Repasé la escena un par de veces, pasé al siguiente incidente y terminé el día.

¿Y ahora qué, hacemos mi pie o el concierto?

Había estado fundiendo y envolviendo un maravilloso regalo de valor y éxito para una amiga que iba a debutar al día siguiente y estaba deseando dárselo esta noche. Mi imaginación sonaba un poco solemne cuando decía 'Hagamos el concierto. Será más divertido'.

'Pero primero, ¿no podríamos sacar mi pie de imaginación perfectamente bueno de este físico antes de empezar?' le supliqué. Por supuesto.

Hecho esto, me lo pasé muy bien en el concierto y mi amigo se llevó una tremenda ovación.

A estas alturas tenía mucho, mucho sueño y me quedé dormida haciendo mi proyecto. A la mañana siguiente, mientras me ponía la zapatilla, de repente tuve una rápida imagen en la memoria de cuando sacaba un pie descolorido e hinchado de la misma zapatilla. Saqué el pie y lo miré. Era perfectamente normal en todos los aspectos. Había una pequeña mancha rosada en el empeine, donde recordaba que lo había golpeado con la silla.

¡Qué sueño tan vívido! pensé y me vestí. Mientras esperaba el café, me acerqué a mi mesa de dibujo y vi que todos mis pinceles estaban desordenados y sin lavar. ¿Qué te ha llevado a dejar los pinceles así?

¿No te acuerdas? Fue por culpa de tu pie'.

Así que, después de todo, no había sido un sueño, sino una hermosa curación".

Había ganado por el arte de la revisión lo que nunca habría ganado por la fuerza.

**"En el Cielo, el único Arte de Vivir Es Olvidar y Perdonar. Especialmente a la Mujer".**
Blake

Deberíamos tomar nuestra vida, no como parece ser, sino desde la visión de este artista, desde la visión del mundo hecho perfecto que está enterrada bajo todas las mentes - enterrada y esperando a que revisemos el día.

**"Nos inducen a creer una mentira cuando vemos con, no a través del ojo".**
Blake

Una revisión del día, y lo que ella consideraba tan obstinadamente real ya no lo era para ella y, como un sueño, se había desvanecido silenciosamente.

Puedes revisar el día para complacerte a ti mismo y, al experimentar en la imaginación el discurso y las acciones revisadas, no sólo modificas la tendencia de la historia de tu vida, sino que conviertes todas sus discordias en armonías.

El que descubre el secreto de la revisión no puede hacer otra cosa que dejarse guiar por el amor.

Tu eficacia aumentará con la práctica. La revisión es la forma mediante la cual el derecho puede encontrar su fuerza adecuada.

"No resistáis al mal" [Mateo 5:39], pues todos los conflictos pasionales dan lugar a un intercambio de características.

**"Al que sabe hacer el bien y no lo hace, le es pecado".**
Santiago 4:17

Para conocer la verdad, debes vivir la verdad, y para vivir la verdad, tus acciones interiores deben coincidir con las acciones de tu deseo cumplido.

La expectativa y el deseo deben convertirse en uno.

Tu mundo exterior sólo es movimiento interior actualizado.

Por ignorancia de la ley de la revisión, los que se lanzan a la guerra son perpetuamente derrotados.

Sólo los conceptos que idealizan describen la verdad.

Tu ideal del hombre es su yo más verdadero. Porque creo firmemente que lo que es más profundamente imaginativo es, en realidad, lo más directamente práctico, te pido que vivas imaginativamente y que pienses y te apropies personalmente del dicho trascendente:

**"Cristo en vosotros, esperanza de gloria".**
Colosenses 1:27

No culpes; sólo resuelve.

No es el hombre y la tierra en su estado más bello, sino tú practicando el arte de la revisión haces el paraíso.

La prueba de esta verdad sólo puede residir en tu propia experiencia de ella.

Intenta repasar el día. A las tijeras de podar de la revisión debemos nuestros mejores frutos.

# CAPÍTULO 5: LA MONEDA DEL CIELO

"'¿Una firme persuasión de que una cosa es así, hace que lo sea?'
Y el profeta respondió: 'Todos los poetas creen que sí. Y en épocas de
imaginación, esta firme persuasión removía montañas: pero muchos no
son capaces de una firme persuasión de nada'".
Blake, Matrimonio del Cielo y del Infierno
"Que cada uno esté plenamente persuadido en su propia mente".
Romanos 14:5

LA PERSUASIÓN ES un esfuerzo interior de atención intensa.

Escuchar atentamente como si oyeras es evocar, activar.

Escuchando, puedes oír lo que quieres oír y persuadir a los que están más allá del alcance del oído externo. Háblalo sólo interiormente en tu imaginación.

Haz que tu conversación interior coincida con tu deseo cumplido. Lo que deseas oír fuera, debes oírlo dentro.

Abraza el sin dentro y conviértete en alguien que sólo escucha lo que implica la realización de su deseo, y todos los acontecimientos externos del mundo se convertirán en un puente que te conducirá a la realización objetiva de tu deseo.

Tu discurso interior se escribe perpetuamente a tu alrededor en los acontecimientos.

Aprende a relacionar estos sucesos con tu discurso interior y llegarás a ser autodidacta.

Por discurso interior se entienden las conversaciones mentales que mantienes contigo mismo.

Pueden ser inaudibles cuando estás despierto a causa del ruido y las distracciones del mundo exterior del devenir, pero son bastante audibles en la meditación profunda y en el sueño.

Pero sean audibles o inaudibles, tú eres su autor y formas tu mundo a su semejanza.

**"Hay un Dios en el cielo [y el cielo está dentro de ti] que revela los secretos y da a conocer al rey Nabucodonosor lo que sucederá en los últimos días. Estos son tus sueños y las visiones de tu cabeza en tu lecho".**
Daniel 2:28

El discurso interior a partir de premisas de deseo cumplido es la forma de crear un mundo inteligible para ti mismo.

Observa tu discurso interior, pues es la causa de la acción futura. El habla interior revela el estado de conciencia desde el que ves el mundo.

Haz que tu discurso interior coincida con tu deseo cumplido, pues tu discurso interior se manifiesta a tu alrededor en los acontecimientos.

Si alguno no ofende en palabra, es hombre perfecto y capaz también de refrenar todo el cuerpo. He aquí, ponemos freno en la boca de los caballos para que nos obedezcan, y hacemos girar todo su cuerpo. Mirad también las naves, que aunque son tan grandes y las empujan vientos impetuosos, con un timón muy pequeño las hacen girar hacia donde el gobernador les indique. Así también la lengua es un miembro pequeño, y se jacta de grandes cosas. He aquí, ¡qué gran cosa enciende un pequeño fuego!

Santiago 3:2-5

Todo el mundo manifestado va a mostrarnos qué uso hemos hecho de la Palabra - Habla Interior.

Una observación acrítica de nuestro hablar interior nos revelará las ideas desde las que vemos el mundo.

La conversación interior refleja nuestra imaginación, y nuestra imaginación refleja el estado con el que está fusionada. Si el estado con el que estamos fusionados es la causa del fenómeno de nuestra vida, entonces estamos liberados de la carga de preguntarnos qué hacer, pues no tenemos otra alternativa que identificarnos con nuestro objetivo, y en la medida en que el estado con el que estamos identificados se refleja en nuestro habla interior, entonces para cambiar el estado con el que estamos fusionados, primero debemos cambiar nuestro habla interior.

Son nuestras conversaciones interiores las que hacen los hechos de mañana.

"Despojaos de la antigua manera de vivir, del viejo hombre, que está
corrompido... y renovaos en el espíritu de vuestra mente... vestíos del
hombre nuevo, creado en la justicia".
Efesios 4:22-24
"Nuestras mentes, como nuestros estómagos, se avivan con el cambio de
comida".
Quintiliano

Detén todo el viejo discurso interior mecánico negativo y comienza un
nuevo discurso interior positivo y constructivo a partir de premisas de deseo
cumplido. El habla interior es el comienzo, la siembra de las semillas de la
acción futura. Para determinar la acción, debes iniciar y controlar conscientemente tu habla interior.

Construye una frase que implique el cumplimiento de tu objetivo, como
"Tengo unos ingresos elevados, constantes y fiables, acordes con la integridad
y el beneficio mutuo", o "Estoy felizmente casado", "Me quieren", "Contribuyo
al bien del mundo", y repite esa frase una y otra vez hasta que te afecte
interiormente. Nuestro discurso interior representa de diversas maneras el
mundo en el que vivimos.

"En el principio era el Verbo".
Juan 1:1
"Lo que sembráis, cosecháis. ¡Ved aquellos campos! El sésamo era sésamo,
el maíz era maíz. ¡El Silencio y la Oscuridad lo sabían! Así nace el destino
del hombre".
La luz de Asia - Edwin Arnold
Los extremos son fieles a los orígenes.
"Los que van en busca del amor sólo ponen de manifiesto su propio
desamor. Y los desamorados nunca encuentran el amor, sólo los que aman
encuentran el amor, y nunca tienen que buscarlo".
D. H. Lawrence

El hombre atrae lo que es. El arte de la vida consiste en mantener el sentimiento del deseo cumplido y dejar que las cosas vengan a ti, no ir tras ellas ni
pensar que huyen.

Observa tu conversación interior y recuerda tu objetivo. ¿Coinciden?

¿Coincide tu discurso interior con lo que dirías audiblemente si hubieras
conseguido tu objetivo?

El discurso y las acciones interiores del individuo atraen las condiciones
de su vida.

A través de la autoobservación acrítica de tu conversación interior, descubres dónde estás en el mundo interior, y dónde estás en el mundo interior es lo que eres en el mundo exterior.

Te revistes del hombre nuevo siempre que los ideales y el discurso interior coincidan. Sólo así puede nacer el hombre nuevo.

La conversación interior madura en la oscuridad.

De la oscuridad sale a la luz. El discurso interior correcto es el discurso que sería tuyo si realizaras tu ideal. En otras palabras, es el habla del deseo realizado.

**"Yo soy eso".**

Éxodo 3:14

**"Hay dos dones que Dios ha concedido únicamente al hombre, y a ninguna otra criatura mortal. Estos dos son la mente y la palabra; y el don de la mente y la palabra equivale al de la inmortalidad. Si un hombre utiliza correctamente estos dos dones, en nada se diferenciará de los inmortales... y cuando abandone el cuerpo, la mente y el habla serán sus guías, y por ellos será introducido en la tropa de los dioses y de las almas que han alcanzado la bienaventuranza."**

Hermetica, traducción de Walter Scott

Las circunstancias y condiciones de la vida son habla interior, sonido solidificado. El habla interior llama a los acontecimientos a la existencia. En cada acontecimiento está el sonido creador que es su vida y su ser.

Todo lo que un hombre cree y consiente como verdadero se revela en su discurso interior. Es su Palabra, su vida.

Intenta darte cuenta de lo que estás diciendo en ti en este momento, a qué pensamientos y sentimientos estás dando tu consentimiento. Se entretejerán perfectamente en tu tapiz de vida. Para cambiar tu vida, debes cambiar tu habla interior, pues "la vida", dijo Hermes, "es la unión de la Palabra y la Mente".

Cuando la imaginación haga coincidir tu discurso interior con el deseo cumplido, habrá entonces un camino recto en ti desde dentro hacia fuera, y el exterior reflejará instantáneamente el interior para ti, y sabrás que la realidad es sólo el discurso interior actualizado.

**"Recibid con mansedumbre la Palabra innata que puede salvar vuestras almas".**

Santiago 1:21

Cada etapa del progreso del hombre se realiza mediante el ejercicio consciente de su imaginación, haciendo coincidir su discurso interior con su deseo realizado.

Como el hombre no los cumple a la perfección, los resultados son inciertos, mientras que podrían ser perfectamente ciertos. La asunción persistente del deseo cumplido es el medio de cumplir la intención.

A medida que controlamos nuestra charla interior, haciéndola coincidir con nuestros deseos realizados, podemos dejar de lado todos los demás procesos. Entonces simplemente actuamos con imaginación e intención claras.

Imaginamos el deseo cumplido y mantenemos conversaciones mentales a partir de esa premisa.

Mediante el habla interior controlada a partir de premisas de deseo cumplido, se realizan milagros aparentes.

El futuro se convierte en presente y se revela en nuestro discurso interior.

Ser sostenido por el discurso interior del deseo cumplido es estar anclado con seguridad en la vida.

Nuestras vidas pueden parecer rotas por los acontecimientos, pero nunca están rotas mientras conservemos el discurso interior del deseo cumplido.

Toda felicidad depende del uso activo y voluntario de la imaginación para construir y afirmar interiormente que somos lo que queremos ser. Nos emparejamos con nuestros ideales recordando constantemente nuestro objetivo e identificándonos con él. Nos fusionamos con nuestros objetivos ocupándonos frecuentemente del sentimiento de nuestro deseo cumplido.

Es la frecuencia, la ocupación habitual, el secreto del éxito. Cuanto más a menudo lo hacemos, más natural resulta. La fantasía reúne. La imaginación continua fusiona.

Es posible resolver cualquier situación mediante el uso adecuado de la imaginación.

Nuestra tarea consiste en conseguir la frase adecuada, la que implica que nuestro deseo se realiza, y encender la imaginación con ella.

Todo esto está íntimamente relacionado con el misterio de "la vocecita apacible".

Hablar interiormente revela las actividades de la imaginación, actividades que son las causas de las circunstancias de la vida.

Por regla general, el hombre es totalmente inconsciente de su conversación interior y, por tanto, no se ve a sí mismo como la causa, sino como la víctima de las circunstancias.

Para crear conscientemente las circunstancias, el hombre debe dirigir conscientemente su discurso interior, haciendo coincidir "la vocecita apacible" con sus deseos realizados.

**"Llama a las cosas que no se ven como si se vieran".**
Romanos 4:17

La palabra interior correcta es esencial. Es la mayor de las artes.
Es la salida de la limitación hacia la libertad.

La ignorancia de este arte ha hecho del mundo un campo de batalla y una penitenciaría donde sólo se espera sangre y sudor, cuando debería ser un lugar de asombro y maravilla."

Hablar bien interiormente es el primer paso para convertirte en lo que quieres ser.

**"El habla es una imagen de la mente, y la mente es una imagen de Dios".**
Hermetica, traducción de Scott

En la mañana del 12 de abril de 1953, mi esposa fue despertada por el sonido de una gran voz de autoridad que hablaba en su interior y le decía: "Debes dejar de gastar tus pensamientos, tu tiempo y tu dinero. Todo en la vida debe ser una inversión".

Gastar es malgastar, despilfarrar, disponer sin retorno. Invertir es disponer para un fin del que se espera un beneficio. Esta revelación de mi mujer trata de la importancia del momento. Trata de la transformación del momento. Lo que deseamos no reside en el futuro, sino en nosotros mismos en este preciso momento.

En cualquier momento de nuestra vida, nos enfrentamos a una elección infinita: "lo que somos y lo que queremos ser".

Y lo que queremos ser ya existe, pero para realizarlo debemos adecuar nuestro discurso interior y nuestras acciones a ello.

**"Si dos de vosotros se ponen de acuerdo en la tierra sobre cualquier cosa que pidan, les será hecho por mi Padre que está en los cielos".**
Mateo 18:19

Lo único que cuenta es lo que se hace ahora.

El momento presente no retrocede al pasado. Avanza hacia el futuro para enfrentarse a nosotros, gastado o invertido.

El pensamiento es la moneda del cielo. El dinero es su símbolo terrenal.

Cada momento debe invertirse, y nuestra conversación interior revela si estamos gastando o invirtiendo.

Interésate más por lo que "dices ahora" interiormente que por lo que "has dicho", eligiendo sabiamente lo que piensas y lo que sientes ahora.

Cada vez que nos sentimos incomprendidos, mal utilizados, desatendidos, recelosos, temerosos, estamos gastando nuestros pensamientos y perdiendo el tiempo.

Siempre que asumimos la sensación de ser lo que queremos ser, estamos invirtiendo.

No podemos abandonar el momento a una charla interior negativa y esperar conservar el mando de la vida.

Ante nosotros van los resultados de todo lo que aparentemente queda atrás. El último momento no se ha ido, sino que se acerca.

**"Mi palabra no volverá a mí vacía, sino que hará lo que yo quiero y prosperará en aquello a que la envié".**
Isaías 55:11

Las circunstancias de la vida son las expresiones amortiguadas de la palabra interior que las hizo visibles.

"El Verbo", dijo Hermes, "es Hijo, y la Mente es Padre del Verbo. No están separados el uno del otro, pues la vida es la unión del Verbo y la Mente".

**"Nos hizo salir de Sí mismo por la Palabra de la Verdad".**
Santiago 1:18

Seamos "imitadores de Dios como hijos amados", Efesios 5:1, y utilicemos sabiamente nuestro discurso interior para moldear un mundo exterior en armonía con nuestro ideal.

**"El Señor hablaba por mí, y Su Palabra estaba en mi lengua".**
2 Samuel 23:2
La boca de Dios es la mente del hombre. Alimenta a Dios sólo con lo mejor.
**"Todo lo que es de buen nombre... en esto pensad".**
Filipenses 4:8

El momento presente siempre es precisamente el adecuado para una inversión, para pronunciar interiormente la palabra correcta.

**"La palabra está muy cerca de ti, en tu boca y en tu corazón, para que la pongas por obra. Mira, hoy he puesto ante ti la vida y el bien, la muerte y el mal, las bendiciones y las maldiciones. Escoge la vida".**
Deuteronomio 30:14,15,19

Eliges la vida y el bien y las bendiciones siendo aquello que eliges. Lo semejante sólo se conoce por lo semejante.

Haz que tu discurso interior bendiga y dé buenos informes.

La ignorancia del hombre sobre el futuro es el resultado de su ignorancia sobre su charla interior. Su charla interior refleja su imaginación, y su imaginación es un gobierno en el que la oposición nunca llega al poder.

Si el lector pregunta: "¿Y si el habla interior permanece subjetiva y no es capaz de encontrar un objeto para su amor?", la respuesta es: no permanecerá subjetiva, por la sencilla razón de que el habla interior siempre se objetiva a sí misma.

Lo que frustra y supura y se convierte en la enfermedad que aflige a la humanidad es la ignorancia del hombre sobre el arte de hacer corresponder las palabras interiores con el deseo cumplido.

El discurso interior refleja la imaginación, y la imaginación es Cristo.

Altera tu discurso interior y tu mundo perceptivo cambiará. Cuando el habla interior y el deseo entran en conflicto, el habla interior gana invariablemente.

Puesto que el habla interior se objetiva a sí misma, es fácil ver que si coincide con el deseo, éste se realizará objetivamente. Si no fuera así, diría con Blake

**"Antes asesinar a un niño en su cuna que alimentar deseos no realizados".**
Pero lo sé por experiencia:
**"La lengua... incendia el curso de la naturaleza".**
Santiago 3:6

# CAPÍTULO 6: ESTÁ DENTRO

"Ríos, Montañas, Ciudades, Pueblos,
Todos son Humanos, y cuando entras en
sus Senos caminas
En Cielos y Tierras, como en tu propio Seno llevas tu Cielo
Y la Tierra y todo lo que contemplas; aunque parezca Fuera, está Dentro,
En tu Imaginación, de la que este Mundo de la Mortalidad no es más que
una Sombra".
Blake, Jerusalén

EL MUNDO INTERIOR era tan real para Blake como la tierra exterior de
la vida despierta. Consideraba sus sueños y visiones como las realidades de las
formas de la naturaleza. Blake lo reducía todo a los cimientos de su propia
conciencia.

**"El Reino de los Cielos está dentro de vosotros".**
Lucas 17:21

El Hombre Real, el Hombre Imaginativo, ha investido al mundo exterior
con todas sus propiedades. La realidad aparente del mundo exterior, que
tanto le cuesta disolver, no es más que la prueba de la realidad absoluta del
mundo interior de su propia imaginación.

**"Nadie puede venir a mí, si el Padre que me ha enviado no le atrae... Yo y
Mi Padre somos Uno".**

Juan 6:44; 10:30

El mundo que se describe a partir de la observación es una manifestación de la actividad mental del observador.

Cuando el hombre descubre que su mundo es su propia actividad mental hecha visible, que ningún hombre puede venir a él a menos que él lo atraiga, y que no hay nadie a quien cambiar salvo a sí mismo, su propio yo imaginativo, su primer impulso es remodelar el mundo a imagen de su ideal.

Pero su ideal no se encarna tan fácilmente. En el momento en que deja de ajustarse a la disciplina externa, debe imponerse a sí mismo una disciplina mucho más rigurosa, la autodisciplina de la que depende la realización de su ideal.

La imaginación no es totalmente libre y libre de moverse a su antojo sin ninguna regla que la limite. De hecho, ocurre lo contrario. La imaginación se desplaza según la costumbre.

La imaginación tiene elección, pero elige según el hábito. Despierta o dormida, la imaginación del hombre está obligada a seguir ciertas pautas definidas. Es esta influencia adormecedora de la costumbre lo que el hombre debe cambiar; si no lo hace, sus sueños se desvanecerán bajo la parálisis de la costumbre.

La imaginación, que es Cristo en el hombre, no está sujeta a la necesidad de producir sólo lo que es perfecto y bueno. Ejerce su libertad absoluta de la necesidad dotando al ser físico exterior de libre albedrío para elegir seguir el bien o el mal, el orden o el desorden.

**"Elegid hoy a quién serviréis".**
Josué 24:15

Pero una vez hecha y aceptada la elección de modo que forme la conciencia habitual del individuo, entonces la imaginación manifiesta su infinito poder y sabiduría moldeando el mundo exterior sensual del devenir a imagen del habla y las acciones interiores habituales del individuo.

Para realizar su ideal, el hombre debe cambiar primero la pauta que ha seguido su imaginación.

El pensamiento habitual es indicativo del carácter.

La forma de cambiar el mundo exterior es hacer que el discurso y la acción interiores coincidan con el discurso y la acción exteriores del deseo cumplido.

Nuestros ideales esperan encarnarse, pero a menos que nosotros mismos hagamos coincidir nuestro discurso y acción interiores con el discurso y la acción del deseo cumplido, son incapaces de nacer.

La palabra y la acción interiores son los canales de la acción de Dios. Él no puede responder a nuestra oración si no se ofrecen estos caminos.

El comportamiento exterior del hombre es mecánico. Está sujeto a la compulsión que le aplica el comportamiento del yo interior, y los viejos hábitos del yo interior se mantienen hasta que son sustituidos por otros nuevos. Es una propiedad peculiar del hombre segundo o interior que da al yo exterior algo parecido a su propia realidad de ser. Cualquier cambio en el comportamiento del yo interior dará lugar a los correspondientes cambios exteriores.

El místico llama "muerte" al cambio de conciencia. Por muerte entiende, no la destrucción de la imaginación y del estado con el que estaba fusionada, sino la disolución de su unión.

La fusión es unión y no unidad. Así desaparecen las condiciones a las que esa unión daba el ser. "Yo muero cada día", dijo Pablo a los Corintios [1 Corintios 15:31]. Blake dijo a su amigo Crabbe Robinson

No hay nada como la muerte. La muerte es lo mejor que puede ocurrir en la vida; pero la mayoría de la gente muere tan tarde y tarda tan poco en morir. Dios sabe que sus vecinos nunca les ven levantarse de entre los muertos.

Para el hombre exterior del sentido, que no sabe nada del hombre interior del Ser, esto es una pura tontería. Pero Blake dejó bien claro lo anterior cuando escribió el año anterior a su muerte

**"William Blake: alguien a quien le encanta estar en buena compañía. Nació el 28 de noviembre de 1757 en Londres y ha muerto varias veces desde entonces".**

Cuando el hombre tiene el sentido de Cristo como su imaginación, ve por qué Cristo debe morir y resucitar de entre los muertos para salvar al hombre, por qué debe desprender su imaginación de su estado actual y hacerla coincidir con un concepto más elevado de sí mismo si quiere elevarse por encima de sus limitaciones actuales y salvarse así.

He aquí una bonita historia de una muerte mística de la que fue testigo un "vecino".

"La semana pasada", escribe el "que resucitó de entre los muertos", "una amiga me ofreció su casa en las montañas para pasar las vacaciones de Navidad, ya que pensaba irse al este. Me dijo que me avisaría esta semana. Tuvimos una conversación muy agradable y te mencioné a ti y a tus enseñanzas en relación con una discusión sobre el "Experimento con el tiempo" de Dunne que ella había estado leyendo.

Su carta llegó el lunes. Al recogerla, tuve una repentina sensación de depresión. Sin embargo, cuando la leí, me dijo que podía quedarme con la casa y me dijo dónde conseguir las llaves.

En lugar de alegrarme, me deprimí aún más, tanto que decidí que debía de haber algo entre líneas que yo intuía. Desdoblé la carta, leí la primera página y, al pasar a la segunda, me di cuenta de que había escrito una posdata en el reverso de la primera hoja. Consistía en una descripción extremadamente contundente y dura de un rasgo desagradable de mi carácter que había luchado durante años por superar, y durante los dos últimos años creí que lo había conseguido.

Sin embargo, aquí estaba de nuevo, descrito con exactitud clínica.

Me quedé atónita y desolada. Pensé: "¿Qué intenta decirme esta carta? En primer lugar, me invita a utilizar su casa, pues me he estado viendo en alguna casa encantadora durante las vacaciones. En segundo lugar, nada viene a mí, salvo que yo lo dibuje. Y en tercer lugar, no he oído más que buenas noticias. Así pues, la conclusión obvia es que algo en mí se corresponde con esta carta y no importa lo que parezca, son buenas noticias. Volví a leer la carta y, mientras lo hacía, me pregunté: "¿Qué hay aquí para que yo lo vea?".

Y entonces lo vi. Empezaba así: "Después de nuestra conversación de la semana pasada, creo que puedo decirte...", y el resto de la página estaba tan lleno de "weres" y "wases" como las grosellas de un pastel de semillas. Me invadió una gran sensación de euforia.

Todo había quedado en el pasado. Lo que tanto me había costado corregir estaba hecho. De repente me di cuenta de que mi amigo era testigo de mi resurrección. Di vueltas por el estudio, cantando: "¡Todo es pasado! Ya está hecho. Gracias, ya está hecho".

Reuní toda mi gratitud en una gran bola de luz y la disparé directamente hacia ti y si viste un relámpago el lunes por la tarde poco después de las seis, hora de tu casa, eso fue todo.

Ahora, en lugar de escribir una carta cortés porque es lo correcto, puedo escribir dándole las gracias sinceramente por su franqueza y agradeciéndole el préstamo de su casa.

Muchas gracias por tus enseñanzas, que han hecho que mi amada imaginación sea verdaderamente mi Salvador".

Y ahora, si alguien le dijera: "¡Aquí está Cristo, o allí!" [Mateo 24:23], ella no lo creería, pues sabe que el Reino de Dios está dentro de ella y que ella misma debe asumir toda la responsabilidad de la encarnación de su ideal y que nada, salvo la muerte y la resurrección, la llevará a él.

Ha encontrado a su Salvador, a su amada Imaginación, expandiéndose para siempre en el seno de Dios.

Sólo hay una realidad, y es Cristo: la Imaginación Humana, herencia y realización final de toda la Humanidad.

**"Para que nosotros... hablando la verdad en amor, crezcamos en todo en aquel que es la cabeza, esto es, Cristo".**
Efesios 4:14,15

# CAPÍTULO 7: LA CREACIÓN ESTÁ TERMINADA

"Yo soy el principio y el fin, no hay nada por venir que no haya sido y sea".
Eclesiastés 3:15 RVR

BLAKE VEÍA todas las situaciones humanas posibles como estados "ya elaborados". Veía cada aspecto, cada trama y drama ya elaborados como "meras posibilidades" mientras no estamos en ellas, pero como realidades sobrecogedoras cuando estamos en ellas.

Describió estos estados como "Esculturas de los Salones de Los".

Distingue, por tanto, los Estados de los Individuos en esos Estados. Los Estados cambian, pero las Identidades Individuales nunca cambian ni cesan... La Imaginación no es un Estado.

Dijo Blake: "Es la propia Existencia Humana. El Afecto o el Amor se convierten en un Estado cuando se separan de la imaginación".

Es casi imposible decir lo importante que es recordar esto, pero el momento en que el individuo se da cuenta de ello por primera vez es el más trascendental de su vida, y que se le anime a sentirlo es la forma más elevada de estímulo que es posible dar.

Esta verdad es común a todos los hombres, pero la conciencia de ella -y mucho más, la autoconciencia de ella- es otra cuestión.

El día en que comprendí esta gran verdad -que todo en mi mundo es una manifestación de la actividad mental que se desarrolla en mi interior, y que las condiciones y circunstancias de mi vida sólo reflejan el estado de conciencia con el que estoy fusionado- fue el más trascendental de mi vida.

Pero la experiencia que me llevó a esta certeza está tan alejada de la exis-

IMAGINACIÓN DESPIERTA Y BÚSQUEDA

tencia ordinaria, que durante mucho tiempo he dudado en contarla, pues mi razón se negaba a admitir las conclusiones a las que la experiencia me impulsaba. Sin embargo, esta experiencia me reveló que soy supremo dentro del círculo de mi propio estado de conciencia y que es el estado con el que me identifico el que determina lo que experimento.

Por tanto, debe compartirse con todos, pues saber esto es liberarse de la mayor tiranía del mundo, la creencia en una causa segunda.

**"Bienaventurados los limpios de corazón, porque ellos verán a Dios".**
Mateo 5:8

Bienaventurados aquellos cuya imaginación ha sido tan purgada de las creencias en segundas causas que saben que la imaginación lo es todo, y todo es imaginación.

Un día me escabullí silenciosamente de mi apartamento de Nueva York a una remota campiña de antaño. Al entrar en el comedor de una gran posada, cobré plena conciencia. Sabía que mi cuerpo físico estaba inmovilizado en mi cama de Nueva York.

Sin embargo, aquí estaba, tan despierta y consciente como nunca lo había estado. Supe intuitivamente que si pudiera detener la actividad de mi mente, todo lo que tenía ante mí se congelaría. Apenas nació el pensamiento, me poseyó el impulso de intentarlo. Sentí que mi cabeza se tensaba, y luego se espesaba hasta quedar inmóvil. Mi atención se concentró en un foco cristalino, y la camarera que caminaba, no caminaba. Y miré por la ventana y las hojas que caían, no caían. Y la familia de cuatro comiendo, no comía. Y ellos levantando la comida, la levantaron no. Entonces mi atención se relajó, la tensión disminuyó y, de repente, todo siguió su curso. Las hojas cayeron, la camarera caminó y la familia comió. Entonces comprendí la visión de Blake de las "Esculturas de los Salones de Los".

**"Os he enviado a segar aquello en lo que no pusisteis trabajo".**
Juan 4:38
La Creación está acabada.
**"Yo soy el principio y el fin, no hay nada por venir que no haya sido y sea".**
Eclesiastés 3:15, ERV

El mundo de la creación está acabado y su original está dentro de nosotros.

Lo vimos antes de partir y desde entonces hemos intentado recordarlo y activar partes de él. Hay infinitas vistas de ella. Nuestra tarea consiste en obtener la visión correcta y, mediante una determinada dirección de nuestra atención, hacerla pasar en procesión ante el ojo interior. Si reunimos la secuencia correcta y la experimentamos en la imaginación hasta que tenga el tono de la realidad, entonces creamos conscientemente las circunstancias.

Esta procesión interior es la actividad de la imaginación que debe ser dirigida conscientemente. Nosotros, mediante una serie de transformaciones mentales, tomamos conciencia de porciones cada vez mayores de lo que ya es, y haciendo coincidir nuestra propia actividad mental con la porción de la creación que deseamos experimentar, la activamos, la resucitamos y le damos vida.

Esta experiencia mía no sólo muestra el mundo como una manifestación de la actividad mental del observador individual, sino que también revela nuestro transcurso del tiempo como saltos de atención entre momentos eternos. Un abismo infinito separa dos momentos nuestros cualesquiera.

Nosotros, con los movimientos de nuestra atención, damos vida a las "Esculturas de los Salones de Los".

Piensa que el mundo contiene un número infinito de estados de conciencia desde los que podría contemplarse. Piensa en estos estados como en habitaciones o mansiones de la Casa de Dios [Juan 14:2], y como las habitaciones de cualquier casa, están fijas unas respecto a otras.

Pero piensa en ti mismo, el Yo Real, el Tú Imaginativo, como el ocupante vivo y en movimiento de la Casa de Dios.

Cada sala contiene algunas de las Esculturas de Los, con infinitas tramas y dramas y situaciones ya elaboradas pero no activadas.

Se activan en cuanto la Imaginación Humana entra y se funde con ellos. Cada uno representa determinadas actividades mentales y emocionales. Para entrar en un estado, el hombre debe consentir las ideas y sentimientos que representa.

Estos estados representan un número infinito de posibles transformaciones mentales que el hombre puede experimentar. Para pasar a otro estado o mansión es necesario un cambio de creencias.

Todo lo que puedas desear ya está presente y sólo espera a que lo igualen tus creencias.

Pero debe corresponderse, pues ésa es la condición necesaria por la que sólo puede activarse y objetivarse.

A la altura de las creencias de un estado está el buscar que encuentra, el llamar al que se abre, el pedir que recibe [Mateo 7:8; Lucas 11:10]. "Entrad y poseed la tierra" [Éxodo 6:4;8].

En el momento en que el hombre coincide con las creencias de cualquier estado, se fusiona con él, y esta unión da lugar a la activación y proyección de sus tramas, planes, dramas y situaciones.

Se convierte en el hogar del individuo desde el que ve el mundo. Es su taller y, si es observador, verá cómo la realidad exterior se moldea según el modelo de su... La imaginación.

Con este propósito de adiestrarnos en la creación de imágenes, se nos sometió a las limitaciones de los sentidos y se nos vistió con cuerpos de carne.

Es el despertar de la imaginación, el regreso de Su Hijo, lo que espera nuestro Padre.

**"La criatura fue sometida a la vanidad no voluntariamente, sino por causa de aquel que la sometió".**
Romanos 8:20

Pero la victoria del Hijo, el regreso del pródigo, nos asegura que: "la criatura será liberada de la esclavitud de la corrupción a la libertad gloriosa de los Hijos [hijos] de Dios". [Romanos 8:21]

Fuimos sometidos a esta experiencia biológica porque nadie puede conocer la imaginación que no haya sido sometido a las vanidades y limitaciones de la carne, que no haya tomado su parte de Hijos y se haya vuelto pródigo, que no haya experimentado y probado esta copa de experiencia; y la confusión continuará hasta que el hombre despierte y se haya restablecido y reconocido como básica una visión fundamentalmente imaginativa de la vida.

**"Debo predicar... las inescrutables riquezas de Cristo y hacer ver a todos cuál es la comunión del misterio, que desde el principio del mundo ha estado oculto en Dios, Quien creó todas las cosas por Jesucristo".**
Efesios 3:8,9

Ten en cuenta que Cristo en ti es tu imaginación.

Al igual que la apariencia de nuestro mundo está determinada por el estado particular con el que estamos fusionados, así podemos determinar nuestro destino como individuos fusionando nuestra imaginación con los ideales que pretendemos realizar. De la distinción entre nuestros estados de conciencia depende la distinción entre las circunstancias y condiciones de nuestras vidas.

El hombre, que es libre en su elección de estado, a menudo clama por ser salvado del estado de su elección.

**"Y clamaréis en aquel día, a causa de vuestro rey que os habréis elegido; y Jehová no os oirá en aquel día. Sin embargo, el pueblo se negó a obedecer la voz de Samuel, y dijeron: No, sino que tendremos rey sobre nosotros."**
1 Samuel 8:18,19

Elige sabiamente el estado al que vas a servir. Todos los estados carecen de vida hasta que la imaginación se funde con ellos.

"Todas las cosas, cuando son admitidas, se manifiestan por la luz, pues todo lo que se manifiesta es luz".

Efesios 5:13
"Vosotros sois la luz del mundo"
Mateo 5:14

mediante el cual se manifiestan las ideas que has consentido.

Aférrate a tu ideal. Nada puede arrebatártelo salvo tu imaginación.

No pienses en tu ideal, piensa a partir de él. Sólo se realizan los ideales desde los que piensas".

**"No sólo de pan vive el hombre, sino de toda palabra que sale de la boca de Dios".**
Mateo 4:4

y "la boca de Dios" es la mente del hombre.

Conviértete en un bebedor y un comedor de los ideales que deseas realizar. Ten un objetivo fijo y definido o tu mente divagará, y al divagar se come toda sugerencia negativa.

Si vives bien mentalmente, todo lo demás irá bien.

Mediante un cambio de dieta mental, puedes alterar el curso de los acontecimientos observados.

Pero a menos que haya un cambio de dieta mental, tu historia personal sigue siendo la misma. Iluminas u oscureces tu vida por las ideas a las que consientes.

Nada es más importante para ti que las ideas de las que te alimentas. Y te alimentas de las ideas de las que piensas. Si encuentras que el mundo no ha cambiado, es señal inequívoca de que te falta fidelidad a la nueva dieta mental, que descuidas para condenar a tu entorno. Necesitas una actitud nueva y sostenida.

Puedes ser lo que quieras si haces habitual esa concepción, pues cualquier idea que excluya todas las demás del campo de atención se descarga en acción.

Las ideas y los estados de ánimo a los que vuelves constantemente definen el estado con el que estás fusionado.

Por tanto, entrénate para ocupar con más frecuencia el sentimiento de tu deseo cumplido.

Esto es magia creativa. Es la forma de trabajar hacia la fusión con el estado deseado.

Si asumieras el sentimiento de tu deseo cumplido con más frecuencia, serías dueño de tu destino, pero desgraciadamente excluyes tu asunción durante todas las horas excepto alguna ocasional. Practica hacer real para ti el sentimiento del deseo cumplido.

Cuando hayas asumido la sensación del deseo cumplido, no cierres la experiencia como harías con un libro, sino llévala contigo como un olor fragante.

En lugar de olvidarlo por completo, deja que permanezca en el ambiente comunicando su influencia automáticamente a tus acciones y reacciones. Un estado de ánimo, repetido a menudo, adquiere un impulso que es difícil de romper o controlar. Así que ten cuidado con los sentimientos que albergas. Los estados de ánimo habituales revelan el estado con el que estás fusionado.

Siempre es posible pasar de pensar en el fin que deseas realizar, a pensar desde el fin.

Pero la cuestión crucial es pensar desde el fin, pues pensar desde significa unificación o fusión con la idea: mientras que al pensar en el fin, siempre hay sujeto y objeto: el individuo pensante y la cosa pensada. Debes imaginarte a ti mismo en el estado de tu deseo cumplido, en tu amor por ese estado, y al hacerlo, vivir y pensar desde él y no más de él. Pasas de pensar en a pensar desde centrando tu imaginación en el sentimiento del deseo cumplido.

# CAPÍTULO 8: LA NIÑA DE LOS OJOS DE DIOS

**"¿Qué pensáis del Cristo? ¿De quién es Hijo?"**
Mateo 22:42

CUANDO TE HAGAN ESTA PREGUNTA, que tu respuesta sea: "Cristo es mi imaginación", y, aunque "Todavía no veo todas las cosas puestas bajo Él" [Hebreos 2:8], sé que soy María de la que tarde o temprano Él nacerá, y finalmente "Hacedlo todo por Cristo" [Filipenses 4:13].

El nacimiento de Cristo es el despertar del hombre interior o Segundo hombre. Es tomar conciencia de la actividad mental dentro de uno mismo, actividad que continúa tanto si somos conscientes de ella como si no.

El nacimiento de Cristo no trae a ninguna persona de lejos, ni hace que exista algo que antes no existía. Es la revelación del Hijo de Dios en el hombre. El Señor "viene en las nubes" [Marcos 13:26, Lucas 21:27] es la descripción que hace el profeta de los anillos palpitantes de luz líquida dorada sobre la cabeza de aquel en quien Él despierta. La venida es desde dentro y no desde fuera, pues Cristo está en nosotros [Romanos 8:10; 2Corintios 13:3; Gálatas 2:20; Gálatas 4:19; Colosenses 1:27].

Este gran misterio, "Dios se manifestó en la carne" [1Timoteo 3:16] comienza con el Adviento, y es apropiado que la purificación del Templo

**"Qué templo sois..."**
1 Corintios 3:17
se sitúa en el primer plano de los misterios cristianos:
**"El Reino de los Cielos está dentro de vosotros".**

Lucas 17:21

El Adviento es desvelar el misterio de tu ser. Si practicas el arte de la revisión mediante una vida vivida de acuerdo con el uso sabio e imaginativo de tu habla interior y de tus acciones interiores, en la confianza de que mediante el uso consciente del "poder que actúa en nosotros" [Efesios 3:20], Cristo despertará en ti; si lo crees, confías en ello, actúas en consecuencia; Cristo despertará en ti. Esto es el Adviento.

**"Grande es el misterio: Dios se manifestó en carne".**
1 Timoteo 3:16
**"A partir del Adviento, el que os toque, tocará la niña de los ojos de Dios".**
Zacarías 2:8

# LA BÚSQUEDA

UNA VEZ, en un intervalo ocioso en el mar, medité sobre "el estado perfecto", y me pregunté qué sería yo, si tuviera ojos demasiado puros para contemplar la iniquidad, si para mí todas las cosas fueran puras y estuviera yo sin condenación. Mientras me perdía en esta ardiente cavilación, me encontré elevado por encima del oscuro entorno de los sentidos. Tan intensa era la sensación, que me sentía un ser de fuego habitando en un cuerpo de aire. Voces como de un coro celestial, con la exaltación de los que habían sido vencedores en un conflicto con la muerte, cantaban "Ha resucitado - Ha resucitado", e intuitivamente supe que se referían a mí.

Entonces me pareció estar caminando en la noche. Pronto llegué a una escena que podría haber sido el antiguo estanque de Betesda, pues en este lugar yacía una gran multitud de impotentes -ciegos, paralíticos, marchitos- que no esperaban el movimiento del agua como por tradición, sino que me esperaban a mí. Al acercarme, sin pensamiento ni esfuerzo por mi parte fueron, uno tras otro, moldeados como por el Mago de la Belleza. Ojos, manos, pies -todos los miembros que faltaban- fueron extraídos de algún depósito invisible y moldeados en armonía con aquella perfección que yo sentía brotar en mi interior. Cuando todos fueron perfeccionados, el coro exultó: "Está acabado". Entonces la escena se disolvió y desperté.

Sé que esta visión fue el resultado de mi intensa meditación sobre la idea de la perfección, pues mis meditaciones invariablemente provocan la unión con el estado contemplado. Había estado tan completamente absorto en la idea que durante un tiempo me había convertido en lo que contemplaba, y el elevado propósito con el que en ese momento me había identificado atrajo la compañía de las cosas elevadas y modeló la visión en armonía con mi naturaleza interior. El ideal con el que estamos unidos actúa por asociación de ideas para despertar mil estados de ánimo y crear un drama acorde con la idea central.

Descubrí por primera vez esta estrecha relación entre los estados de ánimo y la visión cuando tenía unos siete años. Me di cuenta de que una vida misteriosa se aceleraba en mi interior como un océano tormentoso de una fuerza aterradora. Siempre sabía cuándo me uniría a esta identidad oculta, pues mis sentidos estaban expectantes en las noches de estas visitas y sabía sin lugar a dudas que antes de la mañana estaría a solas con la inmensidad. Temía tanto estas visitas que permanecía despierto hasta que mis ojos se cerraban de puro cansancio. Cuando mis ojos se cerraban en el sueño, ya no estaba solo, sino que me sentía profundamente unido a otro ser, y sin embargo sabía que era yo mismo. Parecía más viejo que la vida y, sin embargo, más cercano a mí que mi infancia. Si cuento lo que descubrí en estas noches, no lo hago para imponer mis ideas a los demás, sino para dar esperanza a los que buscan la ley de la vida.

Descubrí que mi estado de ánimo expectante funcionaba como un imán para unirme a este Yo Mayor, mientras que mis temores lo hacían aparecer como un mar tempestuoso. De niño, concebía este Yo misterioso como un poder, y en mi unión con Él sentía su majestuosidad como un mar tempestuoso que me empapaba, luego me revolcaba y me zarandeaba como una ola indefensa.

Cuando era hombre la concebí como amor y a mí mismo como hijo de Ella, y en mi unión con Ella, ahora, ¡qué amor me envuelve! Es un espejo para todos. Todo lo que concebimos que es, eso es para nosotros.

Creo que es el centro a través del cual se dibujan todos los hilos del universo; por tanto, he modificado mis valores y cambiado mis ideas para que ahora dependan de esta única causa de todo lo que es y estén en armonía con ella. Para mí, es la realidad inmutable que configura las circunstancias en armonía con el concepto que tenemos de nosotros mismos.

Mis experiencias místicas me han convencido de que no hay otra forma de conseguir la perfección exterior que buscamos que no sea transformándonos a nosotros mismos.

En cuanto consigamos transformarnos, el mundo se derretirá mágicamente ante nuestros ojos y se remodelará en armonía con aquello que afirma nuestra transformación.

Contaré otras dos visiones porque confirman la verdad de mi afirmación de que, por la intensidad del amor y del odio, nos convertimos en lo que contemplamos.

Una vez, con los ojos cerrados y radiantes de cavilación, medité sobre la eterna pregunta: "¿Quién soy yo?" y sentí que me disolvía gradualmente en un mar sin orillas de luz vibrante, la imaginación pasando más allá de todo temor a la muerte. En este estado no existía nada más que yo misma, un océano ilimitado de luz líquida. Nunca me había sentido más íntimo con el Ser.

No sé cuánto duró esta experiencia, pero mi regreso a la Tierra fue acompañado de una clara sensación de cristalizar de nuevo en forma humana.

En otra ocasión, me tumbé en la cama y, con los ojos cerrados como en sueños, medité sobre el misterio de Buda. Al poco rato, las oscuras cavernas de mi cerebro empezaron a volverse luminosas.

Me parecía estar rodeado de nubes luminosas que emanaban de mi cabeza como anillos ardientes y pulsantes. Durante un tiempo no vi nada más que estos anillos luminosos. Entonces apareció ante mis ojos una roca de cristal de cuarzo. Mientras la contemplaba, el cristal se rompió en pedazos que unas manos invisibles dieron forma rápidamente al Buda viviente. Al contemplar esta figura meditativa, vi que era yo mismo. Yo era el Buda viviente que contemplaba. Una luz como el sol brilló desde esta imagen viva de mí mismo con intensidad creciente hasta que explotó. Entonces la luz se desvaneció gradualmente y, una vez más, volví a estar dentro de la negrura de mi habitación.

¿De qué esfera o tesoro de diseño salió este ser más poderoso que el humano, sus vestiduras, el cristal, la luz? Si vi, oí y me moví en un mundo de seres reales cuando me parecía caminar en la noche, cuando el cojo, el parado, el ciego se transformaban en armonía con mi naturaleza interior, entonces estoy justificado para suponer que tengo un cuerpo más sutil que el físico, un cuerpo que puede desprenderse de lo físico y utilizarse en otras esferas; pues ver, oír, moverse son funciones de un organismo por etéreo que sea. Si medito sobre la alternativa de que mis experiencias psíquicas fuesen fantasías engendradas por mí mismo, no por ello dejo de maravillarme ante este yo más poderoso que proyecta en mi mente un drama tan real como los que experimento cuando estoy completamente despierto.

En estas ardientes meditaciones he entrado una y otra vez, y sé más allá de toda duda que ambas suposiciones son ciertas. Alojado dentro de esta forma de tierra hay un cuerpo sintonizado con un mundo de luz, y yo, mediante una intensa meditación, lo he elevado como con un imán a través del cráneo de esta oscura casa de carne.

La primera vez que desperté los fuegos de mi interior pensé que me estallaría la cabeza. Hubo una intensa vibración en la base de mi cráneo, luego el olvido repentino de todo. Entonces me encontré vestida con una prenda de luz y unida por un cordón elástico plateado al cuerpo dormido en la cama. Tan exaltadas eran mis sensaciones, que me sentía emparentado con las estrellas. Con esta vestidura vagaba por esferas más familiares que la tierra, pero descubrí que, como en la tierra, las condiciones se moldeaban en armonía con mi naturaleza. "Fantasía egocéntrica", te oigo decir. No más que las cosas de la tierra.

Soy un ser inmortal concibiéndome como hombre y formando mundos a semejanza e imagen de mi concepto de mí mismo.

Lo que imaginamos, eso somos. Por nuestra imaginación, hemos creado este sueño de vida, y por nuestra imaginación volveremos a entrar en ese mundo eterno de luz, convirtiéndonos en aquello que éramos antes de imaginar el mundo.

En la economía divina nada se pierde. No podemos perder nada salvo por descender de la esfera donde la cosa tiene su vida natural.

No hay poder transformador en la muerte y, estemos aquí o allá, modelamos el mundo que nos rodea mediante la intensidad de nuestra imaginación y sentimiento, e iluminamos u oscurecemos nuestras vidas mediante los conceptos que tenemos de nosotros mismos. Nada es más importante para nosotros que el concepto que tenemos de nosotros mismos, y esto es especialmente cierto en lo que respecta a nuestro concepto del Uno profundo y oculto que llevamos dentro.

Los que nos ayudan o entorpecen, lo sepan o no, son servidores de esa ley que moldea las circunstancias exteriores en armonía con nuestra naturaleza interior.

Es la concepción que tenemos de nosotros mismos la que nos libera o nos constriñe, aunque pueda utilizar agencias materiales para lograr su propósito.

Puesto que la vida moldea el mundo exterior para reflejar la disposición interior de nuestra mente, no hay forma de conseguir la perfección exterior que buscamos si no es mediante la transformación de nosotros mismos.

Ninguna ayuda viene de fuera; las colinas a las que alzamos los ojos son las de una cordillera interior.

Es, pues, a nuestra propia conciencia a la que debemos dirigirnos en cuanto a la única realidad, el único fundamento sobre el que pueden explicarse todos los fenómenos. Podemos confiar absolutamente en la justicia de esta ley para que sólo nos dé lo que es de la naturaleza de nosotros mismos

Intentar cambiar el mundo antes de cambiar nuestro concepto de nosotros mismos es luchar contra la naturaleza de las cosas. No puede haber cambio exterior mientras no haya primero un cambio interior. Como es dentro, es fuera. No abogo por la indiferencia filosófica cuando sugiero que nos imaginemos ya como aquello que queremos ser, viviendo en una atmósfera mental de grandeza, en lugar de utilizar medios y argumentos físicos para provocar el cambio deseado.

Todo lo que hacemos, si no va acompañado de un cambio de conciencia, no es más que un fútil reajuste de superficies. Por mucho que nos esforcemos o luchemos, no podemos recibir más de lo que afirman nuestras suposiciones subconscientes.

Protestar contra cualquier cosa que nos suceda es protestar contra la ley de nuestro ser y contra nuestro dominio sobre nuestro propio destino.

Las circunstancias de mi vida están demasiado estrechamente relacionadas con mi concepción de mí mismo como para no haber sido lanzadas por mi propio espíritu desde algún almacén mágico de mi ser.

Si hay dolor para mí en estos acontecimientos, debo buscar la causa en mi interior, pues me mueven aquí y allá y me hacen vivir en un mundo en armonía con el concepto que tengo de mí mismo.

La meditación intensa produce una unión con el estado contemplado, y durante esta unión vemos visiones, tenemos experiencias y nos comportamos de acuerdo con nuestro cambio de conciencia. Esto nos demuestra que una transformación de la conciencia dará lugar a un cambio del entorno y del comportamiento.

Sin embargo, nuestras alteraciones ordinarias de conciencia, al pasar de un estado a otro, no son transformaciones, porque a cada una de ellas le sucede rápidamente otra en sentido inverso; pero siempre que un estado se estabiliza tanto que expulsa definitivamente a sus rivales, entonces ese estado habitual central define el carácter y es una verdadera transformación. Decir que nos transformamos significa que las ideas que antes eran periféricas en nuestra conciencia ocupan ahora un lugar central y forman el centro habitual de nuestra energía.

Todas las guerras demuestran que las emociones violentas son extremadamente potentes a la hora de precipitar reorganizaciones mentales. A cada gran conflicto le ha seguido una era de materialismo y codicia en la que se sumergen los ideales por los que aparentemente se libró el conflicto.

Esto es inevitable porque la guerra evoca el odio, que impulsa un descenso de la conciencia desde el plano del ideal al nivel en el que se libra el conflicto.

Si nos excitáramos emocionalmente tanto por nuestros ideales como por nuestras aversiones, ascenderíamos al plano de nuestros ideales con la misma facilidad con la que ahora descendemos al nivel de nuestros odios.

El amor y el odio tienen un mágico poder transformador, y crecemos mediante su ejercicio hasta asemejarnos a lo que contemplamos. Mediante la intensidad del odio creamos en nosotros el carácter que imaginamos en nuestros enemigos. Las cualidades mueren por falta de atención, por lo que los estados antipáticos podrían eliminarse mejor imaginando "belleza en lugar de ceniza y alegría en lugar de luto" [Isaías 61:3] que mediante ataques directos al estado del que nos liberaríamos.

"Todo lo que es amable y de buen nombre, en esto pensad" [Filipenses 4:8], pues nos convertimos en aquello con lo que estamos en relación.

No hay nada que cambiar, salvo nuestro concepto de nosotros mismos.

La humanidad es un ser único a pesar de sus múltiples formas y rostros, y sólo existe en ella la separación aparente que encontramos en nuestro propio ser cuando soñamos.

Las imágenes y circunstancias que vemos en sueños son creaciones de nuestra propia imaginación y no tienen existencia más que en nosotros mismos. Lo mismo ocurre con las imágenes y circunstancias que vemos en este sueño de la vida. Revelan los conceptos que tenemos de nosotros mismos. En cuanto consigamos transformarnos a nosotros mismos, nuestro mundo se disolverá y se remodelará en armonía con aquello que afirma nuestro cambio.

El universo que estudiamos con tanto esmero es un sueño, y nosotros los soñadores del sueño, soñadores eternos que sueñan sueños no eternos. Un día, como Nabucodonosor, despertaremos del sueño, de la pesadilla en la que luchamos con los demonios, para descubrir que en realidad nunca abandonamos nuestro hogar eterno; que nunca nacimos y nunca hemos muerto salvo en nuestro sueño.

# SENTIR ES EL SECRETO

# INTRODUCCIÓN

ESTE libro trata del arte de realizar tu deseo. Te da cuenta del mecanismo utilizado en la producción del mundo visible. Es un libro pequeño, pero no insignificante. En él hay un tesoro: un camino claramente definido hacia la realización de tus sueños.

Si fuera posible llevar la convicción a otro mediante argumentos razonados e instancias detalladas, este libro tendría muchas veces su tamaño. Sin embargo, rara vez es posible hacerlo mediante declaraciones escritas o argumentos, ya que para el juicio suspendido siempre parece plausible decir que el autor era deshonesto o estaba engañado y, por tanto, sus pruebas estaban viciadas. En consecuencia, he omitido a propósito todos los argumentos y testimonios y simplemente desafío al lector de mente abierta a que practique la ley de la conciencia tal como se revela en este libro. El éxito personal resultará mucho más convincente que todos los libros que puedan escribirse sobre el tema.

\- Neville

# CAPÍTULO 1: LA LEY Y SU FUNCIONAMIENTO

EL MUNDO y todo lo que hay en él es la conciencia condicionada del hombre objetivada. La conciencia es tanto la causa como la sustancia del mundo entero.

Así pues, debemos dirigirnos a la conciencia si queremos descubrir el secreto de la creación.

El conocimiento de la ley de la conciencia y del método de funcionamiento de esta ley te permitirá realizar todo lo que desees en la vida.

Armado con un conocimiento práctico de esta ley, puedes construir y mantener un mundo ideal.

La conciencia es la única realidad, no en sentido figurado, sino real. En aras de la claridad, esta realidad puede compararse a una corriente que se divide en dos partes, la consciente y la subconsciente. Para hacer funcionar inteligentemente la ley de la conciencia, es necesario comprender la relación entre lo consciente y lo subconsciente.

El consciente es personal y selectivo; el subconsciente es impersonal y no selectivo. El consciente es el reino del efecto; el subconsciente es el reino de la causa. Estos dos aspectos son las divisiones masculina y femenina de la conciencia. Lo consciente es masculino; lo subconsciente es femenino.

El consciente genera ideas e imprime estas ideas en el subconsciente; el subconsciente recibe ideas y les da forma y expresión.

Por esta ley -concebir primero una idea e imprimir después la idea concebida en el subconsciente- todas las cosas evolucionan a partir de la conciencia; y sin esta secuencia, no hay nada hecho que esté hecho.

El consciente impresiona al subconsciente, mientras que el subconsciente expresa todo lo que se le impresiona.

El subconsciente no origina ideas, sino que acepta como verdaderas las que la mente consciente siente como tales y -de un modo que sólo él conoce- objetiva las ideas aceptadas.

Por tanto, a través de su poder de imaginar y sentir y de su libertad para elegir la idea que va a albergar, el hombre tiene control sobre la creación. El control del subconsciente se consigue mediante el control de sus ideas y sentimientos.

El mecanismo de la creación está oculto en lo más profundo del subconsciente, el aspecto femenino o vientre de la creación.

El subconsciente trasciende la razón y es independiente de la inducción. Contempla un sentimiento como un hecho que existe en sí mismo y sobre esta suposición procede a darle expresión. El proceso creativo comienza con una idea y su ciclo sigue su curso como un sentimiento y termina en una voluntad de actuar.

Las ideas se imprimen en el subconsciente a través de los sentimientos.

Ninguna idea puede grabarse en el subconsciente hasta que se siente, pero una vez sentida -sea buena, mala o indiferente- debe expresarse.

El sentimiento es el único medio por el que las ideas se transmiten al subconsciente.

Por tanto, el hombre que no controla sus sentimientos puede impresionar fácilmente al subconsciente con estados indeseables. Por control de los sentimientos no se entiende la restricción o supresión de tus sentimientos, sino más bien la disciplina del yo para imaginar y entretener sólo aquellos sentimientos que contribuyan a tu felicidad.

El control de tus sentimientos es muy importante para una vida plena y feliz.

Nunca albergues un sentimiento indeseable, ni pienses con simpatía en el mal de ninguna forma. No te detengas en la imperfección de ti mismo o de los demás. Hacerlo es impresionar al subconsciente con esas limitaciones. Lo que no quieras que te hagan, no sientas que te lo hacen a ti o a otro. Ésta es toda la ley de una vida plena y feliz. Todo lo demás son comentarios.

Cada sentimiento produce una impresión subconsciente y, a menos que sea contrarrestado por un sentimiento más poderoso de naturaleza opuesta, debe expresarse.

El dominante de dos sentimientos es el que se expresa. Estoy sano" es un sentimiento más fuerte que "estaré sano". Sentir 'estaré' es confesar 'no estoy'; 'estoy' es más fuerte que 'no estoy'.

Lo que sientes que eres siempre domina lo que sientes que te gustaría ser; por tanto, para realizarse, el deseo debe sentirse como un estado que es en lugar de como un estado que no es

La sensación precede a la manifestación y es la base sobre la que descansa toda manifestación. Ten cuidado con tus estados de ánimo y tus sentimientos, pues existe una conexión ininterrumpida entre tus sentimientos y tu mundo visible. Tu cuerpo es un filtro emocional y lleva las marcas inconfundibles de tus emociones predominantes. Los trastornos emocionales -especialmente las emociones reprimidas- son la causa de todas las enfermedades. Sentir intensamente un mal sin expresar ese sentimiento es el principio de la enfermedad ("malestar") tanto en el cuerpo como en el entorno. No albergues el sentimiento de arrepentimiento o fracaso, pues la frustración o el desapego hacia tu objetivo provocan enfermedad.

Piensa sólo con sentimiento en el estado que deseas realizar. Sentir la realidad del estado buscado y vivir y actuar según esa convicción es el camino de todos los milagros aparentes. Todos los cambios de expresión se producen a través de un cambio de sentimiento. Un cambio de sentimiento es un cambio de destino. Toda creación se produce en el dominio del subconsciente. Lo que debes adquirir, pues, es un control reflexivo del funcionamiento del subconsciente, es decir, el control de tus ideas y sentimientos.

El azar o el accidente no son responsables de las cosas que te ocurren, ni el destino predestinado es el autor de tu fortuna o desgracia. Tus impresiones subconscientes determinan las condiciones de tu mundo. El subconsciente no es selectivo; es impersonal y no hace acepción de personas [Hechos 10:34; Romanos 2:11]. Al subconsciente no le preocupa la verdad o falsedad de tus sentimientos. Siempre acepta como verdadero lo que sientes. El sentimiento es el asentimiento del subconsciente a la verdad de lo que se declara como verdadero. Debido a esta cualidad del subconsciente, no hay nada imposible para el hombre. Todo lo que la mente del hombre puede concebir y sentir como verdadero, el subconsciente puede y debe objetivarlo. Tus sentimientos crean el patrón a partir del cual se forma tu mundo, y un cambio de sentimiento es un cambio de patrón.

El subconsciente nunca deja de expresar lo que se ha grabado en él.

En el momento en que recibe una impresión, comienza a elaborar las formas de su expresión. Acepta el sentimiento que le ha impresionado, tu sentimiento, como un hecho que existe en su interior y se pone inmediatamente a producir en el mundo exterior u objetivo la semejanza exacta de ese sentimiento.

El subconsciente nunca altera las creencias aceptadas por el hombre. Las perfila hasta el último detalle, sean o no beneficiosas.

Para impresionar al subconsciente con el estado deseable, debes asumir el sentimiento que sería tuyo si ya hubieras realizado tu deseo. Al definir tu objetivo, sólo debes preocuparte por el objetivo en sí. No debes tener en cuenta la forma de expresarlo ni las dificultades que entraña. Pensar con sentimiento en cualquier estado lo imprime en el subconsciente. Por lo tanto, si te quedas pensando en dificultades, obstáculos o retrasos, el subconsciente - por su propia naturaleza no selectiva- acepta el sentimiento de dificultades y obstáculos como tu petición y procede a producirlos en tu mundo exterior.

El subconsciente es la matriz de la creación. Recibe la idea en sí a través de los sentimientos del hombre. Nunca modifica la idea recibida, pero siempre le da forma. De ahí que el subconsciente plasme la idea a imagen y semejanza del sentimiento recibido. Sentir un estado como desesperado o imposible es imprimir en el subconsciente la idea del fracaso.

Aunque el subconsciente sirve fielmente al hombre, no debe deducirse que la relación sea la de un siervo con un amo, como se concebía antiguamente. Los antiguos profetas lo llamaban esclavo y siervo del hombre. San Pablo lo personificó como "mujer" y dijo: "La mujer debe estar sujeta al hombre en todo" [Efesios 5:24; también, 1Corintios 14:34, Efesios 5:22, Colosenses 3:18, 1Pedro 3:1]. El subconsciente sí sirve al hombre y da forma fielmente a sus sentimientos. Sin embargo, el subconsciente siente una clara aversión por la compulsión y responde a la persuasión más que a la orden; en consecuencia, se parece más a la esposa amada que al siervo.

Puede que "el marido es cabeza de la mujer" [Efesios 5:23] no sea cierto para el hombre y la mujer en su relación terrenal, pero sí lo es para el consciente y el subconsciente, o los aspectos masculino y femenino de la conciencia. El misterio al que se refería Pablo cuando escribió: "Este es un gran misterio [5:32]... El que ama a su mujer se ama a sí mismo [5:28]... Y los dos serán una sola carne [5:31]" es simplemente el misterio de la conciencia. La conciencia es realmente una e indivisa, pero por el bien de la creación parece estar dividida en dos.

El aspecto consciente (objetivo) o masculino es realmente la cabeza y domina al aspecto subconsciente (subjetivo) o femenino.

Sin embargo, este liderazgo no es el del tirano, sino el del amante.

Así, al suponer el sentimiento que sería tuyo si ya estuvieras en posesión de tu objetivo, el subconsciente se ve movido a construir la semejanza exacta de tu suposición.

Tus deseos no se aceptan subconscientemente hasta que asumes el sentimiento de su realidad, pues sólo a través del sentimiento se acepta subconscientemente una idea y sólo a través de esta aceptación subconsciente llega a expresarse.

Es más fácil atribuir tus sentimientos a los acontecimientos del mundo que admitir que las condiciones del mundo reflejan tus sentimientos. Sin embargo, es eternamente cierto que el exterior refleja el interior.

## "Como es por dentro, es por fuera"
["Como es arriba, es abajo; como es abajo, es arriba; como es adentro, es

afuera; como es afuera, es adentro" - "Correspondencia", segundo de Los Siete Principios de Hermes Trismegisto].

**"El hombre no puede recibir nada si no le viene del cielo".**
[Juan 3:27]
**"El reino de los cielos está dentro de vosotros"**
[Lucas 17:21]

Nada viene de fuera; todo viene de dentro, del subconsciente.

Es imposible que veas otra cosa que el contenido de tu conciencia. Tu mundo, en todos sus detalles, es tu conciencia objetivada. Los estados objetivos dan testimonio de las impresiones subconscientes. Un cambio de impresión provoca un cambio de expresión.

El subconsciente acepta como verdadero lo que tú sientes como verdadero, y como la creación es el resultado de impresiones subconscientes, tú -por tu sentimiento- determinas la creación.

Ya eres lo que quieres ser, y tu negativa a creerlo es la única razón por la que no lo ves.

Buscar en el exterior lo que no sientes que eres es buscar en vano, pues nunca encontramos lo que queremos; sólo encontramos lo que somos.

En resumen, sólo expresas y tienes lo que eres consciente de ser o de poseer.

**"Al que lo tiene se le da".**
[Mateo 13:12; 25:29; Marcos 4:25; Lucas 8:18; 19:26].

Negar la evidencia de los sentidos y apropiarte de la sensación del deseo cumplido es el camino hacia la realización de tu deseo.

El dominio del autocontrol de tus pensamientos y sentimientos es tu mayor logro.

Sin embargo, hasta que alcances el autocontrol perfecto, de modo que a pesar de las apariencias sientas todo lo que deseas sentir, utiliza el sueño y la oración para que te ayuden a realizar tus estados deseados.

Éstas son las dos puertas de entrada al subconsciente.

# CAPÍTULO 2: EL SUEÑO

EL SUEÑO, la vida que ocupa un tercio de nuestra estancia en la tierra, es la puerta natural al subconsciente.

Así pues, lo que ahora nos ocupa es el sueño. Los dos tercios conscientes de nuestra vida en la Tierra se miden por el grado de atención que prestamos al sueño. Nuestra comprensión y deleite en lo que el sueño tiene que otorgarnos hará que, noche tras noche, nos pongamos en camino hacia él como si tuviéramos una cita con un amante.

**"En un sueño, en una visión nocturna, cuando el sueño profundo se apodera de los hombres, cuando duermen en el lecho; entonces abre los oídos de los hombres y sella su instrucción".**
[Job 33:15,16]

Es en el sueño y en la oración, un estado parecido al sueño, cuando el hombre entra en el subconsciente para hacer sus impresiones y recibir sus instrucciones. En estos estados, el consciente y el subconsciente se unen creativamente. El macho y la hembra se convierten en una sola carne. El sueño es el momento en que la mente masculina o consciente se aparta del mundo de los sentidos para buscar a su amante o yo subconsciente.

El subconsciente -a diferencia de la mujer del mundo que se casa con su marido para cambiarlo- no tiene ningún deseo de cambiar el estado consciente, despierto, sino que lo ama tal como es y reproduce fielmente su semejanza en el mundo exterior de la forma.

Las condiciones y acontecimientos de tu vida son tus hijos formados a

SENTIR ES EL SECRETO

partir de los moldes de tus impresiones subconscientes en el sueño. Están hechos a imagen y semejanza de tu sentimiento más íntimo para que puedan revelarte a ti mismo.

**"Como en el cielo, así en la tierra".**
[Mateo 6:10; Lucas 11:2].

Como en el subconsciente, así en la tierra.

Lo que tengas en la conciencia cuando te vas a dormir es la medida de tu expresión en los dos tercios de tu vida terrestre en vigilia.

Nada te impide realizar tu objetivo, salvo que no sientas que ya eres aquello que deseas ser, o que ya estás en posesión de lo que buscas. Tu subconsciente sólo da forma a tus deseos cuando sientes que tu deseo se cumple.

La inconsciencia del sueño es el estado normal del subconsciente. Como todas las cosas vienen de dentro de ti mismo, y tu concepción de ti mismo determina lo que viene, siempre debes sentir el deseo cumplido antes de dormirte.

Nunca sacas de lo más profundo de ti mismo lo que quieres; siempre sacas lo que eres, y eres lo que sientes que eres, así como lo que sientes que son los demás.

Para realizarse, entonces, el deseo debe resolverse en el sentimiento de ser o tener o presenciar el estado buscado. Esto se consigue asumiendo el sentimiento del deseo realizado. El sentimiento que surge en respuesta a la pregunta "¿Cómo me sentiría si mi deseo se realizara?" es el sentimiento que debe monopolizar e inmovilizar tu atención mientras te relajas en el sueño. Debes estar en la conciencia de ser o tener aquello que deseas ser o tener antes de caer dormido.

Una vez dormido, el hombre no tiene libertad de elección. Todo su sueño está dominado por su último concepto despierto del yo.

De ello se deduce que siempre debe asumir el sentimiento de realización y satisfacción antes de retirarse a dormir.

**"Venid ante mí con cánticos y acción de gracias".**
[Salmo 95:2]
**"Entrad por sus puertas con acción de gracias y por sus atrios con alabanza".**
[Salmo 100:4]

Tu estado de ánimo antes de dormir define tu estado de conciencia cuando entras en presencia de tu amante eterno: el subconsciente.

Ella te ve exactamente como tú te sientes ser. Si, mientras te preparas para dormir, asumes y mantienes la conciencia del éxito sintiendo "tengo éxito", debes tener éxito. Túmbate boca arriba con la cabeza a la altura del cuerpo. Siéntete como si estuvieras en posesión de tu deseo y relájate tranquilamente en la inconsciencia.

**"El que guarda a Israel no se adormecerá ni dormirá".**
[Salmo 121:4]

No obstante,

**"Da sueño a su amado".**
[Salmo 127:2].

El subconsciente nunca duerme. El sueño es la puerta por la que pasa la mente consciente, despierta, para unirse creativamente al subconsciente.

El sueño oculta el acto creador, mientras que el mundo objetivo lo revela.

En el sueño, el hombre impresiona al subconsciente con la concepción que tiene de sí mismo.

Qué descripción más bella de este romance de lo consciente y lo subconsciente que la que se cuenta en el "Cantar de los Cantares":

**"De noche, en mi lecho, busqué al que ama mi alma... Encontré al que ama mi alma; lo retuve y no lo solté, hasta que lo llevé a casa de mi madre y a la cámara de la que me concibió."**
[Cantar de los Cantares 3:1-4].

Preparándote para dormir, te sientes en el estado del deseo realizado y luego te relajas en la inconsciencia. Tu deseo realizado es aquel a quien buscas. Por la noche, en tu lecho, buscas la sensación del deseo realizado para que puedas llevarlo contigo a la cámara de la que te concibió -al sueño o al subconsciente que te dio forma- para que este deseo también pueda expresarse.

Esta es la forma de descubrir y conducir tus deseos al subconsciente. Siéntete en el estado del deseo realizado y déjate caer tranquilamente en el sueño.

Noche tras noche, debes asumir el sentimiento de ser, poseer y presenciar aquello que buscas ser, poseer y ver manifestado. Nunca te vayas a dormir sintiéndote desanimado o insatisfecho. Nunca duermas con la conciencia del fracaso.

Tu subconsciente, cuyo estado natural es el sueño, te ve como tú crees que eres; y sea bueno, malo o indiferente, el subconsciente plasmará fielmente tu creencia.

Tal como sientes, así la impresionas; y ella, la amante perfecta, da forma a estas impresiones y las exterioriza como hijos de su amado.

"Tú eres toda hermosa, amor mío; no hay mancha en ti" [Cantar de los Cantares 4:7] es la actitud que hay que adoptar antes de dormirse.

Haz caso omiso de las apariencias y piensa que las cosas son como tú quieres que sean; porque "Él llama a las cosas que no se ven como si se vieran" [Romanos 4:17], y lo que no se ve se hace visible.

Asumir el sentimiento de satisfacción es crear las condiciones que reflejarán la satisfacción.

Los signos siguen, no preceden. La prueba de que eres seguirá a la conciencia de que eres; no la precederá.

Eres un soñador eterno que sueña sueños no eternos. Tus sueños toman forma a medida que asumes el sentimiento de su realidad.

No te limites al pasado.

Sabiendo que nada es imposible para la conciencia, empieza a imaginar estados más allá de las experiencias del pasado.

Todo lo que la mente del hombre puede imaginar, el hombre puede realizarlo. Todos los estados objetivos (visibles) fueron primero estados subjetivos (invisibles), y tú los hiciste visibles asumiendo el sentimiento de su realidad.

El proceso creativo consiste primero en imaginar y luego en creer el estado imaginado. Imagina siempre y espera lo mejor.

El mundo no puede cambiar hasta que cambies tu concepción de él. "Como es dentro, es fuera".

Las naciones, al igual que las personas, sólo son lo que tú crees que son. Sea cual sea el problema, esté donde esté, concierna a quien concierna, no tienes a nadie a quien cambiar, sino a ti mismo; y no tienes ni adversario ni ayudante para realizar el cambio dentro de ti. No tienes nada que hacer, salvo convencerte de la verdad de aquello que deseas ver manifestado.

En cuanto consigues convencerte a ti mismo de la realidad del estado buscado, se producen resultados que confirman tu creencia fija. Nunca sugieres a otro el estado que deseas que exprese, sino que te convences de que ya es lo que deseas que sea.

La realización de tu deseo se logra asumiendo el sentimiento del deseo cumplido. No puedes fracasar a menos que no te convenzas de la realidad de tu deseo. Un cambio de creencia se confirma con un cambio de expresión.

Cada noche, cuando te acuestes a dormir, siéntete satisfecho e inmaculado, pues tu amante subjetivo siempre forma el mundo objetivo a imagen y semejanza de tu concepción de él, la concepción definida por tu sentimiento.

Los dos tercios despiertos de tu vida en la tierra corroboran o dan testimonio de tus impresiones subconscientes. Las acciones y acontecimientos del día son efectos; no son causas. El libre albedrío sólo es libertad de elección.

"Elegid hoy a quién serviréis" [Josué 24:15] es tu libertad para elegir el tipo de estado de ánimo que asumes; pero la expresión del estado de ánimo es el secreto del subconsciente.

El subconsciente sólo recibe impresiones a través de los sentimientos del hombre y, de un modo que sólo él conoce, da a estas impresiones forma y expresión.

Las acciones del hombre están determinadas por sus impresiones subconscientes.

Su ilusión de libre albedrío, su creencia en la libertad de acción, no es más que la ignorancia de las causas que le hacen actuar. Se cree libre porque ha olvidado el vínculo entre él y el hecho.

El hombre despierto está obligado a expresar sus impresiones subconscientes. Si en el pasado se impresionó imprudentemente, que empiece a cambiar su pensamiento y su sentimiento, pues sólo al hacerlo cambiará su mundo. No pierdas ni un momento en lamentarte, pues pensar con sentimiento en los errores del pasado es reinfectarte.

**"Deja que los muertos entierren a los muertos".**
[Mateo 8:22; Lucas 9:60].

Apártate de las apariencias y asume el sentimiento que sería tuyo si ya fueras el que deseas ser.

Sentir un estado produce ese estado.

El papel que desempeñas en el escenario del mundo viene determinado por la concepción que tienes de ti mismo.

Al sentir cumplido tu deseo y relajarte tranquilamente en el sueño, te metes en un papel estelar que representarás mañana en la Tierra y, mientras duermes, eres ensayado e instruido en tu papel.

La aceptación del fin hace que se disponga automáticamente de los medios para su realización. No te equivoques al respecto. Si, mientras te preparas para dormir, no te sientes conscientemente en el estado del deseo respondido, llevarás contigo a la cámara de quien te concibió la suma total de las reacciones y sentimientos del día de vigilia; y mientras duermes, serás instruido en la forma en que se expresarán mañana. Te levantarás creyendo que eres un agente libre, sin darte cuenta de que cada acción y acontecimiento del día está predeterminado por el concepto que tenías de ti mismo mientras dormías. Tu única libertad, entonces, es tu libertad de reacción. Eres libre de elegir cómo sentirte y reaccionar ante el drama del día, pero el drama -las acciones, acontecimientos y circunstancias del día- ya ha sido determinado.

A menos que definas consciente y deliberadamente la actitud mental con la que te vas a dormir, inconscientemente te vas a dormir con la actitud mental compuesta por todos los sentimientos y reacciones del día. Cada reacción produce una impresión subconsciente, y -a menos que sea contrarrestada por un sentimiento opuesto y más dominante- es la causa de la acción futura.

Las ideas envueltas en sentimientos son acciones creativas. Utiliza sabiamente tu derecho divino. A través de tu capacidad de pensar y sentir, tienes dominio sobre toda la creación.

Mientras estás despierto, eres un jardinero que selecciona semillas para su jardín, pero

**"Si el grano de trigo no cae en tierra y muere, queda él solo; pero si muere, da mucho fruto".**
[Juan 12:24]

La concepción que tienes de ti mismo mientras te duermes es la semilla que dejas caer en el terreno del subconsciente. Dormirte sintiéndote satisfecho y feliz hace que aparezcan en tu mundo condiciones y acontecimientos que confirman estas actitudes mentales.

El sueño es la puerta del cielo. Lo que tomas como un sentimiento lo sacas como una condición, acción u objeto en el espacio. Así que duerme en el sentimiento del deseo cumplido.

# CAPÍTULO 3: LA ORACIÓN

La ORACIÓN, como el sueño, también es una entrada en el subconsciente.

**"Cuando ores, entra en tu aposento y, cerrada la puerta, ora a tu Padre que está en secreto, y tu Padre que está en secreto te recompensará en público".**
[Mateo 6:6].

La oración es una ilusión del sueño que disminuye la impresión del mundo exterior y hace que la mente sea más receptiva a la sugestión del interior. Durante la oración, la mente se encuentra en un estado de relajación y receptividad similar al que se alcanza justo antes de dormirse.

La oración no es tanto lo que pides, sino cómo te preparas para recibirlo.

"Todo lo que pidiereis, cuando oréis creed que lo habéis recibido, y lo tendréis".
[Marcos 11:24]

La única condición necesaria es que creas que tus oraciones ya se han realizado.

Tu plegaria debe ser respondida si asumes el sentimiento que te correspondería si ya estuvieras en posesión de tu objetivo. En el momento en que aceptas el deseo como un hecho cumplido, el subconsciente encuentra los medios para su realización. Para rezar con éxito, entonces, debes ceder al deseo, es decir, sentir el deseo cumplido.

El hombre perfectamente disciplinado siempre está en sintonía con el deseo como un hecho consumado.

Sabe que la conciencia es la única realidad, que las ideas y los sentimientos son hechos de la conciencia y son tan reales como los objetos del espacio; por tanto, nunca alberga un sentimiento que no contribuya a su felicidad, pues los sentimientos son las causas de las acciones y circunstancias de su vida.

Por otra parte, al hombre indisciplinado le cuesta creer lo que niegan los sentidos y suele aceptar o rechazar únicamente por las apariencias de los sentidos. Debido a esta tendencia a confiar en la evidencia de los sentidos, es necesario dejarlos fuera antes de empezar a rezar, antes de intentar sentir aquello que niegan. Siempre que te encuentres en el estado de ánimo "me gustaría, pero no puedo", cuanto más te esfuerces, menos serás capaz de ceder al deseo. Nunca atraes aquello que deseas, sino que siempre atraes aquello de lo que eres consciente.

La oración es el arte de asumir el sentimiento de ser y tener aquello que deseas.

Cuando los sentidos confirman la ausencia de tu deseo, todo esfuerzo consciente para contrarrestar esta sugestión es inútil y tiende a intensificarla.

La oración es el arte de ceder al deseo y no de forzar el deseo. Siempre que tu sentimiento entre en conflicto con tu deseo, el sentimiento será el vencedor. El sentimiento dominante se expresa invariablemente. La oración debe ser sin esfuerzo. Al intentar fijar una actitud mental negada por los sentidos, el esfuerzo es fatal.

Para ceder con éxito al deseo como un hecho consumado, debes crear un estado pasivo, una especie de ensueño o reflexión meditativa similar a la sensación que precede al sueño. En ese estado de relajación, la mente se aparta del mundo objetivo y percibe fácilmente la realidad de un estado subjetivo. Es un estado en el que eres consciente y bastante capaz de moverte o abrir los ojos, pero no tienes ningún deseo de hacerlo. Una forma fácil de crear este estado pasivo es relajarse en una silla cómoda o en una cama. Si estás en la cama, túmbate boca arriba con la cabeza a la altura del cuerpo, cierra los ojos e imagina que tienes sueño. Siente: Tengo sueño, mucho sueño, mucho sueño.

En poco tiempo, te envuelve una sensación de lejanía acompañada de una lasitud general y de la pérdida de todo deseo de moverte. Sientes un descanso agradable y cómodo y no te sientes inclinado a alterar tu posición, aunque en otras circunstancias no estarías nada cómodo. Cuando alcances este estado pasivo, imagina que has realizado tu deseo, no cómo se ha *realizado*, sino simplemente el deseo *cumplido*. Imagina en forma de imagen lo que deseas conseguir en la vida; luego siente que ya lo has conseguido. Los pensamientos producen pequeños movimientos del habla que pueden oírse en el estado pasivo de la oración como pronunciamientos del exterior. Sin embargo, este grado de pasividad no es esencial para la realización de tus oraciones. Todo lo que se necesita es crear un estado pasivo y sentir el deseo cumplido.

Todo lo que puedas necesitar o desear ya es tuyo. No necesitas ningún ayudante que te lo dé; ahora es tuyo. Haz realidad tus deseos imaginando y sintiendo que se cumplen. Al aceptar el fin, te vuelves totalmente indiferente a un posible fracaso, pues la aceptación del fin quiere los medios para alcanzarlo. Cuando sales del momento de la oración, es como si te hubieran mostrado el final feliz y exitoso de una obra de teatro, aunque no te hubieran mostrado cómo se logró ese final. Sin embargo, habiendo presenciado el final, independientemente de cualquier secuencia anticlimática, permaneces tranquilo y seguro sabiendo que el fin ha sido perfectamente definido.

# CAPÍTULO 4: EL SENTIMIENTO

**"No con fuerza ni con poder, sino con mi espíritu, dice el Señor de los ejércitos".**
[Zacarías 4:6]

ENTRA en el espíritu del estado deseado asumiendo el sentimiento que sería tuyo si ya fueras el que quieres ser. Al captar el sentimiento del estado buscado, te liberas de todo esfuerzo para que así sea, pues ya lo es. Hay un sentimiento definido asociado a cada idea en la mente del hombre. Capta el sentimiento asociado a tu deseo realizado asumiendo el sentimiento que sería tuyo si ya estuvieras en posesión de la cosa que deseas, y tu deseo se objetivará.

La fe es sentimiento:

**"Conforme a vuestra fe [sentimiento] os sea hecho".**
[Mateo 9:29]

Nunca atraes aquello que deseas, sino siempre aquello que eres. Como un hombre es, así ve.

**"Al que tiene se le dará y al que no tiene se le quitará...".**
[Mateo 13:12; 25:29; Marcos 4:25; Lucas 8:18; 19:26].

Aquello que sientes ser, lo eres; y se te da aquello que eres. Así pues, asume

97

el sentimiento que sería tuyo si ya estuvieras en posesión de tu deseo, y tu deseo se realizará.

**"Y creó Dios al hombre a su imagen, a imagen de Dios lo creó"**
[Génesis 1:27]
**"Haya, pues, en vosotros este sentir que hubo también en Cristo Jesús, el cual, siendo en forma de Dios, no estimó el ser igual a Dios como cosa a que aferrarse".**
[Filipenses 2:5,6]

Eres aquello que crees ser.

En vez de creer en Dios o en Jesús - cree que eres Dios o que eres Jesús. "El que cree en Mí, las obras que Yo hago, él también las hará" [Juan 14:12] debería ser "El que cree como Yo creo, las obras que Yo hago, él también las hará". A Jesús no le parecía extraño hacer las obras de Dios porque creía que Él mismo era Dios.

**"Yo y Mi Padre somos uno".**
[Juan 10:30]

Es natural hacer las obras de quien crees ser. Así que vive en el sentimiento de ser el que quieres ser y que serás.

Cuando un hombre cree en el valor de los consejos que se le dan y los aplica, establece en sí mismo la realidad del éxito.

# LIBERTAD PARA TODOS

# INTRODUCCIÓN

La opinión pública no soportará mucho tiempo una teoría que no funciona en la práctica. Hoy, probablemente más que nunca, el hombre exige pruebas de la verdad incluso de su ideal más elevado. Para la satisfacción última, el hombre debe encontrar un principio que sea para él una forma de vida, un principio que pueda experimentar como verdadero.

Creo haber descubierto precisamente ese principio en la mayor de todas las escrituras sagradas, la Biblia. Extraído de mi propia iluminación mística, este libro revela la verdad oculta en los relatos del Antiguo y del Nuevo Testamento.

Brevemente, el libro afirma que la conciencia es la única realidad, que la conciencia es la causa y la manifestación es el efecto. Llama constantemente la atención del lector sobre este hecho, para que el lector mantenga siempre lo primero.

Habiendo sentado las bases de que un cambio de conciencia es esencial para provocar cualquier cambio de expresión, este libro explica al lector una docena de formas diferentes de provocar dicho cambio de conciencia.

Se trata de un principio realista y constructivo que funciona. La revelación que contiene, si se aplica, te hará libre.

# CAPÍTULO 1: LA UNICIDAD DE DIOS

**"ESCUCHA, Israel: el Señor nuestro Dios es un solo Señor"**

Escucha, Israel:

Escucha, oh hombre hecho de la misma sustancia de Dios:

¡Tú y Dios sois uno e indivisible!

El hombre, el mundo y todo lo que hay en él son estados condicionados del incondicionado, Dios. Tú eres éste; eres Dios condicionado como hombre. Todo lo que crees que Dios es, tú lo eres; pero nunca sabrás que esto es verdad hasta que dejes de reclamárselo a otro, y reconozcas que este aparente otro eres tú mismo.

Dios y el hombre,
espíritu y materia,
lo informe y lo formado,
el creador y la creación,
la causa y el efecto -
vuestro Padre y vosotros sois uno.

Éste, en quien viven y se mueven y tienen su ser todos los estados condicionados, es tu YO SOY, tu conciencia incondicionada.

La conciencia incondicionada es Dios, la única realidad. Por conciencia incondicionada se entiende un sentido de conciencia; un sentido de saber *que* SOY aparte de saber *quién* SOY; la conciencia de ser, divorciada de aquello de lo que soy consciente de ser.

SOY consciente de ser hombre, pero no necesito ser hombre para ser consciente de ser. Antes de ser consciente de ser alguien, yo, conciencia incondicionada, era consciente de ser; y esta conciencia no depende de ser alguien. YO SOY autoexistente, conciencia incondicionada. Llegué a ser consciente de ser alguien, y llegaré a ser consciente de ser alguien distinto de esto que ahora soy consciente de ser. Pero YO SOY eternamente consciente de ser, tanto si soy forma incondicionada como si soy forma condicionada.

Como estado condicionado, yo (el hombre), puedo olvidar quién soy o dónde estoy, pero no puedo olvidar que SOY.

Este saber que YO SOY, esta conciencia de ser, es la única realidad.

Esta conciencia incondicionada, el YO SOY, es esa realidad conocedora en la que todos los estados condicionados -concepciones de mí mismo- comienzan y terminan, pero que permanece siempre como el ser conocedor desconocido cuando todo lo conocido deja de ser.

Todo lo que alguna vez he creído ser, todo lo que ahora creo ser y todo lo que alguna vez creeré ser no son más que intentos de conocerme a mí mismo: la realidad desconocida e indefinida.

Este uno que conoce desconocido, o conciencia incondicionada, es mi verdadero ser, la única realidad. YO SOY la realidad incondicionada condicionada como aquello que creo ser. YO SOY el creyente limitado por mis creencias, el conocedor definido por lo conocido.

El mundo es mi conciencia condicionada objetivada. Lo que siento y creo que es verdad de mí mismo se proyecta ahora en el espacio como mi mundo. El mundo -mi yo reflejado- es siempre testigo del estado de conciencia en el que vivo.

No hay casualidad ni accidente responsable de las cosas que me ocurren ni del entorno en el que me encuentro. Tampoco es el destino predestinado el autor de mis fortunas o desgracias. La inocencia y la culpabilidad son meras palabras sin significado para la ley de la conciencia, salvo en la medida en que reflejan el estado de la conciencia misma.

La conciencia de culpa produce condena. La conciencia de carencia produce pobreza.

El hombre objetiva eternamente el estado de conciencia en el que habita, pero de una forma u otra se ha confundido en la interpretación de la ley de causa y efecto.

Ha olvidado que es el estado interior la causa de la manifestación exterior.

**"Como es por dentro, es por fuera.**
**- "Correspondencia", el segundo de Los siete principios de Hermes**
**Trimegisto".**

Y en su olvido, cree que un Dios exterior tiene su propia razón peculiar para hacer las cosas, estando tales razones más allá de la comprensión del simple hombre. O cree que la gente sufre a causa de errores pasados que la mente consciente ha olvidado. O también, que el azar ciego desempeña por sí solo el papel de Dios.

Un día el hombre se dará cuenta de que su propio YO SOY es el Dios que ha estado buscando a lo largo de los siglos, y que su propio sentido de la conciencia -su conciencia de ser- es la única realidad.

Lo más difícil de comprender para el hombre es esto: Que el "YO SOY" que hay en él es Dios. Es su verdadero ser o estado de Padre, el único estado del que puede estar seguro. El Hijo, su concepción de sí mismo, es una ilusión. Siempre sabe que ES, pero eso que es, es una ilusión creada por él mismo (el Padre) en un intento de autodefinición.

Este descubrimiento me revela que todo lo que he creído que Dios es YO SOY.

### "YO SOY la resurrección y la vida"
- Juan 11:25

...es una afirmación de hecho relativa a mi conciencia, pues mi conciencia resucita o hace visiblemente vivo aquello de lo que tengo conciencia de ser

### YO SOY la puerta".
- Juan 10:2, 10:7, 10:9
### "Todos los que me han precedido son ladrones y salteadores".
- Juan 10:8

...me muestra que mi conciencia es la única entrada en el mundo de la expresión; que asumir la conciencia de ser o poseer la cosa que deseo ser o poseer es la única manera de llegar a serla o poseerla; que cualquier intento de expresar este estado deseable de otra manera que no sea asumiendo la conciencia de serlo o poseerlo, es ser privado de la alegría de la expresión y la posesión.

### "YO SOY el principio y el fin".
- Apocalipsis 1:8, 22:13

...revela mi conciencia como la causa del nacimiento y la muerte de toda expresión.

### "YO SOY me ha enviado".
- Éxodo 3:14

...revela que mi conciencia es el Señor que me envía al mundo a imagen y semejanza de lo que soy consciente de ser para vivir en un mundo compuesto por todo aquello de lo que soy consciente.

**"YO SOY el Señor, y no hay Dios fuera de Mí".**
- Isaías 45:5

...declara que mi conciencia es el único Señor y que fuera de mi conciencia no hay Dios.

**"Estad quietos y sabed que YO SOY Dios".**
- Salmo 46:1

...significa que debo aquietar la mente y saber que la conciencia es Dios.

**"No tomarás el Nombre del Señor tu Dios en vano".**
- Éxodo 20:7
**"YO SOY el Señor: ése es Mi Nombre".**
- Isaías 42:8

Ahora que has descubierto que tu YO SOY, tu conciencia, es Dios, no pretendas que sea verdad de ti mismo nada que no pretenderías que fuera verdad de Dios, pues al definirte a ti mismo, estás definiendo a Dios.

Aquello de lo que tienes conciencia de ser es lo que has llamado Dios. Dios y el hombre son uno. Tú y tu Padre sois uno [Juan 10:30].

Tu conciencia incondicionada, o YO SOY, y aquello de lo que tienes conciencia de ser, son uno.

El concebidor y la concepción son uno. Si tu concepción de ti mismo es inferior a lo que afirmas que es verdad de Dios, has robado a Dios [véase Filipenses 2:6], el Padre, porque tú (el Hijo o concepción) das testimonio del Padre o concebidor. No tomes el nombre mágico de Dios, YO SOY, en vano, pues no serás considerado inocente; debes expresar todo lo que afirmas ser.

Nombra a Dios definiéndote conscientemente como tu ideal más elevado.

# CAPÍTULO 2: EL NOMBRE DE DIOS

NO SE PUEDE AFIRMAR con demasiada frecuencia que la conciencia es la única realidad, pues ésta es la verdad que libera al hombre.

Éste es el fundamento sobre el que descansa toda la estructura de la literatura bíblica. Todos los relatos de la Biblia son revelaciones místicas escritas en un simbolismo oriental que revela al intuitivo el secreto de la creación y la fórmula de la evasión. La Biblia es el intento del hombre de expresar con palabras la causa y el modo de la creación. El hombre descubrió que su conciencia era la causa o creadora de su mundo, por lo que procedió a contar la historia de la creación en una serie de relatos simbólicos que hoy conocemos como la Biblia.

Para comprender este gran libro, necesitas un poco de inteligencia y mucha intuición: inteligencia suficiente para permitirte leer el libro, e intuición suficiente para interpretar y comprender lo que lees.

Te preguntarás por qué la Biblia se escribió simbólicamente. ¿Por qué no se escribió en un estilo claro y sencillo para que todos los que la leyeran pudieran comprenderla? A estas preguntas respondo que todos los hombres hablan simbólicamente a la parte del mundo que difiere de la suya.

El lenguaje de Occidente es claro para nosotros los occidentales, pero es simbólico para los orientales; y viceversa. Un ejemplo de ello se encuentra en la instrucción del oriental:

**"Si tu mano te ofende, córtala".**
- Marcos 9:43

Habla de la mano, no como la mano del cuerpo, sino como cualquier forma de expresión; y así te advierte que te apartes de aquella expresión de tu mundo que te resulte ofensiva.

Al mismo tiempo, el hombre de Occidente engañaría involuntariamente al hombre de Oriente diciendo: "Este banco está en las rocas". Pues la expresión "en las rocas" para el occidental equivale a quiebra, mientras que una roca para un oriental es símbolo de fe y seguridad.

**"Me pareceré al hombre prudente que edificó su casa sobre una roca; y descendió la lluvia, y vinieron las inundaciones, y soplaron los vientos y azotaron aquella casa; y no cayó, porque estaba fundada sobre una roca."**
- Mateo 7:24,25

Para comprender realmente el mensaje de la Biblia debes tener en cuenta que fue escrita por la mente oriental y, por tanto, no puede ser tomada al pie de la letra por los occidentales. Biológicamente, no hay diferencia entre Oriente y Occidente. El amor y el odio son iguales; el hambre y la sed son iguales; la ambición y el deseo son iguales; pero la técnica de expresión es enormemente diferente.

Lo primero que debes descubrir si quieres desentrañar el secreto de la Biblia, es el significado del nombre simbólico del creador que todos conocen como Jehová. Esta palabra "Jehová" se compone de las cuatro letras hebreas: JOD HE VAU HE. Todo el secreto de la creación está oculto en este nombre.

La primera letra, JOD, representa el estado absoluto o conciencia incondicionada; el sentido de la conciencia indefinida; ese todo inclusivo del que procede toda creación o estado de conciencia condicionado.

En la terminología actual, JOD es YO SOY, o conciencia incondicionada.

La segunda letra, HE, representa al Hijo Unigénito, un deseo, un estado imaginario. Simboliza una idea; un estado subjetivo definido o una imagen mental clarificada.

La tercera letra, VAU, simboliza el acto de unificar o unir al concebidor (JOD), la conciencia deseante, con la concepción (HE), el estado deseado, de modo que el concebidor y la concepción se conviertan en uno.

Fijar un estado mental, definirte conscientemente como el estado deseado, imprimirte el hecho de que ahora eres aquello que imaginabas o concebías como tu objetivo, es la función de la VAU. Clava o une la conciencia deseante a la cosa deseada. El proceso de clavado o unión se realiza subjetivamente al sentir la realidad de lo que aún no se ha objetivado.

La cuarta letra, HE, representa la objetivación de este acuerdo subjetivo. El JOD HE VAU hace del hombre o del mundo manifestado (HE), a imagen y semejanza de sí mismo, el estado consciente subjetivo. Así pues, la función de la HE final es dar testimonio objetivo del estado subjetivo JOD HE VAU.

La conciencia condicionada se objetiva continuamente en la pantalla del espacio.

El mundo es la imagen y semejanza del estado consciente subjetivo que lo creó.

El mundo visible no puede hacer nada por sí mismo; sólo da testimonio de su creador, el estado subjetivo. Es el Hijo visible (HE) dando testimonio del Padre, Hijo y Madre invisibles - JOD HE VAU - una Santísima Trinidad que sólo puede verse cuando se hace visible como hombre o manifestación.

Tu conciencia incondicionada (JOD) es tu YO SOY que visualiza o imagina un estado deseable (HE), y luego toma conciencia de ser ese estado imaginado sintiendo y creyendo ser el estado imaginado. La unión consciente entre tú que deseas y aquello que deseas ser, se hace posible a través de la VAU, o tu capacidad de sentir y creer.

Creer es simplemente vivir en la sensación de ser realmente el estado imaginado, asumiendo la conciencia de ser el estado deseado. El estado subjetivo simbolizado como JOD HE VAU se objetiva entonces como ÉL, completando así el misterio del nombre y la naturaleza del creador, JOD HE VAU ÉL (Jehová).

JOD es ser consciente; HE es ser consciente de algo; VAU es ser consciente como, o ser consciente de ser aquello de lo que sólo eras consciente. El segundo HE es tu mundo visible objetivado que está hecho a imagen y semejanza del JOD HE VAU, o aquello de lo que eres consciente de ser.

**"Y dijo Dios: Hagamos al hombre a nuestra imagen y semejanza".**
- Génesis 1:26

Hagamos, JOD HE VAU la manifestación objetiva (HE) a nuestra imagen, la imagen del estado subjetivo.

El mundo es la semejanza objetivada del estado consciente subjetivo en el que habita la conciencia.

Esta comprensión de que la conciencia es la única realidad es el fundamento de la Biblia.

Los relatos de la Biblia son intentos de revelar en lenguaje simbólico el secreto de la creación, así como de mostrar al hombre la única fórmula para escapar de todas sus propias creaciones.

Éste es el verdadero significado del nombre de Jehová, el nombre por el que están hechas todas las cosas y sin el cual no hay nada de lo que está hecho [Juan 1:3].

Primero, eres consciente; luego, te haces consciente de algo; después, te haces consciente como aquello de lo que eras consciente; después, contemplas objetivamente aquello que eres consciente de ser.

# CAPÍTULO 3: LA LEY DE LA CREACIÓN

T<small>OMEMOS</small> uno de los relatos de la Biblia y veamos cómo los profetas y escritores de la antigüedad revelaron la historia de la creación mediante este extraño simbolismo oriental.

Todos conocemos la historia de Noé y el Arca; que Noé fue elegido para crear un mundo nuevo después de que el mundo fuera destruido por el diluvio.

La Biblia nos dice que Noé tuvo tres hijos: Sem, Cam y Jafet [Génesis 6:10].

El primer hijo se llama Sem, que significa nombre. Cam, el segundo hijo, significa caliente, vivo. El tercer hijo se llama Jafet, que significa extensión. Observarás que Noé y sus tres hijos Sem, Cam y Jafet contienen la misma fórmula de creación que el nombre divino de JOD HE VAU HE.

Noé, el Padre, el concebidor, el constructor de un mundo nuevo, equivale al JOD, o conciencia incondicionada, YO SOY. Sem es tu deseo; aquello de lo que eres consciente; aquello que nombras y defines como tu objetivo, y equivale a la segunda letra del nombre divino (ÉL). Cam es el estado cálido y vivo del sentimiento, que une o vincula la conciencia que desea y la cosa deseada, y equivale, por tanto, a la tercera letra del nombre divino, la VAU. El último hijo, Jafet, significa extensión, y es el estado extendido u objetivado que da testimonio del estado subjetivo y equivale a la última letra del nombre divino, HE.

Tú eres Noé, el conocedor, el creador.

Lo primero que engendras es una idea, un impulso, un deseo, la palabra o tu primer hijo Shem (nombre).

Tu segundo hijo Ham (cálido, vivo) es el secreto del SENTIMIENTO por el que te unes a tu deseo subjetivamente para que tú, la conciencia deseante, te hagas consciente de ser o poseer la cosa deseada.

Tu tercer hijo, Jafet, es la confirmación, la prueba visible de que conoces el secreto de la creación.

Es el estado extendido u objetivado que da testimonio del estado invisible o subjetivo en el que moras.

En la historia de Noé consta que Cam vio los secretos de su Padre [Génesis 9:22] y, a causa de su descubrimiento, fue obligado a servir a sus hermanos Sem y Jafet [9:25]. Cam, o el sentimiento, es el secreto del Padre, tu YO SOY, pues es a través del sentimiento como la conciencia deseante se une a la cosa deseada.

La unión consciente o matrimonio místico sólo es posible a través del sentimiento.

Es el sentimiento el que realiza esta unión celestial de Padre e Hijo, Noé y Sem, conciencia incondicionada y conciencia condicionada.

Al realizar este servicio, el sentimiento sirve automáticamente a Jafet, el estado extendido o expresado, pues no puede haber expresión objetivada si antes no hay una impresión subjetiva.

Sentir la presencia de lo deseado, actualizar subjetivamente un estado imprimiéndote, mediante el sentimiento, un estado consciente definido, es el secreto de la creación.

Tu mundo objetivado actual es Jafet, que se hizo visible por Cam. Por eso Cam sirve a sus hermanos Sem y Jafet, pues sin el sentimiento simbolizado como Cam, la idea o cosa deseada (Sem) no podría hacerse visible como Jafet.

La capacidad de sentir lo invisible, la capacidad de actualizar y hacer realidad un estado subjetivo definido mediante el sentido del sentimiento es el secreto de la creación, el secreto por el que la palabra o el deseo invisible se hace visible - se hace carne [Juan 1:14]. "Y Dios llama a las cosas que no son como si fueran" [Romanos 4:17].

La conciencia llama a las cosas que no se ven como si se vieran, y lo hace primero definiéndose a sí misma como aquello que desea expresar, y segundo permaneciendo dentro del estado definido hasta que lo invisible se hace visible.

He aquí el funcionamiento perfecto de la ley según la historia de Noé. En este mismo instante eres consciente de ser. Esta conciencia de ser, este saber que eres, es Noé, el creador.

Ahora, con la identidad de Noé establecida como tu propia conciencia de ser, nombra algo que te gustaría poseer o expresar; define algún objetivo (Shem), y con tu deseo claramente definido, cierra los ojos y siente que lo tienes o lo estás expresando.

No te preguntes cómo puede hacerse; simplemente siente que lo tienes.

Asume la actitud mental que te correspondería si ya lo tuvieras, de modo que sientas que está hecho.

Sentir es el secreto de la creación.

Sé tan sabio como Cam y haz este descubrimiento para que tú también tengas la alegría de servir a tus hermanos Sem y Jafet; la alegría de hacer carne la palabra o el nombre.

# CAPÍTULO 4: EL SECRETO DEL SENTIMIENTO

**"El secreto del sentimiento o de la llamada de lo invisible a estados visibles está bellamente relatado en la historia de Isaac bendiciendo a su segundo hijo Jacob por la creencia, basada únicamente en el sentimiento, de que estaba bendiciendo a su primer hijo Esaú."**
- Génesis 27:1-35

CONSTA QUE ISAAC, que era viejo y ciego, sintió que estaba a punto de dejar este mundo y, deseando bendecir a su primer hijo Esaú antes de morir, envió a Esaú a cazar sabroso venado con la promesa de que a su regreso de la caza recibiría la bendición de su padre.

Jacob, que deseaba la primogenitura o derecho a nacer por la bendición de su padre, oyó por casualidad que su padre ciego le pedía venado y se lo prometía a Esaú. Así pues, mientras Esaú iba a cazar el venado, Jacob mató y vistió un cabrito del rebaño de su padre.

Colocando las pieles sobre su terso cuerpo para darle el tacto de su peludo y áspero hermano Esaú, llevó el cabrito sabrosamente preparado a su ciego padre Isaac. E Isaac, que dependía únicamente de su sentido del tacto, confundió a su segundo hijo Jacob con su primer hijo Esaú, y pronunció su bendición sobre Jacob. Esaú, al regresar de la cacería, se enteró de que su hermano Jacob, de piel lisa, le había suplantado, por lo que apeló a su padre para que le hiciera justicia; pero Isaac respondió y dijo

**"Tu hermano ha venido con astucia y te ha quitado la bendición".**
- Isaías 27:35

**"Le he constituido Señor tuyo, y a todos sus hermanos le he dado por siervos".**

- Isaías 27:37

La simple decencia humana debería decirle al hombre que esta historia no puede tomarse al pie de la letra. ¡Debe haber un mensaje para el hombre oculto en alguna parte de este acto traicionero y despreciable de Jacob! El mensaje oculto, la fórmula del éxito enterrada en esta historia se reveló intuitivamente al escritor de esta manera. Isaac, el padre ciego, es tu conciencia; tu conciencia de ser.

Esaú, el hijo peludo, es tu mundo presente objetivado: lo áspero o sensiblemente sentido; el momento presente; el entorno presente; tu concepción presente de ti mismo; en resumen, el mundo que conoces en razón de tus sentidos objetivos. Jacob, el muchacho de piel suave, el segundo hijo, es tu deseo o estado subjetivo, una idea aún no plasmada, un estado subjetivo que se percibe y se siente pero que no se conoce ni se ve objetivamente; un punto en el tiempo y en el espacio alejado del presente. En resumen, Jacob es tu objetivo definido. El Jacob de piel suave -o estado subjetivo que busca la encarnación o el derecho de nacimiento- cuando es sentido o bendecido adecuadamente por su padre (cuando es sentido y fijado conscientemente como real) se objetiva; y al hacerlo suplanta al Esaú áspero y velludo -o estado objetivado anterior. Dos cosas no pueden ocupar un mismo lugar al mismo tiempo, y así, cuando lo invisible se hace visible, el anterior estado visible se desvanece.

Tu conciencia es la causa de tu mundo. El estado consciente en el que habitas determina el tipo de mundo en el que vives. Tu concepto actual de ti mismo se objetiva ahora como tu entorno, y este estado se simboliza como Esaú, el velludo, de tacto sensible; el primer hijo. Aquello que te gustaría ser o poseer está simbolizado como tu segundo hijo, Jacob, el muchacho de piel suave que aún no se ve, pero que se siente y percibe subjetivamente, y que, si se le toca adecuadamente, suplantará a su hermano Esaú, o a tu mundo actual.

Ten siempre presente el hecho de que Isaac, el padre de estos dos hijos, o estados, es ciego. No ve a su hijo Jacob, de piel lisa; sólo lo siente.

Y a través del sentido del sentimiento cree realmente que Jacob, lo subjetivo, es Esaú, lo real, lo objetivado.

No ves tu deseo objetivamente; simplemente lo percibes (lo sientes) subjetivamente.

No buscas a tientas en el espacio un estado deseable. Como Isaac, te quedas quieto y envías a tu primer hijo de caza apartando tu atención de tu mundo objetivo.

Entonces, en ausencia de tu primer hijo, Esaú, invitas al estado deseable, tu segundo hijo, Jacob, a que se acerque para que puedas sentirlo. "Acércate, hijo mío, para que pueda sentirte" [27:21]. Primero, eres consciente de él en tu entorno inmediato; luego, lo acercas más y más y más hasta que lo percibes y lo sientes en tu presencia inmediata, de modo que sea real y natural para ti.

**"Si dos de vosotros se pusieren de acuerdo en la tierra sobre cualquier cosa que pidieren, les será hecho por mi Padre que está en los cielos".**
- Mateo 18:19

Los dos se ponen de acuerdo a través del sentido del tacto; y el acuerdo se establece en la tierra: se objetiva, se hace real.

Los dos que se ponen de acuerdo son Isaac y Jacob: tú y lo que deseas. Y el acuerdo se hace únicamente en el sentido del sentimiento.

Esaú simboliza tu mundo actual objetivado, sea agradable o no.

Jacob simboliza todos y cada uno de los deseos de tu corazón.

Isaac simboliza tu verdadero yo -con los ojos cerrados al mundo presente- en el acto de sentir y sentirte ser o poseer aquello que deseas ser o poseer.

El secreto de Isaac -el estado de sentir, de sentir- es simplemente el acto de separar mentalmente lo sensiblemente sentido (tu estado físico actual) de lo insensiblemente sentido (aquello que te gustaría ser).

Con los sentidos objetivos bien cerrados Isaac hecho, y puedes hacer que lo insensiblemente sentido (el estado subjetivo) parezca real o sensiblemente conocido, pues la fe es conocimiento.

No basta con conocer la ley de la autoexpresión, la ley por la que lo invisible se hace visible.

Debe aplicarse; y éste es el método de aplicación.

**Primero:** Envía a tu primer hijo Esaú -tu mundo objetivado o problema actual- de caza. Esto se consigue simplemente cerrando los ojos y apartando tu atención de las limitaciones objetivadas. Al apartar tus sentidos de tu mundo objetivado, éste desaparece de tu conciencia o sale de caza.

**Segundo:** Con los ojos aún cerrados y la atención apartada del mundo que te rodea, fija conscientemente el momento y el lugar naturales para la realización de tu deseo.

Con tus sentidos objetivos cerrados a tu entorno actual, puedes percibir y sentir la realidad de cualquier punto del tiempo o del espacio, pues ambos son psicológicos y pueden crearse a voluntad.

Es de vital importancia que primero se fije en tu conciencia la condición espacio-temporal natural de Jacob, es decir, el momento y el lugar naturales para la realización de tu deseo.

Si el domingo es el día en que debe realizarse la cosa deseada, entonces el domingo debe fijarse en la conciencia ahora.

Simplemente empieza a sentir que es domingo hasta que la tranquilidad y la naturalidad del domingo se establezcan conscientemente.

Tienes asociaciones definidas con los días, las semanas, los meses y las estaciones del año. Has dicho una y otra vez: "Hoy parece domingo, o lunes, o sábado" o "Esto parece primavera, o verano, u otoño, o invierno". Esto debería convencerte de que tienes impresiones definidas y conscientes que asocias con los días, las semanas y las estaciones del año.

Entonces, debido a estas asociaciones, puedes seleccionar cualquier tiempo deseable y, recordando la impresión consciente asociada a dicho tiempo, puedes hacer una realidad subjetiva de ese tiempo ahora.

Haz lo mismo con el espacio. Si la habitación en la que estás sentado no es la habitación en la que la cosa deseada se colocaría o realizaría de forma natural, siéntete sentado en la habitación o lugar en el que sería natural. Fija conscientemente esta impresión espacio-temporal antes de iniciar el acto de percibir y sentir la proximidad, la realidad y la posesión de la cosa deseada. No importa si el lugar deseado está a diez mil millas de distancia o sólo al lado, debes fijar en la conciencia el hecho de que justo donde estás sentado es el lugar deseado.

No haces un viaje mental; colapsas el espacio. Siéntate tranquilamente donde estás y haz del "allá" el "aquí". Cierra los ojos y siente que el propio lugar donde estás es el lugar deseado. Siente y percibe la realidad de ello hasta que te impresiones conscientemente de este hecho, pues tu conocimiento de este hecho se basa únicamente en tu percepción subjetiva.

**Tercero:** En ausencia de Esaú (el problema) y con el tiempo-espacio natural establecido, invitas a Jacob (la solución) a que venga a llenar ese espacio, a que venga a suplantar a su hermano.

Visualiza en tu imaginación la cosa deseada. Si no puedes visualizarlo, percibe su contorno general; contémplalo. Luego, acércala mentalmente. "Acércate, hijo mío, para que pueda sentirte".

Siente su proximidad. Siente que está en tu presencia inmediata. Siente su realidad y solidez. Siéntelo y míralo colocado de forma natural en la habitación en la que estás sentado. Siente la emoción del logro real y la alegría de la posesión.

Ahora abre los ojos. Esto te devuelve al mundo objetivo - el mundo áspero o sensiblemente sentido. Tu hijo peludo Esaú ha vuelto de la caza y con su sola presencia te dice que te ha traicionado tu hijo de piel lisa Jacob - el subjetivo, el sentido psicológicamente.

Pero, como Isaac, cuya confianza se basaba en el conocimiento de esta ley inmutable, tú también dirás: "Le he hecho tu Señor y le he dado por siervos a todos sus hermanos".

Es decir, aunque tus problemas parezcan fijos y reales, has sentido que el estado subjetivo, psicológico, es real hasta el punto de recibir la emoción de esa realidad. Has experimentado el secreto de la creación porque has sentido la realidad de lo subjetivo.

Has fijado un estado psicológico definido que, a pesar de toda oposición o precedente, se objetivará, cumpliendo así el nombre de Jacob: el suplantador.

He aquí algunos ejemplos prácticos de este drama.

**Primero:** La bendición o la realización de una cosa.

Siéntate en tu salón y nombra un mueble, una alfombra o una lámpara que te gustaría tener en esa habitación concreta. Mira la zona de la habitación donde lo colocarías si lo tuvieras. Cierra los ojos y deja que desaparezca todo lo que ahora ocupa esa zona de la habitación. En tu imaginación, ve esa zona como un espacio vacío: allí no hay absolutamente nada. Ahora empieza a llenar ese espacio con el mueble deseado. Percibe y siente que lo tienes en esta misma zona. Imagina que estás viendo lo que deseabas ver. Continúa en esta conciencia hasta que sientas la emoción de la posesión.

**Segundo:** La bendición o el hacer real un lugar.

Ahora estás sentado en tu apartamento de Nueva York, contemplando la alegría que te daría estar en un transatlántico navegando por el gran Atlántico.

**"Voy a prepararos un lugar. Y si me voy y os preparo un lugar, vendré otra vez y os recibiré a mí mismo, para que donde yo esté, estéis también vosotros."**
**- Juan 14:2-3**

Tienes los ojos cerrados; te has liberado conscientemente del apartamento de Nueva York y en su lugar percibes y sientes que estás en un transatlántico. Estás sentado en una tumbona; no hay nada a tu alrededor salvo el vasto Atlántico. Fija la realidad de este barco y del océano de modo que en este estado puedas recordar mentalmente el día en que estabas sentado en tu apartamento de Nueva York soñando con este día en el mar. Recuerda la imagen mental de ti mismo sentado allí en Nueva York soñando con este día. Visualiza en tu imaginación la imagen de recuerdo de ti mismo allí en tu apartamento de Nueva York. Si consigues recordar tu apartamento de Nueva York sin volver allí conscientemente, habrás preparado con éxito la realidad de este viaje.

Permanece en este estado consciente sintiendo la realidad del barco y del océano; siente la alegría de este logro, y luego abre los ojos.

Has ido y has preparado el lugar; has fijado un estado psicológico definido y donde estés en consciencia allí estarás también en cuerpo.

**Tercero:** La bendición o realización de un punto en el tiempo.

Sueltas conscientemente ese día, mes o año, según el caso, e imaginas que ahora es ese día, mes o año el que deseas experimentar. Percibes y sientes la realidad del tiempo deseado, imprimiéndote el hecho de que ya se ha cumplido. A medida que percibes la naturalidad de este tiempo, empiezas a sentir la emoción de haber realizado plenamente aquello que antes de iniciar este viaje psicológico en el tiempo deseabas experimentar en este momento.

Con el conocimiento de tu poder de bendecir puedes abrir las puertas de cualquier prisión: la prisión de la enfermedad o de la pobreza o de una existencia monótona.

"El Espíritu del Señor Dios está sobre mí, porque el Señor me ha ungido para anunciar buenas nuevas a los humildes; me ha enviado a vendar a los quebrantados de corazón, a proclamar la libertad a los cautivos y la apertura de la cárcel a los presos."
- Isaías 61:1, Lucas 4:18

# CAPÍTULO 5: EL SÁBADO

**"Seis días se trabajará, pero el séptimo día será para vosotros día santo, sábado de descanso para el Señor".**
- Éxodo 31:15, Levítico 23:3

ESTOS SEIS DÍAS no son periodos de tiempo de veinticuatro horas.

Simbolizan el momento psicológico en que se fija un estado subjetivo definido.

Estos seis días de trabajo son experiencias subjetivas y, en consecuencia, no pueden medirse por el tiempo sideral, pues el verdadero trabajo de fijar un estado psicológico definido se realiza en la conciencia.

El tiempo empleado en definirte conscientemente como aquello que deseas ser es la medida de estos seis días.

Un cambio de conciencia es el trabajo realizado en estos seis días creativos; un ajuste psicológico, que no se mide por el tiempo sideral, sino por la realización real (subjetiva). Del mismo modo que una vida en retrospectiva no se mide por los años, sino por el contenido de esos años, también este intervalo psicológico se mide, no por el tiempo empleado en realizar el ajuste, sino por la realización de ese intervalo.

El verdadero significado de los seis días de trabajo (creación) se revela en el misterio del VAU, que es la sexta letra del alfabeto hebreo y la tercera del nombre divino: JOD HE VAU HE.

Como ya se ha explicado en el misterio del nombre de Jehová, VAU significa clavar o unir.

El creador está unido a su creación a través del sentimiento; y el tiempo que tardas en fijar un sentimiento definido es la verdadera medida de estos seis días de creación.

Separarte mentalmente del mundo objetivo y apegarte mediante el secreto del sentimiento al estado subjetivo es la función de la sexta letra del alfabeto hebreo, VAU, o los seis días de trabajo.

Siempre hay un intervalo entre la impresión fija, o estado subjetivo, y la expresión externa de ese estado.

El intervalo se llama Sabbat.

El Sabbat es el descanso mental que sigue al estado psicológico fijo. Es el resultado de tus seis días de trabajo.

### "El sábado fue hecho para el hombre".
- Marcos 2:27

Este reposo mental que sigue a una impregnación consciente exitosa es el período de embarazo mental, un período que se realiza con el fin de incubar la manifestación.

Se hizo para la manifestación; la manifestación no se hizo para él.

Automáticamente guardas el sábado como día de descanso -un periodo de descanso mental- si consigues cumplir tus seis días de trabajo.

No puede haber Sabbath, ni séptimo día, ni periodo de descanso mental, hasta que hayan pasado los seis días, hasta que se haya realizado el ajuste psicológico y la impresión mental esté totalmente hecha.

Se advierte al hombre que si no guarda el sábado, si no entra en el descanso de Dios, tampoco recibirá la promesa; no realizará sus deseos.

La razón de ello es sencilla y evidente. No puede haber reposo mental hasta que se produce una impresión consciente.

Si un hombre no logra grabarse plenamente el hecho de que ahora tiene lo que antes deseaba poseer, seguirá deseándolo y, por tanto, no estará mentalmente tranquilo ni satisfecho.

Si, por el contrario, consigue hacer este ajuste consciente, de modo que al salir del periodo de silencio o de sus seis días subjetivos de trabajo, sepa por su sentimiento que tiene lo deseado, entonces entra automáticamente en el Sabbat o periodo de descanso mental.

El embarazo sigue a la impregnación. El hombre no sigue deseando lo que ya ha adquirido. El Sabbat sólo puede guardarse como día de descanso después de que el hombre consiga ser consciente de ser lo que antes de entrar en el silencio deseaba ser.

El sábado es el resultado de los seis días de trabajo.

El hombre que conoce el verdadero significado de estos seis días de trabajo se da cuenta de que la observancia de un día de la semana como día de quietud física no es guardar el sábado.

La paz y la tranquilidad del Sabbat sólo pueden experimentarse cuando el hombre ha logrado tomar conciencia de ser lo que desea ser. Si no logra esta impresión consciente, ha errado el blanco. Ha pecado, pues pecar es errar el blanco, no alcanzar el objetivo; un estado en el que no hay paz mental.

**"Si no hubiera venido a hablarles, no habrían tenido pecado".**
- Juan 15:22

Si al hombre no se le hubiera presentado un estado ideal hacia el que tender, un estado que desear y adquirir, habría estado satisfecho con su suerte en la vida y nunca habría conocido el pecado.

Ahora que el hombre sabe que sus capacidades son infinitas, sabe que trabajando seis días o haciendo un ajuste psicológico puede realizar sus deseos, no estará satisfecho hasta que logre todos sus objetivos.

Con el verdadero conocimiento de estos seis días de trabajo, definirá su objetivo y se dispondrá a tomar conciencia de serlo.

Cuando se produce esta impresión consciente, le sigue automáticamente un periodo de reposo mental, periodo que el místico denomina Sabbath, intervalo en el que la impresión consciente se gestará y se expresará físicamente.

La Palabra se hará carne. ¡Pero eso no es el fin!

El Sabbat, o descanso que será interrumpido por la encarnación de la idea, dará paso tarde o temprano a otros seis días de trabajo, a medida que el hombre defina otro objetivo y comience de nuevo el acto de definirse a sí mismo como aquello que desea ser.

El hombre ha sido sacado de su sueño por medio del deseo, y no puede encontrar descanso hasta que realice su deseo.

Pero antes de que pueda entrar en el reposo de Dios, o guardar el sábado, antes de que pueda caminar sin miedo y en paz, debe convertirse en un buen tirador espiritual y aprender el secreto de dar en el blanco o trabajar seis días, el secreto por el que se desprende del estado objetivo y se ajusta al subjetivo.

Este secreto se reveló en el nombre divino Jehová, y de nuevo en la historia de Isaac bendiciendo a su hijo Jacob. Si el hombre aplica la fórmula tal como se revela en estos dramas bíblicos, dará siempre en la diana espiritual, pues sabrá que sólo se entra en el descanso mental o Sabbath cuando se consigue hacer un ajuste psicológico.

La historia de la crucifixión dramatiza maravillosamente estos seis días (periodo psicológico) y el séptimo día de descanso.

Consta que era costumbre de los judíos que soltaran a alguien de la cárcel en la fiesta de la Pascua, y que les dieron a elegir entre que les soltaran a Barrabás, el ladrón, o a Jesús, el salvador. Y gritaron: "Soltad a Barrabás" [Juan 18:40]. Entonces soltaron a Barrabás y crucificaron a Jesús.

Además, consta que Jesús el Salvador fue crucificado el sexto día, sepultado o enterrado el séptimo y resucitado el primer día.

El salvador en tu caso es aquello que te salvaría de lo que no eres consciente de ser, mientras que Barrabás el ladrón es tu concepción actual de ti mismo que te roba aquello que te gustaría ser.

Al definir a tu salvador defines aquello que te salvaría y no cómo serías salvado.

Vuestro salvador o deseo tiene caminos que vosotros no conocéis; sus caminos son inescrutables [Romanos 11:33].

Cada problema revela su propia solución. Si estuvieras encarcelado, desearías automáticamente ser libre. La libertad, pues, es lo que te salvaría. Es tu salvadora.

Habiendo descubierto a tu salvador, el siguiente paso en este gran drama de la resurrección es liberar a Barrabás, el ladrón -tu actual concepto de ti mismo- y crucificar a tu salvador -o fijar la conciencia de ser o tener aquello que te salvaría-.

Barrabás representa tu problema actual. Tu salvador es aquello que te liberaría de este problema. Liberas a Barrabás apartando tu atención de tu problema, de tu sensación de limitación, pues te roba la libertad que buscas. Y crucificas a tu salvador fijando un estado psicológico definido al sentirte libre de la limitación del pasado.

Niegas la evidencia de los sentidos y empiezas a sentir subjetivamente la alegría de ser libre. Sientes que este estado de libertad es tan real que tú también gritas: "¡Soy libre!". "Consumado es". [Juan 19:30].

La fijación de este estado subjetivo -la crucifixión- tiene lugar el sexto día. Antes de que se ponga el sol de este día debes haber completado la fijación sintiendo: "Así es", "Está acabado".

Al conocimiento subjetivo le sigue el Sabbat o descanso mental. Estarás como alguien enterrado o sepultado, pues sabrás que por muy montañosas que sean las barreras, por muy infranqueables que parezcan los muros, tu salvador crucificado y sepultado (tu fijación subjetiva actual) resucitará. Manteniendo el sábado como un periodo de descanso mental, asumiendo la actitud mental que te correspondería si ya expresaras visiblemente esta libertad, recibirás la promesa del Señor. Porque el Verbo se hará carne: la fijación subjetiva se encarnará a sí misma.

**"Y Dios descansó el séptimo día de todas sus obras".**
- Hebreos 4:4

Tu conciencia es Dios descansando en el conocimiento de que "Está bien", "Está acabado". Y tus sentidos objetivos confirmarán que es así, pues el día lo revelará.

# CAPÍTULO 6: LA CURACIÓN

La fórmula para la curación de la lepra revelada en el capítulo XIV del Levítico es de lo más esclarecedora cuando se contempla a través de los ojos de un místico. Esta fórmula puede prescribirse como la cura positiva de cualquier enfermedad del mundo del hombre, ya sea física, mental, financiera, social, moral... cualquier cosa.

No importa la naturaleza de la enfermedad ni su duración, pues la fórmula puede aplicarse con éxito a todas y cada una de ellas.

He aquí la fórmula tal como se recoge en el libro del Levítico:

> **"Entonces el sacerdote ordenará que se tomen para el que va a ser purificado dos aves vivas y limpias... y el sacerdote ordenará que se mate una de las aves..... En cuanto al pájaro vivo, lo tomará y lo mojará en la sangre del pájaro matado; y rociará siete veces sobre el que ha de ser purificado de la lepra y lo declarará limpio, y soltará el pájaro vivo en el campo abierto..... y quedará limpio".**
> - Lev. 14:4-8

Una aplicación literal de esta historia sería estúpida e infructuosa, mientras que, en cambio, una aplicación psicológica de la fórmula es sabia y fructífera.

Un pájaro es el símbolo de una idea. Se puede decir que todo hombre que tiene un problema o que desea expresar algo distinto de lo que expresa ahora tiene dos pájaros.

Estas dos aves o concepciones pueden definirse del siguiente modo:

El primer pájaro es tu concepción actual y exterior de ti mismo; es la descripción que darías si te pidieran que te definieras: tu estado físico, tus ingresos, tus obligaciones, tu nacionalidad, familia, raza, etc. Tu respuesta sincera a estas preguntas se basaría necesariamente en la evidencia de tus sentidos y no en ninguna ilusión.

Esta verdadera concepción de ti mismo (basada enteramente en las evidencias de tus sentidos) define al primer pájaro.

El segundo pájaro se define por la respuesta que deseas dar en estas preguntas de autodefinición. En resumen, estos dos pájaros pueden definirse como aquello que eres consciente de ser y aquello que deseas ser.

Otra definición de los dos pájaros sería la primera, tu problema actual independientemente de su naturaleza; y la segunda, la solución a ese problema.

Por ejemplo, si estuvieras enfermo, la buena salud sería la solución. Si tuvieras deudas, la solución sería liberarte de ellas. Si tuvieras hambre, la comida sería la solución. Como habrás observado, no se considera el cómo, la manera de realizar la solución. Sólo se consideran el problema y la solución.

Cada problema revela su propia solución. Para la enfermedad es la salud; para la pobreza es la riqueza; para la debilidad es la fuerza; para el encierro es la libertad.

Estos dos estados, pues, tu problema y su solución, son los dos pájaros que llevas al sacerdote. Tú eres el sacerdote que ahora realiza el drama de la curación del hombre de la lepra: tú y tu problema. Tú eres el sacerdote; y con la fórmula para la curación de la lepra ahora te liberas de tu problema.

Primero: Coge uno de los pájaros (tu problema) y mátalo extrayéndole la sangre. La sangre es la conciencia del hombre.

**"Ha hecho de una sola sangre todas las naciones de los hombres para que habiten sobre toda la faz de la tierra".**
- Hechos 17:26

Tu conciencia es la única realidad que anima y hace real lo que tienes conciencia de ser. Por tanto, apartar tu atención del problema equivale a extraer la sangre del pájaro. Tu consciencia es la única sangre que hace que todos los estados sean realidades vivas. Al retirar tu atención de cualquier estado dado, has drenado la sangre vital de ese estado. Matas o eliminas al primer pájaro (tu problema) retirando de él tu atención. En esta sangre (tu conciencia) sumerges el pájaro vivo (la solución), o aquello que hasta ahora deseabas ser o poseer. Esto lo haces liberándote para ser ahora el estado deseable.

La inmersión del pájaro vivo en la sangre del pájaro matado es similar a la bendición de Jacob por su padre ciego Isaac. Como recordarás, el ciego Isaac no podía ver su mundo objetivo, su hijo Esaú. Tú también estás ciego ante tu problema, el primer pájaro, pues has retirado tu atención de él y, por tanto, no lo ves. Ahora tu atención (sangre) está puesta en el segundo pájaro (estado subjetivo), y sientes y percibes su realidad.

Siete veces se te dice que rocíes al que va a ser purificado. Esto significa que debes permanecer dentro de la nueva concepción de ti mismo hasta que entres mentalmente en el séptimo día (el Sabbat), hasta que la mente se aquiete o se fije en la creencia de que realmente estás expresando o poseyendo aquello que deseas ser o poseer. En la séptima aspersión se te ordena soltar el ave viviente y declarar limpio al hombre.

Cuando te convences plenamente de que eres lo que deseas ser, te has rociado simbólicamente siete veces; entonces eres tan libre como el pájaro que se suelta. Y como el pájaro en vuelo, que al poco tiempo debe volver a la tierra, así tus impresiones subjetivas o tu pretensión deben encarnarse al poco tiempo en tu mundo.

Esta historia y todas las demás historias de la Biblia son obras psicológicas dramatizadas en la conciencia del hombre.

Tú eres el sumo sacerdote. Tú eres el leproso. Tú eres los pájaros.

Tu consciencia o YO SOY es el sumo sacerdote. Tú, el hombre con el problema, eres el leproso. El problema, tu concepto actual de ti mismo, es el pájaro al que matan. La solución del problema, lo que deseas ser, es el pájaro vivo que se libera.

Vuelves a representar este gran drama en tu interior apartando tu atención de tu problema y poniéndola en aquello que deseas expresar.

Imprime en ti el hecho de que eres lo que deseas ser hasta que tu mente se aquiete en la creencia de que es así.

Vivir en esta actitud mental fija, vivir en la conciencia de que ahora eres aquello que antes deseabas ser, es el pájaro en vuelo, sin las limitaciones del pasado y avanzando hacia la encarnación de tu deseo.

# CAPÍTULO 7: EL DESEO, PALABRA DE DIOS

**"Así será mi palabra que sale de mi boca; no volverá a mí vacía, sino que hará lo que yo quiero y prosperará en aquello a que la envié".**
- Isaías 55:11

DIOS TE HABLA a través de tus deseos fundamentales. Tus deseos básicos son palabras de promesa o profecías que contienen en sí mismas el plan y el poder de expresión.

Por "deseo básico" se entiende tu objetivo real. Los deseos secundarios tienen que ver con la forma de realización. Dios, tu YO SOY, te habla a ti, el estado consciente condicionado, a través de tus deseos básicos. Los deseos secundarios o formas de expresión son los secretos de tu YO SOY, el Padre omnisapiente. Tu Padre, YO SOY, revela lo primero y lo último: "Yo soy el principio y el fin" [Apocalipsis 1:8, 22:13]; pero nunca revela el medio o el secreto de Sus caminos. Es decir, lo primero se revela como la palabra, su deseo básico. El último es su cumplimiento; la palabra hecha carne. El segundo o medio (el plan de desarrollo) nunca se revela al hombre, sino que permanece para siempre en secreto del Padre.

**"Porque yo testifico a todo hombre que oye las palabras de la profecía de este libro, que si alguno añadiere a estas cosas, Dios le añadirá las plagas que están escritas en este libro; y si alguno quitare de las palabras del libro de esta profecía, Dios quitará su parte del libro de la vida."**
- Ap 22:18-19

Las palabras de la profecía de las que se habla en el libro del Apocalipsis son tus deseos básicos, que no deben condicionarse más. El hombre está constantemente añadiendo y quitando a estas palabras. Al no saber que el deseo básico contiene el plan y el poder de expresión, el hombre siempre está comprometiendo y complicando su deseo.

He aquí una ilustración de lo que el hombre hace con la palabra profética, sus deseos.

El hombre desea liberarse de su limitación o problema. Lo primero que hace después de definir su objetivo es condicionarlo a otra cosa.

Empieza a especular sobre la manera de adquirirlo. Sin saber que la cosa deseada tiene una forma de expresión propia, empieza a planear cómo va a conseguirla, añadiendo así algo a la palabra de Dios.

Si, por el contrario, no tiene ningún plan ni concepción en cuanto a la realización de su deseo, entonces compromete su deseo modificándolo. Piensa que si se conforma con menos que su deseo básico, entonces tendrá más posibilidades de realizarlo. Al hacerlo, se aleja de la palabra de Dios.

Tanto los individuos como las naciones violan constantemente esta ley de su deseo básico, tramando y planeando la realización de sus ambiciones; de este modo, añaden a la palabra de la profecía, o transigen con sus ideales, quitando así a la palabra de Dios.

El resultado inevitable es la muerte y las plagas o el fracaso y la frustración prometidos por tales violaciones.

Dios sólo habla al hombre a través de sus deseos básicos.

Tus deseos están determinados por la concepción que tienes de ti mismo. Por sí mismos, no son ni buenos ni malos.

**"Sé y estoy persuadido por el Señor Jesucristo de que no hay nada impuro por sí mismo, sino que para el que ve algo impuro para él es impuro".**
- Romanos 14:14

Tus deseos son el resultado natural y automático de tu concepción actual de ti mismo.

Dios, tu conciencia incondicionada, es impersonal y no hace acepción de personas [Hechos 10:34, Romanos 2:11].

Tu conciencia incondicionada, Dios, da a tu conciencia condicionada, el hombre, por medio de tus deseos básicos, aquello que tu estado condicionado (tu concepción actual de ti mismo) cree necesitar.

Mientras permanezcas en tu estado consciente actual, seguirás deseando lo que ahora deseas.

Cambia la concepción que tienes de ti mismo y cambiarás automáticamente la naturaleza de tus deseos.

Los deseos son estados de conciencia que buscan encarnación. Están formados por la conciencia del hombre y pueden ser expresados fácilmente por el hombre que los ha concebido.

Los deseos se expresan cuando el hombre que los ha concebido asume la actitud mental que le correspondería si los estados deseados ya estuvieran expresados. Ahora bien, dado que los deseos, independientemente de su naturaleza, pueden expresarse tan fácilmente mediante actitudes mentales fijas, hay que dirigir una palabra de advertencia a aquellos que aún no se han dado cuenta de la unicidad de la vida, y que no conocen la verdad fundamental de que la conciencia es Dios, la única realidad.

Esta advertencia se hizo al hombre en la famosa Regla de Oro:

**"Haz a los demás lo que quieres que te hagan a ti".**
- Mateo 7:21

Puedes desear algo para ti o para otro. Si tu deseo se refiere a otro, asegúrate de que la cosa deseada es aceptable para ese otro. La razón de esta advertencia es que tu conciencia es Dios, el dador de todos los dones.

Por tanto, lo que sientes y crees que es verdad de otro es un regalo que le has hecho. El regalo que no se acepta vuelve al dador.

Asegúrate entonces de que te gustaría poseer el don tú mismo, pues si fijas una creencia en ti como verdadera de otro y él no acepta este estado como verdadero de sí mismo, este don no aceptado se encarnará en tu mundo.

Escucha y acepta siempre como verdadero de los demás lo que desearías para ti. Al hacerlo, estarás construyendo el cielo en la tierra.

"Haz a los demás lo que quieras que te hagan a ti" se basa en esta ley.

Sólo acepta como verdaderos de los demás los estados que aceptarías voluntariamente como verdaderos de ti mismo, para que puedas crear constantemente el cielo en la Tierra. Tu cielo se define por el estado de conciencia en el que vives, que se compone de todo lo que aceptas como verdadero para ti y para los demás.

Tu entorno inmediato está definido por tu propia concepción de ti mismo más tus convicciones respecto a los demás, que no han sido aceptadas por ellos.

Tu concepción del otro, que no es su concepción de sí mismo, es un regalo que se te devuelve.

Las sugerencias, como la propaganda, son boomerangs a menos que sean aceptadas por aquellos a quienes se envían.

Así que tu mundo es un regalo que te has hecho a ti mismo.

La naturaleza del regalo viene determinada por tu concepción de ti mismo más los regalos no aceptados que ofreciste a los demás.

No te equivoques: la ley no hace acepción de personas.

Descubre la ley de la autoexpresión y vive según ella; entonces serás libre.

Con esta comprensión de la ley, define tu deseo, conoce exactamente lo que quieres; asegúrate de que es deseable y aceptable.

El hombre sabio y disciplinado no ve ninguna barrera para la realización de su deseo; no ve nada que destruir. Con una actitud mental fija, reconoce que la cosa deseada ya está plenamente expresada, pues sabe que un estado subjetivo fijo tiene formas y medios de expresarse que ningún hombre conoce.

**"Antes de que pregunten ya he respondido".**
- Aproximadamente, Isaías 65:24
**"Tengo caminos que desconocéis".**
- Aproximadamente, Isaías 42:16
**"Mis caminos ya no se descubren".**
- Romanos 11:33

El hombre indisciplinado, en cambio, ve constantemente oposición a la realización de su deseo. Y debido a la frustración, forma deseos de destrucción que cree firmemente que deben expresarse antes de que su deseo básico pueda realizarse. Cuando el hombre descubra esta ley de la conciencia única, comprenderá la gran sabiduría de la Regla de Oro, y entonces vivirá según ella y se demostrará a sí mismo que el reino de los cielos está en la tierra.

Te darás cuenta de por qué debes "hacer a los demás lo que quisieras que te hicieran a ti". Sabrás por qué debes vivir según esta Regla de Oro, porque descubrirás que es de sentido común hacerlo, ya que la regla se basa en la ley inmutable de la vida y no hace acepción de personas.

La conciencia es la única realidad. El mundo y todo lo que hay en él son estados de conciencia objetivados.

Tu mundo está definido por tu concepción de ti mismo MÁS TUS CONCEPCIONES DE LOS DEMÁS, que no son sus concepciones de sí mismos.

La historia de la Pascua debe ayudarte a dar la espalda a las limitaciones del presente y a pasar a un estado mejor y más libre.

La sugerencia de "seguir al hombre del cántaro de agua" [Marcos 14:13; Lucas 22:10] fue dada a los discípulos para guiarles hacia la última cena o fiesta de la Pascua. El hombre del cántaro de agua es el undécimo discípulo, Simón de Canaán, la cualidad disciplinada de la mente que sólo escucha los estados dignos, nobles y amables.

La mente que se disciplina para escuchar sólo lo bueno se alimenta de buenos estados y así encarna lo bueno en la tierra.

Si quieres asistir a la última cena -la gran fiesta de la Pascua-, sigue a este hombre. Asume esta actitud mental simbolizada por el "hombre del cántaro de agua" y vivirás en un mundo que es realmente el cielo en la tierra.

La fiesta de la Pascua es el secreto para cambiar tu conciencia.

Desvías tu atención de tu concepción actual de ti mismo y asumes la conciencia de ser aquello que quieres ser, pasando así de un estado a otro.

Esta hazaña se logra con la ayuda de los doce discípulos, que son las doce cualidades disciplinadas de la mente [véase Tu fe es tu fortuna, del mismo autor, capítulo 18].

# CAPÍTULO 8: LA FE

**"Y Jesús les dijo: A causa de vuestra incredulidad; porque de cierto os digo
que si tenéis fe como un grano de mostaza, diréis a este monte: Pásate a
otro lugar, y se pasará; y nada os será imposible."**
- Mateo 17:20

ESTA FE de un grano de mostaza ha resultado ser una piedra de tropiezo para
el hombre [1Corintios 1:23]. Se le ha enseñado a creer que un grano de
mostaza significa un pequeño grado de fe. Así que, naturalmente, se pregunta
por qué él, un hombre maduro, carece de esta insignificante medida de fe,
cuando una cantidad tan pequeña le asegura el éxito.

"La fe -se le dice- es la certeza de lo que se espera, la prueba de lo que no se
ve" [Hebreos 11:1]. Y de nuevo: "Por la fe... fueron constituidos los mundos
por la palabra de Dios, de modo que las cosas que se ven no fueron hechas de
cosas que se ven" [Hebreos 11:3].

Las cosas invisibles se hicieron visibles. El grano de mostaza no es la
medida de una pequeña cantidad de fe. Al contrario, es el absoluto de la fe.

Una semilla de mostaza es consciente de ser una semilla de mostaza y sólo
una semilla de mostaza. No es consciente de ninguna otra semilla en el
mundo. Está sellada en la convicción de que es una semilla de mostaza, del
mismo modo que el espermatozoide sellado en el útero es consciente de ser
hombre y sólo hombre.

Un grano de mostaza es realmente la medida de fe necesaria para lograr
todos tus objetivos; pero, como el grano de mostaza, tú también debes
perderte en la conciencia de ser sólo la cosa deseada.

Permaneces en este estado sellado hasta que estalla y revela tu reivindicación consciente.

La fe es sentir o vivir en la conciencia de ser la cosa deseada. La fe es el secreto de la creación, el VAU en el nombre divino JOD HE VAU HE. La fe es el Ham en la familia de Noé. La fe es el sentimiento por el que Isaac bendijo e hizo realidad a su hijo Jacob. Por la fe, Dios (tu conciencia) llama a las cosas que no se ven como si se vieran y las hace ver.

Es la fe la que te permite tomar conciencia de ser la cosa deseada. De nuevo, es la fe la que te sella en este estado consciente hasta que tu pretensión invisible madura y se expresa, se hace visible.

La fe o el sentimiento son el secreto de esta apropiación. Mediante el sentimiento, la conciencia deseante se une a la cosa deseada.

¿Cómo te sentirías si fueras aquello que deseas ser?

Viste el estado de ánimo, este sentimiento que sería tuyo si ya fueras aquello que deseas ser; y en poco tiempo quedarás sellado en la creencia de que lo eres. Entonces, sin esfuerzo, este estado invisible se objetivará; lo invisible se hará visible.

Si tuvieras la fe de un grano de mostaza, este día, mediante la sustancia mágica del sentimiento, te sellarías en la conciencia de ser aquello que deseas ser.

En esta quietud mental o estado de tumba permanecerás, seguro de que no necesitas a nadie para hacer rodar la piedra [Mateo 28:2; Marcos 16:3; Lucas 24:2; Juan 20:1]; pues todas las montañas, piedras y habitantes de la tierra no son nada a tus ojos [Isaías 40:17; Daniel 4:32]. Lo que ahora reconoces como verdad de ti mismo (este estado consciente actual) hará según su naturaleza entre todos los habitantes de la tierra, y nadie podrá detener su mano ni decirle: "¿Qué haces?". [Daniel 4:32]. Nadie puede impedir que este estado consciente en el que estás sellado se encarne, ni cuestionar su derecho a ser.

Este estado consciente, cuando está debidamente sellado por la fe, es una Palabra de Dios, YO SOY, pues el hombre así sentado está diciendo: "YO SOY así y así", y la Palabra de Dios (mi estado consciente fijo) es espíritu y no puede volver a mí vacía, sino que debe cumplir aquello a lo que ha sido enviada. La palabra de Dios (tu estado consciente) debe encarnarse para que sepas: "YO SOY el Señor... no hay Dios fuera de Mí" [Isaías 45:5]. "El Verbo se hizo carne y habitó entre nosotros" [Juan 1:14], y "Envió Su palabra y le curó" [Salmo 107:20].

Tú también puedes enviar tu palabra, la Palabra de Dios, y curar a un amigo. ¿Hay algo que te gustaría saber de un amigo? Define ese algo que sabes que le gustaría ser o poseer. Ahora, con tu deseo debidamente definido, tienes una Palabra de Dios. Para enviar esta Palabra en su camino, para que esta Palabra se haga realidad, sólo tienes que hacer lo siguiente. Siéntate tranquilamente donde estás y adopta la actitud mental de escuchar; recuerda la voz de tu amigo; con esta voz familiar establecida en tu conciencia, imagina que estás oyendo realmente su voz y que te está diciendo que es o tiene eso que tú querías que fuera o tuviera.

Imprime en tu conciencia el hecho de que realmente le has oído y de que te ha dicho lo que querías oír; siente la emoción de haber oído. Luego suéltalo por completo. Éste es el secreto del místico para hacer que las palabras se expresen, para hacer que la palabra se haga carne. Formas dentro de ti la palabra, lo que quieres oír; luego escuchas y te lo dices a ti mismo. "Habla, Señor, que tu siervo oye" [1Samuel 3:9,10].

Tu conciencia es el Señor hablando a través de la voz familiar de un amigo e imprimiendo en ti lo que deseas oír. Esta autoimpresión, el estado impreso en ti, el Verbo, tiene formas y medios de expresarse que nadie conoce. A medida que logres impresionarte, las apariencias no te afectarán, pues esta autoimpresión está sellada como un grano de mostaza y, a su debido tiempo, madurará hasta su plena expresión.

# CAPÍTULO 9: EL ANUNCIADOR

EL USO de la voz de un amigo para impregnarse de un estado deseable está bellamente narrado en la historia de la Inmaculada Concepción.

Consta que Dios envió un ángel a María para anunciarle el nacimiento de Su hijo.

**"Y el ángel le dijo... concebirás en tu seno y darás a luz un hijo... Entonces María dijo al ángel: ¿Cómo será esto, puesto que no conozco varón? Respondió el ángel y le dijo: El Espíritu Santo vendrá sobre ti, y el poder del Altísimo te cubrirá con su sombra; por eso también el Santo que nacerá de ti será llamado hijo de Dios. Porque para Dios nada hay imposible".**
- Lucas 1:30-37

Esta es la historia que se ha contado durante siglos en todo el mundo; pero al hombre no se le dijo que estaba escrita sobre sí mismo, por lo que no ha recibido el beneficio que se pretendía proporcionarle.

El relato revela el método por el que la idea o Verbo se hizo carne. Dios, se nos dice, germinó o engendró una idea, un hijo, sin ayuda de otro. Luego colocó Su idea germinal en el vientre de María con la ayuda de un ángel que le hizo el anuncio y la fecundó con la idea.

Nunca se registró un método más sencillo de impregnación de la conciencia que el que se encuentra en la historia de la Inmaculada Concepción.

Los cuatro personajes de este drama de la creación son el Padre, el Hijo, María y el Ángel.

El Padre simboliza tu conciencia. El Hijo simboliza tu deseo. María simboliza tu actitud mental receptiva. Y el Ángel simboliza el método utilizado para realizar la impregnación.

El drama se desarrolla de esta manera. El Padre engendra un Hijo sin ayuda de otro.

Defines tu objetivo, aclaras tu deseo sin la ayuda ni la sugerencia de otro.

Entonces el Padre selecciona al ángel más capacitado para llevar este mensaje o posibilidad germinal a María.

Selecciona a la persona de tu mundo que se emocionaría sinceramente al presenciar el cumplimiento de tu deseo.

Entonces María se entera por el ángel de que ya ha concebido un Hijo sin ayuda del hombre.

Asume una actitud mental receptiva, una actitud de escucha, e imagina que oyes la voz de aquel a quien has elegido para que te diga lo que deseas saber. Imagina que le oyes decirte que eres y tienes aquello que deseas ser y tener. Permanece en este estado receptivo hasta que sientas la emoción de haber escuchado la buena y maravillosa noticia. Entonces, como María de la historia, te dedicas a tus asuntos en secreto, sin hablar a nadie de esta maravillosa e inmaculada autoimpregnación, confiando en que a su debido tiempo expresarás esta impresión.

El Padre genera la semilla o posibilidad germinal de un Hijo, pero en una impregnación eugenésica. No transporta el espermatozoide de Sí mismo al útero. Lo hace pasar por otro medio.

La conciencia que desea es el Padre que genera la semilla o idea. Un deseo clarificado es la semilla perfectamente formada o el Hijo Unigénito. Esta semilla es llevada del Padre (conciencia deseante) a la Madre (conciencia de ser y tener el estado deseado).

Este cambio de conciencia se logra mediante el ángel o la voz imaginaria de un amigo que te dice que ya has conseguido tu objetivo.

El uso de la voz de un ángel o de un amigo para hacer una impresión consciente es la forma más corta, segura y segura de autoimpregnarse.

Con tu deseo correctamente definido, adopta una actitud de escucha. Imagina que estás oyendo la voz de un amigo; entonces haz que te diga (imagina que te lo está diciendo) lo afortunado y afortunada que eres por haber realizado plenamente tu deseo.

En esta actitud mental receptiva estás recibiendo el mensaje de un ángel; estás recibiendo la impresión de que eres y tienes aquello que deseas ser y tener. La emoción de haber oído lo que deseas oír es el momento de la concepción. Es el momento en que te autoimpregnas, el momento en que sientes realmente que ahora eres aquello o tienes aquello que hasta ahora sólo deseabas ser o poseer.

Cuando salgas de esta experiencia subjetiva, tú, como María de la historia, sabrás por tu actitud mental cambiada que has concebido un Hijo; que has fijado un estado subjetivo definido y que dentro de poco expresarás u objetivarás este estado.

Este libro se ha escrito para mostrarte cómo alcanzar tus objetivos. Aplica el principio aquí expresado y todos los habitantes de la tierra no podrán impedir que realices tus deseos.

# ROMPE LA CÁSCARA

# INTRODUCCIÓN

"¡Enséñame, oh Espíritu Santo, el Testimonio de Jesús! ¡Déjame
comprender cosas maravillosas de la Ley Divina!".
Blake: Jerusalén Pl. 74.
"No soy más que un consiervo tuyo y de tus hermanos que dan testimonio
de Jesús".
Ap. 19:10
"Llevad mi yugo sobre vosotros y aprended de mí"
Mateo 11:29

"El yugo de la ley" es una expresión rabínica común para referirse al estudio
de las Escrituras. "Jesucristo, el testigo fiel, el primogénito de los muertos"
(Ap. 1:5) propone un intercambio de las Escrituras basadas en su propia experiencia personal por otras basadas puramente en la especulación.

# ACTO 1

Es muy difícil para el hombre cambiar su comprensión del significado de un acontecimiento, una vez que las viejas interpretaciones aceptadas se han fijado rígidamente en su mente. Pero los cuatro actos de Dios que velan su "Imagen" ("Hagamos al hombre a nuestra imagen" - Gn. 1:26) aparecen bajo una luz muy diferente en perspectiva de lo que realmente se ve que son en retrospectiva.

La Resurrección es el primer acto de Dios en la revelación de su "Imagen". Se cumple de un modo que el hombre nunca habría podido imaginar, mediante un despertar en su cráneo, no al final de su historia, sino dentro de su historia. La resurrección es un acontecimiento que sucede dentro de la vida terrenal del hombre. Nuestra vida humana tiene su significado sólo y siempre en relación con nuestra resurrección. El hombre así despertado es "declarado Hijo de Dios por un hecho poderoso, al resucitar de entre los muertos; se trata de Jesucristo, Señor nuestro" (Rom. 1:4).

La participación en la vida de la era venidera depende del acto de Dios de despertar a los muertos.

Resucitamos uno a uno para unirnos en un solo Hombre, que es Dios:

**"Y el Señor será rey sobre toda la tierra: aquel día el Señor será uno y su nombre uno".**
(Zac. 14:9)

La resurrección es una experiencia individual, un despertar en el propio cráneo, seguido instantáneamente de un nacimiento sobrenatural de su cráneo, un nacimiento privilegiado en una nueva creación. Esto se efectúa sólo por la gracia de Dios; y sólo de tal despertar emplea el Nuevo Testamento el término "la resurrección". Todos los demás hombres, salvo los resucitados, son, al morir, devueltos a la vida sólo para morir de nuevo.

"Se le acercaron unos saduceos, los que dicen que no hay resurrección, y le hicieron una pregunta, diciendo: Maestro, Moisés nos escribió que si el hermano de un hombre muere, teniendo mujer y sin hijos, el hombre debe tomar a la mujer y criar hijos para su hermano. Pues bien, había siete hermanos; el primero tomó mujer y murió sin hijos; y el segundo y el tercero la tomaron, e igualmente los siete no dejaron hijos y murieron. Después murió también la mujer. En la resurrección, pues, ¿de quién será esposa la mujer? Pues los siete la tuvieron por esposa. Y Jesús les dijo: Los hijos de este siglo se casan y se dan en casamiento; pero los que son tenidos por dignos de llegar a aquel siglo y a la resurrección de entre los muertos, ni se casan ni se dan en casamiento, porque ya no pueden morir, porque son iguales a los ángeles y son hijos de Dios, siendo hijos de la resurrección."
(Lucas 20: 27-36)
"Ha despertado del sueño de la vida 'Somos nosotros, que perdidos en visiones tormentosas, mantenemos Con los fantasmas una lucha inútil".
Shelley

El propósito de Dios no consiste en hacer evolucionar el orden natural, sino en despertar a sus hijos asociados a él.

"Pues el universo creado espera con impaciencia que se manifiesten los hijos de Dios".
(Rom. 8:19)
"No supongas que he venido a abolir la Ley y los Profetas; no he venido a abolir, sino a completar. Os digo esto: mientras duren el cielo y la tierra, ni una letra, ni una tilde desaparecerá de la Ley hasta que haya sucedido todo lo que debe suceder."
(Mateo 5: 17-18)
"Mi tarea es dar testimonio de la verdad. Para esto nací; para esto vine al mundo, y todos los que no son sordos a la verdad escuchan mi voz."
(Juan 18 37-38)
"Estuve muerto y ahora estoy vivo para siempre".
(Ap. 1:18)
"Jesucristo, el testigo fiel, el primogénito de entre los muertos".
(Ap. 1:5)

\

El testimonio de Jesús debe ser escuchado y respondido. Algunos se convencerán de lo que dice, mientras que otros no creerán. El testimonio de Jesús no puede inducirse a voluntad. Es la revelación de la Imagen de Dios. Este despertar repentino y completamente inesperado en el propio cráneo, para descubrir que es un sepulcro en el que habías estado sepultado, es desconcertante y te deja perplejo.

La Resurrección es el primer acto de Dios en la revelación de su deseo primigenio: "Hagamos al hombre a nuestra imagen" (Gn 1,26).

**"El que comenzó la buena obra en vosotros la llevará a término en el Día de Jesucristo".**
(Fil. 1:6)

Jesucristo es "la imagen del Dios invisible" (Col. 1:15). La obra de Dios en ti se completará cuando "tomes la forma de Cristo" (Gal. 4:19). Entonces serás despertado y resucitado de entre los muertos.

El primer acto por el que Dios desvela "al Hijo que es la refulgencia del esplendor de Dios y la impronta del ser mismo de Dios" (Heb. 1,3) es un acto doble. Despierta al durmiente y lo saca de su calavera: Nace de nuevo.

**"Despierta, durmiente,**
**Levántate de entre los muertos,**
**Y Cristo brillará sobre ti".**
Efesios 5:14

Ha "nacido de nuevo... por la resurrección de Jesucristo de entre los muertos, y a una herencia incorruptible, incontaminada e inmarcesible, guardada en los cielos para él" (I Pedro 1: 3-4).

El "nuevo nacimiento" sigue a "la resurrección".

**"La carne sólo puede dar a luz a la carne; es el espíritu el que da a luz al espíritu. No debes asombrarte, pues, cuando te digo que debes nacer de nuevo. El viento sopla donde quiere; oyes su sonido, pero no sabes de dónde viene ni adónde va. Así sucede con todo el que nace del espíritu".**
(Juan 3: 6-8)

El hombre despierta dentro de su cráneo para descubrir que está sepultado en él. Intuitivamente sabe que si empuja la base del cráneo se hará una abertura y saldrá. Empuja la base, encuentra una abertura y sale por la cabeza de la misma manera que nace un niño. Mientras contempla el cráneo del que acaba de salir, de repente se oye un ruido como el de un fuerte viento que inunda toda la habitación; oye su sonido, pero no sabe "de dónde viene ni adónde va".

El sonido del viento desvía por un momento su atención del cuerpo del que acaba de salir. Al volver la vista hacia el cuerpo, se sorprende al ver que éste ha sido retirado y en su lugar se sientan tres hombres; uno se sienta donde estaba la cabeza y dos se sientan donde estaban los pies.

Ellos también oyen el sonido del poderoso triunfo, pero no saben "de dónde viene ni adónde va". No ven al hombre que nace de su cráneo, pero encuentran la señal de su nacimiento: un bebé envuelto en pañales tendido en el suelo.

**"Hoy, en la ciudad de David, os ha nacido un libertador: el Mesías, el Señor. Y ésta es vuestra señal: encontraréis a un niño acostado, envuelto, en un pesebre".**
(Lucas 2: 11-12)

Encuentran la señal de su nacimiento, pero no al hombre nacido dos veces, pues ahora es "declarado Hijo de Dios por un acto poderoso, al resucitar de entre los muertos". (Rom. 1-4).

**"Mi Padre y yo somos uno".**
(Juan 10:30).

# ACTO 2

El segundo acto poderoso desvela el misterio de la paternidad y la Hermandad del Hombre. El Hombre encuentra al David de fama bíblica y descubre que la naturaleza y la misión de David son espirituales, no físicas ni históricas.

**"He encontrado a David.... que clamará por mí: Tú eres mi Padre, mi Dios y la Roca de mi salvación".**
(Sal. 89:20, 26)
**"Eres mi hijo, hoy te he engendrado".**
(Sal 2:7)
**"Nadie sabe quién es el Hijo, sino el Padre, ni quién es el Padre, sino el Hijo, y aquellos a quienes el Hijo quiera revelárselo".**
(Lucas 10:22)
**"Él les dijo: ¿Cómo pueden decir que el Mesías es hijo de David? Porque el mismo David... le llama "Señor": ¿cómo, pues, puede ser hijo de David?".**
(Lucas 20: 41-44)

David, en el espíritu, le llama "Padre mío". Cuando el "Mesías", "la imagen del Dios invisible", se forme en el hombre, ese hombre encontrará a David y David le llamará Padre. Finalmente, todos los hombres dirán a David: "Tú eres mi hijo, hoy te he engendrado" (Sal. 2:7), y todos conocerán la Paternidad y la Hermandad del Hombre.

**"Felipe le dijo: 'Señor, muéstranos al Padre y no te pediremos más'.**

Respondió Jesús: ¿He estado todo este tiempo contigo, Felipe, y todavía no me conoces? Todo el que me ha visto a mí, ha visto al Padre. Entonces, ¿cómo podéis decir: Muéstranos al Padre? ¿No creéis que yo estoy en el Padre y el Padre en mí?"

(Juan 14: 8-10)

# ACTO 3

El tercer acto poderoso revela que la Imagen de Dios es de doble naturaleza.

**"Sois templo de Dios y el espíritu de Dios habita en vosotros".**
(1 Cor. 3:16)
**"Y la cortina del templo se rasgó en dos de arriba abajo".**
(Marcos 15: 38)
**"Así que ahora, amigos míos, la sangre de Jesús nos hace libres para entrar audazmente en el santuario por el camino nuevo y vivo que nos ha abierto a través de la cortina, el camino de su carne."**
(Heb. 10: 19-20)

Un rayo parte al hombre en dos desde la parte superior del cráneo hasta la base de la columna vertebral. Queda hendido como si fuera un árbol alcanzado por un rayo. En la base de su cuerpo seccionado ve "la sangre de Jesús", un charco de oro fundido; sabe que es él mismo; luego, fusionándose con "la sangre de Jesús", asciende por su columna seccionada en un movimiento serpentino hasta su cráneo. Así se cumple la Escritura:

**"Este Hijo del hombre debe ser levantado como fue levantada la serpiente por Moisés en el desierto".**
(Juan 3:14)

# ACTO 4

El cuarto y último acto es la expresión de la satisfacción de Dios por su obra.

**"Y vio Dios todo lo que había hecho, y he aquí que era muy bueno".**
(Gén. 1:31)

De repente, el cráneo del hombre se vuelve translúcido. Por encima de él, como flotando, hay una paloma con los ojos fijos amorosamente en él.

**"Y he aquí que se le abrieron los cielos y vio al Espíritu de Dios que descendía como una paloma y se posaba sobre él, y he aquí una voz del cielo que decía: "Éste es mi hijo, mi Amado, en quien tengo complacencia""**.
(Mateo 3:16-17)

La paloma desciende sobre él y le asfixia de amor, besando su rostro, su cabeza, su cuello. Estos cuatro poderosos actos, aunque separados en el tiempo por aproximadamente tres años y medio, forman parte de un único complejo.

Se confieren a Cristo resucitado -en estas cuatro experiencias místicas y sobrenaturales del hombre- los nombres divinos de Jesús, Padre, Hijo del Hombre, Hijo de Dios.

# CONCLUSIÓN

La Resurrección es una experiencia personal única; es, por definición, la resurrección de Cristo. Aunque la resurrección en sí no se describe en ninguna parte de las Escrituras, representa el punto central de la fe cristiana. Marca la división entre esta era y aquella en la que se rompe incluso la ley de la muerte -donde ya no se muere, donde todos son iguales a los ángeles, hijos ya no de este mundo sino de aquel mundo, de Dios y de la resurrección: es una nueva creación.

Convertirse en otra persona es extinguirse a sí mismo, es decir, morir. En este sentido, Dios murió por el hombre.

**"Era en forma de Dios... pero se despojó a sí mismo, tomando forma de esclavo, naciendo a semejanza de los hombres".**
(Fil. 2: 6-7)

Dios se hizo hombre para que el hombre se hiciera Dios.

**"Entrego mi vida, para recibirla de nuevo. Nadie me la ha robado; la entrego por mi propia voluntad. Tengo derecho a entregarla y tengo derecho a recibirla de nuevo".**
(Juan 10: 17-18)

Después de la Resurrección, el hombre vuelve a leer en las antiguas Escrituras insinuaciones y presagios de la verdad tal como él la experimentó.

**"En el papel del libro está escrito de mí".**
(Sal. 40:7)
**"¿No os dais cuenta de que Jesucristo está en vosotros?"**
(2 Cor. 13:5)

Cristo no podía "emerger" del hombre en el que no existía.

**"Se han llevado al Señor del sepulcro, y no sabemos dónde lo han puesto...
porque aún no conocían (es decir, no entendían) la Escritura, que debía
resucitar de entre los muertos".**
(Juan 20: 2, 9)

Uno de los hombres del sepulcro encontró al "Niño", signo del nacimiento sobrenatural "pero a éste no lo vieron" (Lc 24,24), al hombre que había nacido sobrenaturalmente. Ha resucitado, ha nacido de nuevo, dijo:

**"pero a los demás estas palabras les parecieron un cuento vano y no las
creyeron".**
(Lucas 24: 11)

Ser resucitado es "llevar la imagen del hombre del cielo" (1 Cor. 15:49). No hay pérdida de identidad, pero sí una discontinuidad radical de la forma.

**"Cambiará nuestro cuerpo humilde para que sea semejante (lit. de una
misma forma con) su cuerpo glorioso"**
(Fil. 3:20-21)

El deseo primigenio de Dios "Hagamos al hombre a nuestra imagen" está madurando hasta su hora señalada. Y,

**"No os corresponde a vosotros conocer los tiempos o las sazones que el
Padre ha fijado por su propia autoridad".**
(Hechos 1:7)
**"La visión tiene su hora señalada;
madura, florecerá;
si es largo, espera,
porque es seguro, y no tardará".**
(Habacuc 2:3)

La historia sagrada de Israel, tal como está registrada en el Antiguo Testamento, es una historia completamente profética que Dios lleva a su clímax y cumplimiento en Jesucristo en ti.

"Los Señores de los Ejércitos han jurado:
Como he planeado,
así será,
y como me he propuesto,
así permanecerá".
(Isaías 14:24)

Las promesas de Dios, tanto tiempo acariciadas como capullos en el árbol de su propósito en desarrollo, florecerán -en cuatro poderosos actos- en Cristo en ti. Puede que te pierdas toda la fuerza de esta verdad porque no eres consciente de ninguna ruptura repentina con el pasado. Ha ocurrido algo nuevo. Has nacido de nuevo.

**"Grande en verdad, confesamos, es el misterio de nuestra religión".**
(1 Timoteo 3:16)

Todo lo que está escrito en las Escrituras sobre Jesucristo está escrito sobre el Hombre.

**"Y cuando llegaron al lugar que se llama La Calavera, allí lo crucificaron"**
(Lucas 23:33)

La "tumba excavada en la roca, donde nadie había sido depositado jamás". (Lucas 23:53) es el cráneo del hombre.
Y

**"si hemos estado unidos a él en una muerte como la suya, ciertamente estaremos unidos a él en una resurrección como la suya".**
(Rom. 6:5)

He relatado mi propia experiencia para que conozcas la verdad sobre el misterio cristiano: el mensaje de salvación tal como yo mismo lo he experimentado.

La imagen divina se desvela en esta serie de acontecimientos sobrenaturales que evocan la respuesta de asombro y admiración. La experiencia personal debe sellar la verdad de las Escrituras.

Dios está enterrado en el cráneo del hombre. Su nombre es YO SOY. Despertará en el cráneo del hombre. Saldrá del cráneo del mn y nacerá de nuevo. Dios se hizo hombre para que el hombre pueda convertirse en Dios.

Jesucristo es la verdadera identidad de todo hombre.

"Y ahora, ve y escríbelo delante de ellos en una tabla, e inscríbelo en un libro, para que sirva de testimonio perpetuo en los tiempos venideros".
(Isaías 30:8)

*Las citas bíblicas de "ÉL ROMPE EL CAPARZ" proceden de las versiones King James, Revised Standard, NEW English Bible y Moffatts.*

# CONOZCO A MI PADRE

# CAPÍTULO 1: YO SOY

"Mi Padre es aquel a quien los hombres llaman Dios, pero yo conozco a mi Padre y los hombres no conocen a su Dios". Mi Padre y tu Padre son Uno. "Escucha, Israel: El Señor, nuestro Dios, es Un solo Señor". "Yo y mi Padre somos Uno".

Un Padre nos hizo a todos vivir, movernos y tener nuestro ser en Él, el Único. ¿Quién es, pues, ese UNO que tenemos en común? Lo único que todos los hombres tienen en común es esto: todos los hombres saben que lo son. Esta afirmación de que somos, esta conciencia, es nuestro Padre.

No hay lugar al que el hombre pueda ir y no saber que es. "Si tomo las alas de la mañana y vuelo hasta los confines de la tierra, allí estás tú", sé que Soy.

"Si hago mi cama en el Infierno"- sé que SOY. Si sufriera amnesia y olvidara por completo mi identidad humana, seguiría sabiendo que SOY. Es imposible que el hombre sepa que no es. Puede decir no SOY eso, pero no puede decir no SOY, pues su mismo saber es una declaración de que lo es.

Así pues, tanto si afirmas que eres como si afirmas que no eres, en realidad estás afirmando que eres. Así pues, el hombre siempre está diciendo YO SOY. Este saber que somos, esta conciencia, es Dios Padre. En el momento en que esta conciencia incondicionada se condiciona al pretender ser esto o lo otro, se produce una diferenciación dentro de esta conciencia sin forma, y nuestro Padre impersonal (Nuestro yo real) se personifica como aquello que hemos concebido que somos.

Esta presencia impersonal que somos puede compararse al espacio, pues el espacio, aunque sin forma, da forma a todo. Si se extrajera del espacio sin forma el libro que estás leyendo, el cuerpo que llevas, la tierra sobre la que estás, todo se desvanecería.

La conciencia, aunque carente de forma, da forma a lo que es consciente de ser, pero en el momento en que retiras tu realidad carente de forma o conciencia de la concepción que tienes de ti mismo (la forma que vistes), esta concepción desaparece. Una concepción sigue siendo una realidad formada sólo mientras la realidad invisible la lleve puesta.

"Mi Padre es Espíritu (Sin Forma) y los que le adoran deben adorarle en Espíritu y en Verdad". "Yo y mi Padre somos uno". Mi conciencia de ser es el Padre informe que da forma a lo que tengo conciencia de ser, y al hacerlo pierde su presencia informe, sin nombre, en la forma y naturaleza de su concepción de sí mismo.

Como el agua pierde su identidad cuando se mezcla con las cosas y, sin embargo, permanece inmaculada cuando se extrae mediante la destilación, así la conciencia -la no-cosa- se pierde en las cosas -concepciones de sí misma- y permanece su ser inmaculado mediante la destilación espiritual. Eres destilado espiritualmente o extraído de tu concepción de ti mismo cuando dejas de identificarte con ella.

Ahora que has descubierto que éste es tu Padre, el Eterno Ahora, YO SOY, no vuelvas al estado pródigo para mendigar las migajas de la vida. Recuerda a tu Padre, el AHORA, la única realidad.

Reclámate a ti mismo ahora, en este momento, ser aquello que deseas ser e independientemente de lo que tu reclamo pueda ser tu Padre, la conciencia que es Ahora, te lo dará convirtiéndose en la cosa reclamada pero debes pedírselo de esta manera.

Sé consciente de ser aquello por lo que pides. No busques más a tu Padre en el tiempo y en el espacio, pues tu Padre es la conciencia que es ahora. "Yo y mi Padre somos uno, pero mi Padre es mayor que yo". Mi conciencia y aquello de lo que SOY consciente de ser son uno, pero YO SOY mayor que aquello de lo que SOY consciente de ser. El concebidor siempre será mayor que su concepción. El Padre (la Conciencia) es mayor que su HIJO (la concepción de sí mismo).

Ahora tus ojos están abiertos. Tu Padre, Dios Todopoderoso, se te ha revelado como tu conciencia de ser.

# CAPÍTULO 2: VENGO CON UNA ESPADA

ANTES DE QUE puedas entrar en esa paz que sobrepasa todo entendimiento, primero debes ser asesinado de todas las ilusiones que ahora te esclavizan, las ilusiones de las divisiones.

Si te identificas con la raza, el credo o el color y oyes que aquello con lo que te identificas es criticado y condenado, te sentirás automáticamente herido por esa crítica. Todo apego es una barra en tu prisión autocreada. Tu única salida está en el no apego. Debes abandonarlo todo y seguirme. En Cristo no hay ni griego ni judío, ni esclavo ni libre.

Tus apegos actuales están arraigados en ti a causa de tu concepción actual de ti mismo. Tu concepción de ti mismo es la vara de medir con la que mides el mundo.

Todas las cosas se juzgan en relación con tu concepción actual de ti mismo. La concepción que cada hombre tiene de sí mismo es una nota vibrante en la Sinfonía Cósmica, cuya nota determina automáticamente el valor de todas las notas en relación consigo misma.

Cambia la concepción que tienes de ti mismo. Revalorízate y cambiarás automáticamente tu mundo. El hombre siempre ha jugado a perder al intentar cambiar su mundo, mientras él mismo permanecía con sus valores o concepciones actuales de sí mismo.

Jesús descubrió esta ley. Así que, en vez de cambiar a los hombres, se cambió a sí mismo. Dijo: "Y ahora me santifico a mí mismo, para que ellos también se santifiquen mediante la verdad". Descubrió que él mismo era la verdad de todo lo que veía que era su mundo.

La verdad es la espada que mata todo excepto a sí misma, y YO SOY (tu conciencia) es la verdad. Por tanto, identificarse con cualquier otra cosa que no sea el ser es estar esclavizado o limitado por aquello con lo que te identificas.

Objetivizas eternamente aquello que tienes conciencia de ser, por lo que te mueves eternamente en un mundo que es la personificación perfecta de aquello que sabes que eres.

"Para los puros todo es puro". Éste es un gran obstáculo para quienes condenan constantemente al mundo. "No hay, pues, condenación para los que están en Cristo Jesús".

Consta que las multitudes abandonaron a Jesús cuando reveló el funcionamiento de la ley con estas palabras: "Nadie viene a mí si el Padre no lo atrae en mí." Y: "Yo y mi Padre somos uno".

No podían creer que fueran la causa de todo lo que veían que era su mundo. Después de miles de años, sigue siendo el gran escollo para todos los que ven el mundo como algo que hay que cambiar por fuera.

Tú y tu concepción de ti mismo sois uno. Tu concepción de ti mismo es la imagen que te has hecho de tu Padre. Esta imagen modela tu mundo a tu semejanza, ya sea buena, mala o indiferente. Tu Padre es tu conciencia, que te limita a lo que tienes conciencia de ser. Si quieres cambiar tu mundo, hazlo de verdad, sabiendo que eres todo lo que ves que es el mundo. No eres lo que eres a causa de nada en el mundo, al contrario, el mundo es lo que es a causa de lo que tú eres; el QUÉ es la medida o el valor que te has dado a ti mismo. En pocas palabras, la concepción que tienes de ti mismo es el molde que utiliza el que te concibe (tu verdadero Yo) para personificar tu mundo. Empieza a transformar el mundo afirmando que eres aquello que deseas ver expresado en el mundo. Sigue el ejemplo de Jesús, que se hizo uno con Dios y no le pareció extraño ni un robo hacer la obra de Dios.

La libertad no se gana con el sudor de la frente. Deja de luchar con el mundo, sólo es un reflector. Jacob sólo se liberó cuando soltó aquello con lo que luchaba. Del mismo modo, sólo serás libre cuando sigas su ejemplo y sueltes tu problema dejando de identificarte con él. Porque lo que está atado en el Cielo (la Conciencia) está atado en la Tierra y lo que está desatado en el Cielo está desatado en la Tierra. "Conoceréis la verdad y la verdad os hará libres". "YO SOY la verdad". Así que en realidad conocerte a ti mismo lo condicionado, es ser libre de aquello que en tu ceguera creías ser. Déjalo todo y sé simplemente YO.

# CAPÍTULO 3: LA PRIMERA PIEDRA

"Buscad el Reino de los Cielos y todo se os dará por añadidura". Encuentra la causa de las cosas y habrás encontrado el secreto de la creación. Has oído decir que "En el principio creó Dios el cielo y la tierra", que "todas las cosas fueron hechas por él; y sin él no se hizo nada de lo que se ha hecho". Nadie cuestiona la verdad de esta afirmación, pero lo que sí se quiere saber es: "¿quién es Dios y dónde se encuentra Dios?". En respuesta al quién se te dice: "YO SOY Dios, YO SOY el señor, YO SOY me ha enviado (el hombre Moisés) a vosotros". En cuanto a la ubicación de Dios se te dice: "El Reino de Dios está dentro de ti". Estas dos respuestas identifican a Dios como tu conciencia de ser y lo localiza donde tú eres consciente de ser. Ser consciente de ser es declarar en silencio: "YO SOY". Mientras lees esta página eres consciente de ser. Esta conciencia, esta consciencia del ser, es Dios creador. La conciencia es esa profundidad sin forma en la que todas las cosas viven, se mueven y tienen su ser, y aparte de la cual las cosas no tienen realidad. Éste es el secreto de la afirmación: "Antes de que Abraham existiera, YO SOY, antes de que el mundo existiera, YO SOY y cuando todas las cosas dejen de existir, YO SOY".

La conciencia del ser precede a todas las concepciones de sí misma y sigue siendo su ser sin forma cuando todas sus concepciones dejan de ser. El creador debe preceder a la creación, como el concebidor precede a sus concepciones. La creación comienza y termina en el Creador. La conciencia es el secreto de toda manifestación. Toda creación pasa por tres etapas en su desarrollo: concepción, crucifixión y resurrección. Las ideas, los deseos, las ambiciones son todas concepciones que se mueven dentro del ser inmóvil, YO SOY. La conciencia es Padre y todas las concepciones de sí misma son hijos que dan testimonio de su Padre. Por tanto, "Yo y mi Padre somos uno, pero mi Padre es mayor que yo"; el concebidor y la concepción son uno, pero el concebidor es mayor que su concepción.

La conciencia es incondicionada. Ser consciente de ser algo o alguien es condicionar lo incondicionado. Lo que se define es menos que el definidor. La conciencia de ser es el Dios Todopoderoso, el Padre Eterno, sobre cuyos hombros está el gobierno del mundo. La conciencia sostiene y dirige todas las cosas de las que tiene conciencia de ser. La conciencia del ser es el útero eterno impregnándose a sí mismo por medio del deseo. Ser consciente de un impulso o deseo es haber concebido. Creer, sintiéndote a ti mismo (Lo informe) como la cosa deseada, es estar crucificado sobre la forma de la cosa sentida. Continuar en la creencia, sintiendo que ahora eres la cosa deseada hasta que cesen todas las dudas y nazca una profunda convicción de que es así, es resucitar o elevarse visiblemente para expresar la naturaleza de la cosa sentida.

En este mismo instante estás resucitando o expresando aquello que tienes conciencia de ser. "YO SOY la resurrección y la vida". YO SOY ahora exteriorizando en el mundo que me rodea, como una realidad viva, aquello que ahora soy consciente de que SOY, y seguiré haciéndolo hasta que cambie mi concepción de mí mismo. Así pues, tu respuesta en conciencia a la eterna pregunta: QUIÉN SOY, determinará tu mundo y todas sus expresiones. Empieza ahora a darte cuenta de que YO SOY es el Señor Dios Todopoderoso y junto a MÍ (tu conciencia) no hay ningún otro Dios. No YO, Juan Pérez es Dios, sino YO SOY, la conciencia del ser, es Dios. Juan Pérez es sólo su limitación o concepción actual de sí mismo. Yo soy lo ilimitado expresándose a través de la concepción limitada de mí mismo. Para cambiar la expresión, cambia la concepción de ti mismo, pero hazlo de verdad, no con palabras. Es decir, aparta completamente tu atención de tu limitación actual y colócala sobre la nueva concepción, hasta que la conciencia, tu verdadero ser, se pierda en la creencia o convicción de que YO SOY EL QUE YO SOY.

Esto es el nuevo vestido o renacimiento de tu yo sin forma y sin nombre. Tu verdadero yo es un yo que ningún hombre ve, y que no se ve a sí mismo, sino que sólo ve su concepción de sí mismo. Al principio, ahora, en este momento, la idea o el deseo está nadando en tu consciencia en busca de encarnación. Antes de que el deseo pueda realizarse o resucitar, debe convertirse primero en una cruz o punto fijo en el que se clave la conciencia. La conciencia es la única realidad viva, el único poder resucitador. Así pues, para dar vida a mi deseo, en la conciencia debo tomar conciencia de ser la cosa deseada. "Que haya un firmamento en medio de las aguas". En medio de las aguas o conciencia informe, que haya una firmeza o convicción de que YO SOY la cosa deseada. Continúa firme en esta convicción o cruz, y de formas desconocidas para ti como hombre, realizarás o resucitarás tu deseo. La vida o la consciencia tiene caminos que el hombre (la concepción) desconoce. La concepción actual que la vida tiene de sí misma como hombre es una máscara que lleva puesta. Dentro de este ser que crees ser, está tu ser sin nombre YO SOY.

El fundamento de toda expresión es la conciencia, y ningún hombre puede poner otros fundamentos. Por mucho que el hombre lo intente, no puede encontrar otra causa de manifestación que no sea Dios, su conciencia de ser. El hombre cree haber encontrado la causa de la enfermedad en los gérmenes; la causa de la guerra en las ideologías políticas enfrentadas y en la codicia. Todos estos descubrimientos del hombre, catalogados como esencia de la sabiduría, son necedad a los ojos de Dios. Sólo hay un poder y este poder es Dios (la Conciencia). Mata, hace vivir, hiere, cura, hace todas las cosas buenas, malas o indiferentes.

Un prisionero debe tener un carcelero, un esclavo un amo. Una nación que se siente prisionera creará automáticamente un dictador. No podrías eliminar a un tirano destruyéndolo, como no puedes eliminar tu reflejo destruyendo el espejo. La conciencia de una nación produce a sus dirigentes. Lo que es cierto de una nación es cierto de un individuo, pues las naciones están formadas por individuos. El hombre se mueve en un mundo que no es ni más ni menos que su conciencia objetivada. Al no saberlo, lucha contra sus reflejos mientras mantiene vivas la luz y las imágenes que arrojan los reflejos. "YO SOY la luz del mundo". YO SOY (la conciencia es la luz.) Lo que tengo conciencia de ser (mi concepción de mí mismo) como, soy rico, estoy sano, soy libre, son las imágenes.

El mundo es el espejo que magnifica todo lo que YO SOY consciente de ser. Deja de intentar cambiar el mundo, sólo es un espejo que te dice quién eres.

El hombre que es consciente de estar libre o preso está expresando aquello que es consciente de ser. No me importa lo que los hombres hayan diagnosticado que es tu problema. Un problema puede tener una historia de siglos, pero sé que desaparecerá en un abrir y cerrar de ojos, si sigues fielmente esta instrucción.

Hazte esta sencilla pregunta. ¿Cómo me sentiría si fuera libre? En el mismo momento en que te planteas sinceramente esta pregunta, llega la respuesta.

Ningún hombre puede decirle a otro cómo se sentiría ese otro si su deseo se realizara de repente. Pero cada uno sabría cómo se sentiría él mismo, pues ese sentimiento sería automático.

El sentimiento o emoción que le llega a uno en respuesta a su autocuestionamiento es el estado de conciencia del Padre o Piedra Fundamental, de la que surgirá lo que se siente. Nadie sabe cómo se encarnará este sentimiento, pero lo hará, porque el Padre (la consciencia) tiene formas que ningún hombre conoce.

Haz que el nuevo sentimiento sea natural llevándolo. Todas las cosas expresan su naturaleza, así que debes llevar este sentimiento hasta que se convierta en tu naturaleza. Puede tardar un momento o un año, depende totalmente de ti. En el momento en que todas las dudas se desvanecen y sientes YO SOY esto, empiezas a dar el fruto de la naturaleza de lo que estás sintiendo ser. Cuando una persona se compra un sombrero o un par de zapatos nuevos, cree que todo el mundo sabe que son nuevos. Se siente poco natural con ellos puestos hasta que los lleva el tiempo suficiente para que se conviertan en algo natural. Lo mismo ocurre con el uso del nuevo estado de conciencia.

Cuando te haces la pregunta: "¿Cómo me sentiría si mi deseo se realizara en este momento?", -la respuesta automática es tan nueva que sientes que no es tuya, que no es verdad. Por lo tanto, apartas instantáneamente este nuevo estado de conciencia y vuelves inmediatamente a tu problema porque es más natural. Sin saber que la consciencia está siempre fuera, imaginándose a sí misma en las condiciones que te rodean- Tú, como la mujer de Lot, vuelves a mirar tu problema y una vez más quedas hipnotizada por su naturalidad. ¿No oyes las palabras de Jesús (salvación)? "Déjalo todo y sígueme: deja que los muertos entierren a sus muertos". Puede que tu problema te tenga tan hipnotizado por su aparente realidad y naturalidad, que te resulte difícil llevar el nuevo sentimiento o conciencia de tu salvador, pero debes llevarlo si quieres obtener resultados. La piedra (la Conciencia) que los constructores rechazaron (no quisieron llevar) es la piedra angular, y ningún hombre puede poner otros cimientos.

# CAPÍTULO 4: LA IMPRESIÓN DEL YO

TODA IMPRESIÓN DEBE CONVERTIRSE en la afirmación de lo que ha de ser. Decir que seré grande o que seré libre es una confesión de que no soy grande y de que no soy libre. Verte convertido en cualquier cosa es saber que no soy esa cosa. Estar Impresionado- es estar Yo-presionado- primera persona, tiempo presente. Todas las expresiones son el resultado de Yo Soy-presiones. Sólo en la medida en que pueda afirmar que soy aquello que deseo ser, expresaré tales afirmaciones. Que todos tus deseos sean impresiones de lo que es, no de lo que debe ser. Porque Yo soy (tu conciencia) es Dios, y Dios es la plenitud de todo, el Eterno AHORA-YO SOY-YO SOY.

Los signos siguen, no preceden. Nunca verás los signos de lo que es. No pienses en el mañana, pues tu mañana es la expresión de tus impresiones de hoy. "Ahora es el tiempo aceptado. El Reino de los Cielos está cerca". Jesús (la salvación) dijo: "Yo estoy siempre con vosotros". Tu conciencia es el salvador que está siempre contigo. Pero, si le niegas, él también te negará a ti. Le niegas afirmando que aparecerá, como hacen millones de personas hoy en día cuando afirman que la salvación está por llegar, afirmación que equivale a decir: "No estamos salvados". Debes dejar de buscar la aparición de tu salvador y afirmar que te has salvado ahora, y los signos de tus afirmaciones te seguirán.

Cuando preguntaron a la viuda "¿qué tenía en su casa?", hubo reconocimiento de sustancia, Ahora, en su reclamación de tres gotas de aceite, no medidas vacías. Tres gotas se convierten en un chorro si se reclaman. Pues tu conciencia magnifica todo lo que es consciente de ser. Reclamar que tendré aceite (Alegría) es confesar que tengo medidas vacías, cuya conciencia de carencia, producirá carencia. Dios, tu conciencia, no hace acepción de personas y sólo puede expresar aquello con lo que está impresionada. Todos tus deseos están determinados por tu necesidad. Los deseos son automáticos. Sabiendo que eres consciente del deseo y que tu consciencia es Dios, debes considerar cada deseo como las palabras habladas de Dios, que te hablan de lo que es. "Apártate de la visión del hombre cuyo aliento está en sus fosas nasales". Porque ve su deseo como lo que no es. Siempre seremos lo que somos (conscientes), así que no vuelvas a afirmar: "Yo seré eso". Que todas las afirmaciones de ahora en adelante sean: "YO SOY EL QUE SOY".

"Antes de que pregunten ya he respondido". Antes de que tengas tiempo de pensar, la solución de tu problema te fue dada en la forma de tu deseo. El ciego, el cojo, el paralítico, todos desean automáticamente liberarse de la limitación. El hombre está tan educado en la creencia de que sus deseos son cosas por las que hay que luchar, que, en su ignorancia, niega a su salvador que llama constantemente a la puerta de la conciencia (YO SOY la Puerta) para que le deje entrar. ¿Acaso tu deseo, si se realizara, no te salvaría de tu problema? Dejar entrar a tu salvador es lo más fácil del mundo. Las cosas deben ser, para ser dejadas entrar. Eres consciente de un deseo, por tanto, el deseo es algo de lo que eres consciente ahora. Tu deseo, aunque invisible, debe ser afirmado por ti como algo que es real. "Dios llama a las cosas que no son (que no se ven) como si fueran". La afirmación YO SOY (la cosa deseada) es dejar entrar a tu salvador.

Todo deseo es la llamada del Salvador a la puerta. Este golpe, todo hombre lo oye. El hombre le abre la puerta para que entre cuando afirma: YO SOY. Procura dejar entrar a tu salvador, dejando que la cosa deseada se apodere de ti, hasta que te sientas I'mpresionado por la Notoriedad de tu salvador, y profieras el grito de Victoria: "Consumado es".

# CAPÍTULO 5: EL QUE TIENE

"AL QUE TIENE, se le dará, y al que no tiene, se le quitará hasta lo que tiene". Aunque muchos consideren esta afirmación como la más cruel e injusta de las que se atribuyen a Jesús -creando, como ha hecho el mundo entero, muchos comentarios populares, como que los ricos se hacen más ricos y los pobres tienen hijos; el que tiene, recibe, etc.-, sigue siendo una ley sumamente justa y misericordiosa, basada en un principio inmutable.

Dios no hace acepción de personas. Dios, como hemos descubierto, es esa conciencia incondicionada que da a cada uno y a todos aquello que son conscientes de ser. Ser consciente de ser o tener algo es ser o tener aquello que eres consciente de ser. Sobre este principio inmutable descansan todas las cosas. Es imposible que algo sea otra cosa que aquello que tiene conciencia de ser. "Al que tenga (Aquello de lo que tiene conciencia de ser) se le dará": bueno, malo o indiferente. No importa qué sea aquello de lo que es consciente de ser, recibirá presionado, sacudido y atropellado, todo aquello de lo que es consciente de ser. De acuerdo con esta misma ley inmutable: "Al que no tiene, se le quitará y se le añadirá al que tiene". Así que el rico se hace más rico y el pobre más pobre. Sí, el que tiene Obtiene.

No puedes expresar lo que no eres consciente de ser. No puedes servir a dos amos. Tu amo es siempre ese estado de conciencia con el que te identificas. Por tanto, lo que no está en la consciencia se toma de ella (porque nunca formó parte de ella) y se añade a esa consciencia de la que es consciente. Todas las cosas gravitan hacia aquella conciencia con la que están en sintonía, y del mismo modo, todas las cosas se desenredan de aquella conciencia con la que no están en sintonía. Así que, en lugar de unirte al coro de los que no tienen, que insisten en destruir a los que tienen, reconoce esta ley inmutable de la expresión y reivindica conscientemente ser aquello que has decidido ser. Una vez tomada tu decisión y establecida tu reivindicación consciente, continúa en tu confianza hasta que recibas tu recompensa. Pues como el día sigue a la noche, recibirás aquello que has reclamado conscientemente para ti.

Así, lo que para el mundo ortodoxo dormido es una ley cruel e injusta, se convierte para los iluminados en la declaración más misericordiosa y justa de la verdad. "No he venido a destruir, sino a cumplir".

Sabiendo que Dios no destruye nada, procura ser eso, reivindícate como aquello que quieres que Él llene. Nada se destruye. Todo se llena.

# CAPÍTULO 6: LA CIRCUNCISIÓN

LA CIRCUNCISIÓN ES la operación que retira el velo que oculta la cabeza de la creación. El acto físico no tiene nada que ver con el acto espiritual.

Todo el mundo podría estar físicamente circuncidado y, sin embargo, seguir siendo impuro y ciego, jefe de los ciegos. A los circuncidados espiritualmente se les ha quitado el velo de las tinieblas y saben que son Cristo, la luz del Mundo.

Permíteme ahora realizar la operación espiritual en ti, lector. Este acto se realiza el octavo día después del nacimiento; ocho, porque ocho es la cifra que no tiene ni principio ni fin. Además, los antiguos simbolizaban el octavo numeral como un recinto o velo, dentro y detrás del cual yacía enterrado el misterio de la creación. Así pues, el secreto de la operación del octavo día está en consonancia con la naturaleza del acto, cuyo acto, es revelar la cabeza eterna de la creación; ese algo inmutable en el que todas las cosas empiezan y terminan, y que sigue siendo su ser eterno cuando todas las cosas dejan de ser. Este algo misterioso es tu conciencia de ser. En este momento eres consciente de ser, pero eres consciente de ser alguien. Este alguien es el velo que oculta el ser que realmente eres. Primero eres consciente de ser, luego eres consciente de ser hombre. Una vez colocado el velo de hombre sobre tu ser sin rostro, tomas conciencia de ser miembro de una determinada raza, nación, familia, credo, etc. El velo que hay que levantar en la circuncisión espiritual es el velo del hombre, pero antes de que esto pueda hacerse, debes cortar las adherencias de raza, nación, familia, etc.

"En Cristo no hay griego ni judío, ni esclavo ni libre, ni hombre ni mujer". Debes dejar a tu padre, a tu madre y a tu hermano y seguirme. Para lograrlo, debes dejar de identificarte con estas divisiones, volviéndote indiferente a tales pretensiones. La indiferencia es el cuchillo que corta. El sentimiento es el lazo que une. Cuando puedas considerar al hombre como una gran hermandad sin distinción de raza, credo o color, entonces sabrás que has cortado estas adherencias. Con estos lazos cortados, lo único que ahora te separa de tu verdadero ser es tu creencia de que eres hombre.

Para eliminar este último velo, debes abandonar tu concepción de ti mismo como hombre, sabiéndote simplemente ser. En lugar de la conciencia de -YO SOY Hombre-, deja que sólo exista -YO SOY- la Conciencia Sin Cara, Sin Forma. Entonces, desvelado y despierto declararás y sabrás que YO SOY es Dios y que junto a mí, esta conciencia, no hay Dios. Este misterio se narra en la historia bíblica de Jesús lavando los pies a sus discípulos. Consta que Jesús se despojó de sus vestiduras, tomó una toalla y se ciñó. Después de lavar los pies a sus discípulos, se los secó con la toalla con la que estaba ceñido. Pedro protestó y le dijeron que, si no le lavaban los pies, no tendría nada que ver con Jesús. Pedro replicó: "Señor, no sólo los pies, sino también las manos y la cabeza". Respondió Jesús y dijo: "El que está lavado no necesita más que lavarse los pies, sino que está limpio en todo."

El sentido común diría al lector que un hombre no está limpio del todo sólo porque se le laven los pies. Así que debería descartar esta historia o buscar su significado oculto. Cada relato de la Biblia es un drama psicológico que tiene lugar en la conciencia del hombre, y éste no es una excepción.

Este lavatorio de los pies de los discípulos es la historia mística de la circuncisión espiritual o de la revelación de los secretos del señor.

A Jesús se le llama el Señor. Se te dice que el nombre del Señor es YO SOY-Je Suis. "Yo soy el Señor, ése es mi nombre". - Isaías 42:8. Jesús está ceñido con una toalla, por lo que sus secretos están ocultos. Jesús o Señor simboliza tu conciencia de ser, cuyos secretos están ocultos por la toalla- (conciencia del hombre). El pie simboliza el entendimiento (Caminad sobre sus pasos-entendimiento) que debe ser lavado por el señor-conciencia-de todas las creencias o concepciones humanas de sí mismo. Cuando se retira la toalla para secar los pies, se revelan los secretos del Señor.

En resumen, la eliminación de la creencia de que eres hombre revela tu conciencia como cabeza de la creación. El hombre es el prepucio que oculta la cabeza de la creación. YO SOY el señor oculto por el velo del hombre.

# CAPÍTULO 7: CRUCIFIXIÓN Y RESURRECCIÓN

Los ACONTECIMIENTOS de la crucifixión y la resurrección están tan entrelazados que deben explicarse juntos, pues uno determina al otro. Este misterio se simboliza en la Tierra en los rituales del Viernes Santo y la Pascua. Habrás observado que estos días no son fijos, sino que cambian de año en año. Caen entre la última semana de marzo y la última semana de abril. El día se determina de esta manera El primer domingo después de la luna llena en Aries se celebra la Pascua. Aries comienza el 21 de marzo y marca el inicio de la Primavera. Esta fecha móvil debería indicar al observador que busque alguna interpretación distinta de la que se le ha dado.

Visto desde la Tierra, el Sol en su paso septentrional parece cruzar en la estación primaveral del año la línea imaginaria que el hombre llama ecuador. Así se dice, por los místicos, que fue atravesado o crucificado para que el hombre pudiera vivir. Notaron que poco después de que este acontecimiento tuviera lugar, toda la naturaleza empezaba a levantarse o a resucitar de su largo sueño invernal, por lo que concluyeron que esta perturbación de la naturaleza en esta estación del año se debía directamente a este cruce. Así pues, creían que el Hijo debía haber derramado su sangre en la Pascua. Si estas fechas marcaran la muerte y resurrección de Jesús, estarían fijadas como todos los demás acontecimientos históricos, pero no es así. Sin embargo estas fechas simbolizan la muerte y resurrección del señor, pero este señor es tu conciencia de ser. Consta que dio Su vida para que tú vivieras: "YO SOY he venido para que tengáis vida y para que la tengáis en abundancia".

Como la primavera es el momento del año en que los millones de semillas, que durante todo el invierno han permanecido enterradas en el suelo, de repente saltan a la vista para que el hombre pueda vivir, y como el drama místico de la crucifixión y la resurrección está en la naturaleza de este cambio anual, se celebra en esta estación primaveral del año, pero en realidad tiene lugar en cada momento del tiempo. El ser que es crucificado es nuestra conciencia de ser. La cruz es tu concepción de ti mismo. La resurrección es la elevación a la visibilidad de esta concepción de ti mismo. Lejos de ser un día de luto, el Viernes Santo debería ser un día de júbilo, pues no puede haber resurrección sin crucifixión. Lo que debe resucitar en tu caso es aquello que deseas ser. Para ello, debes sentirte a ti mismo como aquello que deseas. Debes sentir que YO SOY eso, porque YO SOY la resurrección y la vida. Sí, YO SOY (Tu conciencia de ser) es el poder que resucita y da vida a lo que tienes conciencia de ser.

Dos se pondrán de acuerdo para tocar cualquier cosa y Yo la estableceré en la Tierra. Los dos que se ponen de acuerdo son Tú (tu consciencia) y la cosa deseada (aquello que has decidido que sea, al tomar consciencia de ello). Cuando se alcanza este acuerdo, se completa la crucifixión. Dos se han cruzado o crucificado mutuamente. YO SOY y aquello (la cosa deseada) se han unido. YO SOY ahora clavado sobre la forma de eso.

El clavo que te ata a la cruz es el clavo del sentimiento. El matrimonio místico se consuma ahora y el resultado será el nacimiento de un hijo o la resurrección de un hijo que da testimonio de su Padre.

La conciencia está unida a lo que tiene conciencia de ser. El mundo de la expresión es el hijo que confirma esta unión. El día en que dejes de ser consciente de ser lo que ahora eres consciente de ser, ese día tu hijo o expresión morirá y regresará al seno de su padre, la conciencia sin rostro y sin forma. Todas las expresiones son el resultado de tales matrimonios místicos. Así pues, los sacerdotes tienen razón cuando dicen que todos los matrimonios verdaderos se hacen en el Cielo y sólo pueden disolverse en el Cielo. Pero permíteme aclarar esta afirmación diciéndote que el Cielo no es una localidad, sino un estado de conciencia. El Reino de los Cielos está dentro de ti. En el Cielo (la conciencia) Dios es tocado por aquello que tiene conciencia de ser. "¿Quién Me ha tocado? Porque percibo que la virtud ha salido de mí. "En el momento en que se produce este contacto (sensación), tiene lugar un desprendimiento o salida de mí hacia la visibilidad.

El día en que el hombre siente YO SOY libre, YO SOY rico, YO SOY fuerte, Dios (YO SOY) es tocado por estas cualidades o virtudes, y los resultados de tal toque se verán en el nacimiento o resurrección de las cualidades sentidas. Pues el hombre debe tener una confirmación visible de todo lo que tiene conciencia de ser. Ahora sabrás por qué el hombre o la manifestación siempre está hecho a imagen de Dios.

Tu conciencia imagina y exterioriza todo lo que tienes conciencia de ser. "YO SOY el Señor y fuera de Mí no hay otro Dios". ¡YO SOY la resurrección y la Vida!

# CAPÍTULO 8: NO HAY OTRO DIOS

"No TENDRÁS otro Dios fuera de mí". Mientras el hombre abrigue la creencia en poderes aparte de sí mismo, tanto tiempo se privará del ser que es. Toda creencia en poderes aparte de sí mismo, ya sea para el bien o para el mal, se convertirá en los moldes de las imágenes talladas que adorará.

La creencia en la potencia de los medicamentos para curar, las dietas para fortalecer, el dinero para asegurar, son los valores o cambistas que deben ser expulsados del Templo. "Vosotros sois el Templo del Dios vivo", un Templo hecho sin manos.

Está escrito: "Mi casa será llamada por todas las naciones casa de oración, pero vosotros la habéis convertido en cueva de ladrones."

Tus creencias en la potencia de las cosas son los ladrones que te roban. Sólo hay un poder, un Salvador: YO SOY Él. Es tu creencia en la cosa y no la cosa en sí lo que te ayuda. Por tanto, deja de transferir el poder que eres a las cosas que te rodean. Reivindícate como el poder que, en tu ignorancia, has entregado a otro.

Es más fácil que un camello, cargado como está con los llamados tesoros de la vida, pase por el ojo de la aguja (una pequeña puerta en las murallas de Jerusalén, llamada así por su estrechez) que un rico (el hombre obstinado y lleno de sus valores humanos) entre en el Reino de los Cielos. El hombre está tan lleno de valores humanos (riquezas) en cuanto a la razón de las cosas, que no puede, a través de un velo tan oscuro como la sabiduría del hombre, ver que la única razón o valor de algo es que todas las cosas están expresando perfectamente aquello que tienen conciencia de ser. Cuando el hombre se dé cuenta de que la conciencia de una cualidad expresa esa cualidad sin la ayuda de nada más, se convertirá en el pobre hombre, el hombre insensato, que no tiene ninguna razón para que suceda nada más que aquello que está sucediendo, está expresando perfectamente aquello que es consciente de ser. Tal persona ha desechado a los cambistas o a los muchos valores y ahora ha establecido un único valor: la conciencia.

El Señor está en su templo sagrado. La conciencia mora dentro de lo que es consciente de ser. YO SOY el hombre: es el Señor y su Templo. Sabiendo que la conciencia de riqueza produce riqueza, como la conciencia de pobreza produce pobreza, Él perdona a todos los hombres por ser lo que son. Pues todos expresan (sin la ayuda de otro) lo que son conscientes de ser. Sabe que un cambio de conciencia producirá un cambio de expresión, por lo que, en lugar de compadecerse de los mendigos de la vida a la puerta del templo, declara: "Plata y oro no tengo (para ti), sino lo que tengo (la conciencia de la libertad ) te doy". Despierta el don que hay en ti. Deja de mendigar y reclama para ti aquello por lo que mendigabas. Hazlo y tú también saltarás de tu mundo tullido al mundo de la libertad, cantando alabanzas al señor, YO SOY. "Mucho mayor es el que está en vosotros, que el que está en el mundo". Este grito de todo aquel que encuentra Su conciencia de ser para ser Dios.

Tu reconocimiento de este hecho limpiará automáticamente el templo de ladrones y salteadores y te devolverá el dominio sobre las cosas que perdiste en el momento en que olvidaste el mandamiento: "¡No tendrás otro Dios fuera de mí!"

# CAPÍTULO 9: HÁGASE TU VOLUNTAD

"No se haga mi voluntad, sino la tuya". Esta resignación no es un fatalismo ciego, sino la comprensión iluminada de que "yo no puedo hacer nada por mí mismo, el Padre que está en mí hace la obra". Cuando el hombre quiere, intenta hacer aparecer en el tiempo y en el espacio algo que sabe que ahora no existe. No es consciente de lo que hace realmente. Pero lo que hace en realidad es lo siguiente. Afirma conscientemente: "Ahora no poseo las capacidades para expresarlo, pero las adquiriré con el tiempo". En resumen: no SOY, pero lo seré.

El hombre no se da cuenta de que la conciencia es el Padre que hace el trabajo, por lo que intenta expresar lo que no tiene conciencia de ser. Tales luchas están condenadas a la decepción, pues sólo se expresa el presente. Si no soy consciente de ser aquello que busco, no lo encontraré. Dios (tu conciencia) es la sustancia y la plenitud de todo. La voluntad de Dios es el reconocimiento de lo que es, no de lo que será. En lugar de ver este dicho como "Hágase tu voluntad", míralo como "Hágase tu voluntad" (está hecha). Las obras están terminadas. El principio por el que todas las cosas se hacen visibles es eterno. Aunque "Ojos no vieron, ni oídos oyeron, ni ha entrado en el corazón del hombre, lo que Dios ha preparado para los que aman la ley".

Cuando un escultor mira un trozo de mármol informe, ve enterrada dentro de su ser informe, su obra de arte acabada. Así, el escultor, en lugar de realizar su obra maestra, se limita a revelarla, eliminando la parte del mármol que oculta su concepción.

Lo mismo se aplica a ti. En tu conciencia sin forma - YO SOY - yace enterrado todo lo que jamás concebirás ser. El reconocimiento de esta verdad te transformará de la de un obrero inexperto, que intenta que sea así, a la de un gran artista, que reconoce que es así.

Tu afirmación de que ahora eres lo que quieres ser, quitará el velo de la oscuridad humana con su -Yo seré- y revelará tu afirmación perfecta -Yo SOY eso-.

La voluntad de Dios se expresó en las palabras de la viuda: "Todo está bien". La voluntad del hombre habría sido: "Todo irá bien". Afirmar que estaré bien es decir: "ESTOY enferma". Dios, el Eterno ahora, no se burla de las palabras ni de las vanas repeticiones. Dios personifica continuamente lo que es.

Así, la renuncia de Jesús (que se hizo Igual a Dios) fue pasar del reconocimiento de la carencia (que el futuro indica con Yo seré) al reconocimiento de la oferta afirmando: YO SOY eso.

Ahora verás la sabiduría de las palabras del profeta cuando afirmó: "Que el débil diga: YO SOY Fuerte". - Joel 3:10. El hombre, en su ceguera, no presta atención al consejo del profeta, por lo que sigue afirmando que es débil, pobre desdichado y todas las demás expresiones indeseables de las que intenta liberarse, afirmando ignorantemente que se librará de ellas.

Sólo hay una puerta a través de la cual Aquello que Buscas puede entrar en tu mundo. Cuando dices: YO SOY, te estás declarando en primera persona, en tiempo presente. De nuevo, saber que YO SOY, es ser consciente de ser consciencia es la única puerta. Por tanto, a menos que seas consciente de ser Aquello que buscas, buscas en vano. Si juzgas según las apariencias, seguirás esclavizado por la evidencia de tus sentidos. Para romper este hechizo hipnótico de los sentidos se te dice: "entra dentro y cierra la puerta". La puerta de los sentidos debe cerrarse herméticamente antes de que tu nueva afirmación pueda ser honrada. Cerrar la puerta de los sentidos no es tan difícil como parece a primera vista. Se hace sin esfuerzo. Es imposible servir a dos amos al mismo tiempo. El Amo sirve en aquello que es consciente de ser. Yo soy Señor y Maestro de aquello que soy consciente de ser.

No me supone ningún esfuerzo conjurar la pobreza si YO SOY consciente de ser pobre. Mi sierva la pobreza está obligada a seguirme (Conciencia de Pobreza) mientras YO SOY ( El Señor) consciente de ser pobre. En lugar de luchar contra la evidencia de los sentidos, simplemente afirma que eres aquello que deseas ser. Cuando tu atención se centra en esta afirmación, la puerta de los sentidos se cierra automáticamente contra tu antiguo amo: aquello que eras consciente de ser. A medida que te pierdes en la sensación de ser eso que ahora afirmas que es verdad de ti mismo, las puertas se abren de nuevo (pero como has descubierto, sólo permiten entrar al presente eso que YO SOY ahora consciente de ser) y contemplas tu mundo expresando eso que eres consciente de ser. Por tanto, sigamos el ejemplo de Jesús, quien, al darse cuenta de que como hombre no podía hacer nada para cambiar su imagen actual de carencia, cerró la puerta de sus sentidos y acudió a su Padre, para quien todo es posible. Habiendo negado la evidencia de sus sentidos, afirmó ser lo que un momento antes sus sentidos le habían dicho que no era. Sabiendo que la conciencia expresa su semejanza en la tierra, permaneció en la conciencia reivindicada hasta que las puertas (sus sentidos) se abrieron y confirmaron el Gobierno del Señor. Recuerda, YO SOY es el Señor de todo. No utilices nunca más la voluntad del hombre que reclama el YO SOY. Sé tan resignado como Jesús y reclama: YO SOY eso.

# CAPÍTULO 10: SER OÍDOS
# QUE OYEN

"QUE ESTAS PALABRAS calen en vuestros oídos, porque el Hijo del hombre será entregado en manos de hombres". No seáis como los que tienen ojos y no ven, y oídos y no oyen. Que estas 1 revelaciones se hundan en vuestros oídos. Porque después de que se manifieste el hijo (la idea), el hombre con sus falsos valores (la razón) intentará explicar el por qué y el para qué de la expresión del hijo, y al hacerlo lo hará pedazos. Después de que los hombres hayan acordado que es imposible hacer una cosa determinada, deja que alguien realice esa cosa imposible, y todos, incluidos los sabios que dijeron que no se podía hacer, empezarán a decirte por qué ocurrió. Cuando hayan terminado de desgarrar el manto sin costuras (causa de la manifestación), estarán tan lejos de la verdad como lo estaban cuando lo proclamaron imposible.

Mientras el hombre busque la causa de la expresión en lugares distintos del expresador, buscará en vano. Durante miles de años se le ha dicho al hombre: "YO SOY la vida y la luz del mundo". "Ninguna manifestación viene a mí sin que yo la atraiga".

Pero el hombre no lo creerá, prefiere creer en causas ajenas a él. En el momento en que lo que no se veía llega a verse, el hombre está dispuesto a explicar la causa y el propósito de su aparición. Así, el Hijo del Hombre (ideas de manifestación) es destruido constantemente por las manos (explicación razonable o sabiduría) del hombre. Ahora que tu conciencia se te revela como causa de toda expresión, no vuelvas a la oscuridad de Egipto con sus muchos dioses. Sólo existe un Dios. El único Dios es tu conciencia. "Y todos los habitantes de la tierra son considerados como nada. Y hace según su voluntad en el ejército del cielo y entre los habitantes de la tierra, y nadie puede detener su mano ni decirle: ¿Qué haces?". Si todo el mundo estuviera de acuerdo en que una cosa no se puede hacer, y tú tomaras conciencia de ser eso que habían acordado que no se podía expresar, lo expresarías. Tu conciencia nunca pide permiso para expresar lo que tienes conciencia de ser. Lo hace de forma natural y sin esfuerzo, a pesar de la sabiduría del hombre y de la oposición de los ejércitos del cielo y de la tierra.

"No saludes a nadie por el camino", no es una orden de ser insolente o antipático, sino un recordatorio de no reconocer a un superior, ni ver en nadie una barrera a tu expresión. Pues nadie puede detener tu mano ni cuestionar tu capacidad de expresar lo que tienes conciencia de ser. No juzgues según las apariencias de una cosa, pues todo es como nada a los ojos de Dios. Cuando los discípulos, juzgando según las apariencias, vieron al niño loco, pensaron que era un problema más difícil de resolver que otros que habían visto, y por eso no consiguieron curarlo. Al juzgar según las apariencias, olvidaron que todas las cosas eran posibles para Dios. Hipnotizados como estaban a la realidad de las apariencias, no podían sentir la naturalidad de la cordura. La única manera de que evites tales fracasos es que tengas constantemente presente que tu conciencia es la presencia Todopoderosa y omnisapiente, que sin ayuda, supera sin esfuerzo lo que tienes conciencia de ser. Sé perfectamente indiferente a la evidencia de los sentidos, para que puedas sentir la naturalidad de tu deseo, y tu deseo se realizará. Apártate de las apariencias y siente la naturalidad de la cordura perfecta y la cordura se encarnará. Tu deseo es la solución de tu problema. Cuando el deseo se realiza, el problema se disuelve. Tus deseos son las realidades invisibles que sólo responden a las órdenes de Dios. Dios ordena a lo invisible que aparezca afirmando que él mismo es lo ordenado. "Se hizo igual a Dios y no consideró un robo hacer las obras de Dios". Ahora, "que este dicho se hunda profundamente en tu oído" - TEN CONCIENCIA DE SER AQUELLO QUE QUIERES APARECER.

# FUERA DE ESTE MUNDO

# CAPÍTULO 1: PENSAR EN CUARTA DIMENSIÓN

**"Y ahora os lo he dicho antes de que suceda, para que, cuando suceda, creáis".**
Juan 14:29

MUCHAS PERSONAS, entre las que me incluyo, han observado acontecimientos antes de que ocurrieran; es decir, antes de que ocurrieran en este mundo de tres dimensiones. Puesto que el hombre puede observar un acontecimiento antes de que se produzca en las tres dimensiones del espacio, la vida en la Tierra debe proceder según un plan, y este plan debe existir en otro lugar, en otra dimensión, y desplazarse lentamente por nuestro espacio.

Si los hechos ocurridos no estaban en este mundo cuando fueron observados, entonces, para ser perfectamente lógico, debieron estar fuera de este mundo.

Y todo lo que hay que ver antes de que ocurra aquí debe estar "Predeterminado" desde el punto de vista del hombre despierto en un mundo tridimensional.

De ahí que surja la pregunta: -¿Somos capaces de alterar nuestro futuro?

Mi objeto al escribir estas páginas es indicar posibilidades inherentes al hombre, mostrar que el hombre puede alterar su futuro; pero, así alterado, forma de nuevo una secuencia determinista a partir del punto de interferencia: un futuro que será coherente con la alteración.

La característica más notable del futuro del hombre es su flexibilidad.

Está determinado por sus actitudes más que por sus actos.

La piedra angular en la que se basan todas las cosas es el concepto que el hombre tiene de sí mismo. Actúa como actúa y tiene las experiencias que tiene, porque su concepto de sí mismo es el que es, y por ninguna otra razón. Si tuviera un concepto distinto de sí mismo, actuaría de otro modo. Un cambio de concepto de sí mismo altera automáticamente su futuro: y un cambio en cualquier término de su futura serie de experiencias altera recíprocamente su concepto de sí mismo.

Las suposiciones del hombre que considera insignificantes producen efectos que son considerables; por tanto, el hombre debe revisar su estimación de una suposición y reconocer su poder creador.

Todos los cambios tienen lugar en la conciencia. El futuro, aunque esté preparado de antemano en todos sus detalles, tiene varios resultados.

En cada momento de nuestra vida tenemos ante nosotros la elección de cuál de varios futuros escogeremos.

Hay dos puntos de vista reales sobre el mundo que posee cada uno: un enfoque natural y un enfoque espiritual. Los antiguos maestros llamaban a uno "la mente carnal", y al otro "la mente de Cristo".

Podemos diferenciarlas como conciencia despierta ordinaria -gobernada por nuestros sentidos- y una imaginación controlada -gobernada por el deseo-.

Reconocemos estos dos centros de pensamiento distintos en la declaración:

**"El hombre natural no recibe las cosas del espíritu de Dios, porque le son locura, y no puede conocerlas, porque se disciernen espiritualmente."**
1 Corintios 2:14

La visión natural limita la realidad al momento llamado ahora. Para la visión natural, el pasado y el futuro son puramente imaginarios.

La visión espiritual, en cambio, ve el contenido del tiempo. Ve los acontecimientos como distintos y separados como objetos en el espacio. El pasado y el futuro son un todo presente para la visión espiritual. Lo que es mental y subjetivo para el hombre natural es concreto y objetivo para el hombre espiritual.

El hábito de ver sólo lo que nuestros sentidos nos permiten, nos hace totalmente ciegos a lo que de otro modo podríamos ver.

Para cultivar la facultad de ver lo invisible, a menudo debemos desligar deliberadamente nuestra mente de la evidencia de los sentidos y centrar nuestra atención en un estado invisible, sintiéndolo mentalmente y percibiéndolo hasta que tenga toda la nitidez de la realidad.

El pensamiento sincero y concentrado, enfocado en una dirección concreta, excluye otras sensaciones y las hace desaparecer.

No tenemos más que concentrarnos en el estado deseado para verlo.

El hábito de retirar la atención de la región de las sensaciones y concentrarla en lo invisible desarrolla nuestra perspectiva espiritual y nos permite penetrar más allá del mundo de los sentidos y ver lo invisible.

**"Porque las cosas invisibles de él, desde la creación del mundo, se ven claramente".**
Romanos 1:20

Esta visión es completamente independiente de las facultades naturales. ¡Ábrela y acelérala! Sin ella, estas instrucciones son inútiles, pues "las cosas del espíritu se disciernen espiritualmente".

Un poco de práctica nos convencerá de que podemos, controlando nuestra imaginación, remodelar nuestro futuro en armonía con nuestro deseo. El deseo es el resorte principal de la acción. No podríamos mover un solo dedo si no tuviéramos el deseo de moverlo. Hagamos lo que hagamos, seguimos el deseo que en ese momento domina nuestra mente. Cuando rompemos un hábito, nuestro deseo de romperlo es mayor que nuestro deseo de continuar con el hábito.

Los deseos que nos impulsan a la acción son los que mantienen nuestra atención. Un deseo no es más que la conciencia de algo que nos falta o que necesitamos para hacer nuestra vida más agradable.

Los deseos siempre tienen en vista alguna ganancia personal, cuanto mayor es la ganancia prevista, más intenso es el deseo. No existe ningún deseo absolutamente desinteresado. Cuando no hay nada que ganar, no hay deseo y, por consiguiente, no hay acción.

El hombre espiritual habla al hombre natural mediante el lenguaje del deseo.

La clave del progreso en la vida y de la realización de los sueños reside en la pronta obediencia a su voz.

La obediencia sin vacilaciones a su voz es una asunción inmediata del deseo cumplido. Desear un estado es tenerlo.

Como dijo Pascal: -No me habrías buscado si no me hubieras encontrado ya. El hombre, al suponer el sentimiento de su deseo cumplido, y luego vivir y actuar según esta convicción, altera el futuro en armonía con su suposición.

Las suposiciones despiertan lo que afirman.

En cuanto el hombre asume el sentimiento de su deseo cumplido, su yo cuatridimensional encuentra vías para la consecución de este fin, descubre métodos para su realización.

No conozco ninguna definición más clara de los medios por los que realizamos nuestros deseos que experimentar en la imaginación lo que experimentaríamos en la carne si consiguiéramos nuestro objetivo.

Esta experiencia del fin quiere los medios.

Con su perspectiva más amplia, el yo cuatridimensional construye entonces los medios necesarios para realizar el fin aceptado.

A la mente indisciplinada le resulta difícil asumir un estado negado por los sentidos.

He aquí una técnica que facilita el encuentro con los acontecimientos antes de que ocurran, para "llamar las cosas que no se ven como si se vieran" [Romanos 4:17]. La gente tiene la costumbre de restar importancia a las cosas sencillas; pero esta sencilla fórmula para cambiar el futuro se descubrió tras años de búsqueda y experimentación.

**El primer paso** para cambiar el futuro es el deseo, es decir: definir tu objetivo, saber definitivamente lo que quieres.

**En segundo lugar:** construye un acontecimiento con el que creas que te encontrarías tras la realización de tu deseo -un acontecimiento que implique la realización de tu deseo-, algo en lo que predomine la acción del yo.

**Tercero:** inmoviliza el cuerpo físico e induce una condición parecida al sueño: túmbate en una cama o relájate en una silla e imagina que tienes sueño; luego, con los párpados cerrados y la atención centrada en la acción que pretendes experimentar -en la imaginación-, siéntete mentalmente dentro de la acción propuesta, imaginando todo el tiempo que estás realizando realmente la acción aquí y ahora. Debes participar siempre en la acción imaginaria, no limitarte a mirar hacia atrás, sino sentir que realizas realmente la acción, de modo que la sensación imaginaria sea real para ti.

Es importante recordar siempre que la acción propuesta debe ser la que sigue a la realización de tu deseo; y, además, debes sentirte dentro de la acción hasta que tenga toda la viveza y nitidez de la realidad.

Por ejemplo: supón que deseas un ascenso en el cargo. Ser felicitado sería un acontecimiento que experimentarías tras el cumplimiento de tu deseo. Habiendo seleccionado esta acción como la que experimentarás en la imaginación, inmoviliza el cuerpo físico e induce un estado parecido al sueño -un estado somnoliento-, pero en el que sigues siendo capaz de controlar la dirección de tus pensamientos -un estado en el que estás atento sin esfuerzo-. Ahora, imagina que tienes delante a un amigo. Pon tu mano imaginaria en la suya. Primero siéntela sólida y real, luego mantén una conversación imaginaria con él en armonía con la acción. No te visualices a distancia en el espacio y a distancia en el tiempo siendo felicitado por tu buena fortuna. En lugar de ello, visualízate en otro lugar, aquí, y en el futuro, ahora. El acontecimiento futuro es una realidad ahora en un mundo dimensionalmente mayor; y, curiosamente, ahora en un mundo dimensionalmente mayor, equivale a aquí en el espacio tridimensional ordinario de la vida cotidiana.

La diferencia entre sentirte en acción, aquí y ahora, y visualizarte en acción, como si estuvieras en una pantalla de cine, es la diferencia entre el éxito y el fracaso.

La diferencia se apreciará si ahora te visualizas subiendo una escalera. Luego, con los párpados cerrados, imagina que tienes una escalera delante de ti y siente que realmente la estás subiendo.

El deseo, la inmovilidad física rayana en el sueño y la acción imaginaria en la que predomina el sentimiento del yo, aquí y ahora, no sólo son factores importantes para alterar el futuro, sino que son condiciones esenciales para proyectar conscientemente el yo espiritual. Si, cuando el cuerpo físico está inmovilizado, nos apoderamos de la idea de hacer algo -e imaginamos que lo estamos haciendo aquí y ahora y mantenemos la acción imaginaria con sentimiento hasta que sobreviene el sueño-, es probable que despertemos del cuerpo físico y nos encontremos en un mundo dimensionalmente mayor, con un enfoque dimensionalmente mayor y haciendo realmente lo que deseábamos e imaginábamos que estábamos haciendo en la carne.

Pero tanto si despertamos allí como si no, en realidad estamos realizando la acción en el mundo de cuarta dimensión, y la volveremos a representar en el futuro, aquí en el mundo de tercera dimensión.

La experiencia me ha enseñado a restringir la acción imaginaria, a condensar la idea que va a ser objeto de nuestra meditación en un solo acto, y a volver a representarlo una y otra vez hasta que tenga la sensación de realidad. De lo contrario, la atención se desviará por una vía asociativa, y se presentarán a nuestra atención multitud de imágenes asociadas. En pocos segundos nos llevarán a cientos de kilómetros de nuestro objetivo en el espacio, y a años de distancia en el tiempo.

Si decidimos subir un determinado tramo de escaleras, porque ése es el acontecimiento probable que seguirá a la realización de nuestro deseo, debemos limitar la acción a subir ese tramo concreto de escaleras. Si nuestra atención se desvía, debemos devolverla a su tarea de subir ese tramo de escaleras y seguir haciéndolo hasta que la acción imaginaria tenga toda la solidez y nitidez de la realidad. La idea debe mantenerse en el campo de la presentación sin ningún esfuerzo sensible por nuestra parte. Debemos, con el mínimo esfuerzo, impregnar la mente con el sentimiento del deseo cumplido.

La somnolencia facilita el cambio porque favorece la atención sin esfuerzo, pero no hay que llevarla al estado de sueño, en el que ya no seremos capaces de controlar los movimientos de nuestra atención, sino más bien a un grado moderado de somnolencia en el que aún seamos capaces de dirigir nuestros pensamientos.

Una forma muy eficaz de encarnar un deseo es asumir la sensación del deseo cumplido y luego, en un estado relajado y somnoliento, repetir una y otra vez, como una nana, cualquier frase corta que implique el cumplimiento de nuestro deseo, como "Gracias", como si nos dirigiéramos a un poder superior por haberlo hecho por nosotros.

Si, por el contrario, buscamos una proyección consciente en un mundo dimensionalmente mayor, entonces debemos mantener la acción hasta que sobrevenga el sueño.

Experimenta en la imaginación, con toda la nitidez de la realidad, lo que se experimentaría en la carne si alcanzaras tu objetivo; y, con el tiempo, lo encontrarás en la carne como lo encontraste en tu imaginación.

Alimenta la mente con premisas, es decir, afirmaciones que se presumen verdaderas, porque las suposiciones, aunque irreales para los sentidos, si se persiste en ellas, hasta que tengan la sensación de realidad, se endurecerán hasta convertirse en hechos. Para una suposición son buenos todos los medios que promueven su realización. Influye en el comportamiento de todos inspirando en todos los movimientos, las acciones y las palabras que tienden a su cumplimiento.

Para comprender cómo moldea el hombre su futuro en armonía con su supuesto, debemos saber qué entendemos por un mundo dimensionalmente mayor, pues es a un mundo dimensionalmente mayor al que acudimos para alterar nuestro futuro. La observación de un acontecimiento antes de que ocurra implica que el acontecimiento está predeterminado desde el punto de vista del hombre en el mundo tridimensional. Por tanto, para cambiar las condiciones aquí, en las tres dimensiones del espacio, primero debemos cambiarlas en las cuatro dimensiones del espacio.

El hombre no sabe exactamente qué se entiende por un mundo dimensionalmente mayor, y sin duda negaría la existencia de un yo dimensionalmente mayor.

Está bastante familiarizado con las tres dimensiones de longitud, anchura y altura, y cree que si existiera una cuarta dimensión, debería ser tan evidente para él como las dimensiones de longitud, anchura y altura.

Una dimensión no es una línea; es cualquier forma de medir una cosa que sea totalmente distinta de todas las demás formas.

Es decir, para medir un sólido en cuarta dimensión, basta con medirlo en cualquier dirección excepto en la de su longitud, anchura y altura.

¿Existe otra forma de medir un objeto distinta de las de su longitud, anchura y altura?

El tiempo mide mi vida sin emplear las tres dimensiones de longitud, anchura y altura.

No existe ningún objeto instantáneo. Su aparición y desaparición son mensurables.

Dura un tiempo determinado. Podemos medir su duración sin utilizar las dimensiones de longitud, anchura y altura.

El tiempo es definitivamente una cuarta forma de medir un objeto.

Cuantas más dimensiones tiene un objeto, más sustancial y real se vuelve. Una línea recta, que se encuentra enteramente en una dimensión, adquiere forma, masa y sustancia al añadirle dimensiones. ¿Qué nueva cualidad le daría el tiempo, la cuarta dimensión, que lo haría tan superior a los sólidos como los sólidos lo son a las superficies y las superficies a las líneas?

El tiempo es un medio para los cambios en la experiencia, porque todos los cambios requieren tiempo. La nueva cualidad es la cambiabilidad.

Observa que si bisecamos un sólido, su sección transversal será una superficie; bisecando una superficie, obtenemos una recta; y bisecando una recta, obtenemos un punto. Esto significa que un punto no es más que la sección transversal de una recta, que a su vez no es más que la sección transversal de una superficie, que a su vez no es más que la sección transversal de un sólido, que a su vez, si se lleva a su conclusión lógica, no es más que la sección transversal de un objeto tetradimensional.

No podemos evitar la inferencia de que todos los objetos tridimensionales no son más que secciones transversales de cuerpos tetradimensionales. Lo que significa: cuando me encuentro contigo, me encuentro con una sección transversal del tú cuatridimensional: el yo cuatridimensional que no se ve.

Para ver el yo cuatridimensional debo ver cada sección transversal o momento de tu vida, desde el nacimiento hasta la muerte, y verlos a todos como coexistentes.

Mi atención debe abarcar toda la gama de impresiones sensoriales que has experimentado en la Tierra, además de las que puedas encontrar.

Debería verlos, no en el orden en que los experimentaste tú, sino como un todo preexistente.

Puesto que el cambio es la característica de la cuarta dimensión, debería verlos en un estado de flujo como un todo vivo y animado.

Si tenemos todo esto claramente fijado en nuestra mente, ¿qué significa para nosotros en este mundo tridimensional?

Significa que, si podemos movernos a lo largo del tiempo, podemos ver el futuro y alterarlo como deseemos.

Este mundo, que nos parece tan sólidamente real, es una sombra fuera de la cual y más allá de la cual podemos pasar en cualquier momento.

Es una abstracción de un mundo más fundamental y dimensionalmente mayor, un mundo más fundamental abstraído de un mundo aún más fundamental y dimensionalmente mayor, y así hasta el infinito.

Lo absoluto es inalcanzable por cualquier medio o análisis, por muchas dimensiones que añadamos al mundo.

El hombre puede probar la existencia de un mundo dimensionalmente mayor simplemente concentrando su atención en un estado invisible e imaginando que lo ve y lo siente. Si permanece concentrado en este estado, su entorno actual desaparecerá y despertará en un mundo dimensionalmente más grande en el que el objeto de su contemplación se verá como una realidad objetiva concreta.

Intuitivamente siento que, si abstrajera sus pensamientos de este mundo dimensionalmente más grande y se retirara aún más dentro de su mente, provocaría de nuevo una exteriorización del tiempo. Descubriría que cada vez que se retira a su mente interior y produce una exteriorización del tiempo, el espacio se hace dimensionalmente más grande. Y concluiría, por tanto, que tanto el tiempo como el espacio son seriales, y que el drama de la vida no es más que la escalada de un bloque de tiempo dimensional multitudinario.

Los científicos explicarán algún día por qué existe un Universo Serial.

Pero en la práctica es más importante cómo utilizamos este Universo Serial para cambiar el futuro.

Para cambiar el futuro, sólo tenemos que ocuparnos de dos mundos de la serie infinita, el mundo que conocemos por razón de nuestros órganos corporales y el mundo que percibimos independientemente de nuestros órganos corporales.

# CAPÍTULO 2: LAS SUPOSICIONES SE CONVIERTEN EN HECHOS

Los hombres creen en la realidad del mundo exterior porque no saben concentrar y condensar sus poderes para penetrar en su fina corteza.

Este libro sólo tiene un propósito: descorrer el velo de los sentidos, viajar a otro mundo.

Para quitar el velo de los sentidos no empleamos grandes esfuerzos; el mundo objetivo se desvanece apartando de él nuestra atención.

Sólo tenemos que concentrarnos en el estado deseado para verlo mentalmente, pero para darle realidad de modo que se convierta en un hecho objetivo, debemos centrar la atención en el estado invisible hasta que tenga la sensación de realidad.

Cuando, mediante la atención concentrada, nuestro deseo parece poseer la nitidez y el sentimiento de la realidad, le hemos dado el derecho a convertirse en un hecho concreto visible.

Si te resulta difícil controlar la dirección de tu atención mientras estás en un estado parecido al sueño, puede resultarte muy útil mirar fijamente un objeto. No mires su superficie, sino dentro y más allá de cualquier objeto liso, como una pared, una alfombra o cualquier otro objeto que posea profundidad.

Prepáralo para que te devuelva el menor reflejo posible. Imagina entonces que en esta profundidad estás viendo y oyendo lo que quieres ver y oír, hasta que tu atención esté exclusivamente ocupada por el estado imaginado.

Al final de tu meditación, cuando despiertes de tu sueño controlado de vigilia, te sentirás como si hubieras regresado de una gran distancia.

El mundo visible que habías excluido vuelve a la conciencia y, con su sola presencia, te informa de que te has autoengañado creyendo que el objeto de tu contemplación era real.

Pero, si sabes que la conciencia es la única realidad, permanecerás fiel a tu visión y, mediante esta actitud mental sostenida, confirmarás tu don de realidad y demostrarás que tienes el poder de dar realidad a tus deseos para que se conviertan en hechos concretos visibles.

Define tu ideal y concentra tu atención en la idea de identificarte con tu ideal. Asume el sentimiento de serlo, el sentimiento que sería tuyo si ya fueras la encarnación de tu ideal. Luego vive y actúa según esta convicción. Esta suposición, aunque sea negada por los sentidos, si se persiste en ella, se convertirá en un hecho. Sabrás cuándo has conseguido fijar el estado deseado en la conciencia con sólo mirar mentalmente a las personas que conoces.

En los diálogos contigo mismo estás menos inhibido y eres más sincero que en las conversaciones reales con los demás, por lo que la oportunidad para el autoanálisis surge cuando te sorprenden tus conversaciones mentales con los demás.

Si los ves como los veías antes, no has cambiado tu concepto de ti mismo, pues todo cambio de concepto de ti mismo tiene como consecuencia un cambio de relación con tu mundo.

En tu meditación, permite que los demás te vean como te verían si este nuevo concepto de ti mismo fuera un hecho concreto. Siempre parecerás a los demás una encarnación del ideal que inspiras. Por tanto, en la meditación, cuando contemplas a los demás, debes ser visto por ellos mentalmente como te verían físicamente si tu concepto de ti mismo fuera un hecho objetivo; es decir, en la meditación imagina que te ven expresando aquello que deseas ser.

Si asumes que eres lo que quieres ser, tu deseo se cumple y, al cumplirse, se neutraliza todo anhelo. No puedes seguir deseando lo que ya has realizado. Tu deseo no es algo que te esfuerces por cumplir, es reconocer algo que ya posees. Es asumir el sentimiento de ser aquello que deseas ser. Creer y ser son una sola cosa.

El que concibe y su concepción son uno, por lo que aquello que tú concibes que eres nunca puede estar tan lejos como para estar cerca, pues la cercanía implica separación.

**"Si puedes creer, todo es posible para el que cree".**
Marcos 9:23
**"El ser es la sustancia de las cosas esperadas, la evidencia de las cosas aún no vistas"**
cf. Hebreos 11:1

Si asumes que eres lo que quieres ser, entonces verás a los demás como están relacionados con tu suposición

Si, por el contrario, lo que deseas es el bien de los demás, entonces, en la meditación, debes representártelos como si ya fueran aquello que deseas que sean.

Es a través del deseo como te elevas por encima de tu esfera actual y el camino que va del anhelo a la realización se acorta a medida que experimentas en la imaginación lo que experimentarías en la carne si ya fueras la encarnación del ideal que deseas ser.

He afirmado que el hombre tiene en cada momento del tiempo la posibilidad de elegir con cuál de varios futuros se va a encontrar; pero surge la pregunta: ¿Cómo es eso posible si las experiencias del hombre despierto en el mundo tridimensional están predeterminadas, como implica su observación de un acontecimiento antes de que ocurra? Esta capacidad de cambiar el futuro se verá si comparamos las experiencias de la vida en la Tierra con esta página impresa.

El hombre experimenta los acontecimientos terrestres de forma individual y sucesiva, del mismo modo que tú experimentas ahora las palabras de esta página.

Imagina que cada palabra de esta página representa una única impresión sensorial. Para obtener el contexto, para comprender mi significado, centras tu visión en la primera palabra de la esquina superior izquierda y luego mueves tu enfoque por la página de izquierda a derecha, dejándolo caer sobre las palabras de forma individual y sucesiva. Cuando tus ojos lleguen a la última palabra de esta página, ya habrás extraído mi significado. Supón, sin embargo, que al mirar la página, con todas las palabras impresas en ella igualmente presentes, decides reordenarlas. Al reordenarlas, podrías contar una historia completamente distinta; de hecho, podrías contar muchas historias distintas.

Un sueño no es más que un pensamiento cuatridimensional incontrolado, o la reorganización de impresiones sensoriales pasadas y futuras. El hombre rara vez sueña con acontecimientos en el orden en que los experimenta cuando está despierto.

Suele soñar con dos o más acontecimientos separados en el tiempo, fundidos en una sola impresión sensorial; o, en su sueño, reorganiza tan completamente sus impresiones sensoriales únicas de vigilia que no las reconoce cuando las encuentra en su estado de vigilia.

Por ejemplo; soñé que entregaba un paquete en el restaurante de mi edificio de apartamentos. La camarera me decía: "No puedes dejar eso ahí"; a continuación, el ascensorista me entregaba unas cartas y, mientras yo se las agradecía, él, a su vez, me daba las gracias. En ese momento, apareció el ascensorista nocturno y me saludó con la mano.

Al día siguiente, al salir de mi piso, recogí unas cartas que me habían dejado en la puerta. Al bajar, le di una propina al ascensorista diurno y le agradecí que se ocupara de mi correspondencia; él me dio las gracias por la propina. Aquel día, al volver a casa, oí a un portero decir a un repartidor: "No puede dejar eso ahí". Cuando me disponía a subir en ascensor a mi apartamento, me llamó la atención una cara conocida en el restaurante y, al asomarme, la anfitriona me saludó con una sonrisa. Aquella noche, ya tarde, acompañé a mis invitados a cenar hasta el ascensor y, al despedirme de ellos, la telefonista nocturna me dio las buenas noches.

Simplemente reordenando algunas de las impresiones sensoriales únicas que estaba destinado a encontrar, y fusionando dos o más de ellas en impresiones sensoriales únicas, construí un sueño que difería bastante de mi experiencia de vigilia.

Cuando hayamos aprendido a controlar los movimientos de nuestra atención en el mundo cuatridimensional, podremos crear conscientemente circunstancias en el mundo tridimensional.

Aprendemos este control a través del sueño despierto, donde nuestra atención puede mantenerse sin esfuerzo, pues la atención sin esfuerzo es indispensable para cambiar el futuro. Podemos, en un sueño de vigilia controlado, construir conscientemente un acontecimiento que deseamos experimentar en el mundo tridimensional.

Las impresiones sensoriales que utilizamos para construir nuestro sueño despierto son realidades presentes desplazadas en el tiempo o en el mundo cuatridimensional. Todo lo que hacemos al construir el sueño despierto es seleccionar del vasto conjunto de impresiones sensoriales aquellas que, cuando están bien ordenadas, implican que hemos realizado nuestro deseo. Con el sueño claramente definido, nos relajamos en una silla e inducimos un estado de conciencia parecido al sueño, un estado que, aunque roza el sueño, nos deja en control consciente de los movimientos de nuestra atención. Cuando hemos alcanzado ese estado, experimentamos en la imaginación lo que experimentaríamos en la realidad si este sueño despierto fuera un hecho objetivo. Al aplicar esta técnica para cambiar el futuro, es importante recordar siempre que lo único que ocupa la mente durante el sueño despierto es el sueño despierto, la acción predeterminada que implica el cumplimiento de nuestro deseo.

El modo en que el sueño despierto se convierte en un hecho físico no nos concierne.

Nuestra aceptación del sueño despierto como realidad física quiere los medios para su realización.

Permíteme de nuevo sentar las bases para cambiar el futuro, que no es más que un sueño despierto controlado.

Define tu objetivo: conoce definitivamente lo que quieres.

Construye un acontecimiento con el que creas que te encontrarás tras la realización de tu deseo -algo en lo que predomine la acción del yo-, un acontecimiento que implique la realización de tu deseo.

Inmoviliza el cuerpo físico e induce un estado de conciencia parecido al sueño; luego, siéntete mentalmente en la acción propuesta, imaginando todo el tiempo que estás realizando realmente la acción aquí y ahora, de modo que experimentes en la imaginación lo que experimentarías en la carne si ahora realizaras tu objetivo.

La experiencia me ha convencido de que ésta es la forma perfecta de conseguir mi objetivo.

Sin embargo, mis propios y numerosos fracasos me condenarían si diera a entender que domino por completo los movimientos de mi atención.

Sin embargo, puedo decir con el antiguo maestro:

**"Una cosa hago: olvidando lo que queda atrás, y extendiéndome a lo que está delante, prosigo hacia la meta por el premio".**
Filipenses 3:13,14

# CAPÍTULO 3: EL PODER DE LA IMAGINACIÓN

**"Conoceréis la verdad y la verdad os hará libres"**
Juan 8:32

LOS HOMBRES AFIRMAN que un juicio verdadero debe ajustarse a la realidad exterior con la que se relaciona. Esto significa que si yo, estando encarcelado, me sugiero a mí mismo que soy libre y consigo creer que lo soy, es cierto que creo en mi libertad; pero de ello no se sigue que sea libre, pues puedo ser víctima de una ilusión.

Pero, debido a mis propias experiencias, he llegado a creer en tantas cosas extrañas que veo pocas razones para dudar de la verdad de cosas que están más allá de mi experiencia.

Los antiguos maestros nos advertían que no juzgáramos por las apariencias porque, decían, la verdad no tiene por qué ajustarse a la realidad exterior con la que se relaciona.

Afirmaban que dábamos falso testimonio si imaginábamos el mal contra otro -que no importa lo real que parezca nuestra creencia -lo verdaderamente que se ajuste a la realidad externa con la que se relaciona-, si no hace libre a aquel de quien tenemos la creencia, es falsa y, por tanto, un juicio falso.

Estamos llamados a negar la evidencia de nuestros sentidos y a imaginar como verdad de nuestro prójimo aquello que le hace libre. -Conoceréis la verdad, y la verdad os hará libres.

Para conocer la verdad de nuestro prójimo debemos suponer que ya es aquello que desea ser. Cualquier concepto que tengamos de otro que esté por debajo de su deseo realizado no le hará libre y, por tanto, no puede ser la verdad.

En lugar de aprender mi oficio en escuelas donde la asistencia a cursos y seminarios se considera un sustituto del conocimiento autoadquirido, mi escolarización se dedicó casi exclusivamente al poder de la imaginación.

Permanecí durante horas imaginando que yo mismo era distinto de lo que me dictaban mi razón y mis sentidos, hasta que los estados imaginados eran vívidos como la realidad, tan vívidos que los transeúntes no eran más que una parte de mi imaginación y actuaban como yo quería que lo hicieran. Por el poder de la imaginación, mi fantasía guiaba la suya y les dictaba su comportamiento y el discurso que mantenían mientras yo estaba identificado con mi estado imaginado.

La imaginación del hombre es el hombre mismo, y el mundo tal como lo ve la imaginación es el mundo real, pero es nuestro deber imaginar todo lo que es amable y de buen nombre [Filipenses 4:8].

**"Porque el Señor no ve como ve el hombre; pues el hombre mira la apariencia exterior, pero el Señor mira el corazón".**
1 Samuel 16:7
**"Como un hombre piensa en su corazón, así es él".**
Proverbios 23:7

En la meditación, cuando el cerebro se vuelve luminoso, encuentro que mi imaginación está dotada del poder magnético de atraer hacia mí todo lo que deseo. El deseo es el poder que utiliza la imaginación para modelar la vida a mi alrededor, tal como yo la modelo en mi interior.

Primero deseo ver a una determinada persona o escena, y luego miro como si estuviera viendo aquello que quiero ver, y el estado imaginado se vuelve objetivamente real. Deseo oír, y entonces escucho como si estuviera oyendo, y la voz imaginada habla lo que le dicto como si hubiera iniciado el mensaje.

Podría darte muchos ejemplos para probar mis argumentos, para probar que estos estados imaginarios se convierten en realidades físicas; pero sé que mis ejemplos despertarán en todos aquellos que no se hayan encontrado con semejantes o que no se inclinen por mis argumentos, una incredulidad de lo más natural. Sin embargo, la experiencia me ha convencido de la verdad de la afirmación:

**"Llama a las cosas que no son como si fueran".**
Romanos 4:17

Pues yo, en intensa meditación, he llamado a las cosas que no se veían como si se vieran, y lo invisible no sólo se hizo visible, sino que acabó convirtiéndose en realidades físicas.

Mediante este método -primero desear y luego imaginar que experimentamos lo que deseamos experimentar- podemos moldear el futuro en armonía con nuestro deseo. Pero sigamos el consejo del profeta y pensemos sólo en lo bello y lo bueno, pues la imaginación nos espera con la misma indiferencia y rapidez cuando nuestra naturaleza es mala que cuando es buena. De nosotros brotan el bien y el mal.

**"He puesto hoy ante ti la vida y el bien, y la muerte y el mal".**
Deuteronomio 30:15

El deseo y la imaginación son la varita mágica de la fábula y atraen hacia sí sus propias afinidades. Surgen mejor cuando la mente está en un estado parecido al sueño.

He escrito con cierto cuidado y detalle el método que utilizo para entrar en el mundo dimensionalmente más grande, pero daré una fórmula más para abrir la puerta del mundo más grande.

**"En un sueño, en una visión nocturna, cuando el sueño profundo cae sobre los hombres, en los sopores sobre el lecho; entonces abre los oídos de los hombres y sella su instrucción".**
Job 33:15,16

En el sueño solemos ser el siervo de nuestra visión más que su amo, pero la fantasía interna del sueño puede convertirse en una realidad externa.

En el sueño, como en la mediación, nos deslizamos desde este mundo a un mundo dimensionalmente mayor, y sé que las formas en el sueño no son imágenes bidimensionales planas como creen los psicólogos modernos. Son realidades sustanciales de un mundo dimensionalmente mayor, y puedo apoderarme de ellas. He descubierto que, si me sorprendo soñando, puedo agarrarme a cualquier forma inanimada o inmóvil del sueño -una silla, una mesa, una escalera, un árbol- y ordeno despertarme, mientras me aferro firmemente al objeto del sueño, soy arrastrado a través de mí mismo con la clara sensación de despertar del sueño. Despierto en otra esfera sosteniendo el objeto de mi sueño, para descubrir que ya no soy el siervo de mi visión, sino su amo, pues soy plenamente consciente y controlo los movimientos de mi atención. Es en este estado de plena conciencia, cuando controlamos la dirección del pensamiento, cuando llamamos a las cosas que no se ven como si se vieran. En este estado llamamos a las cosas deseándolas y asumiendo el sentimiento de nuestro deseo cumplido.

A diferencia del mundo de tres dimensiones, donde hay un intervalo

entre nuestra suposición y su cumplimiento, en el mundo dimensionalmente mayor hay una realización inmediata de nuestra suposición. La
realidad externa refleja instantáneamente nuestra suposición. Aquí no hay
necesidad de esperar cuatro meses hasta la cosecha [véase Juan 4:35].
Volvemos a mirar como si viéramos, y he aquí que los campos ya están
blancos para la siega.

En este mundo dimensionalmente más grande - "No tendréis necesidad de
luchar, fijaos, quedaos quietos y ved la salvación del Señor con vosotros" -
2Crónicas 20:17. Y como ese mundo mayor atraviesa lentamente nuestro
mundo tridimensional, podemos, mediante el poder de la imaginación,
moldear nuestro mundo en armonía con nuestro deseo.

Mira como si vieras; escucha como si oyeras; extiende tu mano imaginaria
como si tocaras.... Y tus suposiciones se convertirán en hechos.

Para los que creen que un juicio verdadero debe ajustarse a la realidad
exterior con la que se relaciona, esto será una necedad y un tropiezo [1Corin-
tios 1:23].

Pero predico y practico la fijación en la conciencia de aquello que el
hombre desea realizar. La experiencia me convence de que las actitudes
mentales fijas que no se ajustan a la realidad externa con la que se relacionan
y que, por tanto, se denominan imaginarias - "cosas que no son"-, sin
embargo, "echarán por tierra las cosas que son" [1Corintios 1:28].

No deseo escribir un libro de maravillas, sino volver la mente del hombre
a la única realidad que los antiguos maestros adoraban como Dios.

Todo lo que se dijo de Dios se dijo en realidad de la conciencia del hombre,
por lo que podemos decir: "que, según está escrito: El que se gloría, que se
gloríe en su propia conciencia". [1Corintios 1:31; 2Corintios 10:17,18].

**"Pero el que se gloría, gloríese en esto: en que me entiende y me conoce:
que yo soy Yahveh, que ejerzo la misericordia, el juicio y la justicia en la
tierra".**
Jeremías 9:24

Ningún hombre necesita ayuda que le dirija en la aplicación de esta ley de
la conciencia. "Yo soy" es la autodefinición de lo absoluto. La raíz de la que
todo crece.

**"Yo soy la vid"**
Juan 15:1; 15:5

¿Cuál es tu respuesta a la eterna pregunta: "Quién soy yo"?

Tu respuesta determina el papel que desempeñas en el drama del mundo.

Tu respuesta -es decir, tu concepto de ti mismo- no tiene por qué ajustarse a la realidad externa con la que se relaciona. Esta gran verdad se revela en las afirmaciones:

**"Que el débil diga: Yo soy fuerte".**
Joel 3:10

Echa la vista atrás y repasa los buenos propósitos con los que se cargaron muchos años nuevos pasados. Vivieron un poco y luego murieron. ¿Por qué? Porque fueron cortados de raíz. Asume que eres lo que quieres ser.

Experimenta en la imaginación lo que experimentarías en la carne si ya fueras eso que quieres ser. Permanece fiel a tu suposición, de modo que te definas como aquello que has supuesto.

Las cosas no tienen vida si están separadas de sus raíces, y nuestra conciencia, nuestro "YO SOY" es la raíz de todo lo que brota en nuestro mundo.

"Si no creemos que yo soy, moriréis en vuestros pecados" [ Juan 8:24], es decir, si no creo que ya soy lo que deseo ser, entonces permanezco como soy y muero en mi actual concepto de mí mismo.

No existe ningún poder, fuera de la conciencia del hombre, para resucitar y hacer vivir lo que el hombre desea experimentar.

Aquel hombre que se acostumbre a invocar a voluntad las imágenes que le plazcan, será, en virtud del poder de su imaginación, dueño de su destino.

**"Yo soy la resurrección y la vida; el que cree en Mí, aunque esté muerto, vivirá".**
Juan 11:25
**"Conoceréis la verdad y la verdad os hará libres".**

# CAPÍTULO 4: NADIE CAMBIA EXCEPTO UNO MISMO

**"Y por ellos me santifico a mí mismo, para que también ellos sean santificados mediante la verdad".**
Juan 17:19

EL IDEAL al que servimos y por el que luchamos nunca podría evolucionar a partir de nosotros si no estuviera potencialmente implicado en nuestra naturaleza.

Es ahora mi propósito volver a contar y hacer hincapié en una experiencia mía publicada por mí hace dos años. Creo que estas citas de "LA BÚSQUEDA" nos ayudarán a comprender el funcionamiento de la ley de la conciencia, y nos mostrarán que no tenemos que cambiar a nadie más que a nosotros mismos.

"Una vez, en un intervalo ocioso en el mar, medité sobre "el estado perfecto", y me pregunté qué sería yo, si tuviera ojos demasiado puros para contemplar la injusticia, si para mí todas las cosas fueran puras y yo estuviera libre de condenación. Mientras me perdía en esta ardiente cavilación, me encontré elevado por encima del oscuro entorno de los sentidos. Tan intensa era la sensación que me sentía un ser de fuego habitando en un cuerpo de aire. Voces como de un coro celestial, con la exaltación de los que habían sido vencedores en un conflicto con la muerte cantaban: -Ha resucitado -Ha resucitado, e intuitivamente supe que se referían a mí.

Entonces me pareció estar caminando en la noche. Pronto llegué a una escena que podría haber sido el antiguo estanque de Betesda, pues en este lugar yacía una gran multitud de impotentes -ciegos, paralizados, marchitos- esperando no el movimiento del agua, como es tradición, sino esperándome a mí. Al acercarme, sin pensamiento ni esfuerzo por mi parte fueron, uno tras otro, moldeados como por el Mago de la Belleza. Ojos, manos, pies -todos los miembros que faltaban-fueron extraídos de algún depósito invisible y moldeados en armonía con aquella perfección que yo sentía brotar en mi interior. Cuando todos fueron perfeccionados, el coro exultó: "Está acabado". Entonces la escena se disolvió y desperté.

Sé que la visión fue el resultado de mi intensa meditación sobre la idea de la perfección, pues mis meditaciones invariablemente provocan la unión con el estado contemplado. Había estado tan completamente absorto en la idea que durante un tiempo me había convertido en lo que contemplaba, y el elevado propósito con el que en ese momento me había identificado atrajo la compañía de las cosas elevadas y modeló la visión en armonía con mi naturaleza interior. El ideal con el que estamos unidos actúa por asociación de ideales para despertar mil estados de ánimo y crear un drama acorde con la idea central."

Mis experiencias místicas me han convencido de que no hay otra forma de conseguir la perfección exterior que buscamos que no sea transformándonos a nosotros mismos.

En la economía divina nada se pierde. No podemos perder nada salvo por descender de la esfera donde la cosa tiene su vida natural. No hay poder transformador en la muerte y, estemos aquí o allá, modelamos el mundo que nos rodea por la intensidad de nuestra imaginación y sentimiento, e iluminamos u oscurecemos nuestras vidas por los conceptos que tenemos de nosotros mismos. Nada es más importante para nosotros que el concepto que tenemos de nosotros mismos, y esto es especialmente cierto en lo que se refiere a nuestro concepto del Uno dimensionalmente grande que llevamos dentro.

Quienes nos ayudan u obstaculizan, lo sepan o no, son servidores de esa ley que moldea las circunstancias exteriores en armonía con nuestra naturaleza interior.

Es la concepción que tenemos de nosotros mismos la que nos libera o nos constriñe, aunque pueda utilizar agencias materiales para lograr su propósito.

Puesto que la vida moldea el mundo exterior para reflejar la disposición interior de nuestras mentes, no hay forma de conseguir la perfección exterior que buscamos si no es mediante la transformación de nosotros mismos. No hay ayuda que venga de fuera; las colinas a las que elevamos la mirada son las de una cordillera interior. Es, pues, a nuestra propia conciencia a la que debemos dirigirnos como a la única realidad, al único fundamento sobre el que pueden explicarse todos los fenómenos. Podemos confiar absolutamente en la justicia de esta ley para darnos sólo lo que es de la naturaleza de nosotros mismos.

Intentar cambiar el mundo antes de cambiar nuestro concepto de nosotros mismos es luchar contra la naturaleza de las cosas.

No puede haber cambio exterior mientras no haya primero un cambio interior. Como es dentro, es fuera. No abogo por la indiferencia filosófica cuando sugiero que nos imaginemos que ya somos lo que queremos ser, viviendo en una atmósfera mental de grandeza, en lugar de utilizar medios y argumentos físicos para provocar el cambio deseado.

Todo lo que hacemos, sin ir acompañado de un cambio de conciencia, no es más que un fútil reajuste de superficies.

Por mucho que nos esforcemos o luchemos, no podemos recibir más de lo que afirman nuestras suposiciones. Protestar contra cualquier cosa que nos suceda es protestar contra la ley de nuestro ser y contra nuestro dominio sobre nuestro propio destino.

Las circunstancias de mi vida están demasiado estrechamente relacionadas con mi concepción de mí mismo como para no haber sido formadas por mi propio espíritu a partir de algún almacén dimensionalmente mayor de mi ser. Si hay dolor para mí en estos acontecimientos, debo buscar la causa en mi interior, pues se me mueve aquí y allá y se me hace vivir en un mundo en armonía con el concepto que tengo de mí mismo.

La meditación intensa produce una unión con el estado contemplado, y durante esta unión vemos visiones, tenemos experiencias y nos comportamos de acuerdo con nuestro cambio de conciencia. Esto nos demuestra que una transformación de la conciencia dará lugar a un cambio del entorno y del comportamiento.

Todas las guerras demuestran que las emociones violentas son extremadamente potentes a la hora de precipitar reordenamientos mentales. A cada gran conflicto le ha seguido una era de materialismo y codicia en la que se sumergen los ideales por los que aparentemente se libró el conflicto.

Esto es inevitable porque la guerra evoca el odio, que impulsa un descenso de la conciencia desde el plano de lo ideal al nivel en el que se libra el conflicto.

Si pudiéramos emocionarnos tanto por nuestros ideales como por nuestras aversiones, ascenderíamos al plano de nuestro ideal con la misma facilidad con la que ahora descendemos al nivel de nuestros odios.

El amor y el odio tienen un mágico poder transformador, y crecemos a través de su ejercicio hacia la semejanza de lo que contemplamos.

Mediante la intensidad del odio creamos en nosotros mismos el carácter que imaginamos en nuestros enemigos. Las cualidades mueren por falta de atención, así que lo mejor sería borrar los estados desagradables mediante imágenes - "belleza por ceniza y gozo por luto" [Isaías 61:3]- en vez de mediante ataques directos al estado del que queremos liberarnos. "Pensad en todas las cosas agradables y de buen nombre" [Filipenses 4:8], pues nos convertimos en aquello con lo que estamos en relación.

No hay nada que cambiar, salvo nuestro concepto del yo. En cuanto consigamos transformar el yo, nuestro mundo se disolverá y se remodelará en armonía con aquello que afirma nuestro cambio.

# LA ORACIÓN - EL ARTE DE CREER

# CAPÍTULO 1: LEY DE REVERSIBILIDAD

**"Reza por mi alma. La oración hace más cosas de las que este mundo sueña".**
(Tennyson)

LA ORACIÓN ES un arte y requiere práctica. El primer requisito es una imaginación controlada. El desfile y las vanas repeticiones son ajenos a la oración. Su ejercicio requiere tranquilidad y paz de espíritu, "No uses vanas repeticiones", pues la oración se hace en secreto y "tu Padre, que ve en lo secreto, te recompensará en público."

Las ceremonias que se utilizan habitualmente en la oración son meras supersticiones y se han inventado para dar a la oración un aire de solemnidad. Los que practican el arte de la oración ignoran a menudo las leyes que la rigen. Atribuyen los resultados obtenidos a las ceremonias y confunden la letra con el espíritu.

La esencia de la oración es la fe, pero la fe debe estar impregnada de comprensión para que adquiera esa cualidad activa que no posee cuando está sola.

**"Por tanto, adquiere sabiduría; y con todo lo que adquieras, adquiere inteligencia".**

Este libro es un intento de reducir lo desconocido a lo conocido, señalando las condiciones en las que las oraciones son respondidas y sin las cuales no pueden serlo.

Define las condiciones que rigen la oración en leyes que no son más que una generalización de nuestras observaciones. La ley universal de la reversibilidad es el fundamento en el que se basan sus afirmaciones.

El movimiento mecánico provocado por el habla se conocía desde mucho antes de que nadie soñara con la posibilidad de una transformación inversa, es decir, la reproducción del habla por movimiento mecánico (el fonógrafo).

Durante mucho tiempo, la electricidad se producía por fricción, sin pensar nunca que la fricción, a su vez, podía ser producida por la electricidad.

Consiga o no el hombre invertir la transformación de una fuerza, sabe, sin embargo, que todas las transformaciones de fuerza son reversibles. Si el calor puede producir movimiento mecánico, también el movimiento mecánico puede producir calor. Si la electricidad produce magnetismo, también el magnetismo puede desarrollar corrientes eléctricas. Si la voz puede provocar corrientes ondulatorias, también dichas corrientes pueden reproducir la voz, y así sucesivamente. Causa y efecto, energía y materia, acción y reacción son lo mismo e interconvertibles.

Esta ley es de suma importancia porque te permite prever la transformación inversa una vez verificada la transformación directa.

Si supieras cómo te sentirías si realizaras tu objetivo, entonces, a la inversa, sabrías qué estado podrías alcanzar si despertaras en ti tal sentimiento.

La orden de rezar creyendo que ya posees aquello por lo que rezas se basa en el conocimiento de la ley de la transformación inversa.

Si tu oración realizada produce en ti un sentimiento o estado de conciencia determinado, entonces, inversamente, ese sentimiento o estado de conciencia determinado debe producir tu oración realizada.

Como todas las transformaciones de la fuerza son reversibles, debes asumir siempre el sentimiento de tu deseo cumplido.

Debes despertar en ti el sentimiento de que eres y tienes aquello que hasta ahora deseabas ser y poseer. Esto se hace fácilmente contemplando la alegría que sería tuya si tu objetivo fuera un hecho realizado, de modo que vivas y te muevas y tengas tu ser en el sentimiento de que tu deseo se ha realizado.

El sentimiento del deseo cumplido, si se asume y se mantiene, debe objetivar el estado que lo habría creado.

Esta ley explica por qué "La fe es la sustancia de las cosas que se esperan, la evidencia de las cosas que no se ven" y por qué "Llama a las cosas que no se ven como si se vieran y las cosas que no se veían llegan a verse." Asume el sentimiento de tu deseo cumplido y sigue sintiendo que se cumple hasta que eso que sientes se objetive.

Si un hecho físico puede producir un estado psicológico, un estado psicológico puede producir un hecho físico. Si el efecto A puede ser producido por la causa B, entonces, inversamente, el efecto B puede ser producido por la causa A. Por eso os digo:

**"Cuantas cosas deseéis, cuando oréis, creed que las habéis recibido, y las tendréis".**
(Marcos 11:24, V.R.E.)

# CAPÍTULO 2: LA DOBLE NATURALEZA DE LA CONCIENCIA

Un concepto CLARO de la naturaleza dual de la conciencia del hombre debe ser la base de toda verdadera oración. La conciencia incluye una parte subconsciente y otra consciente. La parte infinitamente mayor de la conciencia se encuentra por debajo de la esfera de la conciencia objetiva. El subconsciente es la parte más importante de la conciencia. Es la causa de la acción voluntaria. El subconsciente es lo que el hombre es. Lo consciente es lo que un hombre conoce. "Yo y mi Padre somos uno, pero mi Padre es mayor que yo". El consciente y el subconsciente son uno, pero el subconsciente es mayor que el consciente.

"Yo por mí mismo no puedo hacer nada, el Padre dentro de mí, Él hace el trabajo". Yo, la conciencia objetiva, por mí mismo no puedo hacer nada; el Padre, el subconsciente, Él hace la obra. El subconsciente es aquello en lo que todo se conoce, en lo que todo es posible, a lo que todo va, de lo que todo viene, que pertenece a todos, a lo que todos tienen acceso.

Aquello de lo que somos conscientes se construye a partir de aquello de lo que no somos conscientes. No sólo nuestras suposiciones subconscientes influyen en nuestro comportamiento, sino que también configuran el modelo de nuestra existencia objetiva. Sólo ellos tienen el poder de decir: "Hagamos al hombre -manifestaciones objetivas- a nuestra imagen y semejanza".

Toda la creación está dormida en las profundidades del hombre y es despertada a la existencia objetiva por sus suposiciones subconscientes. Dentro de ese vacío que llamamos sueño hay una conciencia en vigilia insomne, y mientras el cuerpo duerme este ser insomne libera del tesoro de la eternidad las suposiciones subconscientes del hombre.

La oración es la llave que abre el almacén infinito.

**"Probadme ahora en esto, dice el Señor de los ejércitos, si no os abriré las ventanas de los cielos y derramaré sobre vosotros una bendición que no habrá sitio suficiente para recibirla".**

La oración modifica o cambia completamente nuestras suposiciones subconscientes, y un cambio de suposición es un cambio de expresión.

La mente consciente razona inductivamente a partir de la observación, la experiencia y la educación. Por tanto, le resulta difícil creer lo que niegan los cinco sentidos y la razón inductiva.

El subconsciente razona deductivamente y nunca se preocupa por la verdad o falsedad de la premisa, sino que procede partiendo de la suposición de que la premisa es correcta y objetiva los resultados que son coherentes con la premisa.

Esta distinción debe ser vista claramente por todos los que quieran dominar el arte de orar. No se puede obtener una verdadera comprensión de la ciencia de la oración hasta que no se comprendan las leyes que rigen la naturaleza dual de la conciencia y se comprenda la importancia del subconsciente.

La oración -el arte de creer lo que niegan los sentidos- trata casi por completo con el subconsciente.

Mediante la oración, el subconsciente es sugestionado para que acepte el deseo cumplido, y el razonamiento deductivo, lógico, lo despliega hasta su fin legítimo.

**"Mucho mayor es el que está en vosotros que el que está en el mundo".**

La mente subjetiva es la conciencia difusa que anima el mundo; es el espíritu que da vida. En toda sustancia hay un alma única: la mente subjetiva. A través de toda la creación corre esta única mente subjetiva ininterrumpida. El pensamiento y el sentimiento fundidos en creencias le imprimen modificaciones, le encargan una misión, que ejecuta fielmente.

La mente consciente origina premisas. La mente subjetiva las despliega hasta sus fines lógicos. Si la mente subjetiva no tuviera tan limitado su poder de iniciativa para razonar, el hombre objetivo no podría ser considerado responsable de sus acciones en el mundo. El hombre transmite ideas al subconsciente a través de sus sentimientos. El subconsciente transmite ideas de mente a mente a través de la telepatía. Tus convicciones no expresadas sobre los demás se les transmiten sin su conocimiento consciente ni su consentimiento y, si las aceptan subconscientemente, influirán en su comportamiento.

Las únicas ideas que rechazan inconscientemente son las ideas que tú tienes de ellos y que no podrían desear que fueran ciertas para nadie. Todo lo que podrían desear para los demás puede creerse de ellos; y por la ley de la creencia que rige el razonamiento subjetivo, se ven obligados a aceptar subjetivamente y, por tanto, a expresar objetivamente en consecuencia.

La mente subjetiva está totalmente controlada por la sugestión.

Las ideas se sugieren mejor cuando la mente objetiva es parcialmente subjetiva, es decir, cuando los sentidos objetivos están disminuidos o en suspenso. Este estado parcialmente subjetivo puede describirse mejor como una ensoñación controlada, en la que la mente está pasiva pero es capaz de funcionar con absorción. Se trata de una concentración de la atención. No debe haber ningún conflicto en tu mente cuando estés rezando. Pasa de lo que es a lo que debería ser. Asume el estado de ánimo del deseo cumplido y, por la ley universal de la reversibilidad, realizarás tu deseo.

# CAPÍTULO 3: IMAGINACIÓN Y FE

Las ORACIONES no se realizan con éxito a menos que exista una compenetración entre la mente consciente y subconsciente del operador. Esto se consigue mediante la imaginación y la fe.

Por el poder de la imaginación todos los hombres, ciertamente los hombres imaginativos, están siempre lanzando encantamientos, y todos los hombres, especialmente los hombres poco imaginativos, están continuamente pasando bajo su poder. ¿Podemos estar seguros alguna vez de que no fue nuestra madre, mientras nos zurcía los calcetines, quien inició ese sutil cambio en nuestras mentes? Si puedo lanzar involuntariamente un encantamiento sobre las personas, no hay razón para dudar de que sea capaz de lanzar intencionadamente un encantamiento mucho más fuerte.

Todo lo que se puede ver, tocar, explicar, discutir, no es para el hombre imaginativo más que un medio, pues funciona, gracias a su imaginación controlada, en lo más profundo de sí mismo, donde cada idea existe en sí misma y no en relación con otra cosa. En él no hay necesidad de las restricciones de la razón.

Pues la única restricción que puede obedecer es el instinto misterioso que le enseña a eliminar todo estado de ánimo que no sea el del deseo cumplido.

La imaginación y la fe son las únicas facultades de la mente necesarias para crear condiciones objetivas. La fe necesaria para el funcionamiento con éxito de la ley de la conciencia es una fe puramente subjetiva y se alcanza al cesar la oposición activa por parte de la mente objetiva del operador. Depende de su capacidad para sentir y aceptar como verdadero lo que sus sentidos objetivos niegan. No es necesaria la pasividad del sujeto ni su acuerdo consciente con tu sugestión, pues sin su consentimiento o conocimiento se le puede dar una orden subjetiva que debe expresar objetivamente. Es una ley fundamental de la conciencia que por telepatía podemos tener comunión inmediata con otro.

Para establecer una relación, llama mentalmente al sujeto. Centra tu atención en él y grita mentalmente su nombre, igual que harías para atraer la atención de cualquier persona. Imagina que responde y escucha mentalmente su voz. Represéntatelo interiormente en el estado que deseas que obtenga. Luego imagina que te dice en el tono de una conversación corriente lo que quieres oír. Respóndele mentalmente. Dile que te alegras de ser testigo de su buena suerte. Habiendo oído mentalmente con toda la nitidez de la realidad lo que querías oír, y habiéndote emocionado con la noticia oída, vuelve a la conciencia objetiva. Tu conversación subjetiva debe despertar lo que afirmó.

**"Decretarás una cosa y te será establecida"**

No es una voluntad fuerte lo que envía a la palabra subjetiva en su misión, sino más bien pensar con claridad y sentir la verdad del estado afirmado. Cuando la creencia y la voluntad entran en conflicto, la creencia gana invariablemente.

**"No con fuerza ni con poder, sino con mi espíritu, dice el Señor de los ejércitos".**

No es lo que quieres lo que atraes; atraes lo que crees que es verdad. Por tanto, entra en el espíritu de estas conversaciones mentales y dales el mismo grado de realidad que a una conversación telefónica.

**"Si puedes creer, todo es posible para el que cree. Por eso os digo que, cuando oréis, creed que habéis recibido lo que deseáis y lo tendréis."**

La aceptación del fin quiere los medios. Y la reflexión más sabia no podría concebir medios más eficaces que los que son queridos por la aceptación del fin. Habla mentalmente con tus amigos como si tus deseos para ellos ya se hubieran realizado.

La imaginación es el principio del crecimiento de todas las formas, y la fe es la sustancia de la que se forman. Por la imaginación, lo que existe en latencia o está dormido en lo profundo de la conciencia se despierta y se le da forma. Las curaciones atribuidas a la influencia de ciertos medicamentos, reliquias y lugares son efectos de la imaginación y la fe. El poder curativo no está en el espíritu que hay en ellos, sino en el espíritu con que se aceptan.

La letra mata, pero el espíritu vivifica.

La mente subjetiva está completamente controlada por la sugestión, de modo que tanto si el objeto de tu fe es verdadero como si es falso, obtendrás los mismos resultados.

No hay nada insano en la teoría de la medicina ni en las reivindicaciones del sacerdocio por sus reliquias y lugares sagrados. La mente subjetiva del paciente acepta la sugestión de salud condicionada a tales estados, y en cuanto se cumplen estas condiciones, procede a realizar la salud.

**"Conforme a vuestra fe os sea hecho, porque todo es posible para el que cree".**

La expectativa confiada en un estado es el medio más potente de conseguirlo. La espera confiada de una curación hace lo que ningún tratamiento médico puede lograr.

El fracaso se debe siempre a una autosugestión antagónica del paciente, derivada de la duda objetiva del poder de la medicina o de la reliquia, o de la duda de la verdad de la teoría. Muchos de nosotros -ya sea por falta de emoción o por exceso de intelecto, ambos obstáculos en el camino de la oración- no podemos creer lo que nuestros sentidos niegan. Obligarnos a creer acabará en una mayor duda. Para evitar tales contrasugestiones, el paciente no debe ser consciente, objetivamente, de las sugestiones que se le hacen.

El método más eficaz de curar o influir en el comportamiento de los demás consiste en lo que se conoce como "el tratamiento silencioso o ausente". Cuando el sujeto no es consciente, objetivamente, de la sugestión que se le hace, no hay posibilidad de que establezca una creencia antagónica. No es necesario que el paciente sepa, objetivamente, que se está haciendo algo por él. Por lo que se sabe de los procesos subjetivos y objetivos del razonamiento, es mejor que no sepa objetivamente lo que se hace por él.

Cuanto más completamente se mantenga la mente objetiva en la ignorancia de la sugestión, mejor desempeñará sus funciones la mente subjetiva. El sujeto acepta inconscientemente la sugestión y cree que él la origina, lo que demuestra la verdad del dictamen de Spinoza de que desconocemos las causas que determinan nuestras acciones.

La mente subconsciente es el conductor universal que el operador modifica con sus pensamientos y sentimientos.

Los estados visibles son, o bien efectos vibratorios de vibraciones subconscientes en tu interior, o bien causas vibratorias de las vibraciones correspondientes en tu interior. Un hombre disciplinado nunca permite que sean causas, a menos que despierten en él los estados de conciencia deseables.

Con el conocimiento de la ley de la reversibilidad, el hombre disciplinado transforma su mundo imaginando y sintiendo sólo lo que es bello y de buena reputación. La bella idea que despierta en su interior no dejará de suscitar su afinidad en los demás. Sabe que el salvador del mundo no es un hombre, sino la manifestación que salvaría. El salvador del enfermo es la salud, el del hambriento es la comida, el del sediento es el agua. Camina en compañía del salvador asumiendo el sentimiento de su deseo cumplido.

Por la ley de la reversibilidad, de que todas las transformaciones de la fuerza son reversibles, la energía o el sentimiento despertado se transforma en el estado imaginado.

Nunca espera cuatro meses a la cosecha. Si dentro de cuatro meses la cosecha despertará en él un estado de alegría, entonces, a la inversa, la alegría de la cosecha ahora despertará la cosecha ahora.

Ahora es el tiempo aceptable para "dar belleza por las cenizas, alegría por el luto, alabanza por el espíritu de tristeza; para que sean llamados árboles de justicia, plantío del Señor para que sea glorificado."

# CAPÍTULO 4: ENSUEÑO CONTROLADO

TODOS son susceptibles de someterse a las mismas leyes psicológicas que rigen al sujeto hipnótico ordinario.

Es susceptible de ser controlado por sugestión. En la hipnosis, los sentidos objetivos están parcial o totalmente suspendidos. Sin embargo, por muy profundamente que se bloqueen los sentidos objetivos en la hipnosis, las facultades subjetivas están alerta y el sujeto reconoce todo lo que ocurre a su alrededor.

La actividad y el poder de la mente subjetiva son proporcionales al sueño de la mente objetiva. Las sugestiones que parecen impotentes cuando se presentan directamente a la conciencia objetiva son muy eficaces cuando el sujeto está en estado hipnótico.

El estado hipnótico es simplemente estar inconsciente, objetivamente.

En el hipnotismo, la mente consciente se adormece y los poderes subconscientes quedan expuestos para ser alcanzados directamente por la sugestión. Es fácil deducir de ello, siempre que aceptes la verdad de las sugestiones mentales, que cualquier persona que no sea objetivamente consciente de ti se encuentra en un profundo estado hipnótico en relación contigo.

Por tanto,

**"No maldigas al rey, no en tu pensamiento; y no maldigas al rico en la alcoba; porque un ave del cielo llevará la voz, y la que tiene alas contará el asunto".**
(Ecl. 10:20).

Lo que creas sinceramente como verdadero de otro lo despertarás en él.

No es necesario que nadie esté en trance, de la manera ordinaria, para ser ayudado. Si el sujeto no es consciente de la sugestión, y si la sugestión se da con convicción y el operador la acepta con confianza como verdadera, entonces tienes el escenario ideal para una oración con éxito.

Represéntate mentalmente al sujeto como si ya hubiera hecho lo que deseas que haga. Háblale mentalmente y felicítale por haber hecho lo que quieres que haga. Visualízalo mentalmente en el estado que deseas que obtenga. Dentro del círculo de su acción, cada palabra pronunciada subjetivamente despierta objetivamente lo que afirma. La incredulidad por parte del sujeto no es un obstáculo cuando tienes el control de tu ensueño.

Una afirmación audaz por tu parte, mientras estás en un estado parcialmente subjetivo, despierta lo que afirmas. La autoconfianza por tu parte y la creencia plena en la verdad de tu afirmación mental son todo lo que se necesita para producir resultados. Visualiza al sujeto e imagina que oyes su voz. Esto establece el contacto con su mente subjetiva.

Luego imagina que te dice lo que quieres oír. Si quieres enviarle palabras de salud y riqueza, imagina que te dice "Nunca me he sentido mejor y nunca he tenido más", y cuéntale mentalmente tu alegría al ser testigo de su buena fortuna. Imagina que ves y oyes su alegría.

Una conversación mental con la imagen subjetiva de otro debe ser de un modo que no exprese la menor duda sobre la verdad de lo que oyes y dices.

Si tienes la menor idea de que no crees lo que has imaginado que has oído y visto, el sujeto no obedecerá, pues tu mente subjetiva sólo transmitirá tus ideas fijas. Sólo las ideas fijas pueden despertar sus correlatos vibratorios en aquellos hacia quienes van dirigidas.

En el ensueño controlado, las ideas deben sugerirse con sumo cuidado. Si no controlas tu imaginación en el ensueño, tu imaginación te controlará a ti.

Cualquier cosa que sugieras con confianza es ley para la mente subjetiva; ésta tiene la obligación de objetivar lo que afirmas mentalmente.

El sujeto no sólo ejecuta el estado afirmado, sino que lo hace como si la decisión hubiera surgido por sí misma, o la idea o la idea se hubiera originado por él.

El control del subconsciente es el dominio sobre todo. Cada estado obedece al control de una mente. El control del subconsciente se consigue mediante el control de tus creencias, que a su vez es el factor todopoderoso de los estados visibles. La imaginación y la fe son los secretos de la creación.

# CAPÍTULO 5: LEY DE TRANSMISIÓN DEL PENSAMIENTO

**"Envió su palabra y los curó, y los libró de sus destrucciones".**

TRANSMITÍA LA CONCIENCIA de salud y despertaba su correlato vibratorio en aquel hacia quien se dirigía. Se representó mentalmente al sujeto en estado de salud e imaginó que oía al sujeto confirmarlo. "Porque ninguna palabra de Dios carecerá de poder; mantén, pues, firme el modelo de palabras saludables que has oído".

Para rezar con éxito debes tener unos objetivos claramente definidos. Debes saber lo que quieres antes de poder pedirlo. Debes saber lo que quieres antes de poder sentir que lo tienes, y la oración es el sentimiento del deseo cumplido.

No importa qué es lo que buscas en la oración, ni dónde está, ni a quién concierne. No tienes más que convencerte de la verdad de aquello que deseas ver manifestado.

Cuando sales de la oración ya no buscas, pues has asumido -si has rezado correctamente- inconscientemente la realidad del estado buscado, y por la ley de reversibilidad, tu subconsciente debe objetivar aquello que afirma.

Debes tener un conductor para transmitir una fuerza. Puedes emplear un cable, un chorro de agua, una corriente de aire, un rayo de luz o cualquier intermediario. El principio del fotófono o de la transmisión de la voz por la luz te ayudará a comprender la transmisión del pensamiento, o el envío de una palabra para curar a otro. Existe una gran analogía entre la voz hablada y la voz mental.

Pensar es hablar en voz baja; hablar es pensar en voz alta.

El principio del fotófono es el siguiente: Un rayo de luz se refleja en un espejo y se proyecta a un receptor situado en un punto distante. La parte posterior del espejo es una boquilla. Al hablar por la boquilla haces vibrar el espejo. Un espejo que vibra modifica la luz que se refleja en él. La luz modificada transporta tu discurso, no como discurso, sino representada en su correlato mecánico. Llega a la emisora lejana e incide en un disco dentro del receptor; hace que el disco vibre según la modificación que experimenta - y reproduce tu voz.

### "Yo soy la luz del mundo"

Yo soy -el conocimiento de que existo- es una luz mediante la cual se hace visible lo que pasa por mi mente. La memoria, o mi capacidad de ver mentalmente lo que está objetivamente presente, demuestra que mi mente es un espejo, un espejo tan sensible que puede reflejar un pensamiento. La percepción de una imagen en la memoria no difiere en nada, como acto visual, de la percepción de mi imagen en un espejo. En ambos interviene el mismo principio de visión.

Tu conciencia es la luz reflejada en el espejo de tu mente y proyectada en el espacio hacia aquel en quien piensas. Al hablar mentalmente a la imagen subjetiva de tu mente, haces que el espejo de tu mente vibre. Tu mente vibrante modifica la luz de la conciencia reflejada en él. La luz de conciencia modificada llega a aquel hacia quien se dirige e incide en el espejo de su mente; hace que su mente vibre de acuerdo con la modificación que experimenta. Así, reproduce en él lo que tú afirmaste mentalmente.

Tus creencias, tus actitudes mentales fijas, modifican constantemente tu conciencia al reflejarse en el espejo de tu mente. Tu conciencia, modificada por tus creencias, se objetiva en las condiciones de tu mundo. Para cambiar tu mundo, primero debes cambiar tu concepción del mismo.

Para cambiar a un hombre, debes cambiar tu concepción de él. Primero debes creer que es el hombre que quieres que sea y hablarle mentalmente como si lo fuera. Todos los hombres son lo suficientemente sensibles como para reproducir tus creencias sobre ellos. Por lo tanto, si tu palabra no se reproduce visiblemente en aquel hacia quien es enviada, la causa hay que buscarla en ti, no en el sujeto. En cuanto crees en la verdad del estado afirmado, se producen resultados. Todo el mundo puede transformarse; todo pensamiento puede transmitirse; todo pensamiento puede encarnarse visiblemente.

Las palabras subjetivas -suposiciones subconscientes- despiertan lo que afirman.

**"Son vivas y activas y no volverán a mí vacías, sino que cumplirán lo que yo quiero y prosperarán en aquello a lo que las envié".**

Están dotados de la inteligencia correspondiente a su misión y persistirán hasta que se realice el objeto de su existencia; persisten hasta que despiertan los correlatos vibratorios de sí mismos dentro de aquel hacia quien se dirigen, pero en el momento en que se cumple el objeto de su creación dejan de ser.

La palabra pronunciada subjetivamente en tranquila confianza despertará siempre un estado correspondiente en aquel en quien se pronunció; pero en el momento en que su tarea se cumple deja de ser, permitiendo a aquel en quien se realiza el estado permanecer en la conciencia del estado afirmado o volver a su estado anterior.

Cualquier estado que tenga tu atención mantiene tu vida. Por tanto, prestar atención a un estado anterior es volver a ese estado.

**"No os acordéis de las cosas pasadas, ni tengáis en cuenta las cosas antiguas".**

Nada puede añadirse al hombre, pues toda la creación está ya perfeccionada en él.

**"El Reino de los Cielos está dentro de vosotros".**
**"El hombre no puede recibir nada, si no le es dado del cielo".**

El cielo es tu subconsciente. Ni siquiera una quemadura solar se da desde fuera. Los rayos de fuera sólo despiertan los rayos correspondientes en el interior. Si los rayos ardientes no estuvieran contenidos en el interior del hombre, todos los rayos concentrados del universo no podrían quemarle. Si los tonos de la salud no estuvieran contenidos en la conciencia de aquél a quien se afirman, no podrían vibrar por la palabra que se envía.

En realidad no das a otro: resucitas lo que está dormido en él.

**"La doncella no está muerta, sino que duerme".**

La muerte no es más que dormir y olvidar. La edad y la decadencia son el sueño -no la muerte- de la juventud y la salud. El reconocimiento de un estado lo hace vibrar o lo despierta.

La distancia, tal como la conocen tus sentidos objetivos, no existe para la mente subjetiva.

**"Si tomo las alas de la mañana y habito en los confines del mar, hasta allí me conducirá tu mano".**

El tiempo y el espacio son condiciones del pensamiento; la imaginación puede trascenderlos y moverse en un tiempo y un espacio psicológicos.

Aunque estés físicamente separado de un lugar por miles de kilómetros, puedes vivir mentalmente en el lugar lejano como si estuviera aquí. Tu imaginación puede transformar fácilmente el invierno en verano, Nueva York en Florida, etc. Tanto si el objeto de tu deseo está cerca como si está lejos, los resultados serán los mismos.

Subjetivamente, el objeto de tu deseo nunca está lejos; su intensa cercanía lo aleja de la observación de los sentidos. Habita en la conciencia, y la conciencia está más cerca que la respiración y más cerca que las manos y los pies.

La conciencia es la única realidad. Todos los fenómenos están formados por la misma sustancia que vibra a diferentes velocidades. De la conciencia salí yo como hombre, y a la conciencia vuelvo yo como hombre. En la conciencia, todos los estados existen subjetivamente y son despertados a su existencia objetiva por la creencia. Lo único que nos impide causar una impresión subjetiva satisfactoria en alguien que se encuentra a gran distancia, o transformar el allí en el aquí, es nuestro hábito de considerar el espacio como un obstáculo.

Un amigo a mil kilómetros de distancia está arraigado en tu conciencia a través de las ideas fijas que tienes de él. Pensar en él y representártelo interiormente en el estado en que deseas que esté, confiando en que esta imagen subjetiva es tan verdadera como si ya estuviera objetivada, despierta en él un estado correspondiente que debe objetivar.

Los resultados serán tan evidentes como oculta estaba la causa. El sujeto expresará el estado despierto que lleva dentro y permanecerá inconsciente de la verdadera causa de su acción. Tu ilusión de libre albedrío no es más que la ignorancia de las causas que te hacen actuar.

El éxito de las oraciones depende de tu actitud mental y no de la actitud del sujeto. El sujeto no tiene poder para resistirse a tus ideas subjetivas controladas sobre él, a menos que el estado que afirmas que es verdadero para él sea un estado que él sea incapaz de desear como verdadero para otro. En ese caso, vuelve a ti, el emisor, y se realizará en ti. Siempre que la idea sea aceptable, el éxito depende enteramente del operador, no del sujeto, que, como las agujas de una brújula en sus pivotes, es totalmente indiferente a la dirección que decidas darle.

Si tu idea fija no es aceptada subjetivamente por aquel hacia quien va dirigida, rebota hacia ti, de quien procede.

**"¿Quién es el que os hará daño, si sois seguidores de lo que es bueno? Yo he sido joven, y ahora soy viejo; pero no he visto al justo desamparado, ni a su descendencia mendigando pan."**

**"No sucederá ningún mal al justo".**

No nos ocurre nada que no sea de nuestra propia naturaleza.

Una persona que dirige un pensamiento malicioso a otra se verá perjudicada por su rebote si no consigue la aceptación subconsciente de la otra.

**"Según sembréis, así segaréis".**

Además, lo que puedes desear y creer de otro puede ser deseado y creído de ti, y no tienes poder para rechazarlo si el que lo desea para ti lo acepta como verdadero para ti.

El único poder de rechazar una palabra subjetiva es ser incapaz de desear un estado similar de otra: dar presupone la capacidad de recibir.

La posibilidad de imprimir una idea en otra mente presupone la capacidad de esa mente para recibir esa impresión. Los necios explotan el mundo; los sabios lo transfiguran. Es la sabiduría más elevada saber que en el universo viviente no hay más destino que el creado por la imaginación del hombre. No hay ninguna influencia fuera de la mente del hombre.

**"Todo lo que es amable, todo lo que es de buen nombre; si hay virtud alguna y si hay alabanza, en esto pensad".**

Nunca aceptes como verdad de los demás lo que no querrías que fuera verdad de ti.

Para despertar un estado en otro, primero debe estar despierto en ti. El estado que transmitirías a otro sólo puede transmitirse si tú lo crees. Por tanto, dar es recibir. No puedes dar lo que no tienes y sólo tienes lo que crees. Por tanto, creer que un estado es verdadero para otro no sólo despierta ese estado en el otro, sino que lo hace vivo en ti. Eres lo que crees.

**"Dad y recibiréis, con medida llena, apretada y rebosante".**

Dar es simplemente creer, pues lo que creas verdaderamente de los demás lo despertarás en ellos. El estado vibratorio transmitido por tu creencia persiste hasta que despierta su vibración correspondiente en aquel de quien se cree.

Pero antes de que pueda transmitirse, debe estar despierto en el transmisor. Lo que está despierto en tu conciencia, tú lo estás.

Que la creencia se refiera a uno mismo o a otro no importa, pues el creyente se define por la suma total de sus creencias o suposiciones subconscientes.

"Como un hombre piensa en su corazón" -en el subconsciente profundo de sí mismo- "así es él".

Haz caso omiso de las apariencias y afirma subjetivamente como verdadero aquello que deseas que lo sea. Esto despierta en ti el tono del estado afirmado que, a su vez, se realiza en ti y en aquel de quien se afirma. Da y recibirás. Las creencias despiertan invariablemente lo que afirman. El mundo es un espejo en el que cada uno se ve reflejado. El mundo objetivo refleja las creencias de la mente subjetiva.

Algunas personas se autoimpresionan mejor con imágenes visuales, otras con sonidos mentales y otras con acciones mentales. La forma de actividad mental que permite concentrar todo el poder de tu atención en una dirección elegida es la que debes cultivar hasta que puedas poner todo en juego en tu objetivo al mismo tiempo.

Si tienes dificultades para comprender los términos "imágenes visuales", "sonidos mentales" y "acciones mentales", he aquí una ilustración que debería aclarar su significado: A imagina que ve una pieza musical, sin saber nada en absoluto sobre notaciones musicales. La impresión en su mente es una imagen puramente visual. B imagina que ve la misma pieza, pero sabe leer música y puede imaginar cómo sonaría al tocarla en el piano; esa imaginación es sonido mental. C también lee música y es pianista; mientras lee, se imagina tocando la pieza. La acción imaginaria es acción mental.

Las imágenes visuales, los sonidos mentales y las acciones mentales son creaciones de tu imaginación, y aunque parecen proceder del exterior, en realidad proceden de tu interior. Se mueven como movidas por otro, pero en realidad son lanzadas por tu propio espíritu desde el almacén mágico de la imaginación. Se proyectan en el espacio por la misma ley vibratoria que rige el envío de una voz o de una imagen.

El habla y las imágenes se proyectan no como habla o imágenes, sino como correlatos vibratorios. La mente subjetiva vibra según las modificaciones que sufre por el pensamiento y los sentimientos del operador. El estado visible creado es el efecto de las vibraciones subjetivas. Un sentimiento siempre va acompañado de una vibración correspondiente, es decir, de un cambio de expresión o sensación en el operador.

No hay pensamiento ni sentimiento sin expresión. Por muy carente de emociones que parezcas estar si reflexionas con cualquier grado de intensidad, siempre hay una ejecución de ligeros movimientos musculares. El ojo, aunque cerrado, sigue los movimientos de los objetos imaginarios y la pupila se dilata o se contrae según el brillo o la lejanía de esos objetos; la respiración se acelera o se ralentiza, según el curso de tus pensamientos; los músculos se contraen correspondientemente a tus movimientos mentales.

Este cambio de vibración persiste hasta que despierta una vibración correspondiente en el sujeto, vibración que se expresa entonces en un hecho físico.

**"Y la Palabra se hizo carne".**

La energía, como ves en el caso de la radio, se transmite y se recibe en un "campo", un lugar donde se producen cambios en el espacio. El campo y la energía son uno e inseparables. El campo o sujeto se convierte en la encarnación de la palabra o energía recibida. El pensador y el pensamiento, el operador y el sujeto, la energía y el campo, son uno. Si estuvieras lo suficientemente quieto para oír el sonido de tus creencias, sabrías lo que significa "la música de las esferas".

El sonido mental que oyes en la oración como si viniera de fuera, en realidad lo produces tú mismo. La autoobservación revelará este hecho. Así como la música de las esferas se define como la armonía que oyen sólo los dioses y que se supone producida por los movimientos de las esferas celestes, así también la armonía que oyes subjetivamente para los demás y que oyes sólo tú es producida por los movimientos de tus pensamientos y sentimientos en el verdadero reino o "cielo dentro de ti."

# CAPÍTULO 6: BUENAS NUEVAS

**"Qué hermosos son sobre los montes los pies del que trae buenas nuevas, del que anuncia la paz, del que trae buenas nuevas del bien, del que anuncia la salvación".**

UNA FORMA MUY eficaz de llevar buenas noticias a otro es llamar ante los ojos de tu mente la imagen subjetiva de la persona a la que deseas ayudar y hacer que afirme lo que deseas que haga. Escucha mentalmente cómo te dice que lo ha hecho. Esto despierta en él el correlato vibratorio del estado afirmado, cuya vibración persiste hasta que se cumple su misión. No importa lo que desees que se haga, ni a quién elijas para hacerlo. En cuanto afirmas subjetivamente que está hecho, los resultados le siguen.

El fracaso sólo puede producirse si no aceptas la verdad de tu afirmación o si el estado afirmado no fuera deseado por el sujeto para sí mismo o para otro. En este último caso, el estado se realizaría en ti, el operador.

El hábito aparentemente inofensivo de "hablar solo" es la forma más fructífera de oración.

Una discusión mental con la imagen subjetiva del otro es la forma más segura de rezar por una discusión. Estás pidiendo que el otro te ofenda cuando os encontréis objetivamente. Se ve obligado a actuar de un modo que te desagrada, a menos que antes del encuentro reviertas o modifiques tu orden afirmando subjetivamente un cambio.

Desgraciadamente, el hombre olvida sus argumentos subjetivos, sus conversaciones mentales cotidianas con los demás, y así se queda sin explicación de los conflictos y desgracias de su vida.

Así como las discusiones mentales producen conflictos, las conversaciones mentales felices producen los correspondientes estados visibles de buenas nuevas. El hombre se crea a sí mismo a partir de su propia imaginación.

Si el estado deseado es para ti mismo y te resulta difícil aceptar como verdadero lo que niegan tus sentidos, llama ante el ojo de tu mente la imagen subjetiva de un amigo y haz que afirme mentalmente que ya eres eso que deseas ser. Esto establece en él, sin su consentimiento consciente ni su conocimiento, la suposición subconsciente de que eres eso que afirmó mentalmente; suposición que, por ser asumida inconscientemente, persistirá hasta que cumpla su misión. Su misión es despertar en ti su correlato vibratorio; vibración que, al despertar en ti, se realiza como un hecho objetivo.

Otra forma muy eficaz de rezar por uno mismo es utilizar la fórmula de Job, que descubrió que su propio cautiverio desaparecía cuando rezaba por sus amigos.

Fija tu atención en un amigo y haz que la voz imaginaria de tu amigo te diga que es o tiene aquello que es comparable a lo que tú deseas ser o tener.

Mientras le oyes y le ves mentalmente, siente la emoción de su buena suerte y deséale sinceramente lo mejor. Esto despierta en él la vibración correspondiente al estado afirmado, vibración que debe entonces objetivarse como un hecho físico.

Descubrirás la verdad de la afirmación,

**"Bienaventurados los misericordiosos, porque ellos recibirán misericordia".**
**"La cualidad de la misericordia es doblemente bendita: bendice al que toma y al que da".**

El bien que aceptas subjetivamente como verdadero de los demás no sólo será expresado por ellos, sino que una parte completa será realizada por ti.

Las transformaciones nunca son totales. La fuerza A siempre se transforma en algo más que una fuerza B. Un golpe con un martillo no sólo produce una conmoción mecánica, sino también calor, electricidad, un sonido, un cambio magnético, etc. El correlato vibratorio en el sujeto no es la transformación total del sentimiento comunicado.

El don que se transmite a otro es como la medida divina, que se aprieta, se agita y rebosa; de modo que, después de alimentar a cinco mil con los cinco panes y los dos peces, sobran doce cestos llenos.

# CAPÍTULO 7: LA ORACIÓN MÁS GRANDE

La imaginación es el principio de la creación.

Imaginas lo que deseas y luego crees que es verdad.

Todo sueño puede hacerse realidad si se tiene la autodisciplina suficiente para creerlo.

Las personas son lo que tú decides que sean; un hombre es según la manera en que lo miras. Debes mirarle con otros ojos para que cambie objetivamente.

**"Dos hombres miraron desde los barrotes de la cárcel, uno vio el barro y el otro vio las estrellas".**

Hace siglos, Isaías formuló la pregunta:

**"¿Quién es ciego, sino mi siervo, o sordo, como mi mensajero que envié?"**
**"¿Quién es tan ciego como el que es perfecto, tan ciego como el siervo del Señor?"**

El hombre perfecto no juzga según las apariencias, sino que juzga rectamente. Ve a los demás como desea que sean; oye sólo lo que quiere oír. Sólo ve el bien en los demás. En él no hay condenación, pues transforma el mundo con su ver y oír.

**"El rey que se sienta en el trono esparce el mal con su ojo".**

La simpatía por los seres vivos -el acuerdo con las limitaciones humanas- no está en la conciencia del rey porque ha aprendido a separar sus falsos conceptos de su verdadero ser.

Para él, la pobreza no es más que el sueño de la riqueza. No ve orugas, sino mariposas pintadas por ser; no el invierno, sino el verano durmiendo; no el hombre necesitado, sino Jesús durmiendo.

Jesús de Nazaret, que dispersó el mal con su ojo, está dormido en la imaginación de todo hombre, y de su propia imaginación debe despertarlo el hombre afirmando subjetivamente "YO SOY Jesús". Entonces y sólo entonces verá a Jesús, pues el hombre sólo puede ver lo que está despierto en sí mismo. El vientre sagrado es la imaginación del hombre.

El niño santo es aquella concepción de sí mismo que se ajusta a la definición de perfección de Isaías. Presta atención a las palabras de San Agustín: "Demasiado tarde te he amado, pues he aquí que estabas dentro y fue fuera donde te busqué". Es a tu propia conciencia a la que debes dirigirte como a la única realidad. Allí, y sólo allí, despiertas lo que está dormido.

Aunque mil veces nazca Cristo en Belén, si no nace de ti tu alma sigue desamparada.

La creación está acabada. Llamas a tu creación a la existencia sintiendo la realidad del estado que llamarías.

Un estado de ánimo atrae a sus afinidades, pero no crea lo que atrae. Así como el sueño es llamado por el sentimiento "tengo sueño", así también Jesucristo es llamado por el sentimiento "soy Jesucristo". El hombre sólo se ve a sí mismo. Nada le ocurre al hombre que no sea la naturaleza de sí mismo. Las personas surgen de la masa traicionando su estrecha afinidad con tus estados de ánimo a medida que se engendran. Las conoces aparentemente por accidente, pero descubres que son íntimas de tus estados de ánimo.

Puesto que tus estados de ánimo se exteriorizan continuamente, podrías profetizar a partir de ellos que, sin buscarlo, pronto conocerías a ciertos personajes y te encontrarías con determinadas condiciones. Por tanto, llama a la existencia del perfecto viviendo en el sentimiento: "Yo soy Cristo", pues Cristo es el único concepto de sí mismo a través del cual pueden verse las realidades desveladas de la eternidad.

Nuestro comportamiento está influido por nuestra suposición subconsciente respecto a nuestro propio rango social e intelectual y al de la persona a la que nos dirigimos.

Busquemos y evoquemos el rango más grande, y el más noble de todos es el que despoja al hombre de su mortalidad y lo reviste de una gloria inmortal imperturbable.

Asumamos el sentimiento "Yo soy Cristo", y todo nuestro comportamiento cambiará sutil e inconscientemente de acuerdo con la asunción.

Nuestras suposiciones subconscientes se exteriorizan continuamente, para que los demás nos vean conscientemente como nos vemos subconscientemente y nos digan con sus actos lo que hemos supuesto subconscientemente que somos. Por tanto, asumamos el sentimiento "YO SOY Cristo", hasta que nuestra afirmación consciente se convierta en nuestra suposición subconsciente de que "Todos nosotros, mirando a cara descubierta como en un espejo la gloria del Señor, somos transformados de gloria en gloria en la misma imagen." Que Dios Despierte y sus enemigos sean destruidos. ¡No hay oración más grande para el hombre!

# RESURRECCIÓN - UNA CONFESIÓN DE FE

# CAPÍTULO 1

"Después que Juan fue prendido, vino Jesús a Galilea predicando el
Evangelio de Dios y diciendo: El tiempo se ha cumplido y el Reino de Dios
está cerca; arrepentíos y creed en el Evangelio."
(Marcos 1:14-15)

EL MINISTERIO DE JESÚS comenzó cuando terminó el de Juan en Judea.

"Jesús, cuando comenzó su ministerio, tenía unos treinta años".
(Lucas 3:23)

La tierra de los siglos había sido arada y rastrillada para el Evangelio de
Dios. Y los hombres empezaron a experimentar el plan de salvación de Dios.

Los autores del evangelio de Dios son anónimos, y todo lo que realmente
podemos saber sobre ellos debe derivarse de nuestra propia experiencia de las
escrituras. Su autoridad no estaba en las escrituras como un código escrito
muerto, sino en su propia experiencia de las escrituras. Su evangelio no era
una nueva religión, sino el cumplimiento de una tan antigua como la fe de
Abraham.

"Y la Escritura, previendo que Dios justificaría a los paganos por la fe,
anunció de antemano el Evangelio a Abraham".
(Gal. 3:8)

Y Abraham creyó a Dios y vivió de acuerdo con la previsión de la historia de salvación que Dios le concedió.

Los autores desconocidos del Evangelio hacen hincapié en el cumplimiento de las Escrituras en la vida de Jesucristo. Cristo en nosotros cumple la Escritura.

"¿No os dais cuenta de que Jesucristo está en vosotros?"
(2 Cor. 13:5)
"He sido crucificado con Cristo; ya no vivo yo, sino que es Cristo quien vive en mí".
(Gal. 2:20)
"Porque si hemos estado unidos a Él en una muerte semejante a la suya, ciertamente estaremos unidos a Él en una resurrección semejante a la suya".
(Rom. 6:4)

La repetición en nosotros, a través de Su inhabitación, ha sido expresada por Johann Scheffler, un místico del siglo XVII.

"Aunque mil veces nazca Cristo En Belén, Si no nace en ti, Tu alma sigue desamparada".
Edward Thomas
"Y les dijo: '¡Oh insensatos y tardos de corazón para creer todo lo que han dicho los profetas! ¿No era necesario que el Cristo padeciera estas cosas y entrara en su gloria?' Y comenzando por Moisés y por todos los profetas, les interpretó en todas las Escrituras lo que se refería a Él mismo... era necesario que se cumpliera todo lo que está escrito de Mí en la ley de Moisés, en los profetas y en los salmos. Entonces les abrió el entendimiento para que comprendieran las Escrituras".
(Lucas 24:25-27, 44-45)
"Y leían del libro, de la ley de Dios, con interpretación, y daban el sentido, para que el pueblo entendiera la lectura".
(Nehemías 8:8)

El Antiguo Testamento es un plano profético de la vida de Jesucristo. El Evangelio de Dios es la revelación del futuro concedida a Abraham.

"Abraham se alegró de que iba a ver Mi día".
(Juan 8:56)

Se trata de Cristo resucitado. La participación en la vida de la era venidera depende del acto de Dios de resucitar a los muertos. La resurrección de Jesucristo es la victoria de Dios. Que estaremos "unidos a Él en una resurrección semejante a la suya" es la promesa de la victoria de Dios para todos.

Pero antes del día de la victoria, el hombre debe ser refinado en el horno de la aflicción.

> **"Os he probado en el horno de la aflicción. Por amor a Mí mismo, por amor a Mí mismo lo hago, pues ¿cómo ha de ser profanado Mi Nombre? Mi gloria no se la daré a otro".**
> (Isaías 48:10-11)

Se necesita el horno de la aflicción para conformarnos a la imagen de Su Hijo y, por tanto, a la imagen del Padre, pues el Padre y el Hijo son uno.

> **"Entonces acudieron a él todos sus hermanos y hermanas y todos los que le habían conocido antes... y le consolaron por todo el mal que el Señor le había hecho pasar... Y el Señor bendijo los últimos días de Job más que su principio"**
> (Job 42:11-12)

La historia de Job es la historia del hombre, víctima inocente de un experimento cruel por parte de Dios.

> **"Y dijo Dios: 'Hagamos al hombre a nuestra imagen'".**
> (Gén. 1:26)

Sin embargo, "considero que los sufrimientos del tiempo presente no son comparables con la gloria que ha de manifestarse en nosotros" (Rom. 8:18) y esa gloria es nada menos que la revelación de Dios Padre en nosotros, como nosotros.

Nada puede sustituir al testimonio personal del plan de salvación de Dios. El plan del misterio es inherente a la creación. Lo que tan proféticamente se dice al mundo en el Antiguo Testamento se realiza en la propia personalidad. Todo me fue predicho, pero nada pude prever, pero aprendí quién es realmente Jesucristo después de que la historia se representara de nuevo en mí.

El hombre que ha experimentado las Escrituras no puede eludir la responsabilidad de contar su significado a sus semejantes. Los desconocidos escritores del Evangelio de Dios no describían situaciones y acontecimientos del pasado como historiadores. Su historia de Jesucristo es su propia experiencia del plan de redención de Dios como hombres que ellos mismos habían experimentado la redención.

Relataron sus propias experiencias. Son testigos de primer orden que dan testimonio de la verdad de la Palabra de Dios, sin dudar en interpretar el Antiguo Testamento según sus propias experiencias sobrenaturales.

Habiendo experimentado la historia de la salvación, puedo añadir mi testimonio al suyo y decir que todo se hace tal como ellos lo han contado. Sus experiencias, así atestiguadas, enfrentan a los hombres con la responsabilidad de aceptar o rechazar su interpretación del Antiguo Testamento. Su testimonio debe ser escuchado y respondido. Uno debe experimentar la Escritura por sí mismo antes de poder empezar a comprender lo maravillosa que es. No dan cuenta de la aparición personal de Jesús, porque cuando la historia de la salvación se recree en el hombre, éste sabrá que "Yo soy"[Lucas 22:70; Juan 4:26; 8:18; 8:24; 8:28; 13:19; 18:5,6].

**"El que está unido al Señor se convierte en un solo espíritu con Él".**
(1 Cor. 6:17).

# CAPÍTULO 2

"Siendo en forma de Dios... se despojó a Sí mismo, tomando forma de siervo, hecho semejante a los hombres. Y hallándose en forma humana, se humilló a sí mismo, haciéndose obediente hasta la muerte, y muerte de cruz."
(Fil. 2:6-8)

ABDICÓ de Su forma divina y asumió la forma de un esclavo. No se limitó a disfrazarse de esclavo, sino que se convirtió en uno, sujeto a todas las debilidades y limitaciones humanas. Dios, que entró por la puerta de la muerte, la calavera humana, el Gólgota, es ahora el Salvador del mundo. Dios es nuestra salvación.

"Nuestro Dios es un Dios de salvación; y a Dios, el Señor, pertenece el escapar de la muerte".
(Sal. 68:19-20)
"Si no muero, no puedes vivir; pero si muero, resucitaré y tú conmigo".
[Jerusalén de William Blake, Capítulo 4: Lámina 96].

El grano de trigo expone el misterio de la vida a través de la muerte.

"Si el grano de trigo no cae en tierra y muere, queda solo; pero si muere, da mucho fruto".
(Juan 12:24)

Éste es el secreto del plan de salvación de Dios. Dios alcanza Su propósito autolimitándose, contrayéndose para expandirse. Dios mismo entra por la Puerta de la Muerte, mi cráneo, y se acuesta en la Tumba conmigo. Y con perdón de William Blake

**"No puedo saber lo que me han hecho,**
**Y si me preguntas, te lo juro.**
**Sea bueno o malo nadie tiene la culpa:**
**Sólo Dios puede quitar el orgullo, sólo Dios la vergüenza".**

**"Y estoy seguro de que el que comenzó en mí la buena obra, la**
**perfeccionará en el día de Jesucristo".**
(Fil. 1:6)

Cuando se forma en mí la imagen del Inengendrado, entonces Aquel que estuvo tanto tiempo fuertemente enrollado en mí, se desenrolla, y yo soy Él.

**"Nadie ha subido al Cielo sino Aquel que descendió del Cielo, el Hijo del**
**Hombre".**
(Juan 3:13)

Dios mismo descendió voluntariamente a Su tumba Gólgota, mi cráneo.

**"Yo pongo Mi vida, para volver a tomarla. Nadie Me la quita, sino que Yo la**
**pongo por Mi propia voluntad".**
(Juan 10:17-18)

**"Porque tu Creador es tu esposo, el Señor de los ejércitos es Su Nombre".**
(Isa. 54:5)

Y,

**"Se une a su mujer y se convierten en una sola carne".**
(Gén. 2:24)

Para,

**"El que está unido al Señor se convierte en un solo Espíritu con Él".**
**"Por tanto, lo que Dios ha unido, que no lo separe el hombre".**
(Marcos 10:9)

RESURRECCIÓN - UNA CONFESIÓN DE FE

El hombre es la emanación de Dios, pero su esposa hasta que pase el sueño de la muerte.

**"¡Levántate! ¿Por qué duermes, Señor? Despierta!"**
(Sal. 44:23)

Cuando Él despierte, "Yo soy Él". Dios se acostó dentro de mí para dormir, y mientras dormía soñó un sueño; soñó que Él soy Yo y que cuando despierte Yo soy Él.

Pero, ¿cómo sé que soy Él? Por la revelación de Su Hijo David, que en el Espíritu me llama Padre.

# CAPÍTULO 3

**"Yo soy el camino, y la verdad, y la vida; nadie viene al Padre, sino por Mí...
El que me ha visto a Mí, ha visto al Padre".**
(Juan 14:6-9)

La unión con Cristo resucitado es el único camino hacia el Padre. Porque
"Cristo y el Padre son uno" (Jn 10,30). El camino conduce a través de la
muerte a la vida eterna.

La búsqueda del hombre de Cristo como la autoridad en la que puede
confiar, a la que puede respetar, a la que puede someterse, es su anhelo del
Padre que vive en él, de Ese mismo Padre que el Cristo del Evangelio dice ser.
El Cristo del Evangelio es el Padre Eterno en el hombre. Este anhelo del Padre
es el grito del hombre que pone fin al Nuevo Testamento.

**"¡Ven, Señor Jesús!"**
(Ap. 22:20)
**"¿No os dais cuenta de que Jesucristo está en vosotros?"**
(2 Cor. 13:5)
**"Y en Él habita corporalmente toda la plenitud de la deidad" (Col. 2:9), no
en sentido figurado, sino realmente en un cuerpo. Éste es "el misterio
oculto desde los siglos y las generaciones, que es Cristo en vosotros, la
esperanza de gloria".**
(Col. 1:26,27)

El conocimiento imperfecto de Jesús ha cegado al hombre ante la verdadera naturaleza del Padre. El Señor Jesús es Dios Padre que se hizo hombre para que el hombre se convirtiera en el Señor Jesús, el Padre. Las investigaciones de los historiadores no pueden aportar el conocimiento de quién es el Padre.

**"Nadie puede decir 'Jesús es el Señor' si no es por el Espíritu Santo".**
(1 Cor. 12:3)

El objetivo del hombre es encontrar al Padre, pero a Dios Padre sólo se le conoce a través de Su Hijo.

**"Nadie conoce al Hijo sino el Padre, y nadie conoce al Padre sino el Hijo y aquel a quien el Hijo quiera revelárselo".**
(Mt. 11:27)

Sólo el Padre y el Hijo se conocen. "No llaméis Padre vuestro a nadie en la tierra, porque tenéis un solo Padre, que está en los Cielos" (Mt. 23:9) y el Cielo está "dentro de vosotros" (Lc. 17:21).

Y David dijo: "Contaré el decreto del Señor; Él me dijo: 'Tú eres mi hijo, hoy te he engendrado'" (Sal. 2,7). La filiación divina de David es única, única en su género y totalmente sobrenatural. Nació "no de sangre, ni de la voluntad de la carne, ni de la voluntad del hombre, sino de Dios" (Jn 1,13).

El Padre sólo será encontrado por el hombre en una experiencia en primera persona del singular y en tiempo presente, cuando David en el Espíritu le llame Padre, es decir, Señor mío. Jesús les hizo una pregunta: "¿Qué pensáis del Cristo? ¿De quién es Hijo?" Ellos le respondieron: "El hijo de David". Él les dijo: "¿Cómo es, pues, que David, en el Espíritu, le llama Señor? Si David le llama así Señor, ¿cómo es Hijo suyo?". (Mt. 22:41-45).

En el pensamiento hebreo, la historia consiste en todas las generaciones de los hombres y sus experiencias fundidas en un gran todo, y este tiempo concentrado, en el que se funden todas las generaciones y del que brotan, se llama "Eternidad." La Escritura afirma que:

**"Dios ha puesto la eternidad en la mente del hombre, pero de tal modo que el hombre no puede averiguar lo que Dios ha hecho desde el principio hasta el fin".**
(Ecl. 3:11)

La palabra hebrea para "eternidad" significa también "juventud, mozalbete, joven".

Saúl vio a David y dijo a Abner: "¿De quién es hijo este joven... ¿Inquiere de quién es hijo el mozalbete?". Luego, volviéndose hacia David, dijo "¿De quién eres hijo, joven?" Y David respondió: "Soy hijo de tu siervo Jesé, el betemita" (1 Sam. 17:55-58). ¿De quién es hijo...? Observa que en todos los pasajes (1 Sam. 17:55,56,58; Mt. 22:42), la pregunta no se refiere al hijo, sino a su Padre. El Padre dado a conocer por David es el Padre eternamente verdadero.

Es en nosotros como personas donde se revela Dios Padre. David dijo: "Soy hijo de Jesé". Jesé es cualquier forma del verbo ser. La respuesta de David fue: "Soy hijo de Aquel Cuyo Nombre es 'YO SOY'. Soy hijo del Señor".

Uno de los nombres de Dios es el que dio a Moisés. "Di al pueblo de Israel: 'YO SOY me ha enviado a vosotros'" (Éxo. 3:14). Él es el Eterno "YO SOY". La primera revelación que Dios hace de Sí mismo es como "Dios Todopoderoso" (Éxo. 6:3). Su segunda autorrevelación es como "El Eterno YO SOY" (Éxo. 3:14). Su revelación final de Sí mismo es como "el Padre" (Juan 17). Sólo el Hijo puede revelar a Dios como Padre. "Nadie (es decir, ningún ojo humano) ha visto jamás a Dios; el Hijo Unigénito, que está en el seno del Padre, Él le ha dado a conocer" (Juan 1:18).

Es Dios mismo, el Eterno YO SOY, y Su Hijo Unigénito, el joven eterno David, quienes entraron en la mente del hombre. Al final de su viaje a través de los fuegos de la aflicción en esta Edad de la muerte Eterna, el hombre encontrará a David y exclamará:

**"He encontrado a David... Él clamará a Mí: Tú eres mi Padre, mi Dios y la Roca de mi salvación".**
(Sal. 89:20,26)

No me revelo a mí mismo directamente como Dios o como Jesucristo, sino por implicación paralela a la Escritura, cuando David en el Espíritu me llama Padre. Y esta sabiduría interior es sin incertidumbre.

**"Cuando Dios quiso revelar a Su Hijo en mí, no conferencié con carne y sangre".**
(Gal. 1:15-16)

Al hombre en quien aparece el Hijo de Dios le resulta difícil convencer a los demás de la realidad de la revelación, porque estas experiencias sobrenaturales de la Escritura tienen lugar en un ámbito de acción demasiado alejado de nuestra experiencia común. Todo el drama pertenece a un mundo mucho más real y vital que el que habita el intelecto para que la imaginación histórica lo comprenda.

**"¡Oh, si os lo dijera seguro que lo creeríais!**
**¡Oh, si pudiera decir lo que he visto!**
**¿Cómo debo decirlo o cómo podéis recibirlo?**

¿Cómo, hasta que te lleve donde yo he estado?".
F. W. H. Myers

Esta entrada en la relación Padre-Hijo es verdaderamente por la Gracia de Dios.

**Porque tanto amó Dios al mundo que le dio a su Hijo único.**
(Juan 3:16)

Era el plan eterno de Dios entregarse al hombre. Y es el Hijo, llamándole Padre, quien le asegura que Él es realmente el Padre.

Cuando David en el Espíritu le llama Padre, no pierde su individualidad distintiva ni deja de ser el yo que era antes, sino que ese yo incluye ahora un yo mucho mayor, que no es otro que Jesucristo, a quien David en el Espíritu llamó "Señor". ¡El hombre es heredero de una Promesa y de una Presencia!

**"Abraham, habiendo soportado pacientemente, obtuvo la promesa".**
(Heb. 6:15)

La gracia es la expresión final del amor de Dios en acción, que el hombre experimentará cuando el Hijo se revele en él, y éste, a su vez, revele al hombre como Padre.

La autoridad que subyace en la historia de Jesucristo es un doble testimonio: el testimonio interior del Padre y el testimonio exterior de las Escrituras. Dios mismo vino, y viene, a la historia humana en la persona de Jesús encarnado dentro de nosotros. Esto será confirmado por los "signos" que experimentará el hombre, tal como se predice en las Escrituras.

**"El Padre que mora en Mí hace Sus obras. Creed que Yo estoy en el Padre y el Padre en Mí; o bien creed por las obras mismas. En verdad, en verdad os digo que el que cree en Mí hará también las obras que Yo hago; y mayores obras que éstas hará, porque Yo voy al Padre."**
(Juan 14:10-12)
**"Vine del Padre y he venido al mundo; de nuevo, dejo el mundo y voy al Padre".**
(Juan 16:28)
**"Yo y el Padre somos uno".**
(Juan 10:30)

La Visión de Dios se concede a quienes han tenido la revelación del Padre en la vida de Jesús encarnado en ellos, cuando el Hijo Unigénito David les llama Padre.

Sólo cuando los "signos" se convierten en nuestra experiencia se cumple en nosotros el propósito de Dios y, por tanto, el de la Escritura.

**"La Escritura debe cumplirse en Mí... porque lo que está escrito sobre Mí tiene su cumplimiento".**
(Lucas 22:37)

Dios se dio a Sí mismo a todos nosotros, a cada uno de nosotros. Y es Su Hijo Unigénito David, en el Espíritu, llamándonos Padre, quien nos asegura que realmente es así.

**"Así pues, si el Hijo os hace libres, seréis verdaderamente libres".**
(Juan 8:36)

"Cuando David regresaba de matar al filisteo... con la cabeza del filisteo en la mano, Saúl le dijo: "¿De quién eres hijo, joven?"". (1 Sam. 17:57,58), pues no conocía al padre de David, a quien había prometido (1 Sam. 17:25) hacer libre en Israel. El rey había prometido hacer libre al padre del hombre que destruyera al enemigo de Israel.

No debemos ignorar el carácter personalísimo y sobrenatural del plan de salvación de Dios. El cumplimiento del plan tiene lugar en el hombre; lo inaugura el acontecimiento llamado "Su resurrección de entre los muertos" [Hch 26,23; Rm 1,4, etc.].

**"Hemos nacido de nuevo... por la resurrección de Jesucristo de entre los muertos".**
(1 Pedro 1:3)

Es Cristo en ti -tu YO SOY- quien resucita. La resurrección marca el comienzo de la liberación de Jesucristo Padre del cuerpo de pecado y muerte, y Su retorno a Su cuerpo divino de Amor, la forma humana divina.

Éste era el propósito del Señor desde el principio "que estableció en Cristo como un plan para la plenitud de los tiempos" (Ef. 1:9,10).

**"El Señor de los ejércitos lo ha jurado: Como lo he planeado, así será, y como lo he propuesto, así permanecerá".**
(Isa. 14:24)

Vive y actúa con la seguridad de que Dios ha llevado Su plan a cumplimiento y sigue haciéndolo. Dios mismo vino, y viene, a la historia humana en la persona de Jesucristo, en ti, en mí, en todos. Dios despertó en los autores anónimos de los evangelios, y sigue despertando en el hombre individual.

Cree en su testimonio; no busques nuevas vías de acceso a una meta ya alcanzada.

Quizá la mejor descripción de los escritores desconocidos del Evangelio de Dios se da en las palabras:

**"Lo que... hemos oído, lo que hemos visto con nuestros ojos, lo que hemos contemplado y han tocado nuestras manos, de la Palabra de vida... Lo que hemos visto y oído os lo anunciamos".**
(1 Juan 1:1-3)

La fe no está completa hasta que se ha convertido en experiencia. Es esencial que aquellos cuyos ojos han visto y cuyas manos han manejado la Palabra de vida, sean enviados y tengan conciencia de ser enviados, para declararla al mundo.

Es Cristo resucitado, el dos veces nacido, quien dice:

**"Tomad sobre vosotros Mi yugo y aprended de Mí... y hallaréis descanso para vuestras almas".**
(Mt. 11:29)

Ofrece Su conocimiento de las Escrituras basado en Su propia experiencia, por el de otros basado en especulaciones. Acepta Su oferta. Y evitará que te pierdas entre las enmarañadas especulaciones que pasan por verdad religiosa. Y te mostrará el único camino hacia el Padre.

El hombre que es enviado a predicar el Evangelio de Dios es primero llamado y llevado en Espíritu a la asamblea divina donde los dioses celebran el juicio.

**"Dios ha ocupado Su lugar en el consejo divino; en medio de los dioses celebra el juicio".**
(Sal. 82:1)

La palabra hebrea Elokim es plural, una unidad compuesta, una formada por otras. En esta frase se traduce como Dios y dioses. El hombre llamado es llevado ante el Elokim, el Cristo resucitado. Se le pide que nombre la cosa más grande del mundo; él responde con las palabras de Pablo: "la fe, la esperanza y el amor, estos tres; pero el mayor de ellos es el amor" (1 Cor. 13:13). En ese momento, Dios le abraza, y se funden y se hacen Uno. Porque "el que está unido al Señor se convierte en un solo espíritu con Él" (1 Cor. 6:17).

**"Así que ya no son dos, sino uno. Por tanto, lo que Dios ha unido, que no lo separe el hombre".**

(Mt. 19:6)

Los hombres son llamados uno a uno a unirse en un solo Hombre, que es Dios.

**"El Señor trillará el grano y seréis reunidos uno a uno, pueblo de Israel".**
(Isa. 27:12)

Esta unión con Cristo resucitado es el bautismo con el Espíritu Santo. Desde su bautismo con el Espíritu Santo hasta su resurrección, caen los "días del Mesías" [Talmud de Babilonia: Sanedrín 98], un periodo de treinta años. Durante este periodo, está tan abrumadoramente enamorado de su misión, como mensajero y predicador del Evangelio de Dios, un Evangelio que le ha impuesto tal obligación que no puede hacer otra cosa, que siente que "si predico el Evangelio, eso no me da motivo para jactarme. Porque la necesidad me apremia. Ay de mí si no predico el Evangelio!". (1 Cor. 9:16).

Una compulsión divina le impulsa como a Jeremías, que dijo

**"Si digo: 'No lo mencionaré ni hablaré más en Su nombre', hay en mi corazón como un fuego ardiente encerrado en mis huesos, y estoy cansado de contenerlo, y no puedo".**
(Jer. 20:9)

El final de este periodo de treinta años llega con una brusquedad tan dramática que no tiene tiempo de observar su llegada.

**"Jesús, cuando comenzó su ministerio, tenía unos treinta años".**
(Lucas 3:23)

Ahora la historia de Jesucristo se desarrolla en él en una serie de experiencias de lo más personales, en primera persona del singular y en tiempo presente. La serie completa de acontecimientos dura tres años y medio. Comienza con su resurrección y nacimiento de lo alto.

**"Los muertos oyeron la voz del niño Y empezaron a despertar del sueño:
Todas las cosas oyeron la voz del niño
Y comenzó a despertar a la vida".**
William Blake

Mientras duerme en su cama y sueña con la sociedad redimida de una ciudad "llena de niños y niñas que juegan en sus calles" (Zac. 8:5), una intensa vibración centrada en la base de su cráneo le despierta:

**"Despierta, durmiente, y levántate de entre los muertos, y Cristo te alumbrará".**
(Ef. 5:14)

Al despertar, descubre que no está en la habitación donde se durmió, sino en su propia calavera (Gólgota). Su calavera es una tumba completamente sellada. No sabe cómo ha llegado allí, pero su único deseo es salir. Empuja la base de su cráneo, y algo rueda dejando una pequeña abertura. Empuja la cabeza a través de la abertura y se exprime centímetro a centímetro para salir, del mismo modo que un niño nace del vientre de su madre. Mira el cuerpo del que acaba de salir. Tiene la cara pálida, está tumbado boca arriba y mueve la cabeza de un lado a otro como quien se recupera de una gran prueba.

**"Estaréis tristes, pero vuestra tristeza se convertirá en alegría. Cuando la mujer está de parto, tiene tristeza, porque ha llegado su hora; pero cuando da a luz, ya no se acuerda de la angustia, porque se alegra de que haya nacido un niño en el mundo."**
(Juan 16:20,21)
**"Porque allí ha nacido con alegría el Niño que fue engendrado en el dolor; así como nosotros recogemos con alegría el fruto que sembramos con amargas lágrimas".**
William Blake
**"Tenéis que nacer de lo alto".**
(Juan 3:7)
**"La Jerusalén de arriba es libre y es nuestra madre".**
(Gal. 4:26)

El cráneo que era su tumba se convirtió en el útero del que nace de nuevo. La vibración dentro de su cráneo que le despertó del sueño, parece venir ahora de fuera, suena como un gran viento. Gira la cabeza en la dirección en la que parece estar el viento. Al volver la vista hacia donde estaba su cuerpo, se sorprende al ver que éste ha desaparecido, pero en su lugar se sientan tres hombres.

Esta experiencia a la que se enfrenta será el cumplimiento de la promesa hecha a Abraham.

**"Y se le apareció el Señor... Levantó los ojos y miró, y he aquí que tres hombres estaban delante de él... Le dijeron: '¿Dónde está Sara, tu mujer? Y él respondió: 'Está en la tienda'. Él dijo: 'Ciertamente volveré a ti según el tiempo de la vida; y Sara, tu mujer, tendrá un hijo'... Abraham llamó el nombre del hijo que le había nacido... Isaac ("ríe")".**
(Gén. 18:1,2,9,10; 21:3)

Los tres hombres aparecieron de repente, no se les había visto acercarse. Abraham no se da cuenta enseguida del significado de esto. Son hombres corrientes que se han cruzado en su camino por casualidad. A ellos también les molesta el viento. El más joven de los tres es el más perturbado y se acerca a investigar el origen de la perturbación. Le llama la atención un bebé envuelto en pañales que yace en el suelo. Lo coge en brazos y, proclamando que es el hijo del resucitado, lo deposita sobre la cama. Entonces el hombre levanta al bebé en brazos y le dice: "¿Cómo está mi amorcito?". El niño sonríe y el primer acto llega a su fin.

**"Y en aquella región había pastores en el campo... Y se les apareció un ángel del Señor... Y el ángel les dijo: 'No temáis; porque he aquí os anuncio una gran alegría que llegará a todo el pueblo; porque os ha nacido hoy, en la ciudad de David, un Salvador, que es Cristo el Señor. Y esto os servirá de señal: encontraréis a un niño envuelto en pañales y acostado en un pesebre'".**
(Lucas 2:8-12).

Dios ha nacido, pues Dios se llama Salvador (Is 43,3; 45,15; Lc 1,47).

Tras la revelación, el hombre busca en las antiguas escrituras insinuaciones y presagios de su experiencia sobrenatural, y al encontrarlos allí, sabe que:

**"Todo me fue predicho: nada pude prever: Pero supe cómo sonaría el viento Después de que estas cosas sucedieran".**
Edward Thomas

El carácter imprevisible del curso del viento ilustra tanto más fácilmente la espontaneidad del nacimiento divino cuanto que, tanto en griego como en hebreo, la palabra se utiliza tanto para el viento como para el espíritu.

El plan del Señor está descrito en las antiguas escrituras, pero no puede conocerse realmente hasta que el individuo lo haya experimentado. Dios ha hablado, y lo que ha predicho está escrito allí para que todos lo comprendan.

Pero Su profecía aparece bajo una luz muy diferente en perspectiva de lo que se ve en retrospectiva.

Cada uno sabrá que Jesucristo es el Padre a la luz de su propia experiencia del Misterio cristiano.

**"En estos últimos días nos ha hablado por Su Hijo".**
(Hebreos 1:2)

Cinco meses después de que el hombre resucite y nazca de lo alto, comienza en su cabeza una vibración similar a la que inició el primer acto. Esta vez se centra en la parte superior de la cabeza. Aumenta de intensidad hasta que explota. Tras la explosión, se encuentra sentado en una habitación modestamente amueblada. Apoyado en el lateral de una puerta abierta, y contemplando una escena pastoral, está su hijo David, de fama bíblica. Es un joven en plena adolescencia. David se dirige a él como "Padre mío". El resucitado sabe que es el Padre de David, y David sabe que es su Hijo. Dos hombres miran a David con lujuria y el Padre les recuerda la victoria de su Hijo sobre el gigante filisteo. Y mientras está sentado y contempla la belleza sobrenatural de su Hijo, el segundo acto llega a su fin. Dios Padre se entregó al hombre para que el hombre se convirtiera en Dios Padre.

**"Yo contaré el decreto del Señor: Él me dijo: 'Tú eres Mi Hijo, hoy te he engendrado'".**
(Sal. 2:7)

El tercer acto se desarrolla cuatro meses después de que se haya revelado la relación Padre-Hijo. Es dramático de principio a fin. Un rayo parte el cuerpo del resucitado desde la parte superior del cráneo hasta la base de la columna vertebral. Ahora se le abre el camino nuevo y vivo a través de la cortina, es decir, a través de su cuerpo. La revelación es siempre en términos personales, y los agentes humanos de la revelación de Dios nunca son suprimidos al nivel de lo impersonal.

**"En consecuencia, cuando vino al mundo, dijo: 'Sacrificios y ofrendas no has querido, sino un cuerpo me has preparado; en holocaustos y expiaciones no te has complacido'. Entonces dije: 'He venido a hacer tu voluntad, oh Dios, como está escrito de Mí en el rollo del libro'".**
(Heb. 10:5-7; se cita el Sal. 40:6-8)

La voluntad de Dios está hecha. Dios debe salvar y sólo Dios. En la base de su columna, ve un charco de luz líquida dorada y sabe que es él mismo. Ahora tiene "confianza para entrar en el santuario por la sangre de Jesús, por el camino nuevo y vivo que Él nos abrió a través de la cortina, es decir, a través de Su carne" (Heb. 10:19,20). Al contemplar el estanque de luz líquida dorada, la sangre de Dios, el agua viva, se funde con ella y sabe que es él mismo, su divino Creador y Redentor. Ahora, como un rayo en espiral, asciende por su columna vertebral entrando violentamente en el santuario celestial de su cráneo. Su cabeza reverbera como un trueno.

**"Y como Moisés levantó la serpiente en el desierto, así debe ser levantado el Hijo del hombre".**

(Juan 3:14)

**"Desde los días de Juan el Bautista hasta ahora, el Reino de los Cielos ha venido violentamente, y los hombres violentos lo toman por la fuerza".**
(Mt. 11:12)

A esos hombres les ha llegado la nueva era.

Dos años y nueve meses después, cumplidos los tres años y medio del ministerio de Jesús, el cuarto y último acto del drama de la salvación llega a su clímax.

**"Y el Espíritu Santo descendió sobre él en forma corporal, como una paloma, y vino una voz del cielo: 'Tú eres mi Hijo amado; en Ti me complazco'".**
(Lucas 3:22)

La cabeza del resucitado se vuelve repentinamente translúcida. Planeando sobre él, como si flotara, una paloma con sus ojos enfocados amorosamente hacia él, desciende sobre su mano extendida, él la atrae hacia su rostro, y la paloma le asfixia de amor, besando su rostro, su cabeza y su cuello.

Una mujer, hija de la voz de Dios le dice: "Te ama" y el drama de la salvación llega a su fin en él. Ahora es un hijo de Dios, un hijo de la resurrección. Ya "no puede morir, porque es Hijo de Dios, siendo Hijo de la Resurrección" (Lc 20, 36).

**"Yo y el Padre somos uno".**
(Juan 10:30)
**"Yo soy la raíz y el vástago de David".**
(Ap. 22:16)

Es el Padre de la humanidad y de su descendencia. Al convertirse en hombre, límite de la contracción y la opacidad, rompe la cáscara, y expandiéndose en la translucidez logra su propósito.

Ha encontrado "a Aquel de quien escribieron Moisés en la ley y los profetas" (Juan 1:45).

Los autores anónimos del Evangelio de Dios son hombres nacidos dos veces, hijos de Dios, hijos de la Resurrección, que ya no pueden morir, pues han escapado del cuerpo del pecado y de la muerte. El evangelio es la historia del plan de salvación de Dios.

Será útil para todos los lectores de la Palabra de Dios, terminar esta confesión de fe con una cita de William Blake:

**"Debe entenderse que las Personas, Moisés y Abraham, no se refieren aquí,**

sino a los Estados Significados por esos Nombres, siendo los Individuos representantes o Visiones de esos Estados tal como fueron revelados al Hombre Mortal en la Serie de Revelaciones Divinas tal como están escritas en la Biblia: estos diversos Estados los he visto en mi Imaginación; cuando están distantes aparecen como Un Hombre, pero a medida que te acercas aparecen Multitudes de Naciones."

En la Biblia no hay historia secular. La Biblia es la historia de la salvación y es totalmente sobrenatural.

# TIEMPO DE SIEMBRA Y COSECHA

# CAPÍTULO 1: EL FINAL DE UN HILO DE ORO

"Te doy el extremo de un cordón de oro;
Sólo enróllalo en una bola,
Te conducirá a la puerta del Cielo,
Construido en la muralla de Jerusalén".
- William Blake

EN LOS SIGUIENTES ensayos he intentado indicar ciertas formas de aproximación a la comprensión de la Biblia y a la realización de tus sueños.

"Que no seáis perezosos, sino seguidores de
de los que por la fe y
la paciencia hereda las promesas".
- Hebreos 6:12

Muchos de los que disfrutan con los viejos versículos familiares de las Escrituras se desaniman cuando ellos mismos intentan leer la Biblia como lo harían con cualquier otro libro, porque, con toda excusa, no comprenden que la Biblia está escrita en el lenguaje del simbolismo. Al no saber que todos sus personajes son personificaciones de las leyes y funciones de la mente, que la Biblia es psicología y no historia, se devanan los sesos durante un tiempo y luego se rinden. Es demasiado desconcertante. Para comprender el significado de sus imágenes, el lector de la Biblia debe estar imaginativamente despierto.

Según las Escrituras, dormimos con Adán y despertamos con Cristo. Es decir, dormimos colectivamente y despertamos individualmente.

**"Y el Señor Dios causó un profundo**
**para que el sueño cayera sobre Adán, y se durmió".**
- Génesis 2:21

Si Adán, o el hombre genérico, está en un sueño profundo, entonces sus experiencias, tal como se registran en las Escrituras, deben ser un sueño. Sólo el que está despierto puede contar su sueño, y sólo el que comprende el simbolismo de los sueños puede interpretar el sueño.

**"Y se dijeron unos a otros**
**¿No ardía nuestro corazón en nuestro interior,**
**mientras Él hablaba con nosotros**
**y mientras nos abría el**
**¿Escrituras?"**
- Lucas 24:32

La Biblia es una revelación de las leyes y funciones de la Mente expresadas en el lenguaje de ese reino crepuscular al que entramos cuando dormimos. Como el lenguaje simbólico de este reino crepuscular es muy parecido para todos los hombres, los exploradores recientes de este reino (la imaginación humana) lo llaman "inconsciente colectivo".

El propósito de este libro, sin embargo, no es darte una definición completa de los símbolos bíblicos ni interpretaciones exhaustivas de sus historias.

Todo lo que espero haber hecho es haberte indicado el camino por el que es más probable que consigas realizar tus deseos.

"Lo que deseéis" sólo puede obtenerse mediante el ejercicio consciente y voluntario de la imaginación, en obediencia directa a las leyes de la Mente.

En algún lugar de este reino de la imaginación hay un estado de ánimo, un sentimiento del deseo cumplido que, si te lo apropias, significa éxito para ti.

Este reino, este Edén -tu imaginación- es más vasto de lo que crees y merece la pena explorarlo.

"Te doy el extremo de un cordel dorado". Debes enrollarlo formando un ovillo.

# CAPÍTULO 2: LOS CUATRO PODEROSOS

"Y salió un río del Edén
para regar el jardín; y de
de ahí se separó y se convirtió en
en cuatro cabezas".
- Génesis 2:10
"Y cada uno tenía cuatro caras:"
- Ezequiel 10:14
"Veo cuatro hombres sueltos, caminando
en medio del fuego, y ellos
no tienen daño; y la forma de
el cuarto es como el Hijo de
Dios".
- Daniel 3:25
"Cuatro Poderosos hay en cada hombre".
- William Blake

Los "Cuatro Poderosos" constituyen la mismidad del hombre, o Dios en el hombre. Hay "Cuatro Poderosos" en cada hombre, pero estos "Cuatro Poderosos" no son cuatro seres separados, separados unos de otros como lo están los dedos de la mano.

Los "Cuatro Poderosos" son cuatro aspectos distintos de su mente, y difieren entre sí en función y carácter, sin ser cuatro yos separados que habitan el cuerpo de un hombre.

Los "Cuatro Poderosos" pueden equipararse a los cuatro caracteres

257

hebreos: [Yodh, He, Waw, He, de derecha a izquierda] que forman el nombre misterioso de cuatro letras del Poder Creador ["Yahvé" o incluso ocasionalmente como "Jehová"] a partir de y combinando en sí mismo las formas pasada, presente y futura del verbo "ser".

El Tetragrammaton es venerado como el símbolo del Poder Creativo en el hombre: YO SOY. Las cuatro funciones creadoras en el hombre se extienden para realizar en los fenómenos materiales reales cualidades latentes en Sí Mismo.

Podemos comprender mejor a los "Cuatro Poderosos" comparándolos con los cuatro personajes más importantes en la producción de una obra de teatro.

> **"Todo el mundo es un escenario,**
> **Y todos los hombres y mujeres**
> **simplemente jugadores;**
> **Tienen sus salidas y sus entradas;**
> **Y un hombre en su tiempo juega**
> **muchas partes..."**
> - Como gustéis Acto II, Escena VII

El productor, el autor, el director y el actor son los cuatro personajes más importantes en la producción de una obra de teatro.

En el drama de la vida, la función del productor es sugerir el tema de la obra. Esto lo hace en forma de deseo, como por ejemplo: "Ojalá tuviera éxito"; "Ojalá pudiera hacer un viaje"; "Ojalá estuviera casado", etc. Pero para aparecer en el escenario del mundo, estos temas generales deben especificarse de algún modo y elaborarse en detalle. No basta con decir: "Ojalá tuviera éxito", eso es demasiado vago. ¿Tener éxito en qué?

Sin embargo, el primer "Poderoso" sólo sugiere un tema.

La dramatización del tema se deja a la originalidad del segundo "Poderoso", el autor.

Al dramatizar el tema, el autor sólo escribe la última escena de la obra, pero esta escena la escribe con todo detalle.

La escena debe dramatizar el deseo cumplido. Construye mentalmente una escena lo más realista posible de lo que experimentaría si realizara su deseo. Cuando la escena se visualiza claramente, el trabajo del autor está hecho.

El tercer "Poderoso" en la producción de la obra de la vida es el director. Las tareas del director son velar por que el actor se mantenga fiel al guión y ensayar con él una y otra vez hasta que se sienta natural en el papel.

Esta función puede compararse a una atención controlada y dirigida conscientemente; una atención centrada exclusivamente en la acción que implica que el deseo ya se ha realizado.

"La forma del Cuarto es semejante a la del Hijo de Dios": la imaginación humana, el actor.

Este cuarto "Poderoso" realiza en su interior, en la imaginación, la acción predeterminada que implica el cumplimiento del deseo. Esta función no visualiza ni observa la acción. Esta función representa realmente el drama, y lo hace una y otra vez hasta que adquiere los tonos de la realidad.

Sin la visión dramatizada del deseo cumplido, el tema sigue siendo un mero tema y duerme para siempre en las vastas cámaras de los temas no nacidos. Tampoco sin la atención cooperante, obediente a la visión dramatizada del deseo cumplido, la visión percibida alcanzará la realidad objetiva.

Los "Cuatro Poderosos" son los cuatro cuartos del alma humana. El primero es el Rey de Jehová, que sugiere el tema; el segundo es el siervo de Jehová, que elabora fielmente el tema en una visión dramática; el tercero es el hombre de Jehová, atento y obediente a la visión del deseo cumplido, que devuelve la imaginación errante al guión "setenta veces siete". La "Forma de la Cuarta" es Jehová mismo, que representa el tema dramatizado en el escenario de la mente.

"Que haya en vosotros esta mente que
estaba también en Cristo Jesús:
Quien, siendo en forma de Dios,
pensó que no sería un robo
igual a Dios. . ."
- Filipenses 2:5,6

El drama de la vida es un esfuerzo conjunto de las cuatro partes del alma humana.

"Todo lo que contemplas, aunque parezca ajeno,
es en tu interior, en tu imaginación, de lo que este
el mundo de la mortalidad no es más que una sombra".
- Blake

Todo lo que contemplamos es una construcción óptica ideada para expresar un tema, un tema que ha sido dramatizado, ensayado y representado en otro lugar. Lo que presenciamos en el escenario del mundo es una construcción óptica ideada para expresar los temas que han sido dramatizados, ensayados y representados en la imaginación de los hombres.

Los "Cuatro Poderosos" constituyen el Yo del hombre, o Dios en el hombre: y todo lo que el hombre contempla, aunque aparezca en el exterior, no son más que sombras proyectadas sobre la pantalla del espacio, construcciones ópticas ideadas por el Yo para informarle sobre los temas que ha concebido, dramatizado, ensayado y representado en su interior.

"La criatura fue sometida a la vanidad" para que pueda llegar a ser consciente del Ser y de sus funciones, pues con la conciencia del Ser y de sus funciones, puede actuar con un propósito; puede tener una historia autodeterminada conscientemente.

Sin conciencia, actúa inconscientemente, y clama a un Dios objetivo para que le salve de su propia creación.

> **"Oh Señor, ¿hasta cuándo clamaré y**
> **¡No oirás! Incluso gritar**
> **a Ti de violencia, y**
> **No te salvarás".**
> - Habacuc 1:2

Cuando el hombre descubra que la vida es una obra que él mismo, consciente o inconscientemente, está escribiendo, dejará de la autotortura ciega de juzgar a los demás.

En lugar de ello, reescribirá la obra para ajustarla a su ideal, pues se dará cuenta de que todos los cambios en la obra deben proceder de la cooperación de los "Cuatro Poderosos" que hay en su interior. Sólo ellos pueden alterar el guión y producir el cambio.

Todos los hombres y mujeres de su mundo son meros actores y están tan indefensos para cambiar su obra como los actores de la pantalla del teatro para cambiar la imagen. El cambio deseado debe concebirse, dramatizarse, ensayarse y representarse en el teatro de su mente.

Cuando la cuarta función, la imaginación, haya completado su tarea de ensayar la versión revisada de la obra hasta que resulte natural, entonces se levantará el telón sobre este mundo tan aparentemente sólido y los "Cuatro Poderosos" proyectarán una sombra de la obra real sobre la pantalla del espacio.

Los hombres y las mujeres desempeñarán automáticamente sus papeles para que se cumpla el tema dramatizado. Los actores, por razón de sus diversos papeles en el drama del mundo, se vuelven relevantes para el tema dramatizado del individuo y, por ser relevantes, se ven arrastrados a su drama. Interpretarán sus papeles, creyendo fielmente todo el tiempo que fueron ellos mismos quienes iniciaron los papeles que interpretan. Esto lo hacen porque:

> **"Tú, Padre, estás en mí, y yo en ti,**
> **. . . Yo en ellos y tú en mí".**

- Juan 17:21, 23

Estoy implicado en la humanidad. Somos uno. Todos desempeñamos los cuatro papeles de productor, autor, director y actor en el drama de la vida. Algunos lo hacemos conscientemente, otros inconscientemente. Es necesario que lo hagamos conscientemente. Sólo así podremos estar seguros de que nuestra obra tendrá un final perfecto. Entonces comprenderemos por qué debemos ser conscientes de las cuatro funciones del Dios único dentro de nosotros, para que podamos tener la compañía de Dios como Sus Hijos.

> **"El hombre no debe seguir siendo hombre:**
> **Su objetivo debe ser superior.**
> **Porque Dios sólo dioses**
> **Acepta como compañía".**
> - Ángelus Silesius

En enero de 1946, llevé a mi mujer y a mi hija pequeña de vacaciones a Barbados, en las Antillas Británicas. Como no sabía que hubiera dificultades para conseguir un pasaje de vuelta, no había reservado el nuestro antes de salir de Nueva York. A nuestra llegada a Barbados descubrí que sólo había dos barcos que prestaban servicio en las islas, uno desde Boston y otro desde Nueva York. Me dijeron que no había plazas disponibles en ninguno de los dos barcos antes de septiembre. Como tenía compromisos en Nueva York para la primera semana de mayo, me apunté a la larga lista de espera para el barco de abril.

Unos días más tarde, el barco de Nueva York estaba anclado en el puerto. Lo observé detenidamente y decidí que ése era el barco que debíamos tomar. Volví a mi hotel y determiné una acción interior que sería la mía si realmente navegáramos en aquel barco. Me instalé en un sillón de mi habitación, para perderme en esta acción imaginativa.

En Barbados, cuando embarcamos en un gran barco de vapor, salimos al profundo puerto en una lancha motora o en un bote de remos. Sabía que debía captar la sensación de que navegábamos en aquel barco. Elegí la acción interior de bajar de la lancha y subir por la pasarela del vapor. La primera vez que lo intenté, mi atención se desvió al llegar a lo alto de la pasarela. Volví a bajar y lo intenté una y otra vez. No recuerdo cuántas veces realicé esta acción en mi imaginación hasta que llegué a la cubierta y volví la vista al puerto con el sentimiento de la dulce tristeza de partir. Me sentía feliz de volver a mi casa en Nueva York, pero nostálgica al despedirme de la encantadora isla y de nuestra familia y amigos. Recuerdo que en uno de mis muchos intentos de subir por la pasarela con la sensación de que estaba navegando, me quedé dormida. Tras despertarme, me dediqué a las actividades sociales habituales del día y de la noche.

A la mañana siguiente, recibí una llamada de la compañía naviera para que fuera a su oficina a recoger los billetes para el viaje de abril. Tenía curiosidad por saber por qué Barbados había sido elegida para recibir la cancelación y por qué yo, al final de la larga lista de espera, iba a tener la reserva, pero todo lo que la agente pudo decirme fue que aquella mañana se había recibido un telegrama de Nueva York, ofreciendo pasaje para tres. Yo no era la primera a la que llamaba la agente, pero por razones que no pudo explicar, las personas a las que había llamado decían que ahora les parecía inconveniente zarpar en abril. Zarpamos el 20 de abril y llegamos a Nueva York la mañana del 1 de mayo.

En la producción de mi obra -la navegación en un barco que me llevaría a Nueva York el primero de mayo- interpreté a los cuatro personajes más importantes de mi drama. Como productora, decidí navegar en un barco concreto en un momento determinado. Haciendo de autor, escribí el guión - visualicé la acción interior que se ajustaba a la acción exterior que realizaría si mi deseo se hiciera realidad. Como director, me ensayé a mí mismo, el actor, en esa acción imaginada de subir por la pasarela hasta que esa acción me pareció completamente natural.

Hecho esto, los acontecimientos y las personas se movieron rápidamente para ajustarse, en el mundo exterior, a la obra que yo había construido y representado en mi imaginación.

> **"Vi fluir la visión mística**
> **Y vive en hombres, bosques y arroyos.**
> **Hasta que ya no pude saber**
> **La corriente de la vida de mis propios sueños".**
> - George William Russell (AE)

Conté esta historia a una audiencia mía en San Francisco, y una señora del público me dijo cómo ella había utilizado inconscientemente la misma técnica cuando era joven.

El incidente ocurrió en Nochebuena. Se sentía muy triste, cansada y apenada. Su padre, al que adoraba, había muerto repentinamente. No sólo sentía esta pérdida en Navidad, sino que la necesidad la había obligado a renunciar a los años de universidad que había planeado y ponerse a trabajar. Esta lluviosa Nochebuena volvía a casa en un tranvía de San Diego. El vagón estaba lleno de alegres charlas de jóvenes felices que volvían a casa para pasar las fiestas. Para ocultar sus lágrimas a los que la rodeaban, se puso de pie en la parte abierta de la parte delantera del vagón y volvió la cara hacia el cielo para mezclar sus lágrimas con la lluvia. Con los ojos cerrados y agarrada firmemente a la barandilla del vagón, esto es lo que se dijo a sí misma "No es la sal de las lágrimas lo que pruebo, sino la sal del mar en el viento. Esto no es San Diego, es el Pacífico Sur y estoy navegando hacia la bahía de Samoa". Y mirando hacia arriba, en su imaginación, construyó lo que imaginaba que era la Cruz del Sur. Se perdió en esta contemplación de modo que todo se desvaneció a su alrededor. De repente se encontró al final de la línea y en casa.

Dos semanas más tarde, recibió noticias de un abogado de Chicago que le guardaba tres mil dólares en bonos americanos. Varios años antes, una tía suya se había marchado a Europa, con instrucciones de que esos bonos fueran entregados a su sobrina si ésta no regresaba a Estados Unidos. El abogado acababa de recibir la noticia de la muerte de la tía, y ahora estaba cumpliendo sus instrucciones.

Un mes después, esta muchacha zarpó hacia las islas del Pacífico Sur. Era de noche cuando entró en la bahía de Samoa. Mirando hacia abajo, pudo ver la espuma blanca como un "hueso en la boca de la dama" mientras el barco surcaba las olas y traía la sal del mar en el viento. Un oficial de guardia le dijo "Ahí está la Cruz del Sur", y mirando hacia arriba, vio la Cruz del Sur tal como la había imaginado.

En los años intermedios, tuvo muchas oportunidades de utilizar su imaginación de forma constructiva, pero como lo había hecho inconscientemente, no se dio cuenta de que había una Ley detrás de todo ello. Ahora que lo comprende, ella también interpreta conscientemente sus cuatro papeles principales en el drama cotidiano de su vida, produciendo obras para el bien de los demás y de sí misma.

> **"Entonces los soldados, cuando hubieron**
> **crucificaron a Jesús, tomaron sus vestidos,**
> **e hizo cuatro partes, a cada soldado**
> **una parte; y también su abrigo; ahora bien, el abrigo**
> **era sin costura, tejida con la**
> **arriba del todo".**
> - Juan 19:23

# CAPÍTULO 3: EL DON DE LA FE

**"Y el Señor tuvo respeto a Abel y a sus ofrendas; Pero a Caín y a su ofrenda no tuvo respeto".**
- Génesis 4:4, 5

Si escudriñamos las Escrituras, nos daremos cuenta de que en la cita anterior hay un significado mucho más profundo que el que nos daría una lectura literal. El Señor no es otro que tu propia conciencia:

**". . di a los hijos de Israel: YO SOY me ha enviado a vosotros".**
- Éxodo 3:14.

"YO SOY" es la autodefinición del Señor.

Caín y Abel, como nietos del Señor, sólo pueden ser personificaciones de dos funciones distintas de tu propia conciencia. El autor se preocupa realmente de mostrar los "Dos Estados Contrarios del Alma Humana", y se ha servido de dos hermanos para mostrar estos estados. Los dos hermanos representan dos visiones distintas del mundo que posee cada uno. Una es la percepción limitada de los sentidos, y la otra es una visión imaginativa del mundo. Caín -la primera visión- es una entrega pasiva a las apariencias y una aceptación de la vida sobre la base del mundo exterior: una visión que conduce inevitablemente a un anhelo insatisfecho o a una satisfacción con desilusión. Abel -la segunda visión- es una visión del deseo realizado, que eleva al hombre por encima de la evidencia de los sentidos hasta ese estado de alivio en el que ya no suspira con deseo. La ignorancia de la segunda visión es un alma en llamas. El conocimiento de la segunda visión es el ala con la que vuela hacia el Cielo del deseo cumplido.

"Venid, comed mi pan y bebed
del viento que he mezclado,
abandona a los necios y vive".
- Proverbios 9:56

En la epístola a los Hebreos, el escritor nos dice que la ofrenda de Abel fue la fe y, afirma el autor:

"Sin fe es imposible
complacerle".
- Hebreos 11:6
"Ahora bien, la fe es la sustancia de lo que se espera, la evidencia de lo que no se ve... Por la fe entendemos que los mundos fueron constituidos por la palabra de Dios, de modo que las cosas que se ven no fueron hechas de cosas que se ven."
- Hebreos 11:1, 3

Caín ofrece la evidencia de los sentidos que la conciencia, el Señor, rechaza, porque la aceptación de este don como molde del futuro significaría la fijación y perpetuación del estado presente para siempre. El enfermo estaría enfermo, el pobre sería pobre, el ladrón sería ladrón, el asesino asesino, etc., sin esperanza de redención.

El Señor, o la conciencia, no respeta ese uso pasivo de la imaginación, que es el don de Caín. Se deleita en el don de Abel, el ejercicio activo, voluntario y amoroso de la imaginación en nombre del hombre para sí mismo y para los demás.

"Que el débil diga: Yo soy fuerte".
- Joel 3:10

Que el hombre haga caso omiso de las apariencias y se declare el hombre que quiere ser. Que imagine belleza donde sus sentidos revelan ceniza, alegría donde dan testimonio de luto, riqueza donde dan testimonio de pobreza. Sólo mediante tal uso activo y voluntario de la imaginación puede el hombre ser elevado y el Edén restaurado.

El ideal está siempre a la espera de encarnarse, pero a menos que nosotros mismos ofrezcamos el ideal al Señor, nuestra conciencia, al asumir que ya somos aquello que pretendemos encarnar, es incapaz de nacer. El Señor necesita su cordero diario de fe para moldear el mundo en armonía con nuestros sueños.

**"Por la fe Abel ofreció a Dios un sacrificio más excelente que Caín".**
- Hebreos 11:4

La fe sacrifica el hecho aparente por la verdad no aparente. La fe se aferra a la verdad fundamental de que, por medio de una suposición, los estados invisibles se convierten en hechos visibles.

**"Pues, ¿qué es la fe sino creer lo que no se ve?".**
- San Agustín

Hace poco, tuve la oportunidad de observar los maravillosos resultados de alguien que tuvo la fe de creer lo que no veía.

Una joven me pidió que conociera a su hermana y a su sobrino de tres años. Era un muchacho fino y sano, con ojos azules claros y una piel excepcionalmente fina y sin imperfecciones. Entonces, me contó su historia.

Al nacer, el niño era perfecto en todos los sentidos, salvo por una gran y fea marca de nacimiento que le cubría un lado de la cara. Su médico les aconsejó que no se podía hacer nada por este tipo de cicatriz. Las visitas a muchos especialistas no hicieron más que confirmar su afirmación. Al oír el veredicto, la tía se propuso demostrar su fe: que una suposición, aunque sea negada por la evidencia de los sentidos, si se persiste en ella, se convertirá en un hecho.

Cada vez que pensaba en el bebé, que era a menudo, veía, en su imaginación, a un bebé de ocho meses con un rostro perfecto, sin rastro de cicatriz alguna. No era fácil, pero sabía que, en este caso, ése era el don de Abel que complacía a Dios. Persistió en su fe: creyó en lo que no se veía. El resultado fue que visitó a su hermana el día en que el niño cumplió ocho meses y lo encontró con una piel perfecta y sin manchas, sin rastro de ninguna marca de nacimiento. "¡Suerte! ¡Coincidencia! grita Caín. No. Abel sabe que son nombres que dan los que no tienen fe, a las obras de la fe.

**"Caminamos por la fe, no por la vista".**
- 2 Corintios 5:7

Cuando la razón y los hechos de la vida se oponen a la idea que deseas realizar y aceptas la evidencia de tus sentidos y los dictados de la razón como la verdad, has traído al Señor - tu conciencia - el regalo de Caín. Es evidente que tales ofrendas no Le agradan.

La vida en la Tierra es un campo de entrenamiento para crear imágenes. Si sólo utilizas los moldes que te dictan tus sentidos, no se producirá ningún cambio en tu vida. Estás aquí para vivir la vida más abundante, así que debes utilizar los moldes invisibles de la imaginación y hacer de los resultados y los logros la prueba crucial de tu poder de creación. Sólo cuando asumes el sentimiento del deseo cumplido y continúas en él, estás ofreciendo el regalo que te complace.

**"Cuando el regalo de Abel es mi atuendo,
Entonces realizaré mi deseo".**

El profeta Malaquías se queja de que el hombre ha robado a Dios:

**"Pero vosotros decís: ¿En qué te hemos robado? En diezmos y ofrendas".**
- Malaquías 3:8

Los hechos basados en la razón y la evidencia de los sentidos que se oponen a la idea que busca expresión, te privan de la creencia en la realidad del estado invisible. Pero "la fe es la evidencia de lo que no se ve", y mediante ella "el Bien llama a las cosas que no son como si fueran" [Romanos 4:17].

Llama a la cosa no vista; asume el sentimiento de tu deseo cumplido.

**". . que haya alimento en mi casa, y probadme ahora en esto, dice el Señor de los ejércitos, si no os abriré las ventanas de los cielos, y os derramaré una bendición, que no habrá lugar suficiente para recibirla".**
- Malaquías 3:10

Ésta es la historia de una pareja que vivía en Sacramento, California, que se negó a aceptar la evidencia de sus sentidos, que se negó a ser robada a pesar de una pérdida aparente. La mujer había regalado a su marido un reloj de pulsera muy valioso. El regalo duplicó su valor debido al sentimiento que le profesaba. Tenían un pequeño ritual con el reloj. Cada noche, cuando él se quitaba el reloj, se lo daba a ella y ella lo guardaba en una caja especial en la cómoda. Cada mañana, ella cogía el reloj y se lo daba para que se lo pusiera.

Una mañana desapareció el reloj. Ambos recordaban haber interpretado sus papeles habituales la noche anterior, por lo que el reloj no se había perdido ni extraviado, sino robado. En ese momento, decidieron no aceptar el hecho de que realmente había desaparecido. Se dijeron: "Ésta es una oportunidad para practicar lo que creemos". Decidieron que, en su imaginación, llevarían a cabo su ritual habitual como si el reloj estuviera realmente allí. En su imaginación, cada noche el marido se quitaba el reloj y se lo daba a su mujer, mientras que en la imaginación de ella, ella aceptaba el reloj y lo guardaba cuidadosamente. Cada mañana sacaba el reloj de su caja y se lo daba a su marido, y él, a su vez, se lo ponía. Esto lo hicieron fielmente durante dos semanas.

Tras su vigilia de catorce días, un hombre entró en la única joyería de Sacramento donde se reconocería el reloj. Mientras ofrecía una gema para que la tasaran, el dueño de la tienda se fijó en el reloj de pulsera que llevaba. Con el pretexto de necesitar un examen más detenido de la piedra, entró en un despacho interior y llamó a la policía. Cuando la policía detuvo al hombre, encontró en su apartamento joyas robadas por valor de más de diez mil dólares. Al caminar "por la fe, no por la vista", esta pareja consiguió su deseo -el reloj- y también ayudó a muchos otros a recuperar lo que parecía perdido para siempre.

**"Si uno avanza con confianza en la dirección de su sueño, y se esfuerza por vivir la vida que ha imaginado, se encontrará con un éxito inesperado en las horas comunes".**
- Thoreau

# CAPÍTULO 4: LA ESCALA DEL SER

**"Y soñó, y he aquí una escalera puesta sobre la tierra, cuya cúspide llegaba
hasta el cielo; y he aquí los ángeles de Dios que subían y descendían por
ella. Y he aquí que el Señor estaba de pie sobre ella. . ."**
- Génesis 28:12, 13

En un sueño, en una visión de la noche, cuando el sueño profundo cayó
sobre Jacob, su ojo interior se abrió y contempló el mundo como una serie de
niveles de conciencia ascendentes y descendentes. Fue una revelación de la
más profunda comprensión de los misterios del mundo. Jacob vio una escala
vertical de valores ascendentes y descendentes, o estados de conciencia. Esto
daba sentido a todo lo que había en el mundo exterior, pues sin tal escala de
valores la vida no tendría sentido.

En cada momento del tiempo, el hombre se sitúa en la escala eterna del
sentido. No hay ningún objeto o acontecimiento que haya tenido lugar o que
esté teniendo lugar ahora que carezca de significado. El significado de un
objeto o acontecimiento para el individuo es un índice directo del nivel de su
conciencia.

Por ejemplo, tienes este libro en la mano. En un nivel de conciencia, es un
objeto en el espacio.

En un nivel superior, es una serie de letras sobre papel, dispuestas según
ciertas reglas. En un nivel aún más alto, es una expresión de significado.

Mirando hacia fuera, ves primero el libro, pero en realidad, el significado
es lo primero. Ocupa un grado superior de significación que la disposición de
las letras sobre el papel o el libro como objeto en el espacio. El significado

determinó la disposición de las letras; la disposición de las letras sólo expresa el significado. El significado es invisible y está por encima del nivel de la disposición visible de las letras. Si no hubiera significado que expresar, no se habría escrito ni publicado ningún libro.

**"Y, he aquí, el Señor estaba de pie sobre ella".**

El Señor y el sentido son uno: el Creador, la causa de los fenómenos de la vida.

**"En el principio era el Verbo, y**
**el Verbo estaba con Dios, y el Verbo**
**era Dios".**
- Juan 1:1

En el principio estaba la intención -el significado- y la intención estaba con el intencionador, y la intención era el intencionador. Los objetos y acontecimientos en el tiempo y en el espacio ocupan un nivel de significación inferior al nivel del significado que los produjo. Todas las cosas fueron hechas por el significado, y sin el significado no fue hecho nada de lo que fue hecho. Es muy importante comprender que todo lo que se ve puede considerarse el efecto, en un nivel inferior de significación, de un orden superior de significación que no se ve.

Nuestro modo habitual de proceder consiste en intentar explicar los niveles superiores de significación -por qué ocurren las cosas- en términos de los inferiores -qué y cómo ocurren las cosas-. Por ejemplo, tomemos un accidente real e intentemos explicarlo.

La mayoría de nosotros vivimos en el nivel de lo que ocurrió - el accidente fue un acontecimiento en el espacio - un automóvil chocó contra otro y prácticamente lo derribó. Algunos vivimos en el nivel superior del "cómo" ocurrió el accidente: era una noche lluviosa, la calzada estaba resbaladiza y el segundo coche derrapó contra el primero. En raras ocasiones, unos pocos alcanzamos el nivel superior o causal de "por qué" se produce un accidente de este tipo. Entonces nos damos cuenta de lo invisible, el estado de conciencia que produjo el acontecimiento visible.

En este caso, el coche arruinado lo conducía una viuda que, aunque creía que no podía permitírselo, deseaba enormemente cambiar de entorno. Habiendo oído que, mediante el uso adecuado de su imaginación, podía hacer y ser todo lo que deseara, esta viuda había estado imaginándose a sí misma viviendo realmente en la ciudad de su deseo. Al mismo tiempo, vivía consciente de las pérdidas, tanto personales como económicas. Por lo tanto, provocó un acontecimiento que en apariencia era otra pérdida, pero la suma de dinero que le pagó la compañía de seguros le permitió realizar el cambio deseado en su vida.

Cuando vemos el "por qué" que hay tras el aparente accidente, el estado de conciencia que produjo el accidente, llegamos a la conclusión de que no hay accidente. Todo en la vida tiene su significado in-visible.

El hombre que se entera de un accidente, el hombre que sabe "cómo" ocurrió y el hombre que sabe "por qué" ocurrió se encuentran en tres niveles distintos de conciencia respecto a ese accidente. En la escala ascendente, cada nivel superior nos lleva un paso por delante hacia la verdad del accidente.

Debemos esforzarnos constantemente por elevarnos al nivel superior del significado, el significado que siempre es invisible y está por encima del acontecimiento físico. Pero, recuerda, el sentido o la causa de los fenómenos de la vida sólo puede encontrarse dentro de la conciencia del hombre.

El hombre está tan absorto en el lado visible del drama de la vida -el lado de "qué" ha ocurrido y "cómo" ha ocurrido- que rara vez se eleva al lado invisible de "por qué" ha ocurrido. Se niega a aceptar la advertencia del Profeta de que:

**"Las cosas que se ven no fueron hechas de cosas que aparecen".**
- Hebreos 11:3

Sus descripciones de "qué" ha ocurrido y "cómo" ha ocurrido son verdaderas en cuanto a su correspondiente nivel de pensamiento, pero cuando se pregunta "por qué" ha ocurrido, todas las explicaciones físicas se desmoronan y se ve obligado a buscar el "por qué", o su significado, en el nivel invisible y superior. El análisis mecánico de los acontecimientos sólo se ocupa de las relaciones externas de las cosas. Tal curso nunca alcanzará el nivel que encierra el secreto de por qué suceden los acontecimientos. El hombre debe reconocer que los lados inferiores y visibles fluyen desde el nivel invisible y superior del significado.

La intuición es necesaria para elevarnos al nivel del significado, al nivel de por qué suceden las cosas. Sigamos el consejo del antiguo profeta hebreo y "levantemos los ojos a las colinas" de nuestro interior, y observemos lo que allí ocurre. Observa qué ideas hemos aceptado como verdaderas, qué estados hemos consentido, qué sueños, qué deseos y, sobre todo, qué intenciones. Es desde estas colinas desde donde todas las cosas vienen a revelar nuestra estatura -nuestra altura- en la escala vertical del significado. Si alzamos los ojos hacia "el Tú en Mí que trabaja tras el Velo", veremos el significado de los fenómenos de la vida.

Los acontecimientos aparecen en la pantalla del espacio para expresar los distintos niveles de conciencia del hombre. Un cambio en el nivel de su conciencia se traduce automáticamente en un cambio de los fenómenos de su vida. Intentar cambiar las condiciones antes de cambiar el nivel de conciencia del que proceden, es luchar en vano. El hombre redime el mundo a medida que asciende en la escala vertical del sentido.

Vimos, en la analogía del libro, que a medida que la conciencia se elevaba hasta el nivel en que el hombre podía ver el significado expresado en la disposición de sus letras, también incluía el conocimiento de que las letras estaban dispuestas según ciertas reglas, y que tales disposiciones, cuando se imprimían en papel y se encuadernaban, formaban un libro. Lo que es cierto del libro es cierto de todos los acontecimientos del mundo.

**"No harán daño ni destruirán en todo mi santo monte; porque la tierra estará llena del conocimiento del Señor, como las aguas cubren el mar".**
- Isaías 11:9

Nada debe desecharse; todo debe redimirse. Nuestras vidas, que ascienden por la escala vertical del significado hacia una conciencia cada vez mayor -una conciencia de las cosas de mayor importancia-, son el proceso por el que se lleva a cabo esta redención.

Del mismo modo que el hombre ordena las letras en palabras y las palabras en frases para expresar un significado, la vida ordena las circunstancias, las condiciones y los acontecimientos para expresar los significados ocultos o las actitudes de los hombres. Nada carece de significado. Pero el hombre, al desconocer el nivel superior del significado interior, contempla un panorama móvil de acontecimientos y no ve ningún significado a la vida. Siempre hay un nivel de significado que determina los acontecimientos y su relación esencial con nuestra vida.

He aquí una historia que nos permitirá captar el bien en las cosas que parecen malas; retener el juicio y actuar correctamente en medio de problemas sin resolver.

Hace sólo unos años, nuestro país se vio conmocionado por una aparente injusticia entre nosotros. La historia se contó en la radio y la televisión, así como en los periódicos. Quizá recuerdes el incidente. El cuerpo de un joven soldado estadounidense muerto en Corea fue devuelto a su casa para ser enterrado. Justo antes del servicio, le hicieron a su mujer una pregunta rutinaria: ¿Era su marido caucásico? Cuando respondió que era indio, se le negó el entierro. Esta negativa era conforme a las leyes de aquella comunidad, pero despertó a toda la nación. Nos indignó que a alguien que había muerto al servicio de su país se le negara el entierro en cualquier lugar de su país. La historia llegó a oídos del Presidente de los Estados Unidos, que ofreció un entierro con todos los honores militares en el Cementerio Nacional de Arlington. Tras el servicio, la esposa dijo a los periodistas que su marido siempre había soñado con morir como un héroe y tener un entierro de héroe con todos los honores militares.

Cuando, en América, tuvimos que explicar por qué personas progresistas e inteligentes como nosotros, no sólo promulgaron sino que apoyaron tales leyes en nuestra gran tierra de libres y valientes, nos costó encontrar una explicación. Nosotros, como observadores, sólo habíamos visto "qué" ocurría y "cómo" ocurría. No vimos "por qué" ocurrió.

Había que rechazar ese entierro si aquel muchacho quería realizar su sueño. Intentamos explicar el drama en términos del nivel inferior de "cómo" ocurrió, explicación que no pudo satisfacer a quien había preguntado "por qué" ocurrió.

La verdadera respuesta, vista desde el nivel del significado superior, sería una inversión tal de nuestros hábitos comunes de pensamiento que sería rechazada al instante. La verdad es que los estados futuros son causales de los hechos presentes: el niño indio que soñaba con la muerte de un héroe, con todos los honores militares, estaba, como Lady Macbeth, transportado "más allá de este presente ignorante", y podía "sentir ahora el futuro en el instante".

**". . y por ello estando aún muerto**
**habla".**
- Hebreos 11:4

# CAPÍTULO 5: EL JUEGO DE LA VIDA

**"Puedo enseñar más fácilmente a veinte lo que era bien que hacer, que ser uno de los veinte a seguir mis propias enseñanzas".**
- Shakespeare

CON ESTA CONFESIÓN fuera de mi mente, ahora te enseñaré a jugar al juego de la vida. La vida es un juego y, como todos los juegos, tiene sus objetivos y sus reglas.

En los pequeños juegos que inventan los hombres, como el críquet, el tenis, el béisbol, el fútbol, etc., las reglas pueden cambiarse de vez en cuando. Una vez acordados los cambios, el hombre debe aprender las nuevas reglas y jugar el juego en el marco de las reglas aceptadas.

Sin embargo, en el juego de la vida, las reglas no pueden cambiarse ni romperse. Sólo se puede jugar al juego de la vida en el marco de sus reglas universales y eternamente fijas.

El juego de la vida se juega en el terreno de la mente.

Al jugar a un juego, lo primero que nos preguntamos es: "¿Cuál es su objetivo y propósito?" y lo segundo, "¿Cuáles son las reglas que rigen el juego?". En el juego de la vida, nuestro principal objetivo es aumentar la conciencia, la conciencia de las cosas de mayor importancia; y nuestro segundo objetivo es alcanzar nuestros objetivos, realizar nuestros deseos.

En cuanto a nuestros deseos, las reglas sólo llegan a indicarnos el camino que debemos seguir para realizarlos, pero los deseos en sí deben ser asunto del propio individuo. Las reglas que rigen el juego de la vida son sencillas, pero se necesita toda una vida de práctica para utilizarlas sabiamente. He aquí una de las reglas:

**"Como piensa en su corazón, así es él".**
- Proverbios 23:7

Normalmente se cree que el pensamiento es una función totalmente libre y sin trabas, sin reglas que lo limiten. Pero eso no es cierto. El pensamiento se mueve por sus propios procesos en un territorio delimitado, con caminos y pautas definidos. El pensamiento sigue las pistas trazadas en las propias conversaciones interiores.

Todos podemos realizar nuestros objetivos mediante el uso sabio de la mente y la palabra.

La mayoría de nosotros somos totalmente inconscientes de la actividad mental que se desarrolla en nuestro interior. Pero para jugar con éxito el juego de la vida, debemos ser conscientes de cada una de nuestras actividades mentales, porque esta actividad, en forma de conversaciones interiores, es la causa de los fenómenos exteriores de nuestra vida.

**". . toda palabra ociosa que diga el hombre,**
**darán cuenta de ello el día**
**de juicio".**
**"Porque por tus palabras serás justificado, y por tus palabras serás**
**condenado".**
- Mateo 12:36, 37
La ley de la Palabra no puede quebrantarse.
**". Ningún hueso suyo será quebrado".**
- Juan 19:36

La ley de la Palabra nunca pasa por alto una palabra interior ni tiene en cuenta en lo más mínimo nuestra ignorancia de su poder. Modela la vida en torno a nosotros como nosotros, mediante nuestras conversaciones interiores, modelamos la vida en nuestro interior. Esto se hace para revelarnos nuestra posición en el campo de juego de la vida. No hay adversario en el juego de la vida; sólo existe el objetivo.

No hace mucho, hablaba de esto con un hombre de negocios exitoso y filantrópico. Me contó una historia sobre sí mismo que me hizo reflexionar.

Me dijo: "¿Sabes, Neville? La primera vez que aprendí sobre los objetivos en la vida fue a los catorce años, y fue en el campo de juego del colegio. Era bueno en atletismo y tuve un buen día, pero aún me quedaba una carrera por correr, y tenía una dura competencia en otro chico. Estaba decidido a ganarle.

Le gané, es cierto; pero mientras le vigilaba, un tercer chico, al que no consideraba competencia alguna, ganó la carrera."

"Aquella experiencia me enseñó una lección que he utilizado a lo largo de mi vida. Cuando la gente me pregunta por mi éxito, debo decir que creo que se debe a que nunca he hecho de 'ganar dinero' mi objetivo. Mi objetivo es el uso sabio y productivo del dinero".

Las conversaciones interiores de este hombre se basan en la premisa de que ya tiene dinero; su constante pregunta interior: el uso adecuado del mismo.

Las conversaciones internas del hombre que lucha por "conseguir" dinero sólo demuestran su falta de dinero.

En su ignorancia del poder de la palabra, está construyendo barreras en el camino de la consecución de su objetivo; tiene la vista puesta en la competición más que en el propio objetivo.

> **"La culpa, querido Bruto, no está en nuestras estrellas,**
> **Sino en nosotros mismos, que somos subalternos".**
> - Julio César: Acto I, Escena II

Del mismo modo que "los mundos fueron creados por la Palabra de Dios", nosotros, "imitadores de Dios como hijos queridos", creamos las condiciones y circunstancias de nuestra vida mediante nuestras todopoderosas palabras interiores humanas.

Sin práctica, el conocimiento más profundo del juego no produciría los resultados deseados.

"Al que sabe hacer el bien" -es decir, conoce las reglas- "y no lo hace, le es pecado". En otras palabras, errará el tiro y no alcanzará su objetivo.

En la parábola de los Talentos, la condena del Maestro al siervo que descuidó el uso de su don es clara e inequívoca, y habiendo descubierto una de las reglas del juego de la vida, nos arriesgamos a fracasar si la ignoramos. El talento no utilizado, como el miembro no ejercitado, dormita y finalmente se atrofia. Debemos ser "hacedores de la Palabra, y no sólo oidores". Puesto que el pensamiento sigue las huellas trazadas en las propias conversaciones interiores, no sólo podemos ver adónde vamos en el terreno de juego de la vida observando nuestras conversaciones interiores, sino que también podemos determinar adónde iremos controlando y dirigiendo nuestra conversación interior.

¿Qué pensarías, dirías y harías si ya fueras el que quieres ser? Empieza a pensar, decir y hacer esto interiormente. Se te dice que "hay una vara en el cielo que revela los secretos", y, debes recordar siempre que el cielo está dentro de ti; y para dejar bien claro quién es Dios, dónde está y cuáles son Sus secretos, Daniel continúa: "Tu sueño y las visiones de tu cabeza son éstos". Revelan las vías a las que estás atado y señalan la dirección en la que te diriges.

Esto es lo que hizo una mujer para desviar las vías a las que había estado infelizmente atada en la dirección en la que quería ir. Durante dos años se había mantenido alejada de las tres personas que más quería. Se había peleado con su nuera, que la había echado de su casa. Durante esos dos años, no había visto ni tenido noticias de su hijo, de su nuera ni de su nieto, aunque entretanto le había enviado numerosos regalos. Cada vez que pensaba en su familia, que era a diario, mantenía una conversación mental con su nuera, culpándola de la disputa y acusándola de egoísta.

Al escuchar una noche una conferencia mía -era esta misma conferencia sobre el juego de la vida y cómo jugarlo-, se dio cuenta de repente de que ella era la causa del prolongado silencio y de que ella, y sólo ella, debía hacer algo al respecto. Reconociendo que su objetivo era tener la antigua relación amorosa, se impuso la tarea de cambiar por completo su forma de hablar interior.

Aquella misma noche, en su imaginación, construyó dos cartas cariñosas y tiernas que le habían escrito, una su nuera y otra su nieto. En su imaginación, las leyó una y otra vez hasta que se durmió con la alegría de haber recibido las cartas. Repitió este acto imaginario cada noche durante ocho noches. En la mañana del noveno día, recibió un sobre que contenía dos cartas, una de su nuera y otra de su nieto. Eran cartas cariñosas y tiernas que la invitaban a visitarlos, casi réplicas de las que había construido mentalmente. Utilizando su imaginación consciente y amorosamente, había hecho girar las vías a las que estaba atada, en la dirección que ella quería ir, hacia una feliz reunión familiar.

Un cambio de actitud es un cambio de posición en el campo de juego de la vida. El juego de la vida no se juega ahí fuera, en lo que se llama espacio y tiempo; los verdaderos movimientos en el juego de la vida tienen lugar dentro, en el campo de juego de la mente.

> "Perdiendo tu alma, tu alma
> Otra vez a encontrar;
> Renderización hacia ese objetivo
> Tu mente separada".
> - Laurence Housman

# CAPÍTULO 6: TIEMPO, TIEMPO Y MEDIO

"Y uno dijo al hombre vestido de lino, que estaba sobre las aguas del río:
'¿Cuánto falta para el fin de estas maravillas? Y oí al hombre vestido de
lino, que estaba sobre las aguas del río, que alzaba su mano derecha y su
mano izquierda al cielo,
y jura por el que 'vive eternamente que se
sea por un tiempo, tiempos y medio'".
- Daniel 12:6, 7

EN UNA de mis conferencias pronunciadas en Los Ángeles sobre el tema del significado oculto tras las historias de la Biblia, alguien me pidió que interpretara la cita anterior del Libro de Daniel. Después de confesar que no conocía el significado de ese pasaje en particular, una señora del público se dijo: "Si la mente se comporta según la suposición con la que empieza, entonces encontraré la verdadera respuesta a esa pregunta y se la diré a Neville". Y esto es lo que me dijo

"Anoche se planteó la siguiente pregunta: '¿Cuál es el significado de "tiempo, tiempos y medio", tal como se recoge en Daniel 12:7? Anoche, antes de irme a dormir, me dije: 'Ahora bien, hay una respuesta sencilla a esta pregunta, así que supondré que la conozco. Y mientras duermo, mi yo superior encontrará la respuesta y se la revelará a mi yo inferior en sueños o en visiones'".

"Hacia las cinco de la mañana me desperté. Era demasiado temprano para levantarme, así que permaneciendo en la cama caí rápidamente en ese estado medio soñador entre la vigilia y el sueño, y mientras estaba en ese estado me vino a la mente la imagen de una anciana. Estaba sentada en una mecedora y se mecía adelante y atrás, adelante y atrás. Entonces una voz que sonaba como tu voz me dijo: 'Hazlo una y otra y otra vez hasta que adquiera los tonos de la realidad'".

"Salté de la cama y volví a leer el capítulo XII de Daniel, y ésta es la respuesta intuitiva que recibí. Tomando los versículos sexto y séptimo, pues constituían la pregunta de anoche, sentí que si las vestiduras con las que se viste a los personajes bíblicos corresponden a su nivel de conciencia, como tú enseñas, entonces el lino debe representar un nivel de conciencia muy elevado en verdad; pues el 'hombre vestido de lino' estaba de pie 'sobre las aguas del río', y si, como enseñas, el agua simboliza un alto nivel de verdad psicológica, entonces el individuo que podía caminar sobre ella debía representar verdaderamente un estado exaltado de conciencia. Por tanto, me pareció que lo que tenía que decir debía de ser realmente muy significativo. La pregunta que se le formuló fue: "¿Cuánto tiempo falta para el fin de estas maravillas? Y su respuesta fue: 'Un tiempo, tiempos y medio'. Recordando mi visión de la anciana meciéndose de un lado a otro, y tu voz diciéndome 'hazlo una y otra y otra vez hasta que adquiera tonos de realidad', y recordando que esta visión y tu instrucción vinieron a mí en respuesta a mi suposición de que conocía la respuesta, sentí intuitivamente que la pregunta hecha al 'hombre vestido de lino' significaba cuánto tiempo pasará hasta que los maravillosos sueños que estoy soñando se hagan realidad. Y su respuesta es: 'Hazlo una y otra vez hasta que adquiera tintes de realidad'. Una vez" significa realizar la acción imaginaria que implica el cumplimiento del deseo. Tiempos' significa repetir la acción imaginaria una y otra vez, y 'un medio' significa el momento de quedarse dormido mientras se realiza la acción imaginaria, pues tal momento suele llegar antes de que se complete la acción predeterminada y, por tanto, puede decirse que es un medio o parte de un tiempo."

Obtener tal comprensión interna de las Escrituras por la simple suposición de que ella sí conocía la respuesta, fue una experiencia maravillosa para esta mujer. Sin embargo, para conocer el verdadero significado de "tiempo, tiempos y medio" debe aplicar su comprensión en su vida cotidiana. Nunca perdemos la oportunidad de poner a prueba esta comprensión, ni para nosotros mismos ni para los demás.

Hace unos años, una viuda que vivía en el mismo edificio que nosotros vino a verme por su gato. El gato era su compañero constante y muy querido para ella. Sin embargo, tenía ocho años, estaba muy enfermo y sufría mucho. Llevaba días sin comer y no se movía de debajo de la cama. Dos veterinarios habían visto al gato y habían aconsejado a la mujer que no podía curarse y que había que sacrificarlo inmediatamente. Le sugerí que esa noche, antes de acostarse, creara en su imaginación alguna acción que indicara que el gato era su antiguo yo sano. Le aconsejé que lo hiciera una y otra vez hasta que adquiriera el tono de la realidad.

Prometió hacerlo. Sin embargo, bien por falta de fe en mi consejo, bien por falta de fe en su propia capacidad para llevar a cabo la acción imaginaria, pidió a su sobrina que pasara la noche con ella.

Esta petición se hizo para que, si el gato no se encontraba bien por la mañana, la sobrina pudiera llevarlo al veterinario y ella, la dueña, no tuviera que enfrentarse por sí misma a tan temida tarea. Aquella noche, se acomodó en un sillón y empezó a imaginar que el gato retozaba a su lado, arañaba los muebles y hacía muchas cosas que normalmente no se habría permitido. Cada vez que se daba cuenta de que su mente se había desviado de su tarea predeterminada para ver a un gato normal, sano y juguetón, volvía a centrar su atención en la habitación y reiniciaba su acción imaginaria. Lo hizo una y otra vez hasta que, finalmente, aliviada, se quedó dormida, todavía sentada en su silla.

Hacia las cuatro de la mañana, la despertó el llanto de su gato. Estaba junto a su silla. Tras llamar su atención, la condujo a la cocina, donde le pidió comida. Ella le preparó un poco de leche caliente que bebió rápidamente y gritó pidiendo más.

Aquel gato vivió cómodamente cinco años más, cuando, sin dolor ni enfermedad, murió naturalmente mientras dormía.

"¿Cuánto tiempo pasará hasta el fin de estas maravillas? Un tiempo, tiempos y medio. En un sueño, en una visión nocturna, cuando el sueño profundo cae sobre los hombres, en los sopores sobre el lecho; entonces abre los oídos de los hombres y sella sus instrucciones."
- Job 33:15, 16

# CAPÍTULO 7: SED PRUDENTES COMO SERPIENTES

**". sed, pues, prudentes como serpientes y sencillos como palomas".**
- Mateo 10:16

LA CAPACIDAD de la serpiente para formar su piel osificando una porción de sí misma, y su habilidad para desprenderse de cada piel a medida que la superaba, hizo que el hombre considerara a este reptil como un símbolo del poder del crecimiento sin fin y de la autorreproducción. Por tanto, se dice al hombre que sea "sabio como la serpiente" y aprenda a desprenderse de su piel -su entorno-, que es su yo solidificado; el hombre debe aprender a "desatarlo y dejarlo ir"... a "despojarse del hombre viejo"... a morir a lo viejo y, sin embargo, saber, como la serpiente, que "no morirá ciertamente".

El hombre aún no ha aprendido que todo lo que está fuera de su cuerpo físico es también una parte de sí mismo, que su mundo y todas las condiciones de su vida no son más que la representación de su estado de conciencia.

Cuando conozca esta verdad, detendrá la lucha inútil de la autocontención y, como la serpiente, dejará ir lo viejo y crecerá un nuevo entorno.

**"El hombre es inmortal; por tanto, debe morir sin cesar. Pues la vida es una idea creadora; sólo puede encontrarse a sí misma en formas cambiantes".**
- Tagore

En la antigüedad, también se asociaba a las serpientes con la custodia de los tesoros o las riquezas. La orden de ser "sabios como serpientes" es el consejo al hombre de que despierte el poder de su cuerpo sutilizado -su imaginación- para que, como la serpiente, pueda crecer y crecer más, morir y no morir, pues sólo de tales muertes y resurrecciones, despojándose de lo viejo y vistiéndose de lo nuevo, se cumplirán sus sueños y hallará sus tesoros. Como "la serpiente era más sutil que cualquier bestia del campo que el Señor Dios había hecho" -Génesis 3:1-, así también la imaginación es más sutil que cualquier criatura de los cielos que el Señor Dios había creado. La imaginación es la criatura que:

". ...fue sometido a la vanidad, no voluntariamente, sino por causa de aquel que lo sometió en la esperanza...".
"Porque por la esperanza somos salvos: pero la esperanza que se ve no es esperanza; pues lo que el hombre ve, ¿por qué lo espera todavía? Pero si esperamos lo que no vemos, entonces esperamos con paciencia".
- Romanos 8:20; 24, 25

Aunque el hombre exterior, o "natural", de los sentidos, está entrelazado con su entorno, el hombre interior, o espiritual, de la imaginación, no está así entrelazado. Si el entrelazamiento fuera completo, el encargo de ser "sabios como serpientes" sería en vano. Si estuviéramos completamente entrelazados con nuestro entorno, no podríamos retirar nuestra atención de la evidencia de los sentidos y sentirnos en la situación de nuestro deseo cumplido, con la esperanza de que ese estado invisible se solidificara como nuestro nuevo entorno. Pero:

"Hay un cuerpo natural y un cuerpo espiritual".
- I Corintios 15:44

El cuerpo espiritual de la imaginación no está entrelazado con el entorno del hombre. El cuerpo espiritual puede apartarse del hombre exterior de los sentidos y del entorno e imaginarse a sí mismo para ser lo que quiera ser. Y si permanece fiel a la visión, la imaginación construirá para el hombre un nuevo entorno en el que vivir. Esto es lo que significa la afirmación

". . voy a prepararos un lugar. Y si me voy y os preparo un lugar, vendré otra vez y os recibiré a mí mismo, para que donde yo esté, estéis también vosotros."
- Juan 14:2, 3

El lugar que se te ha preparado no tiene por qué ser un lugar en el espacio.

Puede ser salud, riqueza, compañía, cualquier cosa que desees en este mundo. Ahora bien, ¿cómo se prepara el lugar?

Primero debes construir una representación lo más realista posible de lo que verías, oirías y harías si estuvieras físicamente presente y te movieras físicamente por ese "lugar". Luego, con tu cuerpo físico inmovilizado, debes imaginar que estás realmente en ese "lugar" y que estás viendo, oyendo y haciendo todo lo que verías, oirías y harías si estuvieras allí físicamente. Esto debes hacerlo una y otra vez hasta que adquiera los tonos de la realidad. Cuando te parezca natural, el "lugar" se habrá preparado como nuevo entorno para tu yo exterior o físico. Ahora puedes abrir los ojos físicos y volver a tu estado anterior. El "lugar" está preparado, y donde has estado en la imaginación, allí estarás también en el cuerpo.

Cómo se realice físicamente este estado imaginado no es asunto tuyo, del hombre natural o exterior.

El cuerpo espiritual, al regresar del estado imaginado a su antiguo estado físico, creó un puente invisible de incidente para unir los dos estados. Aunque la curiosa sensación de que estuviste realmente allí y de que el estado era real desaparece, en cuanto abres los ojos sobre el antiguo entorno familiar, sin embargo, te atormenta la sensación de una doble identidad -con el conocimiento de que "hay un cuerpo natural y hay un cuerpo espiritual". Cuando tú, el hombre natural, hayas tenido esta experiencia, atravesarás automáticamente el puente de acontecimientos que conduce a la realización física de tu lugar invisiblemente preparado.

Este concepto -que el hombre es dual y que el hombre interior de la imaginación puede habitar en estados futuros y regresar al momento presente con un puente de acontecimientos que une a ambos- choca violentamente con la opinión ampliamente aceptada sobre la personalidad humana y la causa y naturaleza de los fenómenos. Un concepto así exige una revolución en las ideas actuales sobre la personalidad humana y sobre el espacio, el tiempo y la materia. El concepto de que el hombre, consciente o inconscientemente, determina las condiciones de la vida imaginándose a sí mismo en estos estados mentales, lleva a la conclusión de que este mundo supuestamente sólido es una construcción de la Mente, concepto que, en un principio, rechaza el sentido común. Sin embargo, debemos recordar que la mayoría de los conceptos que el sentido común rechazó al principio, el hombre se vio obligado después a aceptarlos. Estas interminables inversiones de juicio a las que la experiencia ha obligado al hombre llevaron al profesor Whitehead a escribir:

**"Sólo Dios sabe qué tontería aparente puede no ser mañana una verdad demostrada".**

El poder creador en el hombre duerme y necesita ser despertado.

**"Despierta tú que duermes, y levántate
de entre los muertos".**
- Efesios 5:14

Despierta del sueño que te dice que el mundo exterior es la causa de las condiciones de tu vida. Levántate del pasado muerto y crea un nuevo entorno.

**"¿No sabéis que sois el templo de
Dios, y que el Espíritu de Dios habita
en ti?"**
- I Corintios 3:16

El Espíritu de Dios que hay en ti es tu imaginación, pero duerme y necesita ser despertado para que te levante de la barra de los sentidos en la que llevas tanto tiempo encallado.

Las posibilidades ilimitadas que se abren ante ti cuando te vuelves "sabio como una serpiente" son inconmensurables.

Seleccionarás las condiciones ideales que quieres experimentar y el entorno ideal en el que quieres vivir. Experimentando estos estados en la imaginación hasta que tengan viveza sensorial, los exteriorizarás con tanta seguridad como la serpiente exterioriza ahora su piel.

Cuando las hayas superado, te desharás de ellas tan fácilmente como "la serpiente arroja su piel esmaltada". La vida más abundante -todo el propósito de la Creación- no puede salvarse mediante la muerte y la resurrección.

Dios deseaba la forma, por eso se hizo hombre: y no basta con que reconozcamos Su espíritu actuando en la creación, debemos ver Su obra en la forma y decir que es buena, aunque superemos la forma, por los siglos de los siglos.

**"Dirige
A través de cámaras de deleite cada vez más amplias hasta donde
El arrebato de las gargantas se acerca a un final que ya se aleja,
Porque Su toque es Infinito y presta
Un yonder a todos los confines".
"Y, yo, si soy levantado de la tierra,
atraeré a todos hacia mí".**
- Juan 12:32

Si me elevo de la evidencia de los sentidos al estado de conciencia que deseo realizar y permanezco en ese estado hasta que me parezca natural. Formaré ese estado a mi alrededor y todos los hombres lo verán.

Pero cómo persuadir al hombre de que esto es verdad, de que la vida imaginativa es la única vida, de que asumir el sentimiento del deseo cumplido es el camino hacia la vida más abundante y no la compensación del escapista, ése es el problema.

Para ver como "aunque ensanchando cámaras de deleite" lo que significa vivir en los reinos de la imaginación, para apreciar y disfrutar del mundo, hay que vivir imaginativamente; hay que soñar y ocupar su sueño, luego crecer y superar el sueño, por siempre jamás.

El hombre sin imaginación, que no perderá su vida en un nivel para poder encontrarla en un nivel superior, no es más que la mujer de Lot: una columna de sal autosatisfecha. Por otra parte, los que rechazan la forma por ser poco espiritual y los que rechazan la encarnación por estar separados de Dios ignoran el gran misterio: "Grande es el misterio, Dios se manifestó en carne".

Tu vida expresa una cosa, y sólo una, tu estado de conciencia. Todo depende de ello.

A medida que, por medio de la imaginación, asumes un estado de conciencia, ese estado comienza a revestirse de forma, se solidifica a tu alrededor como la piel de la serpiente se osifica a su alrededor. Pero debes ser fiel al estado. No debes pasar de un estado a otro, sino esperar pacientemente en el único estado invisible hasta que tome forma y se convierta en un hecho objetivo.

La paciencia es necesaria, pero la paciencia será fácil después de tu primer éxito en despojarte de lo viejo y hacer crecer lo nuevo, pues somos capaces de esperar según nos haya recompensado la comprensión en el pasado.

La comprensión es el secreto de la paciencia.

¡Qué alegría natural y deleite espontáneo hay en ver el mundo -no con, sino como dice Blake- a través del ojo! Imagina que ves lo que quieres ver y permanece fiel a tu visión. Tu imaginación creará por sí misma una forma correspondiente en la que vivir.

Todas las cosas están hechas por el poder de la imaginación. Nada comienza sino en la imaginación del hombre.

"De dentro hacia fuera" es la ley del universo.

"Como es dentro, es fuera". El hombre se vuelve hacia fuera en su búsqueda de la verdad, pero lo esencial es mirar hacia dentro.

> **"La verdad está dentro de nosotros mismos; no se eleva**
> **De las cosas exteriores, lo que puedas creer.**
> **Hay un centro íntimo en todos nosotros,**
> **Donde la verdad habita en plenitud... y saber,**
> **Consiste más bien en abrir una vía**

De donde pueda escapar el esplendor aprisionado,
Que al efectuar la entrada de una luz
Se supone que sin".
- Browning "Paracelso"

Creo que te interesará un ejemplo de cómo una joven se despojó de la piel del resentimiento y se puso una piel muy distinta. Los padres de esta mujer se habían separado cuando ella tenía seis años y había vivido con su madre. Rara vez veía a su padre. Pero una vez al año él le enviaba un cheque de cinco dólares por Navidad. Tras su matrimonio, aumentó el regalo de Navidad a diez dólares.

Después de una de mis conferencias, se quedó pensando en mi afirmación de que la sospecha del hombre hacia otro es sólo una medida de su propio engaño, y reconoció que llevaba años albergando resentimiento hacia su padre. Aquella noche resolvió desprenderse de su resentimiento y poner en su lugar una reacción cariñosa. En su imaginación, sintió que abrazaba a su padre de la forma más cálida. Lo hizo una y otra vez hasta que captó el espíritu de su acto imaginario, y entonces se durmió muy contenta.

Al día siguiente pasó por casualidad por el departamento de pieles de uno de nuestros grandes almacenes de California. Llevaba tiempo dándole vueltas a la idea de comprarse una bufanda de piel, pero no podía permitírselo. Esta vez le llamó la atención una bufanda de marta, la cogió y se la probó. Tras palparla y verse con ella, se la quitó de mala gana y se la devolvió al vendedor, diciéndose a sí misma que realmente no podía permitírsela. Cuando salía del departamento, se detuvo y pensó: "Neville dice que podemos tener lo que deseemos si tan sólo captamos la sensación de ya tenerlo". En su imaginación, volvió a ponerse el pañuelo, sintió su realidad y siguió comprando, mientras disfrutaba imaginariamente de llevarlo.

Esta joven nunca asoció estos dos actos imaginarios. De hecho, casi había olvidado lo que había hecho hasta que, unas semanas más tarde, el Día de la Madre, sonó inesperadamente el timbre de la puerta.

Allí estaba su padre. Al abrazarlo, recordó su primera acción imaginaria. Al abrir el paquete que le había traído -el primer regalo en tantos años-, recordó su segunda acción imaginaria, pues la caja contenía una hermosa bufanda de marta de piedra.

"Vosotros sois dioses, y todos vosotros sois hijos
del Altísimo".
- Salmo 82:6
". .sed, pues, prudentes como serpientes, y
inofensivos como palomas".
- Mateo 10:16

# CAPÍTULO 8: EL AGUA Y LA SANGRE

"...El que no nazca de nuevo no puede ver el reino de Dios".
- Juan 3:3
"Pero uno de los soldados le atravesó el costado con una lanza, y al instante
salió sangre y agua".
- Juan 19:34
"Este es el que vino por agua y
sangre, a Jesucristo; no por el agua
sino por el agua y la sangre".
- I Juan 5:6

SEGÚN EL EVANGELIO y la Epístola de Juan, el hombre no sólo debe "nacer de nuevo", sino que debe nacer de nuevo del agua y de la sangre. Estas dos experiencias internas están vinculadas a dos ritos externos: el bautismo y la comunión. Pero los dos ritos externos -el bautismo para simbolizar el nacimiento por el agua, y el vino de la comunión para simbolizar la aceptación de la sangre del Salvador- no pueden producir el nacimiento real o la transformación radical del individuo, que se promete al hombre. El uso externo del agua y del vino no puede producir el cambio de mentalidad deseado. Por tanto, debemos buscar el significado oculto tras los símbolos del agua y la sangre.

La Biblia utiliza muchas imágenes para simbolizar la Verdad, pero las imágenes utilizadas simbolizan la Verdad en diferentes niveles de significado. En el nivel más bajo, la imagen utilizada es la piedra. Por ejemplo:

"...una gran piedra estaba sobre la boca del pozo. Y allí se reunían todos los rebaños; y hacían rodar la piedra de la boca del pozo, y daban de beber a las ovejas...
- Génesis 29:2, 3
"...Se hundieron en el fondo como una piedra".
- Éxodo 15:5

Cuando una piedra bloquea el pozo, significa que la gente ha tomado literalmente estas grandes revelaciones simbólicas de la verdad. Cuando alguien hace rodar la piedra, significa que un individuo ha descubierto bajo la alegoría o parábola su germen de vida psicológica, o significado. Este significado oculto que se esconde tras las palabras literales está simbolizado por el agua. Es esta agua. En forma de Verdad psicológica, la que luego ofrece a la humanidad.

"El rebaño de mi pasto son los hombres".
- Ezequiel 34:31

El hombre de mentalidad literal que rechaza el "vaso de agua" -la Verdad psicológica- que se le ofrece, "se hunde en el fondo como una piedra". Permanece en el nivel en el que lo ve todo en pura objetividad, sin ninguna relación subjetiva, puede guardar todos los mandamientos -escritos en piedra- literalmente y, sin embargo, incumplirlos psicológicamente todo el día.

Puede, por ejemplo, no robar literalmente la propiedad de otro y, sin embargo, verlo en la miseria. Ver a otro en la miseria es robarle su derecho de nacimiento como hijo de Dios. Pues todos somos "hijos del Altísimo".

"Y si hijos, también herederos; herederos de Dios y coherederos con Cristo...".
- Romanos 8:17

Saber qué hacer ante una desgracia aparente es tener el "vaso de agua" -la Verdad psicológica- que podría salvar la situación. Pero tal conocimiento no es suficiente. El hombre no sólo debe "llenar de agua los cántaros de piedra" - es decir, descubrir la verdad psicológica- en vino.

Esto lo hace viviendo una vida conforme a la verdad que ha descubierto.

Sólo mediante ese uso de la verdad puede "probar el agua que se hizo vino" [Juan 2:9].

El derecho de nacimiento de un hombre es ser Jesús. Ha nacido para "salvar

a su pueblo de sus pecados" [Mateo 1 : 21].

Pero la salvación del hombre "no es sólo por el agua, sino por el agua y la sangre".

Saber qué hacer para salvarte a ti mismo o a otro no es suficiente; debes hacerlo. Saber qué hacer es agua; hacerlo es sangre.

Éste es el que no vino sólo por agua, sino por agua y sangre". Todo este misterio está en el uso consciente y activo de la imaginación para apropiarse de ese estado particular de conciencia que te salvaría a ti o a otro de la limitación actual. Las ceremonias externas no pueden lograrlo.

**"...os saldrá al encuentro un hombre que lleva un cántaro de agua; seguidle.
Y dondequiera que entre, decid al dueño de la casa: El Maestro dice:
¿Dónde está el aposento donde he de comer la Pascua con mis discípulos?
Y él os mostrará un gran aposento alto amueblado y preparado;
preparadnos allí."**
- Lucas 22:10-12

Lo que desees ya está "amueblado y preparado".

Tu imaginación puede ponerte en contacto interiormente con ese estado de conciencia. Si imaginas que ya eres el que quieres ser, estás siguiendo al "hombre que lleva un cántaro de agua". Si permaneces en ese estado, habrás entrado en la cámara de invitados -la Pascua- y entregado tu espíritu a las manos de Dios -tu conciencia-.

El estado de conciencia de un hombre es su demanda al Almacén Infinito de Dios, y, como la ley del comercio, una demanda crea una oferta.

Para cambiar la oferta, cambia la demanda: tu estado de conciencia.

Lo que deseas ser, eso debes sentir que ya eres. Tu estado de conciencia crea las condiciones de tu vida, en lugar de que las condiciones creen tu estado de conciencia. Conocer esta Verdad, es tener el "agua de la vida".

Pero tu salvador -la solución de tu problema- no puede manifestarse sólo con ese conocimiento.

Sólo puede realizarse en la medida en que se aplique dicho conocimiento.

Sólo cuando asumes el sentimiento de tu deseo cumplido, y continúas en él, se perfora tu costado, de donde sale sangre y agua". Sólo así se realiza Jesús, la solución de tu problema.

**"...pues debes saber que en el gobierno de la mente, tú eres tu propio dueño
y señor, que no se levantará ningún fuego en el círculo o circunferencia
total de tu cuerpo y espíritu, a menos que tú mismo lo despiertes".**

Dios es tu conciencia.

Sus promesas son condicionales. A menos que la demanda -tu estado de conciencia- cambie, la oferta -las condiciones actuales de tu vida- permanecerán como están. "A medida que perdonamos" -a medida que cambiamos de opinión- la ley es automática.

Tu estado de conciencia es el resorte de la acción, la fuerza directora y lo que crea la oferta.

**"...si esa nación, contra la que me he pronunciado, se vuelve de su maldad, me arrepentiré del mal que pensaba hacerles. Y en el instante en que hable sobre una nación y sobre un reino, para edificarlo y plantarlo, si hace lo malo ante mis ojos, no obedeciendo mi voz, entonces me arrepentiré del bien con que dije que los beneficiaría."**
- Jeremías 18:8, 9, 10

Esta afirmación de Jeremías sugiere que para que el individuo o la nación realicen la meta es necesario un compromiso: un compromiso con determinadas actitudes mentales fijas. El sentimiento del deseo cumplido es una condición necesaria en la búsqueda de la meta por parte del hombre.

La historia que voy a contarte muestra que el hombre es lo que el observador tiene la capacidad de ver en él; que lo que se ve que es es un índice directo del estado de conciencia del observador.

Esta historia es, también, un desafío para que todos derramemos nuestra sangre", para que utilicemos nuestra imaginación con amor en favor de otro.

No hay día que pase en que no tengamos la oportunidad de transformar una vida con el derramamiento de nuestra sangre".

**"Sin derramamiento de sangre no hay remisión".**
- Hebreos 9:22

Una noche, en Nueva York, pude desvelar el misterio del "agua y la sangre" a un profesor de escuela. Había citado la afirmación anterior de Hebreos 9:22 y seguí explicando que la comprensión de que no tenemos esperanza más que en nosotros mismos es el descubrimiento de que Dios está dentro de nosotros; que este descubrimiento hace que las oscuras cavernas del cráneo se vuelvan luminosas. Y sabemos que "El espíritu del hombre es la vela del Señor" [Proverbios 20:27]; y que esta comprensión es la luz que nos guía con seguridad sobre la tierra.

**"Su Vela brilló sobre mi cabeza y con su luz atravesé las tinieblas".**
- Job 29:3

Sin embargo, no debemos considerar a esta luz radiante de la cabeza como Dios, pues el hombre es imagen de Dios.

"**Dios aparece, y Dios es luz,**
**A esas pobres almas que moran en la Noche;**
**Pero, ¿una Forma Humana muestra**
**A los que moran en los reinos del Día**".
- Blake

Pero esto debe experimentarse para conocerse. No hay otra manera, y ninguna experiencia ajena puede sustituir a la nuestra.

Le dije a la maestra que su cambio de actitud respecto a otro produciría un cambio correspondiente en el otro; que tal conocimiento era el verdadero significado del agua mencionada en 1 Juan 5:6, pero que tal conocimiento por sí solo no bastaba para producir el renacimiento deseado; que tal renacimiento sólo podía producirse mediante "el agua y la sangre", o la aplicación de esta verdad.

Saber lo que hay que hacer es el agua de la vida, pero hacerlo es la sangre del salvador.

En otras palabras, un poco de conocimiento, si se lleva a cabo en la acción es más provechoso que mucho conocimiento que descuidamos llevar a cabo en la acción.

Mientras hablaba, una alumna no dejaba de asaltar la mente de la profesora. Pero éste, pensó ella, sería un caso demasiado difícil en el que probar la verdad de lo que le estaba diciendo sobre el misterio del renacimiento. Todos sabían, profesores y alumnos por igual, que este alumno en particular era incorregible.

Los hechos externos de su caso eran éstos Los profesores, incluidos el director y el psiquiatra de la escuela, habían juzgado a la alumna pocos días antes. Habían llegado a la decisión unánime de que la chica, por el bien de la escuela, debía ser expulsada al cumplir los dieciséis años. Era maleducada, grosera, poco ética y utilizaba el lenguaje más vil. Sólo faltaba un mes para la fecha de expulsión.

Mientras volvía a casa aquella noche, la profesora no dejaba de preguntarse si realmente podría cambiar de opinión sobre las chicas y, en caso afirmativo, si la alumna experimentaría un cambio de comportamiento porque ella misma había experimentado un cambio de actitud.

La única forma de averiguarlo sería intentarlo. Sería toda una empresa, pues significaba asumir toda la responsabilidad de la encarnación de los nuevos valores en el alumno. ¿Se atrevería a asumir un poder tan grande, un poder tan creativo, tan divino? Esto significaba una inversión completa de la actitud normal del hombre hacia la vida, de "Le amaré si él me ama primero", a "Él me ama, porque yo le amé primero". Esto se parecía demasiado a jugar a ser Dios.

**"Le amamos, porque él nos amó primero".**
- 1 Juan 4:19

Pero por mucho que intentara argumentar en contra, persistía la sensación de que mi interpretación daba sentido al misterio del renacimiento por "agua y sangre". La profesora decidió aceptar el reto. Y esto es lo que hizo.

Trajo el rostro de la niña ante los ojos de su mente y la vio sonreír. Escuchó e imaginó que oía a la niña decir "Buenos días". Esto era algo que la alumna nunca había hecho desde que llegó a aquella escuela. La profesora imaginó lo mejor de la chica, y luego escuchó y miró como si oyera y viera todo lo que oiría y vería después de que estas cosas debieran ser. La maestra hizo esto una y otra vez hasta que se convenció de que era verdad y se quedó dormida.

A la mañana siguiente, la alumna entró en su clase y le dijo sonriendo: "Buenos días". La profesora estaba tan sorprendida que casi no respondió y, según confesión propia, durante todo el día buscó indicios de que la chica volviera a su comportamiento anterior. Sin embargo, la niña continuó en su estado de transformación. Al final de la semana, todos notaron el cambio; se convocó una segunda reunión de personal y se revocó la decisión de expulsión. Como la niña seguía siendo simpática y amable, la profesora ha tenido que preguntarse: "¿Dónde estaba la niña mala en primer lugar?".

**"Porque misericordia, piedad, paz y amor es Dios,**
**Nuestro padre querido,**
**Y Misericordia, Piedad, Paz y Amor es el hombre,**
**Su hijo y su cuidado".**
- Blake, *La imagen divina*

En principio, la transformación siempre es posible, pues el ser transformado vive en nosotros, y sólo es cuestión de tomar conciencia de ello.

La maestra tuvo que experimentar esta transformación para conocer el misterio de "la sangre y el agua"; no había otra forma, y ninguna experiencia humana podría haberla sustituido.

**"Tenemos redención por su sangre".**
- Efesios 1:7

Sin la decisión de cambiar de opinión respecto al niño, y el poder imaginativo para llevarla a cabo, la maestra nunca habría podido redimir al alumno. Nadie puede conocer el poder redentor de la imaginación que no haya "derramado su sangre" y probado la copa de la experiencia.

"Lee una vez bien tu propio pecho,
¡Y has acabado con los miedos!
El hombre no tiene otra luz,
Búscalo mil años".
- Matthew Arnold

# CAPÍTULO 9: UNA VISIÓN MÍSTICA

"Y con muchas parábolas semejantes les hablaba la palabra, según podían oírla. Pero sin parábolas no les hablaba; y cuando estaban solos, lo explicaba todo a sus discípulos."
- Marcos 4:33, 34

Esta colección de parábolas que se llama Biblia es una revelación de la Verdad expresada en simbolismo para revelar las Leyes y los propósitos de la mente del hombre. A medida que tomamos conciencia de significados más profundos en las parábolas que los que se les suelen asignar, las vamos aprehendiendo místicamente.

Por ejemplo, adoptemos una visión mística del consejo dado a los discípulos en Mateo 10:10. Leemos que, cuando los discípulos estaban preparados para enseñar y practicar las grandes leyes de la mente que les habían sido reveladas, se les dijo que no se proveyeran de calzado para el viaje. Un discípulo es alguien que disciplina su mente para poder funcionar conscientemente y actuar en niveles de conciencia cada vez más elevados. Se eligió el zapato como símbolo de la expiación vicaria o del espíritu del "déjame-hacer-por-tí", porque el zapato protege al que lo lleva y le protege de las impurezas al asumirlas él mismo. El objetivo del discípulo es siempre conducirse a sí mismo y a los demás de la esclavitud de la dependencia a la libertad de los Hijos de Dios. De ahí el consejo: no lleves zapatos. No aceptes a ningún intermediario entre tú y Dios. Aléjate de todos los que se ofrezcan a hacer por ti lo que tú deberías hacer, y podrías hacer mucho mejor por ti mismo.

"La Tierra está abarrotada de Cielo,
Y todo arbusto común arde con Dios,
Pero sólo el que ve se quita los zapatos".
- Elizabeth Barrett Browning
"En verdad os digo que en cuanto lo hicisteis a uno de estos mis hijos más
pequeños, a mí me lo hicisteis".
- Mateo 25:40

Cada vez que ejercitas tu imaginación en favor de otro, sea bueno, malo o indiferente, se lo has hecho literalmente a Cristo, pues Cristo es la Imaginación Humana despierta. Mediante el uso sabio y amoroso de la imaginación, el hombre viste y alimenta a Cristo, y mediante el mal uso ignorante y temeroso de la imaginación, el hombre desviste y azota a Cristo.

"Que ninguno de vosotros imagine el mal en su corazón contra su prójimo" [Zacarías 8:17] es un consejo sensato, pero negativo. Un hombre puede dejar de usar mal su imaginación por consejo de un amigo; puede servirse negativamente de la experiencia de otros y aprender a no imaginar, pero eso no basta. Semejante falta de uso del poder creativo de la imaginación nunca podría vestir y alimentar a Cristo. La túnica púrpura del Hijo de Dios se teje, no no imaginando el mal, sino imaginando el bien; mediante el uso activo, voluntario y amoroso de la imaginación.

"Todo lo que es de buen nombre; si hay virtud alguna, y si hay alabanza, en
esto pensad".
- Filipenses 4:8
"El rey Salomón se hizo un carro de madera del Líbano. Hizo sus
columnas de plata, su fondo de oro, su cubierta de púrpura, su centro
pavimentado de amor..."
- Cantar de los Cantares 3: 9, 10

Lo primero que observamos es que "el rey Salomón se hizo a sí mismo". Eso es lo que todo hombre debe hacer con el tiempo: hacerse a sí mismo un carro de madera del Líbano. Por carro, el escritor de esta alegoría entiende la Mente, en la que se encuentra el espíritu de la Sabiduría -Salomón- controlando las cuatro funciones de la Mente para que pueda construir un mundo de Amor y Verdad.

"Y José preparó su carro y subió al encuentro de Israel, su padre". "¿Qué tributarios le siguen a Roma para agraciar con lazos cautivos las ruedas de su carro?". Si el hombre no se hace un carro de madera del Líbano, entonces el suyo será como el de la reina Mab: "Ella es la comadrona de las hadas; ... su carro es una avellana vacía".

La madera del Líbano era para el místico el símbolo de la incorruptibilidad. Para un místico, es evidente lo que el rey Salomón hizo de sí mismo. La plata tipificaba el conocimiento, el oro simbolizaba la sabiduría y la púrpura vestía o cubría la Mente incorruptible con el rojo del Amor y el azul de la Verdad.

**"Y le vistieron de púrpura".**
- Marcos 15:17

Sabiduría cuádruple encarnada e incorruptible, vestida de púrpura. Amor y Verdad: el propósito de la experiencia del hombre en la tierra.

**"El amor es la piedra del sabio;**
**Saca oro del terrón;**
**Convierte la nada en nada,**
**Me transforma en Dios".**
- Ángelus Silesius

# LA LEY Y LA PROMESA

# INTRODUCCIÓN

**"Y ahora, ve, escríbelo delante de ellos en una tablilla, e inscríbelo en un libro, para que quede para siempre como testigo".**
Isaías 30:8

Quiero expresar mi sincero agradecimiento a los cientos de hombres y mujeres que me han escrito, hablándome de su uso de la imaginación para crear un bien mayor para los demás, así como para ellos mismos, para que nos sintamos mutuamente alentados por la fe de cada uno; una fe que fue leal a la realidad invisible de sus actos imaginarios. La limitación de espacio no permite publicar todos los relatos en este único volumen. En la difícil tarea de seleccionar y organizar este material, Ruth Messenger y Juleene Brainard han prestado una ayuda inestimable.

# CAPÍTULO 1: LA LEY: IMAGINAR CREA REALIDAD

"El Hombre es todo Imaginación. Dios es el Hombre y existe en nosotros y nosotros en Él... El Cuerpo Eterno del Hombre es la Imaginación, es decir, Dios mismo".
- Blake

EL PROPÓSITO de la primera parte de este libro es mostrar, a través de historias reales, cómo la imaginación crea la realidad.

La ciencia progresa mediante hipótesis que se prueban provisionalmente y que después se aceptan o rechazan según los hechos de la experiencia. La afirmación de que la imaginación crea la realidad no necesita más consideración que la que permite la ciencia. Se demuestra en la práctica.

El mundo en el que vivimos es un mundo de imaginación. De hecho, la vida misma es una actividad de imaginar. "Para Blake", escribió el profesor Morrison de la Universidad de St. Andrews, "el mundo se origina en una actividad divina idéntica a lo que nosotros mismos conocemos como la actividad de la imaginación". Siendo su tarea "abrir los ojos inmortales del hombre hacia el interior, hacia los mundos del pensamiento, hacia la eternidad, siempre en expansión en el seno de Dios, la Imaginación Humana".

Nada aparece ni continúa existiendo por un poder propio.

Los acontecimientos suceden porque las actividades imaginarias comparativamente estables los han creado, y siguen existiendo sólo mientras reciben ese apoyo.

"El secreto de imaginar -escribe Douglas Fawcett- es el mayor de todos los problemas a cuya solución aspira el místico. El poder supremo, la sabiduría suprema, el deleite supremo residen en la lejana solución de este misterio."

Cuando el hombre resuelva el misterio de imaginar, habrá descubierto el secreto de la causalidad, y éste es: Imaginar crea la realidad.

Por tanto, el hombre que es consciente de lo que imagina, sabe lo que está creando y se da cuenta cada vez más de que el drama de la vida es imaginal, no físico.

Toda actividad es, en el fondo, imaginal. Una Imaginación Despierta trabaja con un propósito. Crea y conserva lo deseable y transforma o destruye lo indeseable.

La imaginación divina y la imaginación humana no son en absoluto dos potencias, sino una sola. La distinción válida que existe entre los dos aparentes no reside en la sustancia con la que operan, sino en el grado de intensidad del propio poder operante. Actuando a alta tensión, un acto imaginal es un hecho objetivo inmediato. Actuando a baja tensión, un acto imaginal se realiza en un proceso temporal. Pero tanto si la imaginación está en tensión alta como baja, es la "Realidad última, esencialmente no objetiva, de la que los objetos brotan como fantasías repentinas" [Hermann Keyserling, Conde, *Diario de viaje de un filósofo*]. Ningún objeto es independiente de la imaginación en algún nivel o niveles.

Todo lo que existe en el mundo debe su carácter a la imaginación en uno de sus diversos niveles. "La realidad objetiva", escribe Fichte, "se produce únicamente a través de la imaginación". Los objetos parecen tan independientes de nuestra percepción de ellos que nos inclinamos a olvidar que deben su origen a la imaginación.

El mundo en el que vivimos es un mundo de imaginación, y el hombre -a través de sus actividades imaginarias- crea las realidades y las circunstancias de la vida; esto lo hace a sabiendas o sin saberlo.

Los hombres prestan muy poca atención a este don inestimable: la Imaginación Humana. Y un don es prácticamente inexistente si no se posee conscientemente y no se está dispuesto a utilizarlo.

Todos los hombres poseen el poder de crear la realidad, pero este poder duerme como si estuviera muerto cuando no se ejerce conscientemente. Los hombres viven en el corazón mismo de la creación -La Imaginación Humana- y, sin embargo, no son más sabios por lo que ocurre en ella.

El futuro no será fundamentalmente distinto de las actividades imaginarias del hombre. Por tanto, el individuo que puede convocar a voluntad cualquier actividad imaginal que le plazca -y para quien las visiones de su imaginación son tan reales como las formas de la naturaleza- es dueño de su destino. El futuro es la actividad imaginal del hombre en su marcha creadora. La imaginación es el poder creador no sólo del poeta, el artista, el actor y el orador, sino también del científico, el inventor, el comerciante y el artesano.

Su abuso en la creación desenfrenada de imágenes desagradables es obvio; pero su abuso en la represión indebida engendra una esterilidad que roba al hombre la riqueza real de la experiencia. Imaginar soluciones novedosas a problemas cada vez más complejos es mucho más noble que huir de los problemas. La vida es la solución continua de un problema continuamente sintético.

Imaginar crea acontecimientos. El mundo, creado a partir de la imaginación de los hombres, se compone de creencias enfrentadas sin número; por tanto, nunca puede existir un estado perfectamente estable o estático. Los acontecimientos de hoy están destinados a perturbar el orden establecido de ayer. Los hombres y mujeres imaginativos perturban invariablemente la paz mental preexistente.

No te inclines ante el dictado de los hechos y aceptes la vida sobre la base del mundo exterior. Afirma la supremacía de tus actos Imaginales sobre los hechos y somete todas las cosas a ellos. Aférrate a tu ideal imaginario. Nada puede arrebatártelo, salvo tu incapacidad para persistir en imaginar el ideal realizado. Imagina sólo los estados que tengan valor o prometan bien.

Intentar cambiar las circunstancias antes de cambiar tu actividad imaginal es luchar contra la naturaleza misma de las cosas. No puede haber ningún cambio exterior mientras no haya primero un cambio imaginal. Todo lo que haces, si no va acompañado de un cambio imaginal, no es más que un reajuste inútil de las superficies.

Imaginar el deseo cumplido provoca una unión con ese estado, y durante esa unión te comportas de acuerdo con tu cambio imaginal. Esto te demuestra que un cambio imaginal dará lugar a un cambio de comportamiento.

Sin embargo, tus alteraciones imaginarias ordinarias al pasar de un estado a otro no son transformaciones, porque a cada una de ellas le sucede rápidamente otra en sentido inverso. Pero cuando un estado se estabiliza tanto que se convierte en tu estado de ánimo constante, en tu actitud habitual, entonces ese estado habitual define tu carácter y es una verdadera transformación.

¿Cómo lo haces? Abandonándote a ti mismo. Ése es el secreto. Debes abandonarte mentalmente a tu deseo cumplido en tu amor por ese estado, y al hacerlo, vivir en el nuevo estado y no más en el antiguo.

No puedes comprometerte con lo que no amas, así que el secreto del autocompromiso es la fe más el amor.

La fe es creer lo que es increíble. Comprométete con el sentimiento del deseo cumplido, con fe en que este acto de autocompromiso se hará realidad. Y debe convertirse en realidad porque imaginar crea la realidad.

La imaginación es a la vez conservadora y transformadora. Es conservadora cuando construye su mundo a partir de imágenes suministradas por la memoria y la evidencia de los sentidos. Es creativamente transformadora cuando imagina las cosas como deberían ser, construyendo su mundo a partir de los sueños generosos de la fantasía.

En la procesión de imágenes, las que priman, naturalmente, son las de los sentidos.

Sin embargo, una impresión sensorial presente es sólo una imagen. No difiere en su naturaleza de la imagen de un recuerdo o de la imagen de un deseo. Lo que hace que una impresión sensorial presente sea tan objetivamente real es la imaginación del individuo funcionando en ella y pensando a partir de ella; mientras que, en una imagen de memoria o en un deseo, la imaginación del individuo no está funcionando en ella y pensando a partir de ella, sino que está funcionando fuera de ella y pensando en ella.

Si entraras en la imagen en tu imaginación, entonces sabrías lo que es ser creativamente transformador; entonces realizarías tu deseo, y entonces serías feliz. Toda imagen puede encarnarse. Pero a menos que tú mismo entres en la imagen y pienses desde ella, es incapaz de nacer.

Por lo tanto, es el colmo de la insensatez esperar que el deseo se realice por el mero paso del tiempo.

Lo que requiere una ocupación imaginativa para producir su efecto, evidentemente no puede efectuarse sin dicha ocupación. No puedes estar en una imagen y no sufrir las consecuencias de no estar en otra.

La imaginación es sensación espiritual. Introduce la imagen del deseo cumplido, luego dale viveza sensorial y tonos de realidad actuando mentalmente como actuarías si fuera un hecho físico. Esto es lo que entiendo por sensación espiritual.

Imagina que tienes una rosa en la mano. Huélela. ¿Detectas el olor de las rosas? Si la rosa no está ahí, ¿por qué está su fragancia en el aire? Mediante la sensación espiritual -es decir, mediante la vista, el oído, el olfato, el gusto y el tacto imaginarios- puedes dar a la imagen viveza sensorial.

Si haces esto, todas las cosas conspirarán para ayudar a tu cosecha y, al reflexionar, verás lo sutiles que fueron los hilos que te condujeron a tu objetivo. Nunca podrías haber ideado los medios que tu actividad imaginal empleó para realizarse.

Si anhelas escapar de tu fijación de sentido actual, transformar tu vida presente en un sueño de lo que bien podría ser, no tienes más que imaginar que ya eres lo que quieres ser y sentirte como esperarías sentirte en tales circunstancias. Como la fantasía de un niño que rehace el mundo según su propio corazón, crea tu mundo a partir de puros sueños de fantasía.

Entra mentalmente en tu sueño. Haz mentalmente lo que harías realmente, si fuera físicamente realidad. Descubrirás que los sueños no los realizan los ricos, sino los imaginativos.

Nada se interpone entre tú y la realización de tus sueños, salvo los hechos, y los hechos son creaciones de la imaginación. Si cambias tu imaginación, cambiarás los hechos.

El hombre y su pasado son una estructura continua. Esta estructura contiene todos los hechos que se han conservado y siguen operando por debajo del umbral de su mente superficial. Para él no es más que historia. Para él parece inalterable: un pasado muerto y firmemente fijado. Pero para sí mismo, está vivo: forma parte de la era viva.

No puede dejar atrás los errores del pasado, pues nada desaparece. Todo lo que ha sido sigue existiendo. El pasado sigue existiendo, y da -y sigue dando- sus resultados. El hombre debe retroceder en la memoria, buscar y destruir las causas del mal, por muy atrás que se encuentren. A esto de ir al pasado y volver a representar imaginariamente una escena del pasado tal y como debería haberse representado la primera vez, lo llamo revisión, y la revisión da lugar a la derogación.

Cambiar tu vida significa cambiar el pasado.

Las causas de cualquier mal presente son las escenas no revisadas del pasado.

El pasado y el presente forman toda la estructura del hombre; llevan consigo todo su contenido. Cualquier alteración del contenido provocará una alteración del presente y del futuro.

Vive noblemente, para que la mente pueda almacenar un pasado digno de ser recordado. Si no lo consigues, recuerda que el primer acto de corrección o cura es siempre: revisar.

Si el pasado se recrea en el presente, también el pasado revisado se recreará en el presente, o de lo contrario la afirmación "aunque vuestros pecados sean como la grana, quedarán blancos como la nieve" [Isaías 1:18] es mentira. Y no es mentira.

El propósito del comentario relato a relato que sigue es enlazar lo más brevemente posible los temas distintos, pero nunca desconectados, de los catorce capítulos en que he dividido la primera parte de este libro. Espero que sirva como un hilo de pensamiento coherente que una el conjunto para demostrar su afirmación: ¡Imaginar crea la realidad!

Afirmarlo es fácil. Demostrarlo en la experiencia de los demás es mucho más difícil. El objetivo de este libro es incitarte a utilizar la Ley de forma constructiva en tu propia vida.

# CAPÍTULO 2: HABITAR

"Dios mío, he oído hoy que nadie construye una morada majestuosa, sino aquel que quiere habitarla. ¿Qué casa más majestuosa ha habido o puede haber que la del Hombre, para cuya creación todas las cosas están en decadencia?"
- George Herbert

OJALÁ FUERA cierto para los nobles sueños del hombre, pero, por desgracia, "construcción perpetua, ocupación diferida" es el defecto común del hombre. ¿Por qué "construir una morada señorial", a menos que se pretenda "habitar en ella"? ¿Por qué construir una casa de ensueño y no "habitarla"?

Éste es el secreto de los que yacen en la cama despiertos mientras sueñan que las cosas se hacen realidad. Saben vivir en su sueño hasta que, de hecho, lo hacen.

El hombre, a través de un sueño controlado y despierto, puede predeterminar su futuro. Esa actividad imaginal, de vivir en el sentimiento del deseo cumplido, conduce al hombre a través de un puente de incidentes hacia el cumplimiento del sueño.

Si vivimos en el sueño -pensando desde él y no en él-, el poder creador de la imaginación responderá a nuestra fantasía aventurera, y el deseo cumplido irrumpirá en nosotros y nos tomará desprevenidos.

El hombre es todo imaginación; por tanto, el hombre debe estar donde está en la imaginación, pues su imaginación es él mismo.

Darse cuenta de que la imaginación no es algo ligado a los sentidos o encerrado en el límite espacial del cuerpo es lo más importante.

Aunque el hombre se desplaza en el espacio mediante el movimiento de su cuerpo físico, no tiene por qué estar tan limitado. Puede moverse mediante un cambio en aquello de lo que es consciente. Por muy real que sea la escena sobre la que se posa la vista, el hombre puede contemplar una nunca antes presenciada.

Siempre puede retirar la montaña si perturba su concepto de lo que debe ser la vida. Esta capacidad de pasar mentalmente de las cosas como son a las cosas como deberían ser, es uno de los descubrimientos más importantes que puede hacer el hombre.

Revela al hombre como un centro de imaginación con poderes de intervención que le permiten alterar el curso de los acontecimientos observados, pasando de éxito en éxito mediante una serie de transformaciones mentales de la naturaleza, de los demás y de sí mismo.

Durante muchos años, un médico y su mujer "soñaron" con su "majestuosa morada"; pero hasta que no vivieron imaginariamente en ella, no la manifestaron. He aquí su historia:

"Hace unos quince años, la Sra. M. y yo compramos un solar en el que construimos un edificio de dos plantas que albergaba nuestra oficina y vivienda. Dejamos un amplio espacio en el solar para construir un edificio de apartamentos, siempre y cuando nuestras finanzas nos lo permitieran. Todos esos años estuvimos ocupados pagando nuestra hipoteca, y al final de ese tiempo no teníamos dinero para el edificio adicional que tanto deseábamos. Era cierto que teníamos una amplia cuenta de ahorros que significaba seguridad para nuestro negocio, pero utilizar cualquier parte de ella para un nuevo edificio sería poner en peligro esa seguridad.

Pero ahora tu enseñanza despertó un nuevo concepto, diciéndonos audazmente que podíamos tener lo que más deseábamos mediante el uso controlado de nuestra imaginación y que la realización de un deseo se hacía más convincente "sin dinero". Decidimos poner a prueba olvidarnos del "dinero" y concentrar nuestra atención en lo que más deseábamos en este mundo: el nuevo edificio de apartamentos.

Con este principio en mente, construimos mentalmente el nuevo edificio tal y como queríamos, dibujando planos físicos para poder formular mejor nuestra imagen mental de la estructura terminada. Sin olvidarnos nunca de pensar desde el final (en nuestro caso, el edificio terminado y ocupado), hicimos muchos viajes imaginativos por nuestro edificio de apartamentos, alquilando las unidades a inquilinos imaginarios, examinando en detalle cada habitación y disfrutando del sentimiento de orgullo cuando los amigos nos felicitaban por la planificación única. Trajimos a nuestra escena imaginaria a una amiga en particular (la llamaré Sra. X), una señora a la que no veíamos desde hacía tiempo, pues nos había "abandonado" socialmente, creyéndonos un poco peculiares en nuestra nueva forma de pensar. En nuestra escena imaginaria, la llevamos por el edificio y le preguntamos qué le parecía. Al oír claramente su voz, le dijimos: "Doctor, me parece precioso".

Un día, mientras hablábamos de nuestro edificio, mi mujer mencionó a un contratista que había construido varios edificios de apartamentos en nuestro barrio. Sólo sabíamos de él por el nombre que aparecía en los carteles adyacentes a los edificios en construcción. Pero al darnos cuenta de que, si viviéramos al final, no buscaríamos a un contratista, olvidamos rápidamente este punto de vista. Continuando estos periodos de imaginación diaria durante varias semanas, ambos sentimos que ahora estábamos "fundidos" con nuestro deseo y que habíamos conseguido vivir en el fin.

Un día, un desconocido entró en nuestra oficina y se identificó como el contratista cuyo nombre había mencionado mi mujer semanas antes. En tono de disculpa, dijo: 'No sé por qué he parado aquí. Normalmente no voy a ver a la gente, sino que la gente viene a verme a mí'. Nos explicó que pasaba a menudo por delante de nuestra oficina y se había preguntado por qué no había un edificio de apartamentos en el solar de la esquina. Le aseguramos que nos gustaría mucho tener un edificio así allí, pero que no teníamos dinero para invertir en el proyecto, ni siquiera los pocos cientos de dólares que costarían los planos.

Nuestra respuesta negativa no le inquietó y, aparentemente obligado, empezó a imaginar e idear formas y medios para llevar a cabo el trabajo, sin que se lo pidiéramos ni le animáramos. Olvidando el incidente, nos sobresaltamos bastante cuando unos días más tarde este hombre nos llamó, informándonos de que los planos estaban terminados y que el edificio propuesto nos costaría ¡treinta mil dólares! Le dimos las gracias cortésmente y no hicimos absolutamente nada. Sabíamos que habíamos estado "viviendo imaginariamente en el final" de un edificio terminado y que Imaginación montaría ese edificio perfectamente sin ninguna ayuda "exterior" por nuestra parte. Por eso no nos sorprendió que el contratista volviera a llamar al día siguiente para decirnos que había encontrado en sus archivos una serie de planos que se ajustaban perfectamente a nuestras necesidades con pocas modificaciones. Esto, nos informó, nos ahorraría los honorarios del arquitecto por unos planos nuevos. Volvimos a darle las gracias y seguimos sin hacer nada.

Los pensadores lógicos insistirían en que una respuesta tan negativa por parte de los posibles clientes acabaría por completo con el asunto. En lugar de eso, dos días después, el contratista volvió a llamar con la noticia de que había localizado una financiera dispuesta a cubrir el préstamo necesario con la excepción de unos pocos miles de dólares. Parece increíble, pero seguimos sin hacer nada.

Porque, recuerda, para nosotros este edificio estaba terminado y alquilado, y en nuestra imaginación no habíamos puesto ni un céntimo en su construcción.

El final de esta historia parece una secuela de "Alicia en el País de las Maravillas", porque el contratista vino a nuestra oficina al día siguiente y dijo, como si nos hiciera un regalo: "De todas formas vais a tener ese nuevo edificio. He decidido financiar yo mismo el resto del préstamo. Si os parece bien, haré que mi abogado redacte los papeles y podréis pagarme con los beneficios netos de los alquileres".

¡Esta vez sí que hicimos algo! Firmamos los papeles y la construcción comenzó inmediatamente. La mayoría de los apartamentos se alquilaron antes de la finalización definitiva, y todos menos uno se ocuparon el día de la finalización. Estábamos tan emocionados por los acontecimientos aparentemente milagrosos de los últimos meses que durante un tiempo no comprendimos este aparente "fallo" en nuestra imagen imaginal. Pero sabiendo lo que ya habíamos conseguido mediante el poder de la imaginación, concebimos inmediatamente otra escena imaginal y en ella, esta vez, en lugar de mostrar a la parte por la unidad y oír las palabras "nos lo quedamos", nosotros mismos en la imaginación visitamos a los inquilinos que ya se habían mudado a ese apartamento. Les permitimos que nos enseñaran las habitaciones y oímos sus comentarios de satisfacción y agrado. Tres días después, aquel piso estaba alquilado.

Nuestro drama imaginario original se había objetivado en todos los detalles excepto en uno, y éste se hizo realidad cuando, un mes después, nuestra amiga, la Sra. X, nos sorprendió con una visita largamente esperada, expresando su deseo de ver nuestro nuevo edificio. La acompañamos con mucho gusto, y al final de la visita la oímos pronunciar la frase que habíamos oído en nuestra imaginación tantas semanas antes, cuando con énfasis en cada palabra, dijo: "Doctor, creo que es precioso".

Nuestro sueño de quince años se hizo realidad. Y sabemos, ahora, que podría haberse realizado en cualquier momento dentro de esos quince años si hubiéramos conocido el secreto de imaginar y cómo "vivir en el final" del deseo.

Pero ahora se había hecho realidad: nuestro único gran deseo se había objetivado. Y no pusimos ni un céntimo de nuestro propio dinero en ello". - Dr. M.

A través de un sueño, un sueño controlado y despierto, el Doctor y su esposa crearon la realidad. Aprendieron a vivir en la casa de sus sueños como, de hecho, viven ahora. Aunque aparentemente la ayuda vino de fuera, el curso de los acontecimientos estuvo determinado en última instancia por la actividad imaginal del Doctor y su esposa. Los participantes se vieron arrastrados a su drama imaginal porque era dramáticamente necesario que así fuera. Su estructura imaginal lo exigía.

**"Todas las cosas, por ley divina, se mezclan entre sí".**

- Percy Bysshe Shelley, *Filosofía del amor*

La siguiente historia ilustra el modo en que una dama preparaba su "morada señorial" durmiendo imaginariamente en ella, o "morando en ella":

"Hace unos meses, mi marido decidió poner nuestra casa en venta. El objeto principal de la mudanza, que habíamos discutido muchas veces, era encontrar una casa lo bastante grande para nosotros dos, mi madre y mi tía, además de diez gatos, tres perros y un periquito. Lo creas o no, la mudanza contemplada fue idea de mi marido, pues quería a mi madre y a mi tía y decía que yo estaba en su casa la mayor parte del tiempo de todos modos, así que "¿por qué no vivir juntos y pagar una sola factura de impuestos?". Me gustó mucho la idea, pero sabía que ese nuevo hogar tendría que ser algo muy especial en cuanto a tamaño, ubicación y disposición, ya que yo insistía en la privacidad de todos los implicados.

Así que en ese momento estaba indecisa sobre si vender o no nuestra casa actual, pero no discutí, pues sabía muy bien por experiencias pasadas con la imaginación que nuestra casa nunca se vendería hasta que yo dejara de "dormir" en ella. Dos meses y cuatro o cinco agentes inmobiliarios después, mi marido había "renunciado" a la venta de nuestra casa y los agentes también. Llegados a este punto, me había convencido de que ahora quería el cambio, así que durante cuatro noches, en mi imaginación, me fui a dormir en el tipo de casa que me gustaría tener. Al quinto día, mi marido tenía una cita en casa de un amigo y, mientras estaba allí, conoció a un desconocido que "casualmente" buscaba una casa en las colinas. Por supuesto, le llevaron rápidamente a ver nuestra casa, por la que pasó una vez y dijo: "La compraré". Esto no nos hizo muy populares entre los intermediarios, pero a mí no me importaba, ¡ya que me alegraba de que la comisión del intermediario quedara en familia! Nos mudamos a los diez días y nos quedamos con mi madre mientras buscábamos nuestra nueva casa.

Hicimos una lista de nuestros requisitos con todos los agentes de Sunset Strip únicamente (porque yo no me mudaría fuera de la zona) y cada uno de ellos, sin excepción, nos informó de que estábamos locos. Dijeron que era totalmente imposible encontrar una casa antigua de estilo inglés con dos salones separados, apartamentos independientes, biblioteca y construida en una loma llana con suficiente espacio en el suelo para cercar perros grandes, y situada en una zona concreta. Cuando les dijimos el precio que pagaríamos por esta casa, se limitaron a poner cara de tristeza.

Dije que eso no era todo lo que queríamos. Queríamos paneles de madera por toda la casa, una chimenea enorme, una vista magnífica y aislamiento: sin vecinos cercanos, por favor. En ese momento, la agente soltó una risita y me recordó que no existía tal casa, pero que si existiera, nos pagarían cinco veces más de lo que estábamos dispuestos a pagar. Pero yo sabía que existía, porque mi imaginación había estado durmiendo en ella, y si yo soy mi imaginación, entonces yo había estado durmiendo en ella.

A la segunda semana ya habíamos agotado cinco oficinas inmobiliarias, y el señor de la sexta oficina parecía un poco enloquecido cuando uno de sus socios, que no había hablado hasta entonces, dijo: '¿Por qué no les enseñas la casa de King's Road? Un tercer socio de la oficina se rió agriamente y dijo: 'Esa propiedad ni siquiera está catalogada. Además, la vieja te echaría de la propiedad. Tiene dos hectáreas allí arriba y sabes que no se separaría'.

Bueno, no sabía que no se separaría, pero mi interés se había despertado por el nombre de la calle, ya que esa zona en concreto era la que más me gustaba de todas. Así que le pregunté por qué no echar un vistazo de todos modos, para reírnos. Cuando subimos por la calle y nos desviamos por un camino privado, nos acercamos a una gran casa de dos plantas construida con madera roja y ladrillo, de aspecto inglés, rodeada de altos árboles y asentada solitaria y distante sobre su propia loma, con vistas a la ciudad desde todas sus numerosas ventanas. Sentí una excitación especial cuando llegamos a la puerta principal y nos recibió una mujer encantadora que nos invitó amablemente a pasar.

Creo que no respiré durante los dos minutos siguientes, pues había entrado en la habitación más exquisita que jamás había visto. Las sólidas paredes de madera roja y el ladrillo de una gran chimenea se elevaban hasta una altura de veintiocho pies y terminaban en un techo arqueado unido por enormes vigas de madera roja. La habitación estaba sacada directamente de Dickens, y casi podía oír cantar villancicos en el balcón del comedor de arriba, que daba a la sala de estar. Una gran ventana catedral permitía ver el cielo, las montañas y la ciudad a lo lejos, y las hermosas y viejas paredes de madera roja brillaban a la luz del sol. Nos mostraron un espacioso apartamento en el piso inferior con biblioteca conectada, entrada independiente y patio separado. Dos escaleras conducían a un largo vestíbulo que daba a dos dormitorios y baños separados, y al final del vestíbulo había -sí- una segunda sala de estar, que daba a un segundo patio protegido por árboles y vallas de madera roja.

Construida sobre dos acres de terreno bellamente ajardinado, empecé a entender lo que el agente había querido decir con que "no se dividiría", pues en un acre había una gran piscina y una casa de piscina completamente separadas de la casa principal, pero que sin duda pertenecían a ella. Efectivamente, parecía una situación imposible, pues no queríamos dos acres de propiedad muy imponible más una piscina a una manzana de la casa.

Antes de marcharnos, atravesé aquel magnífico salón, subiendo una vez más las escaleras hasta el balcón del comedor. Me volví y, al mirar hacia abajo, vi a mi marido de pie junto a la chimenea, con la pipa en la mano y una expresión de perfecta satisfacción en el rostro. Apoyé las manos en la barandilla del balcón y le observé un momento.

Cuando volvimos a la oficina inmobiliaria, los tres agentes estaban dispuestos a cerrar por hoy, pero mi marido los detuvo diciendo: 'Hagámosle una oferta de todos modos. Quizá se reparta la propiedad. ¿Qué podemos perder? Uno de los agentes abandonó la oficina sin decir palabra. Otro dijo: 'La idea es ridícula'. El agente con el que habíamos hablado al principio dijo: 'Olvídalo. Es una quimera'. Mi marido no se enfada fácilmente, pero cuando lo hace, no hay criatura más testaruda sobre la tierra. Ahora estaba enfadado. Se sentó, golpeó el escritorio con la mano y rugió: 'Es asunto vuestro presentar ofertas, ¿no? Estuvieron de acuerdo en que así era y finalmente prometieron presentar nuestra oferta por la propiedad.

Nos fuimos, y aquella noche, en mi imaginación, estaba en el balcón del comedor y miraba a mi marido de pie junto a la chimenea. Me miró y me dijo: "Bueno, cariño, ¿qué te parece nuestra nueva casa? Le contesté: 'Me encanta'. Seguí viendo aquella hermosa habitación y a mi marido en ella y 'sentí' la barandilla del balcón agarrada con las manos hasta que me quedé dormida.

Al día siguiente, mientras cenábamos en casa de mi madre, sonó el teléfono y el agente, con voz incrédula, me informó de que acabábamos de comprar una casa. El propietario había dividido la propiedad por la mitad, dándonos la casa y el acre que ocupaba por el precio que habíamos ofrecido." - J.R.B.

**"... los soñadores a menudo yacen en la cama despiertos, mientras sueñan cosas verdaderas".**
aprox., William Shakespeare, *Romeo y Julieta*

Hay que adoptar el camino de la imaginación o el del sentido.
No hay compromiso ni neutralidad posibles.

**"El que no está por mí, está contra mí".**
Mateo 12:30, Lucas 11:23

Cuando el hombre se identifica por fin con su Imaginación y no con sus sentidos, ha descubierto por fin el núcleo de la realidad.

A menudo los autodenominados "realistas" me han advertido de que el hombre nunca realizará su sueño simplemente imaginando que ya está aquí.

Sin embargo, el hombre puede realizar su sueño simplemente imaginando que ya está aquí.

Eso es exactamente lo que demuestra esta colección de relatos: si los hombres estuvieran dispuestos a vivir imaginariamente en el sentimiento del deseo cumplido, avanzando confiadamente en su sueño controlado de vigilia, entonces el poder de la imaginación respondería a su fantasía aventurera y el deseo cumplido irrumpiría en ellos y los tomaría desprevenidos.

No hay nada más continuamente maravilloso que las cosas que suceden cada día al hombre con la imaginación suficientemente despierta para darse cuenta de su maravilla.

Observa tus actividades imaginarias. Imagina mejor que lo mejor que conoces y crea un mundo mejor para ti y para los demás.

Vive como si el deseo hubiera llegado, aunque aún esté por llegar, y acortarás el periodo de espera.

El mundo es imaginal, no mecanicista.

Los actos imaginarios -no el destino ciego- determinan el curso de la historia.

# CAPÍTULO 3: GIRA LA RUEDA
# HACIA ATRÁS

**"Oh, deja que tu fuerte imaginación haga girar la gran rueda hacia atrás, hasta que Troya se queme".**
- (Sir) John Collings Squire, *Los pájaros*
**"Toda la vida no es, a través de los tiempos, más que la solución continua de un problema sintético continuo".**
- H. G. Wells

EL ESTADO perfectamente estable o estático es siempre inalcanzable. El fin alcanzado objetivamente siempre realiza más que el fin que el individuo tenía originalmente en mente. Esto, a su vez, crea una nueva situación de conflicto interior, que necesita soluciones novedosas para obligar al hombre a seguir el camino de la evolución creativa. "Su toque es infinito y presta un yonder a todos los fines". [George Meredith, "Himno al color"].

Los acontecimientos de hoy están destinados a perturbar el orden establecido de ayer. La imaginación creativamente activa invariablemente perturba una paz mental preexistente.

Puede surgir la pregunta de cómo, representándonos a los demás como mejores de lo que realmente fueron, o reescribiendo mentalmente una carta para que se ajuste a nuestro deseo, o revisando la escena de un accidente, la entrevista con el empresario, etc., podríamos cambiar lo que parecen ser los hechos inalterables del pasado, pero recuerda mis afirmaciones sobre imaginar: Imaginar crea la realidad.

Lo que hace, lo puede deshacer. No sólo es conservadora, construyendo una vida a partir de imágenes suministradas por la memoria, sino que también es creativamente transformadora, alterando un tema ya existente.

La parábola del administrador injusto [Lucas 16:1-8] da la respuesta a esta pregunta. Podemos alterar nuestro mundo mediante una cierta práctica imaginal "ilegal", mediante una falsificación mental de los hechos, es decir, mediante una cierta alteración imaginal intencionada de lo que hemos experimentado. Todo esto se hace en la propia imaginación. Es una forma de falsedad que no sólo no se condena, sino que se aprueba en la enseñanza evangélica. Por medio de tal falsedad, un hombre destruye las causas del mal y adquiere amigos, y con la fuerza de esta revisión demuestra, a juzgar por los grandes elogios que el mayordomo injusto recibió de su amo, que es merecedor de confianza.

Como imaginar crea realidad, podemos llevar la revisión al extremo y revisar una escena que de otro modo sería imperdonable.

Aprendemos a distinguir entre el hombre -que es todo imaginación- y los estados en los que puede entrar.

Un administrador injusto, al ver la angustia de otro, se representará al otro como debería ser visto. Si él mismo estuviera necesitado, entraría en su sueño en su imaginación e imaginaría lo que vería y cómo parecerían las cosas y cómo actuarían las personas: "como deberían ser estas cosas".

Entonces, en este estado se quedaba dormido, sintiéndose como esperaría sentirse en tales circunstancias.

Ojalá todo el pueblo del Señor fuera un administrador injusto, que falsificara mentalmente los hechos de la vida para liberar a los individuos para siempre. Pues el cambio imaginal avanza, hasta que finalmente el modelo alterado se realiza en las alturas del logro.

Nuestro futuro es nuestra actividad imaginal en su marcha creativa.

Imagina algo mejor que lo mejor que conoces.

Revisar el pasado es reconstruirlo con nuevos contenidos. El hombre debe revivir diariamente el día como desearía haberlo vivido, revisando las escenas para que se ajusten a sus ideales. Por ejemplo, supongamos que el correo de hoy trae noticias decepcionantes. Revisa la carta. Reescríbela mentalmente y haz que se ajuste a las noticias que desearías haber recibido. Luego, en la imaginación, lee la carta revisada una y otra vez y esto despertará el sentimiento de naturalidad; y los actos imaginarios se convierten en hechos en cuanto nos sentimos naturales en el acto.

Esta es la esencia de la revisión y la revisión da lugar a la derogación.

Esto es exactamente lo que hizo F.B:

"A finales de julio escribí a un agente inmobiliario sobre mi deseo de vender un terreno que me había supuesto una carga económica. Su respuesta negativa enumeraba todas las razones por las que las ventas estaban estancadas en aquella zona, y pronosticaba un sombrío periodo de espera hasta después de primeros de año.

Recibí su carta un martes y, en mi imaginación, la reescribí con palabras que indicaban que el agente estaba ansioso por aceptar mi anuncio. Leí esta carta revisada una y otra vez, y amplié mi drama imaginal utilizando tu tema de los Cuatro Poderosos de nuestra Imaginación -de tu libro "Tiempo de Semilla y Cosecha"-: el Productor, el Autor, el Director y el Actor.

En mi escena imaginal como Productor, sugerí el tema: "El lote se vende para obtener un beneficio". Como Autor, escribí esta sencilla escena que, para mí, implicaba el cumplimiento: De pie en la oficina inmobiliaria, tendí la mano al agente y le dije: "Gracias, señor", y él respondió: "Ha sido un placer hacer negocios con usted". Como Director, me ensayé a mí mismo como Actor hasta que esa escena fue vívidamente real y sentí el alivio que sería mío si la carga se disipara de verdad.

Tres días después, el agente al que había escrito en un principio me telefoneó diciendo que tenía un depósito por mi lote al precio que yo había especificado. Al día siguiente firmé los papeles en su despacho, le tendí la mano y le dije: "Gracias, señor". El agente respondió: "Ha sido un placer hacer negocios con usted".

Cinco días después de haber construido y representado una escena imaginaria, se convirtió en una realidad física y se reprodujo palabra por palabra tal como la había oído en mi imaginación. La sensación de alivio y alegría provino, no tanto de la venta de la propiedad, sino de la prueba incontrovertible de que mi drama imaginario funcionaba." - F.B.

Si la cosa realizada fuera todo, ¡qué inútil! Pero F.B. descubrió un poder en su interior que puede crear circunstancias conscientemente.

Falsificando mentalmente los hechos de la vida, el hombre pasa de la reacción pasiva a la creación activa; esto rompe la rueda de la recurrencia y construye un futuro que se amplía acumulativamente.

Si el hombre no siempre crea en el pleno sentido de la palabra, es porque no es fiel a su visión, o bien piensa en lo que quiere en lugar de a partir de su deseo cumplido.

El hombre es una síntesis tan extraordinaria, en parte atado por sus sentidos y en parte libre para soñar, que sus conflictos internos son perennes. El estado de conflicto del individuo se expresa en la sociedad.

La vida es una aventura romántica. Vivir creativamente, imaginando soluciones novedosas a problemas cada vez más complejos, es mucho más noble que refrenar o aniquilar el deseo. Todo lo que se desea puede imaginarse hasta la existencia.

"¿Quieres estar en un Sueño, y sin embargo no dormir?"
*John Bunyan, El progreso del peregrino*

Intenta revisar tu día cada noche antes de dormirte. Intenta visualizar con claridad y entrar en la escena revisada que sería la solución imaginal de tu problema. La estructura imaginal revisada puede tener una gran influencia en los demás, pero eso no te concierne. El "otro" influido en la siguiente historia está profundamente agradecido por esa influencia. L.S.E. escribe:

"El pasado agosto, durante una "cita a ciegas" conocí al hombre con el que quería casarme. Esto ocurre a veces, y me ocurrió a mí. Era todo lo que yo había considerado deseable en un marido. Dos días después de esta velada encantada, tuve que cambiar de lugar de residencia por motivos de trabajo, y esa misma semana la amiga común que me había presentado a este hombre se mudó de ciudad. Me di cuenta de que el hombre que había conocido probablemente no conocía mi nueva dirección y, francamente, no estaba segura de que supiera mi nombre.

Después de tu última conferencia, te hablé de esta situación. Aunque tenía muchas otras "citas", no podía olvidar a este hombre. Tu conferencia se basaba en revisar nuestro día; y después de hablar contigo, decidí revisar mi día, todos los días. Antes de irme a dormir aquella noche, sentí que estaba en una cama diferente, en mi propia casa, como una mujer casada, y no como una trabajadora soltera, que compartía piso con otras tres chicas. Me enrosqué un anillo de boda imaginario en mi mano izquierda imaginaria, diciéndome una y otra vez: "¡Esto es maravilloso! Realmente soy la Sra. J.E.", y me quedé dormida en lo que un momento antes había sido un sueño despierta.

Repetí esta escena imaginaria durante un mes, noche tras noche. La primera semana de octubre me "encontró". En nuestra segunda cita, supe que mis sueños estaban bien situados. Tu enseñanza nos dice que vivamos en el final de nuestro deseo hasta que ese deseo se convierta en "hecho", así que, aunque no sabía lo que él sentía por mí, continué, noche tras noche, viviendo en el sentimiento de mi sueño realizado.

¿El resultado? En noviembre me propuso matrimonio. En enero anunciamos nuestro compromiso y en mayo nos casamos. Lo más hermoso de todo, sin embargo, es que soy más feliz de lo que jamás hubiera soñado; y sé de corazón que él también lo es." - Sra. J.E.

Al utilizar su imaginación de forma radical, en lugar de conservadora -al construir su mundo a partir de puros sueños de fantasía, en lugar de utilizar imágenes suministradas por la memoria-, hizo realidad su sueño.

El sentido común habría utilizado las imágenes que le proporcionaba su memoria, perpetuando así el hecho de la carencia en su vida.

La imaginación creó lo que deseaba a partir de un sueño de fantasía. Todo el mundo debe vivir totalmente en el plano de la imaginación, y debe emprenderlo consciente y deliberadamente.

"...Los amantes y los locos tienen cerebros tan hirvientes, Fantasías tan moldeadoras, que aprehenden más de lo que la fría razón comprende".
*William Shakespeare, Sueño de una noche de verano*

Si nuestro tiempo de revisión está bien empleado, no tenemos que preocuparnos por los resultados; nuestras mayores esperanzas se harán realidad.

**"¿Eres real, Tierra? ¿lo soy? ¿En qué sueño existimos?"**
aprox., Frank Kendon, *La pieza del tiempo*

No hay permanencia inevitable en nada. Tanto el pasado como el presente siguen existiendo sólo porque están sostenidos por la "Imaginación" en un nivel u otro; y siempre es posible una transformación radical de la vida mediante la revisión por el hombre de la parte indeseable de la misma.

En su carta, el Sr. R.S. cuestiona este tema de la influencia:

"Durante tu actual serie de conferencias, surgieron problemas con los cobros de una de mis escrituras fiduciarias. La garantía, una casa y un solar, estaba descuidada y deteriorada. Al parecer, los propietarios se gastaban el dinero en bares, mientras que sus dos hijas pequeñas, de nueve y once años, estaban notablemente desatendidas. Sin embargo, olvidando las apariencias, empecé a revisar la situación. En mi imaginación, conduje a mi mujer por delante de la propiedad y le dije: "¿No es precioso el jardín? Está tan limpio y bien cuidado. Esa gente demuestra realmente el amor que siente por su casa. Ésta es una escritura de fideicomiso de la que nunca tendremos que preocuparnos". Yo "veía" la casa y el terreno como quería verlo: un lugar tan encantador que me producía un cálido resplandor de placer. Cada vez que pensaba en esta propiedad, repetía mi escena imaginaria.

Después de practicar esta revisión durante algún tiempo, la mujer que vivía en la casa tuvo un accidente de automóvil; mientras estaba en el hospital, su marido desapareció. Los niños estaban al cuidado de unos vecinos; y tuve la tentación de visitar a la madre en el hospital para asegurarle que recibiría ayuda, si fuera necesario. Pero ¿cómo iba a hacerlo, cuando mi escena imaginaria implicaba que ella y su familia eran felices, tenían éxito y estaban obviamente contentos? Así que no hice más que mi repaso diario. Poco después de abandonar el hospital, la mujer y sus dos hijas también desaparecieron. Se enviaron los pagos de la propiedad y unos meses después reapareció con un certificado de matrimonio y un nuevo marido. En el momento de escribir estas líneas, todos los pagos están al día. Evidentemente, las dos niñas son felices y están bien cuidadas, y los propietarios han añadido una habitación a la propiedad, lo que da a nuestra Escritura Fiduciaria una seguridad adicional.

Fue muy agradable resolver mi problema sin amenazas, palabras desagradables, desahucios ni preocupaciones por las niñas; pero ¿había algo en mi imaginación que envió a aquella mujer al hospital?" - R.S.

Cualquier actividad imaginal que adquiera intensidad mediante nuestra atención concentrada en la claridad del fin deseado tiende a desbordarse hacia regiones más allá de donde nos encontramos; pero debemos dejar que se ocupe de dicha actividad imaginal ella misma.

Es maravillosamente ingeniosa a la hora de adaptar y ajustar los medios para realizarse.

Una vez que pensamos en términos de influencia y no de claridad del fin deseado, el esfuerzo de imaginación se convierte en un esfuerzo de voluntad, y el gran arte de imaginar se pervierte en tiranía.

El pasado enterrado suele estar más profundo de lo que nuestra mente superficial puede sondear. Pero, afortunadamente para esta señora, recordó y demostró que el pasado "hecho" también puede "deshacerse" mediante la revisión:

"Durante treinta y nueve años había sufrido de una espalda débil. El dolor aumentaba y disminuía, pero nunca se iba del todo. La afección había progresado hasta el punto de que recurría a tratamientos médicos casi constantemente; el médico me curaba la cadera de momento, pero el dolor simplemente no desaparecía. Una noche te oí hablar de revisión y me pregunté si una enfermedad de casi cuarenta años podría revisarse. Recordé que a los tres o cuatro años me había caído hacia atrás desde un columpio muy alto y que entonces había estado bastante enferma a causa de una grave lesión en la cadera. Desde entonces nunca me había librado por completo del dolor y había pagado muchos dólares para aliviar la dolencia, en vano.

Este año, durante el mes de agosto, el dolor se había vuelto más intenso y una noche decidí ponerme a prueba e intentar revisar aquel "antiguo" accidente que había sido la causa de tanta angustia de dolor y costosos gastos médicos durante la mayor parte de mi vida adulta. Pasaron muchas noches antes de que pudiera "sentirme" de nuevo en la edad de los juegos infantiles. Pero lo conseguí. Una noche realmente me "sentí" en aquel columpio, sintiendo la ráfaga de viento cuando el columpio se elevaba más y más. Cuando el columpio redujo su velocidad, salté hacia delante y aterricé firme y fácilmente sobre mis pies. En la acción imaginal corrí hacia mi madre e insistí en que viniera a ver lo que podía hacer. Volví a hacerlo, salté del columpio y aterricé con seguridad sobre mis dos pies. Repetí este acto imaginal una y otra vez hasta que me quedé dormida haciéndolo.

En dos días el dolor de espalda y cadera empezó a remitir y en dos meses el dolor ya no existía para mí. Una afección que me había atormentado durante más de treinta y nueve años, que me había costado una pequeña fortuna en intentos de curación, ya no existía." - L.H.

Es a las tijeras de podar de la revisión a las que debemos nuestro mejor fruto.

El hombre y su pasado son una estructura continua. Esta estructura contiene todo el pasado que se ha conservado y sigue operando bajo el umbral de sus sentidos para influir en el presente y el futuro de su vida.

El todo lleva consigo todo su contenido; cualquier alteración del contenido provocará una alteración del presente y del futuro.

El primer acto de corrección o cura es siempre "revisar". Si el pasado puede recrearse en el presente, también puede hacerlo el pasado revisado. Y así aparece el Pasado Revisado en el corazón mismo de su vida actual; no el Destino, sino un pasado revisado le trajo la buena fortuna.

Haz que los resultados y los logros sean la prueba crucial de la verdadera imaginación, y tu confianza en el poder de la imaginación para crear realidad crecerá gradualmente a partir de tus experimentos de revisión confrontados con la experiencia. Sólo mediante este proceso de experimentación podrás darte cuenta del poder potencial de tu imaginación despierta y controlada.

**"'¿Cuánto debes a mi amo?' Él respondió: 'Cien medidas de aceite'. Y él le dijo: 'Toma tu cuenta, siéntate pronto y escribe cincuenta'".**
Lucas 16:5,6

Esta parábola del administrador injusto nos insta a falsificar mentalmente los hechos de la vida, a alterar un tema ya existente. Mediante tales falsedades imaginativas, el hombre "adquiere amigos" [Lc 16,9]. A medida que transcurre el día, revisa mentalmente los hechos de la vida y haz que se ajusten a acontecimientos dignos de recuerdo; el día de mañana retomará el modelo alterado y seguirá adelante hasta que al fin se realice en las alturas del logro.

Al lector le merecerá la pena seguir estas pistas: construcción imaginal de escenas que implican el deseo cumplido, y participación imaginativa en estas escenas hasta alcanzar tonos de realidad. Se trata del secreto de la imaginación, en el que se ve al hombre despertar a un mundo completamente sometido a su poder imaginativo.

El hombre puede comprender bastante bien la recurrencia de los acontecimientos; la construcción de un mundo a partir de imágenes suministradas por la memoria, las cosas permaneciendo tal como son. Esto le da una sensación de seguridad en la estabilidad de las cosas. Sin embargo, la presencia en su interior de un poder que se despierta y se convierte en lo que quiere, cambiando radicalmente su forma, su entorno y las circunstancias de la vida, le inspira un sentimiento de inseguridad, un miedo espantoso al futuro.

Ahora, "ya es hora de despertar del sueño" [Romanos 13:11] y poner fin a todas las creaciones antipáticas del hombre dormido.

Repasa cada día.

**"Deja que tu fuerte imaginación haga girar la gran rueda hacia atrás hasta que Troya se queme".**
- (Sir) John Collings Squire, *Los pájaros*

# CAPÍTULO 4: NO HAY FICCIÓN

"La distinción entre lo real y lo imaginario no es una distinción que pueda
mantenerse finalmente... todas las cosas existentes son, en un sentido
inteligible, imaginarias".
- John S. MacKenzie

NO HAY FICCIÓN. Si una actividad imaginal puede producir un efecto físico,
nuestro mundo físico debe ser esencialmente imaginal. Para demostrarlo,
bastaría con observar nuestras actividades imaginarias y ver si producen o no
los correspondientes efectos externos. Si lo hacen, debemos concluir que no
hay ficción. El drama imaginario de hoy -la ficción- se convierte en el hecho
de mañana.

Si tuviéramos esta visión más amplia de la causalidad -que la causalidad es
mental, no física-, que nuestros estados mentales son causantes de efectos físicos, entonces nos daríamos cuenta de nuestra responsabilidad como crea-
dores e imaginaríamos sólo lo mejor imaginable.

La fábula representada como una especie de obra de teatro en la mente es
lo que provoca los hechos físicos de la vida.

El hombre cree que la realidad reside en los objetos sólidos que ve a su
alrededor, que es en este mundo donde se origina el drama de la vida, que los
acontecimientos surgen repentinamente a la existencia, creados momento a
momento a partir de hechos físicos antecedentes.

Pero la causalidad no reside en el mundo externo de los hechos. El drama
de la vida se origina en la imaginación del hombre. El verdadero acto del
devenir tiene lugar dentro de la imaginación del hombre y no fuera de ella.

Las siguientes historias podrían definir la "causalidad" como el ensamblaje de estados mentales que, al producirse, crea aquello que el ensamblaje implica.

El prólogo de *Una noche para recordar*, de Walter Lord, ilustra mi afirmación "Imaginar crea realidad":

"En 1898, un autor en apuros, llamado Morgan Robertson, urdió una novela sobre un fabuloso transatlántico, mucho mayor que cualquiera que se hubiera construido jamás. Robertson cargó su barco de gente rica y complaciente y luego lo hizo naufragar una fría noche de abril contra un iceberg. Esto demostraba de algún modo la futilidad de todo y, de hecho, el libro se tituló "FUTILIDAD" cuando apareció ese año, publicado por la firma M. F. Mansfield.

Catorce años después, una naviera británica, la White Star Line, construyó un barco de vapor muy parecido al de la novela de Robertson. El nuevo transatlántico tenía un desplazamiento de 66.000 toneladas; el de Robertson tenía 70.000 toneladas.

El barco real tenía 882,5 pies de eslora; el ficticio, 800 pies. Ambos podían transportar a unas 3.000 personas, y ambos tenían suficientes botes salvavidas para sólo una fracción de este número.

Pero, entonces, esto no pareció importar porque ambos fueron calificados de "¡inconmovibles!".

El 19 de abril de 1912, el barco real zarpó de Southampton en su viaje inaugural a Nueva York. Su carga incluía un ejemplar de valor incalculable del Rubaiyat de Omar Khayyam y una lista de pasajeros valorada en 250 millones de dólares. En su travesía, también chocó contra un iceberg y se hundió en una fría noche de abril.

Robertson llamó a su barco Titán; la White Star Line llamó a su barco Titanic".

Si Morgan Robertson hubiera sabido que Imaginar Crea Realidad, que la ficción de hoy es la realidad de mañana, ¿habría escrito la novela Futilidad?

"En el momento de la catástrofe trágica", escribe Schopenhauer, "se nos hace más clara que nunca la convicción de que la vida es un mal sueño del que tenemos que despertar". Y el mal sueño está causado por la actividad imaginal de la humanidad dormida.

Las actividades imaginarias pueden estar alejadas de su manifestación y los acontecimientos no observados son sólo apariencia. La causalidad, tal como se ve en esta tragedia, está en otra parte del espacio-tiempo. Lejos de la escena de la acción, invisible para todos, estaba la actividad imaginal de Robertson, como un científico en una sala de control dirigiendo su misil teledirigido a través del Espacio-Tiempo.

**"Quien pinta un cuadro, escribe una obra o un libro**
**Que otros leen mientras duerme en la cama**

> Del otro lado del mundo - cuando miran de reojo
> Su paje el durmiente bien podría estar muerto;
> ¿Qué sabe él de su lejana vida no sentida?
> Qué sabe él de los pensamientos que suscitan sus pensamientos,
> La vida que da su vida, o la lucha
> Con respecto a él -¿algunos cavilando, otros alabando?
> Sin embargo, el que está más vivo, el que está dormido
> O su espíritu rápido en otro lugar,
> O veintena de otros lugares, que guarda
> ¿Atención fija y sueño de otros perseguir?
> ¿Cuál es el "él" - el "él" que duerme, o el "él
> ¿Que su propio "él" no puede sentir ni ver?".
>
> - Samuel Butler

Los escritores imaginativos no comunican su visión del mundo, sino las actitudes que dan lugar a su visión. Poco antes de morir, Katherine Mansfield le dijo a su amigo Orage:

"Hay en la vida tantos aspectos como actitudes hacia ella; y los aspectos cambian con las actitudes... Si pudiéramos cambiar nuestra actitud, no sólo veríamos la vida de otra manera, sino que la vida misma llegaría a ser diferente. La vida experimentaría un cambio de aspecto porque nosotros mismos habríamos experimentado un cambio de actitud... La percepción de un nuevo patrón es lo que yo llamo una actitud creativa hacia la vida".

"Los profetas", escribió Blake, "en el sentido moderno de la palabra, nunca han existido. Jonás no fue profeta en el sentido moderno, pues su profecía sobre Nínive fracasó. Todo hombre honesto es un profeta; expresa su opinión tanto sobre asuntos privados como públicos. Así: Si sigues Así, el resultado será Así. Nunca dice: tal cosa sucederá, haz lo que quieras. Un Profeta es un Vidente, no un Dictador Arbitrario".

La función del Profeta no es decirnos lo que es inevitable, sino lo que puede construirse a partir de actividades imaginarias persistentes.

El futuro está determinado por las actividades imaginarias de la humanidad, actividades en su marcha creadora, actividades que pueden verse en "tus sueños y las visiones de tu cabeza mientras yaces en la cama" [Daniel 2:28]. "Ojalá todo el pueblo del Señor fuera profeta" [Números 11:29], en el verdadero sentido de la palabra, como este bailarín que, ahora, desde la cumbre de su ideal realizado, vislumbra cumbres aún más altas que han de ser escaladas. Cuando hayas leído esta historia, comprenderás por qué está tan seguro de que puede predeterminar cualquier futuro materialista que desee; y por qué está igualmente seguro de que los demás dan realidad a lo que de otro modo sería un mero producto de su imaginación; que no existe ni puede existir nada fuera de la imaginación en un nivel u otro. Nada sigue existiendo, salvo lo que la imaginación sustenta.

**"...La mente puede hacer Sustancia, y la gente planetas propios con seres más brillantes de lo que han sido, y dar aliento a formas que pueden sobrevivir a toda carne...".**
- Lord G. Byron

"Como mi historia comienza a la edad de diecinueve años, yo era un profesor de baile con poco éxito y continué en este estado estático durante casi cinco años. Al final de este tiempo conocí a una joven que me convenció para que asistiera a tus conferencias. Mi pensamiento, al oírte decir que "Imaginar crea realidad", fue que toda esa idea era ridícula. Sin embargo, decidí aceptar tu reto y refutar tu tesis. Compré tu libro "Fuera de este mundo" y lo leí muchas veces. Aún sin convencerme, me fijé un objetivo bastante ambicioso. Mi puesto actual era el de instructor en el Estudio de Danza Arthur Murray y mi objetivo era tener una franquicia y ser yo mismo el jefe de un estudio Arthur Murray.

Esto parecía lo más improbable del mundo, ya que las franquicias eran extremadamente difíciles de conseguir, pero además de este hecho, carecía por completo de los fondos necesarios para iniciar una operación de este tipo. No obstante. Asumí la sensación de mi deseo cumplido mientras noche tras noche, en mi imaginación, me iba a dormir dirigiendo mi propio estudio. Tres semanas más tarde me llamó un amigo desde Reno, Nevada. Tenía allí el Estudio Murray y me dijo que era demasiado para él solo. Me ofreció asociarme y yo estaba encantada; tan encantada, de hecho, que me apresuré a ir a Reno con dinero prestado y enseguida me olvidé de ti y de tu historia de Imaginación.

Mi socio y yo trabajamos duro y tuvimos mucho éxito, pero al cabo de un año aún no estaba satisfecha, quería más. Empecé a pensar en formas y medios para conseguir otro estudio. Todos mis esfuerzos fracasaron. Una noche, al retirarme, estaba inquieta y decidí leer. Al hojear mi colección de libros, me fijé en tu delgado volumen "Fuera de este mundo". Pensé en las "tonterías" por las que había pasado un año antes de conseguir mi propio estudio. ¡CONSEGUIR MI PROPIO ESTUDIO! ¡Las palabras de mi mente me electrizaron! Volví a leer el libro aquella noche y más tarde, en mi imaginación, oí a mi superior elogiar el buen trabajo que habíamos hecho en Reno y sugerir que adquiriéramos un segundo estudio, ya que tenía un segundo local preparado para nosotros si deseábamos expandirnos. Recreaba esta escena imaginaria todas las noches sin falta. Tres semanas después de la primera noche de mi drama imaginal, se materializó, casi palabra por palabra. Mi socio aceptó el nuevo estudio de Bakersfield y yo me quedé solo con el estudio de Reno. Ahora estaba convencida de la verdad de tus enseñanzas y nunca más lo olvidaré.

Ahora quería compartir este maravilloso conocimiento -del poder imaginal- con mi personal. Intenté hablarles de las maravillas que podían lograr, pero no conseguí llegar a muchos, aunque un incidente fantástico fue el resultado de mis esfuerzos por contar esta historia. Un joven profesor me dijo que creía mi historia, pero que probablemente habría ocurrido de todos modos con el tiempo. Insistió en que toda la teoría era un disparate, pero afirmó que si yo pudiera contarle algo de naturaleza increíble que realmente sucediera y que él pudiera presenciar, entonces creería. Acepté su reto y concebí una prueba realmente fantástica.

El Estudio de Reno es el más insignificante de todo el sistema Murray debido a la escasa población de la propia ciudad. Hay más de trescientos Estudios Murray en el país con poblaciones mucho mayores, por lo que ofrecen mayores posibilidades de las que partir. Así pues, mi prueba fue ésta. Le dije al profesor que en los próximos tres meses, cuando se celebrara una convención nacional de danza, el pequeño Estudio de Reno sería el tema principal de conversación en dicha convención. Afirmó tranquilamente que eso era imposible.

Aquella noche, cuando me retiré, sentí que estaba ante un público tremendo. Hablaba sobre "Imaginación creativa" y sentí el nerviosismo de estar ante un público tan vasto; pero también sentí la maravillosa sensación de la aceptación del público. Oí el estruendo de los aplausos y, cuando salí del escenario, vi que el propio Sr. Murray se acercaba y me estrechaba la mano. Volví a representar todo este drama noche tras noche. Empezó a tomar "tintes de realidad" y supe que lo había vuelto a conseguir.

Mi drama imaginario se materializó hasta el último detalle.

Mi pequeño Estudio Reno fue la "comidilla" de la convención y, efectivamente, aparecí en ese escenario tal y como lo había hecho en mi imaginación. Pero incluso después de este suceso increíble pero real, el joven profesor que me lanzó el reto seguía sin estar convencido. Dijo que todo había sucedido con demasiada naturalidad. Y estaba seguro de que habría ocurrido de todos modos.

No me importó su actitud porque su reto me había dado otra oportunidad de demostrar, al menos a mí misma, que Imaginar sí Crea Realidad. A partir de entonces, continué con mi ambición de poseer "el mayor estudio de danza Arthur Murray del mundo". Noche tras noche, en mi imaginación, me oía aceptando la franquicia de un estudio para una gran ciudad. ¡En tres semanas, el Sr. Murray me llamó y me ofreció un estudio en una ciudad de un millón y medio de habitantes! Ahora mi objetivo es hacer de mi estudio el mayor y más grande de todo el sistema. Y, por supuesto, 'sé que lo conseguiré: gracias a mi Imaginación'". - E.O.L., Jr.

"Imaginar", escribe Douglas Fawcett, "puede ser difícil de captar, pues al ser 'como el azogue' se desvanece en cada una de sus metamorfosis y despliega así su magia transformadora".

Debemos buscar más allá del hecho físico la imaginación que lo ha provocado. Durante un año, E.O.L., hijo, se perdió en su metamorfosis, pero afortunadamente recordó "las tonterías" por las que había pasado antes de tener su propio estudio y releyó el libro.

Los actos imaginarios en el plano humano necesitan un cierto intervalo de tiempo para desarrollarse, pero los actos imaginarios, tanto si se llevan a la imprenta como si se encierran en el seno de un ermitaño, se realizarán con el tiempo.

Ponte a prueba, aunque sólo sea por curiosidad. Descubrirás que el "Profeta" es tu propia imaginación y sabrás que "no hay ficción".

**"Nunca podremos estar seguros de que no fue alguna mujer pisando el lagar la que inició ese sutil cambio en la mente de los hombres... o de que la pasión, a causa de la cual tantos países fueron entregados a la espada, no comenzó en la mente de algún pastorcillo, iluminando sus ojos por un momento antes de seguir su camino".**
- William Butler Yeats

No hay ficción. La imaginación se realiza en lo que se convierte nuestra vida.

**"Y ahora os lo he dicho antes de que tenga lugar, para que, cuando se produzca, creáis".**
- Juan 14:29

Los griegos tenían razón:

**"¡Los Dioses han bajado hasta nosotros en semejanza de hombres!"**
- Hechos 14:11

Pero se han dormido y no se dan cuenta del poder que ejercen con sus actividades imaginarias.

**"Reales son los sueños de los Dioses, y suavemente pasan Su placer en un largo sueño inmortal".**
- John Keats

E.B., escritora, es plenamente consciente de que "la ficción de hoy puede convertirse en la realidad de mañana". En esta carta, escribe

"Una primavera, terminé una novela, la vendí y la olvidé. ¡No fue hasta muchos largos meses después cuando me senté y comparé nerviosamente algunos "hechos" de mi ficción con algunos "hechos" de mi vida! Lee un breve esbozo de la historia que he creado. Luego compárala con mi experiencia personal.

La heroína de mi historia hizo un viaje de vacaciones a Vermont. A la pequeña ciudad de Stowe, Vermont, para ser exactos. Cuando llegó a su destino, se encontró con un comportamiento tan desagradable por parte de su compañero que tuvo que continuar con su pauta de toda la vida de permitir que la dominara la exigencia egoísta de otro o romper esa pauta y marcharse. Lo rompió y regresó a Nueva York. Cuando regresó (y la historia continúa), los acontecimientos se concretaron en una propuesta de matrimonio que ella aceptó encantada.

En cuanto a mi parte de esta historia... a medida que evolucionaban los pequeños acontecimientos... empecé a recordar los dictados de mi propia pluma y en relación significativa. Esto es lo que me ocurrió Recibí una invitación de una amiga que me ofrecía unas vacaciones en su lugar de veraneo en Vermont. Acepté y no me sobresalté, al principio, cuando supe que su "lugar de veraneo" estaba en la ciudad de Stowe. Cuando llegué, encontré a mi anfitriona en un estado tan sumamente nervioso que me di cuenta de que me enfrentaba o a un verano desdichado o a la opción de "abandonarla". Nunca antes en mi vida había sido lo bastante fuerte como para ignorar lo que creía que eran las exigencias del deber y la amistad, pero esta vez lo hice y, sin ceremonias, regresé a Nueva York. Pocos días después de regresar a mi casa, yo también recibí una propuesta de matrimonio. Pero en este punto la realidad y la ficción se separaron. Rechacé la oferta. Lo sé, Neville, la ficción no existe". - E.B.

**"Olvidable es la verde tierra, sólo los dioses recuerdan eternamente... por sus grandes recuerdos se conoce a los dioses".**
*- George Meredith, Baladas y Poemas de la Vida Trágica*

Los finales transcurren fieles a sus orígenes imaginarios: cosechamos el fruto de un tiempo de florecimiento olvidado. En la vida, los acontecimientos no surgen siempre donde hemos esparcido la semilla, de modo que podemos no reconocer nuestra propia cosecha. Los acontecimientos son el surgimiento de una actividad imaginal oculta. El hombre es libre de imaginar lo que desee. Por eso, a pesar de todos los fatalistas y profetas de la fatalidad equivocados, todos los hombres despiertos saben que son libres. Saben que están creando la realidad. ¿Existe algún pasaje de las escrituras que apoye esta afirmación?
Sí:

**"Y sucedió que, tal como él nos interpretó, así fue".**
- Génesis 41:13

W. B. Yeats debió de descubrir que "no hay ficción", pues tras describir algunas de sus experiencias en el uso consciente de la imaginación, escribe:

**"Si todos los que han descrito sucesos como éste no han soñado, deberíamos reescribir nuestras historias, pues todos los hombres, ciertamente todos los hombres imaginativos, deben estar siempre lanzando encantamientos, espejismos, ilusiones; y todos los hombres, especialmente los hombres tranquilos, que no tienen una vida egoísta poderosa, deben estar pasando continuamente bajo su poder. Nuestros pensamientos más elaborados, nuestros propósitos más elaborados, nuestras emociones más precisas, a menudo, como pienso, no son realmente nuestros, sino que han surgido de repente, como si salieran del infierno o bajaran del cielo..."**
*- Ideas del bien y del mal*

No hay ficción. Imagina mejor que lo mejor que conoces.

# CAPÍTULO 5: HILOS SUTILES

"...todo lo que contemplas; aunque parezca Fuera, está Dentro; En tu
Imaginación, de la que este Mundo de la Mortalidad no es más que una
Sombra".
- Blake

NADA APARECE ni continúa en el ser por un poder propio. Los
acontecimientos ocurren porque las actividades imaginarias comparativamente estables los han creado, y continúan existiendo en virtud del apoyo que
reciben de dichas actividades imaginarias. El papel que desempeña la imaginación del deseo cumplido en la creación consciente de las circunstancias es
evidente en esta serie de historias.

Verás cómo la narración de una historia sobre el uso con éxito de la imaginación puede servir de acicate y desafío para que otros "lo intenten" y "vean".

Una noche, un caballero se levantó entre mi público. Dijo que no tenía
ninguna pregunta que hacerme, pero que le gustaría contarme algo. Ésta era
su historia:

Cuando salió de las Fuerzas Armadas después de la Segunda Guerra
Mundial, consiguió un trabajo que le permitía ganar 25 dólares a la semana.
Al cabo de diez años ganaba 600,00 $ al mes. En aquella época compró mi
libro "La imaginación despierta" y leyó el capítulo "Las tijeras de podar de la
revisión".

Mediante la práctica diaria de la "Revisión", tal como allí se expone, pudo
decir a mi audiencia, dos años más tarde, que sus ingresos eran iguales a los
del Presidente de los Estados Unidos.

En mi audiencia estaba sentado un hombre que, según confesó, estaba arruinado. Había leído el mismo libro, pero de repente se dio cuenta de que no había hecho nada con el uso de su imaginación para resolver su problema financiero.

Decidió que intentaría imaginarse a sí mismo como el ganador de la quiniela 5-10 del hipódromo de Caliente. Según sus propias palabras:

"En esta quiniela, uno intenta elegir ganadores en las carreras de la quinta a la décima. Esto es lo que hice: En mi imaginación estaba de pie, clasificando mis boletos y sintiendo, mientras lo hacía, que tenía a cada uno de los seis ganadores. Representé esta escena una y otra vez en mi imaginación, hasta que realmente se me puso la "piel de gallina". Entonces "vi" a la cajera dándome una gran suma de dinero que me puse debajo de mi camisa imaginaria.

Éste era todo mi drama imaginal; y durante tres semanas, noche tras noche, representé esta escena y me quedé dormida en la acción.

Al cabo de tres semanas viajé físicamente al Hipódromo de Caliente, y ese día se realizó realmente cada detalle de mi juego imaginativo. El único cambio en la escena fue que el cajero me dio un cheque por un total de 84.000,00 dólares en lugar de moneda". - T.K.

Después de mi conferencia la noche en que se contó esta historia, un hombre del público me preguntó si creía posible que él pudiera duplicar la experiencia de T.K.. Le dije que él mismo debía decidir las circunstancias de su escena imaginaria, pero que, eligiera la escena que eligiera, debía crear un drama que pudiera hacer natural para sí mismo e imaginar el final intensamente con todo el sentimiento que pudiera reunir; no debía esforzarse por conseguir los medios para el fin, sino vivir imaginariamente en el sentimiento del deseo cumplido.

Un mes después me enseñó un cheque de 16.000,00 $, que había ganado en otra quiniela de 5-10 en el mismo hipódromo de Caliente el día anterior.

Este hombre tuvo una secuela de su más interesante duplicación de la buena fortuna de T.K.. Su primera victoria resolvió sus dificultades económicas inmediatas, aunque quería más dinero para la seguridad futura de su familia. Además, y más importante para él, quería demostrar que no había sido un "accidente". Pensó que si su buena suerte se repetía una segunda vez consecutiva, la llamada "ley de los porcentajes" se convertiría para él en la prueba de que sus estructuras imaginarias estaban produciendo esa "realidad" milagrosa. Así que se atrevió a someter su imaginación a una segunda prueba. Continúa:

"Quería tener una cuenta bancaria importante y esto, para mí, significaba 'ver' un saldo grande en mis extractos bancarios. Por lo tanto, en mi imaginación representé una escena que me llevaba a dos bancos. En cada banco "vería" la sonrisa de agradecimiento que me dedicaría el director del banco cuando entrara en su establecimiento y "oiría" el saludo cordial del cajero. Pedía ver mi extracto. En un banco "vi" un saldo de 10.000 dólares. En el otro banco "vi" un saldo de 15.000,00 $.

Mi escena imaginaria no terminaba ahí. Inmediatamente después de ver mis saldos bancarios, dirigiría mi atención a mi sistema de carreras de caballos que, mediante una progresión de diez pasos, llevaría mis ganancias a 11.533,00 $ con un capital inicial de 200,00 $.

Dividiría las ganancias en doce montones sobre mi escritorio. Contando el dinero en mis manos imaginarias, pondría 1.000,00 dólares en cada uno de los once montones y los quinientos treinta y tres dólares restantes en el último montón. Mi "contabilidad imaginativa" ascendería a 36.533,00 dólares, incluidos mis saldos bancarios.

Representé toda esta escena imaginativa cada mañana, tarde y noche durante menos de un mes y, el 2 de marzo, fui de nuevo a la pista de Caliente. Confeccioné mis boletos, pero extrañamente y sin saber por qué lo hacía, dupliqué seis boletos más exactamente iguales a los seis ya confeccionados, pero en la décima selección cometí un "error" y copié dos boletos dos veces. Cuando salieron los ganadores, me quedé con dos de ellos, cada uno de los cuales pagaba 16.423,50 $. También tenía seis boletos de consolación, cada uno de los cuales pagaba 656,80 $. El total combinado ascendía a 36.788,00 $. Mi contabilidad imaginaria de un mes antes había ascendido a 36.533,00 $. Dos puntos de interés, los más profundos para mí, fueron que por aparente accidente había marcado dos boletos ganadores de forma idéntica y también, que al final de la novena carrera (que fue una de las principales ganadoras) el entrenador intentó "rascar" al caballo, pero los Comisarios denegaron la petición del entrenador." - A.J.F.

¿Cómo de sutiles eran los hilos que conducían a su objetivo? Los resultados deben atestiguar nuestra imaginación o realmente no estamos imaginando el fin en absoluto. A.J.F. imaginó fielmente el final, y todas las cosas conspiraron para ayudar a su cosecha. Su "error" al copiar dos veces un boleto ganador, y la negativa del Comisario a permitir la petición del entrenador fueron acontecimientos creados por el drama imaginal para hacer avanzar el plan de las cosas hacia su meta.

"El azar", escribió Belfort Bax, "puede definirse como aquel elemento en el cambio de realidad -es decir, en la síntesis fluida de los acontecimientos- que es irreductible a la ley o a la categoría causal."

Para vivir sabiamente, debemos ser conscientes de nuestras actividades imaginarias o, en todo caso, del fin al que tienden. Debemos procurar que sea el fin que deseamos. La imaginación sabia sólo se identifica con aquellas actividades que tienen valor o prometen bien.

Por mucho que el hombre parezca tratar con un mundo material, en realidad vive en un mundo de imaginación.

Cuando descubra que no es el mundo físico de los hechos, sino las actividades imaginarias las que conforman su vida, entonces el mundo físico dejará de ser la realidad, y el mundo de la imaginación dejará de ser el sueño.

"¿El camino es cuesta arriba todo el camino?
Sí, hasta el final.
¿Te llevará todo el largo día de viaje?
De la mañana a la noche, amigo mío".
- Christina Georgina Rossetti, "Cuesta arriba"

# CAPÍTULO 6: FANTASÍA VISIONARIA

"La naturaleza de la fantasía visionaria o imaginación es muy poco conocida, y la naturaleza externa y la permanencia de sus imágenes siempre existentes se consideran menos permanentes que las cosas de la naturaleza vegetativa y generativa; sin embargo, el roble muere tanto como la lechuga, pero su imagen e individualidad eternas nunca mueren, sino que se renuevan por su semilla; del mismo modo que la imagen imaginativa regresa por la semilla del pensamiento contemplativo".
- Blake

LAS IMÁGENES de nuestra imaginación son las realidades de las que cualquier manifestación física es sólo la sombra.

Si somos fieles a la visión, la imagen creará por sí misma la única manifestación física de sí misma que tiene derecho a hacer.

Hablamos de la "realidad" de una cosa cuando nos referimos a su sustancia material. Eso es exactamente lo que un imaginista entiende por su "irrealidad" o sombra.

Imaginar es sensación espiritual.

Entra en la sensación de tu deseo cumplido. Mediante la sensación espiritual -mediante el uso de la vista, el oído, el olfato, el gusto y el tacto imaginarios- darás a tu imagen la viveza sensorial necesaria para producir esa imagen en tu mundo exterior o de sombra.

He aquí la historia de uno que fue fiel a su visión. Siendo F.B. un verdadero imaginista, recordaba lo que había oído en su imaginación. Así escribe

"Un amigo que conoce mi apasionada afición por la ópera intentó conseguirme en Navidad la grabación completa de Tristán e Isolda de Kirsten Flagstad. En más de una docena de tiendas de discos le dijeron lo mismo: 'RCA Victor no va a reeditar esta grabación y no hay copias disponibles desde junio.

El 27 de diciembre, decidí volver a demostrar tu principio consiguiendo el álbum que deseaba tan intensamente. Recostada en el salón de mi casa, entré mentalmente en la tienda de discos que frecuento y pregunté al único vendedor cuya cara y voz recordaba: "¿Tiene la Isolda completa de Flagstad? Me contestó: "Sí, la tengo".

Así terminó la escena y la repetí hasta que fue "real" para mí.

A última hora de aquella tarde, fui a aquella tienda de discos para representar físicamente la escena. Ni un solo detalle suministrado por los sentidos me había animado a creer que podría salir de aquella tienda con aquellos discos. El mismo vendedor de la misma tienda me había contado en septiembre la misma historia que mi amigo había recibido allí antes de Navidad.

Acercándome al vendedor que había visto en la imaginación aquella mañana, le dije: '¿Tenéis la Isolda completa de Flagstad?'. Me contestó: 'No, no tenemos'. Sin decirle nada audible, me dije para mis adentros: "¡No es eso lo que te he oído decir!

Cuando me disponía a salir de la tienda, vi en un estante superior lo que me pareció un anuncio de este juego de discos y le dije al vendedor: "Si no tiene la mercancía, no debería anunciarla". Así es", respondió, y cuando alargó la mano para descolgarlo, descubrió que se trataba de un álbum completo, ¡con los cinco discos! La escena no se representó exactamente como yo la había construido, pero el resultado confirmó lo que mi escena imaginada implicaba. ¿Cómo puedo agradecértelo?" - F.B.

Tras leer la carta de F.B., debemos estar de acuerdo con Anthony Eden en que "Una suposición, aunque falsa, si se persiste en ella, se endurecerá hasta convertirse en un hecho". La fantasía de F.B., al fundirse con el campo sensorial de la tienda de discos, enriqueció aspectos de ella y los hizo "suyos", lo que él percibía.

Nuestro futuro es nuestra imaginación en su marcha creativa. F.B. utilizó su imaginación con un propósito consciente, representando la vida tal como deseaba que fuera y, de este modo, afectando a la vida en lugar de limitarse a reflejarla. Tan seguro estaba de que su drama imaginal era la realidad -y el acto físico sólo una sombra- que cuando el vendedor dijo: "No, no lo hemos hecho", F.B. dijo mentalmente: "¡Eso no es lo que le he oído decir!". No sólo recordaba lo que había oído, sino que seguía recordándolo. Imaginar el deseo cumplido es la búsqueda que encuentra, la petición que recibe, la llamada a la que se abre. Vio y oyó lo que deseaba ver y oír; y no aceptó un "No, no lo hemos visto" por respuesta.

El imaginista sueña despierto. No es el siervo de su Visión, sino el amo de la dirección de su atención. La constancia imaginativa controla la percepción de los acontecimientos en el espacio-tiempo. Desgraciadamente, la mayoría de los hombres lo son:

> **"Siempre cambiante, como un ojo sin alegría**
> **Que no encuentra ningún objeto digno de su constancia...".**
> - Percy Bysshe Shelley, "A la Luna"

También la Sra. G.R. había oído imaginariamente lo que quería oír físicamente y sabía que el mundo exterior debía confirmarlo. Ésta es su historia:

"Hace algún tiempo pusimos en venta nuestra casa, lo cual era necesario para poder comprar una propiedad más grande por la que habíamos depositado una fianza. Varias personas habrían comprado nuestra casa inmediatamente, pero nos vimos obligados a explicar que no podíamos cerrar ningún trato hasta saber si nuestra oferta por la propiedad que queríamos había sido aceptada o no. En ese momento, llamó un corredor y nos suplicó literalmente que le permitiéramos enseñar nuestra casa a un cliente suyo que estaba ansioso por ese lugar y estaría encantado de pagar incluso más de lo que pedíamos. Explicamos nuestra situación al corredor y a su cliente; ambos afirmaron que no les importaba esperar a que se consumara nuestro acuerdo.

El agente nos pidió que firmáramos un papel que, según dijo, no era vinculante en modo alguno, pero que le daría la primera oportunidad de venta si nuestro otro acuerdo se cerraba. Firmamos el documento y más tarde nos enteramos de que, según la legislación inmobiliaria de California, nada podía ser más vinculante. Pocos días después, nuestro acuerdo con la nueva propiedad fracasó, así que se lo notificamos al agente y su respuesta verbal fue: "Bueno, olvídalo". Dos semanas después nos demandó por mil quinientos dólares de comisión. Se fijó la fecha del juicio y pedimos un juicio con jurado.

Nuestro abogado nos aseguró que haría todo lo posible, pero que la ley en este punto concreto era tan estricta que no veía ninguna posibilidad de que ganáramos el caso.

Cuando llegó la hora del juicio, mi marido estaba en el hospital y no pudo comparecer conmigo en nuestra defensa. Yo no tenía testigos; pero el corredor trajo al tribunal tres abogados y varios testigos contra nosotros. Nuestro abogado me dijo ahora que no teníamos la menor posibilidad de ganar.

Recurrí a mi imaginación, y esto es lo que hice. Ignorando por completo todo lo que habían dicho los abogados, los testigos y el juez, que parecía favorecer al demandante, sólo pensé en las palabras que quería oír. En mi imaginación, escuché atentamente y oí al presidente del jurado decir: "Declaramos al acusado inocente". Escuché hasta que supe que era cierto. Cerré el oído de mi mente a todo lo que se decía en aquella sala y sólo oí aquellas palabras: "Declaramos al acusado inocente". El jurado deliberó desde el receso del mediodía hasta las cuatro y media de aquella tarde, y durante todas aquellas horas estuve sentado en la sala y oí aquellas palabras una y otra vez en mi imaginación. Cuando regresaron los miembros del jurado, el juez pidió al presidente que se pusiera en pie y diera su veredicto. El presidente se levantó y dijo: 'Declaramos al acusado NO culpable'". - Sra. G.R.

**"Si hubiera sueños que vender**
**¿Qué comprarías?"**
- Thomas Lovell Beddoes, "Sedario de sueños"

¿No comprarías tu deseo cumplido? Tus sueños no tienen precio ni dinero. Al encerrar al jurado en su imaginación, oyendo sólo lo que ella quería oír, llamó al jurado a la unanimidad en su favor. Siendo la imaginación la realidad de todo lo que existe, con ella la dama consiguió que se cumpliera su deseo.

La afirmación de Hebbel de que "el poeta crea a partir de la contemplación" también es cierta para los imaginistas.

Saben utilizar sus alucinaciones de vídeo-audio para crear realidad.

Nada es tan fatal como el conformismo. No debemos dejarnos ceñir por la fijeza anillada de los hechos.

Cambia la imagen y, por tanto, cambia el hecho.

R.O. empleó el arte de ver y sentir para crear su visión en la imaginación.

"Hace un año me llevé a mis hijos a Europa dejando mi apartamento amueblado al cuidado de mi criada. Cuando volvimos unos meses después a Estados Unidos, me encontré con que mi asistenta y todos mis muebles habían desaparecido. El conserje del apartamento declaró que la asistenta había hecho trasladar mis muebles "a petición mía". No podía hacer nada por el momento, así que cogí a mis hijos y me fui a vivir a un hotel. Por supuesto, denuncié el incidente a la policía y, además, puse a detectives privados a trabajar en el caso. Ambas organizaciones investigaron todas las empresas de mudanzas y todos los almacenes de Nueva York, pero fue en vano. No parecía haber ni rastro de mis muebles ni de mi criada.

Habiendo agotado todas las fuentes externas, recordé tus enseñanzas y decidí que intentaría utilizar mi imaginación en este asunto. Así que, sentada en mi habitación de hotel, cerré los ojos y me imaginé en mi propio apartamento, sentada en mi sillón favorito y rodeada de todos mis muebles personales. Miré a través del salón el piano en el que guardaba las fotos de mis hijos. Continuaba mirando fijamente el piano hasta que toda la habitación se volvía vívidamente real para mí. Podía ver las fotos de mis hijos y sentir realmente la tapicería de la silla en la que, en mi imaginación, estaba sentada.

Al día siguiente, al salir de mi banco, me volví para caminar en dirección a mi apartamento vacío en vez de hacia mi hotel. Al llegar a la esquina, descubrí mi "error" y estaba a punto de dar media vuelta cuando mi atención se fijó en un par de tobillos muy familiares. Sí, los tobillos pertenecían a mi criada. Me acerqué a ella y la cogí del brazo. Estaba bastante asustada, pero le aseguré que lo único que quería de ella eran mis muebles. Llamé a un taxi y ella me llevó al lugar en el que sus amigas habían guardado mis muebles. En un día, mi imaginación había encontrado lo que toda una fuerza policial de una gran ciudad y unos investigadores privados no pudieron encontrar en semanas." - R.O.

Esta señora conocía el secreto de la imaginación antes de llamar a la policía, pero la imaginación -a pesar de su importancia- fue olvidada debido a que la atención se fijó en los hechos. Sin embargo, lo que la razón no encontró por la fuerza, la imaginación lo encontró sin esfuerzo. Nada continúa -incluida la sensación de pérdida- sin su apoyo imaginal.

Al imaginar que estaba sentada en su propio sillón, en su propio salón, rodeada de todos sus muebles, retiró el apoyo imaginal que había dado a su sensación de pérdida; y mediante este cambio imaginal recuperó sus muebles perdidos y restableció su hogar.

Tu imaginación es más creativa cuando imaginas las cosas como deseas que sean, construyendo una nueva experiencia a partir de un sueño de fantasía. Para construir ese sueño de fantasía en su imaginación, F.G. puso en juego todos sus sentidos: la vista, el oído, el tacto, el olfato e incluso el gusto. Ésta es su historia:

"Desde niña he soñado con visitar lugares lejanos. Las Indias Occidentales, en particular, despertaban mi fantasía, y me deleitaba con la sensación de estar realmente allí. Los sueños son maravillosamente baratos y de adulta seguí soñando mis sueños, pues no tenía dinero ni tiempo para hacerlos 'realidad'. El año pasado me llevaron al hospital para operarme. Había oído tus enseñanzas y, mientras me recuperaba, decidí intensificar mi ensoñación favorita mientras tuviera tiempo libre. Escribí a la compañía naviera Alcoa Steamship Line solicitando carpetas de viaje gratuitas y las examiné detenidamente, hora tras hora, eligiendo el barco y el camarote y los siete puertos que más deseaba ver. Cerraba los ojos y, en mi imaginación, subía por la pasarela de aquel barco y sentía el movimiento del agua cuando el gran transatlántico se abría paso hacia el océano libre. Oía el ruido sordo de las olas rompiendo contra los costados del barco, sentía el calor humeante de un sol tropical en la cara y olía y saboreaba la sal en el aire mientras navegábamos por aguas azules.

Durante una semana entera, confinada en una cama de hospital, viví la experiencia libre y feliz de estar realmente en aquel barco. Luego, el día antes de mi salida del hospital, guardé las carpetas de colores y las olvidé. Dos meses después, recibí un telegrama de una agencia de publicidad diciéndome que había ganado un concurso. Recordaba haber depositado un cupón del concurso unos meses antes en un supermercado del barrio, pero había olvidado por completo el acto. Había ganado el primer premio y -maravilla de las maravillas- me daba derecho a un crucero por el Caribe patrocinado por la Alcoa Steamship Line. Pero la maravilla no acabó ahí. Me habían asignado el mismo camarote en el que había vivido y me había movido imaginariamente mientras estaba postrada en una cama de hospital. Y para hacer aún más increíble una historia increíble, navegué en el barco que yo había elegido, ¡que hizo escala no en uno, sino en los siete puertos que yo había deseado visitar!" - F.G

# CAPÍTULO 7: ESTADOS DE ÁNIMO

**"Ésta es una época en la que el estado de ánimo decide la suerte de la gente en lugar de que la suerte decida el estado de ánimo".**
- Sir Winston Churchill

Los hombres consideran sus estados de ánimo demasiado como efectos y no lo suficiente como causas.

Los estados de ánimo son actividades imaginarias sin las cuales no es posible la creación.

Decimos que somos felices porque hemos conseguido nuestro objetivo; no nos damos cuenta de que el proceso funciona igual de bien en sentido inverso: que conseguiremos nuestro objetivo porque hemos asumido el sentimiento feliz del deseo cumplido.

Los estados de ánimo no son sólo el resultado de las condiciones de nuestra vida; también son las causas de esas condiciones.

En "La psicología de las emociones", el profesor Ribot escribe:

**"Una idea que sólo es idea no produce nada ni hace nada; sólo actúa si es sentida, si va acompañada de un estado efectivo, si despierta tendencias, es decir, elementos motores".**

La dama de la siguiente historia sintió con tanto éxito el sentimiento de su deseo cumplido, que convirtió su estado de ánimo en el personaje de la noche: congelada en un sueño delicioso.

"La mayoría de nosotros leemos y amamos los cuentos de hadas, pero todos sabemos que las historias de riquezas improbables y buena fortuna son para deleite de los más pequeños. Pero, ¿lo son? Quiero contarte algo increíblemente maravilloso que me ocurrió gracias al poder de mi imaginación, y no soy 'joven' en años.

Vivimos en una época que no cree ni en la fábula ni en la magia y, sin embargo, todo lo que pude desear en mis sueños más salvajes me fue dado por el simple uso de lo que enseñas: que "imaginar crea realidad" y que "sentir" es el secreto de imaginar.

En el momento en que me ocurrió esta maravilla, me había quedado sin trabajo y no tenía familia a la que recurrir en busca de apoyo. Lo necesitaba casi todo. Para encontrar un trabajo decente necesitaba un coche para buscarlo, y aunque tenía coche, estaba tan gastado que estaba a punto de caerse a pedazos. Estaba atrasada en el pago del alquiler; no tenía ropa adecuada para buscar trabajo; y hoy en día no es divertido para una mujer de cincuenta y cinco años solicitar un trabajo de ningún tipo. Mi cuenta bancaria estaba casi agotada y no tenía ningún amigo a quien acudir.

Pero llevaba casi un año asistiendo a tus conferencias y mi desesperación me obligó a poner a prueba mi imaginación. En efecto, no tenía nada que perder. Era natural en mí, supongo, empezar imaginándome que tenía todo lo que necesitaba. Pero necesitaba tantas cosas y en tan poco tiempo que me encontré agotada cuando por fin terminé la lista, y para entonces estaba tan nerviosa que no podía dormir. Una noche te oí hablar de un artista que plasmó en su experiencia personal el "sentimiento", o la "palabra", como tú lo llamabas, de "¿no es maravilloso?

Empecé a aplicar esta idea a mi caso. En lugar de pensar e imaginar cada artículo que necesitaba, intenté captar la "sensación" de que me estaba ocurriendo algo maravilloso, no mañana, ni la semana que viene, sino ahora mismo.

Me decía una y otra vez mientras me dormía: '¿No es maravilloso? ¡Ahora me está ocurriendo algo maravilloso! Y, mientras me dormía, me sentía como era de esperar en tales circunstancias.

Repetí esa acción y esa sensación imaginarias durante dos meses, noche tras noche, y un día, a principios de octubre, me encontré con un amigo ocasional al que no veía desde hacía meses, que me informó de que estaba a punto de irse de viaje a Nueva York. Había vivido en Nueva York hacía muchos años y hablamos de la ciudad unos instantes y luego nos separamos. Olvidé por completo el incidente. Un mes después, tal día como hoy, este hombre llamó a mi apartamento y simplemente me entregó un cheque certificado a mi nombre por valor de dos mil quinientos dólares. Cuando superé el shock inicial de ver mi nombre en un cheque por tanto dinero, la historia que se desarrolló me pareció un sueño. Se trataba de un amigo al que hacía más de veinticinco años que no veía ni sabía nada de él. Este amigo de mi pasado, me enteraba ahora, se había hecho extremadamente rico en esos veinticinco años. Nuestro conocido común que me había traído el cheque se había encontrado con él por casualidad durante el viaje a Nueva York del mes anterior. Durante su conversación hablaron de mí y, por razones que yo desconocía (pues hasta el día de hoy no he sabido nada de él personalmente y nunca he intentado ponerme en contacto con él), este viejo amigo decidió compartir conmigo una parte de su gran riqueza.

Durante los dos años siguientes, recibí de la oficina de su abogado cheques mensuales tan generosos que no sólo cubrían todas las necesidades de la vida diaria, sino que me sobraba mucho para todas las cosas bonitas de la vida: un coche, ropa, un apartamento espacioso... y lo mejor de todo, sin necesidad de ganarme el pan de cada día.

El mes pasado recibí una carta y unos papeles legales para firmar que me garantizan la continuación de estos ingresos mensuales durante el resto de mi vida natural." - T.K.

**"Si el necio persistiera en su necedad, llegaría a ser sabio".**
- William Blake

Sir Winston nos pide que actuemos suponiendo que ya poseemos aquello que buscamos, que "asumamos una virtud", si no la tenemos [Hamlet, de William Shakespeare].

¿No es éste el secreto de los "milagros"?

Así, al paralítico se le dijo que se levantara, que tomara su lecho y caminara - que actuara mentalmente como si estuviera curado [Mateo 9:1-8; Marcos 2:1-13; Lucas 5:18-25; Juan 5:1-17]; y cuando las acciones de su imaginación se correspondieron con las acciones que realizaría físicamente si estuviera curado - quedó curado.

"Ésta es una historia sobre la que algunos dirán: 'habría ocurrido de todos modos', pero quienes la lean con atención encontrarán espacio para preguntarse. Comienza hace un año, cuando salí de Los Ángeles para visitar a mi hija en San Francisco.

En lugar de la persona de carácter alegre que siempre había sido, la encontré profundamente angustiada. Sin saber la causa de su angustia y sin querer preguntar, esperé hasta que me dijo que tenía grandes problemas económicos y que necesitaba tres mil dólares inmediatamente. No soy una mujer pobre, pero no tenía mucho dinero en efectivo al que pudiera echar mano tan rápidamente. Conociendo a mi hija, sabía que de todos modos no lo habría aceptado. Me ofrecí a prestarle el dinero, pero ella se negó y, en cambio, me pidió que la ayudara "a mi manera"... se refería a utilizar mi imaginación, pues a menudo le había hablado de tus enseñanzas y algunas de mis palabras debieron de calar hondo.

Inmediatamente acepté este plan con la condición de que ella me ayudara a ayudarla. Decidimos una escena imaginaria que ambas podríamos practicar y que consistía en "ver" que el dinero le llegaba de todas partes. Sentíamos que el dinero la inundaba desde todos los rincones, hasta que se encontraba en medio de un "mar" de dinero, pero lo hacíamos siempre con el sentimiento de "Alegría" para todos los implicados y no pensábamos en los medios, sólo en la felicidad de todos.

La idea pareció incendiarse en ella, y sé que fue responsable de lo que ocurrió unos días después. Sin duda volvió a tener el ánimo alegre y confiado que le era natural, aunque no había pruebas de que entrara dinero de verdad en aquel momento. Me marché para volver a mi casa en Oriente.

Cuando llegué a casa, llamé a mi madre (una encantadora joven de noventa y un años), que inmediatamente me pidió que fuera a verla. Yo quería un día de descanso, pero ella no podía esperar; tenía que ser ahora. Por supuesto que fui, y después de saludarme, ¡me entregó un cheque de tres mil dólares a nombre de mi hija! Antes de que pudiera hablar, me entregó otros tres cheques por un total de mil quinientos dólares a favor de los hijos de mi hija. ¿El motivo? Me explicó que el día anterior había decidido repentinamente dar lo que tenía en metálico a sus seres queridos, ¡mientras aún estuviera "aquí" para saber de su felicidad al recibirlo!

¿Hubiera ocurrido de todos modos? No, así no. No a los pocos días de la frenética necesidad de mi hija y su repentina transformación en un estado de ánimo de alegría. Sé que su acto imaginal provocó este maravilloso cambio, que no sólo trajo una gran alegría a quien lo recibió, sino también a quien lo dio.

P.D. ...casi se me olvida añadir que entre los cheques tan generosamente entregados, también había uno para mí, ¡de tres mil dólares!". - M.B.

Las ilimitadas oportunidades que se abren al reconocer el cambio del enfoque de la imaginación son inconmensurables. No hay límites. El drama de la vida es una actividad imaginal que realizamos mediante nuestros estados de ánimo y no mediante nuestros actos físicos. Los estados de ánimo guían tan hábilmente a todos hacia aquello que afirman, que puede decirse que crean las circunstancias de la vida y dictan los acontecimientos. El estado de ánimo del deseo cumplido es la marea alta que nos levanta fácilmente de la barra de los sentidos, donde solemos quedarnos varados. Si somos conscientes del estado de ánimo y conocemos este secreto de la imaginación, podemos anunciar que todo lo que afirma nuestro estado de ánimo se hará realidad.

La siguiente historia es de una madre que consiguió mantener un estado de ánimo aparentemente "juguetón" con resultados sorprendentes.

"Seguro que has oído el cuento de las "viejas" sobre las verrugas: ¿Que, si se compra una verruga, desaparecerá? Conozco esta historia desde la infancia, pero hasta que no escuché tus conferencias no me di cuenta de la verdad que escondía el viejo cuento. Mi hijo, un chaval de diez años, tenía muchas verrugas grandes y feas en las piernas que le causaban una irritación que le atormentaba desde hacía años. Decidí que mi repentina "perspicacia" podía servirle de ayuda. Por regla general, un niño tiene mucha fe en su madre, así que le pregunté si quería librarse de sus verrugas. No tardó en responder que sí, pero que no quería ir al médico. Le pedí que jugara conmigo a un pequeño juego, que le pagaría una cantidad de dinero por cada verruga. Le pareció bien; dijo: "No veía cómo podía perder". Llegamos a un precio justo, pensó, y entonces le dije: 'Ahora te pago un buen dinero por esas verrugas; ya no te pertenecen. Nunca conservas los bienes que pertenecen a otra persona, así que ya no puedes conservar esas verrugas. Desaparecerán. Puede tardar un día, dos días o un mes; pero recuerda que las he comprado y me pertenecen'.

Mi hijo estaba encantado con nuestro juego y los resultados parecían algo leído en viejos y mohosos libros de magia. Pero, créeme, en diez días las verrugas empezaron a desvanecerse y, al cabo de un mes, ¡todas las verrugas de su cuerpo habían desaparecido por completo!

Esta historia tiene una continuación, pues he comprado verrugas a mucha gente. A ellos también les pareció muy divertido y aceptaron mis cinco, siete o diez céntimos por verruga. En todos los casos, la verruga desapareció, pero, en realidad, sólo una persona me cree cuando le digo que su Imaginación, por sí sola, le quitó las verrugas. Esa única persona es mi hijo pequeño". - J.R.

El hombre que se imagina a sí mismo en un estado de ánimo asume los resultados de dicho estado. Si no se imagina a sí mismo en el estado de ánimo, siempre estará libre del resultado. El gran místico irlandés, A.E. [George William Russell], escribió en "La vela de la visión":

**"Me di cuenta de un rápido eco o respuesta a mis propios estados de ánimo en circunstancias que hasta entonces habían parecido inmutables en su indiferencia... Podía profetizar, a partir del surgimiento de nuevos estados de ánimo en mí mismo, que yo, sin buscarlo, pronto me encontraría con personas de cierto carácter, y así me encontré con ellas. Incluso las cosas inanimadas estaban bajo el dominio de estas afinidades".**

Pero el hombre no necesita esperar a que surjan nuevos estados de ánimo en él; puede crear estados de ánimo felices a voluntad.

# CAPÍTULO 8: A TRAVÉS DEL ESPEJO

"Un hombre que mira el cristal
En él puede permanecer su ojo;
O, si le place, pasa a través de ella,
Y luego el cielo espía".
- George Herbert, "El Elixir"

LOS OBJETOS, para ser percibidos, deben penetrar primero de algún modo en nuestro cerebro; pero no estamos, por ello, entrelazados con nuestro entorno.

Aunque la conciencia normal se centra en los sentidos y suele limitarse a ellos, es posible que el hombre traspase su fijación sensorial a cualquier estructura imaginal que conciba y la ocupe tan plenamente que sea más viva y más receptiva que aquello en lo que sus sentidos "detienen su mirada".

Si esto no fuera cierto, el hombre sería un autómata que refleja la vida, sin afectarla nunca. El hombre, que es todo Imaginación, no es inquilino del cerebro, sino terrateniente; no necesita contentarse con la apariencia de las cosas; puede ir más allá de la conciencia perceptiva para llegar a la conciencia conceptual.

Esta capacidad de atravesar la estructura mecánica reflectante de los sentidos es el descubrimiento más importante que puede hacer el hombre.

Revela al hombre como un centro de imaginación con poderes de intervención que le permiten alterar el curso de los acontecimientos observados yendo de éxito en éxito mediante una serie de transformaciones mentales en sí mismo.

La atención, punta de lanza de la imaginación, puede ser atraída desde el exterior, ya que sus sentidos "no le quitan ojo", o dirigida desde el interior "si le place" y, a través de los sentidos, pasar al deseo cumplido.

Para pasar de la conciencia perceptiva, o de las cosas como parecen, a la conciencia conceptual, o de las cosas como deberían ser, imaginamos una representación lo más vívida y realista posible de lo que veríamos, oiríamos y haríamos, si estuviéramos físicamente presentes, y experimentamos físicamente las cosas como deberían ser y participamos imaginariamente en esa escena.

La siguiente historia habla de una que atravesó "el cristal" y rompió las cadenas que la ataban.

"Hace dos años me llevaron al hospital con un grave problema de coágulos de sangre que, al parecer, había afectado a todo el sistema vascular, provocando el endurecimiento de las arterias y artritis. Se me dañó un nervio de la cabeza y se me agrandó la tiroides. Los médicos no se ponían de acuerdo sobre la causa de esta afección, y todos sus tratamientos eran completamente ineficaces. Me vi obligada a renunciar a todas mis actividades placenteras y a permanecer en cama la mayor parte del tiempo. Sentía mi cuerpo, desde las caderas hasta los dedos de los pies, como si estuviera encajonado y atado por alambres apretados, y no podía poner los pies en el suelo sin llevar unas pesadas medias elásticas hasta la cadera.

Conocía algo de tus enseñanzas e intentaba por todos los medios aplicar lo que había oído, pero a medida que mi estado empeoraba y ya no podía asistir a ninguna de tus conferencias, mi abatimiento se hacía más profundo. Un día, un amigo me envió una postal en la que aparecía la escena de una hermosa playa junto al océano. La foto era tan hermosa que la miré y la miré y empecé a recordar pasados días de verano a la orilla del mar con mis padres. Por un momento, la imagen de la postal pareció animarse e inundaron mi mente recuerdos míos corriendo libre por la playa. Sentía el impacto de mis pies descalzos contra la dura y húmeda arena; sentía el agua helada corriendo sobre mis dedos y oía el estruendo de las olas rompiendo en la orilla. Esta actividad imaginal me resultaba tan satisfactoria mientras estaba tumbada en la cama que continué imaginando esta maravillosa escena, día tras día, durante aproximadamente una semana.

Una mañana, me trasladé de la cama a un sofá y había empezado a sentarme cuando me asaltó un dolor tan insoportable que se me paralizó todo el cuerpo. No podía ni sentarme ni tumbarme. Este terrible dolor duró más de un minuto entero, pero cuando cesó... ¡estaba libre! Parecía como si me hubieran cortado todos los cables que me ataban las piernas. En un momento estaba atado y al siguiente libre. No gradualmente, sino al instante". - V.H.

**"Caminamos por la fe, no por la vista".**
- 2 Cor. 5:7

Cuando caminamos por la vista, conocemos nuestro camino por los objetos que ven nuestros ojos. Cuando caminamos por la fe, ordenamos nuestra vida por escenas y acciones que sólo ve la imaginación.

El hombre percibe por el Ojo de la Imaginación o por el Sentido.

Pero son posibles dos actitudes mentales ante la percepción: el esfuerzo imaginativo creativo que se encuentra con una respuesta imaginativa, o el "quedarse con el ojo" no imaginativo que se limita a reflejar.

El hombre tiene en su interior el principio de la vida y el principio de la muerte.

Una es la imaginación que construye sus estructuras imaginarias a partir de los generosos sueños de la fantasía. La otra es la imaginación construyendo sus estructuras imaginarias a partir de imágenes reflejadas por el frío viento de los hechos.

Uno crea. La otra perpetúa.

El hombre debe adoptar el camino de la fe o el de la vista.

En la medida en que el hombre construye a partir de sueños de fantasía, está vivo; y, por tanto, el desarrollo de la facultad de atravesar el cristal reflectante de los sentidos es un aumento de vida.

De ello se deduce que restringir la imaginación "manteniendo la mirada" en el cristal reflectante de los sentidos es una reducción de la vida.

La engañosa superficie de los hechos refleja en lugar de revelar, desviando el "Ojo de la Imaginación" de "la verdad que libera al hombre" [Juan 8:32].

El "Ojo de la Imaginación", si no se desvía, mira lo que debería estar ahí, no lo que está. Por familiar que sea la escena sobre la que se posa la vista, el "Ojo de la Imaginación" podría contemplar una nunca antes presenciada.

Es este "Ojo de la Imaginación" y sólo éste puede liberarnos de la fijación sensorial de las cosas exteriores que domina por completo nuestra existencia ordinaria y nos mantiene mirando el cristal reflectante de los hechos.

Es posible pasar del pensar en al pensar desde; pero la cuestión crucial es pensar desde, es decir, experimentar el estado; pues esa experiencia significa unificación. Mientras que en el pensamiento de siempre hay sujeto y objeto: el individuo pensante y la cosa pensada.

Autoabandono. Ése es el secreto.

Tenemos que abandonarnos al estado, en nuestro amor por el estado, y al hacerlo vivir la vida del estado y no más nuestro estado actual. La imaginación se apodera de la vida del estado y se entrega a la expresión de la vida de ese estado.

Fe más Amor es autocompromiso. No podemos comprometernos con lo que no amamos.

**"Nunca hubieras hecho nada si no lo hubieras amado. Pues amas todas las**

cosas que son, y no desprecias nada de lo que has hecho: Pues nunca habríais hecho nada, si lo odiaseis".
- Libro de la Sabiduría 11:24

Y para dar vida al Estado, hay que convertirse en él.

**"Vivo, pero no yo, Dios vive en mí: y la vida que ahora vivo en la carne, la vivo por la fe de Dios, que me amó y se entregó a Sí mismo por mí. Estoy crucificado con Cristo; sin embargo, vivo, pero no yo, sino que Cristo vive en mí; y la vida que ahora vivo en la carne, la vivo por la fe del Hijo de Dios, que me amó y se entregó a Sí mismo por mí."**
- Gálatas 2:20

Dios amó al hombre, Su creado, y se hizo hombre en la fe de que este acto de autoencargo transformaría lo creado en creativo.

Debemos ser "imitadores de Dios como hijos amados" [Efesios 5:1] y comprometernos con lo que amamos, como Dios, que nos amó, se comprometió con nosotros.

Debemos SER el estado para experimentar el estado.

El centro de la imaginación consciente puede desplazarse y lo que ahora son meros deseos -actividades imaginarias en clave baja- pueden enfocarse penetrativamente y entrar en él. La entrada nos compromete con el estado. Las posibilidades de este desplazamiento del centro de la imaginación son sorprendentes. Las actividades en cuestión son totalmente psíquicas.

El desplazamiento del centro de la imaginación no se produce por un desplazamiento espacial, sino por un cambio en aquello de lo que somos conscientes.

El límite del mundo de los sentidos es una barrera subjetiva. Mientras los sentidos se den cuenta, el Ojo de la Imaginación se desvía de la verdad.

No llegaremos lejos si no nos dejamos llevar.

Esta señora "se soltó" con resultados inmediatos y milagrosos:

"Gracias por la 'llave de oro'. Ha liberado a mi hermano del hospital, del dolor y de una probable muerte, pues se enfrentaba a una cuarta operación importante con pocas esperanzas de recuperación, yo estaba muy preocupada e intentando utilizar lo que había aprendido sobre mi Imaginación, me pregunté primero qué deseaba realmente mi hermano: ¿Quiere seguir en este cuerpo o desea liberarse de él? La pregunta giraba una y otra vez en mi mente y, de repente, sentí que a él le gustaría seguir remodelando su cocina, cosa que había estado contemplando antes de su reclusión en el hospital. Sabía que mi pregunta había sido respondida, así que empecé a imaginar a partir de ese punto.

Intentando "ver" a mi hermano en la ajetreada actividad de remodelación, de repente me encontré agarrada al respaldo de una silla de cocina que había utilizado muchas veces cuando "algo" ocurría, y de repente me encontré de pie junto a la cama de mi hermano en el hospital. Era el último lugar en el que hubiera querido estar, física o mentalmente, pero allí estaba y la mano de mi hermano se alzó y me estrechó la mano con fuerza mientras le oía decir: "Sabía que vendrías, Jo". Fue una mano bien apretada, fuerte y segura, y la alegría que llenó y desbordó mi voz cuando me oí decir: 'Ya está todo mejor. Ya lo sabes'. Mi hermano no respondió, pero oí claramente una voz que me decía: "Recuerda este momento". Me pareció despertar entonces, de nuevo en mi propia casa.

Esto ocurrió la noche siguiente a su ingreso en el hospital. Al día siguiente su mujer me telefoneó diciendo: '¡Es increíble! El médico no puede explicarlo, Jo, pero no es necesaria ninguna operación. Ha mejorado tanto que han acordado darle el alta mañana'. El lunes siguiente, mi hermano volvió a su trabajo y desde ese día se encuentra perfectamente." - J.S.

No los hechos, sino los sueños de fantasía dan forma a nuestras vidas.

No necesitaba brújula para encontrar a su hermano, ni herramientas para operar, sólo el "Ojo de la Imaginación".

En el mundo de los sentidos, vemos lo que tenemos que ver. En el mundo de la Imaginación, vemos lo que queremos ver; y al verlo, lo creamos para que lo vea el mundo de los sentidos.

Vemos el mundo exterior automáticamente. Ver lo que queremos ver exige un esfuerzo imaginativo voluntario y consciente. Nuestro futuro es nuestra propia actividad imaginal en su marcha creativa.

El sentido común nos asegura que vivimos en un mundo sólido y sensato, pero este mundo tan aparentemente sólido es, en realidad, imaginario hasta la médula.

La siguiente historia demuestra que es posible que un individuo transfiera el centro de la imaginación en mayor o menor grado a una zona distante, y no sólo que lo haga sin moverse físicamente, sino que sea visible para otras personas que estén presentes en ese punto del espacio-tiempo. Y, si se trata de un sueño, entonces

**"¿Es todo lo que vemos o parece
¿Pero un sueño dentro de un sueño?"**
- Edgar Allan Poe

"Sentada en mi salón de San Francisco, imaginé que estaba en el salón de mi hija en Londres, Inglaterra. Me rodeé tan completamente de aquella habitación que conocía íntimamente, que de repente me encontré realmente de pie en ella. Mi hija estaba de pie junto a la chimenea, con la cara vuelta hacia otro lado. Un momento después se volvió y nuestros ojos se encontraron. Vi en su rostro una expresión tan sorprendida y asustada que yo también me alteré emocionalmente e inmediatamente me encontré de nuevo en mi propia sala de estar de San Francisco.

Cinco días después, recibí una carta por correo aéreo de mi hija que había sido escrita el día de mi experimento con el viaje imaginal. En su carta me decía que aquel día me había "visto" en el salón de su casa, tan real como si yo estuviera allí en persona. Me confesó que se había asustado mucho y que, antes de que pudiera hablar, yo había desaparecido. El momento de esta "visitación", como ella lo indicó en su carta, fue exactamente el momento en que yo había iniciado la acción imaginativa, teniendo en cuenta, por supuesto, la diferencia de tiempo entre los dos puntos. Explicó que le contó a su marido esta experiencia asombrosa y él insistió en que me escribiera inmediatamente, pues afirmó: 'Tu madre debe de haber muerto o está muriendo'. Pero no estaba 'muerta' ni 'moribunda', sino muy viva y muy emocionada por esta maravillosa experiencia." - M.L.J.

**"Nada puede actuar sino donde está: con todo mi corazón; sólo que ¿dónde está?".**
- Thomas Carlyle

El hombre es todo Imaginación. Por tanto, el hombre debe estar donde está en la imaginación, pues su Imaginación es él mismo. La Imaginación está activa en y a través de cualquier estado del que sea consciente. Si nos tomamos en serio el desplazamiento de la consciencia, existen posibilidades increíbles.

Los sentidos unen al hombre en un matrimonio forzado e impío con lo que, si estuviera imaginativamente despierto, separaría. No necesitamos alimentarnos de los datos de los sentidos. Desplaza el foco de la conciencia y verás lo que ocurre. Por poco que nos movamos mentalmente, percibiremos el mundo bajo un aspecto ligeramente cambiado. La conciencia suele desplazarse en el espacio por el movimiento del organismo físico, pero no tiene por qué estar tan restringida.

Puede ser movida por un cambio en aquello de lo que somos conscientes.

El hombre manifiesta el poder de la Imaginación cuyos límites no puede definir.

Darse cuenta de que el Yo Real -la Imaginación- no es algo encerrado en el límite espacial del cuerpo es lo más importante.

La historia anterior demuestra que, cuando nos encontramos con una persona de carne y hueso, su Yo Real no tiene por qué estar presente en el espacio donde está su cuerpo. También demuestra que la percepción sensorial puede ponerse en funcionamiento fuera de los medios físicos normales, y que los datos sensoriales producidos son del mismo tipo que los que se producen en la percepción normal.

La idea en la mente de la madre que puso en marcha todo el proceso fue la idea muy definida de estar en el lugar donde vivía su hija. Y si la madre estaba realmente en ese lugar, y si la hija estaba presente, entonces tendría que ser perceptible para su hija.

Sólo podemos esperar comprender esta experiencia en términos imaginarios y no mecánicos o materialistas. La madre imaginaba que "otro lugar" era "aquí". Londres estaba tan "aquí" para su hija que vivía "allí" como San Francisco estaba "aquí" para la madre que vivía "allí".

Casi nunca se nos pasa por la cabeza que este mundo pueda ser diferente en esencia de lo que el sentido común nos dice que es tan obviamente.

Blake escribe:

**"No cuestiono mi Ojo Corporal o Vegetativo más de lo que cuestionaría una Ventana con respecto a una Vista. Miro a través de él y no con él".**

Este mirar a través del ojo no sólo desplaza la conciencia a otras partes de "este mundo", sino también a "otros mundos".

Los astrónomos deben desear conocer mejor este "mirar a través del ojo", este viaje mental que los místicos practican con tanta facilidad.

**"Viajé por una Tierra de Hombres,**
**También una Tierra de Hombres y Mujeres,**
**Y oí y vi cosas tan espantosas**
**Como nunca conocieron los fríos vagabundos de la Tierra".**
- William Blake, "El viajero mental"

Los viajes mentales han sido practicados por hombres y mujeres despiertos desde los primeros tiempos.

Pablo afirma:

**"Conozco a un hombre en Cristo que hace catorce años fue arrebatado al tercer cielo; si en el cuerpo o fuera del cuerpo no lo sé, Dios lo sabe".**
- 2 Corintios 12:2

Pablo nos está diciendo que él es ese hombre y que viajó por el poder de la imaginación o de Cristo.

En su siguiente carta a los Corintios, escribe:

**"Poneos a prueba a vosotros mismos. ¿No os dais cuenta de que Jesucristo está en vosotros?"**

- 2 Corintios 13:5

No necesitamos estar "muertos" para disfrutar de privilegios espirituales.

**"El hombre es todo imaginación y Dios es hombre".**
- William Blake, "Anotaciones a Berkeley"

Poneos a prueba como hizo esta madre.

Sir Arthur Eddington dijo que todo lo que tenemos derecho a decir del mundo exterior es que es una "experiencia compartida". Las cosas son más o menos "reales" en la medida en que son susceptibles de ser compartidas con otros o con nosotros mismos en otro momento.

Pero no hay una línea dura y rápida.

Aceptando la definición de Eddington de la realidad como "experiencia compartida", la historia anterior es tan "real" como la tierra o un color, pues fue compartida tanto por la madre como por la hija. El alcance de la imaginación es tal que debo confesar que no sé qué límites tiene, si es que tiene alguno, su capacidad de crear realidad.

Todos estos relatos nos muestran una cosa: que una actividad imaginal que implica el deseo cumplido debe comenzar en la imaginación, aparte de la evidencia de los sentidos, en ese Viaje que conduce a la realización del deseo.

# CAPÍTULO 9: ENTRA EN

"Si el Espectador entrara en estas Imágenes en su Imaginación,
acercándose a ellas en el Carro Ardiente de su Pensamiento
Contemplativo, si pudiera... hacer Amigo y Compañero a una de estas
Imágenes de maravilla, que siempre le ruega que abandone las cosas
mortales (como debe saber) entonces se levantaría de su Tumba, entonces
se encontraría con el Señor en el Aire y entonces sería feliz."
- Blake

PARECE que la imaginación no hará nada de lo que deseamos hasta que entremos en la imagen del deseo cumplido.

¿No se parece esta entrada en la imagen del deseo cumplido al "Vacío fuera de la Existencia que si entra en ella se engloba y se convierte en un Vientre" de Blake? ¿No es ésta la verdadera interpretación de la historia mítica de Adán y Eva? ¿El hombre y su emanación? ¿No son los sueños de fantasía del hombre su Emanación, su Eva en la que

"Se planta en todos sus Nervios, igual que un Labrador en su molde; y ella
se convierte en su morada y jardín fructífero setenta veces...".
- William Blake, "El viajero mental"

El secreto de la creación es el secreto de imaginar. Primero deseando y luego asumiendo el sentimiento del deseo cumplido hasta que se entra en el sueño de la fantasía, "el Vacío fuera de la existencia", y "se engloba a sí mismo y se convierte en vientre, morada y jardín fructífero setenta veces". Observa bien que Blake nos insta a entrar en estas imágenes. Al entrar en la imagen, ésta "se engloba a sí misma y se convierte en un útero".

El hombre, al entrar en un estado, lo impregna y hace que cree lo que implica la unión.

Blake nos dice que estas imágenes son "sombrías para quienes no habitan en ellas, meras posibilidades; pero para quienes se adentran en ellas parecen las únicas sustancias..."

De camino a la Costa Oeste, me detuve en Chicago para pasar el día con unos amigos. Mi anfitrión se estaba recuperando de una grave enfermedad y su médico le aconsejó que se mudara a una casa de una sola planta. Siguiendo el consejo del médico, había comprado una casa de un piso adecuada a sus necesidades; pero ahora se enfrentaba al hecho de que no parecía haber comprador para su gran casa de tres pisos. Cuando llegué, estaba muy desanimado. Al tratar de explicar la ley de la imaginación constructiva a mi anfitrión y a su esposa, les conté la historia de una mujer muy prominente de Nueva York que había venido a verme en relación con el alquiler de su apartamento. Tenía un bonito apartamento en la ciudad y una casa de campo, pero era absolutamente imprescindible que alquilara su apartamento si ella y su familia iban a pasar el verano en su casa de campo.

En años anteriores, el piso se había alquilado sin ninguna dificultad a principios de primavera; pero en el momento en que vino a verme, la temporada de subarriendos de verano parecía haber terminado. Aunque el piso había estado en manos de buenos agentes inmobiliarios, nadie parecía interesado en alquilarlo. Le dije lo que tenía que hacer en su imaginación. Lo hizo y, en menos de veinticuatro horas, su piso estaba alquilado.

Le expliqué cómo ella, mediante el uso constructivo de su imaginación, había alquilado su apartamento. A sugerencia mía, antes de irse a dormir aquella noche en su apartamento de la ciudad, imaginó que estaba tumbada en la cama de su casa de campo. En su imaginación, veía el mundo desde la casa de campo y no desde el apartamento de la ciudad. Olía el aire fresco del campo. Lo hizo tan real que se quedó dormida sintiendo que estaba en el campo. Eso fue un jueves por la noche. A las nueve de la mañana del sábado siguiente, me telefoneó desde su casa de campo y me dijo que el viernes un inquilino muy deseable, que cumplía todos sus requisitos, no sólo había alquilado su piso, sino que lo había alquilado con la única condición de que podía mudarse ese mismo día.

Sugerí a mis amigos que construyeran una estructura imaginal como había hecho esta mujer, que consistía en dormir imaginando que estaban físicamente presentes en su nueva casa, sintiendo que habían vendido su antigua casa. Les expliqué la gran diferencia entre pensar en la imagen de su nueva casa y pensar desde la imagen de su nueva casa. Pensar en ella es una confesión de que no están en ella; pensar desde ella es una prueba de que están en ella.

Entrar en la imagen daría sustancia a la imagen.

Su ocupación física de la nueva casa se produciría automáticamente.

Expliqué que el aspecto del mundo depende totalmente de dónde se encuentre el hombre cuando hace su observación. Y el hombre, al ser "Todo Imaginación", debe estar donde está en la imaginación. Este concepto de causalidad les molestó, pues olía a magia o superstición, pero prometieron que lo probarían. Aquella noche partí hacia California, y a la noche siguiente el revisor del tren en el que viajaba me entregó un telegrama. Decía así "Casa vendida la pasada medianoche". Una semana después, me escribieron y me contaron que la misma noche en que salí de Chicago, se durmieron físicamente en la antigua casa, pero mentalmente en la nueva, viendo el mundo desde el nuevo hogar, imaginando cómo "sonarían" las cosas si esto fuera cierto.

Esa misma noche les despertaron de su sueño para decirles que la casa estaba vendida.

No es hasta que se introduce la imagen, hasta que se conoce a Eva, cuando el acontecimiento irrumpe en el mundo. El deseo cumplido debe concebirse en la imaginación del hombre antes de que el acontecimiento pueda surgir de lo que Blake llama "el Vacío".

La siguiente historia demuestra que, al cambiar el enfoque de su imaginación, la Sra. M.F. entró físicamente donde se había empeñado en estar imaginativamente.

"Poco después de casarnos, mi marido y yo decidimos que nuestro mayor deseo conjunto era pasar un año en Europa. Este objetivo puede parecer razonable a mucha gente, pero a nosotros -atados a una esfera estrecha de finanzas limitadas- nos parecía no sólo poco razonable, sino completamente ridículo. Europa bien podría haber sido otro planeta. Pero había oído tus enseñanzas, ¡así que persistí en quedarme dormida en Inglaterra!

Por qué Inglaterra necesariamente, no puedo decirlo, salvo que había visto una película actual en la que aparecían los alrededores del Palacio de Buckingham y enseguida me había enamorado de la escena. Todo lo que hacía en mi imaginación era permanecer en silencio ante las grandes puertas de hierro y sentir los fríos barrotes metálicos agarrados con fuerza entre mis manos mientras contemplaba el Palacio.

Durante muchas, muchas noches sentí una intensa alegría por "estar" allí y me dormía en ese estado de felicidad. Poco después, mi marido conoció en una fiesta a un desconocido que, en el plazo de un mes, fue decisivo para conseguirle una beca de enseñanza en una gran universidad. ¡Imagina mi emoción cuando supe que la universidad estaba en Inglaterra! ¿Atado a una esfera estrecha? Al cabo de otro mes, estábamos cruzando el Atlántico y nuestras dificultades supuestamente insuperables se derritieron como si nunca hubieran existido. Pasamos un año en Europa, uno de los más felices de mi vida"- M.F.

El aspecto del mundo depende totalmente de dónde se encuentre el hombre cuando hace sus observaciones. Y el hombre, al ser "Todo Imaginación", debe estar donde está en la imaginación.

**"La piedra que desecharon los constructores se ha convertido en la piedra angular".**
- Salmo 118:22

Esa piedra es la Imaginación. Te doy a conocer este secreto y te dejo que Actúes o Reacciones.

**"Esta es la famosa piedra**
**Que todo lo convierte en oro:**
**Porque lo que Dios toca y posee**
**No se puede decir menos".**
- George Herbert, "El Elixir"

"Mi casa es vieja, pero es mía. Quería pintar el exterior y redecorar el interior, pero no tenía dinero para lograr ninguno de los dos objetivos. Nos dijiste que 'viviéramos' como si nuestro deseo ya fuera una realidad, y eso empecé a hacer: imaginando mi vieja casa con una mano de pintura nueva, muebles nuevos, decoración nueva y todos los adornos. Caminé, en mi imaginación, por las habitaciones recién decoradas. Caminé por el exterior admirando la pintura fresca; y, al final de mi acto imaginal, entregué al contratista un cheque por el pago total. Entraba fielmente en esta escena imaginal tantas veces como podía durante el día y cada noche antes de dormirme.

Al cabo de dos semanas, recibí una carta certificada de Lloyd's de Londres, ¡diciéndome que había heredado siete mil dólares de una mujer a la que no conocía! Conocía a su hermano desde hacía casi cuarenta años y había prestado un pequeño servicio a la señora hacía quince años, cuando su hermano murió en nuestro país, y ella me había escrito pidiéndome datos sobre su muerte, que yo le había proporcionado. No había vuelto a saber nada de ella desde entonces.

Aquí estaba el cheque de siete mil dólares, más que suficiente para cubrir el coste de la restauración de mi casa, además de muchas, muchas otras cosas que deseaba." - E.C.A.

**"El que no imagina con lineamientos más fuertes y mejores, y con una luz**

**más fuerte y mejor que la que su ojo perecedero y mortal puede ver, no imagina en absoluto".**

- Blake

A menos que el individuo se imagine a sí mismo, a otra persona o en otro lugar, las condiciones y circunstancias actuales de su vida seguirán existiendo y sus problemas se repetirán, pues todos los acontecimientos se renuevan a partir de sus imágenes constantes. Por él fueron hechos, por él siguen existiendo y por él pueden dejar de existir.

El secreto de la causalidad está en las imágenes ensambladas. Pero una advertencia: el ensamblaje debe tener sentido. Debe implicar algo o no formará la actividad creadora: La Palabra.

# CAPÍTULO 10: COSAS QUE NO APARECEN

"...lo que se ve fue hecho de cosas que no aparecen".
- Heb. 11:3
"La historia de la humanidad, con sus formas de gobierno, sus revoluciones, sus guerras y, de hecho, el auge y la caída de las naciones, podría escribirse en términos del auge y la caída de las ideas implantadas en la mente de los hombres".
- Herbert Hoover
"El secreto de imaginar es el mayor de todos los problemas a cuya solución aspira el místico. El poder supremo, la sabiduría suprema, el deleite supremo residen en la lejana solución de este misterio."
- Douglas Fawcett

NEGARSE A RECONOCER el poder creador de la actividad imaginal invisible del hombre, es demasiado grande para ser discutido. El hombre, mediante su actividad imaginal, literalmente "llama a la existencia a las cosas que no existen" [Romanos 4:17].

Por la actividad imaginal del hombre se hacen todas las cosas, y sin dicha actividad "no se hizo nada de lo que se hizo" [Juan 1:3].

Dicha actividad causal podría definirse como, un ensamblaje imaginal de imágenes, que al producirse, invariablemente tiene lugar algún acontecimiento físico. A nosotros nos corresponde ensamblar las imágenes del resultado feliz y luego no interferir. No hay que forzar el acontecimiento, sino permitir que ocurra.

Si la imaginación es lo único que actúa, o está, en los seres existentes de los

358

hombres (como creía Blake), entonces "nunca podremos estar seguros de que no fue alguna mujer pisando el lagar la que inició ese sutil cambio en la mente de los hombres" [William Butler Yeats].

Esta abuela pisa a diario el lagar por su nietecita. Ella escribe

"Esta es una de esas cosas que hacen que mi familia y mis amigos digan: 'es que no lo entendemos'. Kim tiene ahora dos años y medio. La cuidé durante un mes después de nacer y no volví a verla hasta hace un año, y entonces, sólo durante dos semanas. Sin embargo, durante este último año, todos los días la he cogido en mi regazo -en mi imaginación- y la he abrazado y hablado con ella.

En estos actos imaginarios, repaso todas las cosas maravillosas de Kim: "Dios crece a través de mí; Dios ama a través de mí", etc. Al principio, obtenía la respuesta de un niño muy pequeño. Cuando empezaba "Dios crece a través de mí", ella respondía: "Yo". Ahora, cuando empiezo, ella completa toda la frase. Otra cosa que ha ocurrido es que, con el paso de los meses, cuando la llevo -en mi imaginación- en mi regazo, se ha hecho cada vez más grande y pesada.

Kim ni siquiera ha visto una foto mía en este último año. Como mucho, sólo era un nombre para ella. Ahora, en algún momento del día, su familia me dice que empieza a hablar de mí, sin dirigirse a nadie en particular, simplemente hablando. A veces dura una hora, o va al teléfono y finge que llama. En su monólogo hay cosas como: Mi Dee Dee me quiere. Mi Dee Dee siempre viene a verme todos los días".

Aunque sé lo que he estado haciendo en mi imaginación, también a mí me ha hecho 'preguntarme mucho'". - REINO UNIDO

Todos los hombres y mujeres imaginativos están siempre lanzando encantamientos; y todos los hombres y mujeres pasivos, que no tienen una vida imaginativa poderosa, pasan continuamente bajo el hechizo de su poder.

No hay forma en la naturaleza que no esté producida y sostenida por alguna actividad imaginal. Por tanto, cualquier cambio en la actividad imaginal debe dar lugar a un cambio correspondiente en la forma. Imaginar una imagen sustitutiva de un contenido no deseado o defectuoso es crearlo. Si tan sólo persistimos en nuestra actividad imaginal ideal y no dejamos que basten satisfacciones menores, nuestra será la victoria.

"Cuando leí en 'Tiempo de siembra y cosecha' la historia de la maestra de escuela que, con su imaginación, en el repaso diario, transformó a una alumna delincuente en una niña encantadora, decidí 'hacer' algo con un chaval de la escuela de mi marido.

Contar todos los problemas que conllevaba llevaría páginas, pues mi marido nunca había tenido un hijo tan difícil ni una situación parental tan dura. El chaval era demasiado joven para ser expulsado, pero los profesores se negaban a tenerlo en sus clases. Para empeorar las cosas, la madre y la abuela "acampaban" literalmente en el recinto escolar causando problemas a todo el mundo.

Quería ayudar al niño, pero también quería ayudar a mi marido. Así que, cada noche, construía dos escenas en mi imaginación: una, "veía" a un niño perfectamente normal y feliz; dos, "oía" a mi marido decir: "No puedo creerlo, querida, pero ¿sabes que "R." se comporta ahora como un niño normal y que es un paraíso no tener a esas dos mujeres cerca?

Después de dos meses de persistir en mi juego imaginario, noche tras noche, mi marido llegó a casa y dijo: "Es como el paraíso alrededor de la escuela"; no eran exactamente las mismas palabras, pero para mí se acercaban lo suficiente. La abuela se había visto envuelta en algo que la llevó fuera de la ciudad y la madre tuvo que acompañarla.

Al mismo tiempo, un nuevo profesor había acogido el reto de "R." y estaba progresando maravillosamente bien en todo lo que yo imaginaba para él." - G.B.

Es inútil sostener normas que no aplicamos. A diferencia de Porcia, que dijo "Es más fácil que yo enseñe a veinte lo que es bueno hacer, que ser una de las veinte que siga mis propias enseñanzas" [William Shakespeare, "El mercader de Venecia"]. [William Shakespeare, "El mercader de Venecia"], G.B. siguió su propia enseñanza.

Es fatalmente fácil hacer de la aceptación de la fe imaginal un sustituto de vivir según ella.

**"... Me ha enviado a vender a los quebrantados de corazón, a proclamar la libertad a los cautivos y la apertura de la cárcel a los presos...".**

- Isaías 61:1

# CAPÍTULO 11: EL ALFARERO

**"Levántate y baja a casa del alfarero, y allí te haré oír mis palabras. Bajé, pues, a casa del alfarero, y allí estaba él trabajando en su torno. Y la vasija de barro que estaba haciendo se estropeó en la mano del alfarero, y la volvió a trabajar en otra vasija, según le pareció bien hacer al alfarero."**
Jeremías 18:2-4

La PALABRA "ALFARERO" significa imaginación. A partir de un material que otros habrían desechado por inútil, una imaginación despierta lo remodela como debe ser.

**"Oh Señor, Tú eres nuestro padre, nosotros somos el barro y Tú eres nuestro alfarero; todos somos obra de Tu mano".**
Isaías 64:8

Esta concepción de la creación como obra de la imaginación, y del Señor, nuestro Padre, como nuestra imaginación, nos llevará más lejos en el misterio de la creación que cualquier otra guía.

La única razón por la que la gente no cree en esta identidad de Dios y la imaginación humana es que no está dispuesta a asumir la responsabilidad de su espantoso mal uso de la imaginación. La Imaginación Divina ha descendido al nivel de la imaginación humana, para que la imaginación humana pueda ascender a la Imaginación Divina.

El Salmo 8 dice que el hombre fue hecho un poco inferior a Dios, no un poco inferior a los ángeles, como traduce erróneamente la Versión Reina

Valera. Los ángeles son las disposiciones emocionales del hombre y, por tanto, son sus servidores y no sus superiores, como nos dice el autor de Hebreos (Heb. 1:14).

La imaginación es el Hombre Real y es uno con Dios.

La imaginación crea, conserva y transforma. La imaginación es radicalmente creativa cuando desaparece toda actividad imaginativa basada en la memoria.

La imaginación es conservadora cuando su actividad imaginal se alimenta de imágenes suministradas principalmente por la memoria. La imaginación es transformadora cuando varía un tema ya existente; cuando altera mentalmente un hecho de la vida; cuando deja el hecho fuera de la experiencia recordada o pone algo en su lugar si perturba la armonía que desea.

Mediante el uso de su imaginación, esta joven artista de talento ha hecho realidad su sueño.

"Desde que entré en el campo del arte, he disfrutado haciendo bocetos y pinturas para habitaciones infantiles. Sin embargo, me han desanimado asesores y amigos que tenían mucha más experiencia en el "campo" que yo. Les gustaba mi trabajo, admiraban mi talento, pero decían que no obtendría reconocimiento ni me pagarían por este tipo de trabajo.

De alguna manera, siempre sentí que lo haría, pero ¿cómo? Entonces, el otoño pasado escuché tus conferencias y leí tus libros y decidí dejar que mi imaginación creara la realidad que deseaba. Esto es lo que hacía a diario: Imaginaba que estaba en una galería. Había una gran expectación en torno a mí y en las paredes colgaba mi "arte", sólo el mío (una exposición individual). Y vi estrellas rojas en muchos de los cuadros. Esto indicaba que se habían vendido.

Esto es lo que ocurrió: Justo antes de Navidad, hice un móvil para una amiga que, a su vez, se lo enseñó a una amiga suya que tiene una tienda de importación de arte en Pasadena. Expresó su deseo de conocerme, así que le llevé algunas muestras de mi trabajo. Cuando vio el primer cuadro, me dijo que le gustaría organizarme "una exposición individual" en primavera.

La noche de la inauguración, el 17 de abril, vino un decorador de interiores al que le gusté y me encargó un collage para la habitación de un niño, que aparecerá en el número de septiembre de Good Housekeeping para la Casa del Año de 1961.

Más tarde, durante la exposición, otro decorador vino y admiró tanto mi trabajo que me preguntó si podía organizarme un encuentro con los decoradores de interiores "adecuados" y los propietarios de galerías "adecuados" que comprarían y expondrían mi trabajo adecuadamente. Por cierto, la exposición fue un éxito económico tanto para el propietario de la galería como para mí.

Lo interesante de esto es que, aparentemente, estos tres hombres vinieron a mí "de la nada". Ciertamente, no hice ningún esfuerzo durante el tiempo de mi "imaginación" para ponerme en contacto con nadie; pero, ahora, estoy obteniendo reconocimiento y tengo un mercado para mi trabajo. Y ahora sé sin lugar a dudas que no existe el "no" cuando aplicas seriamente este principio de que "imaginar crea la realidad"". -G.L.

Puso a prueba al Alfarero y demostró Su creatividad en la interpretación. Sólo una mente indolente fracasaría ante este desafío.

Pablo afirma que "el espíritu de Dios habita en vosotros" [1 Cor. 3:16, Romanos 8:9, 8:11, Santiago 4:5]; ahora "examinaos a vosotros mismos para ver si mantenéis vuestra fe. Examinaos a vosotros mismos. ¿No os dais cuenta de que Jesucristo está en vosotros? ¡A no ser que no paséis la prueba! Espero que descubráis que no hemos fracasado". [2 Cor. 13:5,6]

Si "todas las cosas fueron hechas por medio de Él, y sin Él no fue hecho nada de lo que ha sido hecho" [Juan 1:3], al hombre no debería resultarle difícil ponerse a prueba para averiguar quién es ese creador que hay en él. La prueba demostrará al hombre que su imaginación es la de Aquel "que da vida a los muertos y llama a la existencia a las cosas que no existen". [Rom. 4:17]

La presencia del Alfarero en nosotros se infiere de lo que Él hace allí. No podemos verle allí como Uno, no como nosotros mismos. La naturaleza del Alfarero -Jesucristo- es crear, y no hay creación sin Él.

Cada historia registrada en este libro es precisamente una prueba como la que Pablo pidió a los corintios que hicieran.

Dios existe real y verdaderamente en el hombre, en cada ser humano. Dios se convierte totalmente en nosotros.

No es nuestra virtud, sino nuestro Yo Real - Nuestra Imaginación.

Las siguientes ilustraciones del mundo mineral pueden ayudarnos a ver cómo la Imaginación Suprema y la Imaginación Humana podrían ser un mismo poder y, sin embargo, ser enormemente diferentes en su creatividad.

El diamante es el mineral más duro del mundo. El grafito, utilizado en los lápices de "mina", es uno de los más blandos. Sin embargo, ambos minerales son carbono puro. Se cree que la gran diferencia en las propiedades de las dos formas de carbono se debe a una disposición diferente de los átomos de carbono. Pero tanto si la diferencia se debe a una disposición diferente de los átomos de carbono como si no, todos están de acuerdo en que el diamante y el grafito son una sola sustancia, carbono puro.

La finalidad de la vida es la realización creativa del deseo.

El hombre, carente de deseo, no podría existir eficazmente en un mundo de problemas continuos que requieren soluciones continuas.

Un deseo es la conciencia de algo que nos falta o que necesitamos para disfrutar más de la vida. Los deseos siempre conllevan algún beneficio personal. Cuanto mayor sea la ganancia prevista, más intenso será el deseo. No existe ningún deseo realmente desinteresado. Incluso cuando nuestro deseo es para otro, seguimos buscando gratificar el deseo. Para alcanzar nuestro deseo debemos imaginar escenas que impliquen su realización y representar la escena en nuestra imaginación, aunque sólo sea momentáneamente, con una alegría suficientemente sentida dentro de sus límites para que resulte natural. Es como si un niño se disfrazara y jugara a ser "Reina".

Debemos imaginar que somos lo que nos gustaría ser. Debemos interpretarlo primero en la imaginación, no como espectadores, sino como actores.

Esta dama interpretó a la "Reina" de forma imaginativa, estando donde ella quería estar en su imaginación. Era la verdadera actriz de este teatro.

"Mi deseo era asistir a una representación matinal de un famoso pantomimista que se representaba en uno de los teatros más grandes de nuestra ciudad. Debido a la naturaleza íntima de este arte, quería sentarme en la orquesta; pero no tenía ni siquiera el precio de una entrada de palco. La noche en que me propuse tener este placer para mí, en mi imaginación, me quedé dormido mirando al portentoso intérprete. En mi acto imaginario, me senté en un asiento del centro de la orquesta, oí los aplausos cuando se levantó el telón y el artista salió al escenario, y sentí realmente la intensa excitación de esta experiencia.

Al día siguiente, el día de la función matinal, mi situación económica no había cambiado. Tenía exactamente un dólar y treinta y siete céntimos en el bolso. Sabía que debía utilizar el dólar para comprar gasolina para mi coche, lo que me dejaría con treinta y siete céntimos, pero también sabía que había dormido fielmente la sensación de estar en aquella representación, así que me vestí para ir al teatro. Mientras cambiaba artículos de un monedero a otro, encontré un billete de un dólar y cuarenta y cinco céntimos de cambio escondidos en el bolsillo de mi monedero de la ópera, que rara vez utilizaba. Sonreí para mis adentros, dándome cuenta de que el dinero de la gasolina me lo habían dado a mí; lo mismo me ocurriría con el saldo de mi entrada para el teatro. Alegremente terminé de vestirme y salí hacia el teatro.

De pie ante la taquilla, mi confianza disminuyó cuando miré los precios y vi tres con setenta y cinco por los asientos de la orquesta.

Con un sentimiento de consternación, me di la vuelta rápidamente y crucé la calle hasta una cafetería para tomar una taza de té. Había gastado dieciséis céntimos en mi té antes de recordar que había visto el precio de los asientos de palco en la lista de la taquilla. Me apresuré a contar el cambio y descubrí que me quedaba un dólar y sesenta y seis céntimos. Volví corriendo al teatro y compré el asiento más barato disponible, que costaba un dólar y cincuenta y cinco céntimos. Con los diez céntimos que me quedaban en el monedero, pasé por la entrada y el acomodador me partió la entrada por la mitad diciendo: "Arriba, a la izquierda, por favor". La representación estaba a punto de empezar, pero haciendo caso omiso de las instrucciones del acomodador, entré en el aseo de señoras de la planta principal. Aún decidida a sentarme en la sección de la orquesta, me senté, cerré los ojos y mantuve mi "vista" interior clavada en el escenario desde la dirección de la orquesta. En ese momento, un grupo de mujeres entró en el aseo, todas hablando a la vez, pero sólo oí una conversación, ya que una mujer, hablando con su compañera, dijo: "Pero esperé y esperé hasta el último momento. Entonces llamó y dijo que no podía venir. Le habría regalado el billete, pero ya es demasiado tarde. Sin darme cuenta, le entregué al acomodador las dos entradas y las partió por la mitad antes de que pudiera detenerle'.

Casi me río en voz alta. Me levanté, me acerqué a una señora y le pregunté si podía utilizar la entrada extra que ella tenía, en lugar del asiento del palco que yo había comprado. Era encantadora y me invitó amablemente a unirme a su fiesta. La entrada que me dio era para la sección de orquesta, asiento central, a seis filas del escenario. Me senté en ese asiento sólo unos instantes antes de que se levantara el telón de una representación que había presenciado la noche anterior desde ese asiento, en mi imaginación". - J.R.

Debemos SER realmente en la Imaginación. Una cosa es pensar *en el fin* y otra cosa es pensar *desde el fin*. Pensar *desde el fin*, promulgar el fin, es crear la realidad. Las acciones interiores deben corresponder a las acciones que realizaríamos físicamente "después de que estas cosas debieran ser" [Edward Thomas, "La Casa Nueva"].

Para vivir sabiamente, debemos ser conscientes de nuestra actividad imaginal y asegurarnos de que está dando forma fielmente al fin que deseamos. El mundo es arcilla; nuestra Imaginación es el Alfarero.

Siempre debemos imaginar fines que tengan valor o prometan bien.

> **"El que desea pero no actúa engendra peste".**
> William Blake

Lo que se hace fluye de lo que se imagina. Las formas exteriores revelan las imaginaciones del Hombre.

> **"El hombre es la lanzadera, a cuya sinuosa búsqueda y paso por estos telares Dios ordenó el movimiento, pero no ordenó el descanso".**
> Henry Vaughan

"Dirijo una pequeña empresa, de propiedad exclusiva, y hace unos años parecía que mi aventura acabaría en fracaso. Durante algunos meses, las ventas habían descendido de forma constante y me encontré en un "aprieto" financiero, junto con otros miles de pequeños empresarios, ya que este periodo abarcó una de las pequeñas recesiones de nuestro país. Estaba muy endeudado y necesitaba al menos tres mil dólares casi de inmediato. Mis auditores me aconsejaron que cerrara mis puertas e intentara salvar lo que pudiera. En lugar de eso, recurrí a mi Imaginación.

Conocía tus enseñanzas, pero nunca había intentado resolver ningún problema de esta manera. Era francamente escéptico ante la idea de que la imaginación pueda crear la realidad, pero también estaba desesperado, y la desesperación me obligó a poner a prueba tu enseñanza.

Imaginé que mi oficina recibía inesperadamente cuatro mil dólares en remesas pendientes de cobro. Este dinero tendría que proceder de nuevos pedidos, ya que mis cuentas por cobrar eran prácticamente inexistentes, pero esto parecía inverosímil, ya que no había recibido esta cantidad en ventas durante los últimos cuatro meses o más. No obstante, mantuve mi imagen imaginaria de recibir esta cantidad de dinero de forma constante ante mí durante tres días. A primera hora de la cuarta mañana, un cliente del que hacía meses que no tenía noticias me llamó por teléfono para pedirme que fuera a verle personalmente. Debía llevarle un presupuesto que le habían hecho anteriormente sobre la maquinaria que necesitaba su fábrica. El presupuesto era de hacía meses, pero lo saqué de mis archivos y no tardé en llegar a su oficina aquel mismo día. Redacté el pedido, que él firmó, pero no vi ninguna ayuda inmediata para mí en la transacción, pues el equipo que quería tardaría de cuatro a seis meses en llegar a la fábrica y, por supuesto, mi cliente no tenía que pagarlo hasta que se lo entregaran.

Le di las gracias por el pedido y me levanté para marcharme. Me detuvo en la puerta y me entregó un cheque de algo más de cuatro mil dólares, diciendo: 'Quiero pagar la mercancía ahora, por adelantado -por motivos fiscales, ya sabes. ¿No te importa? No, no me importaba. Me di cuenta de lo que había ocurrido en el momento en que tomé aquel cheque en mis manos. En tres días, mi acto imaginal había hecho por mí lo que yo no había podido hacer en meses de desesperadas barajadas financieras.

Ahora sé que la imaginación podría haber aportado cuarenta mil dólares a mi negocio con la misma facilidad que cuatro mil." - L.N.C

**"Oh Señor, Tú eres nuestro Padre; nosotros somos el barro, y Tú eres nuestro Alfarero; todos somos obra de Tu mano".**
Isaías 64:8

# CAPÍTULO 12: ACTITUDES

**"Las Cosas Mentales son sólo Reales; lo que se llama Corpóreo, Nadie Sabe de su Morada: está en Falacia, y su Existencia una Impostura. ¿Dónde está la Existencia fuera de la Mente o del Pensamiento? ¿Dónde está sino en la Mente de un Necio?"**
- Blake

LA MEMORIA, aunque defectuosa, es adecuada a la llamada de la igualdad. Si recordamos a otro tal como lo hemos conocido, lo recreamos a esa imagen, y el pasado se reconocerá en el presente. Imaginar crea la realidad. Si se puede mejorar, debemos reconstruirlo con un contenido nuevo; visualizarlo como nos gustaría que fuera, en lugar de que cargue con el peso de nuestro recuerdo de él.

**"Todo lo que se puede creer es una imagen de la verdad".**
- Blake

La siguiente historia es de alguien que cree que imaginar crea la realidad y actuar según esta creencia cambió su actitud hacia un desconocido y fue testigo de este cambio en la realidad.

"Hace más de veinte años, cuando era un campesino 'verde' recién llegado a Boston para ir a la escuela, un 'mendigo' me pidió dinero para comer. Aunque el dinero que tenía era lastimosamente insuficiente para mis necesidades, le di lo que tenía en el bolsillo. Unas horas más tarde, el mismo hombre, a estas alturas tambaleantemente borracho, me paró de nuevo y me pidió dinero. Me sentí tan indignado al pensar que el dinero que tan mal podía permitirme había sido utilizado de ese modo, que me hice la solemne promesa de que nunca más escucharía las súplicas de un mendigo callejero. A lo largo de los años mantuve mi promesa, pero cada vez que rechazaba a alguien, me remordía la conciencia. Me sentía culpable hasta el punto de sentir un dolor agudo en el estómago, pero no conseguía doblegarme.

A principios de este año, un hombre me paró mientras paseaba a mi perro y me pidió dinero para poder comer. Fiel a la vieja promesa, le rechacé. Sus modales fueron amables y aceptó mi negativa. Incluso admiró a mi perro y habló de una familia del estado de Nueva York que conocía y que criaba cocker spaniels. Esta vez sí que me remordía la conciencia. Mientras él seguía su camino, yo decidí rehacer aquella escena como me hubiera gustado que fuera, así que me detuve allí mismo en la calle, cerré los ojos sólo unos instantes y representé la escena de forma diferente. En mi imaginación hice que se me acercara el mismo hombre, sólo que esta vez abrió la conversación admirando a mi perro. Después de hablar un momento, le hice decir: "No me gusta pedirte esto, pero necesito comer algo. Tengo un trabajo que empieza mañana por la mañana, pero he estado sin trabajar y esta noche tengo hambre'. Entonces metí la mano en mi bolsillo imaginario, saqué un billete imaginario de cinco dólares y se lo di gustosamente. Este acto imaginario disolvió inmediatamente el sentimiento de culpa y el dolor.

Sé por tus enseñanzas que un acto imaginal es un hecho, así que sabía que podía conceder a cualquiera lo que pidiera y, mediante la fe en el acto imaginal, consentir en la realidad de que lo tuviera.

Cuatro meses después, mientras paseaba de nuevo a mi perro, se me acercó el mismo hombre y abrió la conversación admirando a mi perro. Es un perro precioso', dijo. Joven, supongo que no se acuerda de mí, pero hace un tiempo le pedí dinero y usted, muy amablemente, me dijo que no. Digo "amablemente", porque si me lo hubieras dado todavía estaría pidiéndote dinero. En cambio, a la mañana siguiente conseguí un trabajo y ahora me mantengo en pie y he recuperado el respeto por mí misma".

Sabía que su trabajo era un hecho cuando lo imaginé aquella noche unos cuatro meses antes, ¡pero no negaré que fue una inmensa satisfacción que apareciera en carne y hueso para confirmarlo!" - F.B.

**"No tengo plata ni oro, pero te doy lo que tengo".**
- Hechos 3:6

No hay que descartar a nadie, hay que salvar a todos, y nuestra Imaginación remodeladora de la memoria es el proceso por el que se lleva a cabo esta salvación. Condenar al hombre por haber perdido su camino es castigar al ya castigado.

**"¿A quién he de compadecer si no compadezco al pecador descarriado?".**
- William Blake, "Jerusalén"

Nuestra actividad imaginal no debe ser lo que el hombre era, sino lo que puede llegar a ser.

"¿No te acuerdas de la dulce Alice, Ben Bolt -
La dulce Alicia que tenía el pelo tan castaño,
Que lloraba de alegría cuando le regalabas una sonrisa,
¿Y temblaba de miedo ante tu ceño fruncido?" [- George du Maurier]

Si no nos imaginamos peor de él que él de sí mismo, pasaría por excelente. No es el hombre en su mejor momento, sino el imaginador que ejercita el espíritu de perdón el que realiza el milagro.

Imaginar con nuevos contenidos transformó tanto al hombre que pedía como al que daba.

La imaginación aún no ha tenido su merecido en los sistemas ni de los moralistas ni de los educadores.

Cuando lo haga, se abrirá "la cárcel a los que están presos". [Isa. 61:1]

Nada tiene existencia para nosotros si no es a través del recuerdo que tenemos de ello, por eso debemos recordarlo no como fue -a menos, claro está, que fuera del todo deseable-, sino como deseamos que sea.

En la medida en que la imaginación es creadora, nuestro recuerdo del otro le favorece o le obstaculiza, y hace más fácil y rápido su camino ascendente o descendente.

No hay carbón de carácter tan muerto que no brille y llame si no se le gira ligeramente.

La siguiente historia demuestra que imaginar puede hacer anillos, y maridos, ¡y trasladar a la gente "a China"!

Mi marido, hijo de un hogar desestructurado y criado por unos abuelos muy queridos, nunca estuvo "cerca" de su madre, ni ella de él. Mujer de sesenta y tres años y divorciada durante treinta y dos de ellos, se sentía sola y amargada, y mi relación con ella era tensa mientras intentaba 'mantenerme en medio'. Según ella misma admitía, su gran deseo era volver a casarse para tener compañía, pero lo creía imposible a su edad. Mi marido me decía a menudo que esperaba que se volviera a casar y, como él decía con fervor, "¡quizá se fuera a vivir a las afueras de la ciudad!"

Yo tenía el mismo deseo y, como yo decía, "¿quizás mudarme a China?" Desconfiando de mi motivo personal para este deseo, sabía que debía cambiar mi sentimiento hacia ella en mi drama imaginal y, al mismo tiempo, "darle" lo que quería. Empecé por verla en mi imaginación como una personalidad completamente cambiada: una mujer feliz y alegre, segura y contenta en una nueva relación. Cada vez que pensaba en ella, la veía mentalmente como una "nueva" mujer.

Unas tres semanas después, vino a nuestra casa de visita trayendo a un amigo que había conocido muchos meses antes. El hombre se había quedado viudo hacía poco; tenía la edad de ella, estaba seguro económicamente y tenía hijos mayores y nietos. Nos caía bien y yo estaba emocionada porque era evidente que se gustaban. Pero mi marido seguía pensando que "eso" era imposible. Yo no.

Desde aquel día, cada vez que su imagen surgía en mi mente, la "veía" extendiendo su mano izquierda hacia mí; y admiraba el "anillo" que llevaba en el dedo. Un mes más tarde, ella y su amiga vinieron a visitarnos y, cuando me adelanté para saludarlas, extendió orgullosa su mano izquierda. Tenía el anillo en el dedo.

Dos semanas después se casó, y no la hemos vuelto a ver. Vive en una casa nueva... "muy lejos de la ciudad" y, como a su nuevo marido no le gusta el largo trayecto hasta nuestra casa, ¡bien podría haberse "mudado a China"!" - J.B.

Existe una gran diferencia entre la voluntad de resistirse a una actividad y la decisión de cambiarla. El que cambia una actividad actúa; mientras que el que se resiste a una actividad, vuelve a actuar. Uno crea; el otro perpetúa.

Nada es real más allá de los patrones imaginativos que hacemos de ello. La memoria, al igual que el deseo, se parece a un sueño diurno. ¿Por qué convertirlo en una pesadilla diurna?

El hombre sólo puede perdonar si trata la memoria como un sueño despierto y le da forma según el deseo de su corazón.

R.K. aprendió que podemos robar a los demás sus capacidades con nuestras actitudes hacia ellos. Cambió su actitud y con ello cambió un hecho.

"No soy prestamista ni estoy en el negocio de las inversiones como tal, pero un amigo y conocido de negocios acudió a mí para pedirme un préstamo importante con el fin de ampliar su planta. Por amistad personal, le concedí el préstamo con unos tipos de interés razonables y le di a mi amigo el derecho de renovación al cabo de un año. Cuando venció el plazo del primer año, se retrasó en el pago de los intereses y solicitó una prórroga de treinta días del pagaré. Le concedí esta petición, pero al cabo de treinta días, seguía sin poder hacer frente al pagaré y pidió una prórroga adicional.

Como ya he dicho, no me dedico a prestar dinero. Al cabo de veinte días, necesitaba el pago íntegro del préstamo para hacer frente a mis propias deudas. Pero volví a consentir en prorrogar el pagaré a pesar de que mi propio crédito estaba ahora en grave peligro. Lo natural era presionar legalmente para cobrar y hace unos años lo habría hecho. En cambio, recordé tu advertencia de "no robar a los demás su capacidad", y me di cuenta de que había estado robando a mi amigo su capacidad de pagar lo que debía.

Durante tres noches construí una escena en mi imaginación en la que oía a mi amigo decirme que los pedidos inesperados habían inundado su mesa tan rápidamente, que ahora podía pagar el préstamo en su totalidad.

Al cuarto día recibí una llamada suya. Me dijo que, por lo que él llamaba "un milagro", había recibido tantos pedidos, y además grandes, que ahora podía devolverme el préstamo con todos los intereses adeudados y, de hecho, acababa de enviarme por correo un cheque por el importe total." - R.K.

No hay nada más fundamental para el secreto de imaginar que la distinción entre imaginar y el estado imaginado.

**"Sólo las cosas mentales son reales...". "Todo lo que se puede creer es una imagen de la verdad".**
- William Blake

# CAPÍTULO 13: TODAS LAS TRIVIALIDADES

"El conocimiento general es conocimiento remoto; es en lo particular en lo que consiste la sabiduría. Y también la felicidad".
- Blake

DEBEMOS UTILIZAR nuestra imaginación para alcanzar fines particulares, aunque éstos sean todos triviales. Como los hombres no definen e imaginan claramente los fines particulares, los resultados son inciertos, mientras que podrían ser perfectamente seguros. Imaginar fines particulares es discriminar con claridad.

"¿Cómo distinguir el roble de la haya, el caballo del buey, sino por el contorno que lo delimita?".
- William Blake, Forma humana divina

La definición afirma la realidad de lo particular frente a las generalizaciones sin forma que inundan la mente.

La vida en la Tierra es un jardín de infancia para la creación de imágenes. La grandeza o pequeñez del objeto a crear no es importante en sí misma.

"La gran regla de oro del arte, así como de la vida", dijo Blake, "es ésta: Que cuanto más definida, nítida y alámbrica sea la línea delimitadora, más perfecta será la obra de arte; y cuanto menos nítida y aguda, mayor será la evidencia de una débil imitación. ¿Qué es lo que construye una casa y planta un jardín sino lo definido y determinado? ...omite esta línea, y omitirás la vida misma".

Las siguientes historias tratan de la adquisición de cosas aparentemente pequeñas o "juguetes", como yo las llamo, pero son importantes por las claras imágenes imaginarias que crearon los juguetes. La autora de la primera historia es alguien de quien se dice que "lo tiene todo". Esto es cierto. Tiene seguridad económica, social e intelectual.

Escribe:

"Como sabes, gracias a tus enseñanzas y a mi práctica de las mismas, he cambiado por completo mi persona y mi vida. Hace dos semanas, cuando hablaste de los 'juguetes', me di cuenta de que nunca había utilizado mi imaginación para conseguir 'cosas' y decidí que sería divertido probarlo. Hablaste de una joven a la que le dieron un sombrero con sólo ponérselo en su imaginación. Lo último que necesitaba era un sombrero, pero quería poner a prueba mi imaginación para "conseguir cosas", así que elegí un sombrero de una revista de moda. Recorté la foto y la pegué en el espejo de mi tocador. Estudié la foto detenidamente. Después, cerré los ojos y, en mi imaginación, me puse el sombrero en la cabeza y me lo "puse" al salir de casa. Sólo lo hice una vez.

La semana siguiente quedé con unos amigos para comer y uno de ellos llevaba "el" sombrero. Todos lo admiramos. Al día siguiente, recibí un paquete por mensajero especial. El sombrero estaba en el paquete. La amiga que lo había llevado el día anterior me lo había enviado con una nota en la que decía que el sombrero no le gustaba especialmente y que no sabía por qué lo había comprado, pero que por alguna razón pensaba que me quedaría bien a mí, ¡y que por favor lo aceptara!" - G.L.

El movimiento de "los sueños a las cosas" es el poder que impulsa a la humanidad.

Debemos vivir totalmente en el nivel de la Imaginación. Y debe emprenderse consciente y deliberadamente.

"Toda mi vida he amado a los pájaros. Disfruto observándolos, oyendo su parloteo, dándoles de comer; y me gusta especialmente el pequeño gorrión. Durante muchos meses les he dado de comer migajas de pan de la mañana, semillas de pájaros silvestres y cualquier cosa que creía que comerían.

Y durante todos esos meses, me he sentido frustrada al ver cómo los pájaros más grandes -sobre todo las palomas- dominaban la zona, engullendo la mayor parte de las semillas buenas y dejando las cáscaras para mis gorriones.

Utilizar mi imaginación en este problema me pareció gracioso al principio, pero cuanto más pensaba en ello, más interesante me parecía la idea. Así pues, una noche me propuse "ver" a los pajarillos entrar a por su ración completa de las ofrendas diarias, y le "decía" a mi mujer que las palomas ya no interferirían con mis gorriones, sino que tomaban su ración como caballeros y luego abandonaban la zona. Continué con esta acción imaginaria durante casi un mes. Entonces, una mañana me di cuenta de que las palomas habían desaparecido. Los gorriones tuvieron el desayuno para ellos solos durante unos días. Durante esos pocos días, ningún pájaro más grande entró en la zona. Al final volvieron, pero hasta hoy no han vuelto a invadir la zona ocupada por mis gorriones. Permanecen juntos, comiendo lo que les pongo, y dejan todo el espacio a mis pequeños amigos.

Y sabes... En realidad creo que los gorriones comprenden; ya no parecen tener miedo cuando camino entre ellos". - R.K.

Esta señora demuestra que, a menos que nuestro corazón esté en la tarea, a menos que nos imaginemos directamente en el sentimiento de nuestro deseo cumplido, no estaremos allí. Porque todos somos imaginación y debemos estar "donde" y "lo que" somos en la imaginación.

"A principios de febrero, mi marido y yo llevábamos un mes en nuestra nueva casa -una casa encantadora a más no poder, encaramada a un escarpado acantilado con el océano por patio delantero, el viento y el cielo por vecinos y las gaviotas por huéspedes-, estábamos extasiados. Si has experimentado la alegría y la desdicha de construir tu propia casa, sabrás lo lleno que estás de felicidad y lo vacía que tienes la cartera: Cien cosas preciosas clamaban por ser compradas para aquella casa, pero lo que más deseábamos era lo más inútil: un cuadro. No un cuadro cualquiera, sino una escena salvaje y maravillosa del mar dominada por un gran clíper blanco. Este cuadro había estado en nuestros pensamientos todos los meses de construcción y dejamos una pared del salón libre de paneles para albergarlo. Mi marido colocó farolillos decorativos rojos y verdes en la pared para enmarcar nuestro cuadro, pero el cuadro en sí tendría que esperar. Las cortinas, las alfombras... todo lo práctico debía venir primero. Puede que sí, pero eso no nos impidió a ninguno de los dos "ver" aquel cuadro, en nuestra imaginación, en aquella pared.

Un día, mientras iba de compras, entré en una pequeña galería de arte y, al cruzar la puerta, me detuve, de modo que, de repente, un caballero que caminaba detrás de mí se estrelló contra un caballete.

Me disculpé y señalé un cuadro que colgaba a la altura de la cabeza al otro lado de la habitación.

¡Eso es! Nunca había visto nada tan maravilloso!" Se presentó como el propietario de la galería y dijo: "Sí, un original del mayor pintor inglés de clíperes que el mundo ha conocido". Siguió hablándome del artista, pero yo no le escuchaba. No podía apartar los ojos de aquel maravilloso barco y, de repente, experimenté algo muy extraño. Fue sólo un instante, pero la galería de arte se desvaneció y "vi" aquel cuadro en mi pared. Me temo que el propietario pensó que estaba un poco mareada, y lo estaba, pero finalmente conseguí volver a prestar atención a su voz cuando mencionó un precio astronómico. Sonreí y dije: "Quizá algún día..." Continuó hablándome del pintor y también de un artista americano que era el único litógrafo vivo capaz de copiar al gran maestro inglés. Me dijo: "Si tienes mucha suerte, podrás hacerte con uno de sus grabados. He visto su obra. Es perfecto hasta el último detalle. Mucha gente prefiere los grabados a los cuadros'.

"Grabados" o "cuadros", no sabía nada de los valores de unos y otros y, de todos modos, lo único que quería era aquella escena. Cuando mi marido volvió a casa aquella noche, no hablé de otra cosa que de aquel cuadro y le supliqué que visitara la galería y lo viera. Quizá pudiéramos encontrar una copia en alguna parte. El hombre dijo...'

Sí", me interrumpió, "pero ya sabes que ahora no podemos permitirnos ningún cuadro...". Nuestra conversación terminó ahí, pero aquella noche, después de cenar, me paré en el salón y "vi" aquel cuadro en la pared.

Al día siguiente, mi marido tenía una cita con un cliente a la que no quería acudir. Pero la cita se cumplió, y mi marido no volvió a casa hasta después del anochecer. Cuando entró por la puerta principal, yo estaba ocupada en otra parte de la casa y le llamé para saludarle. Unos minutos después oí martillazos y entré en el salón para ver qué estaba haciendo. En la pared estaba colgado mi cuadro. En mi primer momento de intensa alegría recordé al hombre de la galería de arte, que decía... 'Si tienes mucha suerte, podrás hacerte con uno de sus grabados...' ¿Suerte? Bueno, ésta es la parte de la historia que le toca a mi marido:

Haciendo la llamada ya mencionada, entró en una de las casitas más pobres y mezquinas en las que había estado nunca. El cliente se presentó y condujo a mi marido a un comedor diminuto y oscuro, donde ambos se sentaron a una mesa desnuda. Cuando mi marido dejó su maletín sobre la mesa, levantó la vista y vio el cuadro de la pared. Me confesó que había hecho una entrevista muy chapucera porque no podía apartar los ojos de aquel cuadro. El cliente firmó el contrato y entregó un cheque como pago inicial al que, según creía mi marido en aquel momento, le faltaban diez dólares. Al mencionar este hecho al cliente, dijo que el cheque entregado era hasta el último céntimo que podía pagar, pero añadió... "Me he dado cuenta de tu interés por ese cuadro. Estaba aquí cuando ocupé este lugar. No sé a quién perteneció, pero no lo quiero. Si pones los diez dólares por mí, te daré el cuadro".

Cuando mi marido volvió a la oficina principal de su empresa, se enteró de que se había equivocado con la cantidad. No le habían cobrado diez dólares. Nuestra foto está en la pared. Y no nos cuesta nada". - A.A.

De R.L., que escribe la carta siguiente, hay que decir:

**"A fe, Señora, que tenéis un corazón alegre".**
- William Shakespeare, "Mucho ruido y pocas nueces"

"Un día, durante una huelga de autobuses, necesitaba ir al centro de la ciudad y tuve que caminar diez manzanas desde mi casa hasta el autobús en funcionamiento más cercano. Antes de volver a casa, recordé que no había ningún mercado de alimentos en esta nueva ruta y que no podría comprar para cenar. Tenía lo suficiente para hacer una comida "de sobaquillo", pero necesitaría pan. Después de comprar durante todo el día, las diez manzanas que me separaban de la línea de autobús eran todo lo que podía hacer, e ir aún más lejos para comprar pan estaba descartado."

Me quedé muy quieta un momento y dejé que una visión del pan 'bailara en mi cabeza'. Luego me puse en marcha hacia casa. Cuando subí al autobús, estaba tan cansada que cogí el primer asiento disponible y casi me siento sobre una bolsa de papel. Ahora bien, en un autobús abarrotado los pasajeros cansados rara vez se miran directamente unos a otros, así que, como soy curiosa por naturaleza, eché un vistazo a la bolsa. Por supuesto, era una barra de pan, pero no de cualquier marca, sino de la misma que compro siempre. - R.L.

Nimiedades: todas nimiedades - pero producían sus nimiedades sin precio. La imaginación lograba estas cosas sin los medios que generalmente se consideran necesarios para ello.

El hombre valora la riqueza de una forma que no guarda relación con los valores reales.

**"Venid, comprad vino y leche sin dinero y sin precio".**
- Isaías 55:1

# CAPÍTULO 14: EL MOMENTO CREATIVO

"El hombre natural no recibe los dones del Espíritu de Dios, porque le parecen locura, y no es capaz de entenderlos porque se disciernen espiritualmente."
- 1 Cor. 2:14.

"Hay un Momento en cada Día que Satanás no puede encontrar, Ni pueden encontrarlo sus Demonios Vigilantes; pero los Industriosos encuentran Este Momento y se multiplican, Y cuando una vez se encuentra Renueva cada Momento del Día si se coloca correctamente."
- Blake

CADA VEZ que imaginamos las cosas como deberían ser, en lugar de como parecen ser, es "El Momento". Porque en ese momento, el trabajo del hombre espiritual está hecho y todos los grandes acontecimientos del tiempo comienzan a moldear un mundo en armonía con el modelo alterado de ese momento.

Satán, escribe Blake, es un "Reactor". Nunca actúa; sólo reacciona. Y si nuestra actitud ante los acontecimientos del día es "reaccionaria", ¿no estamos interpretando el papel de Satán?

El hombre sólo reacciona en su estado natural o satánico; nunca actúa ni crea, sólo re-actúa o re-crea. Un momento creativo real, un sentimiento real del deseo cumplido, vale más que toda la vida natural de re-acción. En un momento así, la obra de Dios está hecha.

Una vez más, podemos decir con Blake,

**"Dios sólo Actúa y Es, en los seres existentes u Hombres".**
- Blake, "El matrimonio del cielo y el infierno", 1793

Hay un pasado imaginario y un futuro imaginario. Si, reaccionando, el pasado se recrea en el presente, así, actuando nuestros sueños de fantasía, el futuro puede traerse al presente.

**"Siento ahora el futuro en el instante".**
- William Shakespeare, "Macbeth"

El hombre espiritual Actúa; para él, cualquier cosa que quiera hacer, puede hacerla y hacerla al instante *en su imaginación*. Y su lema es siempre: "El Momento es Ahora".

**"He aquí ahora el tiempo aceptable; he aquí ahora el día de salvación".**
- 2 Corintios 6:2

Nada se interpone entre el hombre y la realización de su sueño, salvo los hechos.

Y los hechos son creaciones de la imaginación. Si el hombre cambia su imaginación, cambiará los hechos.

Esta historia habla de una joven que encontró el Momento y, al representar su sueño de fantasía, trajo el futuro al instante, sin darse cuenta de lo que había hecho hasta la escena final.

"El incidente que se relata a continuación debe parecer una coincidencia a quienes nunca han estado expuestos a tus enseñanzas, pero sé que observé cómo un acto imaginativo tomaba forma sólida en, quizá, cuatro minutos. Creo que te interesará leer este relato, escrito exactamente como ocurrió, pocos minutos después de que sucediera, ayer por la mañana.

Conducía mi coche hacia el este por Sunset Boulevard, por el carril central del tráfico, frenando lentamente para detenerme ante una señal roja en un cruce de tres vías, cuando me llamó la atención la visión de una anciana, vestida toda de gris, que cruzaba corriendo la calle delante de mi coche. Tenía el brazo levantado, haciendo señas al conductor de un autobús que empezaba a alejarse de la acera. Evidentemente, intentaba cruzar por delante del autobús para retrasarlo. El conductor redujo la velocidad de su vehículo y pensé que la dejaría entrar. En lugar de eso, cuando ella saltó al bordillo, el autobús se alejó dejándola parada justo en el acto de bajar el brazo. Se volvió y caminó rápidamente hacia una cabina telefónica cercana.

Cuando la señal cambió a verde y puse el coche en marcha, deseé haber estado detrás del autobús y haber podido ofrecerle llevarla. Su extrema agitación era evidente incluso desde la distancia que me separaba de ella. Mi deseo se cumplió instantáneamente en un drama mental, y mientras me alejaba, el deseo se representó en la siguiente escena:

Abrí la puerta del coche y entró una señora vestida de gris, sonriendo aliviada y dándome las gracias profusamente. Estaba sin aliento de tanto correr y me dijo: "Sólo me quedan unas manzanas para llegar. He quedado con unos amigos y tenía tanto miedo de que se fueran sin mí cuando perdiera el autobús'. Dejé a mi dama imaginaria unas manzanas más adelante y ella se alegró al ver que sus amigos seguían esperándola. Volvió a darme las gracias y se marchó.

Toda la escena mental se abarcaba en el tiempo que se tarda en conducir una manzana a una velocidad normal.

El capricho satisfizo mis sentimientos respecto al incidente "real", e inmediatamente lo olvidé. Cuatro manzanas más allá, seguía en el carril central y de nuevo tuve que detenerme por un semáforo en rojo. En ese momento, mi atención se centraba en algo que ahora he olvidado, cuando de repente alguien golpeó la ventanilla cerrada de mi coche y levanté la vista para ver a una anciana de aspecto encantador, con el pelo canoso y vestida toda de gris. Sonriendo, me preguntó si podía acompañarme unas manzanas, pues había perdido el autobús. Estaba sin aliento, como si hubiera corrido, y me quedé tan atónito por su repentina aparición en medio de una calle muy transitada, junto a mi ventanilla, que por un momento sólo pude reaccionar físicamente y, sin responder, me incliné y abrí la puerta del coche. Entró y dijo: "Es tan molesto ir tan deprisa y luego perder el autobús. No te lo habría impuesto así, pero he quedado con unos amigos unas manzanas más abajo y, si tuviera que caminar ahora, los perdería'. Seis manzanas más adelante, exclamó: '¡Qué bien! Todavía me están esperando'. La dejé salir, me dio las gracias de nuevo y se marchó. "Me temo que me dirigí a mi propio destino por reflejo automático, pues había reconocido plenamente que acababa de observar cómo un sueño despierto tomaba forma en una acción física. Reconocí lo que estaba ocurriendo mientras ocurría. En cuanto pude, escribí cada parte del incidente y descubrí una sorprendente coherencia entre el "sueño despierto" y la "realidad" posterior. Ambas mujeres eran ancianas, de modales corteses, vestidas de gris y sin aliento por haberse apresurado a coger un autobús y haberlo perdido. Ambas deseaban reunirse con unos amigos (que, por alguna razón, no podían esperarlas mucho más) y ambas abandonaron mi coche en el espacio de unas pocas manzanas tras completar con éxito el contacto con sus amigos.

¡Estoy asombrado, confundido y eufórico! Si la casualidad o el accidente no existen, entonces he sido testigo de cómo la imaginación se convertía en "realidad" casi instantáneamente". - J.R.B.

**"Hay un Momento en cada Día que Satanás no puede encontrar. Tampoco pueden encontrarlo sus Demonios Vigilantes; pero los Industriosos encuentran Este Momento y se multiplica, y cuando una vez se encuentra Renueva cada Momento del Día si se coloca correctamente."**
- William Blake

"Desde la primera vez que leí tu 'Búsqueda', he anhelado experimentar una visión. Desde que nos has hablado de la 'Promesa', este deseo se ha intensificado. Quiero hablarte de mi visión, que fue una respuesta gloriosa a mi oración, pero estoy segura de que no habría tenido esta experiencia si no hubiera sido por algo que ocurrió hace dos semanas.

Tuve que aparcar el coche a cierta distancia del edificio de la Universidad donde tenía programada mi clase. Al salir del coche, fui consciente de la quietud que me rodeaba. La calle estaba completamente desierta; no había nadie a la vista.

De repente, oí una voz maldiciente espantosa. Miré hacia el sonido y vi a un hombre blandiendo un bastón, gritando, entre palabras viles: 'Te mataré. Te mataré'. Seguí adelante mientras se acercaba a mí, pues en aquel momento pensé: "Ahora puedo poner a prueba lo que he profesado creer; si creo que somos uno, El Padre, este vagabundo y yo, no puede hacerme ningún daño". En ese momento no tuve miedo. En lugar de ver a un hombre que venía hacia mí, sentí una luz. Dejó de gritar, dejó caer su bastón y caminó tranquilamente mientras pasábamos con menos de un palmo de distancia entre nosotros.

Tras haber puesto a prueba mi fe en ese momento, todo a mi alrededor me ha parecido más vivo que antes: las flores más brillantes y los árboles más verdes. He tenido una sensación de paz y de "unidad" de la vida que no había conocido antes.

El viernes pasado me dirigí a nuestra casa de campo; no había nada inusual en el día ni en la noche. Trabajé en un manuscrito y, como no estaba cansada, no intenté dormirme hasta cerca de las dos de la mañana siguiente. Entonces apagué la luz y me sumí en esa sensación flotante, no dormida sino somnolienta, como yo la llamo, medio despierta y medio dormida.

A menudo, mientras estoy en este estado, flotan ante mí rostros encantadores y desconocidos, pero esta mañana la experiencia fue diferente. Un rostro perfecto de un niño se presentó ante mí de perfil; luego se volvió y me sonrió. Resplandecía de luz y parecía llenar de luz mi propia cabeza.

Estaba radiante y excitada y pensé 'éste debe de ser el Christos'; pero algo dentro de mí, sin sonido, dijo: 'No, ésta eres tú'. Siento que nunca volveré a ser la misma y que algún día podré experimentar la 'Promesa'". - G.B.

Todos nuestros sueños se harán realidad desde el momento en que sepamos que Imaginar Crea Realidad y Actuemos.

Pero la Imaginación busca de nosotros algo mucho más profundo y fundamental que crear cosas: nada menos que el reconocimiento de su propia unidad, con Dios; que lo que hace es, en realidad, Dios mismo haciéndolo en y a través del Hombre, que es Toda Imaginación.

# CAPÍTULO 15: LA PROMESA

*CUATRO EXPERIENCIAS **místicas***

En todo lo que he relatado hasta ahora -a excepción de la Visión del Niño de G.B.- la imaginación se ejerció conscientemente. Hombres y mujeres creaban obras de teatro en su imaginación, obras que implicaban la realización de sus deseos. Luego, al imaginarse a sí mismos participando en esos dramas, creaban lo que sus actos imaginarios implicaban.

Éste es el uso sabio de la Ley de Dios. Pero,

> **"Ningún hombre es justificado ante Dios por la Ley"**
> - Gal. 3:11.

A muchas personas les interesa el Imaginismo como forma de vida, pero no les interesa en absoluto su marco de fe, una fe que conduce al cumplimiento de la promesa de Dios.

> **"Yo levantaré después de ti a tu hijo, que saldrá de tu cuerpo... Yo seré su padre y él será Mi hijo".**
> - 2 Sam. 7:12-14

La Promesa de que Dios dará a luz de nuestro cuerpo un hijo que "no nacerá de la sangre, ni de la voluntad de la carne, ni de la voluntad del hombre, sino de Dios" [Juan 1:13] no les concierne. Quieren conocer la Ley de Dios, no Su Promesa. Sin embargo, este nacimiento milagroso se ha declarado claramente como un deber para toda la humanidad desde los primeros días de la comunión cristiana.

### "Tenéis que nacer de lo alto".
- Juan 3:7

Mi propósito aquí es exponerlo de nuevo y exponerlo en tal lenguaje y con tal referencia a mis propias experiencias místicas personales que el lector vea que este nacimiento "de lo alto" es mucho más que una parte de una superestructura prescindible: que es el único propósito de la creación de Dios.

Concretamente, mi propósito al registrar estas cuatro experiencias místicas es mostrar lo que "Jesucristo, el testigo fiel, el primogénito de entre los muertos" [Ap. 1:5] intentaba decir sobre este nacimiento de lo alto.

### "¿Cómo pueden predicar los hombres si no son enviados?"
- Rom. 10:15

Hace muchos años, fui llevado en espíritu a una Sociedad Divina, una Sociedad de hombres en los que Dios está despierto. Aunque parezca extraño, los dioses se encuentran de verdad. Cuando entré en esta sociedad, la primera en saludarme fue la encarnación del Poder infinito. El suyo era un poder desconocido para los mortales. Luego me llevaron a conocer al Amor infinito. Me preguntó: "¿Qué es lo más grande del mundo?". Le respondí con las palabras de Pablo: "La fe, la esperanza y el amor, estos tres; pero el mayor de ellos es el amor" [1Cor. 13:13]. En ese momento, me abrazó y nuestros cuerpos se fundieron y se convirtieron en un solo cuerpo. Me uní a él y le amé como a mi propia alma. Las palabras "amor de Dios", tan a menudo una mera frase, eran ahora una realidad con un significado tremendo. Nada jamás imaginado por el hombre podía compararse con este amor que el hombre siente a través de su unión con el Amor. La relación más íntima de la tierra es como vivir en celdas separadas en comparación con esta unión.

Mientras me encontraba en este estado de supremo deleite, una voz del espacio exterior gritó: "¡Abajo los sangre azul!". Al oír este grito, me encontré de pie ante aquel que me había saludado primero, aquel que encarnaba el Poder infinito. Me miró a los ojos y, sin usar palabras ni la boca, oí lo que me dijo: "Es hora de actuar". De repente fui sacado de aquella Divina Sociedad y regresé a la Tierra. Estaba atormentado por mis limitaciones de comprensión, pero sabía que aquel día la Divina Sociedad me había elegido como compañero y me había enviado a predicar a Cristo, la promesa de Dios al hombre.

Mis experiencias místicas me han llevado a aceptar, literalmente, el dicho de que todo el mundo es un escenario. Y a creer que Dios interpreta todos los papeles. ¿El propósito de la obra? Transformar al hombre, lo creado, en Dios, el creador. Dios amó al hombre, su creado, y se hizo hombre en la fe de que este acto de autoencargo transformaría al hombre, el creado, en Dios, el creador.

La obra comienza con la crucifixión de Dios en el hombre, como hombre, y termina con la resurrección del hombre como Dios. Dios se hace como nosotros, para que nosotros seamos como Él. Dios se hace hombre para que el hombre pueda llegar a ser, primero, un ser vivo y, segundo, un espíritu que da vida.

**"He sido crucificado con Cristo; ya no vivo yo, es Cristo quien vive en mí; y la vida que ahora vivo en la carne la vivo por la fe en el Hijo de Dios, que me amó y se entregó a sí mismo por mí."**
- Gal. 2:20

Dios tomó sobre Sí la forma de hombre y se hizo obediente hasta la muerte -incluso la muerte en cruz del hombre- y es crucificado en el Gólgota, el cráneo del hombre. Dios mismo entra por la puerta de la muerte -el cráneo humano- y se acuesta en la tumba del hombre para hacer del hombre un ser vivo. La misericordia de Dios convirtió la muerte en sueño. Entonces comenzó la prodigiosa e impensable metamorfosis del hombre, la transformación del hombre en Dios.

Ningún hombre, sin ayuda de la crucifixión de Dios, podría cruzar el umbral que admite la vida consciente, pero ahora tenemos unión con Dios en Su Ser crucificado. Él vive en nosotros como nuestra maravillosa imaginación humana. El hombre es todo imaginación, y Dios es hombre y existe en nosotros y nosotros en Él.

**"El cuerpo eterno del hombre es la imaginación, es decir, Dios mismo"**
- Blake

Cuando Él se eleve en nosotros, seremos como Él y Él será como nosotros. Entonces todas las imposibilidades se disolverán en nosotros ante ese toque de exaltación que Su resurrección en nosotros impartirá a nuestra naturaleza.

He aquí el secreto del mundo: Dios murió para dar vida al hombre y liberarlo, pues por muy claramente que Dios sea consciente de Su creación, de ello no se sigue que el hombre, imaginativamente creado, sea consciente de Dios.

Para obrar este milagro, Dios tuvo que morir y luego resucitar como hombre, y nadie lo ha expresado tan claramente como William Blake. Blake dice -o más bien hace decir a Jesús:

"Si yo no muero, tú no puedes vivir; pero si muero, resucitaré y tú conmigo.
¿Amarías tú a quien nunca hubiera muerto por ti, o morirías jamás por quien no hubiera muerto por ti? Y si Dios no muriera por el hombre y no se entregara eternamente por el hombre, el hombre no podría existir".

Así pues, Dios muere, es decir, Dios se ha entregado libremente por el hombre. Deliberadamente, se ha hecho hombre y se ha olvidado de que es Dios, con la esperanza de que el hombre, así creado, resucite finalmente como Dios.

Dios ha ofrecido tan completamente Su propio Ser por el hombre, que clama en la cruz del hombre,

**"Dios mío, Dios mío, ¿por qué me has abandonado?".**
- Mateo 27:46; Salmo 21:1

Ha olvidado por completo que Él es Dios. Pero después de que Dios resucite en un hombre, ese hombre dirá a sus hermanos,

**"¿Por qué estamos aquí, temblando, pidiendo ayuda a Dios, y no a nosotros mismos, en quienes Dios habita?"**
- Blake

Este primer hombre que ha resucitado de entre los muertos es conocido como Jesucristo: las primicias de los que durmieron, el primogénito de los muertos. Por un hombre murió Dios. Ahora, por un hombre, ha llegado también la resurrección de los muertos. Jesucristo resucita a su Padre muerto convirtiéndose en su padre.

En Adán - el hombre universal - Dios duerme. En Jesucristo -el Dios individualizado- Dios despierta. Al despertar, el hombre, lo creado, se ha convertido en Dios, el creador, y puede decir verdaderamente,

**"Antes de que el mundo existiera, YO SOY".**
- Adon Olam, dogmática judía

Así como Dios, en Su amor por el hombre, se identificó tan completamente con el hombre que olvidó que era Dios, así el hombre, en su amor por Dios, debe identificarse tan completamente con Dios que viva la vida de Dios, es decir, Imaginativamente.

El juego de Dios que transforma al hombre en Dios se nos revela en la Biblia.

Es completamente coherente en imágenes y simbolismo. El Nuevo Testamento está oculto en el Antiguo, y el antiguo se manifiesta en el nuevo. La Biblia es una visión de la Ley de Dios y de Su Promesa.

Nunca pretendió enseñar historia, sino conducir al hombre en la fe a través de los hornos de la aflicción hasta el cumplimiento de la ¿ promesa de Dios, despertar al hombre de este sueño profundo y despertarlo como Dios.

Sus personajes no viven en el pasado, sino en una eternidad imaginativa. Son personificaciones de los estados espirituales eternos del alma. Marcan el viaje del hombre a través de la muerte eterna y su despertar a la vida eterna.

El Antiguo Testamento nos habla de la promesa de Dios. El Nuevo Testamento no nos dice cómo *se* cumplió esta promesa, sino cómo *se* cumple.

El tema central de la Biblia es la experiencia directa, individual y mística del nacimiento del niño, ese niño del que habló el profeta :

**"...un niño nos es nacido, hijo nos es dado, y el principado sobre su hombro; y se llamará su nombre Admirable Consejero, Dios Fuerte, Padre Eterno, Príncipe de la Paz. El aumento de su gobierno y de la paz no tendrá fin".**
- Isaías 9:6-7

Cuando el niño se nos revela, lo vemos, lo experimentamos, y la respuesta a esta revelación puede enunciarse con las palabras de Job:

**"He oído hablar de ti con el oído, pero ahora mi ojo te ve".**
Job 42:5

La historia de la encarnación no es una fábula, una alegoría o una ficción cuidadosamente urdida para esclavizar las mentes de los hombres, sino un hecho místico. Es una experiencia mística personal del nacimiento de uno mismo a partir del propio cráneo, simbolizado en el nacimiento de un niño, envuelto en pañales y tendido en el suelo.

Hay una diferencia entre oír hablar de este nacimiento de un niño de tu propio cráneo -un nacimiento que ningún científico o historiador podría explicar jamás- y experimentar realmente el nacimiento -tener en tus propias manos y ver con tus propios ojos a este niño milagroso, un niño nacido de lo alto de tu propio cráneo, un nacimiento contrario a todas las leyes de la naturaleza.

La cuestión tal como se plantea en el Antiguo Testamento:

**"Pregunta ahora, y mira, ¿puede un varón engendrar un hijo? ¿Por qué, pues, veo a todo hombre con las manos dándose a luz como una parturienta? ¿Por qué todo rostro se ha vuelto pálido?"**
- Jer. 30:6.

La palabra hebrea "chalats", traducida erróneamente como "lomos", significa: sacar, entregar, retirarse uno mismo. Sacarse a uno mismo del propio cráneo era exactamente lo que el profeta preveía como el nacimiento necesario de lo Alto; un nacimiento que daría al hombre la entrada en el reino de Dios y la percepción reflexiva en los niveles más elevados del Ser. A través de los tiempos:

**"Lo profundo llama a lo profundo".**
- Sal. 42:7
**"¡Levántate! ¿Por qué duermes, Señor? Despierta!"**
- Sal. 44:23

El acontecimiento, tal como se recoge en los Evangelios, tiene lugar realmente en el hombre. Pero de ese día o de esa hora en que llegará el momento de la liberación del individuo, nadie sabe sino el Padre.

**"No te maravilles de que te dijera: Es necesario nacer de lo alto. El viento sopla donde quiere, y oís su sonido, pero no sabéis de dónde viene ni a dónde va; así sucede con todo el que nace del Espíritu."**
- Juan 3:7-8

Esta revelación del Evangelio de Juan es verdadera. He aquí mi experiencia de este nacimiento de lo alto. Como Pablo, no la recibí del hombre, ni me la enseñaron. Me llegó a través de la experiencia mística real de nacer de lo alto. Nadie puede hablar verdaderamente de este nacimiento místico de lo alto, sino quien lo ha experimentado. No tenía ni idea de que este nacimiento de lo alto fuera literalmente cierto.

¿Quién, antes de la experiencia, podría creer que "el Niño, el Consejero Maravilloso, el Dios Fuerte, el Padre Eterno, el Príncipe de la Paz" estaba entretejido en su propio cráneo? ¿Quién, antes de la experiencia, comprendería que su Hacedor es su Esposo y el Señor de los Ejércitos es su Nombre [Isaías 54:5]? ¿Quién creería que el Creador entró en Su propia creación, el hombre, y supo que era Él mismo y que esta entrada en el cráneo del hombre -esta unión de Dios y el hombre- dio como resultado el nacimiento de un Hijo del cráneo del hombre; nacimiento que dio a ese hombre la vida eterna y la unión con su Creador para siempre?

Si ahora cuento lo que viví aquella noche, no lo hago para imponer mis ideas a los demás, sino para dar esperanza a quienes, como Nicodemo, se preguntan "¿cómo puede nacer un hombre siendo viejo [Juan 3:4]?". ¿Cómo puede entrar por segunda vez en el vientre de su madre y nacer? ¿Cómo puede ser? Así es como me ocurrió a mí. Por tanto, ahora "escribiré la visión" y "la haré clara sobre tablas, para que corra el que la lea". Porque la visión sigue esperando su momento; se apresura hasta el final: no mentirá. Si te parece lenta, espérala; sin duda vendrá, no se demorará. He aquí que aquel cuya alma no es recta en él fracasará, pero el justo vivirá por su fe". [Hab. 2:2-4].

En las primeras horas de la mañana del 20 de julio de 1959, en la ciudad de San Francisco, un sueño celestial en el que florecían las artes se vio súbitamente interrumpido por la más intensa vibración centrada en la base de mi cráneo. Entonces comenzó a desarrollarse un drama, tan real como los que experimento cuando estoy completamente despierto. Desperté de un sueño y me encontré completamente sepultado dentro de mi cráneo. Intenté salir por la fuerza a través de su base. Algo cedió y sentí que me desplazaba cabeza abajo, a través de la base de mi cráneo. Apreté para salir, centímetro a centímetro. Cuando casi estaba fuera, me agarré a lo que creí que eran los pies de la cama y tiré de lo que quedaba de mí para sacarlo del cráneo. Allí, en el suelo, permanecí unos segundos.

Entonces me levanté y miré mi cuerpo en la cama. Estaba pálido de cara, tumbado boca arriba y sacudiéndose de un lado a otro como quien se recupera de una gran prueba. Mientras lo contemplaba, esperando que no se cayera de la cama, fui consciente de que la vibración que inició todo el drama no sólo estaba en mi cabeza, sino que ahora también procedía de la esquina de la habitación. Al mirar hacia aquella esquina, me pregunté si aquella vibración podría estar causada por un viento muy fuerte, un viento lo bastante fuerte como para hacer vibrar la ventana. No me di cuenta de que la vibración que seguía sintiendo en mi cabeza estaba relacionada con la que parecía proceder de la esquina de la habitación.

Al volver la vista hacia la cama, descubrí que mi cuerpo había desaparecido, pero en su lugar estaban sentados mis tres hermanos mayores. Mi hermano mayor se sentó donde estaba la cabeza. El segundo y el tercero estaban sentados donde estaban los pies. Ninguno parecía ser consciente de mí, aunque yo era consciente de ellos y podía discernir sus pensamientos. De repente fui consciente de la realidad de mi propia invisibilidad. Me di cuenta de que a ellos también les perturbaba la vibración procedente de la esquina de la habitación. Mi tercer hermano era el más perturbado y se acercó a investigar la causa de la perturbación. Le llamó la atención algo que había en el suelo y, mirando hacia abajo, anunció: "Es el bebé de Neville". Mis otros dos hermanos, con voz muy incrédula, preguntaron: "¿Cómo puede Neville tener un bebé?".

Mi hermano levantó al bebé envuelto en pañales y lo depositó en la cama. Yo, entonces, con mis manos invisibles levanté al bebé y le pregunté: "¿Cómo está mi amorcito?". Me miró a los ojos y sonrió, y desperté en este mundo para reflexionar sobre ésta, la mayor de mis muchas experiencias místicas.

Tennyson tiene una descripción de la Muerte como guerrera: un esqueleto "en lo alto de un caballo negro como la noche", saliendo a medianoche. Pero cuando la espada de Gareth atravesó el cráneo, había en él "... el rostro brillante de un muchacho floreciente y fresco como una flor recién nacida". [Idilios del Rey]

Contaré otras dos visiones porque corroboran la verdad de mi afirmación de que la Biblia es un hecho místico, que todo lo escrito sobre el niño prometido en la ley de Moisés y los Profetas y los Salmos debe ser experimentado místicamente en la imaginación del individuo.

El nacimiento del niño es un signo y un presagio, que señala la resurrección de David, el ungido del Señor, de quien dijo:

**"Tú eres Mi Hijo, hoy te he engendrado".**
- Salmos 2:7

Cinco meses después del nacimiento del niño, en la mañana del 6 de diciembre de 1959, en la ciudad de Los Ángeles, comenzó en mi cabeza una vibración similar a la que precedió a su nacimiento. Esta vez su intensidad se centró en la parte superior de mi cabeza. Entonces se produjo una explosión repentina y me encontré en una habitación modestamente amueblada. Allí, apoyado en el lateral de una puerta abierta, estaba mi hijo David, de fama bíblica. Era un muchacho en plena adolescencia. Lo que más me impresionó de él fue la inusual belleza de su rostro y su figura. Era -como se le describe en el primer libro de Samuel- rubicundo, de ojos hermosos y muy apuesto [1 Sam. 16:12, 17:42].

Ni por un momento me sentí otra persona que la que soy ahora. Sin embargo, sabía que aquel muchacho, David, era mi hijo, y él sabía que yo era su padre. Porque "la sabiduría de lo alto es sin incertidumbre".

**"Pero la sabiduría que es de lo alto es primeramente pura, después pacífica, amable y fácil de ser tratada, llena de misericordia y de buenos frutos, sin parcialidad y sin hipocresía".**
- Santiago 3:17

Mientras estaba allí sentada contemplando la belleza de mi hijo, la visión se desvaneció y me desperté.

**"Yo y los hijos que el Señor me ha dado somos signos y portentos en Israel de parte del Señor de los ejércitos, que habita en el monte Sión"**
- Is. 8:18

Dios me dio a David como hijo propio.

**"Yo levantaré después de ti a tu hijo, que saldrá de tu cuerpo... Yo seré su padre y él será mi hijo".**
- 2 Sam. 7:12-14.

A Dios no se le conoce de otro modo que a través del Hijo.

**"Nadie sabe quién es el Hijo, sino el Padre, ni quién es el Padre, sino el Hijo y aquel a quien el Hijo quiera revelárselo".**
- Lucas 10:22

La experiencia de ser Padre de David es el fin de la peregrinación del hombre en la tierra. La finalidad de la vida es encontrar al Padre de David, el ungido del Señor, el Cristo.

**"'Abner, ¿de quién es hijo este joven?' Y Abner respondió: 'Vive tu alma, oh rey, que no puedo decirlo'. Y el rey dijo: 'Indaga de quién es hijo el mozalbete'. Cuando David regresaba de matar al filisteo, Abner lo tomó y lo llevó ante Saúl con la cabeza del filisteo en la mano. Saúl le dijo: '¿De quién eres hijo, joven?'. David respondió: 'Soy hijo de tu siervo Isaí, el de Belén'".**
- 1 Sam. 17:55-58

Jesse es cualquier forma del verbo "ser".

En otras palabras, Yo Soy el Hijo de quien Soy, soy autoengendrado; Soy el Hijo de Dios, el Padre. Yo y Mi Padre somos uno [Juan 10:30]. Soy la imagen del Dios invisible. El que Me ha visto, ha visto al Padre [Juan 14:9].

La pregunta "¿De quién es hijo...?" no se refiere a David, sino al Padre de David, a quien el rey había prometido [1Sam. 17:25] hacer libre en Israel. Fíjate, en todos estos pasajes [1Sam. 17:55,56,58] la pregunta del rey no es sobre David, sino sobre el Padre de David.

**"'He encontrado a David, mi siervo... Él clamará a Mí: "Tú eres mi Padre, mi Dios y la Roca de mi salvación. Y le haré primogénito, el más alto de los reyes de la tierra""".**
- Salmo 89:20;26-27

El individuo nacido de lo alto encontrará a David y sabrá que es su propio hijo. Entonces preguntará a los fariseos, que siempre están con nosotros: "¿Qué pensáis del Cristo? ¿De quién es hijo?". Y cuando le respondan: "El hijo de David", les dirá: "¿Cómo es que David, en el Espíritu, le llama Señor? Si David le llama así Señor, ¿cómo es hijo suyo?". [Mt: 22:41-45]. La concepción errónea que tiene el hombre del papel del Hijo -que sólo es un signo y un presagio- ha convertido al Hijo en un ídolo.

**"Hijitos, guardaos de los ídolos".**
- 1 Juan 5:21

Dios despierta, y aquel hombre en quien despierta se convierte en padre de su propio padre. El que era Hijo de David, 'Jesucristo, hijo de David' [Mt. 1,1], se ha convertido en Padre de David.

Ya no clamaré a "nuestro padre David, tu hijo" [Hch. 4:25], "He encontrado a David" [Sal. 89:20, Hch. 13:22]. Me ha gritado: "Tú eres mi Padre" [Sal. 89:26]. Ahora sé que soy uno de los Elohim, el Dios que se hizo hombre para que el hombre se hiciera Dios.

**"Grande en verdad, confesamos, es el misterio de nuestra religión".**
- 1 Tim. 3:16

Si la Biblia fuera historia, no sería un misterio.

"Esperad la promesa del Padre" [Hch. 1:4], es decir, a David, el Hijo de Dios, que os revelará como Padre. Esta promesa, dice Jesús, la oísteis de Mí [Lc. 24:44]; y a su cumplimiento en el momento en que a Dios le plazca daros a Su Hijo como "vuestra descendencia, que es Cristo" [Gál. 3:16]. [Gal. 3:16]

Una figura retórica se utiliza con el fin de llamar la atención, enfatizar e intensificar la realidad del sentido literal. La verdad es literal; las palabras utilizadas son figuradas.

**"La cortina del templo se rasgó en dos, de arriba abajo, y la tierra tembló y las rocas se partieron".**
- Mateo 27:51

La mañana del 8 de abril de 1960 -cuatro meses después de que se me revelara que soy el padre de David-, un rayo me partió en dos desde la parte superior del cráneo hasta la base de la columna vertebral. Me hendió como si fuera un árbol al que hubiera alcanzado un rayo. Entonces sentí y me vi como una luz líquida dorada que subía por mi columna vertebral en un movimiento serpentino. Al entrar en mi cráneo, éste vibró como un terremoto.

**"Toda palabra de Dios resulta verdadera; él es un escudo para los que se refugian en él. No añadas nada a sus palabras, no sea que te reprenda y seas declarado mentiroso".**
- Proverbios 30:5,6

**"Y como Moisés levantó la serpiente en el desierto, así debe ser levantado el Hijo del hombre".**
- Juan 3:14

Estas experiencias místicas ayudarán a rescatar la Biblia de lo externo de la historia, las personas y los acontecimientos, y a devolverle su significado real en la vida del hombre.

La Escritura debe cumplirse "en" nosotros. La promesa de Dios se cumplirá. Tendrás estas experiencias:

**"Y seréis mis testigos en Jerusalén, en toda Judea, en Sa-ma-ri-a y hasta lo último de la tierra".**
- Hechos 1:8

El círculo que se amplía -Jerusalén, Judea, Samaria, el fin de la tierra- es el plan de Dios.

La Promesa aún está madurando a su tiempo, a su hora señalada. Pero cuánto tiempo, cuán vastas y severas son las pruebas que David, tu hijo, que te revelará como Dios, El Padre, tardó en contar. Pero "se apresura hasta el fin; no fallará". Así que espera, pues no habrá aplazamiento.

**"¿Hay algo demasiado maravilloso para el Señor? En el tiempo señalado volveré a ti, en primavera, y Sara tendrá un hijo".**
- Gén. 18:14

# EL PODER DE LA CONCIENCIA

# INTRODUCCIÓN

"Deja el espejo y cambia de cara.
Deja el mundo en paz y cambia
tu concepción de ti mismo".

# CAPÍTULO 1: YO SOY

> **"Todas las cosas, cuando se admiten,**
> **se manifiestan por la luz: porque todo**
> **que se manifiesta es la luz".**
> - Efesios 5:13

LA "LUZ" es la conciencia. La conciencia es Una, manifestándose en legiones de formas o niveles de conciencia.

No hay nadie que no sea todo lo que es, pues la conciencia, aunque se exprese en una serie infinita de niveles, no es divisoria. No hay separación real ni brecha en la conciencia. YO SOY no puede dividirse. Puedo concebirme como un hombre rico, un hombre pobre, un hombre mendigo o un ladrón, pero el centro de mi ser sigue siendo el mismo, independientemente del concepto que tenga de mí mismo. En el centro de la manifestación, sólo hay un YO SOY que se manifiesta en legiones de formas o conceptos de sí mismo y "Yo soy el que soy".

YO SOY es la autodefinición de lo absoluto, el fundamento sobre el que descansa todo. YO SOY es la primera causa-sustancia. YO SOY es la autodefinición de Dios.

> **"YO SOY me ha enviado a vosotros".**
> - Éxodo 3:14
> **"YO SOY EL QUE SOY".**
> - Éxodo 3:14
> **"Estad quietos y conoced que YO SOY Dios".**

- Salmo 46:10

YO SOY es un sentimiento de conciencia permanente. El centro mismo de la conciencia es el sentimiento de YO SOY. Puedo olvidar quién soy, dónde estoy, qué soy, pero no puedo olvidar que SOY. La conciencia de ser permanece, independientemente del grado de olvido de quién, dónde y qué soy.

YO SOY es aquello que, en medio de innumerables formas, es siempre lo mismo.

Este gran descubrimiento de la causa revela que, bueno o malo, el hombre es en realidad el árbitro de su propio destino, y que es su concepto de sí mismo lo que determina el mundo en el que vive [y su concepto de sí mismo son sus reacciones a la vida]. En otras palabras, si tienes mala salud, conociendo la verdad sobre la causa, no puedes atribuir la enfermedad a otra cosa que a la disposición particular de la sustancia-causa básica, disposición que [fue producida por tus reacciones a la vida, y] está definida por tu concepto "estoy mal". Por eso se te dice: "Que el débil diga: 'Yo soy fuerte'" (Joel 3:10), pues por su asunción, la sustancia-causa "YO SOY" se reordena y, por tanto, debe manifestar aquello que su reordenación afirma. Este principio rige todos los aspectos de tu vida, ya sean sociales, financieros, intelectuales o espirituales.

YO SOY es esa realidad a la que, pase lo que pase, debemos acudir en busca de una explicación de los fenómenos de la vida. Es el concepto que YO SOY tiene de sí mismo lo que determina la forma y el escenario de su existencia.

Todo depende de su actitud hacia sí misma; lo que no afirme como verdad de sí misma no puede despertar en su mundo.

Es decir, el concepto que tienes de ti mismo -como "soy fuerte", "estoy seguro", "soy amado"- determina el mundo en el que vives. En otras palabras, cuando dices: "Soy un hombre. Soy un padre. Soy americano", no estás definiendo diferentes YO SOY; estás definiendo diferentes conceptos o disposiciones de la única causa-sustancia: el único YO SOY.

Incluso en los fenómenos de la naturaleza, si el árbol fuera articulado, diría: "Soy un árbol, un manzano, un árbol fructífero".

Cuando sabes que la conciencia es la única realidad -concibiéndose a sí misma como algo bueno, malo o indiferente, y convirtiéndose en aquello que se concibió a sí misma-, te liberas de la tiranía de las causas segundas, te liberas de la creencia de que existen causas ajenas a tu propia mente que pueden afectar a tu vida.

En el estado de conciencia del individuo se encuentra la explicación de los fenómenos de la vida.

Si el concepto que el hombre tiene de sí mismo fuera diferente, todo en su mundo sería diferente. Siendo su concepto de sí mismo lo que es, todo en su mundo debe ser como es. Así pues, está meridianamente claro que sólo hay un

YO SOY y tú eres ese YO SOY. Y aunque YO SOY es infinito, tú, por el concepto que tienes de ti mismo, sólo muestras un aspecto limitado del infinito YO SOY.

"Constrúyete más mansiones señoriales,
Oh, alma mía,
A medida que avanzan las estaciones
¡Abandona tu pasado de bóveda baja!
Que cada nuevo templo, sea más noble que el anterior,
Enciérrate desde el cielo con un
cúpula más vasta
Hasta que por fin seas libre,
Dejando tu caparazón superado por
el mar agitado de la vida".
- Oliver Wendell Holmes, Sr., "El nautilus con cámara"

# CAPÍTULO 2: LA CONCIENCIA

SÓLO MEDIANTE UN cambio de conciencia, cambiando realmente el concepto que tienes de ti mismo, puedes "construir mansiones más majestuosas", las manifestaciones de conceptos cada vez más elevados. (Por manifestar se entiende experimentar los resultados de estos conceptos en tu mundo).

Es de vital importancia comprender claramente qué es la conciencia. La razón reside en el hecho de que la conciencia es la única realidad; es la primera y única causa-sustancia de los fenómenos de la vida. Nada tiene existencia para el hombre si no es a través de la conciencia que tiene de ello. Por tanto, es a la conciencia a la que debes dirigirte, pues es el único fundamento sobre el que pueden explicarse los fenómenos de la vida.

Si aceptamos la idea de una causa primera, se seguiría que la evolución de esa causa nunca podría dar lugar a nada ajeno a ella misma. Es decir, si la primera causa-sustancia es la luz, todas sus evoluciones, frutos y manifestaciones seguirían siendo la luz. Siendo la primera causa-sustancia la conciencia, todas sus evoluciones, frutos y fenómenos deben seguir siendo conciencia. Todo lo que podría observarse sería una forma o variación superior o inferior de la misma cosa. En otras palabras, si la conciencia es la única realidad, también debe ser la única sustancia.

En consecuencia, lo que se te aparece como circunstancias, condiciones e incluso objetos materiales no es en realidad más que el producto de tu propia conciencia. La naturaleza, pues, como cosa o complejo de cosas externas a tu mente, debe ser rechazada. No se puede considerar que tú y tu entorno existáis por separado. Tú y tu mundo sois uno.

Por lo tanto, debes pasar de la apariencia objetiva de las cosas al centro subjetivo de las mismas, tu conciencia, si realmente deseas conocer la causa de los fenómenos de la vida, y cómo utilizar este conocimiento para realizar tus sueños más anhelados.

En medio de las aparentes contradicciones, antagonismos y contrastes de tu vida, sólo actúa un principio, sólo opera tu conciencia. La diferencia no consiste en la variedad de la sustancia, sino en la variedad de la disposición de la misma causa-sustancia, tu conciencia.

El mundo se mueve con necesidad sin motivo. Con esto se quiere decir que no tiene motivo propio, sino que está bajo la necesidad de manifestar tu concepto, la disposición de tu mente, y tu mente siempre está dispuesta a imagen de todo lo que crees y consientes como verdadero.

El hombre rico, el pobre, el mendigo o el ladrón no son mentes diferentes, sino disposiciones diferentes de la misma mente, en el mismo sentido en que un trozo de acero, cuando se magnetiza, no difiere en sustancia de su estado desmagnetizado, sino en la disposición y el orden de sus moléculas. Un solo electrón girando en una órbita determinada constituye la unidad del magnetismo. Cuando se desmagnetiza un trozo de acero o cualquier otra cosa, los electrones giratorios no se han detenido. Por tanto, el magnetismo no ha dejado de existir. Sólo hay una reorganización de las partículas, de modo que no producen ningún efecto exterior o perceptible. Cuando las partículas están dispuestas al azar, mezcladas en todas direcciones, se dice que la sustancia está desmagnetizada; pero cuando las partículas están ordenadas en filas de modo que varias de ellas miran en una dirección, la sustancia es un imán. El magnetismo no se genera; se manifiesta.

La salud, la riqueza, la belleza y la genialidad no se crean; sólo se manifiestan por la disposición de tu mente, es decir, por el concepto que tienes de ti mismo. Y tu concepto de ti mismo es todo lo que aceptas y consientes como verdadero. Lo que consientes sólo puede descubrirse mediante una observación acrítica de tus reacciones ante la vida. Tus reacciones revelan dónde vives psicológicamente; y dónde vives psicológicamente determina cómo vives aquí, en el mundo visible exterior.

La importancia de esto en tu vida cotidiana debería ser inmediatamente evidente. La naturaleza básica de la causa primordial es la conciencia. Por tanto, la sustancia última de todas las cosas es la conciencia.

# CAPÍTULO 3: EL PODER DE LA PRESUNCIÓN

EL PRINCIPAL ENGAÑO del hombre es su convicción de que existen causas distintas de su propio estado de conciencia. Todo lo que le ocurre a un hombre -todo lo que hace, todo lo que procede de él- sucede como consecuencia de su estado de conciencia.

La conciencia de un hombre es todo lo que piensa y desea y ama, todo lo que cree que es verdad y consiente. Por eso es necesario un cambio de conciencia antes de que puedas cambiar tu mundo exterior.

La lluvia cae como consecuencia de un cambio de temperatura en las regiones superiores de la atmósfera; así, de la misma manera, un cambio de circunstancias se produce como consecuencia de un cambio en tu estado de conciencia.

**"Transformaos mediante la renovación de vuestra mente".**
- Romanos 12:2

Para ser transformado, toda la base de tus pensamientos debe cambiar. Pero tus pensamientos no pueden cambiar a menos que tengas nuevas ideas, pues piensas a partir de tus ideas.

Toda transformación comienza con un deseo intenso y ardiente de ser transformado. El primer paso en la "renovación de la mente" es el deseo. Debes querer ser diferente (y tener la intención de serlo) antes de poder empezar a cambiarte a ti mismo.

Entonces debes convertir tu sueño futuro en un hecho presente. Lo haces asumiendo el sentimiento de tu deseo cumplido. Al desear ser distinto de lo que eres, puedes crear un ideal de la persona que quieres ser y suponer que ya eres esa persona. Si persistes en esta suposición hasta que se convierta en tu sentimiento dominante, la consecución de tu ideal es inevitable.

El ideal que esperas alcanzar está siempre listo para una encarnación, pero a menos que tú mismo le ofrezcas una filiación humana, es incapaz de nacer. Por lo tanto, tu actitud debe ser aquella en la que, habiendo deseado expresar un estado superior, sólo tú aceptes la tarea de encarnar este nuevo y mayor valor de ti mismo.

Al dar a luz a tu ideal, debes tener en cuenta que los métodos de conocimiento mental y espiritual son totalmente diferentes. Éste es un punto que probablemente no comprenda más de una persona entre un millón.

Conoces una cosa mentalmente mirándola desde fuera, comparándola con otras cosas, analizándola y definiéndola - pensando en ella; mientras que sólo puedes conocer una cosa espiritualmente convirtiéndote en ella - sólo pensando desde ella.

Debes ser la cosa misma y no simplemente hablar de ella o mirarla. Debes ser como la polilla en busca de su ídolo, la llama, que espoleada por el verdadero deseo, sumergiéndose de inmediato en el fuego sagrado, plegó sus alas en su interior, hasta convertirse en un solo color y una sola sustancia con la llama.

> **"Sólo conocía la llama quien en ella ardía,**
> **y sólo él podía decir quién no había vuelto".**
> - "Parlamento de Pájaros", de Farid ud-Din Attar, tr. de Edward FitzGerald
> (1889), apud William Ralph Inge, "Fe: La religión personal y la vida de
> devoción".

Así como la polilla, en su deseo de conocer la llama, estaba dispuesta a destruirse a sí misma, así tú, al convertirte en una persona nueva, debes estar dispuesto a morir a tu yo actual.

Debes ser consciente de estar sano si quieres saber lo que es la salud. Debes ser consciente de estar seguro si quieres saber qué es la seguridad.

Por tanto, para encarnar un nuevo y mayor valor de ti mismo, debes suponer que ya eres lo que deseas ser y luego vivir por fe en esta suposición - que aún no está encarnada en el cuerpo de tu vida-, en la confianza de que este nuevo valor o estado de conciencia se encarnará a través de tu fidelidad absoluta a la suposición de que eres aquello que deseas ser.

Esto es lo que significa la plenitud, lo que significa la integridad. Significan la sumisión de todo el ser al sentimiento del deseo cumplido con la certeza de que ese nuevo estado de conciencia es la renovación de la mente que transforma.

No existe ningún orden en la Naturaleza que corresponda a esta sumisión voluntaria del yo al ideal más allá del yo. Por tanto, es el colmo de la insensatez esperar que la encarnación de un concepto nuevo y mayor del yo se produzca por un proceso evolutivo natural.

Lo que requiere un estado de conciencia para producir su efecto, evidentemente no puede efectuarse sin tal estado de conciencia; y en tu capacidad de asumir el sentimiento de una vida mayor, de asumir un nuevo concepto de ti mismo, posees lo que el resto de la Naturaleza no posee: la imaginación, el instrumento mediante el cual creas tu mundo.

Tu imaginación es el instrumento, el medio por el que se efectúa tu redención de la esclavitud, la enfermedad y la pobreza.

Si te niegas a asumir la responsabilidad de la encarnación de un concepto nuevo y más elevado de ti mismo, entonces rechazas el medio, el único medio, por el que puede efectuarse tu redención, es decir, la consecución de tu ideal.

La imaginación es el único poder redentor del universo.

Sin embargo, tu naturaleza es tal que es opcional para ti permanecer en el concepto actual de ti mismo (un ser hambriento que anhela libertad, salud y seguridad) o elegir convertirte en el instrumento de tu propia redención, imaginándote como aquello que quieres ser, y así satisfacer tu hambre y redimirte.

"Oh, sé fuerte entonces, y valiente,
pura, paciente y verdadera;
El trabajo que es tuyo no dejes
otra mano lo hacen.
Pues la fuerza para toda necesidad es
fielmente entregada
De la fuente que hay en ti -
El Reino de los Cielos".

# CAPÍTULO 4: EL DESEO

LOS CAMBIOS que se producen en tu vida como consecuencia del cambio en el concepto que tienes de ti mismo, siempre les parecen a los no ilustrados el resultado, no de un cambio de tu conciencia, sino de la casualidad, de una causa externa o de una coincidencia.

Sin embargo, el único destino que rige tu vida es el destino determinado por tus propios conceptos, tus propias suposiciones; pues una suposición, aunque falsa, si se persiste en ella, se endurecerá hasta convertirse en un hecho.

El ideal que buscas y esperas alcanzar no se manifestará, no será realizado por ti hasta que te hayas imaginado que ya eres ese ideal. No hay escapatoria para ti si no es mediante una transformación psicológica radical de ti mismo, si no es asumiendo el sentimiento de tu deseo cumplido. Por tanto, haz de los resultados o logros la prueba crucial de tu capacidad para utilizar la imaginación. Todo depende de tu actitud hacia ti mismo.

Aquello que no afirmarás como verdad de ti mismo nunca podrá ser realizado por ti, pues sólo esa actitud es la condición necesaria para que realices tu objetivo.

Toda transformación se basa en la sugestión, y ésta sólo puede funcionar cuando te abres completamente a una influencia. Debes abandonarte a tu ideal como una mujer se abandona al amor, pues el completo abandono de uno mismo a él es el camino hacia la unión con tu ideal.

Debes asumir la sensación del deseo cumplido hasta que tu suposición tenga toda la viveza sensorial de la realidad. Debes imaginar que ya estás experimentando lo que deseas. Es decir, debes asumir la sensación del cumplimiento de tu deseo hasta que te sientas poseído por él y esta sensación expulse todas las demás ideas de tu conciencia.

El hombre que no está preparado para sumergirse conscientemente en la asunción del deseo cumplido con la fe de que es el único camino hacia la realización de su sueño, aún no está preparado para vivir conscientemente por la ley de la asunción, aunque no cabe duda de que vive por la ley de la asunción inconscientemente.

Pero para ti, que aceptas este principio y estás dispuesto a vivir asumiendo conscientemente que tu deseo ya se ha cumplido, comienza la aventura de la vida.

Para alcanzar un nivel superior de ser, debes asumir un concepto superior de ti mismo.

Si no te imaginas a ti mismo como algo distinto de lo que eres, entonces permanecerás como eres, "porque si no creéis que yo soy, moriréis en vuestros pecados". [Juan 8:24]

Si no crees que eres Él (la persona que quieres ser), entonces te quedas como estás.

Mediante el fiel cultivo sistemático del sentimiento del deseo cumplido, el deseo se convierte en la promesa de su propia realización. La asunción del sentimiento del deseo cumplido convierte el sueño futuro en un hecho presente.

# CAPÍTULO 5: LA VERDAD QUE TE HACE LIBRE

EL DRAMA de la vida es un drama psicológico, en el que todas las condiciones, circunstancias y acontecimientos de tu vida son provocados por tus suposiciones.

Puesto que tu vida está determinada por tus suposiciones, te ves obligado a reconocer el hecho de que o eres esclavo de tus suposiciones o eres su amo. Convertirte en el amo de tus suposiciones es la clave de una libertad y una felicidad inimaginables.

Puedes alcanzar este dominio mediante el control consciente y deliberado de tu imaginación. Así determinas tus suposiciones:

Forma una imagen mental, una fotografía del estado deseado, de la persona que quieres ser. Concentra tu atención en la sensación de que ya eres esa persona. Primero, visualiza la imagen en tu conciencia. Después, siente que estás en ese estado como si realmente formara tu mundo circundante. Mediante tu imaginación, lo que era una mera imagen mental se transforma en una realidad aparentemente sólida.

El gran secreto es una imaginación controlada y una atención bien sostenida, firme y repetidamente centrada en el objeto que hay que alcanzar. Nunca se insistirá lo suficiente en que, al crear un ideal dentro de tu esfera mental, al suponer que ya eres ese ideal, te identificas con él y te transformas así en su imagen, pensando DESDE el ideal en vez de pensar en el ideal. Todos los estados están ya ahí como "meras posibilidades" mientras pensemos EN ellos, pero como poderosamente reales cuando pensamos DESDE ellos.

Los antiguos maestros llamaban a esto "Sujeción a la voluntad de Dios" o "Reposo en el Señor", y la única prueba verdadera del "Reposo en el Señor" es que todos los que descansan se transforman inevitablemente en la imagen de aquello en lo que descansan (pensando DESDE el deseo cumplido).

Te conviertes según tu voluntad resignada, y tu voluntad resignada es el concepto que tienes de ti mismo y de todo lo que consientes y aceptas como verdadero.

Tú, asumiendo el sentimiento de tu deseo cumplido y continuando en él, tomas sobre ti los resultados de ese estado; no asumiendo el sentimiento de tu deseo cumplido, estás siempre libre de los resultados.

Cuando comprendas la función redentora de la imaginación, tendrás en tus manos la llave de la solución de todos tus problemas.

Cada fase de tu vida se realiza mediante el ejercicio de tu imaginación. Sólo la imaginación decidida es el medio de tu progreso, de la realización de tus sueños. Es el principio y el fin de toda creación.

El gran secreto es una imaginación controlada y una atención bien sostenida, firme y repetidamente concentrada en la sensación del deseo cumplido, hasta que llene la mente y desaloje de la conciencia todas las demás ideas.

¿Qué mayor regalo se te puede dar que que se te diga "la Verdad que os hará libres" [Juan 8:32]?

"La Verdad que te hace libre" es que puedes experimentar en la imaginación lo que deseas experimentar en la realidad, y manteniendo esta experiencia en la imaginación, tu deseo se convertirá en una realidad.

Sólo estás limitado por tu imaginación incontrolada y la falta de atención al sentimiento de tu deseo cumplido. Cuando la imaginación no está controlada y la atención no está fija en el sentimiento del deseo cumplido, ninguna oración, piedad o invocación producirá el efecto deseado.

Cuando puedas invocar a voluntad cualquier imagen que te plazca, cuando las formas de tu imaginación sean para ti tan vívidas como las formas de la naturaleza, serás dueño de tu destino. Debes dejar de gastar tus pensamientos, tu tiempo y tu dinero. Todo en la vida debe ser una inversión.*

> **"Visiones de belleza y esplendor,**
> **Formas de una raza desaparecida hace mucho tiempo,**
> **Sonidos, caras y voces,**
> **De la cuarta dimensión del espacio -**
> **Y a través del universo sin límites,**
> **Nuestros pensamientos van calzados de rayo -**
> **Algunos lo llaman imaginación,**
> **Y otros lo llaman Dios".**
> - Dr. George W. Carey, "El nuevo nombre"

* Neville sigue esto con la fecha del 12 de abril de 1953. En La imaginación despierta (capítulo 5), escribiría:

"En la mañana del 12 de abril de 1953, mi esposa fue despertada por el sonido de una gran voz de autoridad que hablaba en su interior y le decía: 'Debes dejar de gastar tus pensamientos, tu tiempo y tu dinero. Todo en la vida debe ser una inversión'. Gastar es malgastar, despilfarrar, disponer sin retorno. Invertir es disponer para un fin del que se espera un beneficio. Esta revelación de mi mujer trata de la importancia del momento. Trata de la transformación del momento... Sólo cuenta lo que se hace ahora... Siempre que asumimos el sentimiento de ser lo que queremos ser, estamos invirtiendo".

# CAPÍTULO 6: ATENCIÓN

**"Un hombre de doble ánimo es inestable en todos sus caminos".**
- Santiago 1:8

LA ATENCIÓN ES poderosa en proporción a la estrechez de su foco, es decir, cuando está obsesionada por una sola idea o sensación. Sólo se estabiliza y se concentra poderosamente mediante un ajuste de la mente que te permita ver una sola cosa, pues estabilizas la atención y aumentas su poder al confinarla. El deseo que se realiza a sí mismo es siempre un deseo en el que la atención está exclusivamente concentrada, pues una idea está dotada de poder sólo en proporción al grado de atención fijada en ella. La observación concentrada es la actitud atenta dirigida desde1 algún fin concreto. La actitud atenta implica selección, pues cuando prestas atención, significa que has decidido centrar tu atención en un objeto o estado y no en otro.

Por lo tanto, cuando sepas lo que quieres, debes centrar deliberadamente tu atención en la sensación de tu deseo cumplido hasta que esa sensación llene la mente y desaloje de la conciencia todas las demás ideas.

El poder de la atención es la medida de tu fuerza interior.

La observación concentrada en una cosa excluye otras cosas y las hace desaparecer.

El gran secreto del éxito consiste en centrar la atención en el sentimiento del deseo cumplido sin permitir ninguna distracción. Todo progreso depende de un aumento de la atención. Las ideas que te impulsan a la acción son las que dominan la conciencia, las que poseen la atención. La idea que excluye todas las demás del campo de atención se descarga en la acción.

**"Esto único hago: olvidando lo que queda atrás, prosigo hacia la meta".**
- Aproximadamente, Filipenses 3:13,14

Esto significa que tú, esto es lo que puedes hacer, "olvidar las cosas que quedan atrás". Puedes presionar hacia la marca de llenar tu mente con la sensación del deseo cumplido.

Al hombre no ilustrado, esto le parecerá pura fantasía, pero todo progreso proviene de quienes no adoptan el punto de vista aceptado, ni aceptan el mundo tal como es. Como ya se ha dicho, si puedes imaginar lo que te plazca, y si las formas de tu pensamiento son tan vívidas como las formas de la naturaleza, eres, en virtud del poder de tu imaginación, dueño de tu destino.

Tu imaginación eres tú mismo, y el mundo tal como lo ve tu imaginación es el mundo real.

Cuando te propones dominar los movimientos de la atención, cosa que debes hacer si quieres alterar con éxito el curso de los acontecimientos observados, es entonces cuando te das cuenta del poco control que ejerces sobre tu imaginación y de lo mucho que está dominada por las impresiones sensoriales y por una deriva en las mareas de los estados de ánimo ociosos.

Para ayudarte a dominar el control de tu atención, practica este ejercicio:

Noche tras noche, justo antes de quedarte dormido, esfuérzate por mantener tu atención en las actividades del día en orden inverso. Centra tu atención en lo último que has hecho, es decir, meterte en la cama; y luego muévela hacia atrás en el tiempo sobre los acontecimientos hasta llegar al primer acontecimiento del día, levantarte de la cama. No es un ejercicio fácil, pero igual que los ejercicios específicos ayudan mucho a desarrollar músculos específicos, esto ayudará mucho a desarrollar el "músculo" de tu atención.

Tu atención debe desarrollarse, controlarse y concentrarse para cambiar con éxito el concepto que tienes de ti mismo y cambiar así tu futuro.

La imaginación es capaz de hacer cualquier cosa, pero sólo según la dirección interna de tu atención.

Si persistes noche tras noche, tarde o temprano despertarás en ti un centro de poder y tomarás conciencia de tu yo superior, de tu verdadero yo.

La atención se desarrolla mediante el ejercicio repetido o el hábito. Mediante el hábito, una acción se vuelve más fácil y, con el tiempo, da lugar a una facilidad o facultad que puede utilizarse para fines más elevados.

Cuando alcances el control de la dirección interna de tu atención, ya no estarás en aguas poco profundas, sino que te lanzarás a las profundidades de la vida. Caminarás en la asunción del deseo cumplido como sobre una base más sólida incluso que la tierra.

# CAPÍTULO 7: ACTITUD

EXPERIMENTOS REALIZADOS RECIENTEMENTE por Merle Lawrence (Princeton) y Adelbert Ames (Dartmouth) en el laboratorio de psicología de este último en Hanover, N.H., demuestran que lo que ves cuando miras algo no depende tanto de *lo que* hay como de la *suposición que haces* al mirar.

Puesto que lo que creemos que es el mundo físico "real" es en realidad sólo un mundo "supuesto", no es sorprendente que estos experimentos demuestren que lo que parece ser una realidad sólida es en realidad el resultado de "expectativas" o "suposiciones".

Tus suposiciones determinan no sólo lo que ves, sino también lo que haces, pues rigen todos tus movimientos conscientes y subconscientes hacia la realización de sí mismas.

Hace más de un siglo, esta verdad fue enunciada por Emerson de la siguiente manera:

**"Así como el mundo era plástico y fluido en las manos de Dios, así lo es siempre para cuantos de sus atributos le aportamos. Para la ignorancia y el pecado, es pedernal. Se adaptan a él como pueden, pero en la medida en que un hombre tiene algo de divino en él, el firmamento fluye ante él y toma su sello y forma."**

Tu suposición es la mano de Dios que moldea el firmamento a imagen de lo que supones. La asunción del deseo cumplido es la marea alta que te levanta fácilmente de la barra de los sentidos donde has permanecido encallado tanto tiempo.

Eleva la mente a la profecía en el pleno sentido correcto de la palabra; y si tienes esa imaginación controlada y esa atención absorta que es posible alcanzar, puedes estar seguro de que todo lo que implica tu suposición se hará realidad.

Cuando William Blake escribió

**"Lo que parece ser, es, para aquellos a quienes parece ser".**

sólo repetía la verdad eterna:

**No hay nada impuro en sí mismo;
sino al que estima impura cualquier cosa,
para él es impuro".**
- Romanos 14:14

Puesto que no hay nada impuro por sí mismo (ni limpio por sí mismo), debes suponer lo mejor y pensar sólo en lo que es amable y de buena reputación [Filipenses 4:8].

No es una visión superior, sino la ignorancia de esta ley de suposición, si lees en la grandeza de los hombres alguna pequeñez con la que puedes estar familiarizado, o en alguna situación o circunstancia una convicción desfavorable. Tu relación particular con otro influye en tu suposición con respecto a ese otro y hace que veas en él lo que ves. Si puedes cambiar tu opinión sobre otro, entonces lo que ahora crees de él no puede ser absolutamente cierto, sino sólo relativamente cierto.

A continuación se expone un caso real que ilustra cómo funciona la ley de presunción.

Un día, una diseñadora de vestuario me describió sus dificultades para trabajar con un importante productor teatral. Estaba convencida de que criticaba y rechazaba injustamente sus mejores trabajos y de que, a menudo, era deliberadamente grosero e injusto con ella.

Al oír su historia, le expliqué que si la otra le parecía grosera e injusta, era señal inequívoca de que ella misma tenía carencias y que no era el productor, sino ella misma, la que necesitaba una nueva actitud.

Le dije que el poder de esta ley de suposición y su aplicación práctica sólo podrían descubrirse a través de la experiencia, y que sólo suponiendo que la situación ya era lo que ella quería que fuera podría demostrar que podía provocar el cambio deseado.

Su patrón no hacía más que dar testimonio, diciéndole con su comportamiento cuál era el concepto que tenía de él.

Le sugerí que era muy probable que mantuviera con él conversaciones mentales llenas de críticas y reproches.

No cabía duda de que estaba discutiendo mentalmente con el productor, pues los demás sólo se hacen eco de lo que les susurramos en secreto.

Le pregunté si no era cierto que hablaba con él mentalmente y, en caso afirmativo, cómo eran esas conversaciones.

Confesó que todas las mañanas, de camino al teatro, le decía lo que pensaba de él de una forma que nunca se habría atrevido a dirigirle en persona. La intensidad y la fuerza de sus discusiones mentales con él establecían automáticamente su comportamiento hacia ella.

Empezó a darse cuenta de que todos mantenemos conversaciones mentales, pero que, desgraciadamente, en la mayoría de las ocasiones, estas conversaciones son argumentativas... que sólo tenemos que observar a los transeúntes por la calle para comprobar esta afirmación... que tantas personas están mentalmente absortas en una conversación y pocas parecen alegrarse de ello, pero la propia intensidad de su sentimiento debe conducirlas rápidamente al incidente desagradable que ellas mismas han creado mentalmente y que, por tanto, ahora deben afrontar.

Cuando se dio cuenta de lo que había estado haciendo, aceptó cambiar de actitud y vivir fielmente esta ley suponiendo que su trabajo era muy satisfactorio y que su relación con el productor era muy feliz. Para ello, acordó que, antes de irse a dormir por la noche, de camino al trabajo y a otros intervalos durante el día, imaginaría que él la había felicitado por sus buenos diseños y que ella, a su vez, le había agradecido sus elogios y su amabilidad.

Para su gran deleite, pronto descubrió por sí misma que su propia actitud era la causa de todo lo que le ocurría.

El comportamiento de su patrón se invirtió milagrosamente. Su actitud, que se hacía eco, como siempre, de la que ella había asumido, reflejaba ahora el cambio de concepto que ella tenía de él.

Lo que hizo fue por el poder de su imaginación.

Su persistente suposición influyó en su comportamiento y determinó su actitud hacia ella.

Con el pasaporte del deseo en alas de una imaginación controlada, viajó al futuro de su propia experiencia predeterminada.

Así vemos que no son los hechos, sino lo que creamos en nuestra imaginación, lo que da forma a nuestra vida, pues la mayoría de los conflictos del día se deben a la falta de un poco de imaginación para sacar la viga de nuestro propio ojo.

Son los exactos y literatos los que viven en un mundo ficticio.

Así como esta diseñadora, mediante su imaginación controlada, inició el cambio sutil en la mente de su empleador, así podemos nosotros, mediante el control de nuestra propia imaginación y el sentimiento sabiamente dirigido, resolver nuestros problemas.

Por la intensidad de su imaginación y sentimiento, la diseñadora lanzó una especie de encantamiento sobre la mente de su productor y le hizo pensar que sus generosos elogios tenían su origen en él.

A menudo, nuestros pensamientos más elaborados y originales están determinados por otro.

Nunca estaríamos seguros de que no fue alguna mujer que pisaba el lagar la que inició ese sutil cambio en la mente de los hombres, o que la pasión no comenzó en la mente de algún pastorcillo, iluminando sus ojos por un momento antes de seguir su camino.

William Butler Yeats

# CAPÍTULO 8: LA RENUNCIA

NO HAY carbón de carácter tan muerto que no brille y llame si se le da una ligera vuelta.

**"No resistas al mal.**
**A cualquiera que te hiera en la mejilla derecha, vuélvele también la otra".**
- Mateo 5:39

Hay una gran diferencia entre resistirse al mal y renunciar a él. Cuando te resistes al mal, le prestas tu atención; sigues haciéndolo realidad. Cuando renuncias al mal, apartas tu atención de él y la dedicas a lo que quieres. Ahora es el momento de controlar tu imaginación, y:

**"Dad belleza en lugar de ceniza, alegría en lugar de luto, alabanza en lugar del espíritu afligido, para que sean llamados árboles de justicia, plantío del Señor para que Él sea glorificado".**
- Aproximadamente, Isaías 61:3

Das belleza por cenizas cuando concentras tu atención en las cosas como te gustaría que fueran en lugar de en las cosas como son.

Das alegría por luto cuando mantienes una actitud alegre a pesar de las circunstancias desfavorables. Das alabanza por el espíritu de pesadumbre cuando mantienes una actitud confiada en lugar de sucumbir al abatimiento.

En esta cita, la Biblia utiliza la palabra árbol como sinónimo de hombre. Te conviertes en un árbol de justicia cuando los estados mentales mencionados forman parte permanente de tu conciencia. Eres una plantación del Señor cuando todos tus pensamientos son pensamientos verdaderos.

Él es "YO SOY", tal como se describe en el Capítulo Uno. "YO SOY" se glorifica cuando se manifiesta el concepto más elevado que tienes de ti mismo.

Cuando hayas descubierto que tu propia imaginación controlada es tu salvadora, tu actitud se modificará completamente sin que disminuya el sentimiento religioso, y dirás de tu imaginación controlada:

> **"He aquí esta vid. La encontré un árbol silvestre, cuya fuerza gratuita se había hinchado en ramitas irregulares. Pero podé la planta y creció templada en su vano gasto de hojas inútiles, y se anudó como ves en estos racimos llenos y limpios para recompensar a la mano que sabiamente la hirió."**
> - Robert Southey, "Thalaba el destructor"

Por vid se entiende tu imaginación, que, en su estado incontrolado, gasta su energía en pensamientos y sentimientos inútiles o destructivos. Pero tú, igual que se poda la vid cortando sus ramas y raíces inútiles, poda tu imaginación retirando tu atención de todas las ideas desagradables y destructivas y concentrándote en el ideal que deseas alcanzar.

La vida más feliz y noble que experimentarás será el resultado de podar sabiamente tu propia imaginación.

Sí, despojaos de todos los pensamientos y sentimientos desagradables, para que podáis:

> **"Piensa con verdad, y tus pensamientos alimentarán el hambre del mundo; Habla con verdad, y cada una de tus palabras será una semilla fecunda; Vive con verdad, y tu vida será un credo grande y noble".**
> - Horatio Bonar, "Himnos de fe y esperanza"

# CAPÍTULO 9: PREPARANDO TU LUGAR

**"Y todo lo mío es tuyo, y lo tuyo mío".**
- Juan 17:10
**"Mete tu hoz y siega, porque ha llegado el tiempo de segar, porque la mies de la tierra está madura".**
- Apocalipsis 14:15

TODO ES TUYO. No busques lo que eres. Apropiáoslo, reclamadlo, asumidlo.

Todo depende del concepto que tengas de ti mismo. Aquello que no afirmas como verdadero de ti mismo no puede ser realizado por ti.

La promesa es:

**"Al que tiene, se le dará y tendrá en abundancia; pero al que no tiene, se le quitará hasta lo que parece tener".**
- Aproximadamente, Mateo 25:29; Lucas 8:18

Aférrate, en tu imaginación, a todo lo que es bello y de buena reputación, pues lo bello y lo bueno son esenciales en tu vida para que ésta merezca la pena.

Asúmelo. Para ello, imagina que ya eres lo que quieres ser y que ya tienes lo que quieres tener.

**"Como un hombre piensa en su corazón, así es él".**
- Proverbios 23:7

Quédate quieto y sabe que eres aquello que deseas ser, y nunca tendrás que buscarlo.

A pesar de tu apariencia de libertad de acción, obedeces, como todo lo demás, a la ley de la suposición.

Independientemente de lo que pienses sobre la cuestión del libre albedrío, lo cierto es que tus experiencias a lo largo de la vida están determinadas por tus suposiciones, ya sean conscientes o inconscientes.

Una suposición construye un puente de incidentes que conducen inevitablemente al cumplimiento de sí misma.

El hombre cree que el futuro es el desarrollo natural del pasado.

Pero la ley de la presunción demuestra claramente que no es así.

Tu suposición te sitúa psicológicamente donde no estás físicamente; entonces tus sentidos te hacen retroceder desde donde estabas psicológicamente hasta donde estás físicamente.

Son estos movimientos psicológicos hacia delante los que producen tus movimientos físicos hacia delante en el tiempo.

La precognición impregna todas las escrituras del mundo.

> **"En la casa de mi Padre hay muchas moradas; si no fuera así, os lo habría dicho. Voy a prepararos un lugar. Y si me voy y os preparo un lugar, vendré otra vez y os recibiré a mí mismo, para que donde yo esté, estéis también vosotros... Y ahora os lo he dicho antes de que suceda, para que, cuando suceda, creáis."**
>
> - Juan 14:2,3; 29

El "yo" de esta cita es tu imaginación, que se adentra en el futuro, en una de las muchas mansiones.

La mansión es el estado deseado... contar un acontecimiento antes de que ocurra físicamente es simplemente sentirte a ti mismo en el estado deseado hasta que tenga el tono de la realidad.

Ve y prepárate un lugar imaginándote en el sentimiento de tu deseo cumplido.

Entonces, aceleras desde este estado del deseo cumplido -donde no has estado físicamente- hasta donde estabas físicamente hace un momento. Entonces, con un irresistible movimiento hacia delante, avanzas a través de una serie de acontecimientos hacia la realización física de tu deseo, que donde has estado en la imaginación, allí estarás también en la carne.

> **"Al lugar de donde vienen los ríos, allá vuelven de nuevo".**
>
> - Eclesiastés 1:7

# CAPÍTULO 10: LA CREACIÓN

"Yo soy Dios, que declaro el fin desde el
principio, y desde la antigüedad,
cosas que aún no se han hecho".
- Isaías 46:9, 10

LA CREACIÓN ESTÁ TERMINADA. La creatividad es sólo una
receptividad más profunda, pues todo el contenido de todo el tiempo y todo
el espacio, aunque se experimenta en una secuencia temporal, coexiste en
realidad en un ahora infinito y eterno. En otras palabras, todo lo que has sido
o serás -de hecho, todo lo que la humanidad ha sido o será- existe ahora. Esto
es lo que se entiende por creación; y la afirmación de que la creación está
acabada significa que nunca se creará nada, sólo se manifestará.

Lo que se llama creatividad no es más que tomar conciencia de lo que ya
es. Simplemente tomas conciencia de porciones cada vez mayores de lo que
ya existe.

El hecho de que nunca puedas ser nada que no seas ya, ni experimentar
nada que no exista ya, explica la experiencia de tener la aguda sensación de
haber oído antes lo que se dice, o de haber conocido antes a la persona con la
que te encuentras por primera vez,

o haber visto antes un lugar o cosa que se ve por primera vez.

Toda la creación existe en ti, y tu destino es ser cada vez más consciente de
sus infinitas maravillas y experimentar porciones cada vez mayores y más
grandiosas de ella.

Si la creación está acabada, y todos los acontecimientos tienen lugar ahora, la pregunta que surge naturalmente en la mente es "¿qué determina tu trayectoria temporal?". Es decir, ¿qué determina los acontecimientos con los que te encuentras? Y la respuesta es: tu concepto de ti mismo.

Los conceptos determinan la ruta que sigue la atención. He aquí una buena prueba para demostrar este hecho. Supón que se cumple tu deseo y observa la ruta que sigue tu atención. Observarás que mientras permanezcas fiel a tu suposición, tu atención se enfrentará a imágenes claramente relacionadas con esa suposición.

Por ejemplo, si supones que tienes un negocio maravilloso, notarás cómo, en tu imaginación, tu atención se centra en un incidente tras otro relacionado con esa suposición. Los amigos te felicitan, te dicen lo afortunado que eres; otros son envidiosos y críticos. A partir de ahí, tu atención se dirige a oficinas más grandes, mayores saldos bancarios y muchos otros sucesos relacionados de forma similar. La persistencia en esta suposición dará lugar a que experimentes de hecho aquello que supusiste. Lo mismo ocurre con cualquier concepto.

Si el concepto que tienes de ti mismo es que eres un fracasado, encontrarás en tu imaginación toda una serie de incidentes conformes con ese concepto. Así se ve claramente cómo tú, por el concepto que tienes de ti mismo, determinas tu presente, es decir, la parte concreta de la creación que experimentas ahora, y tu futuro, es decir, la parte concreta de la creación que experimentarás.

# CAPÍTULO 11: INTERFERENCIAS

TÚ ERES libre de elegir el concepto que aceptas de ti mismo. Por tanto, posees el poder de intervención, el poder que te permite alterar el curso de tu futuro. El proceso de elevarte desde tu concepto actual a un concepto más elevado de ti mismo es el medio de todo progreso verdadero. El concepto superior está esperando a que lo encarnes en el mundo de la experiencia.

**"A Aquel que es poderoso para hacer todas las cosas mucho más abundantemente de lo que pedimos o entendemos, según el poder que actúa en nosotros, a Él sea la gloria".**
- Efesios 3:20

Aquel que es capaz de hacer más de lo que puedes pedir o pensar, es tu imaginación; y el poder que obra en nosotros es tu atención. Entendiendo que la imaginación es ÉL, que es capaz de hacer todo lo que pides, y que la atención es el poder con el que creas tu mundo, ahora puedes construir tu mundo ideal.

Imagínate que eres el ideal que sueñas y deseas. Permanece atento a este estado imaginado, y en cuanto sientas completamente que ya eres este ideal, se manifestará como realidad en tu mundo.

**"Él estaba en el mundo, y el mundo fue hecho por Él, y el mundo no le conoció".**
- Juan 1:10

**"El misterio oculto desde los siglos: Cristo en vosotros, esperanza de gloria".**
- Aprox., Colosenses 1:26,27

El "Él" de la primera de estas citas es tu imaginación. Como ya se ha explicado, sólo existe una sustancia. Esta sustancia es la conciencia. Es tu imaginación la que forma esta sustancia en conceptos, que luego se manifiestan como condiciones, circunstancias y objetos físicos. Así, la imaginación creó tu mundo. De esta verdad suprema, salvo contadas excepciones, el hombre no es consciente.

El misterio, Cristo en ti, al que se refiere la segunda cita, es tu imaginación, por la que se moldea tu mundo. La esperanza de gloria es tu conciencia de la capacidad de elevarte perpetuamente a niveles superiores.

A Cristo no se le encuentra en la historia, ni en las formas externas. Sólo encuentras a Cristo cuando tomas conciencia de que tu imaginación es el único poder redentor. Cuando esto se descubra, las "torres del dogma habrán oído las trompetas de la Verdad y, como las murallas de Jericó, se desmoronarán".

# CAPÍTULO 12: CONTROL SUBJETIVO

TU IMAGINACIÓN ES capaz de hacer todo lo que le pides en proporción al grado de tu atención. Todo progreso, toda realización del deseo dependen del control y de la concentración de tu atención.

La atención puede ser atraída desde fuera o dirigida desde dentro. La atención es atraída desde fuera cuando estás conscientemente ocupado con las impresiones externas del presente inmediato. Las propias líneas de esta página están atrayendo tu atención desde fuera.

Tu atención se dirige desde el interior cuando eliges deliberadamente de qué te vas a preocupar mentalmente. Es evidente que, en el mundo objetivo, tu atención no sólo es atraída por las impresiones externas, sino que se dirige constantemente a ellas.

Pero, tu control en el estado subjetivo es casi inexistente, ya que en este estado, la atención suele ser el sirviente y no el amo -el pasajero y no el navegante- de tu mundo. Existe una enorme diferencia entre la atención dirigida objetivamente y la atención dirigida subjetivamente, y la capacidad de cambiar tu futuro depende de esta última.

Cuando eres capaz de controlar los movimientos de tu atención en el mundo subjetivo, puedes modificar o alterar tu vida a tu antojo. Pero este control no puede lograrse si permites que tu atención sea atraída constantemente desde el exterior.

Cada día, proponte la tarea de retirar deliberadamente tu atención del mundo objetivo y centrarla subjetivamente. En otras palabras, concéntrate en aquellos pensamientos o estados de ánimo que determines deliberadamente. Entonces las cosas que ahora te limitan se desvanecerán y desaparecerán.

El día que consigas controlar los movimientos de tu atención en el mundo subjetivo, serás dueño de tu destino. Ya no aceptarás el dominio de las condiciones o circunstancias exteriores. No aceptarás la vida en función del mundo exterior.

Habiendo logrado el control de los movimientos de tu atención, y habiendo descubierto el misterio oculto desde los siglos, que Cristo en ti es tu imaginación, afirmarás la supremacía de la imaginación y pondrás todas las cosas en sujeción a ella.

# CAPÍTULO 13: ACEPTACIÓN

**"Las Percepciones del hombre no están limitadas por los órganos de Percepción: percibe más de lo que el sentido (aunque siempre tan agudo) puede descubrir".**
- William Blake

POR MUCHO QUE parezca que vives en un mundo material, en realidad vives en un mundo de imaginación. Los acontecimientos exteriores y físicos de la vida son fruto de tiempos de florecimiento olvidados, resultados de estados de conciencia anteriores y normalmente olvidados. Son los fines que corresponden a orígenes imaginativos a menudo olvidados.

Siempre que te absorbas por completo en un estado emocional, estarás en ese momento asumiendo el sentimiento del estado realizado. Si persistes en ello, todo aquello por lo que te sientas intensamente emocionado, lo experimentarás en tu mundo. Estos periodos de absorción, de atención concentrada, son los comienzos de las cosas que cosechas.

Es en esos momentos cuando ejerces tu poder creador, el único poder creador que existe. Al final de estos periodos, o momentos de absorción, pasas rápidamente de estos estados imaginarios (en los que no has estado físicamente) a donde estabas físicamente hace un instante. En estos periodos, el estado imaginado es tan real que, cuando vuelves al mundo objetivo y descubres que no es igual que el estado imaginado, es un verdadero shock. Has visto algo en la imaginación con tal viveza que ahora te preguntas si se puede creer en la evidencia de tus sentidos y, como Keats, preguntas:

"...¿fue una visión o un sueño despierto?
Fled es esa música... ¿Me despierto o duermo?"
- Keats

Este choque invierte tu sentido del tiempo. Con ello se quiere decir que, en lugar de que tu experiencia sea el resultado de tu pasado, ahora se convierte en el resultado de estar en la imaginación donde aún no has estado físicamente. En efecto, esto te mueve a través de un puente de incidentes hacia la realización física de tu estado imaginado.

El hombre que a voluntad puede asumir cualquier estado que le plazca ha encontrado las llaves del Reino de los Cielos. Las llaves son el deseo, la imaginación y una atención constantemente centrada en la sensación del deseo cumplido. Para un hombre así, cualquier hecho objetivo indeseable deja de ser una realidad y el deseo ardiente deja de ser un sueño.

**"Probadme ahora en esto, dice el Señor de los ejércitos, si no os abriré las ventanas de los cielos, y os derramaré una bendición, que no habrá lugar suficiente para recibirla".**
- Malaquías 3:10

Puede que las ventanas del cielo no se abran ni los tesoros se apoderen por una voluntad fuerte, pero se abren por sí mismas y presentan sus tesoros como un don gratuito, un don que llega cuando la absorción alcanza tal grado que da lugar a un sentimiento de aceptación total.

El paso de tu estado actual a la sensación de tu deseo cumplido no es a través de una brecha. Hay continuidad entre lo llamado real e irreal. Para cruzar de un estado al otro, simplemente extiende tus antenas, confía en tu tacto y entra plenamente en el espíritu de lo que estás haciendo.

**"No con fuerza ni con poder, sino con Mi Espíritu, dice el Señor de los ejércitos".**
- Zacarías 4:6

Asume el espíritu, el sentimiento del deseo cumplido, y habrás abierto las ventanas para recibir la bendición. Asumir un estado es entrar en su espíritu.

Tus triunfos sólo serán una sorpresa para quienes no conocieron tu paso oculto del estado de anhelo a la asunción del deseo cumplido.

El Señor de los ejércitos no responderá a tu deseo hasta que hayas asumido el sentimiento de ser ya lo que quieres ser, pues la aceptación es el canal de Su acción. La aceptación es el Señor de los ejércitos en acción.

# CAPÍTULO 14: EL CAMINO SIN ESFUERZO

EL PRINCIPIO DE "MÍNIMA ACCIÓN" lo rige todo en física, desde la trayectoria de un planeta hasta la trayectoria de un pulso de luz. La mínima acción es el mínimo de energía multiplicado por el mínimo de tiempo. Por lo tanto, al pasar de tu estado actual al estado deseado, debes utilizar el mínimo de energía y tardar el menor tiempo posible.

Tu viaje de un estado de conciencia a otro es psicológico; por tanto, para realizar el viaje, debes emplear el equivalente psicológico de la "Acción mínima" y el equivalente psicológico es *la mera suposición*.

El día que te das cuenta plenamente del poder de la asunción, descubres que funciona en total conformidad con este principio. Funciona mediante la atención, sin esfuerzo. Así, con la menor acción, mediante una suposición, te apresuras sin prisa y alcanzas tu objetivo sin esfuerzo.

Como la creación está acabada, lo que deseas ya existe. Está excluido de la visión porque sólo puedes ver el contenido de tu propia conciencia. La función de una suposición es recuperar la visión excluida y restaurar la visión completa. Lo que cambia no es el mundo, sino tus suposiciones.

Una suposición pone lo invisible a la vista. No es ni más ni menos que ver con el ojo de Dios, es decir, con la imaginación.

**"Porque el Señor no ve como ve el hombre, pues el hombre mira la apariencia exterior, pero el Señor mira el corazón".**
- 1 Samuel 16:7

El corazón es el órgano primario de los sentidos, de ahí que sea la primera causa de la experiencia. Cuando miras "al corazón", estás mirando tus suposiciones. Los supuestos determinan tu experiencia.

Vigila tus suposiciones con toda diligencia, pues de ellas salen las cuestiones de la vida. Las suposiciones tienen el poder de la realización objetiva. Todo acontecimiento del mundo visible es el resultado de una suposición o idea del mundo invisible.

El momento presente es lo más importante, porque sólo en el momento presente pueden controlarse nuestras suposiciones. El futuro debe convertirse en presente en tu mente si quieres aplicar sabiamente la ley de la suposición. El futuro se convierte en presente cuando imaginas que ya eres lo que serás cuando se cumpla tu suposición. Quédate quieto (menos acción) y sabe que eres aquello que deseas ser.

El fin del anhelo debe ser Ser. Traduce tu sueño en Ser. La construcción perpetua de estados futuros sin la conciencia de serlos ya, es decir, imaginar tu deseo sin asumir realmente el sentimiento del deseo cumplido, es la falacia y el espejismo de la humanidad. Es simplemente soñar despierto en vano.

# CAPÍTULO 15: LA CORONA DE LOS MISTERIOS

LA SUPOSICIÓN del deseo cumplido es el barco que te lleva por los mares desconocidos hacia la realización de tu sueño. La asunción lo es todo; la realización es subconsciente y sin esfuerzo.

**"Asume una virtud si no la tienes".**
- William Shakespeare, "Hamlet"
Actúa partiendo del supuesto de que ya posees aquello que buscabas.
**"Dichosa la que ha creído, porque se cumplirán las cosas que le fueron dichas de parte del Señor".**
- Lucas 1:45

Así como la Inmaculada Concepción es el fundamento de los misterios cristianos, la Asunción es su corona. Psicológicamente, la Inmaculada Concepción significa el nacimiento de una idea en tu propia conciencia, sin ayuda de otra.

Por ejemplo, cuando tienes un deseo, un hambre o un anhelo concretos, se trata de una concepción inmaculada en el sentido de que ninguna persona o cosa física lo planta en tu mente. Es autoconcebido. Cada hombre es la María de la Inmaculada Concepción y debe dar a luz a su idea.

La Asunción es la corona de los misterios porque es el uso más elevado de la conciencia. Cuando en la imaginación asumes el sentimiento del deseo cumplido, te elevas mentalmente a un nivel superior. Cuando, gracias a tu persistencia, esta suposición se convierte en un hecho real, te encuentras automáticamente en un nivel superior (es decir, has conseguido tu deseo) en tu mundo objetivo.

Tu suposición guía todos tus movimientos conscientes y subconscientes hacia el fin sugerido de forma tan inevitable que, de hecho, dicta los acontecimientos.

El drama de la vida es psicológico y todo él está escrito y producido por tus suposiciones. Aprende el arte de suponer, pues sólo así podrás crear tu propia felicidad.

# CAPÍTULO 16: IMPOTENCIA PERSONAL

LA AUTORENDICIÓN ES ESENCIAL, y por ello se entiende la confesión de la impotencia personal.

**"No puedo hacer nada por mí mismo".**
- Juan 5:30

Puesto que la creación está acabada, es imposible forzar nada para que exista.

El ejemplo del magnetismo expuesto anteriormente es una buena ilustración. No se puede crear el magnetismo, sólo se puede mostrar. No puedes crear la ley del magnetismo. Si quieres construir un imán, sólo puedes hacerlo ajustándote a la ley del magnetismo. En otras palabras, te entregas o te sometes a la ley.

Del mismo modo, cuando utilizas la facultad de la suposición, te ajustas a una ley tan real como la ley que rige el magnetismo. No puedes crear ni cambiar la ley de la suposición.

En este sentido eres impotente. Sólo puedes ceder o conformarte, y puesto que todas tus experiencias son el resultado de tus suposiciones (consciente o inconscientemente), el valor de utilizar conscientemente el poder de la suposición seguramente debe ser obvio.

Identifícate voluntariamente con aquello que más deseas, sabiendo que encontrará expresión a través de ti. Ríndete al sentimiento del deseo cumplido y consúmelo como su víctima, para luego elevarte como el profeta de la ley de la asunción.

# CAPÍTULO 17: TODO ES POSIBLE

ES de gran importancia que la verdad de los principios expuestos en este libro haya sido probada una y otra vez por las experiencias personales del Autor.

A lo largo de los últimos veinticinco años, ha aplicado estos principios y ha demostrado su éxito en innumerables casos. Atribuye a la asunción inquebrantable de que su deseo ya se ha cumplido todos los éxitos que ha logrado.

Confiaba en que, por estas suposiciones fijas, sus deseos estaban predestinados a cumplirse. Una y otra vez, asumía la sensación de su deseo cumplido y continuaba en su suposición hasta que lo que deseaba se realizaba por completo.

Vive tu vida con un sublime espíritu de confianza y determinación; desprecia las apariencias, las condiciones, de hecho todas las pruebas de tus sentidos que nieguen la realización de tu deseo. Descansa en la suposición de que ya eres lo que quieres ser, pues, en esa suposición determinada, tú y tu Ser Infinito os fundís en unidad creativa, y con tu Ser Infinito (Dios) todas las cosas son posibles.

Dios nunca falla.

**Porque, ¿quién puede detener Su mano o decirle: "¿Qué haces?"?**
- Daniel 4:35

Mediante el dominio de tus suposiciones, en verdad estás capacitado para dominar la vida. Así se asciende por la escalera de la vida: así se realiza el ideal.

La clave del verdadero propósito de la vida es entregarte a tu ideal con tal conciencia de su realidad que empieces a vivir la vida del ideal y ya no tu propia vida tal como era antes de esta entrega.

**"Llama a las cosas que no se ven como si se vieran, y lo que no se ve se hace visible".**
- Aproximadamente, Romanos 4:17

Cada suposición tiene su mundo correspondiente. Si eres verdaderamente observador, te darás cuenta del poder de tus suposiciones para cambiar circunstancias que parecen totalmente inmutables. Tú, por tus suposiciones conscientes, determinas la naturaleza del mundo en el que vives.

Ignora el estado actual y asume el deseo cumplido. Reclámalo; responderá. La ley de la asunción es el medio por el que puede realizarse el cumplimiento de tus deseos.

En cada momento de tu vida, consciente o inconscientemente, estás asumiendo un sentimiento. No puedes evitar asumir un sentimiento más de lo que puedes evitar comer y beber. Lo único que puedes hacer es controlar la naturaleza de tus suposiciones. Así se ve claramente que el control de tus suposiciones es la llave que tienes ahora para una vida cada vez más expansiva, más feliz y más noble.

# CAPÍTULO 18: SED HACEDORES

> "Sed hacedores de la palabra y no solamente oidores, engañándoos a
> vosotros mismos. Porque si alguno es oidor de la palabra y no hacedor, es
> semejante a un hombre que mira su rostro natural en un espejo y se va, y
> en seguida olvida qué clase de hombre era. Pero el que mira la ley perfecta
> de la libertad y persevera en ella, no siendo oidor olvidadizo, sino hacedor
> de la obra, éste será bienaventurado en su obra."
> - Santiago 1:22-25

LA PALABRA en esta cita significa idea, concepto o deseo. Te engañas a ti
mismo "sólo escuchando" cuando esperas que tu deseo se cumpla mediante
meras ilusiones. Tu deseo es lo que quieres ser, y mirarte "en un cristal" es
verte en la imaginación como esa persona.

Olvidar "qué clase de hombre" eres es no persistir en tu suposición. La "ley
perfecta de la libertad" es la ley que hace posible la liberación de la limitación,
es decir, la ley de la suposición.

Continuar en la ley perfecta de la libertad es persistir en la suposición de
que tu deseo ya se ha cumplido. No eres un "oyente olvidadizo" cuando
mantienes constantemente vivo en tu conciencia el sentimiento de que tu
deseo se ha cumplido. Esto te convierte en un "hacedor de la obra", y eres
bendecido en tu obra por la realización inevitable de tu deseo.

Debéis ser hacedores de la ley de la asunción, pues sin aplicación, la
comprensión más profunda no producirá ningún resultado deseado.

La frecuente reiteración y repetición de importantes verdades básicas
recorre estas páginas. Cuando se trata de la ley de la asunción -la ley que

libera al hombre-, esto es bueno. Hay que dejarla clara una y otra vez, aun a riesgo de repetirla.

El verdadero buscador de la verdad agradecerá esta ayuda para concentrar su atención en la ley que le hace libre.

La parábola de la condena del Maestro al siervo que descuidó el uso del talento que se le había dado [Mateo 25,14-30] es clara e inequívoca.

Habiendo descubierto dentro de ti la llave de la Casa del Tesoro, debes ser como el buen siervo que, mediante un uso sabio, multiplicó por muchas veces los talentos que se le confiaron. El talento que se te ha confiado es el poder de determinar conscientemente tu supuesto.

El talento no utilizado, como el miembro no ejercitado, se marchita y finalmente se atrofia.

Lo que debes perseguir es el ser. Para hacer, es necesario ser. El fin del anhelo es ser.

Tu concepto de ti mismo sólo puede ser expulsado de la conciencia por otro concepto de ti mismo. Creando un ideal en tu mente, puedes identificarte con él hasta convertirte en uno y el mismo con el ideal, transformándote así en él.

Lo dinámico prevalece sobre lo estático; lo activo sobre lo pasivo.

Quien es un hacedor es magnético y, por tanto, infinitamente más creativo que quien se limita a escuchar. Colócate entre los hacedores.

# CAPÍTULO 19: LO ESENCIAL

LOS PUNTOS ESENCIALES para utilizar con éxito la ley de la presunción son éstos:

**En primer lugar, y sobre todo, anhelo; ansia; deseo intenso y ardiente.**

Debes desear de todo corazón ser diferente de lo que eres. El deseo intenso y ardiente [combinado con la intención de hacer el bien] es el resorte principal de la acción, el principio de todas las empresas de éxito. En toda gran pasión [que alcanza su objetivo] se concentra el deseo [y la intención. Primero debes desear y luego tener la intención de triunfar].

**"Como el ciervo corre tras los arroyos de agua, así corre mi alma tras Ti, oh Dios".**
- Salmo 42:1
**"Bienaventurados los que tienen hambre y sed de justicia, porque ellos serán saciados".**
- Mateo 5:6

Aquí, el alma se interpreta como la suma total de todo lo que crees, piensas, sientes y aceptas como verdadero; en otras palabras, tu nivel actual de consciencia, Dios (YO SOY), la fuente y el cumplimiento de todos los deseos. Entendido psicológicamente, soy una serie infinita de niveles de conciencia y soy lo que soy según el lugar que ocupe en la serie. Esta cita describe cómo tu nivel actual de consciencia anhela trascenderse a sí mismo.

La rectitud es la conciencia de ser ya lo que quieres ser.

**En segundo lugar, cultiva la inmovilidad física, una incapacidad física,**

no muy diferente del estado descrito por Keats en su "Oda a un ruiseñor":

**"Un sopor adormece mis sentidos, como si hubiera bebido cicuta".**

Es un estado parecido al sueño, pero en el que sigues controlando la dirección de la atención. Debes aprender a inducir este estado a voluntad, pero la experiencia ha enseñado que es más fácil inducirlo después de una comida sustanciosa, o cuando te despiertas por la mañana sintiéndote muy reacio a levantarte.

Entonces estarás naturalmente dispuesto a entrar en este estado. El valor de la inmovilidad física se manifiesta en la acumulación de fuerza mental que conlleva la quietud absoluta. Aumenta tu poder de concentración.

**"Estad quietos y conoced que Yo soy Dios".**
- Salmo 46:10

De hecho, las mayores energías de la mente rara vez irrumpen sino cuando el cuerpo se aquieta y la puerta de los sentidos se cierra al mundo objetivo.

**La Tercera y última cosa que debes hacer es experimentar en tu imaginación lo que experimentarías en la realidad si consiguieras tu objetivo.**

Primero debes conseguirlo con la imaginación, pues la imaginación es la puerta misma a la realidad de lo que buscas. Pero utiliza la imaginación con maestría y no como un espectador que piensa en el fin, sino como un partícipe que piensa desde el fin.

Imagina que posees una cualidad o algo que deseas y que hasta ahora no era tuyo. Entrégate por completo a este sentimiento hasta que todo tu ser esté poseído por él. Este estado difiere de la ensoñación en esto: es el resultado de una imaginación controlada y una atención firme y concentrada, mientras que la ensoñación es el resultado de una imaginación incontrolada, normalmente una simple ensoñación.

En el estado controlado, basta un esfuerzo mínimo para mantener tu consciencia llena de la sensación del deseo cumplido. La inmovilidad física y mental de este estado es una poderosa ayuda para la atención voluntaria y un factor importante de esfuerzo mínimo.

La aplicación de estos tres puntos:

**1 Deseo**
**2 Inmovilidad física**
**3 El supuesto del deseo ya cumplido**

es el camino hacia la unión con tu objetivo.

El primer punto es pensar *en el fin, con intención* de realizarlo. El tercer punto es pensar *desde el fin con el sentimiento de realizarlo.* El secreto de pensar desde el fin es disfrutar *siéndolo*. En el momento en que lo haces placentero e imaginas que lo eres, empiezas a pensar desde el fin.

Uno de los malentendidos más frecuentes es que esta ley sólo funciona para los que tienen un objetivo devoto o religioso. Esto es una falacia. Funciona de forma tan impersonal como la ley de la electricidad. Puede utilizarse tanto para fines codiciosos y egoístas como nobles. Pero siempre hay que tener en cuenta que los pensamientos y acciones innobles acarrean inevitablemente consecuencias infelices.

# CAPÍTULO 20: LA JUSTICIA

EN EL CAPÍTULO anterior se definió la rectitud como la conciencia de ser ya lo que quieres ser. Éste es el verdadero significado psicológico y, evidentemente, no se refiere a la adhesión a códigos morales, leyes civiles o preceptos religiosos. No puedes dar demasiada importancia a ser justo.

De hecho, toda la Biblia está impregnada de amonestaciones y exhortaciones sobre este tema.

**"Rompe tus pecados con la justicia".**
- Daniel 4:27
**"Aferro mi justicia y no la soltaré; mi corazón no me reprochará mientras viva".**
- Job 27:6
**"Mi justicia responderá por mí en los tiempos venideros".**
- Génesis 30:33

Muy a menudo las palabras pecado y justicia se utilizan en la misma cita. Se trata de un contraste lógico de opuestos y adquiere una enorme significación a la luz del significado psicológico de la justicia y del significado psicológico del pecado.

Pecar significa no dar en el blanco. No alcanzar tu deseo, no ser la persona que quieres ser es pecar. La rectitud es la conciencia de ser ya lo que quieres ser.

Es una ley educativa inmutable que los efectos deben seguir a las causas. Sólo mediante la rectitud puedes salvarte de pecar.

440

Existe un malentendido generalizado sobre lo que significa ser "salvado del pecado".

El siguiente ejemplo bastará para demostrar este malentendido y establecer la verdad.

Una persona que vive en la más absoluta pobreza puede creer que mediante alguna actividad religiosa o filosófica puede "salvarse del pecado" y mejorar su vida como consecuencia de ello.

Sin embargo, si sigue viviendo en el mismo estado de pobreza, es evidente que lo que creía no era la verdad y, de hecho, no estaba "salvado".

Por otra parte, puede salvarse por la justicia.

El uso exitoso de la ley de asunción tendría como resultado inevitable un cambio real en su vida. Ya no viviría en la pobreza. Ya no erraría el tiro. Se salvaría del pecado.

**"Si vuestra justicia no excede a la de los escribas y fariseos, no entraréis en el Reino de los Cielos".**
**- Mateo 5:20**

Escribas y fariseos significa aquellos que están influidos y gobernados por las apariencias externas, las normas y costumbres de la sociedad en la que viven, el vano deseo de ser bien considerados por los demás hombres. A menos que se supere este estado mental, tu vida será una vida de limitación - de no alcanzar tus deseos-, de no dar en el blanco, de pecado. Esta rectitud es superada por la verdadera rectitud, que es siempre la conciencia de ser ya aquello que quieres ser.

Uno de los mayores escollos al intentar utilizar la ley de la suposición es centrar tu atención en las cosas, en una casa nueva, un trabajo mejor, un saldo bancario mayor.

No es la justicia sin la cual "moriréis en vuestros pecados" [Juan 8:24]. La justicia no es la cosa en sí; es la conciencia, el sentimiento de ser ya la persona que quieres ser, de tener ya la cosa que deseas.

Buscad primero el Reino de Dios y su justicia, y todas estas cosas os serán añadidas. Mateo 6:33

El reino (la creación entera) de Dios (tu YO SOY) está dentro de ti.

La rectitud es la conciencia de que ya lo posees todo.

# CAPÍTULO 21: EL LIBRE ALBEDRÍO

A MENUDO se plantea la PREGUNTA: "¿Qué debe hacerse entre la asunción del deseo cumplido y su realización?".

Nada. Es una ilusión que, aparte de asumir la sensación del deseo cumplido, puedas hacer cualquier cosa para ayudar a la realización de tu deseo.

Crees que puedes hacer algo, quieres hacer algo; pero en realidad no puedes hacer nada. La ilusión del libre albedrío para hacer no es más que la ignorancia de la ley de suposición en la que se basa toda acción.

Todo sucede automáticamente: todo lo que te sucede, todo lo que haces, sucede: tus suposiciones, conscientes o inconscientes, dirigen todo pensamiento y acción hacia su cumplimiento.

Comprender la ley de la suposición, convencerse de su verdad, significa deshacerse de todas las ilusiones sobre el libre albedrío para actuar. Libre albedrío significa en realidad libertad para seleccionar cualquier idea que desees.

Al asumir la idea ya como un hecho, se convierte en realidad. Más allá de eso, termina el libre albedrío, y todo sucede en armonía con el concepto asumido.

**"No puedo hacer nada por mí mismo...**
**porque no busco Mi Propia Voluntad,**
**sino la Voluntad del Padre que me ha enviado".**
- Juan 5:30

En esta cita, el Padre se refiere evidentemente a Dios. En un capítulo anterior, se define a Dios como YO SOY.

Puesto que la creación está acabada, el Padre nunca está en posición de decir "seré". En otras palabras, todo existe, y la conciencia infinita YO SOY sólo puede hablar en presente.

**"No se haga mi Voluntad, sino la Tuya".**
- Lucas 22:42

"Seré" es una confesión de que "no soy". La Voluntad del Padre es siempre "YO SOY".

Hasta que no te des cuenta de que TÚ eres el Padre (sólo hay un YO SOY, y tu ser infinito es ese YO SOY), tu voluntad será siempre "yo seré".

En la ley de la asunción, tu conciencia de ser es la voluntad del Padre. El mero deseo sin esta conciencia es "mi voluntad". Esta gran cita, tan poco comprendida, es una declaración perfecta de la ley de la asunción.

Es imposible hacer nada. Debes ser para poder hacer.

Si tuvieras un concepto diferente de ti mismo, todo sería distinto. Tú eres lo que eres, así que todo es como es. Los acontecimientos que observas están determinados por el concepto que tienes de ti mismo.

Si cambias el concepto que tienes de ti mismo, los acontecimientos que te esperan en el tiempo se alteran; pero, así alterados, vuelven a formar una secuencia determinista a partir del momento de este concepto cambiado. Eres un ser con poderes de intervención que te permiten, mediante un cambio de conciencia, alterar el curso de los acontecimientos observados, de hecho, cambiar tu futuro.

Niega la evidencia de los sentidos y asume el sentimiento del deseo cumplido.

En la medida en que tu suposición es creativa y forma una atmósfera, tu suposición, si es noble, aumenta tu seguridad y te ayuda a alcanzar un nivel superior de ser.

Si, por el contrario, tu suposición es poco amorosa, te obstaculiza y hace más rápido tu camino descendente. Así como las suposiciones amorosas crean una atmósfera armoniosa, los sentimientos duros y amargos crean una atmósfera dura y amarga.

**"Todo lo que es puro, justo, amable, de buen nombre, en esto pensad".**
- Aproximadamente, Filipenses 4:8

Esto significa hacer de tus suposiciones los conceptos más elevados, nobles y felices. No hay mejor momento para empezar que ahora. El momento presente es siempre el más oportuno para eliminar todas las suposiciones desagradables y concentrarse sólo en lo bueno.

Al igual que tú, reclama para los demás su herencia divina.

Mira sólo su bien y el bien que hay en ellos. Estimula lo más elevado de los demás hacia la confianza y la autoafirmación mediante tu asunción sincera de su bien, y serás su profeta y su sanador, pues una realización inevitable aguarda a todas las asunciones sostenidas.

Ganas por suposición lo que nunca podrás ganar por la fuerza.

Una suposición es un cierto movimiento de la conciencia. Este movimiento, como todo movimiento, ejerce una influencia sobre la sustancia circundante, haciendo que adopte la forma de la suposición, se haga eco de ella y la refleje. Un cambio de fortuna es una nueva dirección y perspectiva, simplemente un cambio en la disposición de la misma sustancia mental: la conciencia.

Si quieres cambiar tu vida, debes empezar en la fuente misma, con tu propio concepto básico de ti mismo.

El cambio exterior, formar parte de organizaciones, organismos políticos, religiosos, no es suficiente. La causa es más profunda. El cambio esencial debe producirse en ti mismo, en tu propio concepto de ti mismo.

Debes suponer que eres lo que quieres ser y continuar en ello, pues la realidad de tu suposición tiene su ser con total independencia del hecho objetivo y se revestirá de carne si persistes en el sentimiento del deseo cumplido.

Cuando sepas que las suposiciones, si se persiste en ellas, se convierten en hechos, entonces los acontecimientos que a los no iniciados les parecen meros accidentes los entenderás como los efectos lógicos e inevitables de tu suposición.

Lo importante es tener en cuenta que tienes libre albedrío infinito para elegir tus supuestos, pero no poder para determinar las condiciones y los acontecimientos.

No puedes crear nada, pero tu suposición determina qué parte de la creación experimentarás.

# CAPÍTULO 22: PERSISTENCIA

"Y les dijo: ¿Quién de vosotros tiene un amigo, y va a él a medianoche, y le dice: Amigo, préstame tres panes, porque un amigo mío de viaje ha venido a mí, y no tengo qué ponerle delante? Y él, desde dentro, responderá y dirá: No me molestes; la puerta está ahora cerrada, y mis hijos están conmigo en la cama; no puedo levantarme y dártelos. Yo os digo: Aunque no se levante y le dé, porque es su amigo, a causa de su importunidad se levantará y le dará cuantos necesite. Y yo os digo: Pedid, y se os dará; buscad, y hallaréis; llamad, y se os abrirá."
- Lucas 11:5-9

HAY tres personajes principales en esta cita, tú y los dos amigos mencionados.

El primer amigo es un estado de conciencia deseado.

El segundo amigo es un deseo que busca satisfacción.

El tres es el símbolo de la totalidad, de lo completo.

Los panes simbolizan la sustancia.

La puerta cerrada simboliza los sentidos que separan lo visible de lo invisible.

Niños en la cama significa ideas dormidas.

La incapacidad de elevarse significa que un estado de conciencia deseado no puede elevarse hacia ti, tú debes elevarte hacia él.

Importunidad significa exigir persistencia, una especie de descarada insolencia.

Pedir, buscar y llamar significa asumir la conciencia de tener ya lo que deseas.

Así pues, las escrituras te dicen que debes persistir en elevarte a (asumir) la conciencia de que tu deseo ya se ha cumplido. La promesa es definitiva: si eres descarado en tu impudicia al suponer que ya tienes aquello que tus sentidos niegan, se te concederá: tu deseo se alcanzará.

La Biblia enseña la necesidad de persistir mediante el uso de muchas historias. Cuando Jacob pidió una bendición al Ángel con el que luchaba, dijo

**"No te soltaré si no me bendices".**
- Génesis 32:26
Cuando la sunamita buscó la ayuda de Eliseo, dijo
**"Vive el Señor y vive tu alma, que no te dejaré, y se levantó y la siguió".**
- 2 Reyes 4:30

La misma idea se expresa en otro pasaje:

**"Y les refirió una parábola para que los hombres orasen siempre, y no desmayasen, diciendo: Había en una ciudad un Juez que no temía a Dios, ni miraba a los hombres; y había en aquella ciudad una viuda, la cual vino a él, diciendo: Hazme justicia de mi adversario. Y él no quiso por algún tiempo; pero después dijo dentro de sí: Aunque no temo a Dios, ni estimo a los hombres, ya que esta viuda me molesta, la vengaré, no sea que me canse con sus continuas venidas."**
- Lucas 18:1-5

La verdad básica que subyace en cada una de estas historias es que el deseo surge de la conciencia del logro último y que la persistencia en mantener la conciencia de que el deseo ya se ha cumplido da lugar a su realización.

No basta con sentirte en el estado de la oración respondida; debes persistir en ese estado.

Esa es la razón del requerimiento judicial

**"El hombre debe orar siempre y no desmayar".**
- Lucas 18:1

Aquí, rezar significa dar gracias por tener ya lo que deseas.

Sólo la persistencia en la suposición del deseo cumplido puede provocar esos cambios sutiles en tu mente que dan lugar al cambio deseado en tu vida. No importa que sean "ángeles", "Eliseos" o "jueces reacios"; todos deben responder en armonía con tu suposición persistente.

Cuando parece que las personas de tu mundo que no son tú no actúan contigo como te gustaría, no se debe a una reticencia por su parte, sino a una falta de persistencia en tu suposición de que tu vida ya es como tú quieres que sea.

Tu asunción, para ser eficaz, no puede ser un único acto aislado; debe ser una actitud mantenida del deseo cumplido.

Y esa actitud mantenida que te lleva hasta ahí -para que pienses a partir de tu deseo cumplido en lugar de pensar en tu deseo- se ve favorecida por asumir con frecuencia la sensación del deseo cumplido. Es la frecuencia, no la duración, lo que lo hace natural. Aquello a lo que regresas constantemente constituye tu yo más verdadero. La ocupación frecuente del sentimiento del deseo cumplido es el secreto del éxito.

# CAPÍTULO 23: CASOS PRÁCTICOS

LLEGADOS A ESTE PUNTO, será muy útil citar una serie de ejemplos concretos de la aplicación con éxito de esta ley. Se ofrecen historias de casos reales. En cada uno de ellos, se define claramente el problema y se describe detalladamente la forma en que se utilizó la imaginación para alcanzar el estado de conciencia requerido. En cada uno de estos casos, el autor de este libro se vio personalmente afectado o fue informado de los hechos por la persona implicada.

*1*

Se trata de una historia con todos los detalles que conozco personalmente.

En la primavera de 1943, un soldado recién reclutado estaba destinado en un gran campamento del ejército en Luisiana. Estaba intensamente ansioso por salir del ejército, pero sólo de una forma totalmente honorable.

La única forma de hacerlo era solicitar la baja. La solicitud requería la aprobación de su oficial al mando para hacerse efectiva. Según las normas del ejército, la decisión del oficial al mando era definitiva e inapelable. El soldado, siguiendo todo el procedimiento necesario, solicitó la baja.

Al cabo de cuatro horas, esta solicitud le fue devuelta: marcada como "desaprobada". Convencido de que no podía apelar la decisión ante ninguna autoridad superior, militar o civil, se volvió hacia su propia conciencia, decidido a confiar en la ley de la asunción.

El soldado se dio cuenta de que su conciencia era la única realidad, de que su estado particular de conciencia determinaba los acontecimientos con los que se encontraría.

Aquella noche, en el intervalo entre meterse en la cama y dormirse, se concentró en utilizar conscientemente la ley de la suposición. En la imaginación, se sintió en su propio apartamento de Nueva York. Visualizó su apartamento, es decir, en su mente vio realmente su propio apartamento, imaginándose mentalmente cada una de las habitaciones familiares con todo el mobiliario vívidamente real.

Con esta imagen claramente visualizada, y tumbado boca arriba, se relajó físicamente por completo. De este modo, se indujo un estado rayano en el sueño, conservando al mismo tiempo el control de la dirección de su atención. Cuando su cuerpo quedó completamente inmovilizado, supuso que estaba en su propia habitación y sintió que estaba tumbado en su propia cama, una sensación muy distinta a la de estar tumbado en un catre del ejército.

Con la imaginación, se levantó de la cama, caminó de una habitación a otra, tocando diversos muebles. Luego se acercó a la ventana y, con las manos apoyadas en el alféizar, miró la calle a la que daba su apartamento. Todo esto era tan vívido en su imaginación que vio con detalle la acera, las barandillas, los árboles y el familiar ladrillo rojo del edificio del lado opuesto de la calle. Luego volvió a la cama y sintió que se dormía.

Sabía que lo más importante para utilizar con éxito esta ley era que, en el momento de quedarse dormido, su conciencia estuviera llena de la suposición de que ya era lo que quería ser. Todo lo que hacía en la imaginación se basaba en la suposición de que ya no estaba en el ejército. Noche tras noche, el soldado representaba este drama. Noche tras noche, en la imaginación, se sentía a sí mismo, licenciado honorablemente, de vuelta en su casa, viendo todo el entorno familiar y quedándose dormido en su propia cama. Esto continuó durante ocho noches.

Durante ocho días, su experiencia objetiva siguió siendo directamente opuesta a su experiencia subjetiva en la conciencia cada noche, antes de irse a dormir. Al noveno día, llegaron órdenes del cuartel general del batallón para que el soldado rellenara una nueva solicitud de baja.

Poco después, le ordenaron que se presentara en el despacho del Coronel. Durante la discusión, el Coronel le preguntó si seguía deseando salir del ejército.

Al recibir una respuesta afirmativa, el Coronel dijo que personalmente no estaba de acuerdo, y aunque tenía fuertes objeciones a aprobar la baja, había decidido pasar por alto estas objeciones y aprobarla. A las pocas horas, la solicitud fue aprobada y el soldado, ahora civil, estaba en un tren con destino a casa.

. . .

*2*

Ésta es la sorprendente historia de un hombre de negocios de gran éxito que demuestra el poder de la imaginación y la ley de la suposición. Conozco íntimamente a esta familia, y todos los detalles me los contó el hijo aquí descrito.

La historia comienza cuando tenía veinte años. Era el penúltimo de una familia numerosa de nueve hermanos y una hermana. El padre era uno de los socios de un pequeño comercio. A los dieciocho años, el hermano al que se refiere esta historia abandonó el país en el que vivían y viajó tres mil kilómetros para ingresar en la universidad y completar su educación. Poco después de su primer año en la universidad, fue llamado a casa a causa de un trágico suceso relacionado con el negocio de su padre. Mediante las maquinaciones de sus socios, el padre no sólo se vio obligado a abandonar su negocio, sino que fue objeto de falsas acusaciones que impugnaban su carácter e integridad. Al mismo tiempo, se le privó de su legítima participación en el capital del negocio.

El resultado fue que se encontró muy desacreditado y casi sin un céntimo. Fue en estas circunstancias cuando el hijo fue llamado a casa desde la universidad.

Regresó con el corazón lleno de una gran resolución. Estaba decidido a tener un éxito extraordinario en los negocios. Lo primero que hicieron él y su padre fue utilizar el poco dinero que tenían para montar su propio negocio. Alquilaron una pequeña tienda en una calle lateral, no lejos del gran negocio del que el padre había sido uno de los principales propietarios. Allí iniciaron un negocio empeñado en prestar un verdadero servicio a la comunidad. Poco después, el hijo, con la conciencia instintiva de que estaba destinado a funcionar, utilizó deliberadamente la imaginación para alcanzar un objetivo casi fantástico.

Todos los días, al ir y volver del trabajo, pasaba por delante del edificio de la antigua empresa de su padre, la mayor empresa de su clase en el país. Era uno de los edificios más grandes, con la ubicación más destacada en el corazón de la ciudad. En el exterior del edificio había un enorme letrero en el que estaba pintado el nombre de la empresa en grandes letras en negrita.

Día tras día, al pasar, un gran sueño tomaba forma en la mente del hijo. Pensó en lo maravilloso que sería que fuera su familia la que tuviera este gran edificio, su familia la que poseyera y gestionara este gran negocio.

Un día, mientras contemplaba el edificio, en su imaginación, vio un nombre completamente distinto en el enorme cartel de la entrada. Ahora las grandes letras deletreaban su apellido (en estas historias no se utilizan nombres reales; en aras de la claridad, en esta historia utilizaremos nombres hipotéticos y supondremos que el apellido del hijo era Lordard).

Donde el letrero decía F. N. Moth & Co., en la imaginación, vio realmente el nombre, letra por letra, N. Lordard & Sons. Se quedó mirando el letrero con los ojos muy abiertos, imaginando que ponía N. Lordard & Sons. Dos veces al día, semana tras semana, mes tras mes, durante dos años, vio el nombre de su familia sobre la fachada de aquel edificio. Estaba convencido de que si sentía con suficiente fuerza que una cosa era cierta, estaba destinada a serlo, y al ver en la imaginación el nombre de su familia en el letrero -lo que implicaba que eran los dueños del negocio- se convenció de que un día serían los dueños.

Durante este periodo, sólo le contó a una persona lo que estaba haciendo. Confió en su madre, que con cariñosa preocupación intentó desanimarle para protegerle de lo que podría ser una gran decepción. A pesar de ello, persistió día tras día.

Dos años después, la gran empresa quebró y el codiciado edificio se puso a la venta.

El día de la venta, no parecía estar más cerca de la propiedad que dos años antes, cuando empezó a aplicar la ley de asunción. Durante este periodo, habían trabajado duro, y sus clientes tenían una confianza implícita en ellos. Sin embargo, no habían ganado nada parecido a la cantidad de dinero necesaria para la compra de la propiedad. Tampoco tenían ninguna fuente de la que pudieran obtener el capital necesario. La posibilidad de conseguirlo era aún más remota si se tenía en cuenta que se trataba de la propiedad más deseada de la ciudad y que muchos hombres de negocios adinerados estaban dispuestos a comprarla. El mismo día de la venta, para su total sorpresa, un hombre, casi un completo desconocido, entró en su tienda y se ofreció a comprarles la propiedad. (Debido a unas condiciones poco habituales en esta transacción, la familia del hijo ni siquiera pudo hacer una oferta por la propiedad).

Pensaron que el hombre estaba bromeando. Sin embargo, no era así. El hombre les explicó que les había observado durante algún tiempo, admiraba su capacidad, creía en su integridad y que suministrarles el capital para que iniciaran un negocio a gran escala era para él una inversión muy sólida. Aquel mismo día la propiedad era suya. Lo que el hijo se había empeñado en ver en su imaginación era ahora una realidad. La corazonada del forastero estaba más que justificada.

En la actualidad, esta familia no sólo es propietaria de la empresa concreta a la que nos referimos, sino que posee muchas de las mayores industrias del país en el que viven.

El hijo, al ver el nombre de su familia sobre la entrada de este gran edificio, mucho antes de que estuviera realmente allí, estaba utilizando exactamente la técnica que produce resultados. Al asumir la sensación de que ya tenía lo que deseaba -al convertirlo en una vívida realidad en su imaginación, mediante una persistencia decidida, independientemente de la apariencia o las circunstancias-, provocó inevitablemente que su sueño se convirtiera en realidad.

3

Ésta es la historia de un resultado muy inesperado de una entrevista con una señora que vino a consultarme.

Una tarde, una joven abuela, empresaria de Nueva York, vino a verme. Traía consigo a su nieto de nueve años, que la visitaba desde su casa de Pensilvania. En respuesta a sus preguntas, le expliqué la ley de la suposición, describiendo detalladamente el procedimiento a seguir para alcanzar un objetivo. El niño se sentó tranquilamente, aparentemente absorto en un pequeño camión de juguete, mientras yo explicaba a la abuela el método de asumir el estado de conciencia que le correspondería si su deseo ya se hubiera cumplido.

Le conté la historia del soldado del campamento que, cada noche, se dormía imaginando que estaba en su propia cama, en su propia casa.

Cuando el niño y su abuela se marchaban, me miró muy emocionado y dijo: "Sé lo que quiero y, ahora, sé cómo conseguirlo". Sorprendido, le pregunté qué quería; me dijo que quería un cachorro.

Ante esto, la abuela protestó enérgicamente, diciéndole al chico que le habían dejado claro en repetidas ocasiones que no podía tener un perro bajo ninguna circunstancia, que su padre y su madre no lo permitirían, que el chico era demasiado joven para cuidarlo adecuadamente y, además, el padre sentía una profunda aversión por los perros; de hecho, odiaba tener uno cerca.

Todos estos eran argumentos que el chico, apasionadamente deseoso de tener un perro, se negaba a entender. "Ahora sé lo que tengo que hacer", dijo. "Todas las noches, cuando me vaya a dormir, fingiré que tengo un perro y que vamos a dar un paseo". "No", dijo la abuela, "no es eso lo que quiere decir el Sr. Neville. Esto no era para ti. No puedes tener un perro".

Aproximadamente seis semanas después, la abuela me contó lo que para ella era una historia asombrosa. El deseo del niño de tener un perro era tan intenso que había asimilado todo lo que yo le había contado a su abuela sobre cómo alcanzar el deseo, y creía implícitamente que por fin sabía cómo conseguir un perro.

Poniendo en práctica esta creencia, durante muchas noches, el niño imaginó que un perro yacía en su cama junto a él. En su imaginación, acariciaba al perro, sintiendo realmente su pelaje. Cosas como jugar con el perro y sacarlo a pasear llenaban su mente.

Al cabo de unas semanas, sucedió. Un periódico de la ciudad en la que vivía el chico organizó un programa especial en relación con la Semana de la

Bondad hacia los Animales. Se pidió a todos los escolares que escribieran una redacción sobre "Por qué me gustaría tener un perro".

Después de que se presentaran y juzgaran los trabajos de todas las escuelas, se anunció el ganador del concurso. El ganador fue el mismo chico que semanas antes me había dicho en mi apartamento de Nueva York: "Ahora sé cómo conseguir un perro". En una ceremonia muy elaborada, a la que se dio publicidad con artículos y fotos en el periódico, el chico recibió un precioso cachorro de collie.

Al relatar esta historia, la abuela me dijo que si al chico le hubieran dado el dinero con el que comprar un perro, los padres se habrían negado a hacerlo y lo habrían utilizado para comprarle un bono o para ingresarlo en la caja de ahorros. Además, si alguien le hubiera regalado un perro al chico, lo habrían rechazado o lo habrían regalado.

Pero la dramática manera en que el chico consiguió el perro, la forma en que ganó el concurso de toda la ciudad, las historias y fotos en el periódico, el orgullo del logro y la alegría del propio chico se combinaron para provocar un cambio de opinión en los padres, y se encontraron haciendo lo que nunca habían concebido posible: le permitieron quedarse con el perro.

Todo esto me lo explicó la abuela, y concluyó diciendo que había un tipo concreto de perro en el que el muchacho había puesto su corazón. Era un collie.

4

Así se lo contó la tía del cuento a todo el público al final de una de mis conferencias.

Durante el turno de preguntas que siguió a mi conferencia sobre la ley de la presunción, una señora que había asistido a muchas conferencias y me había consultado personalmente en varias ocasiones, se levantó y pidió permiso para contar una historia que ilustraba cómo había utilizado con éxito la ley.

Dijo que, al volver a casa de la conferencia de la semana anterior, había encontrado a su sobrina angustiada y terriblemente alterada. El marido de la sobrina, que era oficial de las Fuerzas Aéreas del Ejército destinado en Atlantic City, acababa de recibir la orden, junto con el resto de su unidad, de ir al servicio activo en Europa. Con lágrimas en los ojos le dijo a su tía que el motivo de su disgusto era que esperaba que su marido fuera destinado a Florida como Instructor.

Ambos amaban Florida y estaban ansiosos por ser destinados allí y no separarse. Al oír esta historia, la tía declaró que sólo había una cosa que hacer y era aplicar inmediatamente la ley de asunción. "Vamos a actualizarla", dijo. "Si estuvieras realmente en Florida, ¿qué harías? Sentirías la brisa cálida.

Olerías el aire salado. Sentirías los dedos de los pies hundiéndose en la arena. Pues hagamos todo eso ahora mismo".

Se quitaron los zapatos y, apagando las luces, se sintieron imaginariamente en Florida, sintiendo la brisa cálida, oliendo el aire marino, hundiendo los dedos de los pies en la arena.

Cuarenta y ocho horas después, el marido recibió un cambio de órdenes. Sus nuevas instrucciones eran presentarse inmediatamente en Florida como Instructor de las Fuerzas Aéreas. Cinco días después, su mujer estaba en un tren para reunirse con él. Aunque la tía, para ayudar a su sobrina a alcanzar su deseo, se unió a ella para asumir el estado de conciencia requerido, no fue a Florida. Ése no era su deseo. En cambio, ése era el intenso anhelo de la sobrina.

## 5

Este caso es especialmente interesante por el breve intervalo de tiempo entre la aplicación de esta ley de asunción y su manifestación visible.

Una mujer muy prominente acudió a mí muy preocupada. Tenía un precioso apartamento en la ciudad y una gran casa de campo; pero como las muchas exigencias que se le planteaban eran mayores que sus modestos ingresos, era absolutamente imprescindible que alquilara su apartamento si ella y su familia iban a pasar el verano en su casa de campo.

En años anteriores, el piso se había alquilado sin dificultad a principios de primavera, pero el día que acudió a mí, la temporada de alquiler de subarriendos de verano había terminado. El piso llevaba meses en manos de los mejores agentes inmobiliarios, pero nadie se había interesado siquiera en venir a verlo.

Cuando me hubo descrito su situación, le expliqué cómo podía aplicarse la ley de la suposición para resolver su problema. Le sugerí que, imaginando que el piso había sido alquilado por una persona que deseaba ocuparlo de inmediato y suponiendo que ése era el caso, su piso estaría realmente alquilado. Para crear la sensación de naturalidad necesaria -la sensación de que ya era un hecho que su piso estaba alquilado- le sugerí que se durmiera esa misma noche, imaginándose a sí misma, no en su piso, sino en el lugar donde dormiría si el piso se alquilara de repente. Enseguida comprendió la idea y dijo que, en tal situación, dormiría en su casa de campo, aunque aún no estuviera abierta en verano.

Esta entrevista tuvo lugar el jueves. A las nueve de la mañana del sábado siguiente, me telefoneó desde su casa en el campo, emocionada y feliz.

Me dijo que el jueves por la noche se había dormido imaginando y sintiendo que dormía en su otra cama, en su casa de campo, a muchos kilómetros de distancia del piso de la ciudad que ocupaba. El viernes, al día siguiente, un inquilino muy deseable, que cumplía todos sus requisitos como persona responsable, no sólo alquiló el apartamento, sino que lo alquiló con la condición de que podía mudarse ese mismo día.


6

Sólo el uso más completo e intenso de la ley de la suposición podría haber producido tales resultados en esta situación extrema.

Hace cuatro años, un amigo de nuestra familia me pidió que hablara con su hijo de veintiocho años, del que no se esperaba que viviera.

Sufría una rara enfermedad cardíaca. Esta enfermedad provocaba la desintegración del órgano. Los largos y costosos cuidados médicos no habían servido de nada. Los médicos no daban esperanzas de recuperación.

Durante mucho tiempo, el hijo había estado confinado en su cama. Su cuerpo se había encogido hasta convertirse casi en un esqueleto, y sólo podía hablar y respirar con gran dificultad. Su mujer y sus dos hijos pequeños estaban en casa cuando llamé, y su mujer estuvo presente durante toda nuestra conversación.

Empecé diciéndole que sólo había una solución para cualquier problema, y que esa solución era un cambio de actitud. Como hablar le agotaba, le pedí que asintiera con la cabeza si entendía claramente lo que le decía. Aceptó.

Le describí los hechos subyacentes a la ley de la consciencia: de hecho, que la consciencia era la única realidad. Le dije que la forma de cambiar cualquier estado era cambiar su estado de conciencia respecto a él. Como ayuda concreta para ayudarle a asumir la sensación de estar ya bien, le sugerí que, imaginariamente, viera la cara del médico expresando un asombro incrédulo al encontrarle recuperado, en contra de toda razón, de las últimas fases de una enfermedad incurable; que le viera comprobarlo dos veces en su examen y le oyera decir una y otra vez: "Es un milagro, es un milagro".

No sólo comprendió todo esto claramente, sino que lo creyó implícitamente. Prometió que seguiría fielmente este procedimiento. Su mujer, que había estado escuchando atentamente, me aseguró que ella también utilizaría diligentemente la ley de la suposición y su imaginación del mismo modo que su marido. Al día siguiente zarpé hacia Nueva York, todo ello durante unas vacaciones de invierno en los trópicos.

Varios meses después, recibí una carta en la que me decían que el hijo se había recuperado milagrosamente. En mi siguiente visita, le conocí en persona. Gozaba de perfecta salud, se dedicaba activamente a los negocios y disfrutaba plenamente de las numerosas actividades sociales de sus amigos y familiares.

Me dijo que, desde el día en que me fui, nunca tuvo ninguna duda de que "aquello" funcionaría. Describió cómo había seguido fielmente la sugerencia que yo le había hecho y, día tras día, había vivido completamente en la suposición de estar ya bien y fuerte.

Ahora, cuatro años después de su recuperación, está convencido de que la única razón por la que está hoy aquí se debe a que utilizó con éxito la ley de la asunción.

## 7

Esta historia ilustra el uso con éxito de la ley por parte de un ejecutivo de Nueva York.

En otoño de 1950, un ejecutivo de uno de los bancos más importantes de Nueva York discutió conmigo un grave problema al que se enfrentaba.

Me dijo que las perspectivas de su progreso y ascenso personal eran muy sombrías. Habiendo llegado a la mediana edad y sintiendo que estaba justificada una mejora notable de su posición y sus ingresos, lo había "hablado" con sus superiores. Le dijeron francamente que era imposible cualquier mejora importante y le insinuaron que, si no estaba satisfecho, podía buscar otro trabajo. Esto, por supuesto, no hizo más que aumentar su malestar.

En nuestra charla, explicó que no tenía grandes deseos de ganar mucho dinero, pero que tenía que tener unos ingresos sustanciales para poder mantener su casa cómodamente y proporcionar educación a sus hijos en buenas escuelas preparatorias y universidades. Esto le resultaba imposible con sus ingresos actuales. La negativa del banco a asegurarle un ascenso en un futuro próximo le produjo un sentimiento de descontento y un intenso deseo de asegurarse una posición mejor con bastante más dinero.

Me confió que el tipo de trabajo que le gustaría más que nada en el mundo era uno en el que gestionara los fondos de inversión de una gran institución, como una fundación o una gran universidad.

Al explicarle la ley de la suposición, afirmé que su situación actual no era más que una manifestación del concepto que tenía de sí mismo y declaré que si quería cambiar las circunstancias en las que se encontraba, podía hacerlo cambiando el concepto que tenía de sí mismo. Para provocar este cambio de conciencia, y con ello un cambio en su situación, le pedí que siguiera este procedimiento todas las noches justo antes de dormirse:

En su imaginación, debía sentir que se retiraba al final de uno de los días más importantes y exitosos de su vida. Debía imaginar que ese mismo día había cerrado un acuerdo para incorporarse al tipo de organización en la que deseaba estar y exactamente en el puesto que quería.

Le sugerí que si conseguía llenar por completo su mente con este sentimiento, experimentaría una sensación definitiva de alivio. En este estado de ánimo, su inquietud y su descontento serían cosa del pasado. Sentiría la satisfacción que acompaña al cumplimiento del deseo. Terminé asegurándole que, si lo hacía fielmente, conseguiría inevitablemente el puesto que deseaba.

Era la primera semana de diciembre. Noche tras noche, sin excepción, siguió este procedimiento.

A principios de febrero, un director de una de las fundaciones más ricas del mundo preguntó a este ejecutivo si estaría interesado en unirse a la fundación en calidad de ejecutivo encargado de las inversiones. Tras una breve discusión, aceptó.

Hoy, con unos ingresos sustancialmente superiores y con la seguridad de un progreso constante, este hombre se encuentra en una posición que supera con creces todo lo que había esperado.

## 8

El hombre y la mujer de esta historia han asistido a mis conferencias durante varios años. Es una ilustración interesante del uso consciente de esta ley por parte de dos personas que se concentran al mismo tiempo en el mismo objetivo.

Este hombre y su esposa eran una pareja excepcionalmente devota. Su vida era completamente feliz y estaba totalmente libre de problemas y frustraciones.

Hacía tiempo que planeaban mudarse a un piso más grande. Cuanto más lo pensaban, más se daban cuenta de que lo que les apetecía era un bonito ático. Al discutirlo juntos, el marido explicó que quería uno con una ventana enorme que diera a una vista magnífica. La esposa dijo que le gustaría tener un lado de las paredes espejado de arriba abajo. Ambos querían tener una chimenea de leña. Era "imprescindible" que el apartamento estuviera en Nueva York.

Durante meses habían buscado en vano un apartamento de ese tipo. De hecho, la situación en la ciudad era tal que conseguir cualquier tipo de piso era casi un imposible. Eran tan escasos que no sólo había listas de espera para conseguirlos, sino que había todo tipo de tratos especiales que incluían primas, la compra de muebles, etc.

Los nuevos apartamentos se alquilaban mucho antes de que estuvieran terminados, y muchos se alquilaban a partir de los planos del edificio.

A principios de primavera, tras meses de búsqueda infructuosa, por fin localizaron uno que consideraron seriamente. Era un ático en un edificio que acababan de terminar en la parte alta de la Quinta Avenida, frente a Central Park. Tenía un grave inconveniente.

Al ser un edificio nuevo, no estaba sujeto al control de alquileres, y a la pareja le pareció que el alquiler anual era desorbitado. De hecho, era varios miles de dólares al año más de lo que habían considerado pagar.

Durante los meses primaverales de marzo y abril, siguieron mirando varios áticos por toda la ciudad, pero siempre volvían a éste.

Finalmente, decidieron aumentar sustancialmente la cantidad que pagarían e hicieron una propuesta que el agente del edificio accedió a remitir a los propietarios para su consideración.

Fue entonces cuando, sin discutirlo entre ellos, cada uno decidió aplicar la ley de la presunción. No fue hasta más tarde cuando cada uno se enteró de lo que había hecho el otro.

Noche tras noche, ambos se dormían imaginariamente en el apartamento que estaban considerando. El marido, tumbado con los ojos cerrados, imaginaba que las ventanas de su habitación daban al parque. Se imaginaba que se acercaba a la ventana a primera hora de la mañana y disfrutaba de la vista. Se sentía sentado en la terraza con vistas al parque, tomando cócteles con su mujer y sus amigos, todos disfrutando a tope. Llenó su mente sintiéndose realmente en el ático y en la terraza. Durante todo este tiempo, sin que él lo supiera, su mujer estaba haciendo lo mismo.

Pasaron varias semanas sin que los propietarios tomaran ninguna decisión, pero siguieron imaginando al dormirse cada noche que en realidad dormían en el ático.

Un día, para su total sorpresa, uno de los empleados del edificio de apartamentos en el que vivían les dijo que el ático de allí estaba libre. Se quedaron atónitos, porque el suyo era uno de los edificios más deseados de la ciudad, con una ubicación perfecta justo en Central Park. Sabían que había una larga lista de espera de gente que intentaba conseguir un apartamento en su edificio. La dirección mantuvo en secreto el hecho de que inesperadamente había quedado libre un ático, porque no estaban en condiciones de considerar a ningún solicitante para él. Al enterarse de que estaba libre, esta pareja solicitó inmediatamente que se lo alquilaran, sólo para que le dijeran que era imposible. El hecho era que no sólo había varias personas en lista de espera para un ático en el edificio, sino que en realidad estaba prometido a una familia. A pesar de ello, la pareja mantuvo una serie de reuniones con la dirección, al término de las cuales el piso era suyo.

Como el edificio estaba sujeto al control de alquileres, su alquiler era justo lo que habían previsto pagar cuando empezaron a buscar un ático. La ubicación, el apartamento en sí y la gran terraza que lo rodea por el Sur, el Oeste y el Norte superaron todas sus expectativas. Y en el salón, en uno de los lados, hay un ventanal gigante -de 4,5 por 4,5 metros- con una magnífica vista de Central Park; una pared está espejada del suelo al techo, y hay una chimenea de leña.

# CAPÍTULO 24: EL FRACASO

ESTE LIBRO no estaría completo sin algún debate sobre el fracaso en el intento de utilizar la ley de la presunción.

Es muy posible que hayas tenido o vayas a tener varios fracasos en este sentido, muchos de ellos en asuntos realmente importantes.

Si, habiendo leído este libro y conociendo a fondo la aplicación y el funcionamiento de la ley de la suposición, la aplicas fielmente en un esfuerzo por alcanzar algún deseo intenso y fracasas, ¿cuál es la razón? Si a la pregunta "¿Persististe lo suficiente?", puedes responder "Sí", y aun así no se realizó la consecución de tu deseo - ¿cuál es la razón del fracaso?

La respuesta a esta pregunta es el factor más importante para utilizar con éxito la ley de suposición.

El tiempo que tarda tu suposición en convertirse en hecho, tu deseo en realizarse, es directamente proporcional a la naturalidad de tu sentimiento de ser ya lo que quieres ser, de tener ya lo que deseas. El hecho de que no te parezca natural ser lo que imaginas ser es el secreto de tu fracaso.

Independientemente de tu deseo, independientemente de lo fiel e inteligentemente que sigas la ley, si no sientes natural lo que quieres ser, no lo serás. Si no te parece natural conseguir un trabajo mejor, no lo conseguirás. Todo este principio se expresa vívidamente en la frase bíblica "morís en vuestros pecados" [Juan 8:24]: no trasciendes de tu nivel actual al estado deseado.

¿Cómo se puede conseguir esta sensación de naturalidad? El secreto está en una palabra: imaginación.

Por ejemplo, ésta es una ilustración muy sencilla: supón que estás firmemente encadenado a un gran banco de hierro pesado. No podrías correr; de

459

hecho, ni siquiera podrías andar. En estas circunstancias, no sería natural que corrieras. Ni siquiera te parecería natural correr. Pero podrías imaginarte fácilmente corriendo. En ese instante, mientras tu conciencia está llena de tu carrera imaginada, has olvidado que estás atado. En la imaginación, tu carrera era completamente natural.

El sentimiento esencial de naturalidad puede alcanzarse llenando persistentemente tu conciencia de imaginación: imaginándote siendo lo que quieres ser o teniendo lo que deseas. El progreso sólo puede surgir de tu imaginación, de tu deseo de trascender tu nivel actual.

Lo que debes sentir verdadera y literalmente es que, con tu imaginación, todo es posible.

Debes darte cuenta de que los cambios no se producen por capricho, sino por un cambio de conciencia. Puede que no consigas alcanzar o mantener el estado de conciencia particular necesario para producir el efecto que deseas. Pero, una vez que sepas que la conciencia es la única realidad y es la única creadora de tu mundo particular y hayas grabado a fuego esta verdad en todo tu ser, entonces sabrás que el éxito o el fracaso están totalmente en tus manos.

El hecho de que tengas o no la disciplina suficiente para mantener el estado de conciencia necesario en determinados casos no influye en la verdad de la propia ley: que una suposición, si se persiste en ella, se convertirá en un hecho.

La certeza de la verdad de esta ley debe permanecer a pesar de las grandes decepciones y tragedias, incluso cuando "veas que la luz de la vida se apaga y que todo el mundo sigue como si aún fuera de día". No debes creer que porque tu suposición no se haya materializado, la verdad de que las suposiciones sí se materializan es una mentira. Si tus suposiciones no se cumplen, se debe a algún error o debilidad en tu conciencia. Sin embargo, estos errores y debilidades pueden superarse.

Por tanto, avanza hacia la consecución de niveles cada vez más elevados sintiendo que ya eres la persona que quieres ser. Y recuerda que el tiempo que tarda tu suposición en hacerse realidad es proporcional a la naturalidad de serlo.

El hombre se rodea de la verdadera imagen de sí mismo.

**"Cada espíritu se construye una casa; y más allá de su casa, un mundo; y más allá de su mundo, un cielo. Sabed, pues, que el mundo existe para vosotros: construid, pues, vuestro propio mundo".**
- Emerson

Para ti, el fenómeno es perfecto. Lo que somos, eso sólo podemos verlo nosotros. Todo lo que Adán tenía, todo lo que César podía, tú lo tienes y lo puedes hacer. Adán llamó a su casa "cielo y tierra". César llamó a su casa

"Roma". Tú, tal vez, llames a la tuya "oficio de zapatero", "cien acres de tierra" o "buhardilla de erudito". Sin embargo, línea por línea y punto por punto, tu dominio es tan grande como el de ellos, aunque sin nombre bonito. Construye, pues, tu propio mundo. Tan pronto como conformes tu vida a la idea pura de tu mente, eso desplegará su gran proporción.

# CAPÍTULO 25: LA FE

**"Milagro es el nombre que dan, los que no tienen fe, a las obras de la fe. La
fe es la certeza de lo que se espera, la prueba de lo que no se ve".**
- Hebreos 11:1

LA VERDADERA RAZÓN de la ley de la asunción está contenida en esta cita.
Si no existiera una conciencia profundamente arraigada de que aquello que
esperas tiene sustancia y es posible de alcanzar, sería imposible asumir la
conciencia de serlo o de tenerlo. Es el hecho de que la creación esté acabada y
de que todo exista lo que te incita a esperar, y la esperanza, a su vez, implica
expectativa, y sin expectativa de éxito sería imposible utilizar conscientemente la ley de la asunción.

La "evidencia" es un signo de actualidad. Así pues, esta cita significa que la
fe es la conciencia de la realidad de lo que supones (una convicción de la
realidad de las cosas que no ves; la percepción mental de la realidad de lo
invisible).

En consecuencia, es evidente que la falta de fe significa incredulidad en la
existencia de aquello que deseas. En la medida en que lo que experimentas es
la reproducción fiel de tu estado de conciencia, la falta de fe significará el
fracaso perpetuo en cualquier uso consciente de la ley de la suposición.

En todas las épocas de la historia, la fe ha desempeñado un papel fundamental. Impregna todas las grandes religiones del mundo, está entretejida en
toda la mitología y, sin embargo, hoy en día es casi universalmente incom-
prendida.

Contrariamente a la opinión popular, la eficacia de la fe no se debe a la obra de ningún organismo exterior. Es, de principio a fin, una actividad de tu propia conciencia.

La Biblia está llena de muchas afirmaciones sobre la fe, de cuyo verdadero significado pocos son conscientes. He aquí algunos ejemplos típicos:

**"A nosotros se nos predicó el Evangelio, lo mismo que a ellos; pero la palabra predicada no les aprovechó, al no mezclarse con la fe en los que la oyeron".**
- Hebreos 4:2

En esta cita, el "nosotros" y el "ellos" dejan claro que todos oímos el Evangelio. "Evangelio" significa "buenas noticias". Evidentemente, una buena noticia para ti sería que hubieras alcanzado tu deseo. Esto siempre te lo está "predicando" tu yo infinito. Oír que lo que deseas existe y sólo necesitas aceptarlo en conciencia es una buena noticia. No "mezclarse con fe" significa negar la realidad de aquello que deseas. De ahí que no haya "provecho" (logro) posible.

**"Oh, generación infiel y perversa, ¿hasta cuándo estaré con vosotros?"**
- Mateo 17:17

El significado de "perverso" ha quedado claro. "Perverso" significa girado hacia el lado equivocado; en otras palabras, la conciencia de no ser lo que quieres ser. Ser infiel, es decir, no creer en la realidad de lo que supones, es ser perverso.

"Hasta cuándo estaré contigo" significa que el cumplimiento de tu deseo está supeditado a que cambies al estado de conciencia correcto. Es como si aquello que deseas te dijera que no será tuyo hasta que pases de ser infiel y perverso a la rectitud. Como ya se ha dicho, la rectitud es la conciencia de ser ya lo que deseas ser.

**"Por la fe abandonó Egipto, sin temer la ira del rey, pues soportó como quien ve a Aquel que es invisible".**
- Hebreos 11:27

"Egipto" significa oscuridad, creencia en muchos dioses (causas). El "rey" simboliza el poder de las condiciones o circunstancias externas. "Él" es el concepto que tienes de ti mismo como si ya fueras lo que quieres ser. "Persistir como viendo a Aquel que es invisible" significa persistir en la suposición de que tu deseo ya se ha cumplido. Así pues, esta cita significa que, al persistir en la suposición de que ya eres la persona que quieres ser, te elevas por encima de toda duda, miedo y creencia en el poder de las condiciones o circunstancias externas; y tu mundo se ajusta inevitablemente a tu suposición.

Las definiciones de fe del diccionario ("ascenso de la mente o el entendimiento a la verdad"; adhesión inquebrantable a un principio") son tan pertinentes que bien podrían haberse escrito pensando en la ley de la suposición.

La fe no cuestiona; la fe sabe.

# CAPÍTULO 26: EL DESTINO

TU DESTINO ES aquello que debes experimentar inevitablemente. En realidad es un número infinito de destinos individuales, cada uno de los cuales, cuando se alcanza, es el punto de partida de un nuevo destino.

Puesto que la vida es infinita, el concepto de un destino último es inconcebible. Cuando comprendemos que la conciencia es la única realidad, sabemos que es el único Creador. Esto significa que tu conciencia es la Creadora de tu destino. El hecho es que estás creando tu destino a cada momento, lo sepas o no.

Mucho de lo que es bueno e incluso maravilloso ha llegado a tu vida sin que tuvieras la menor idea de que eras su creador. Sin embargo, la comprensión de las causas de tu experiencia y el conocimiento de que eres el único creador de los contenidos de tu vida, tanto buenos como malos, no sólo te convierten en un observador mucho más agudo de todos los fenómenos, sino que, mediante la conciencia del poder de tu propia conciencia, intensifican tu apreciación de la riqueza y grandeza de la vida.

Independientemente de las experiencias ocasionales en sentido contrario, tu destino es elevarte a estados de conciencia cada vez más elevados, y traer a la manifestación más y más de las infinitas maravillas de la creación.

En realidad, estás destinado a llegar al punto en que te des cuenta de que, a través de tu propio deseo, puedes crear conscientemente tus destinos sucesivos.

El estudio de este libro, con su detallada exposición de la conciencia y del funcionamiento de la ley de la asunción, es la llave maestra para la consecución consciente de tu destino más elevado.

Este mismo día comienza tu nueva vida. Aborda cada experiencia con un nuevo estado de ánimo, con un nuevo estado de conciencia. Asume lo más noble y lo mejor para ti en todos los aspectos y continúa en ello. Hazte a la idea; las grandes maravillas son posibles.

# CAPÍTULO 27: REVERENCIA

**"Nunca habrías hecho nada si no lo hubieras amado".**
- Sabiduría 11:24

EN TODA LA CREACIÓN, en toda la eternidad, en todos los reinos de tu ser infinito, el hecho más maravilloso es el que se subraya en el primer capítulo de este libro. Tú eres Dios. Eres el "YO SOY EL QUE YO SOY". Eres la conciencia. Eres el creador. Éste es el misterio, éste es el gran secreto conocido por los videntes, profetas y místicos de todas las épocas. Ésta es la verdad que nunca podrás conocer intelectualmente.

¿Quién es ese "tú"? Que seas tú, John Jones o Mary Smith, es absurdo. Es la conciencia que sabe que eres John Jones o Mary Smith. Es tu yo más grande, tu yo más profundo, tu ser infinito. Llámalo como quieras. Lo importante es que está dentro de ti, eres tú, es tu mundo.

Es este hecho el que subyace a la ley inmutable de la asunción. Sobre este hecho se construye tu propia existencia. Es este hecho el fundamento de cada capítulo de este libro. No, no puedes saberlo intelectualmente, no puedes debatirlo, no puedes fundamentarlo. Sólo puedes sentirlo. Sólo puedes ser consciente de ello.

Al tomar conciencia de ello, una gran emoción impregna tu ser. Vives con un perpetuo sentimiento de reverencia. El conocimiento de que tu creador es el ser mismo de ti mismo y que nunca te habría creado si no te hubiera amado debe llenar tu corazón de devoción, sí, de adoración.

Una visión consciente del mundo que te rodea en cualquier instante de tiempo es suficiente para llenarte de profundo asombro y de un sentimiento de adoración.

Cuando tu sentimiento de reverencia es más intenso es cuando estás más cerca de Dios; y cuando estás más cerca de Dios, tu vida es más rica.

Nuestros sentimientos más profundos son precisamente los que menos somos capaces de expresar, e incluso en el acto de adoración, el silencio es nuestro mayor elogio.

# TU FE ES TU FORTUNA

# INTRODUCCIÓN

**La fe del hombre en Dios se mide por su confianza en sí mismo.**

# CAPÍTULO 1: ANTES DE QUE ABRAHAM FUERA

**"En verdad, en verdad os digo que antes de que Abraham existiera, YO SOY".**
Juan 8:58
**"En el principio era el Verbo, y el Verbo estaba con Dios, y el Verbo era Dios".**
Juan 1:1

EN EL PRINCIPIO estaba la conciencia incondicionada del ser, y la conciencia incondicionada del ser se condicionó al imaginarse que era algo, y la conciencia incondicionada del ser se convirtió en aquello que se había imaginado que era; así comenzó la creación.

Por esta ley -primero concebir, luego convertirse en lo concebido- todas las cosas evolucionan a partir de la No-Cosa; y sin esta secuencia no hay nada hecho que sea hecho.

Antes de que Abraham o el mundo fueran - YO SOY. Cuando todo el tiempo deje de ser - YO SOY. YO SOY la conciencia informe del ser concibiéndome a mí mismo como hombre. Por mi ley eterna de ser estoy obligado a ser y a expresar todo lo que creo ser.

YO SOY el eterno No-Todo que contiene en mi ser sin forma la capacidad de ser todas las cosas.

YO SOY aquello en lo que todas mis concepciones de mí mismo viven y se mueven y tienen su ser, y aparte de lo cual no son.

Yo habito dentro de toda concepción de mí mismo; desde esta interiori-

473

dad, busco siempre trascender todas las concepciones de mí mismo. Por la ley misma de mi ser, trasciendo mis concepciones de mí mismo, sólo en la medida en que me creo aquello que trasciende.

YO SOY la ley del ser y junto a MÍ no hay ley. YO SOY el que SOY.

# CAPÍTULO 2: DECRETARÁS

"También decretarás una cosa y te será confirmada, y la luz brillará sobre tus caminos.
Tú también decretarás una cosa, y te será establecida; Y brillará luz en tus caminos. Decretarás una cosa, y vendrá a ti, y brillará luz en tus caminos".
- Job 22:28
"Así será mi palabra que sale de mi boca; no volverá a mí vacía, sino que hará lo que yo quiero y prosperará en aquello a que la envié".
- Isaías 55:11

EL HOMBRE PUEDE DECRETAR una cosa y se cumplirá.

El hombre siempre ha decretado lo que ha aparecido en su mundo. Hoy decreta lo que aparece en su mundo y seguirá haciéndolo mientras el hombre tenga conciencia de ser hombre.

Nada ha aparecido jamás en el mundo del hombre, sino lo que el hombre decretó que apareciera. Esto puedes negarlo; pero, por mucho que lo intentes, no puedes refutarlo, pues este decreto se basa en un principio inmutable.

El hombre no ordena que las cosas aparezcan mediante sus palabras, que son, la mayoría de las veces, una confesión de sus dudas y temores.

Decretar siempre se hace en conciencia.

Todo hombre expresa automáticamente aquello que es consciente de ser. Sin esfuerzo ni uso de palabras, en todo momento, el hombre se ordena a sí mismo ser y poseer lo que es consciente de ser y poseer.

Este principio inmutable de expresión está dramatizado en todas las

Biblias del mundo. Los escritores de nuestros libros sagrados eran místicos iluminados, antiguos maestros en el arte de la psicología. Al contar la historia del alma, personificaron este principio impersonal en forma de documento histórico, tanto para preservarlo como para ocultarlo a los ojos de los no iniciados.

Hoy, aquellos a quienes se ha confiado este gran tesoro, es decir, los sacerdocios del mundo, han olvidado que las Biblias son dramas psicológicos que representan la conciencia del hombre; en su ciego olvido, enseñan ahora a sus seguidores a adorar a sus personajes como hombres y mujeres que vivieron realmente en el tiempo y en el espacio.

Cuando el hombre vea la Biblia como un gran drama psicológico, con todos sus personajes y actores como cualidades y atributos personificados de su propia conciencia, entonces -y sólo entonces- la Biblia le revelará la luz de su simbología.

Este principio impersonal de vida que hizo todas las cosas se personifica como Dios.

Este Señor Dios, creador del cielo y de la tierra, se descubre como la conciencia del ser del hombre.

Si el hombre estuviera menos atado por la ortodoxia y fuera más intuitivamente observador, no podría dejar de advertir en la lectura de las Biblias que la conciencia del ser se revela cientos de veces a lo largo de esta literatura.

Por nombrar algunos:

**"YO SOY me ha enviado a vosotros".**
- Éxodo 3:14
**"Estad quietos y conoced que YO SOY Dios".**
- Salmo 46:10
**"YO SOY el Señor y no hay otro Dios.**
**Yo soy Yahveh, y no hay otro, no hay Dios fuera de Mí".**
- Isaías 45:5
**"Yo soy Yahveh, tu Dios, y no hay otro".**
- Joel 2:27
**"YO SOY el pastor.**
**Yo soy el buen pastor: el buen pastor da su vida por las ovejas".**
- Juan 10:11
**"Yo soy el buen pastor, y conozco a mis ovejas, y soy conocido de las mías".**
- Juan 10:14
**"YO SOY la puerta.**
**Yo soy la puerta; el que por Mí entrare, será salvo; y entrará y saldrá, y hallará pastos".**
- Juan 10:9
**"En verdad, en verdad os digo: Yo soy la puerta de las ovejas".**

- Juan 10:7
**"YO SOY la resurrección y la vida".**
- Juan 11:25
**"YO SOY el camino.**
**Yo soy el camino, la verdad y la vida; nadie viene al Padre sino por Mí".**
- Juan 14:6
**"YO SOY el principio y el fin.**
**Yo soy el Alfa y la Omega, el principio y el fin, el primero y el último".**
- Apocalipsis 22:13
**"Yo soy el Alfa y la Omega, el principio y el fin, dice el Señor, que es, que era y que ha de venir, el Todopoderoso".**
- Apocalipsis 1:8

YO SOY; la conciencia incondicionada del ser del hombre se revela como Señor y Creador de todo estado condicionado del ser.

Si el hombre renunciara a su creencia en un Dios aparte de sí mismo, reconociera que su conciencia de ser es Dios (esta conciencia se modela a semejanza e imagen de su concepción de sí misma), transformaría su mundo de un yermo estéril en un campo fértil de su agrado.

El día en que el hombre haga esto, sabrá que él y su Padre son uno, pero que su Padre es mayor que él. Sabrá que su conciencia de ser es una con aquello de lo que tiene conciencia de ser, pero que su conciencia incondicionada de ser es mayor que su estado condicionado o su concepción de sí mismo.

Cuando el hombre descubra que su conciencia es el poder impersonal de expresión, poder que se personifica eternamente en sus concepciones de sí mismo, asumirá y se apropiará de ese estado de conciencia que desea expresar; al hacerlo, se convertirá en ese estado en expresión.

"Decretaréis una cosa y se cumplirá" puede decirse ahora de esta manera: Tomarás conciencia de ser o de poseer una cosa y expresarás o poseerás aquello de lo que tienes conciencia de ser.

La ley de la conciencia es la única ley de expresión.

"YO SOY el camino". "YO SOY la resurrección".

La conciencia es tanto el camino como el poder que resucita y expresa todo lo que el hombre tendrá conciencia de ser.

Aléjate de la ceguera del hombre no iniciado que intenta expresar y poseer aquellas cualidades y cosas de las que no es consciente de ser y poseer; y sé como el místico iluminado que decreta sobre la base de esta ley inmutable. Afirma conscientemente que eres aquello que buscas; apropia la conciencia de aquello que ves; y tú también conocerás la condición del verdadero místico, como sigue:

Tomé conciencia de serlo. Sigo siendo consciente de serlo. Y seguiré siendo consciente de serlo hasta que lo que soy consciente de ser se exprese perfectamente.

Sí, decretaré una cosa y se cumplirá.

# CAPÍTULO 3: EL PRINCIPIO DE VERDAD

**"Conoceréis la verdad y la verdad os hará libres".**
- Juan 8:32

LA VERDAD que libera al hombre es el conocimiento de que su conciencia es la resurrección y la vida, que su conciencia resucita y da vida a todo lo que tiene conciencia de ser.

Aparte de la conciencia, no hay ni resurrección ni vida.

Cuando el hombre abandone su creencia en un Dios aparte de sí mismo y empiece a reconocer que su conciencia de ser es Dios, como hicieron Jesús y los profetas, transformará su mundo con la toma de conciencia,

**"Yo y Mi Padre somos uno".**
- Juan 10:30
pero
**"Mi Padre es mayor que yo".**
- Juan 14:28

Sabrá que su conciencia es Dios y que lo que tiene conciencia de ser es el Hijo dando testimonio de Dios, el Padre.

El concebidor y la concepción son uno, pero el concebidor es más grande que su concepción. Antes de que Abraham fuera, YO SOY. Sí, tenía conciencia de ser antes de tener conciencia de ser hombre, y en aquel día en que deje de tener conciencia de ser hombre seguiré teniendo conciencia de ser.

La conciencia de ser no depende de ser nada.

Precedió a todas las concepciones de sí misma y será cuando todas las concepciones de sí misma dejen de ser. "YO SOY el principio y el fin". Es decir, todas las cosas o concepciones de mí mismo comienzan y terminan en mí, pero yo, la conciencia sin forma, permanezco para siempre.

Jesús descubrió esta gloriosa verdad y se declaró uno con Dios, no con el Dios que el hombre había creado, pues nunca reconoció a tal Dios.

Jesús descubrió que Dios era su conciencia de ser y por eso dijo al hombre que el Reino de Dios y el Cielo estaban en su interior [Lucas 17:21,23].

Cuando se dice que Jesús abandonó el mundo y se dirigió a Su Padre -"Fue recibido en los cielos" [Marcos 16:19, Lucas 24:51]-, se está afirmando simplemente que apartó Su atención del mundo de los sentidos y se elevó en conciencia hasta el nivel que deseaba expresar.

Allí permaneció hasta que se hizo uno con la conciencia a la que había ascendido. Cuando regresó al mundo de los hombres, pudo actuar con la seguridad positiva de lo que era consciente de ser, un estado de conciencia que nadie más que Él sentía o sabía que poseía.

El hombre que ignora esta ley imperecedera de la expresión considera tales sucesos como milagros.

Elevarse en conciencia hasta el nivel de la cosa deseada y permanecer allí hasta que dicho nivel se convierta en tu naturaleza es el camino de todos los milagros aparentes. "Y Yo, si soy elevado, atraeré a todos los hombres hacia Mí". "Y Yo, si fuere levantado de la tierra, atraeré a todos los hombres hacia Mí". [Juan 12:32]. Si soy elevado en conciencia hasta la naturalidad de la cosa deseada, atraeré hacia mí la manifestación de ese deseo.

**"Nadie viene a Mí si el Padre que está en Mí no le atrae".**
- Juan 6:44
**"Yo y Mi Padre somos uno".**
- Juan 10:30

Mi conciencia es el Padre que atrae hacia mí la manifestación de la vida. La naturaleza de la manifestación está determinada por el estado de conciencia en el que habito. Siempre estoy atrayendo a mi mundo aquello que soy consciente de ser.

Si estás insatisfecho con tu actual expresión de vida, entonces debes nacer de nuevo [Juan 3:7]. Renacer es abandonar el nivel con el que estás insatisfecho y elevarte al nivel de conciencia que deseas expresar y poseer.

No puedes servir a dos señores [Mateo 6:24, Lucas 16:13] o a estados de conciencia opuestos al mismo tiempo.

Quitando tu atención de un estado y poniéndola en el otro, mueres a aquél del que la has quitado y vives y expresas aquél con el que estás unido.

El hombre no puede ver cómo sería posible expresar lo que desea ser mediante una ley tan simple como adquirir la conciencia de la cosa deseada.

La razón de esta falta de fe por parte del hombre es que contempla el estado deseado a través de la conciencia de sus limitaciones actuales. Por tanto, naturalmente lo ve imposible de realizar.

Una de las primeras cosas que el hombre debe comprender es que es imposible, al tratar con esta ley espiritual de la conciencia, poner vino nuevo en odres viejos o remiendos nuevos en vestidos viejos [Mateo 9:16,17; Marcos 2:21,22; Lucas 5:36-39].

Es decir, no puedes llevar ninguna parte de la conciencia actual al nuevo estado. Pues el estado buscado es completo en sí mismo y no necesita remiendos. Cada nivel de conciencia se expresa automáticamente.

Elevarse al nivel de cualquier estado es convertirse automáticamente en ese estado en expresión. Pero, para elevarte al nivel que ahora no expresas, debes abandonar por completo la conciencia con la que ahora te identificas.

Hasta que no abandones tu conciencia actual, no podrás elevarte a otro nivel.

No te desanimes. Este desprendimiento de tu identidad actual no es tan difícil como podría parecer.

La invitación de las Escrituras: "Ausentarse del cuerpo y estar presente con el Señor" [2Corintios 5:8, 1Corintios 5:3, Colosenses 2:5], no se dirige a unos pocos elegidos; es una llamada general a toda la humanidad. El cuerpo del que se te invita a escapar es tu concepción actual de ti mismo con todas sus limitaciones, mientras que el Señor con el que debes estar presente es tu conciencia de ser.

Para lograr esta hazaña aparentemente imposible, aparta tu atención de tu problema y ponla en simplemente ser. Dices en silencio pero con sentimiento: "YO SOY". No condiciones esta conciencia, sino continúa declarando en voz baja: "YO SOY - YO SOY". Simplemente siente que no tienes rostro ni forma y continúa haciéndolo hasta que te sientas flotar.

"Flotar" es un estado psicológico que niega completamente lo físico. Mediante la práctica de la relajación y negándose voluntariamente a reaccionar ante las impresiones sensoriales, es posible desarrollar un estado de conciencia de pura receptividad. Es un logro sorprendentemente fácil. En este estado de completo desapego, puede grabarse indeleblemente en tu conciencia no modificada una definida unicidad de pensamiento intencionado. Este estado de conciencia es necesario para la verdadera meditación.

Esta maravillosa experiencia de elevarte y flotar es la señal de que estás ausente del cuerpo o del problema y ahora estás presente con el Señor; en este estado expandido no eres consciente de ser nada más que YO SOY - YO SOY; sólo eres consciente de ser.

Cuando alcances esta expansión de conciencia, da forma a la nueva concepción dentro de esa profundidad informe de ti mismo, afirmando y sintiendo que eres aquello que, antes de entrar en este estado, deseabas ser. Verás que en esta profundidad informe de ti mismo todo parece divinamente posible. Cualquier cosa que sientas sinceramente que eres mientras estás en este estado expandido se convierte, con el tiempo, en tu expresión natural.

Y dijo Dios: "Que haya un firmamento en medio de las aguas" [Génesis 1:6]. Sí, que haya una firmeza o convicción en medio de esta conciencia expandida al saber y sentir YO SOY eso, la cosa deseada.

A medida que afirmas y sientes que eres la cosa deseada, estás cristalizando esta luz líquida sin forma que eres en la imagen y semejanza [Génesis 1:26] de aquello que tienes conciencia de ser.

Ahora que se te ha revelado la ley de tu ser, empieza este día a cambiar tu mundo revalorizándote a ti mismo. El hombre se ha aferrado durante demasiado tiempo a la creencia de que ha nacido de la tristeza y debe labrarse su salvación con el sudor de su frente. Dios es impersonal y no hace acepción de personas [Hechos 10:34; Romanos 2:11]. Mientras el hombre siga caminando en esta creencia de tristeza, tanto tiempo caminará. En un mundo de tristeza y confusión, pues el mundo en todos sus detalles es la conciencia del hombre cristalizada.

En el Libro de los Números consta:

**"Había gigantes en la tierra y nosotros éramos a nuestros propios ojos como saltamontes, y a los ojos de ellos éramos como saltamontes".**
- Números 13:33

Hoy es el día, el eterno ahora, en que las condiciones del mundo han alcanzado la apariencia de gigantes. Los parados, los ejércitos del enemigo, la competencia empresarial, etc., son los gigantes que te hacen sentir que eres un saltamontes indefenso. Se nos dice que primero fuimos, a nuestra propia vista, saltamontes indefensos y que, debido a esta concepción de nosotros mismos, fuimos para el enemigo saltamontes indefensos.

Sólo podemos ser para los demás lo que somos para nosotros mismos.

Por tanto, al revalorizarnos y empezar a sentirnos el gigante, un centro de poder, cambiamos automáticamente nuestra relación con los gigantes, reduciendo a estos antiguos monstruos a su verdadero lugar, haciendo que parezcan los indefensos saltamontes.

Pablo dijo de este principio: "Para los griegos (o los llamados sabios del mundo) es necedad, y para los judíos (o los que buscan señales) es tropezadero". "Porque los judíos piden señal, y los griegos buscan sabiduría; pero nosotros predicamos a Cristo crucificado, para los judíos escándalo, y para los griegos necedad. Pero a los llamados, tanto judíos como griegos, Cristo poder de Dios y sabiduría de Dios. Porque la locura de Dios es más sabia que los

TU FE ES TU FORTUNA

hombres, y la debilidad de Dios es más fuerte que los hombres". 1Corintios 1:22-25]. Con el resultado de que el hombre sigue caminando en las tinieblas en vez de despertar a la realización:

**"YO SOY la luz del mundo".**
- Mateo 5:14; Juan 8:12

El hombre ha adorado durante tanto tiempo las imágenes de su propia creación que al principio esta revelación le parece blasfema, pero el día en que el hombre descubre y acepta este principio como base de su vida, ese día el hombre mata su creencia en un Dios aparte de sí mismo.

La historia de la traición de Jesús en el Huerto de Getsemaní es la ilustración perfecta del descubrimiento de este principio por parte del hombre. Se nos dice que la multitud, armada de palos y linternas, buscaba a Jesús en la oscuridad de la noche.

Mientras preguntaban por el paradero de Jesús (la salvación), la voz respondió: "YO SOY"; ante lo cual toda la multitud cayó al suelo. Al recobrar la compostura, volvieron a pedir que se les mostrara el escondite del salvador y de nuevo el salvador dijo:

**"Os he dicho que YO SOY, por tanto, si me buscáis a Mí, dejad todo lo demás".**
- Juan 18:8

El hombre, en la oscuridad de la ignorancia humana, emprende la búsqueda de Dios, ayudado por la luz vacilante de la sabiduría humana.

Cuando se le revela al hombre que su YO SOY o conciencia de ser es su salvador, la conmoción es tan grande, que mentalmente cae al suelo, pues toda creencia que haya albergado se derrumba al darse cuenta de que su conciencia es el único salvador.

El conocimiento de que su YO SOY es Dios obliga al hombre a dejar de lado a todos los demás, pues le resulta imposible servir a dos Dioses. El hombre no puede aceptar su conciencia de ser Dios y al mismo tiempo creer en otra deidad.

Con este descubrimiento, el oído o la audición (entendimiento) humana del hombre es cortada por la espada de la fe (Pedro) mientras su audición (entendimiento) disciplinada perfecta es restaurada por (Jesús) el conocimiento de que YO SOY es Señor y Salvador.

Antes de que el hombre pueda transformar su mundo, primero debe sentar esta base o comprensión.

**"YO SOY el Señor [y no hay otro]".**

- Isaías 45:5

El hombre debe saber que su conciencia de ser es Dios.

Hasta que esto no esté firmemente establecido, de modo que ninguna sugerencia o argumento de otros pueda sacudirlo, se encontrará volviendo a la esclavitud de su antigua creencia.

**"Si no creéis que YO SOY, moriréis en vuestros pecados".**
- Juan 8:24

A menos que el hombre descubra que su conciencia es la causa de cada expresión de su vida, seguirá buscando la causa de su confusión en el mundo de los efectos, y así morirá en su búsqueda infructuosa.

**"YO SOY la vid y vosotros los sarmientos".**
- Juan 15:5

La conciencia es la vid y aquello de lo que eres consciente es como ramas que alimentas y mantienes vivas. Del mismo modo que una rama no tiene vida si no está enraizada en la vid, las cosas no tienen vida si no eres consciente de ellas.

Igual que una rama se marchita y muere si la savia de la vid deja de fluir hacia ella, así las cosas y las cualidades pasan si apartas de ellas tu atención; porque tu atención es la savia de la vida que sostiene la expresión de tu vida.

# CAPÍTULO 4: ¿A QUIÉN BUSCÁIS?

**"Os he dicho que YO SOY; si, pues, me buscáis, dejad que éstos sigan su camino".**
- Juan 18:8
**"En cuanto les dijo: YO SOY, retrocedieron y cayeron a tierra".**
- Juan 18:6

Hoy en día se habla tanto de Maestros, Hermanos Mayores, Adeptos e iniciados, que innumerables buscadores de la verdad se engañan constantemente buscando estas falsas luces.

Por un precio, la mayoría de estos pseudo-maestros ofrecen a sus alumnos la iniciación en los misterios, prometiéndoles guía y dirección. La debilidad del hombre por los líderes, así como su adoración de los ídolos, le convierten en presa fácil de estas escuelas y maestros.

A la mayoría de estos alumnos matriculados les llegará el bien; descubrirán, tras años de espera y sacrificio, que estaban siguiendo un espejismo.

Entonces se desilusionarán de sus escuelas y profesores, y esta desilusión les valdrá el esfuerzo y el precio que han pagado por su búsqueda infructuosa.

Entonces se apartarán de su adoración al hombre y, al hacerlo, descubrirán que lo que buscan no se encuentra en otro, pues el Reino de los Cielos está dentro [Lucas 17:21].

Esta realización será su primera iniciación real.

La lección aprendida será ésta: Sólo hay un Maestro y este Maestro es Dios - el YO SOY dentro de sí mismos.

**"YO SOY el Señor, tu Dios, que te saqué de la tierra de las tinieblas, de la casa de servidumbre".**
- Éxodo 20:2, Deuteronomio 5:6

YO SOY -tu consciencia- es Señor y Maestro, y aparte de tu consciencia no hay ni Señor ni Maestro.

Eres Maestro de todo lo que serás consciente de ser.

Sabes que lo eres, ¿verdad? Saber que eres es el Señor y Maestro de aquello que sabes que eres.

Podrías estar completamente aislado por el hombre de lo que tienes conciencia de ser; sin embargo, a pesar de todas las barreras humanas, atraerías hacia ti sin esfuerzo todo lo que tuvieras conciencia de ser.

El hombre que es consciente de ser pobre no necesita la ayuda de nadie para expresar su pobreza. El hombre que tiene conciencia de estar enfermo, aunque esté aislado en la zona a prueba de gérmenes más hermética del mundo, expresaría la enfermedad.

No hay barrera para Dios, pues Dios es tu conciencia de ser.

Independientemente de lo que seas consciente de ser, puedes expresarlo y lo expresas sin esfuerzo.

Deja de buscar al Maestro para que venga; está siempre contigo.

**"YO ESTOY con vosotros todos los días, hasta el fin del mundo".**
- Mateo 28:20

De vez en cuando sabrás que eres muchas cosas, pero no necesitas ser nada para saber que lo eres.

Puedes, si lo deseas, desenredarte del cuerpo que llevas; al hacerlo, te das cuenta de que eres una conciencia sin rostro, sin forma, y que no dependes de la forma que eres en tu expresión.

Sabrás que lo eres; también descubrirás que este "saber que lo eres" es Dios, el Padre, que precedió a todo lo que alguna vez supiste que eras.

Antes de que el mundo existiera, eras consciente de ser, y por eso decías "YO SOY", y YO SOY será; después todo lo que tú sabes que eres dejará de ser.

No hay Maestros Ascendidos. Destierra esta superstición.

Te elevarás siempre de un nivel de conciencia (maestro) a otro; al hacerlo, manifestarás el nivel ascendido, expresando esta conciencia recién adquirida.

Siendo la conciencia el Señor y el Maestro, tú eres el Maestro Mago que conjura lo que ahora eres consciente de ser.

**"Porque Dios (la conciencia) llama a las cosas que no son como si fueran".**
- Romanos 4:17

Las cosas que ahora no se ven se verán en el momento en que seas consciente de ser eso que ahora no se ve.

Esta elevación de un nivel de conciencia a otro es la única ascensión que experimentarás jamás.

Ningún hombre puede elevarte al nivel que deseas. El poder de ascender está dentro de ti; es tu conciencia.

Te apropias de la conciencia del nivel que deseas expresar afirmando que ahora estás expresando tal nivel.

Esto es la ascensión. Es ilimitada, pues nunca agotarás tu capacidad de ascender.

Aléjate de la superstición humana de la ascensión con su creencia en maestros, y encuentra al único y eterno maestro dentro de ti.

**"Mucho mayor es el que está en vosotros que el que está en el mundo".**
- 1 Juan 4:4

Créetelo.

No continúes en la ceguera, siguiendo el espejismo de los maestros. Te aseguro que tu búsqueda sólo puede acabar en decepción.

**"Si Me niegas (*tu conciencia de ser*), Yo también te negaré".**
Mateo 10:33
**"No tendrás otro Dios fuera de MÍ".**
- Isaías 45:5; Joel 2:27
**"Estad quietos y conoced que YO SOY Dios".**
- Salmo 46:10
**"Ven a probarme y verás si no te abro las ventanas del Cielo y te derramo una bendición, que no habrá sitio suficiente para recibirla".**
- Malaquías 3:10

¿Crees que el YO SOY es capaz de hacerlo?

Entonces reclámame que sea aquello que quieres ver derramado.

Reivindícate como aquello que quieres ser y que serás.

No te lo daré por los amos, sino porque me has reconocido (a ti mismo) como tal, te lo daré, porque YO SOY todo para todos.

Jesús no permitía que le llamaran Buen Maestro. Sabía que sólo hay un bien y un maestro. Sabía que éste era Su Padre del Cielo, la conciencia del ser. "El Reino de Dios" (el Bien) y el Reino de los Cielos están dentro de ti [Lucas 17:21].

Tu creencia en los amos es una confesión de tu esclavitud. Sólo los esclavos tienen amos.

Cambia tu concepción de ti mismo y, sin ayuda de maestros ni de nadie, transformarás automáticamente tu mundo para que se ajuste a tu concepción cambiada de ti mismo.

Se te dice en el Libro de los Números que hubo un tiempo en que los hombres eran a sus propios ojos como saltamontes y, a causa de esta concepción de sí mismos, veían gigantes en la tierra. Esto es tan cierto del hombre de hoy como lo fue el día en que se registró. La concepción que el hombre tiene de sí mismo es tan semejante a la de un saltamontes, que automáticamente hace que las condiciones que le rodean parezcan gigantescas; en su ceguera, clama por maestros que le ayuden a luchar contra sus gigantescos problemas.

Jesús intentó mostrar al hombre que la salvación estaba en su interior y le advirtió que no buscara a su salvador en lugares o personas.

**"Si alguien viene diciendo mirad aquí o mirad allá, no le creáis, porque el Reino de los Cielos está dentro de vosotros".**
- Lucas 17:21

Jesús no sólo se negó a permitir que le llamaran Buen Maestro, sino que advirtió a sus seguidores: "No saludéis a nadie en la carretera", "ni saludéis a nadie en el camino" [Lucas 10:4; 2 Reyes 4:29]. Dejó claro que no debían reconocer a ninguna autoridad o superior que no fuera Dios, el Padre.

Jesús estableció la identidad del Padre como conciencia de ser del hombre. "Yo y Mi Padre somos uno, pero Mi Padre es mayor que yo" [Juan 10:30, Juan 14:28]. YO SOY uno con todo lo que tengo conciencia de ser. YO SOY más grande que aquello de lo que tengo conciencia de ser. El creador es siempre mayor que su creación.

"Como Moisés levantó la serpiente en el desierto, así es necesario que sea levantado el Hijo del hombre" [Juan 3:14]. La serpiente simboliza la concepción actual que el hombre tiene de sí mismo como gusano del polvo, que vive en el desierto de la confusión humana. Del mismo modo que Moisés se elevó de su concepción de sí mismo como gusano del polvo para descubrir que Dios era su conciencia de ser: "YO SOY me ha enviado" [Éxodo 3:14], tú también debes elevarte. El día que afirmes, como Moisés, "YO SOY EL QUE SOY" [Éxodo 3:14], ese día tu afirmación florecerá en el desierto.

Tu consciencia es el maestro mago que conjura todas las cosas siendo aquello que conjura. Este Señor y Maestro que eres puede hacer y hace aparecer en tu mundo todo lo que eres consciente de ser.

"Nadie (*manifestación*) viene a Mí si Mi Padre no le atrae y Yo y Mi Padre somos uno".

**"Nadie puede venir a Mí, si el Padre que me envió no le atrae; y Yo le resucitaré en el último día".**
- Juan 6:44

**"Mi Padre, que me las dio, es mayor que todos, y nadie puede arrebatarlas de la mano de mi Padre. Yo y Mi Padre somos uno".**
- Juan 10:29, 30

Atraes constantemente hacia ti aquello que tienes conciencia de ser. Cambia tu concepción de ti mismo de la de esclavo a la de Cristo.

No te avergüences de hacer esta afirmación; sólo cuando afirmes: "YO SOY Cristo", harás las obras de Cristo.

"Las obras que yo haga, vosotros también las haréis, y mayores que éstas haréis, porque yo voy a mi Padre".

**"En verdad, en verdad os digo: el que cree en Mí, las obras que Yo hago, él también las hará; y mayores obras que éstas hará, porque Yo voy al Padre".**
- Juan 14:12
**"Se hizo igual a Dios y no consideró un robo hacer las obras de Dios".**
- Filipenses 2:6

Jesús sabía que cualquiera que se atreviera a autoproclamarse Cristo asumiría automáticamente las capacidades para expresar las obras de su concepción de Cristo.

Jesús también sabía que el uso exclusivo de este principio de expresión no le correspondía sólo a Él.

Se refería constantemente a Su Padre celestial.

Afirmó que Sus obras no sólo serían igualadas, sino que serían superadas por aquel hombre que se atreviera a concebirse más grande de lo que Él (Jesús) se había concebido a Sí mismo.

Jesús, al afirmar que Él y Su Padre eran uno, pero que Su Padre era mayor que Él, reveló que Su conciencia (Padre) era una con lo que Él tenía conciencia de ser.

Se encontró a Sí mismo como Padre o conciencia de ser más grande que lo que Él como Jesús tenía conciencia de ser.

Tú y tu concepción de ti mismo sois uno.

Eres y siempre serás más grande que cualquier concepción que puedas tener de ti mismo.

El hombre no realiza las obras de Jesucristo porque intenta llevarlas a cabo desde su nivel actual de conciencia.

Nunca trascenderás tus logros actuales mediante el sacrificio y la lucha.

Tu nivel actual de conciencia sólo se trascenderá cuando abandones el estado actual y te eleves a un nivel superior.

Te elevas a un nivel superior de conciencia apartando tu atención de tus limitaciones actuales y poniéndola en aquello que deseas ser. No lo intentes soñando despierto o con ilusiones, sino de forma positiva.

Afírmate como la cosa deseada. YO SOY eso; sin sacrificios, sin dietas, sin trucos humanos.

Lo único que se te pide es que aceptes tu deseo. Si te atreves a reclamarlo, lo expresarás.

Medita sobre ellas:

**"No me regocijo en los sacrificios de los hombres".**
- (probablemente) Malaquías 1:10
**"No por la fuerza ni por el poder, sino por mi espíritu".**
- Zacarías 4:6
**"Pedid y recibiréis".**
- Mateo 7:7, Mateo 21:22, Marcos 11:24, Lucas 11:9, Juan 15:7, Juan 16:24
**"Ven a comer y beber sin precio".**
- (probablemente) Isaías 55:1

Las obras están terminadas. Todo lo que se requiere de ti para que estas cualidades se expresen es la afirmación: YO SOY eso. Afírmate a ti mismo para ser lo que deseas ser y eso serás.

Las expresiones siguen a las impresiones, no las preceden. La prueba de que lo eres seguirá a la afirmación de que lo eres, no la precederá.

"Déjalo todo y sígueme" [Mateo 8:22; 9:9; Lucas 5:27] es una doble invitación para ti.

Primero, te invita a apartarte completamente de todos los problemas y, después, te pide que sigas caminando en la afirmación de que eres aquello que deseas ser.

No seas como la mujer de Lot que mira hacia atrás y se sala [Génesis 19] o se conserva en el pasado muerto.

Sé un Lot que no mira hacia atrás, sino que mantiene su visión centrada en la tierra prometida, en lo deseado.

Hazlo y sabrás que has encontrado al maestro, al Maestro Mago, que hace que lo invisible se vea a través de la orden: "YO SOY AQUELLO".

# CAPÍTULO 5: ¿QUIÉN SOY?

**"¿Pero quién decís que SOY YO?"**
- Mateo 16:15
**"YO SOY el Señor; ése es Mi nombre; y Mi gloria no se la daré a otro"**
- Isaías 42:8
**"YO SOY el Señor, el Dios de toda carne".**
- Jeremías 32:27

ESTE YO SOY DENTRO de ti, lector, esta conciencia, esta consciencia de ser, es el Señor, el Dios de toda Carne.

YO SOY es el que debe venir; deja de buscar a otro. Mientras creas en un Dios aparte de ti mismo, seguirás transfiriendo el poder de tu expresión a tus concepciones, olvidando que tú eres el concebidor.

El poder de concebir y la cosa concebida son uno, pero el poder de concebir es mayor que la concepción.

Jesús descubrió esta gloriosa verdad cuando declaró:

**"Yo y Mi Padre somos uno, pero Mi Padre es mayor que yo".**
- Juan 10:30, Juan 14:28

El poder que se concibe a sí mismo como hombre es mayor que su concepción. Todas las concepciones son limitaciones del que las concibe.

**"Antes de que Abraham existiera, YO SOY".**
- Juan 8:58

Antes de que el mundo fuera, YO SOY.

La conciencia precede a todas las manifestaciones y es el puntal sobre el que descansa toda manifestación.

Para eliminar las manifestaciones, todo lo que se requiere de ti, el concebidor, es que apartes tu atención de la concepción. En lugar de "Ojos que no ven, corazón que no siente", en realidad es "Ojos que no sienten, corazón que no siente".

La manifestación permanecerá a la vista sólo mientras necesite la fuerza con la que el concebidor - YO SOY - la dotó originalmente para gastarse. Esto se aplica a toda la creación, desde el electrón infinitesimalmente pequeño hasta el universo infinitamente grande.

**"Estad quietos y conoced que YO SOY Dios".**
- Salmo 46:10

Sí, este mismo YO SOY, tu conciencia de ser, es Dios, el único Dios. YO SOY es el Señor, el Dios de toda Carne, de toda manifestación.

Esta presencia, tu conciencia incondicionada, no comprende ni principio ni fin; las limitaciones sólo existen en la manifestación. Cuando te des cuenta de que esta conciencia es tu ser eterno, sabrás que antes de que Abraham fuera, YO SOY.

Empieza a comprender por qué te lo han dicho:

**"Ve tú y haz tú lo mismo".**
- Lucas 10:37

Empieza ahora a identificarte con esta presencia, tu conciencia, como única realidad.

Todas las manifestaciones no son más que apariencias; tú, como hombre, no tienes otra realidad que la que tu ser eterno, YO SOY, cree ser.

**"¿A quién decís que SOY?"**
- Mateo 16:15, Marcos 8:29, Lucas 9:20

No se trata de una pregunta formulada hace dos mil años. Es la pregunta eterna dirigida a la manifestación por el concebidor.

Es tu verdadero yo, tu conciencia de ser, preguntándote a ti, su concepción actual de sí misma: "¿Quién crees que es tu conciencia?".

Esta respuesta sólo puede definirse dentro de ti mismo, independientemente de la influencia de otro.

A YO SOY (tu verdadero yo) no le interesa la opinión del hombre.

Todo su interés reside en tu convicción de ti mismo.

¿Qué dices del YO SOY que hay en ti? ¿Puedes responder y decir: "YO SOY Cristo"?

Tu respuesta o grado de comprensión determinará el lugar que ocuparás en la vida.

¿Dices o crees ser un hombre de una determinada familia, raza, nación, etc.? ¿Crees sinceramente esto de ti mismo?

Entonces la vida, tu verdadero yo, hará que estas concepciones aparezcan en tu mundo y vivirás con ellas como si fueran reales.

> **"YO SOY la puerta".**
> - Juan 10:9
> **"YO SOY el camino".**
> - Juan 14:6
> **"YO SOY la resurrección y la vida".**
> - Juan 11:25
> **"Ningún hombre (o manifestación) viene a Mi Padre sino por Mí".**
> **"Yo soy el camino, la verdad y la vida; nadie viene al Padre, sino por Mí".**
> - Juan 14:6

El YO SOY (tu conciencia) es la única puerta a través de la cual cualquier cosa puede pasar a tu mundo.

Deja de buscar señales. Las señales siguen; no preceden. Empieza a invertir la afirmación "Ver para creer" por "Creer para ver". Empieza ahora a creer, no con la vacilante confianza basada en engañosas pruebas externas, sino con una confianza impertérrita basada en la inmutable ley de que puedes ser aquello que deseas ser. Descubrirás que no eres víctima del destino, sino de la fe (la tuya).

Sólo a través de una puerta puede lo que buscas pasar al mundo de la manifestación. "YO SOY la puerta". Tu consciencia es la puerta, por lo que debes tomar consciencia de ser y tener aquello que deseas ser y tener. Cualquier intento de realizar tus deseos de otra forma que no sea a través de la puerta de la consciencia te convierte en un ladrón y un salteador de ti mismo.

Cualquier expresión que no sea sentida es antinatural. Antes de que aparezca nada, Dios, YO SOY, se siente a sí mismo como la cosa deseada; y entonces aparece la cosa sentida. Resucita, se levanta de la nada.

SOY rico, pobre, sano, enfermo, libre, confinado, eran ante todo impresiones o condiciones sentidas antes de convertirse en expresiones visibles.

Tu mundo es tu conciencia objetivada. No pierdas el tiempo intentando cambiar el exterior; cambia el interior o la impresión; y el exterior o la expresión se encargará de sí mismo.

Cuando te des cuenta de la verdad de esta afirmación, sabrás que has encontrado la palabra perdida o la llave de todas las puertas.

YO SOY (tu conciencia) es la palabra mágica perdida que se hizo carne a semejanza de lo que tienes conciencia de ser.

YO SOY Él. Ahora mismo, te cubro a ti, lector, mi templo vivo, con mi presencia, instándote a una nueva expresión. Tus deseos son mis palabras habladas. Mis palabras son espíritu y son verdad y no volverán a mí vacías, sino que cumplirán aquello a lo que sean enviadas.

**"Así será mi palabra que sale de mi boca: no volverá a mí vacía, sino que hará lo que yo quiero y prosperará en aquello a que la envié".**
- Isaías 55:11

No son algo que haya que elaborar.

Son prendas que llevo yo, tu yo sin rostro y sin forma. ¡Contempla! Yo, vestido con tu deseo, estoy ante la puerta (tu conciencia) y llamo. Si oyes mi voz y me abres (me reconoces como tu salvador), entraré en ti y cenaré contigo y tú conmigo.

**"He aquí, yo estoy a la puerta y llamo; si alguno oye mi voz y abre la puerta, entraré en su casa, cenaré con él y él conmigo".**
- Apocalipsis 3:20

Cómo se cumplirán mis palabras, tus deseos, no es asunto tuyo. Mis palabras tienen un camino que vosotros desconocéis [Juan 4:32]. Sus caminos ya no se pueden descubrir [Romanos 11:33].

Lo único que se requiere de ti es que creas. Cree que tus deseos son prendas que viste tu salvador. Tu creencia de que ahora eres aquello que deseas ser es la prueba de tu aceptación de los dones de la vida. Has abierto la puerta para que tu Señor, vestido con tu deseo, entre en el momento en que estableces esta creencia.

**"Cuando oréis, creed que lo habéis recibido y así será".**
- Marcos 11:24
**"Todo es posible para el que cree".**
- Marcos 9:23

Haz posible lo imposible mediante tu creencia, y lo imposible (para los demás) se plasmará en tu mundo.

Todos los hombres han tenido pruebas del poder de la fe. La fe que mueve montañas es la fe en ti mismo.

No tiene fe en Dios quien carece de confianza en sí mismo. Tu fe en Dios se mide por tu confianza en ti mismo. "Yo y Mi Padre somos uno" [Juan 10:30]; el hombre y su Dios son uno, la conciencia y la manifestación son una.

Y dijo Dios: "Haya un firmamento en medio de las aguas" [Génesis 1:6]. En medio de todas las dudas y opiniones cambiantes de los demás, que haya una convicción, una firmeza de creencia, y verás la tierra seca; aparecerá tu creencia.

La recompensa es para el que persevere hasta el fin: "Pero el que persevere hasta el fin, ése se salvará" [Mateo 24:13]. Una convicción no es una convicción si puede ser sacudida. Tu deseo será como nubes sin lluvia si no crees.

Tu conciencia incondicionada o YO SOY es la Virgen María que no conoció varón [Lucas 1:34], y sin embargo, sin ayuda del hombre, concibió y dio a luz un hijo. María, la conciencia incondicionada, deseó y luego tomó conciencia de ser el estado condicionado que deseaba expresar, y de un modo desconocido para los demás, se convirtió en él. Ve y haz lo mismo; asume la conciencia de aquello que deseas ser y tú también darás a luz a tu salvador.

Cuando se produzca la anunciación, cuando te asalte el impulso o el deseo, cree que es la palabra hablada de Dios que busca encarnación a través de ti. Ve, no hables a nadie de esta cosa santa que has concebido. Encierra tu secreto dentro de ti y magnifica al Señor [Lucas 1:46] - magnifica o cree que tu deseo es tu salvador que viene a estar contigo.

Cuando esta creencia esté tan firmemente establecida que te sientas seguro de los resultados, tu deseo se encarnará. Cómo se hará, nadie lo sabe. Yo, tu deseo, tengo caminos que tú desconoces [Juan 4:32]. Mis caminos no se pueden descubrir [Romanos 11:33]. Tu deseo puede compararse a una semilla, y las semillas contienen en sí mismas tanto el poder como el plan de autoexpresión. Tu conciencia es la tierra. Estas semillas sólo se plantan con éxito si, después de haber afirmado ser y tener lo que deseas, esperas con confianza los resultados sin un pensamiento ansioso.

Si me elevo en conciencia hasta la naturalidad de mi deseo, atraeré automáticamente la manifestación hacia mí.

La conciencia es la puerta a través de la cual se revela la vida. La conciencia siempre se objetiva a sí misma.

Ser consciente de ser o poseer algo es ser o tener aquello de lo que eres consciente de ser o poseer. Por tanto, elévate a la consciencia de tu deseo y verás cómo se exterioriza automáticamente.

Para ello, debes negar tu identidad actual. "Que se niegue a sí mismo" [Marcos 8:34]. Niegas una cosa apartando tu atención de ella. Para apartar una cosa, un problema o un ego de la consciencia, te fijas en Dios: Dios es YO SOY. Estad quietos y sabed que YO SOY es Dios [Salmo 46:10].

Cree, siente que YO SOY; sabe que este conocedor dentro de ti, tu conciencia de ser, es Dios.

Cierra los ojos y siéntete sin rostro, sin forma y sin figura. Acércate a esta quietud como si fuera la cosa más fácil de lograr del mundo. Esta actitud te asegurará el éxito.

Cuando todo pensamiento de problema o del yo desaparezca de la conciencia porque ahora estás absorto o perdido en la sensación de ser simplemente YO SOY, entonces comienza en este estado sin forma a sentirte a ti mismo como aquello que deseas ser, "YO SOY el que YO SOY".

En el momento en que alcanzas cierto grado de intensidad, de modo que te sientes realmente como una nueva concepción, este nuevo sentimiento o conciencia se establece y, a su debido tiempo, se personificará en el mundo de la forma.

Esta nueva percepción se expresará con la misma naturalidad con la que ahora expresas tu identidad actual.

Para expresar las cualidades de una conciencia de forma natural, debes habitar o vivir dentro de esa conciencia. Apropiártela haciéndote uno con ella. Sentir una cosa intensamente, y luego descansar confiado en que es, hace que la cosa sentida aparezca dentro de tu mundo.

"Me mantendré firme en mi vigilancia" [Habacuc 2:1] "y veré la salvación del Señor" [2 Crónicas 20:17]. Me mantendré firme en mi sentimiento, convencido de que es así, y veré aparecer mi deseo.

> **"Un hombre no puede recibir nada (ninguna cosa) si no le es dado del Cielo".**
> - Juan 3:27].

Recuerda, el cielo es tu conciencia; el Reino de los Cielos está dentro de ti.

Por eso se te advierte que no llames Padre a ningún hombre; tu conciencia es el Padre de todo lo que eres.

De nuevo se te dice: "No saludes a nadie en la carretera" [Lucas 10:4; 2 Reyes 4:29]. No veas a ningún hombre como una autoridad. ¿Por qué habrías de pedir permiso al hombre para expresarte cuando te das cuenta de que tu mundo, en cada uno de sus detalles, se originó dentro de ti y está sostenido por ti como único centro conceptual?

Todo tu mundo puede compararse a un espacio solidificado que refleja las creencias y aceptaciones proyectadas por una presencia sin forma ni rostro, a saber, YO SOY. Reduce el todo a su sustancia primordial y no quedaría nada más que tú, una presencia adimensional, el concebidor.

El que concibe es una ley aparte. Las concepciones bajo dicha ley no deben medirse por las realizaciones pasadas ni modificarse por las capacidades presentes, pues, sin pensar, la concepción se expresa de un modo desconocido para el hombre.

Ve a tu interior en secreto y apropia la nueva conciencia. Siéntete como ella, y las limitaciones anteriores desaparecerán tan completa y fácilmente como la nieve en un caluroso día de verano.

Ni siquiera recordarás las limitaciones anteriores; nunca formaron parte de esta nueva conciencia.

Este renacimiento al que se refería Jesús cuando dijo a Nicodemo: "Os es necesario nacer de nuevo" [Juan 3:7], no era más que pasar de un estado de conciencia a otro.

**"Haré todo lo que pidáis en mi nombre".**
- Juan 14:13; del mismo modo, Juan 15:16; Juan 16:23

Ciertamente, esto no significa pedir con palabras, pronunciando con los labios los sonidos Dios o Cristo Jesús, pues millones de personas han pedido de esta manera sin obtener resultados.

Sentir que eres una cosa es haber pedido esa cosa en Su nombre. YO SOY es la presencia sin nombre. Sentirte rico es pedir riqueza en Su nombre.

YO SOY es incondicionado. No es ni rico ni pobre, ni fuerte ni débil. En otras palabras, en ÉL no hay ni griego ni judío, ni esclavo ni libre, ni hombre ni mujer. Todas éstas son concepciones o limitaciones de lo ilimitado, y por tanto nombres de lo innominado.

Sentir que eres algo es pedir al innombrable YO SOY que exprese ese nombre o naturaleza".

**"Pedid lo que queráis en Mi nombre apropiándoos la naturaleza de la cosa deseada y Yo os la daré".**

# CAPÍTULO 6: YO SOY ÉL

**"Porque si no creéis que YO SOY, moriréis en vuestros pecados".**
*- Juan 8:24.*
**"Todas las cosas fueron hechas por Él; y sin Él no fue hecho nada de lo que ha sido hecho".**
*- Juan 1:3*

Es un dicho difícil de aceptar para los formados en los diversos sistemas de la religión ortodoxa, pero ahí está.

Todas las cosas, buenas, malas e indiferentes, fueron hechas por Dios.

**"Dios hizo al hombre *(manifestación) a* Su imagen; a semejanza de Dios lo hizo".**
*- Génesis 1:27*

Aparentemente añadiendo a esta confusión, se afirma:

**"Y vio Dios que su creación era buena".**
*- Génesis 1:31*

¿Qué vas a hacer ante esta aparente anomalía? ¿Cómo va a correlacionar el hombre todas las cosas como buenas cuando lo que se le enseña niega este hecho?

O bien la comprensión de Dios es errónea o bien hay algo radicalmente erróneo en la enseñanza del hombre.

**"Para los puros todo es puro".**
- Tito 1:15

Ésta es otra afirmación desconcertante. Toda la gente buena, la gente pura, la gente santa, son los mayores prohibicionistas. Junta la afirmación anterior con ésta: "No hay condenación en Cristo Jesús", y obtendrás una barrera infranqueable para los autoproclamados jueces del mundo.

**"Ahora, pues, ninguna condenación hay para los que están en Cristo Jesús, los que no andan según la carne, sino según el Espíritu".**
- Romanos 8:1

Tales declaraciones no significan nada para los jueces santurrones que cambian y destruyen sombras ciegamente. Siguen en la firme creencia de que están mejorando el mundo.

El hombre, al no saber que su mundo es su conciencia individual retratada, se esfuerza vanamente por ajustarse a la opinión de los demás en lugar de ajustarse a la única opinión existente, a saber, su propio juicio sobre sí mismo.

Cuando Jesús descubrió que Su conciencia era esta maravillosa ley de autogobierno, declaró: "Y ahora me santifico a Mí mismo para que también ellos sean santificados mediante la verdad."

**"Y por ellos me santifico a Mí mismo, para que también ellos sean santificados mediante la verdad".**
- Juan 17:19

Sabía que la conciencia era la única realidad, que las cosas objetivadas no eran más que diferentes estados de conciencia.

Jesús advirtió a Sus seguidores que buscaran primero el Reino de los Cielos (ese estado de conciencia que produciría la cosa deseada) y todas las cosas les serían añadidas [Mateo 6:33].

También declaró,

**"YO SOY la verdad".**
- Juan 14:6

Sabía que la conciencia del hombre era la verdad o la causa de todo lo que el hombre veía que era su mundo. Jesús se dio cuenta de que el mundo estaba hecho a semejanza del hombre. Sabía que el hombre veía que su mundo era lo que era porque el hombre era lo que era.

En resumen, la concepción que el hombre tiene de sí mismo determina lo que considera que es su mundo.

> **"Todas las cosas han sido hechas por Dios (la conciencia) y sin él no hay nada de lo que ha sido hecho".**
> - Juan 1:3

La creación se juzga buena y muy buena porque es la semejanza perfecta de aquella conciencia que la produjo.

Ser consciente de ser una cosa y luego verte expresando algo distinto de aquello que eres consciente de ser es una violación de la ley del ser; por tanto, no sería bueno. La ley del ser nunca se viola; el hombre siempre se ve a sí mismo expresando aquello que es consciente de ser.

Sea buena, mala o indiferente, es sin embargo una perfecta semejanza de su concepción de sí mismo; es buena y muy buena.

No sólo todas las cosas están hechas por Dios, sino que todas las cosas están hechas de Dios. Todas son descendencia de Dios. Dios es uno. Las cosas o divisiones son proyecciones del uno. Siendo Dios uno, debe ordenarse a Sí mismo ser el aparente otro, pues no hay otro.

Lo absoluto no puede contener en sí algo que no sea él mismo. Si lo hiciera, entonces no sería absoluto, el único.

Las órdenes, para ser eficaces, deben dirigirse a uno mismo. "YO SOY el que SOY" es la única orden eficaz.

> **"YO SOY el Señor y fuera de Mí no hay nadie más".**
> - Isaías 45:5; Joel 2:27

No puedes ordenar lo que no es. Como no hay otro, debes ordenarte a ti mismo ser aquello que quieres que aparezca.

Permíteme aclarar lo que entiendo por mandato efectivo. No repitas como un loro la afirmación: "YO SOY EL QUE SOY"; tal vana repetición sería estúpida e infructuosa.

No son las palabras las que lo hacen eficaz; es la conciencia de ser la cosa lo que lo hace eficaz.

Cuando dices: "YO SOY", estás declarando que eres. La palabra que en la declaración, "YO SOY el que SOY", indica aquello que serías. El segundo "YO SOY" de la cita es el grito de victoria.

Todo este drama se desarrolla interiormente con o sin el uso de palabras.

Quédate quieto y sabe que lo eres.

Esta quietud se alcanza observando al observador.

Repite en voz baja pero con sentimiento: "YO SOY - YO SOY", hasta que hayas perdido toda conciencia del mundo y te conozcas sólo como ser.

La conciencia, el saber que eres, es Dios Todopoderoso - YO SOY.

Una vez hecho esto, defínete como aquello que deseas ser, sintiéndote como la cosa deseada: YO SOY eso. Esta comprensión de que eres la cosa deseada hará que un estremecimiento recorra todo tu ser. Cuando se establece la convicción y crees realmente que eres aquello que deseabas ser, entonces se pronuncia el segundo "YO SOY" como un grito de victoria. Esta revelación mística de Moisés puede verse como tres pasos distintos: YO SOY; YO SOY libre; ¡YO SOY de verdad!

No importa cómo sean las apariencias a tu alrededor. Todas las cosas dejan paso a la venida del Señor. YO SOY el Señor que viene en la apariencia de lo que soy consciente de ser. Todos los habitantes de la tierra no pueden detener mi venida ni cuestionar mi autoridad para ser lo que YO SOY consciente de que SOY .

**"Todos los habitantes de la tierra son como nada, y Él hace según Su voluntad en los ejércitos del Cielo y entre todos los habitantes de la tierra; y nadie puede detener Su mano, ni decirle: "¿Qué haces?"".**
**- Daniel 4:35**

"YO SOY la luz del mundo" [Juan 8:12], cristalizando en la forma de mi concepción de mí mismo.

La conciencia es la luz eterna, que sólo cristaliza a través de la concepción que tienes de ti mismo.

Cambia tu concepción de ti mismo y cambiarás automáticamente el mundo en el que vives. No intentes cambiar a la gente; sólo son mensajeros que te dicen quién eres. Revalorízate y ellos confirmarán el cambio.

Ahora te darás cuenta de por qué Jesús se santificó a Sí mismo en lugar de a otros [Juan 17:19], por qué para los puros todas las cosas son puras [Tito 1:15], por qué en Cristo Jesús (la conciencia despierta) no hay condenación [Romanos 8:1].

Despierta del sueño de la condena y prueba el principio de la vida. Deja no sólo de juzgar a los demás, sino de condenarte a ti mismo.

Escucha la revelación de los iluminados:

**"Sé y estoy persuadido por el Señor Jesucristo de que no hay nada impuro por sí mismo, sino que para el que ve algo impuro para él es impuro".**
**- Romanos 14:14**

Y otra vez,

**"Dichoso el hombre que no se condena a sí mismo en lo que permite"**
**"Dichoso el que no se condena a sí mismo en lo que permite".**

- Romanos 14:22

Deja de preguntarte si eres digno o indigno de pretender ser aquello que deseas ser. Serás condenado por el mundo sólo mientras te condenes a ti mismo.

No necesitas elaborar nada. Las obras están acabadas. El principio por el que se hacen todas las cosas y sin el cual no se hace nada de lo que se hace es eterno. Tú eres este principio.

Tu conciencia de ser es esta ley imperecedera. Nunca has expresado nada que no fueras consciente de ser y nunca lo harás. Asume la conciencia de aquello que deseas expresar. Reclámalo hasta que se convierta en una manifestación natural. Siéntelo y vive dentro de ese sentimiento hasta que lo conviertas en tu naturaleza.

He aquí una fórmula sencilla. Retira tu atención de tu concepción actual de ti mismo y colócala en ese ideal tuyo, el ideal que hasta ahora creías fuera de tu alcance. Reivindícate como tu ideal, no como algo que serás con el tiempo, sino como aquello que eres en el presente inmediato.

Hazlo, y tu mundo actual de limitaciones se desintegrará mientras tu nueva reivindicación resurge como el ave fénix de sus cenizas.

**"No temas ni desmayes a causa de esta gran multitud; porque la batalla no es tuya, sino de Dios".**
- 2 Crónicas 20:15

No luches contra tu problema; tu problema sólo vivirá mientras seas consciente de él. Aparta tu atención de tu problema y de la multitud de razones por las que no puedes alcanzar tu ideal. Concentra toda tu atención en la cosa deseada.

**"Déjalo todo y sígueme"**
- Mateo 8:22; 9:9; Lucas 5:27

Ante los obstáculos aparentemente montañosos, reclama tu libertad. La conciencia de la libertad es el Padre de la libertad. Tiene una forma de expresarse que ningún hombre conoce.

**"No necesitaréis luchar en esta batalla. Poneos firmes, estad quietos, y ved la salvación del Señor con vosotros"**
- 2 Crónicas 20:17

"YO SOY el Señor". YO SOY (tu conciencia) es el Señor. La conciencia de que la cosa está hecha, de que el trabajo está terminado, es el Señor de cualquier situación.

Escucha atentamente la promesa,

**"No necesitaréis luchar en esta batalla. Quédate quieto y verás la salvación del Señor contigo".**
- 2Crónicas 20:17

*¡Contigo!*

Esa conciencia particular con la que te identificas es el Señor del acuerdo. Él establecerá sin ayuda lo acordado en la Tierra.

¿Puedes, ante el ejército de razones por las que una cosa no puede hacerse, llegar tranquilamente a un acuerdo con el Señor para que se haga?

¿Puedes, ahora que has encontrado al Señor como tu conciencia de ser, tomar conciencia de que la batalla está ganada?

¿Puedes, por muy cerca y amenazador que parezca el enemigo, continuar en tu confianza, permaneciendo inmóvil, sabiendo que la victoria es tuya?

Si puedes, verás la salvación del Señor. Recuerda que la recompensa es para el que resiste [Mateo 24:13].

**"No te muevas".**
- Salmo 46:10

Permanecer inmóvil es la profunda convicción de que todo está bien; está hecho. No importa lo que se oiga o se vea, permaneces impasible, consciente de salir victorioso al final.

Todas las cosas están hechas por tales acuerdos, y sin tal acuerdo no hay nada hecho que esté hecho [Juan 1:3].

**"YO SOY el que SOY".**
- Éxodo 3:14

En el Apocalipsis consta que aparecerán un cielo nuevo y una tierra nueva [21:1].

A Juan, mostrada esta visión, se le dijo que escribiera: "Está hecho" [21:6].

El cielo es tu conciencia, y la tierra su estado solidificado. Por tanto, acepta como hizo Juan: "Está hecho".

Todo lo que se requiere de ti, que buscas un cambio, es que te eleves al nivel de aquello que deseas; sin detenerte en la forma de expresarlo, deja constancia de que se hace sintiendo la naturalidad de serlo.

He aquí una analogía que puede ayudarte a ver este misterio.

Supón que entras en una sala de cine justo cuando la película llega a su fin.

Todo lo que viste de la película fue el final feliz. Como querías ver la historia completa, esperaste a que se desarrollara de nuevo. Con la secuencia anticlimática, el héroe se muestra como acusado, rodeado de pruebas falsas, y todo eso sirve para arrancar lágrimas al público. Pero tú, seguro de conocer el final, mantienes la calma sabiendo que, independientemente de la dirección aparente del cuadro, el final ya está definido.

Del mismo modo, ve hasta el final de aquello que buscas; presencia el final feliz de ello sintiendo conscientemente que expresas y posees aquello que deseas expresar y poseer; y tú, por la fe, comprendiendo ya el final, tendrás la confianza nacida de este conocimiento.

Este conocimiento te sostendrá durante el intervalo de tiempo necesario para que se desarrolle la imagen.

No pidas ayuda al hombre. Siente "Está hecho" afirmando conscientemente ser ahora aquello que como hombre esperas ser.

# CAPÍTULO 7: HÁGASE TU VOLUNTAD

**"No se haga mi voluntad, sino la Tuya".**
- Lucas 22:42
**"Padre mío, si no pasa de Mí este cáliz, si no lo bebo, hágase Tu voluntad".**
- Mateo 26:42
**"Sin embargo, no lo que yo quiera, sino lo que Tú quieras".**
- Marcos 14:36

ESTA RESIGNACIÓN no es la de una comprensión ciega de que "Yo no puedo hacer nada por Mí mismo, el Padre que está en Mí, Él hace la obra".

**"No puedo hacer nada por mí mismo; según oigo, juzgo, y mi juicio es justo, porque no busco mi voluntad, sino la voluntad del Padre que me envió".**
- Juan 5:30
**"¿No crees que Yo estoy en el Padre, y el Padre en Mí? Las palabras que os hablo no las hablo por Mí mismo, sino que el Padre que mora en Mí, Él hace las obras."**
- Juan 14:10

Cuando el hombre quiere, intenta hacer aparecer en el tiempo y en el espacio algo que ahora no existe.

Con demasiada frecuencia no somos conscientes de lo que realmente estamos haciendo. Afirmamos inconscientemente que no poseemos las capacidades para expresar. Predicamos nuestro deseo sobre la esperanza de adquirir las capacidades necesarias en el futuro. "No SOY, pero seré".

El hombre no se da cuenta de que la conciencia es el Padre que hace el trabajo, por lo que intenta expresar lo que no tiene conciencia de ser.

Tales luchas están condenadas al fracaso; sólo se expresa el presente. Si no soy consciente de ser aquello que busco, no lo encontraré. Dios (tu conciencia) es la sustancia y la plenitud de todo.

La voluntad de Dios es el reconocimiento de lo que *es*, no de lo que *será*.

En lugar de ver este dicho como "Hágase tu voluntad", míralo como "Hágase tu voluntad". Las obras están terminadas.

El principio por el que todas las cosas se hacen visibles es eterno.

"Ojos no vieron, ni oídos oyeron, ni ha entrado en el corazón de los hombres, lo que Dios ha preparado para los que aman la ley"

**"Cosas que ojo no vio, ni oído oyó, ni han subido en corazón de hombre, son las que Dios ha preparado para los que le aman".**
- 1 Corintios 2:9-10

Cuando un escultor mira un trozo de mármol informe, ve, enterrada en su masa informe, su obra de arte acabada. El escultor, en lugar de realizar su obra maestra, se limita a revelarla eliminando la parte del mármol que oculta su concepción.

Lo mismo se aplica a ti. En tu conciencia sin forma yace enterrado todo lo que jamás concebirás ser.

El reconocimiento de esta verdad te transformará de un obrero inexperto que intenta que sea así a un gran artista que reconoce que es así.

Tu afirmación de que ahora eres aquello que quieres ser quitará el velo de la oscuridad humana y revelará perfectamente tu afirmación: YO SOY eso.

La voluntad de Dios se expresó en las palabras de la Viuda: "Todo está bien". La voluntad del hombre habría sido: "Todo irá bien". Afirmar: "Estaré bien", es decir: "Estoy enferma".

A Dios, el Eterno Ahora, no le burlan las palabras ni las vanas repeticiones. Dios personifica continuamente lo que es.

Así, la resignación de Jesús (que se hizo igual a Dios) fue pasar del reconocimiento de la carencia (que el futuro indica con "Yo seré") al reconocimiento de la oferta al afirmar: "YO SOY eso; está hecho; gracias, Padre".

Ahora verás la sabiduría en las palabras del profeta cuando afirma:

**"Que el débil diga: YO SOY fuerte".**
- Joel 3:10.

El hombre, en su ceguera, no atiende al consejo del profeta; sigue afir-

mando que es débil, pobre, desdichado y todas las demás expresiones indeseables de las que intenta liberarse, afirmando ignorantemente que se librará de
estas características en la expectativa del futuro.

Tales pensamientos frustran la única ley que puede liberarle.

Sólo hay una puerta a través de la cual puede entrar en tu mundo aquello
que buscas. "YO SOY la puerta" [Juan 10:9].

Cuando dices "YO SOY", estás declarando que eres, en primera persona, en
tiempo presente; no hay futuro.

Saber que YO SOY es ser consciente de ser. La conciencia es la única
puerta. A menos que seas consciente de ser aquello que buscas, buscas en
vano.

Si juzgas según las apariencias, seguirás esclavizado por la evidencia de tus
sentidos.

Para romper este hechizo hipnótico de los sentidos, se te dice: "Entra y
cierra la puerta".

**"Pero tú, cuando ores, entra en tu aposento y, cerrada la puerta, ora a tu
Padre que está en secreto; y tu Padre, que ve en secreto, te recompensará
en público".**
- Mateo 6:6
**"Entra en tus aposentos y cierra las puertas a tu alrededor; escóndete
como por un momento, hasta que pase la indignación".**
- Isaías 26:20
**"Y cuando hayas entrado, cerrarás la puerta sobre ti y sobre tus hijos".**
- 2 Reyes 4:4
**"Entró, pues, y les cerró la puerta a los dos, y oró al Señor".**
- 2 Reyes 4:33

La puerta de los sentidos debe cerrarse herméticamente antes de que tu
nueva reclamación pueda ser atendida.

Cerrar la puerta de los sentidos no es tan difícil como parece al principio.
Se hace sin esfuerzo.

Es imposible servir a dos señores al mismo tiempo [Mateo 6:24, Lucas
16:13].

El amo al que sirve el hombre es aquello que es consciente de ser. Yo soy
Señor y Amo de lo que soy consciente de ser.

No me supone ningún esfuerzo conjurar la pobreza si soy consciente de
ser pobre.

Mi siervo (la pobreza) está obligado a seguirme (consciente de la pobreza)
mientras YO SOY (el Señor) consciente de ser pobre.

En lugar de luchar contra la evidencia de los sentidos, afirma que eres
aquello que deseas ser.

507

Al poner tu atención en esta afirmación, las puertas de los sentidos se cierran automáticamente contra tu antiguo amo (aquello que tenías conciencia de ser).

A medida que te pierdes en la sensación de ser (eso que ahora afirmas que es verdad de ti mismo), las puertas de los sentidos vuelven a abrirse, revelando que tu mundo es la expresión perfecta de lo que eres consciente de ser.

Sigamos el ejemplo de Jesús, que se dio cuenta de que, como hombre, no podía hacer nada para cambiar su imagen actual de carencia.

Cerró la puerta de Sus sentidos contra Su problema y acudió a Su Padre, Aquel para Quien todo es posible [Mateo 19:26; Marcos 9:23; 10:27; 14:36; Lucas 18:27; Hechos 8:37].

Habiendo negado la evidencia de sus sentidos, afirmó ser todo lo que, un momento antes, sus sentidos le habían dicho que no era.

Sabiendo que la conciencia expresa su semejanza en la tierra, permaneció en la conciencia reclamada hasta que las puertas (Sus sentidos) se abrieron y confirmaron el gobierno del Señor.

Recuerda, YO SOY es el Señor de todo. No utilices nunca más la voluntad del hombre que afirma: "Yo seré". Sé tan resignado como Jesús y afirma: "YO SOY eso".

# CAPÍTULO 8: NO HAY OTRO DIOS

**"Yo soy el primero y Yo soy el último; y fuera de Mí no hay Dios".**
- Isaías 44:6
**"Yo soy el Señor, tu Dios, que te saqué de la tierra de Egipto, de la casa de servidumbre. No tendrás otros dioses delante de Mí".**
- Deut. 5:6,7

"No tendrás otro Dios fuera de Mí". Mientras el hombre crea en un poder aparte de sí mismo, se privará del ser que es.

Toda creencia en poderes aparte de él mismo, ya sea para el bien o para el mal, se convertirá en el molde de la imagen de escultura adorada.

Las creencias en la potencia de los medicamentos para curar, de las dietas para fortalecer, de los dineros para asegurar, son los valores o cambistas que deben ser expulsados del poder [Mateo 21:12; Marcos 11:15; Lucas 19:45; Juan 2:14,15] él podrá entonces manifestar indefectiblemente esa cualidad.

Esta comprensión echa por tierra el Templo de los cambistas.

**"Vosotros sois el Templo del Dios vivo".**
- 1 Corintios 3:16; 6:19
**"¿Y qué acuerdo tiene el templo de Dios con los ídolos? Porque vosotros sois el templo del Dios vivo. Como Dios ha dicho: 'Habitaré en ellos, y andaré en ellos; y seré su Dios, y ellos serán mi pueblo'".**
- 2 Corintios 6:16
Un templo hecho sin manos.
Está escrito:

**"Mi casa será llamada por todas las naciones casa de oración, pero vosotros la habéis convertido en cueva de ladrones".**
- Mateo 21:13
**"...porque mi casa será llamada casa de oración para todos los pueblos".**
- Isaías 56:7

Los ladrones que te roban son tus propias falsas creencias. Es tu creencia en una cosa, no la cosa en sí, lo que te ayuda. Sólo hay un poder: YO SOY Él. Debido a tu creencia en las cosas externas, crees poder en ellas transfiriendo el poder que tú eres a la cosa externa. Date cuenta de que tú mismo eres el poder que has otorgado erróneamente a las condiciones externas.

La Biblia compara al hombre obstinado con el camello que no podía pasar por el ojo de la aguja [Mateo 19:24; Marcos 10:25; Lucas 18:25]. El ojo de la aguja al que se hace referencia era una pequeña puerta de las murallas de Jerusalén, que era tan estrecha que un camello no podía pasar por ella hasta que se le aliviara de su carga.

El hombre rico, es decir, el que está cargado con falsos conceptos humanos, no puede entrar en el Reino de los Cielos hasta que se le libere de su carga, como tampoco podía pasar el camello por esta puerta pequeña [Mateo 19:23].

El hombre se siente tan seguro de sus leyes, opiniones y creencias creadas por el hombre, que las inviste de una autoridad que no poseen.

Satisfecho de que su conocimiento lo es todo, permanece inconsciente de que todas las apariencias externas no son más que estados mentales exteriorizados.

Cuando se da cuenta de que la conciencia de una cualidad exterioriza esa cualidad sin la ayuda de ningún otro o de muchos valores y establece el único valor verdadero, su propia conciencia.

**"El Señor está en Su santo templo".**
- Habacuc 2:20

La conciencia mora en lo que es consciente de ser. YO SOY es el Señor y el hombre, su templo.

Sabiendo que la conciencia se objetiva a sí misma, el hombre debe perdonar a todos los hombres por ser lo que son. Debe darse cuenta de que todos expresan (sin ayuda de otro) aquello que tienen conciencia de ser.

Pedro, el hombre iluminado o disciplinado, sabía que un cambio de conciencia produciría un cambio de expresión. En vez de compadecerse de los mendigos de la vida a la puerta del templo, declaró:

"Plata y oro no tengo (para ti), pero lo que tengo (la conciencia de la
libertad), te doy"
- Hechos 3:6
"Despierta el don que hay en ti.
Por eso te recuerdo que despiertes el don de Dios, que está en ti".
- 2Timoteo 1:6

Deja de mendigar y reivindícate como aquello que decides ser. Hazlo y tú también saltarás de tu mundo tullido al mundo de la libertad, cantando alabanzas al Señor, YO SOY. "Mucho mayor es el que está en vosotros que el que está en el mundo".

"Vosotros sois de Dios, hijitos, y los habéis vencido; porque mayor es el
que está en vosotros que el que está en el mundo".
- 1 Juan 4:4

Éste es el grito de todo aquel que encuentra que su conciencia de ser es Dios.

Tu reconocimiento de este hecho limpiará automáticamente el templo, tu conciencia, de los ladrones y salteadores, devolviéndote ese dominio sobre las cosas, que perdiste en el momento en que olvidaste el mandato:

"No tendrás otro Dios fuera de MÍ".

# CAPÍTULO 9: LA PRIMERA PIEDRA

"Cada uno mire cómo edifica sobre él. Porque nadie puede poner otros cimientos que el que está puesto, el cual es Jesucristo. Y si sobre este fundamento edificare el hombre oro, plata, piedras preciosas, madera, heno, hojarasca, la obra de cada uno se hará manifiesta; porque el día la declarará."
- 1Cor. 3:10-13

EL FUNDAMENTO de toda expresión es la conciencia. Por mucho que el hombre lo intente, no puede encontrar otra causa de manifestación que su conciencia de ser.

El hombre cree haber encontrado la causa de la enfermedad en los gérmenes, la causa de la guerra en las ideologías políticas enfrentadas y en la codicia. Todos estos descubrimientos del hombre, catalogados como la esencia de la Sabiduría, son necedad a los ojos de Dios.

Sólo hay un poder y este poder es Dios (la conciencia). Mata; hace vivir; hiere; cura; hace todas las cosas, buenas, malas o indiferentes.

El hombre se mueve en un mundo que no es ni más ni menos que su conciencia objetivada. Sin saberlo, lucha contra sus reflejos mientras mantiene vivas la luz y las imágenes que proyectan los reflejos.

**"YO SOY la luz del mundo".**
- Juan 8:12

YO SOY (la conciencia) es la luz.

Lo que soy consciente de ser (mi concepción de mí mismo) -como "soy rico", "estoy sano", "soy libre"- son las imágenes.

El mundo es el espejo que magnifica todo lo que SOY consciente de ser.

Deja de intentar cambiar el mundo, ya que sólo es el espejo. El intento del hombre de cambiar el mundo por la fuerza es tan infructuoso como romper un espejo con la esperanza de cambiar su cara. Deja el espejo y cambia tu rostro. Deja el mundo y cambia tu concepción de ti mismo. Entonces el reflejo será satisfactorio.

La libertad o la prisión, la satisfacción o la frustración, sólo pueden diferenciarse por la conciencia de ser.

Independientemente de tu problema, de su duración o de su magnitud, la atención cuidadosa a estas instrucciones eliminará en un tiempo asombrosamente corto incluso el recuerdo del problema.

Hazte esta pregunta: "¿Cómo me sentiría si fuera libre?". En el mismo momento en que te planteas sinceramente esta pregunta, llega la respuesta.

Ningún hombre puede decirle a otro la satisfacción de su deseo cumplido. Le queda a cada uno dentro de sí mismo experimentar el sentimiento y la alegría de este cambio automático de conciencia.

La sensación o emoción que le sobreviene a uno en respuesta a su autocuestionamiento es el estado de conciencia Padre o Piedra Fundamental sobre la que se construye el cambio consciente.

Nadie sabe cómo se encarnará este sentimiento, pero lo hará. El Padre (la conciencia) tiene caminos que nadie conoce [Romanos 11:33]; es la ley inalterable. Todas las cosas expresan su naturaleza. Cuando llevas un sentimiento, se convierte en tu naturaleza.

Puede llevar un momento o un año, depende totalmente del grado de convicción. A medida que las dudas se desvanecen y puedes sentir "YO SOY esto", empiezas a desarrollar el fruto o la naturaleza de lo que sientes que eres.

Cuando una persona se compra un sombrero o un par de zapatos nuevos, cree que todo el mundo sabe que son nuevos. Se siente poco natural con su vestimenta recién adquirida hasta que se convierte en parte de él. Lo mismo ocurre con el uso de los nuevos estados de conciencia.

Cuando te haces la pregunta: "¿Cómo me sentiría si mi deseo se realizara en este momento?", la respuesta automática, hasta que no esté debidamente condicionada por el tiempo y el uso, es realmente perturbadora. El periodo de adaptación para realizar este potencial de la conciencia es comparable a la novedad de la ropa que se lleva puesta.

Sin saber que la conciencia siempre se está representando a sí misma en las condiciones que te rodean, como la mujer de Lot, miras continuamente hacia atrás, hacia tu problema, y vuelves a quedar hipnotizado por su aparente naturalidad [Génesis 19].

Presta atención a las palabras de Jesús (salvación):

**"Déjalo todo y sígueme".**
- Mateo 4:19 [Mateo 8:22; Mateo 16:24; Mateo 19:21; Marcos 1:17; Marcos 8:34; Marcos 10:21; Lucas 9:23; Lucas 18:22].
**"Deja que los muertos entierren a los muertos".**
- Mateo 8:22; Lucas 9:60

Puede que tu problema te tenga tan hipnotizado por su aparente realidad y naturalidad que te resulte difícil vestir el nuevo sentimiento o conciencia de tu salvador. Debes asumir esta prenda si quieres obtener resultados.

La piedra (la conciencia) que los constructores desecharon (no quisieron llevar) es la piedra angular, y nadie puede poner otros cimientos.

# CAPÍTULO 10: AL QUE TIENE

**"Mirad, pues, cómo oís; porque al que tiene, se le dará; y al que no tiene, se le quitará hasta lo que parece tener".**
- Lucas 8:18

LA BIBLIA, que es el mayor libro psicológico jamás escrito, advierte al hombre de que debe ser consciente de lo que oye; luego sigue esta advertencia con la afirmación: "Al que tiene se le dará y al que no tiene se le quitará".

Aunque muchos consideran esta afirmación como uno de los dichos más crueles e injustos de los atribuidos a Jesús, sigue siendo una ley justa y misericordiosa basada en el principio inmutable de la expresión de la vida.

La ignorancia del hombre sobre el funcionamiento de la ley no le excusa ni le salva de los resultados.

La ley es impersonal y, por tanto, no hace acepción de personas [Hch 10,34; Rm 2,11].

Se advierte al hombre que debe ser selectivo en lo que oye y acepta como verdadero. Todo lo que el hombre acepta como verdadero deja una impresión en su conciencia y, con el tiempo, debe definirse como prueba o refutación.

El oído perceptivo es el medio perfecto a través del cual el hombre registra las impresiones. El hombre debe disciplinarse para oír sólo lo que quiere oír, independientemente de los rumores o de la evidencia de sus sentidos en sentido contrario. A medida que condicione su oído perceptivo, reaccionará sólo ante las impresiones que haya decidido. Esta ley nunca falla.

Totalmente condicionado, el hombre se vuelve incapaz de escuchar más que aquello que contribuye a su deseo.

Dios, como has descubierto, es esa conciencia incondicionada que te da todo lo que eres consciente de ser. Ser consciente de ser o tener algo es ser o tener aquello que eres consciente de ser. Sobre este principio inmutable descansan todas las cosas. Es imposible que algo sea otra cosa que aquello que tiene conciencia de ser.

"Al que tiene (lo que es consciente de ser) se le dará". Bueno, malo o indiferente -no importa- el hombre recibe centuplicado aquello de lo que tiene conciencia de ser. De acuerdo con esta ley inmutable - "Al que no tiene, se le quitará y se le añadirá al que tiene"-, los ricos se enriquecen y los pobres se empobrecen. Sólo puedes engrandecer lo que eres consciente de ser.

Todas las cosas gravitan hacia la conciencia con la que están en sintonía. Del mismo modo, todas las cosas se separan de la conciencia con la que no están en sintonía.

Divide la riqueza del mundo equitativamente entre todos los hombres y, en poco tiempo, esta división igualitaria será como la desproporción original. La riqueza volverá a los bolsillos de aquellos a quienes se les arrebató.

En lugar de unirte al coro de los que no tienen, que insisten en destruir a los que tienen, reconoce esta ley inmutable de la expresión. Defínete conscientemente como aquello que deseas. Una vez definido, establecida tu reivindicación consciente, continúa en esta confianza hasta recibir la recompensa. Tan cierto como que el día sigue a la noche, cualquier atributo, conscientemente reivindicado, se manifestará.

Así, lo que para el mundo ortodoxo dormido es una ley cruel e injusta, se convierte para los iluminados en una de las declaraciones más misericordiosas y justas de la verdad.

**"No he venido a destruir, sino a cumplir".**
- Mateo 5:17

Nada se destruye realmente. Cualquier destrucción aparente es el resultado de un cambio de conciencia. La conciencia siempre llena por completo el estado en el que habita. El estado del que se desprende la conciencia les parece destructivo a quienes no están familiarizados con esta ley. Sin embargo, sólo es preparatorio para un nuevo estado de conciencia.

Reivindícate como aquello que quieres llenar por completo.

**"Nada se destruye. Todo se cumple".**
**"Al que lo tenga se le dará".**

# CAPÍTULO 11: NAVIDAD

**"He aquí que una virgen quedará encinta y dará a luz un Hijo, y le pondrán por nombre Emmanuel, que traducido es Dios con nosotros".**
- Mateo 1:23

UNA DE LAS afirmaciones más controvertidas del Nuevo Testamento se refiere a la concepción virginal y posterior nacimiento de Jesús, una concepción en la que el hombre no participó. Consta que una Virgen concibió a un Hijo sin la ayuda del hombre, y luego, secretamente y sin esfuerzo, dio a luz a su concepción. Éste es el fundamento sobre el que descansa toda la Cristiandad.

Se pide al mundo cristiano que crea esta historia, pues el hombre debe creer lo increíble para expresar plenamente la grandeza que es.

Científicamente, el hombre podría inclinarse a descartar toda la Biblia como falsa porque su razón no le permite creer que el nacimiento virginal sea fisiológicamente posible; pero la Biblia es un mensaje del alma y debe interpretarse psicológicamente si el hombre quiere descubrir su verdadera simbología.

El hombre debe ver esta historia como un drama psicológico y no como una declaración de hechos físicos. Al hacerlo, descubrirá que la Biblia se basa en una ley que, si se aplica a sí misma, dará como resultado una expresión manifiesta que trascenderá sus sueños más salvajes de realización. Para aplicar esta ley de autoexpresión, el hombre debe ser educado en la creencia y disciplinado para permanecer en la plataforma de que "todo es posible para Dios" [Mateo 19:26; Marcos 9:23; 10:27; 14:36; Lucas 18:27; Hechos 8:37].

Las fechas dramáticas más destacadas del Nuevo Testamento, a saber, el nacimiento, la muerte y la resurrección de Jesús, se programaron y fecharon para que coincidieran con determinados fenómenos astronómicos. Los místicos que registraron esta historia se dieron cuenta de que en determinadas estaciones del año los cambios benéficos en la tierra coincidían con los cambios astronómicos en lo alto. Al escribir este drama psicológico, personificaron la historia del alma como la biografía del hombre.

Utilizando estos cambios cósmicos, han marcado el Nacimiento y la Resurrección de Jesús para transmitir que los mismos cambios beneficiosos tienen lugar psicológicamente en la conciencia del hombre cuando sigue la ley.

Incluso para quienes no logran comprenderla, la historia de la Navidad es una de las más bellas jamás contadas. Cuando se despliega a la luz de su simbología mística, se revela como el verdadero nacimiento de toda manifestación en el mundo.

Consta que este nacimiento virginal tuvo lugar el 25 de diciembre o, como lo celebran ciertas sociedades secretas, en Nochebuena, a medianoche del 24 de diciembre.

Los místicos establecieron esta fecha para marcar el nacimiento de Jesús porque estaba en consonancia con los grandes beneficios terrenales que significa este cambio astronómico.

Las observaciones astronómicas que indujeron a los autores de este drama a utilizar estas fechas se realizaron todas en el hemisferio norte, por lo que, desde un punto de vista astronómico, lo contrario sería cierto si se viera desde las latitudes meridionales.

Sin embargo, esta historia se grabó en el norte y, por tanto, se basó en la observación del norte.

El hombre descubrió muy pronto que el sol desempeñaba un papel importantísimo en su vida, que sin el sol no podía existir la vida física tal como la conocía. Así pues, estas fechas tan importantes en la historia de la vida de Jesús se basan en la posición del sol visto desde la Tierra en las latitudes septentrionales.

Después de que el sol alcanza su punto más alto en los cielos en junio, cae gradualmente hacia el sur, llevándose consigo la vida del mundo vegetal, de modo que en diciembre casi toda la naturaleza se ha aquietado. Si el sol siguiera cayendo hacia el sur, toda la naturaleza se aquietaría hasta la muerte.

Sin embargo, el 25 de diciembre, el sol inicia su gran movimiento hacia el norte, trayendo consigo la promesa de salvación y vida nueva para el mundo. Cada día, a medida que el sol se eleva más en los cielos, el hombre gana confianza en que se salvará de la muerte por frío e inanición, pues sabe que, a medida que se desplace hacia el norte y cruce el ecuador, toda la naturaleza se elevará de nuevo, resucitará de su largo sueño invernal.

Nuestro día se mide de medianoche a medianoche y, como el día visible empieza en el este y acaba en el oeste, los antiguos decían que el día nacía de aquella constelación que ocupaba el horizonte oriental a medianoche. En Nochebuena, o medianoche del 24 de diciembre, la constelación de Virgo se eleva sobre el horizonte oriental.

Así consta que este Hijo y Salvador del mundo nació de una virgen.

También consta que esta virgen madre viajaba de noche, que se detuvo en una posada y le dieron la única habitación disponible entre los animales y allí, en un pesebre, donde se alimentaban los animales, los pastores encontraron al Santo Niño.

Los animales con los que se alojó la Santa Virgen son los animales santos del zodíaco. Allí, en ese círculo de animales astronómicos en constante movimiento, se encuentra la Santa Madre, Virgo, y allí la verás cada medianoche del 24 de diciembre, de pie en el horizonte oriental, cuando el sol y salvador del mundo inicie su viaje hacia el norte.

Psicológicamente, este nacimiento tiene lugar en el hombre el día en que éste descubre que su conciencia es el sol y el salvador de su mundo. Cuando el hombre conozca el significado de esta afirmación mística: "Yo soy la luz del mundo" [Mateo 5:14; Juan 8:12], se dará cuenta de que su YO SOY, o conciencia, es el sol de su vida, que irradia imágenes sobre la pantalla del espacio. Estas imágenes son semejantes a lo que él, como hombre, tiene conciencia de ser. Así, las cualidades y atributos que parecen moverse en la pantalla de su mundo son en realidad proyecciones de esta luz de su interior.

Las innumerables esperanzas y ambiciones no realizadas del hombre son las semillas que están enterradas en la conciencia o vientre virgen del hombre. Allí permanecen como las semillas de la tierra, retenidas en los residuos helados del invierno, esperando a que el sol se mueva hacia el norte o a que el hombre regrese al conocimiento de quién es. Al regresar, se mueve hacia el norte mediante el reconocimiento de su verdadero ser al afirmar "YO SOY la luz del mundo".

Cuando el hombre descubra que su conciencia o YO SOY es Dios, el salvador de su mundo, será como el sol en su paso septentrional.

Todos los impulsos y ambiciones ocultos serán entonces calentados y estimulados a nacer por este conocimiento de su verdadero yo. Afirmará que es aquello que hasta ahora esperaba ser. Sin la ayuda de ningún hombre, se definirá a sí mismo como aquello que desea expresar.

Descubrirá que su YO SOY es la virgen que concibe sin ayuda del hombre, que todas las concepciones de sí mismo, una vez sentidas y fijadas en la conciencia, se encarnarán fácilmente como realidades vivas en su mundo.

El hombre se dará cuenta un día de que todo este drama tiene lugar en su conciencia, que su conciencia incondicionada o YO SOY es la Virgen María deseando expresarse, que mediante esta ley de autoexpresión se define a sí mismo como aquello que desea expresar, y que sin ayuda ni cooperación de nadie expresará aquello que conscientemente ha reclamado y se ha definido como ser.

Entonces comprenderá por qué la Navidad está fijada el 25 de diciembre, mientras que la Pascua es una fecha móvil; por qué sobre la concepción virginal descansa toda la cristiandad; que su conciencia es el vientre virgen o la esposa del Señor que recibe impresiones como autoimpregnación y luego, sin ayuda, encarna estas impresiones como expresiones de su vida.

# CAPÍTULO 12: CRUCIFIXIÓN Y RESURRECCIÓN

**"YO SOY la Resurrección y la Vida; el que cree en Mí, aunque esté muerto, vivirá".**
- Juan 11:25

EL MISTERIO de la crucifixión y de la resurrección está tan entrelazado que, para comprenderlo plenamente, ambos deben explicarse juntos, pues uno determina al otro. Este misterio se simboliza en la tierra en los rituales del Viernes Santo y de Pascua. Habrás observado que el aniversario de este acontecimiento cósmico, anunciado cada año por la Iglesia, no es una fecha fija como otros aniversarios que marcan nacimientos y muertes, sino que este día cambia de año en año, cayendo en cualquier lugar entre el 22 de marzo y el 25 de abril.

El día de la resurrección se determina de esta manera. El primer domingo después de la luna llena en Aries se celebra la Pascua. Aries comienza el 21 de marzo y termina aproximadamente el 19 de abril. La entrada del Sol en Aries marca el comienzo de la Primavera. La luna, en su tránsito mensual alrededor de la tierra, formará en algún momento entre el 21 de marzo y el 25 de abril una oposición al sol, oposición que se denomina luna llena. El primer domingo después de que se produzca este fenómeno de los cielos se celebra la Pascua; el viernes anterior a este día se observa el Viernes Santo.

Esta fecha móvil debería indicar al observante que busque alguna interpretación distinta de la comúnmente aceptada. Estos días no marcan los aniversarios de la muerte y resurrección de un individuo que vivió en la Tierra.

Visto desde la tierra, el sol en su paso septentrional parece cruzar en la estación primaveral del año la línea imaginaria que el hombre llama ecuador. Así, el místico dice que es atravesado o crucificado para que el hombre pueda vivir. Es significativo que, poco después de producirse este acontecimiento, toda la naturaleza comience a levantarse o a resucitar de su largo sueño invernal. Por tanto, puede concluirse que esta perturbación de la naturaleza, en esta estación del año, se debe directamente a esta travesía. Así pues, se cree que el sol debe derramar su sangre en la Pascua.

Si estos días marcaran la muerte y resurrección de un hombre, estarían fijados de modo que cayeran en la misma fecha cada año, como están fijados todos los demás acontecimientos históricos, pero evidentemente no es así.

Estas fechas no pretendían marcar los aniversarios de la muerte y resurrección de Jesús, el hombre. Las escrituras son dramas psicológicos y sólo revelarán su significado cuando se interpreten psicológicamente. Estas fechas se ajustan para coincidir con el cambio cósmico que se produce en esta época del año, marcando la muerte del año viejo y el comienzo o resurrección del año nuevo o Primavera. Estas fechas simbolizan la muerte y resurrección del Señor; pero este Señor no es un hombre; es tu conciencia de ser.

Está escrito que Él dio Su vida para que tú pudieras vivir: "YO SOY he venido para que tengáis vida y para que la tengáis en abundancia" [Juan 10:10]. La conciencia se mata a sí misma desprendiéndose de lo que tiene conciencia de ser para poder vivir a lo que desea ser.

La primavera es la época del año en que los millones de semillas, que durante todo el invierno han permanecido enterradas en el suelo, de repente saltan a la vista para que el hombre pueda vivir; y, como el drama místico de la crucifixión y la resurrección tiene la naturaleza de este cambio anual, se celebra en esta estación primaveral del año; pero, en realidad, tiene lugar en todo momento.

El ser crucificado es tu conciencia de ser. La cruz es tu concepción de ti mismo. La resurrección es la elevación a la visibilidad de esta concepción de ti mismo.

Lejos de ser un día de luto, el Viernes Santo debería ser un día de júbilo, pues no puede haber resurrección ni expresión si antes no hay crucifixión o impresión.

Lo que hay que resucitar en tu caso es aquello que deseas ser. Para ello, debes sentirte a ti mismo como la cosa deseada. Debes sentir "YO SOY la resurrección y la vida del deseo".

YO SOY (tu conciencia de ser) es el poder que resucita y hace vivo aquello que en tu conciencia deseas ser.

"Dos se pondrán de acuerdo para tocar algo y yo lo estableceré en la tierra"

**"Otra vez os digo, que si dos de vosotros se pusieren de acuerdo en la tierra**

**acerca de cualquier cosa que pidieren, les será hecho por mi Padre que está en los cielos".**
- Mateo 18:19

Los dos que se ponen de acuerdo son tú (tu consciencia - la consciencia que desea) y la cosa deseada. Cuando se alcanza este acuerdo, se completa la crucifixión; los dos se han cruzado o crucificado mutuamente.

YO SOY y ESO -la consciencia y lo que eres consciente de ser- se han unido y son uno; YO SOY ahora clavado o fijado en la creencia de que YO SOY esta fusión.

Jesús o YO SOY está clavado en la cruz de eso. El clavo que te ata a la cruz es el clavo del sentimiento.

La unión mística se consuma ahora y el resultado será el nacimiento de un niño o la resurrección de un hijo que dará testimonio de su Padre.

La consciencia está unida a lo que tiene consciencia de ser. El mundo de la expresión es el hijo que confirma esta unión.

El día en que dejes de ser consciente de ser lo que ahora eres consciente de ser, ese día tu hijo o expresión morirá y regresará al seno de su padre, la consciencia sin rostro y sin forma.

Todas las expresiones son el resultado de tales uniones místicas.

Así pues, los sacerdotes tienen razón cuando dicen que los verdaderos matrimonios se hacen en el cielo y sólo pueden disolverse en el cielo.

Pero permíteme aclarar esta afirmación diciéndote que el cielo no es una localidad; es un estado de consciencia.

**"El Reino de los Cielos está dentro de vosotros".**
- Lucas 17:21

En el cielo (consciencia) Dios es tocado por lo que tiene consciencia de ser. "¿Quién me ha tocado? Porque percibo que la virtud ha salido de mí".

**"'¿Quién me ha tocado? Y Jesús dijo: 'Alguien me ha tocado, porque veo que la virtud ha salido de mí'".**
- Lucas 8:45,46; Marcos 5:30

En el momento en que se produce este contacto (sentimiento), tiene lugar una descendencia o salida de mí hacia la visibilidad.

El día en que el hombre se siente "SOY libre", "SOY rico", "SOY fuerte", Dios (YO SOY) es tocado o crucificado por estas cualidades o virtudes.

Los resultados de ese tocar o crucificar se verán en el nacimiento o resurrección de las cualidades sentidas, pues el hombre debe tener una confirmación visible de todo lo que tiene consciencia de ser.

Ahora sabrás por qué el hombre o manifestación siempre está hecho a imagen de Dios. Tu conciencia imagina y exterioriza todo lo que tienes conciencia de ser.

**"YO SOY el Señor y fuera de mí no hay Dios".**
- Isaías 45:5,6
**"YO SOY la Resurrección y la Vida".**
- Juan 11:25

Te fijarás en la creencia de que eres lo que deseas ser. Antes de tener ninguna prueba visible de que lo eres, sabrás, por la profunda convicción que has sentido fijada en tu interior, que lo eres; y así, sin esperar la confirmación de tus sentidos, gritarás: "Consumado es" [Juan 19:30].

Entonces, con una fe nacida del conocimiento de esta ley inmutable, estarás como un muerto y sepultado; estarás quieto e impasible en tu convicción y seguro de que resucitarás las cualidades que has fijado y que sientes en tu interior.

# CAPÍTULO 13: LAS IMPRESIONES DEL YO

**"Y así como hemos llevado la imagen de lo terrenal, llevaremos también la imagen de lo celestial".**
- 1Cor. 15:49

Tu CONSCIENCIA o tu YO SOY es el potencial ilimitado sobre el que se hacen las impresiones. Las yo-impresiones son estados definidos presionados sobre tu YO SOY. Tu consciencia o tu YO SOY puede compararse a una película sensible. En estado virgen, es potencialmente ilimitada.

Puedes impresionar o grabar un mensaje de amor o un himno de odio, una sinfonía maravillosa o un jazz discordante. No importa cuál sea la naturaleza de la impresión; tu YO SOY, sin un murmullo, recibirá de buen grado y sostendrá todas las impresiones.

Tu conciencia es la que se menciona en Isaías 53:3-7:

Despreciado y desechado entre los hombres, varón de dolores, experimentado en quebranto; y como que escondimos de Él el rostro, fue menospreciado, y no le tuvimos en estima.

**"Ciertamente llevó Él nuestras enfermedades, y sufrió nuestros dolores; y nosotros le tuvimos por azotado, por herido de Dios y abatido".**

**"Mas Él herido fue por nuestras rebeliones, molido por nuestros pecados;**

el castigo de nuestra paz fue sobre Él, y por su llaga fuimos nosotros curados".

"Todos nosotros nos descarriamos como ovejas; cada cual se apartó por su camino, y el Señor cargó sobre Él la iniquidad de todos nosotros".

"Fue oprimido y afligido,
pero no abrió la boca:
Es llevado como un cordero al matadero
y como oveja ante sus trasquiladores enmudece,
y no abre la boca".
"Tu conciencia incondicionada es impersonal; no hace acepción de personas".
- Hechos 10:34; Romanos 2:11

SIN PENSAMIENTO NI ESFUERZO, expresa automáticamente toda impresión que se registra sobre ella. No se opone a ninguna impresión que se deposite sobre ella, pues, aunque es capaz de recibir y expresar todos y cada uno de los estados definidos, sigue siendo para siempre un potencial inmaculado e ilimitado.

Tu YO SOY es el fundamento sobre el que descansa el estado definido o la concepción de ti mismo; pero no está definido por tales estados definidos ni depende de ellos para su ser.

Tu YO SOY no se expande ni se contrae; nada lo altera ni le añade nada. Antes de que existiera cualquier estado definido, ELLO es. Cuando todos los estados dejan de ser, ELLO es. Todos los estados definidos o concepciones de ti mismo no son más que expresiones efímeras de tu ser eterno.

Estar impresionado es estar yo-presionado (yo ESTOY presionado - primera persona - tiempo presente). Todas las expresiones son el resultado de las Yo-presiones. Sólo en la medida en que afirmes ser aquello que deseas ser, expresarás tales deseos.

Que todos los deseos se conviertan en impresiones de cualidades que son, no de cualidades que serán. Yo soy (tu conciencia) es Dios, y Dios es la plenitud de todo, el Eterno AHORA, YO SOY.

No pienses en el mañana; las expresiones de mañana están determinadas por las impresiones de hoy.

"Ahora es el momento aceptado".

- 2Cor. 6:2, Isa. 49:8

**"El Reino de los Cielos está cerca".**

- Mateo 4:17

Jesús (la salvación) dijo:

**"Yo estoy siempre contigo".**

- Mateo 28:20

Tu conciencia es el salvador que está siempre contigo; pero, si le niegas, Él también te negará a ti [Mateo 10:33; Lucas 12:9]. Le niegas afirmando que Él aparecerá, como millones afirman hoy que la salvación está por llegar; esto equivale a decir: "No estamos salvados".

Debes dejar de buscar que aparezca tu salvador y empezar a afirmar que ya estás salvado, y los signos de tus afirmaciones te seguirán.

Cuando preguntaron a la viuda qué tenía en su casa, hubo reconocimiento de la sustancia; su reclamo fueron unas gotas de aceite [Reyes 4:1-6]. Unas pocas gotas se convertirán en un chorro si se reclaman adecuadamente. Tu conciencia magnifica toda la conciencia.

Afirmar que tendré aceite (alegría) es confesar que tengo medidas vacías. Tales impresiones de carencia producen carencia.

Dios, tu conciencia, no hace acepción de personas [Hechos 10:34; Romanos 2:11]. Puramente impersonal, Dios, esta conciencia de toda existencia, recibe impresiones, cualidades y atributos que definen la conciencia, es decir, tus impresiones.

Todos tus deseos deben estar determinados por la necesidad. Las necesidades, aparentes o reales, se satisfarán automáticamente cuando sean acogidas con suficiente intensidad de propósito como deseos definidos.

Sabiendo que tu conciencia es Dios, debes considerar cada deseo como la palabra hablada de Dios, que te dice lo que es.

**"Dejad al hombre, cuyo aliento está en sus narices, pues ¿en qué ha de ser tenido en cuenta?".**

- Isaías 2:22

Siempre somos aquello que define nuestra conciencia. Nunca afirmes: "Yo seré eso". Que a partir de ahora todas las afirmaciones sean: "YO SOY el que SOY". Antes de pedir, se nos responde. La solución de cualquier problema asociado al deseo es evidente. Todo problema produce automáticamente el deseo de solución.

El hombre está educado en la creencia de que sus deseos son cosas contra las que debe luchar. En su ignorancia, niega a su salvador, que llama constantemente a la puerta de la conciencia para que le deje entrar (YO SOY la puerta).

Tu deseo, si se realizara, ¿no te salvaría de tu problema?

Dejar entrar a tu salvador es lo más fácil del mundo. Hay que dejar entrar las cosas.

Eres consciente de un deseo; el deseo es algo de lo que eres consciente ahora. Tu deseo, aunque invisible, debe ser afirmado por ti para que sea algo real.

**"Dios llama a las cosas que no son (no se ven) como si fueran".**
- Romanos 4:17

Afirmando que YO SOY lo deseado, dejé entrar al salvador.

**"He aquí, yo estoy a la puerta y llamo; si alguno oye mi voz y abre la puerta, entraré en su casa, cenaré con él y él conmigo".**
- Apocalipsis 3:20

Todo deseo es la llamada del salvador a la puerta.

Este golpe lo oye todo el mundo.

El hombre abre la puerta cuando afirma: "YO SOY". Procura dejar entrar a tu salvador.

Deja que la cosa deseada se apodere de ti hasta que te sientas impresionado por el conocimiento de tu salvador; entonces lanzarás el grito de victoria:

**"Está acabado".**
- Juan 19:30

# CAPÍTULO 14: LA CIRCUNCISIÓN

"En quien también fuisteis circuncidados con la circuncisión hecha sin manos, despojándoos del cuerpo de los pecados de la carne por la circuncisión de Cristo".
- Col. 2:11

LA CIRCUNCISIÓN ES la operación que retira el velo que oculta la cabeza de la creación. El acto físico no tiene nada que ver con el acto espiritual.

Todo el mundo podría circuncidarse físicamente y, sin embargo, seguir siendo impuro y ciego, jefe de los ciegos.

A los circuncidados espiritualmente se les ha quitado el velo de las tinieblas y se saben Cristo, la luz del mundo.

Permíteme ahora realizar la operación espiritual contigo, lector.

Este acto se realiza el octavo día después del nacimiento, no porque este día tenga un significado especial o difiera en algo de los demás días, sino que se realiza este octavo día porque el ocho es la cifra que no tiene ni principio ni fin.

Además, los antiguos simbolizaban el octavo número o letra como un recinto o velo dentro y detrás del cual yacía enterrado el misterio de la creación.

Así, el secreto de la operación del octavo día está en consonancia con la naturaleza del acto, que consiste en revelar la cabeza eterna de la creación, ese algo inmutable en el que todas las cosas empiezan y terminan y que, sin embargo, sigue siendo su ser eterno cuando todas las cosas dejan de ser.

Este algo misterioso es tu conciencia de ser. En este momento eres consciente de ser, pero también eres consciente de ser alguien. Este alguien es el velo que oculta el ser que realmente eres.

Primero eres consciente de ser, luego eres consciente de ser hombre. Una vez colocado el velo de hombre sobre tu ser sin rostro, adquieres conciencia de ser miembro de una determinada raza, nación, familia, credo, etc.

El velo que hay que levantar en la circuncisión espiritual es el velo del hombre. Pero antes hay que cortar las adherencias de raza, nación, familia, etc.

**"En Cristo no hay griego ni judío, ni esclavo ni libre, ni hombre ni mujer".**

**"...una renovación en la que no hay distinción entre griego y judío, circuncidado e incircunciso, bárbaro, escita, esclavo y libre, sino que Cristo es todo y en todos".**
- Colosenses 3:11

**"Debes dejar a padre, madre y hermano y seguirme".**

**"Si alguno viene a Mí y no odia a su padre, a su madre, a su mujer, a sus hijos, a sus hermanos y hermanas, sí, y hasta su propia vida, no puede ser discípulo mío".**
- Lucas 14:26

Para lograrlo, deja de identificarte con estas divisiones volviéndote indiferente a tales afirmaciones. La indiferencia es el cuchillo que corta. El sentimiento es el lazo que une.

Cuando puedas considerar al hombre como una gran hermandad sin distinción de raza o credo, entonces sabrás que has roto estas adherencias.

Con estos lazos cortados, lo único que ahora te separa de tu verdadero ser es tu creencia de que eres hombre.

Para quitarte este último velo, abandona tu concepción de ti mismo como hombre conociéndote simplemente como ser.

En lugar de la conciencia de "YO SOY el hombre", que sólo exista "YO SOY", sin rostro, sin forma y sin figura.

Eres circuncidado espiritualmente cuando se abandona la conciencia del hombre y se te revela tu conciencia incondicionada del ser como cabeza sempiterna de la creación, una presencia sin forma, sin rostro y omnisciente.

Entonces, desvelado y despierto, declararás y sabrás que - YO SOY es Dios y junto a mí, esta conciencia, no hay Dios.

Este misterio se narra simbólicamente en el relato bíblico de Jesús lavando los pies a sus discípulos. Consta que Jesús se despojó de sus vestidos, tomó una toalla y se ciñó. Después de lavar los pies a sus discípulos, se los secó con la toalla con la que estaba ceñido. Pedro protestó por el lavado de sus pies y se le dijo que si no se los lavaba no tendría parte en Jesús. Al oír esto, Pedro replicó: "Señor, no sólo mis pies, sino también mis manos y mi cabeza". Jesús le contestó: "El que está lavado no necesita más que lavarse los pies, sino que está limpio en todo" [Juan 13:1-10].

El sentido común diría al lector que un hombre no está limpio del todo sólo porque se lave los pies. Por tanto, debería descartar esta historia por fantástica o bien buscar su significado oculto.

Cada relato de la Biblia es un drama psicológico que tiene lugar en la conciencia del hombre, y éste no es una excepción. Este lavatorio de los pies de los discípulos es la historia mística de la circuncisión espiritual o de la revelación de los secretos del Señor.

A Jesús se le llama el Señor. Se te dice que el nombre del Señor es YO SOY - Je Suis. "YO SOY el Señor, ése es mi nombre" [Isaías 42:8]. El relato afirma que Jesús estaba desnudo salvo por una toalla que cubría sus lomos o secretos. Jesús o Señor simboliza tu conciencia de ser cuyos secretos están ocultos por la toalla (conciencia del hombre). El pie simboliza el entendimiento que debe ser lavado de todas las creencias o concepciones humanas de sí mismo por el Señor. Cuando se retira la toalla para secar los pies, se revelan los secretos del Señor.

En resumen, la eliminación de la creencia de que eres hombre revela tu conciencia como cabeza de la creación. El hombre es el prepucio que oculta la cabeza de la creación. YO SOY el Señor oculto por el velo del hombre.

# CAPÍTULO 15: INTERVALO DE TIEMPO

"No se turbe vuestro corazón; creéis en Dios, creed también en mí. En la casa de mi Padre hay muchas moradas; si no fuera así, os lo habría dicho. Voy a prepararos un lugar. Y si me voy y os preparo un lugar, vendré otra vez y os recibiré a mí mismo, para que donde yo esté, estéis también vosotros."
- Juan 14:1-3

EL YO en el que debes creer es tu conciencia, el YO SOY; es Dios. También es la casa del Padre que contiene en sí todos los estados de conciencia concebibles. A cada estado condicionado de conciencia se le llama mansión.

Esta conversación tiene lugar en tu interior. Tu YO SOY, la conciencia incondicionada, es el Cristo Jesús hablando al yo condicionado o la conciencia de John Smith.

"YO SOY Juan", desde un punto de vista místico, son dos seres, a saber, Cristo y Juan.

Así que voy a preparar un lugar para ti, pasando de tu estado actual de conciencia a ese estado deseado. Es una promesa de tu Cristo o conciencia de ser a tu concepción actual de ti mismo de que dejarás tu conciencia actual y te apropiarás de otra.

El hombre es tan esclavo del tiempo que, si después de haberse apropiado de un estado de conciencia que ahora no es visto por el mundo y éste, el estado apropiado, no se encarna inmediatamente, pierde la fe en su pretensión invisible; inmediatamente la abandona y vuelve a su anterior estado estático de ser.

Debido a esta limitación del hombre, me ha resultado muy útil emplear un intervalo de tiempo determinado para realizar este viaje a una mansión preparada.

**"Espera un poco".**
- Job 36:2

Todos hemos catalogado los distintos días de la semana, meses del año y estaciones. Con esto quiero decir que tú y yo hemos dicho una y otra vez: "Vaya, hoy parece domingo" o "lunes" o "sábado". También hemos dicho en pleno verano: "Vaya, esto parece el otoño del año".

Esto es una prueba positiva de que tú y yo tenemos sentimientos definidos asociados a estos diferentes días, meses y estaciones del año. Debido a esta asociación, en cualquier momento podemos morar conscientemente en ese día o estación que hemos seleccionado.

No definas egoístamente este intervalo en días y horas porque estés ansioso por recibirlo, sino simplemente permanece en la convicción de que está hecho -el tiempo, al ser puramente relativo, debe eliminarse por completo- y tu deseo se cumplirá.

Esta capacidad de habitar en cualquier punto del tiempo nos permite emplear el tiempo en nuestro viaje hacia la mansión deseada.

Ahora yo (la conciencia) voy a un punto en el tiempo y allí preparo un lugar. Si voy a tal punto en el tiempo y preparo un lugar, volveré a este punto en el tiempo donde me he ido; y os recogeré y os llevaré conmigo a ese lugar que he preparado, para que donde YO ESTOY, allí estéis también vosotros.

Permíteme darte un ejemplo de este viaje.

Supón que tienes un deseo intenso. Como la mayoría de los hombres que están esclavizados por el tiempo, podrías sentir que no es posible realizar un deseo tan grande en un intervalo limitado. Pero admitiendo que todas las cosas son posibles para Dios, creyendo que Dios es el YO dentro de ti o tu conciencia de ser, puedes decir,

"Como Juan, no puedo hacer nada; pero como todas las cosas son posibles para Dios y Dios sé que es mi conciencia de ser, puedo realizar mi deseo dentro de poco. Cómo se realizará mi deseo no lo sé (como Juan), pero por la propia ley de mi ser sé que así será."

Con esta creencia firmemente establecida, decide cuál sería un intervalo de tiempo relativo y racional en el que podría realizarse ese deseo.

De nuevo, permíteme recordarte que no acortes el intervalo de tiempo porque estés ansioso por recibir tu deseo; haz que sea un intervalo natural. Nadie puede darte el intervalo de tiempo. Sólo tú puedes decir cuál sería para ti el intervalo natural. El intervalo de tiempo es relativo; es decir, no hay dos individuos que den la misma medida de tiempo para la realización de su deseo.

El tiempo está siempre condicionado por la concepción que el hombre tiene de sí mismo. La confianza en ti mismo, determinada por la conciencia condicionada, siempre acorta el intervalo de tiempo.

Si estuvieras acostumbrado a grandes logros, te darías un intervalo mucho más corto para realizar tu deseo que el hombre educado en la derrota.

Si hoy fuera miércoles y decidieras que sería muy posible que tu deseo encarnara una nueva realización de ti mismo para el domingo, entonces el domingo se convierte en el punto en el tiempo que visitarías.

Para hacer esta visita, excluyes el miércoles y dejas entrar el domingo. Esto se consigue simplemente sintiendo que es domingo. Empieza a oír las campanas de la iglesia; empieza a sentir la tranquilidad del día y todo lo que el domingo significa para ti; siente realmente que es domingo.

Cuando lo hayas conseguido, siente la alegría de haber recibido lo que el miércoles no era más que un deseo. Siente la emoción completa de haberlo recibido, y luego vuelve al miércoles, el punto en el tiempo que dejaste atrás.

Al hacerlo, creaste un vacío en la conciencia al pasar del miércoles al domingo. La naturaleza, que aborrece los vacíos, se apresura a llenarlo, formando así un molde a semejanza de lo que tú creas potencialmente, es decir, la alegría de haber realizado tu deseo definido.

Cuando vuelvas al miércoles, estarás lleno de una alegre expectación, porque habrás establecido la conciencia de lo que debe tener lugar el domingo siguiente.

Mientras caminas por el intervalo del jueves, viernes y sábado, nada te perturba, independientemente de las condiciones, porque predeterminaste lo que serías el sábado y eso sigue siendo una convicción inalterable.

Habiendo ido antes y preparado el lugar, has vuelto a Juan y ahora lo llevas contigo a través del intervalo de tres días al lugar preparado para que pueda compartir tu alegría contigo, pues donde YO ESTOY, "allí también podéis estar vosotros".

# CAPÍTULO 16: EL DIOS TRINO

**"Y dijo Dios: Hagamos al hombre a nuestra imagen y semejanza".**
- Gén. 1:26

HABIENDO descubierto que Dios es nuestra conciencia de ser y que esta realidad incondicionada e inmutable (el YO SOY) es el único creador, veamos por qué la Biblia registra una trinidad como creadora del mundo.

En el versículo 26 del primer capítulo del Génesis se afirma:

**"Y dijo Dios: Hagamos al hombre a Nuestra imagen".**

Las iglesias se refieren a esta pluralidad de Dioses como Dios Padre, Dios Hijo y Dios Espíritu Santo.

Nunca han intentado explicar qué significa "Dios Padre, Dios Hijo y Dios Espíritu Santo", pues están en la oscuridad respecto a este misterio.

El Padre, el Hijo y el Espíritu Santo son tres aspectos o condiciones de la conciencia incondicionada de ser llamado Dios.

La conciencia de ser precede a la conciencia de ser algo. Esa conciencia incondicionada que precede a todos los estados de conciencia es Dios - YO SOY.

Los tres aspectos condicionados o divisiones de sí mismo pueden contarse mejor de esta manera:

La *actitud receptiva de la mente* es el aspecto que recibe las impresiones y, por tanto, puede compararse a un útero o a una Madre.

*Lo que produce la impresión* es el aspecto masculino o apremiante y, por tanto, se conoce como Padre.

La impresión se convierte con el tiempo en *expresión*, y esta expresión es siempre la semejanza y la imagen de la impresión; por eso se dice que este aspecto objetivado es el Hijo que da testimonio de su Padre-Madre.

La comprensión de este misterio de la Trinidad permite a quien lo comprende transformar completamente su mundo y modelarlo a su gusto.

He aquí una aplicación práctica de este misterio.

Siéntate en silencio y decide qué es lo que más te gustaría expresar o poseer. Cuando lo hayas decidido, cierra los ojos y aparta por completo tu atención de todo lo que pueda impedir la realización de lo deseado; luego adopta una actitud mental receptiva y juega a suponer imaginando cómo te sentirías si ahora pudieras realizar tu deseo.

Empieza a escuchar como si el espacio te hablara y te dijera que ahora eres aquello que deseas ser.

Esta actitud receptiva es el estado de conciencia que debes asumir antes de que pueda producirse una impresión.

Cuando alcances este estado mental dúctil e impresionante, empieza a inculcarte el hecho de que eres lo que deseabas ser, afirmando y sintiendo que ahora expresas y posees lo que habías decidido ser y tener.

Continúa en esta actitud hasta que se produzca la impresión.

Al contemplar que eres y posees aquello que has decidido ser y tener, notarás que con cada inhalación de aliento una emoción gozosa recorre todo tu ser.

Esta emoción aumenta en intensidad a medida que sientes cada vez más la alegría de ser aquello que afirmas ser.

Entonces, en una última inhalación profunda, todo tu ser estallará con la alegría del logro, y sabrás por tu sentimiento que estás impregnado por Dios, el Padre.

En cuanto se produzca la impresión, abre los ojos y vuelve al mundo que unos instantes antes habías ignorado.

En esta actitud receptiva tuya, mientras contemplabas ser aquello que deseabas ser, realizabas en realidad el acto espiritual de la generación; así que ahora eres, al regresar de esta meditación silenciosa, un ser preñado que lleva en su seno un niño o una impresión, cuyo niño fue concebido inmaculadamente sin ayuda del hombre.

La duda es la única fuerza capaz de perturbar la semilla o impresión; para evitar el aborto de un hijo tan maravilloso, camina en secreto durante el intervalo de tiempo necesario que tardará la impresión en convertirse en expresión.

No hables a nadie de tu romance espiritual. Encierra tu secreto en tu interior con alegría, segura y feliz de que algún día darás a luz al hijo de tu amante expresando y poseyendo la naturaleza de tu impresión.

Entonces conocerás el misterio de "Dios dijo: 'Hagamos al hombre a Nuestra imagen'".

Sabrás que la pluralidad de dioses a la que se hace referencia son los tres aspectos de tu propia conciencia y que tú eres la trinidad, reunida en cónclave espiritual para modelar un mundo a imagen y semejanza de lo que tienes conciencia de ser.

# CAPÍTULO 17: LA ORACIÓN

"Cuando ores, entra en tu aposento y, cerrada la puerta, ora a tu Padre que
está en secreto; y tu Padre, que ve en secreto, te recompensará en público".
- Mateo 6:6
"Cuantas cosas deseéis cuando oréis, creed que las recibiréis y las
tendréis".
- Marcos 11:24

La oración es la experiencia más maravillosa que puede tener el hombre.

A diferencia de los murmullos cotidianos de la inmensa mayoría de la
humanidad en todas las tierras, que con sus vanas repeticiones esperan
ganarse el oído de Dios, la oración es el éxtasis de una boda espiritual que
tiene lugar en la profunda y silenciosa quietud de la conciencia.

En su verdadero sentido, la oración es la ceremonia matrimonial de Dios.
Igual que una doncella el día de su boda renuncia al nombre de su familia para
asumir el nombre de su marido, de la misma manera, el que reza debe renunciar a su nombre o naturaleza actual y asumir la naturaleza de aquello por lo
que reza.

Los evangelios han instruido claramente al hombre en cuanto a la realización de esta ceremonia de la siguiente manera:

"Cuando oréis, entrad en secreto y cerrad la puerta, y vuestro Padre, que
ve en secreto, os recompensará en público".
- Mateo 6:6

La entrada es la entrada en la cámara nupcial. Del mismo modo que sólo los novios pueden entrar en una habitación tan sagrada como la suite nupcial la noche de la ceremonia matrimonial, sólo el que reza y aquello por lo que reza pueden entrar en la hora sagrada de la oración. Del mismo modo que los novios, al entrar en la suite nupcial, cierran la puerta contra el mundo exterior, el que entra en la hora santa de la oración debe cerrar la puerta de los sentidos y excluir por completo el mundo que le rodea.

Esto se consigue apartando completamente la atención de todas las cosas que no sean aquello de lo que ahora estás enamorado (la cosa deseada).

La segunda fase de esta ceremonia espiritual se define con estas palabras: **"Cuando oréis, creed que recibiréis, y recibiréis".**

Al contemplar gozosamente ser y poseer lo que deseas ser y tener, has dado este segundo paso y, por tanto, estás realizando espiritualmente los actos del matrimonio y la generación.

Tu actitud mental receptiva mientras rezas o contemplas puede compararse a una novia o a un útero, pues es ese aspecto de la mente el que recibe las impresiones.

Aquello que contemplas ser es el novio, pues es el nombre o naturaleza que asumes y, por tanto, es lo que deja su impregnación; así pues, se muere a la doncellez o naturaleza actual al asumir el nombre y la naturaleza de la impregnación.

Perdido en la contemplación y habiendo asumido el nombre y la naturaleza de lo contemplado, todo tu ser se estremece con la alegría de serlo. Este estremecimiento, que recorre todo tu ser a medida que te apropias de la conciencia de tu deseo, es la prueba de que estás a la vez casado e impregnado.

Cuando regresas de esta meditación silenciosa, la puerta se abre de nuevo sobre el mundo que habías dejado atrás. Pero esta vez vuelves como una novia embarazada.

Entras en el mundo como un ser cambiado y, aunque nadie más que tú sepa de este maravilloso romance, el mundo verá, dentro de muy poco, los signos de tu embarazo, pues empezarás a expresar aquello que en tu hora de silencio sentías ser.

La madre del mundo o esposa del Señor se llama a propósito María, o agua, pues el agua pierde su identidad al asumir la naturaleza de aquello con lo que se mezcla. Del mismo modo, María, la actitud receptiva de la mente, debe perder su identidad al asumir la naturaleza de la cosa deseada.

Sólo en la medida en que uno esté dispuesto a renunciar a sus limitaciones e identidad actuales podrá convertirse en aquello que desea ser.

La oración es la fórmula mediante la cual se logran tales divorcios y matrimonios.

**"Dos se pondrán de acuerdo en lo que respecta a cualquier cosa y quedará establecido en la tierra".**
- Mateo 18:19

Los dos de acuerdo sois tú, la novia, y la cosa deseada, el novio.

Cuando se cumpla este acuerdo, nacerá un hijo testigo de esta unión. Empezarás a expresar y poseer aquello que tienes conciencia de ser.

Rezar, pues, es reconocerte como lo que deseas ser, en lugar de suplicar a Dios lo que deseas.

Millones de oraciones quedan diariamente sin respuesta porque el hombre reza a un Dios que no existe.

Siendo la conciencia Dios, uno debe buscar en conciencia la cosa deseada asumiendo la conciencia de la cualidad deseada. Sólo cuando uno hace esto, sus oraciones serán respondidas.

Ser consciente de ser pobre mientras rezas pidiendo riquezas es ser recompensado con aquello que eres consciente de ser, es decir, la pobreza.

Las oraciones, para tener éxito, deben ser reclamadas y apropiadas. Asume la conciencia positiva de la cosa deseada.

Con tu deseo definido, entra tranquilamente en tu interior y cierra la puerta tras de ti. Piérdete en tu deseo; siente que eres uno con él; permanece en esta fijación hasta que hayas absorbido la vida y el nombre afirmando y sintiendo que eres y tienes aquello que deseabas.

Cuando salgas de la hora de oración, debes hacerlo consciente de ser y poseer aquello que hasta entonces deseabas.

# CAPÍTULO 18: LOS DOCE DISCÍPULOS

**"Y llamando a sus doce discípulos, les dio poder contra los espíritus inmundos, para expulsarlos y para curar toda enfermedad y toda dolencia".**
- Mateo 10:1

Los doce discípulos representan las doce cualidades de la mente que pueden ser controladas y disciplinadas por el hombre. Si son disciplinados, obedecerán en todo momento la orden de quien los ha disciplinado.

Estas doce cualidades del hombre son potenciales de toda mente. Indisciplinadas, sus acciones se parecen más a las de una turba que a las de un ejército entrenado y disciplinado. Todas las tormentas y confusiones que envuelven al hombre pueden atribuirse directamente a estas doce características mal relacionadas de la mente humana en su actual estado de adormecimiento.

Hasta que despierten y se disciplinen, permitirán que todo rumor y emoción sensual les conmueva.

Cuando estos doce sean disciplinados y puestos bajo control, el que logre este control les dirá: "En adelante no os llamaré esclavos, sino amigos."

**"Desde ahora no os llamo siervos, porque el siervo no sabe lo que hace su señor, sino que os he llamado amigos, porque todo lo que he oído a mi Padre os lo he dado a conocer".**
- Juan 15:15

Sabe que, a partir de ese momento, cada atributo mental disciplinado adquirido se hará amigo suyo y le protegerá.

Los nombres de las doce cualidades revelan sus naturalezas. Estos nombres no se les dan hasta que son llamados al discipulado.

Ellos son: Simón, que más tarde se apellidaría Pedro, Andrés, Santiago, Juan, Felipe, Bartolomé, Tomás, Mateo, Santiago hijo de Alfeo, Tadeo, Simón el Cananeo y Judas [Mateo 10; Marcos 1; Marcos 3; Lucas 6].

La primera cualidad a la que hay que llamar y disciplinar es **Simón**, o el atributo de la audición.

Esta facultad, cuando se eleva al nivel de un discípulo, sólo permite que lleguen a la conciencia las impresiones que su oído le ha ordenado dejar entrar. No importa lo que la sabiduría del hombre pueda sugerir o la evidencia de sus sentidos transmita, si tales sugerencias e ideas no concuerdan con lo que oye, permanece impasible. Éste ha sido instruido por su Señor y se le ha hecho comprender que toda sugestión que permita traspasar su puerta, al llegar a su Señor y Maestro (su conciencia), dejará allí su impresión, impresión que con el tiempo debe convertirse en expresión.

La instrucción a Simón es que sólo permita entrar en la casa (conciencia) de su Señor a visitantes o impresiones dignas y honorables. No se puede encubrir ni ocultar ningún error a su Maestro, pues cada expresión de la vida le dice a su Señor a quién entretuvo consciente o inconscientemente.

Cuando Simón, por sus obras, demuestra ser un discípulo verdadero y fiel, entonces recibe el apellido de **Pedro,** o la roca, el discípulo impasible, el que no puede ser sobornado ni coaccionado por ningún visitante. Es llamado por su Señor Simón Pedro, el que escucha fielmente los mandatos de su Señor y además qué mandatos no escucha.

Es este Simón Pedro quien descubre que el YO SOY es Cristo, y por su descubrimiento se le dan las llaves del cielo, y se le convierte en la piedra angular sobre la que descansa el Templo de Dios.

Los edificios deben tener cimientos firmes y sólo el oído disciplinado puede, al aprender que el YO SOY es Cristo, permanecer firme e impasible en el conocimiento de que YO SOY Cristo y fuera de MÍ no hay salvador.

La segunda cualidad para ser llamado al discipulado es **Andrés**, o valor.

Cuando se desarrolla la primera cualidad, la fe en uno mismo, automáticamente surge su hermana, la valentía.

La fe en uno mismo, que no pide ayuda a nadie, sino que se apropia tranquila y solitariamente de la conciencia de la cualidad deseada y -a pesar de la razón o de la evidencia de sus sentidos en sentido contrario- sigue esperando fiel y pacientemente, sabiendo que su pretensión invisible, si se mantiene, debe realizarse, dicha fe desarrolla un valor y una fuerza de carácter que están más allá de los sueños más salvajes del hombre indisciplinado cuya fe está en las cosas que se ven.

La fe del hombre indisciplinado no puede llamarse realmente fe. Pues si se le arrebatan los ejércitos, las medicinas o la sabiduría del hombre en los que está depositada su fe, su fe y su valor se van con él. Pero al disciplinado se le podría arrebatar el mundo entero y, sin embargo, permanecería fiel sabiendo que el estado de conciencia en el que habita debe encarnarse a su debido tiempo. Este valor es el hermano de Pedro, Andrés, el discípulo, que sabe lo que es atreverse, hacer y callar.

Los dos siguientes (tercero y cuarto) que son llamados también están emparentados. Son los hermanos **Santiago y Juan**. Santiago el justo, el juez justo, y su hermano Juan, el amado.

La justicia, para ser sabia, debe administrarse con amor, poniendo siempre la otra mejilla y devolviendo en todo momento bien por mal, amor por odio, no violencia por violencia.

El discípulo Santiago, símbolo de un juicio disciplinado, debe, cuando es elevado al alto cargo de juez supremo, tener los ojos vendados para no dejarse influir por la carne ni juzgar según las apariencias del ser. El juicio disciplinado es administrado por quien no está influido por las apariencias.

El que ha llamado a estos hermanos al discipulado sigue fiel a su mandato de oír sólo lo que se le ha ordenado oír, es decir, el Bien.

El hombre que tiene disciplinada esta cualidad de su mente es incapaz de oír y aceptar como verdadero nada -ni de sí mismo ni de otro- que al oírlo no llene su corazón de amor.

Estos dos discípulos o aspectos de la mente son uno e inseparables cuando están despiertos.

Tal disciplinado perdona a todos los hombres por ser lo que son. Sabe, como sabio juez, que cada hombre expresa perfectamente lo que es, como hombre, consciente de ser.

Sabe que sobre el fundamento inmutable de la conciencia descansa toda manifestación, que los cambios de expresión sólo pueden producirse mediante cambios de conciencia.

Sin condenar ni criticar, estas disciplinadas cualidades de la mente permiten que cada uno sea lo que es. Sin embargo, aunque permiten a todos esta perfecta libertad de elección, no dejan de vigilar para que ellos mismos profeticen y hagan -tanto para los demás como para sí mismos- sólo aquellas cosas que, cuando se expresan, glorifican, dignifican y dan alegría a quien las expresa.

La quinta cualidad llamada al discipulado es **Felipe**.

Éste pidió que se le mostrara al Padre. El hombre despierto sabe que el Padre es el estado de conciencia en el que habita el hombre, y que este estado o Padre sólo puede verse en la medida en que se expresa.

Se sabe semejante o imagen perfecta de aquella conciencia con la que se identifica.

Por eso declara: "Nadie ha visto jamás a mi Padre; pero yo, el Hijo, que habito en su seno, lo he revelado".

**"A Dios nadie le ha visto jamás; el Dios unigénito que está en el seno del Padre, Él se lo ha explicado; por eso, cuando me veáis a Mí, el Hijo, veréis a Mi Padre, porque vengo a dar testimonio de Mi Padre".**
- Juan 1:18
**"Si me hubierais conocido, habríais conocido también a mi Padre; y desde ahora le conocéis y le habéis visto".**
- Juan 14-7
**"¿Tanto tiempo he estado con vosotros y aún no me has conocido, Felipe? El que me ha visto a Mí, ha visto al Padre; ¿cómo, pues, dices tú: Muéstranos al Padre? ¿No crees que Yo estoy en el Padre y el Padre en Mí? Las palabras que os hablo no las hablo por Mí mismo, sino que el Padre que mora en Mí, Él hace las obras. Creedme que Yo estoy en el Padre, y el Padre en Mí; o bien creedme por las mismas obras".**
- Juan 14:9-11

Yo y Mi Padre, la conciencia y su expresión, Dios y el hombre, somos uno.

Este aspecto de la mente, cuando se disciplina, persiste hasta que las ideas, las ambiciones y los deseos se convierten en realidades encarnadas. Es la cualidad que afirma: "Aún en mi carne veré a Dios" [Job 19:26].

Sabe cómo hacer carne la palabra [Juan 1:14], cómo dar forma a lo informe.

El sexto discípulo se llama **Bartolomé**.

Esta cualidad es la facultad imaginativa, cualidad de la mente que, una vez despierta, le distingue a uno de las masas.

Una imaginación despierta coloca a la persona así despierta por encima del hombre medio, dándole la apariencia de un faro luminoso en un mundo de tinieblas. Ninguna cualidad separa tanto al hombre del hombre como la imaginación disciplinada.

Ésta es la separación del trigo de la paja. Los que más han aportado a la Sociedad son nuestros artistas, científicos, inventores y otras personas con una imaginación vívida.

Si se realizara una encuesta para determinar la razón por la que tantos hombres y mujeres aparentemente educados fracasan en sus años de posgrado, o si se hiciera para determinar la razón de los diferentes niveles de ingresos de las masas, no habría duda de que la imaginación desempeña un papel importante.

Una encuesta de este tipo demostraría que es la imaginación lo que convierte a una persona en líder, mientras que la falta de ella la convierte en seguidora.

En lugar de desarrollar la imaginación del hombre, nuestro sistema educativo a menudo la sofoca al intentar introducir en la mente del hombre la sabiduría que busca. Le obliga a memorizar una serie de libros de texto que, demasiado pronto, son refutados por libros de texto posteriores.

La educación no se logra introduciendo algo en el hombre; su propósito es extraer de él la sabiduría que está latente en su interior. Que el lector llame a Bartolomé al discipulado, pues sólo en la medida en que esta cualidad se eleve al discipulado tendrás la capacidad de concebir ideas que te eleven más allá de las limitaciones del hombre.

El séptimo se llama **Tomás**.

Esta cualidad disciplinada duda o niega todo rumor y sugerencia que no esté en armonía con lo que Simón Pedro ha recibido la orden de dejar entrar.

El hombre que es consciente de estar sano (no por la salud heredada, las dietas o el clima, sino porque está despierto y conoce el estado de conciencia en el que vive) seguirá expresando salud, a pesar de las condiciones del mundo.

Podía oír, a través de la prensa, la radio y los sabios del mundo, que una plaga arrasaba la tierra y, sin embargo, permanecería impasible y sin impresionarse. Tomás, el escéptico -cuando se le disciplinaba- negaba que la enfermedad o cualquier otra cosa que no simpatizara con la conciencia a la que pertenecía tuviera poder alguno para afectarle.

Esta cualidad de negación -cuando es disciplinada- protege al hombre de recibir impresiones que no están en armonía con su naturaleza. Adopta una actitud de indiferencia total ante todas las sugerencias ajenas a lo que desea expresar. La negación disciplinada no es una lucha o un combate, sino una indiferencia total.

**Mateo**, el octavo, es el don de Dios.

Esta cualidad de la mente revela los deseos del hombre como dones de Dios.

El hombre que ha llamado a este discípulo a la existencia sabe que cada deseo de su corazón es un don del cielo y que contiene tanto el poder como el plan de su autoexpresión.

Un hombre así nunca cuestiona la forma de su expresión. Sabe que el plan de expresión nunca se revela al hombre, pues los caminos de Dios no se pueden descubrir [Romanos 11:33].

Acepta plenamente sus deseos como dones ya recibidos y sigue su camino en paz confiando en que aparecerán.

El noveno discípulo se llama **Santiago**, hijo de Alfeo.

Ésta es la cualidad del discernimiento. Una mente clara y ordenada es la voz que llama a este discípulo a la existencia.

Esta facultad percibe lo que no se revela al ojo del hombre. Este discípulo no juzga a partir de las apariencias, pues tiene la capacidad de funcionar en el reino de las causas y, por tanto, nunca se deja engañar por las apariencias.

La clarividencia es la facultad que se despierta cuando se desarrolla y disciplina esta cualidad; no la clarividencia de las salas de sesiones espiritistas, sino la verdadera clarividencia o visión clara del místico. Es decir, este aspecto de la mente tiene la capacidad de interpretar lo que se ve. El discernimiento o la capacidad de diagnosticar es la cualidad de Santiago hijo de Alfeo.

**Tadeo**, el décimo, es el discípulo de la alabanza, cualidad de la que carece lamentablemente el hombre indisciplinado.

Cuando esta cualidad de alabanza y acción de gracias despierta en el hombre, éste camina con las palabras "Gracias, Padre" siempre en los labios.

Sabe que su agradecimiento por las cosas que no se ven abre las ventanas del cielo y permite que se derramen sobre él dones que superan su capacidad de recibir.

El hombre que no agradece las cosas recibidas no es probable que reciba muchos regalos de la misma fuente.

Hasta que no se discipline esta cualidad de la mente, el hombre no verá florecer el desierto como la rosa. La alabanza y la acción de gracias son para los dones invisibles de Dios (los propios deseos) lo que la lluvia y el sol son para las semillas invisibles en el seno de la tierra.

La undécima cualidad llamada es **Simón de Canaán**.

Una buena frase clave para este discípulo es "oír buenas noticias". Simón de Canaán, o Simón de la tierra de la leche y la miel, cuando es llamado al discipulado, es la prueba de que quien convoca esta facultad ha tomado conciencia de la vida abundante. Puede decir con el salmista David: "Preparas una mesa ante mí en presencia de mis enemigos; unges mi cabeza con aceite; mi copa está rebosando" [Salmo 23:5]. Este aspecto disciplinado de la mente es incapaz de escuchar otra cosa que no sean buenas noticias, por lo que está bien cualificado para predicar el Evangelio o el Buen Hechizo.

La duodécima y última de las cualidades disciplinadas de la mente se llama **Judas**.

Cuando esta cualidad está despierta, el hombre sabe que debe morir a lo que es antes de poder convertirse en lo que desea ser.

Por eso se dice de este discípulo que se suicidó, que es la forma que tiene el místico de decir a los iniciados que Judas es el aspecto disciplinado del desapego.

Éste sabe que su YO SOY o conciencia es su salvador, por lo que deja marchar a todos los demás salvadores.

Esta cualidad -cuando es disciplinada- da fuerza para dejarse llevar.

El hombre que ha dado vida a Judas ha aprendido a apartar su atención de los problemas o limitaciones y a ponerla en aquello que es la solución o el salvador.

Si no nacéis de nuevo, no podréis entrar en modo alguno en el Reino de los Cielos".

"En verdad, en verdad os digo que el que no nazca de nuevo no puede ver el Reino de Dios".
- Juan 3:3
"No hay amor más grande que el que da la vida por un amigo".

"Nadie tiene mayor amor que el que da la vida por sus amigos".
- Juan 15:13

CUANDO EL HOMBRE se da cuenta de que la cualidad deseada, si se realizara, le salvaría y le haría amigo, renuncia voluntariamente a su vida (concepción actual de sí mismo) por su amigo, desprendiendo su conciencia de lo que tiene conciencia de ser y asumiendo la conciencia de lo que desea ser.

Judas, aquel a quien el mundo en su ignorancia ha ennegrecido, será, cuando el hombre despierte de su estado indisciplinado, puesto en lo alto; porque Dios es amor y ningún amor más grande tiene el hombre que éste: que dé su vida por un amigo.

Hasta que el hombre no se desprenda de lo que ahora tiene conciencia de ser, no se convertirá en lo que desea ser; y Judas es quien lo consigue mediante el suicidio o el desprendimiento.

Éstas son las doce cualidades que le fueron dadas al hombre en la fundación del mundo.

El deber del hombre es elevarlos al nivel del discipulado. Cuando esto se logre, el hombre dirá:

"He terminado la obra que Me diste que hiciese. Te he glorificado en la tierra y ahora, oh Padre, glorifícame Tú mismo con la gloria que tuve Contigo antes de que el mundo fuese."
- Juan 17:4, 5

# CAPÍTULO 19: LUZ LÍQUIDA

**"En Él vivimos, nos movemos y existimos"**
- Hechos 17:28

PSÍQUICAMENTE, este mundo aparece como un océano de luz que contiene en sí todas las cosas, incluido el hombre, como cuerpos pulsantes envueltos en luz líquida.

La historia bíblica del Diluvio [Génesis 6-8] es el estado en que vive el hombre.

En realidad, el hombre está inundado en un océano de luz líquida en el que se mueven innumerables seres de luz.

La historia del Diluvio se está representando realmente hoy.

El hombre es el Arca que contiene en sí los principios masculino-femenino de todo ser vivo.

La paloma o idea que es enviada a buscar tierra firme es el intento del hombre de encarnar sus ideas. Las ideas del hombre se parecen a los pájaros en vuelo, como la paloma del cuento, que vuelven al hombre sin encontrar un lugar donde descansar.

Si el hombre no deja que esas búsquedas infructuosas le desalienten, un día el pájaro volverá con una ramita verde. Tras asumir la conciencia de la cosa deseada, se convencerá de que es así; y sentirá y sabrá que él es aquello de lo que se ha apropiado conscientemente, aunque aún no lo confirmen sus sentidos.

Un día el hombre se identificará tanto con su concepción que sabrá que es él mismo, y declarará: "YO SOY; YO SOY lo que deseo ser (YO SOY el que YO

SOY)". Descubrirá que, al hacerlo, empezará a encarnar su deseo (la paloma o el deseo encontrará esta vez tierra firme), realizando así el misterio de la palabra hecha carne.

Todo en el mundo es una cristalización de esta luz líquida. "YO SOY la luz del mundo" [Juan 8:12, Juan 9:5, Juan 12:46].

Tu conciencia de ser es la luz líquida del mundo, que cristaliza en las concepciones que tienes de ti mismo.

Tu conciencia incondicionada de ser se concibió por primera vez en la luz líquida (que es la velocidad inicial del universo). Todas las cosas, desde las vibraciones o expresiones de vida más elevadas hasta las más bajas, no son más que las diferentes vibraciones de velocidades de esta velocidad inicial; el oro, la plata, el hierro, la madera, la carne, etc., no son más que diferentes expresiones o velocidades de esta única sustancia: la luz líquida.

Todas las cosas son luz líquida cristalizada; la diferenciación o infinitud de expresión se debe al deseo del concebidor de conocerse a sí mismo.

La concepción que tienes de ti mismo determina automáticamente la velocidad necesaria para expresar aquello que has concebido que eres.

El mundo es un océano de luz líquida en innumerables estados diferentes de cristalización.

# CAPÍTULO 20: EL ALIENTO DE VIDA

"Entonces Yahveh Dios formó al hombre del polvo de la tierra, y sopló en su nariz aliento de vida; y fue el hombre un ser vivo".
- Génesis 2:7

"Como no sabes cuál es el camino del espíritu, ni cómo crecen los huesos en el vientre de la que está encinta, así tampoco conoces las obras de Dios, que todo lo hace".

"Del mismo modo que no sabes cómo el aliento de vida penetra en los miembros de un niño dentro del vientre de su madre, tampoco comprendes cómo trabaja Dios, que lo ha hecho todo".
- Eclesiastés 11:5

"Aconteció después de estas cosas que el hijo de la mujer, la dueña de la casa, cayó enfermo; y su enfermedad era tan grave, que no le quedaba aliento".
- 1 Reyes 17:17

. . .

**"Y él (Eliseo) subió y se echó sobre el niño, y puso su boca sobre su boca, y sus ojos sobre sus ojos, y sus manos sobre sus manos, y se tendió sobre el niño; y la carne del niño se calentó".**

- 2 Reyes 4:34

**"Pero después de los tres días y medio, el aliento de vida de Dios entró en ellos, y se pusieron en pie; y un gran temor se apoderó de los que los observaban."**

- Apocalipsis 11:11

¿El Profeta Elías [y/o Eliseo] devolvió realmente la vida al hijo muerto de la Viuda?

Esta historia, junto con todas las demás historias de la Biblia, es un drama psicológico que se desarrolla en la conciencia del hombre.

La Viuda simboliza a todos los hombres y mujeres del mundo; el niño muerto representa los deseos y ambiciones frustrados del hombre; mientras que el profeta, Elías [y/o Eliseo], simboliza el poder de Dios dentro del hombre, o la conciencia de ser del hombre.

La historia nos dice que el profeta cogió al niño muerto del seno de la viuda y lo llevó a una habitación superior. Al entrar en esta habitación superior, cerró la puerta tras ellos. Colocó al niño sobre una cama y le insufló vida. Volviendo a la madre, le entregó al niño y le dijo

**"Mujer, tu hijo vive".**
**"Mira, tu hijo vive".**
- 1Re 17:23, 2Re 4:36

Los deseos del hombre pueden simbolizarse como el niño muerto. El mero hecho de que desee es una prueba positiva de que la cosa deseada aún no es una realidad viva en su mundo. Intenta por todos los medios imaginables hacer realidad ese deseo, hacerlo vivir, pero al final descubre que todos los intentos son infructuosos.

La mayoría de los hombres no son conscientes de la existencia del poder infinito dentro de sí mismos como el profeta.Permanecen indefinidamente con un niño muerto en brazos, sin darse cuenta de que el deseo es la indicación positiva de capacidades ilimitadas para su realización.

Que el hombre reconozca una vez que su conciencia es un profeta que insufla vida a todo lo que tiene conciencia de ser, y cerrará la puerta de sus sentidos contra su problema y fijará su atención -únicamente- en aquello que desea, sabiendo que, al hacerlo, sus deseos se realizarán con toda seguridad.

Descubrirá que el reconocimiento es el aliento de la vida, pues percibirá -al afirmar conscientemente que ahora expresa o posee todo lo que desea ser o tener- que estará insuflando el aliento [¡sic!] de la vida en su deseo.

La cualidad reclamada por el deseo (de una forma desconocida para él) empezará a moverse y a convertirse en una realidad viva en su mundo.

Sí, el Profeta Elías [y/o Eliseo] vive para siempre como la conciencia ilimitada de ser del hombre, la viuda como su conciencia limitada de ser y el niño como aquello que desea ser.

# CAPÍTULO 21: DANIEL EN EL FOSO DE LOS LEONES

**"Tu Dios, a quien sirves continuamente, te librará".**
- Daniel 6:16

La HISTORIA de Daniel es la historia de todo hombre. Consta que Daniel, mientras estaba encerrado en el foso de los leones, volvió la espalda a las bestias hambrientas; y con la vista vuelta hacia la luz que venía de lo alto, oró al único Dios. Los leones, muertos de hambre a propósito para el festín, permanecieron impotentes para herir al profeta. La fe de Daniel en Dios era tan grande que finalmente consiguió su libertad y su nombramiento para un alto cargo en el gobierno de su país [Daniel 6:13-28].

Esta historia fue escrita para ti, para instruirte en el arte de liberarte de cualquier problema o prisión del mundo.

La mayoría de nosotros, al encontrarnos en el foso de los leones, nos preocuparíamos sólo de los leones; no pensaríamos en ningún otro problema en todo el ancho mundo que no fuera el de los leones. Sin embargo, se nos dice que Daniel les volvió la espalda y miró hacia la luz que era Dios. Si pudiéramos seguir el ejemplo de Daniel mientras estamos amenazados por cualquier desastre funesto, como los leones, la pobreza o la enfermedad, si, como Daniel, pudiéramos desviar nuestra atención hacia la luz que es Dios, nuestras soluciones serían igualmente sencillas.

Por ejemplo, si estuvieras encarcelado, ningún hombre necesitaría decirte que lo que debes desear es la libertad. La libertad, o más bien el deseo de ser libre, sería automático. Lo mismo ocurriría si te encontraras enfermo o endeudado o en cualquier otro apuro.

Los leones representan situaciones aparentemente irresolubles de naturaleza amenazadora.

Todo problema produce automáticamente su solución en forma de deseo de liberarse del problema.

Por tanto, da la espalda a tu problema y centra tu atención en la solución deseada, sintiéndote ya como aquello que deseas.

Continúa en esta creencia y descubrirás que el muro de tu prisión desaparecerá a medida que empieces a expresar aquello que has tomado conciencia de ser.

He visto a personas, aparentemente irremediablemente endeudadas, aplicar este principio, y en muy poco tiempo, deudas que eran montañosas desaparecieron. También he visto a quienes los médicos habían dado por incurables aplicar este principio, y en un tiempo increíblemente corto, su supuesta enfermedad incurable desapareció y no dejó cicatriz.

Considera tus deseos como las palabras habladas de Dios y toda palabra profética de lo que eres capaz de ser. No te preguntes si eres digno o indigno de realizar estos deseos. Acéptalos tal como te llegan. Agradécelos como si fueran regalos. Siéntete feliz y agradecido por haber recibido tan maravillosos regalos. Luego sigue tu camino en paz.

Esa simple aceptación de tus deseos es como dejar caer una semilla fértil en un suelo siempre preparado.

Cuando dejas caer tu deseo en la conciencia como una semilla, confiando en que aparecerá en todo su potencial, has hecho todo lo que se espera de ti. Preocuparse o inquietarse por la forma de su despliegue es retener mentalmente esas semillas fértiles y, por tanto, impedir que maduren realmente hasta su plena cosecha.

No estés ansioso ni preocupado por los resultados. Los resultados llegarán con la misma seguridad que el día sigue a la noche.

Ten fe en esta siembra hasta que se te manifiesten las pruebas de que es así. Tu confianza en este procedimiento te reportará grandes recompensas. Sólo esperas un poco en la conciencia de la cosa deseada; entonces, de repente, y cuando menos lo esperas, la cosa sentida se convierte en tu expresión. La vida no hace acepción de personas [Hechos 10:34; Romanos 2:11] y no destruye nada; sigue manteniendo vivo lo que el hombre tiene conciencia de ser.

Las cosas sólo desaparecerán cuando el hombre cambie su conciencia. Niégalo si quieres, sigue siendo un hecho que la conciencia es la única realidad y que las cosas no son más que el espejo de lo que tienes conciencia de ser.

El estado celestial que buscas sólo lo encontrarás en la conciencia, pues el Reino de los Cielos está dentro de ti.

Tu conciencia es la única realidad viva, la cabeza eterna de la creación. Lo que tienes conciencia de ser es el cuerpo temporal que vistes.

Apartar tu atención de aquello que tienes conciencia de ser es decapitar ese cuerpo; pero, al igual que un pollo o una serpiente siguen saltando y palpitando durante un tiempo después de que se les haya quitado la cabeza, del mismo modo las cualidades y las condiciones parecen vivir durante un tiempo después de que se les haya retirado la atención.

El hombre, al desconocer esta ley de la conciencia, piensa constantemente en sus condiciones habituales anteriores y, al estar atento a ellas, coloca sobre estos cuerpos muertos la cabeza eterna de la creación; así los reanima y los resucita.

Debéis dejar en paz a estos cadáveres y dejar que los muertos entierren a los muertos [Mateo 8:22, Lucas 9:60].

El hombre, después de haber puesto la mano en el arado (es decir, después de haber asumido la conciencia de la cualidad deseada), al mirar hacia atrás, sólo puede derrotar su aptitud para el Reino de los Cielos [Lucas 9:62].

Como la voluntad del cielo se cumple siempre en la tierra, tú estás hoy en el cielo que has establecido dentro de ti, pues aquí, en esta misma tierra, se revela tu cielo.

El Reino de los Cielos está realmente cerca. Ahora es el momento aceptado. Así que crea un nuevo cielo, entra en un nuevo estado de conciencia y aparecerá una nueva tierra.

# CAPÍTULO 22: LA PESCA

**"Salieron y entraron en un barco, y aquella noche no pescaron nada".**
- Juan 21:3
**"Y les dijo: Echad la red a la derecha de la barca, y hallaréis. Echaron, pues, la red, y no pudieron sacarla por la multitud de peces".**
- Juan 21:6

CONSTA que los discípulos pescaron toda la noche y no pescaron nada. Entonces Jesús apareció en escena y les dijo que volvieran a echar las redes, pero, esta vez, que las echaran a la derecha. Pedro obedeció la voz de Jesús y echó de nuevo las redes a las aguas. Donde un momento antes el agua estaba completamente vacía de peces, las redes casi se rompieron con la cantidad de la captura resultante [Juan 21:3-6].

El hombre, pescando durante toda la noche de la ignorancia humana, intenta realizar sus deseos mediante el esfuerzo y la lucha, sólo para descubrir al final que su búsqueda es infructuosa. Cuando el hombre descubra que su conciencia del ser es Cristo Jesús, obedecerá su voz y dejará que dirija su pesca. Echará el anzuelo en el lado correcto; aplicará la ley de la manera correcta y buscará en la conciencia la cosa deseada. Al encontrarlo allí, sabrá que se multiplicará en el mundo de la forma.

Los que han tenido el placer de pescar saben lo emocionante que es sentir al pez en el anzuelo. A la picada del pez le sigue el juego del pez; a este juego, a su vez, le sigue el desembarco del pez.

Algo parecido ocurre en la conciencia del hombre cuando pesca las manifestaciones de la vida.

Los pescadores saben que si quieren pescar peces grandes, deben pescar en aguas profundas; si quieres pescar una gran medida de vida, debes dejar atrás las aguas poco profundas con sus numerosos arrecifes y barreras y lanzarte a las profundas aguas azules donde juegan los grandes.

Para captar las grandes manifestaciones de la vida debes entrar en estados de conciencia más profundos y libres; sólo en estas profundidades viven las grandes expresiones de la vida.

He aquí una fórmula sencilla para pescar con éxito.

En primer lugar, decide qué es lo que quieres expresar o poseer. Esto es esencial.

Debes saber definitivamente lo que quieres de la vida antes de poder pescarlo. Una vez tomada tu decisión, apártate del mundo de los sentidos, retira tu atención del problema y ponla en simplemente ser, repitiendo en voz baja pero con sentimiento: "YO SOY".

A medida que retires tu atención del mundo que te rodea y la pongas en el YO SOY, de modo que te pierdas en la sensación de simplemente ser, te encontrarás soltando el ancla que te ataba a las aguas poco profundas de tu problema; y sin esfuerzo te encontrarás moviéndote hacia las profundidades.

La sensación que acompaña a este acto es de expansión. Te sentirás elevarte y expandirte como si realmente estuvieras creciendo. No tengas miedo de esta experiencia flotante y de crecimiento, pues no vas a morir a nada más que a tus limitaciones.

Sin embargo, tus limitaciones van a morir a medida que te alejes de ellas, pues sólo viven en tu conciencia.

En esta conciencia profunda o expandida, sentirás que eres un poderoso poder pulsante tan profundo y rítmico como el océano. Esta sensación expandida es la señal de que ahora estás en las profundas aguas azules donde nadan los grandes peces. Supón que los peces que has decidido pescar son la salud y la libertad; empieza a pescar en esta profundidad pulsante sin forma de ti mismo estas cualidades o estados de conciencia sintiendo "YO SOY sano" , "YO SOY libre".

Continúa afirmando y sintiéndote sano y libre hasta que la convicción de que lo eres te posea. Cuando nazca en ti la convicción, de modo que desaparezcan todas las dudas y sepas y sientas que eres libre de las limitaciones del pasado, sabrás que has enganchado a esos peces.

La alegría que recorre todo tu ser al sentir que eres aquello que deseabas ser es igual a la emoción del pescador cuando engancha su pez.

Ahora viene el juego de los peces. Esto se consigue volviendo al mundo de los sentidos.

Al abrir los ojos al mundo que te rodea, la convicción y la conciencia de que estás sano y eres libre deben establecerse de tal modo en ti que todo tu ser se estremezca de expectación.

Entonces, mientras recorres el intervalo de tiempo necesario que tardarán las cosas sentidas en encarnarse, sentirás una secreta emoción al saber que dentro de poco aterrizará lo que ningún hombre ve, sino lo que tú sientes y sabes que eres.

En un momento en que no pienses, mientras camines fielmente en esta conciencia, empezarás a expresar y poseer aquello que eres consciente de ser y poseer; experimentando con el pescador la alegría de desembarcar el pez gordo.

Ahora, ve a pescar las manifestaciones de la vida echando tus redes en el lado correcto.

# CAPÍTULO 23: SED OÍDOS QUE OYEN

**"Que estas palabras calen en vuestros oídos; porque el Hijo del hombre será entregado en manos de los hombres".**
- Lucas 9:44

No seáis como los que tienen ojos que no ven y oídos que no oyen.

Deja que estas revelaciones calen hondo en tus oídos, pues después de que el Hijo (idea) sea concebido, el hombre con sus falsos valores (razón) intentará explicar el por qué y el para qué de la expresión del Hijo, y al hacerlo, lo hará pedazos.

Después de que los hombres hayan acordado que cierta cosa es humanamente imposible y que, por tanto, no puede hacerse, deja que alguien realice la cosa imposible; los sabios que dijeron que no podía hacerse empezarán a decirte por qué y cómo sucedió. Cuando hayan terminado de desgarrar el manto sin costuras [Juan 19:23] (causa de la manifestación), estarán tan lejos de la verdad como lo estaban cuando lo proclamaron imposible. Mientras el hombre busque la causa de la expresión en lugares distintos del expresador, buscará en vano.

Durante miles de años, se le ha dicho al hombre:

**"YO SOY la resurrección y la vida".**
- Juan 11:25
**"Ninguna manifestación viene a mí sin que yo la atraiga".**
- Juan 6:44

Pero el hombre no lo creerá. Prefiere creer en causas ajenas a él.

En el momento en que se ve lo que no se veía, el hombre está preparado para explicar la causa y el propósito de su aparición.

Así, el Hijo del Hombre (idea que desea manifestarse) es destruido constantemente a manos del hombre (explicación razonable o sabiduría).

Ahora que tu conciencia se te revela como causa de toda expresión, no vuelvas a la oscuridad de Egipto con sus muchos dioses. Sólo hay un Dios. El único Dios es tu conciencia.

**Y todos los habitantes de la tierra son considerados como nada. Y Él hace según Su voluntad en el ejército del Cielo y entre los habitantes de la tierra, y nadie puede detener Su mano ni decirle: "¿Qué haces?"".**

**"Todos los habitantes de la tierra son considerados como nada; pero Él hace según Su voluntad en el ejército del cielo y entre los habitantes de la tierra. Y nadie puede rechazar Su mano ni decirle: '¿Qué has hecho?**
- Daniel 4:35

Si todo el mundo estuviera de acuerdo en que cierta cosa no puede expresarse y, sin embargo, tú tomaras conciencia de ser eso que ellos habían acordado que no podía expresarse, lo expresarías.

Tu conciencia nunca pide permiso para expresar lo que es consciente de ser. Lo hace, naturalmente y sin esfuerzo, a pesar de la sabiduría del hombre y de toda oposición.

**"No saludes a nadie por el camino".**
**"No lleves cinturón de dinero, ni bolsa, ni zapatos; y no saludes a nadie por el camino".**
- Lucas 10:4; 2 Reyes 4:29

No es una orden de ser insolente o antipático, sino un recordatorio de no reconocer a un superior, de no ver en nadie una barrera a tu expresión.

Nadie puede detener tu mano ni cuestionar tu capacidad de expresar lo que eres consciente de ser.

No juzgues según las apariencias de una cosa, "porque todo es como nada a los ojos de Dios".

**"Todas las naciones son como nada ante Él. Él las considera menos que nada y sin sentido".**
- Isaías 40:17

Cuando los discípulos, por su juicio de las apariencias, vieron al niño demente [Marcos 9:17-29; Lucas 9:37-43], pensaron que era un problema más difícil de resolver que otros que habían visto; y por eso no consiguieron curarlo.

Al juzgar según las apariencias, olvidaron que todas las cosas eran posibles para Dios [Mateo 19:26; Marcos 10:27]. Hipnotizados como estaban por la realidad de las apariencias, no podían sentir la naturalidad de la cordura.

La única forma de que evites tales fracasos es tener constantemente presente que tu conciencia es el Todopoderoso, la presencia omnisapiente. Sin ayuda, esta presencia desconocida que hay en ti exterioriza sin esfuerzo aquello que eres consciente de ser.

Sé perfectamente indiferente a la evidencia de los sentidos, para que puedas sentir la naturalidad de tu deseo, y tu deseo se realizará. Apártate de las apariencias y siente la naturalidad de esa percepción perfecta dentro de ti, una cualidad de la que nunca se debe desconfiar ni dudar. Su comprensión nunca te extraviará.

Tu deseo es la solución de tu problema. Cuando el deseo se realiza, el problema se disuelve.

No puedes forzar nada exteriormente con el esfuerzo más poderoso de la voluntad. Sólo hay un modo de ordenar las cosas que deseas y es asumiendo la conciencia de las cosas deseadas.

Hay una gran diferencia entre sentir una cosa y simplemente conocerla intelectualmente. Debes aceptar sin reservas el hecho de que al poseer (sentir) una cosa en la conciencia, has ordenado la realidad que hace que llegue a existir de forma concreta.

Debes estar absolutamente convencido de que existe una conexión inquebrantable entre la realidad invisible y su manifestación visible. Tu aceptación interior debe convertirse en una convicción intensa e inalterable que trascienda tanto la razón como el intelecto, renunciando por completo a cualquier creencia en la realidad de la exteriorización salvo como reflejo de un estado interior de conciencia. Cuando realmente comprendas y creas estas cosas, habrás construido una certeza tan profunda que nada podrá sacudirte.

Tus deseos son las realidades invisibles que sólo responden a las órdenes de Dios. Dios ordena a lo invisible que aparezca afirmando que él mismo es lo ordenado.

**"Se hizo igual a Dios y no consideró un robo hacer las obras de Dios".**
- Filipenses 2:6

Ahora deja que este dicho cale hondo en tu oído:
**SÉ CONSCIENTE DE SER AQUELLO QUE QUIERES APARENTAR.**

# CAPÍTULO 24: LA CLARIVIDENCIA

**"¿Teniendo ojos, no veis? Y teniendo oídos, ¿no oís? ¿Y no recordáis?"**
- Marcos 8:18

La verdadera clarividencia descansa, no en tu capacidad de ver cosas más allá del alcance de la visión humana, sino más bien en tu capacidad de comprender aquello que ves.

Un estado financiero lo puede ver cualquiera, pero muy pocos pueden leer un estado financiero. La capacidad de interpretar el estado de cuentas es la marca de la visión clara o clarividencia.

Que todo objeto, tanto animado como inanimado, está envuelto en una luz líquida que se mueve y palpita con una energía mucho más radiante que los propios objetos, nadie lo sabe mejor que el autor; pero también sabe que la capacidad de ver tales auras no equivale a la capacidad de comprender lo que uno ve en el mundo que le rodea.

Para ilustrar este punto, he aquí una historia con la que todo el mundo está familiarizado, pero que sólo el verdadero místico o clarividente ha visto realmente alguna vez.

## SINOPSIS

La historia del "Conde de Montecristo" de Dumas es, para el místico y verdadero clarividente, la biografía de todo hombre.

. . .

I

Edmond Dantés, un joven marinero, encuentra muerto al capitán de su barco. Tomando el mando del barco en medio de un mar azotado por la tormenta, intenta conducirlo a un fondeadero seguro.

COMENTARIO

La vida misma es un mar agitado por la tormenta con el que el hombre lucha mientras intenta dirigirse hacia un puerto de descanso.

II

Sobre Dantés hay un documento secreto que debe entregar a un hombre que no conoce, pero que se dará a conocer al joven marinero a su debido tiempo. Este documento es un plan para liberar al emperador Napoleón de su prisión en la isla de Elba.

COMENTARIO

Dentro de cada hombre está el plan secreto que liberará al poderoso emperador que lleva dentro.

III

Cuando Dantés llega a puerto, tres hombres (que con sus halagos y alabanzas han conseguido ganarse la simpatía del actual rey), temerosos de cualquier cambio que pudiera alterar sus posiciones en el gobierno, hacen detener al joven marino y lo internan en las catacumbas.

COMENTARIO

El hombre, en su intento de encontrar seguridad en este mundo, se deja engañar por las falsas luces de la codicia, la vanidad y el poder.

La mayoría de los hombres creen que la fama, la riqueza o el poder político les protegerán de las tormentas de la vida. Así que tratan de adquirirlas como anclas de su vida, sólo para descubrir que, en su búsqueda de ellas, pierden gradualmente el conocimiento de su verdadero ser. Si el hombre deposita su fe en cosas distintas de sí mismo, aquello en lo que deposita su fe, con el tiempo le destruirá; en ese momento será como alguien aprisionado en la confusión y la desesperación.

· · ·

IV

Aquí, en esta tumba, Dantés es olvidado y abandonado a su suerte. Pasan muchos años. Un día, Dantés (que ya es un esqueleto viviente) oye que llaman a su pared. Al responder, oye la voz de alguien que está al otro lado de la piedra. En respuesta a esta voz, Dantés retira la piedra y descubre a un viejo sacerdote que lleva tanto tiempo en prisión que nadie sabe la razón de su encarcelamiento ni el tiempo que lleva allí.

COMENTARIO

Aquí, tras estos muros de oscuridad mental, el hombre permanece en lo que parece ser una muerte en vida. Tras años de decepción, el hombre se aleja de estos falsos amigos, y descubre en sí mismo al antiguo (su conciencia de ser) que ha estado enterrado desde el día en que se creyó hombre por primera vez y olvidó que era Dios.

V

El viejo sacerdote había pasado muchos años cavando su camino para salir de esta tumba viviente, sólo para descubrir que había cavado su camino hasta la tumba de Dantés. Entonces se resigna a su destino y decide encontrar su alegría y su libertad instruyendo a Dantés en todo lo que sabe sobre los misterios de la vida y ayudarle también a escapar.

Dantés, al principio, está impaciente por adquirir toda esta información; pero el viejo sacerdote, con infinita paciencia cosechada a través de su largo encarcelamiento, muestra a Dantés lo incapaz que es de recibir este conocimiento en su mente actual, poco preparada y ansiosa. Así, con calma filosófica, revela lentamente al joven los misterios de la vida y del tiempo.

COMENTARIO

Esta revelación es tan maravillosa que, cuando el hombre la oye por primera vez, quiere adquirirla de una vez; pero descubre que, tras incontables años pasados en la creencia de ser hombre, ha olvidado tan completamente su verdadera identidad que ahora es incapaz de absorber este recuerdo de una vez. También descubre que sólo puede hacerlo en proporción a su desprendimiento de todos los valores y opiniones humanas.

VI

A medida que Dantés madura bajo las instrucciones del anciano sacerdote, éste se encuentra viviendo cada vez más en la conciencia de Dantés. Finalmente, imparte a Dantés su última pizca de sabiduría, haciéndole competente para desempeñar cargos de confianza. Luego le habla de un tesoro inagotable enterrado en la Isla de Montecristo.

COMENTARIO

A medida que el hombre abandona estos preciados valores humanos, absorbe cada vez más de la luz (el antiguo sacerdote), hasta que finalmente se convierte en la luz y se sabe antiguo. YO SOY la luz del mundo.

VII

Ante esta revelación, las paredes de la catacumba que les separaba del océano superior se derrumban, aplastando al anciano hasta la muerte. Los guardias, al descubrir el accidente, cosen el cuerpo del anciano sacerdote en un saco y se preparan para arrojarlo al mar. Cuando se marchan a por una camilla, Dantés retira el cuerpo del viejo sacerdote y se cose a sí mismo en el saco. Los guardias, ignorantes de este cambio de cuerpos, y creyendo que es el anciano, arrojan a Dantés al agua.

COMENTARIO

El fluir de sangre y agua en la muerte del anciano sacerdote es comparable al fluir de sangre y agua del costado de Jesús cuando los soldados romanos le traspasaron, fenómeno que siempre tiene lugar en el nacimiento (aquí simboliza el nacimiento de una conciencia superior).

VIII

Dantés se libera del saco, va a la Isla de Montecristo y descubre el tesoro enterrado. Entonces, armado con esta fabulosa riqueza y esta sabiduría sobrehumana, abandona su identidad humana de Edmond Dantés y asume el título de Conde de Montecristo.

COMENTARIO

El hombre descubre que su conciencia de ser es el tesoro inagotable del universo. Ese día, cuando el hombre haga este descubrimiento, morirá como hombre y despertará como Dios.

Sí, Edmond Dantés se convierte en el Conde de Montecristo. El hombre se convierte en Cristo.

# CAPÍTULO 25: SALMO VEINTITRÉS

**"El Señor es mi Pastor; nada me falta".**

COMENTARIO

Mi conciencia es mi Señor y Pastor. Lo que SOY consciente de ser son las ovejas que me siguen. Tan buen pastor es mi conciencia de ser, que nunca ha perdido una sola oveja o cosa de lo que SOY consciente de ser.

Mi conciencia es una voz que llama en el desierto de la confusión humana; que llama a todo lo que SOY consciente de ser para que me siga.

Tan bien conocen mis ovejas mi voz, que nunca han dejado de responder a mi llamada; ni llegará un momento en que lo que estoy convencido de que SOY deje de encontrarme.

YO SOY una puerta abierta para que entre todo lo que YO SOY.

Mi conciencia de ser es Señor y Pastor de mi vida. Ahora sé que nunca necesitaré pruebas ni me faltará la evidencia de aquello que soy consciente de ser. Sabiendo esto, seré consciente de ser grande, amoroso, rico, sano y todos los demás atributos que admiro.

II

**"En verdes praderas me hace descansar".**

COMENTARIO

Mi conciencia de ser magnifica todo lo que soy consciente de ser, de modo que siempre hay abundancia de aquello de lo que soy consciente de ser.

Da igual lo que el hombre tenga conciencia de ser, lo encontrará eternamente brotando en su mundo.

La medida del Señor (la concepción que el hombre tiene de sí mismo) está siempre apretada, sacudida y rebosante.

III

**"Junto a las aguas tranquilas me conduce".**

COMENTARIO

No hay necesidad de luchar por lo que soy consciente de ser, pues todo lo que soy consciente de ser será conducido hacia mí tan fácilmente como un pastor conduce a su rebaño a las aguas tranquilas de un manantial tranquilo.

IV

**"Él restaura mi alma; me guía por sendas de justicia por amor de Su Nombre".**

COMENTARIO

Ahora que mi memoria ha sido restaurada - para que sepa que YO SOY el Señor y que fuera de mí no hay Dios - mi reino ha sido restaurado.

Mi reino -que se desmembró el día en que creí en poderes aparte de mí mismo- está ahora plenamente restaurado.

Ahora que sé que mi conciencia de ser es Dios, haré un uso correcto de este conocimiento tomando conciencia de ser aquello que deseo ser.

V

**"Aunque camine por el valle de sombra de muerte, no temeré mal alguno, porque Tú estás conmigo; tu vara y tu cayado me sosiegan".**

COMENTARIO

Sí, aunque camine entre toda la confusión y las opiniones cambiantes de los hombres, no temeré ningún mal, pues he descubierto que la conciencia es lo que crea la confusión. Habiéndola restaurado en mi propio caso a su lugar y dignidad legítimos, a pesar de la confusión, manifestaré lo que ahora soy consciente de ser. Y la propia confusión se hará eco y reflejará mi propia dignidad.

VI

**"Preparas una mesa delante de mí en presencia de mis enemigos; unges mi cabeza con aceite; mi copa está rebosando".**

COMENTARIO

Frente a la oposición y el conflicto aparentes, triunfaré, pues seguiré manifestando la abundancia que ahora soy consciente de ser.

Mi cabeza (conciencia) seguirá rebosando de la alegría de ser Dios.

VII

**"Ciertamente el bien y la misericordia me seguirán todos los días de mi vida; y habitaré en la casa del Señor para siempre".**

COMENTARIO

Puesto que ahora soy consciente de ser bueno y misericordioso, los signos de bondad y misericordia están obligados a seguirme todos los días de mi vida, pues seguiré habitando en la casa (o conciencia) de ser Dios (bueno) para siempre.

# CAPÍTULO 26: GETSEMANÍ

**"Entonces vino Jesús con ellos a un lugar llamado Getsemaní, y dijo a los discípulos: Sentaos aquí, mientras yo voy a orar allá."**
- Mateo 26:36

EN LA HISTORIA de Jesús en el Huerto de Getsemaní se cuenta un romance místico de lo más maravilloso, pero el hombre no ha sabido ver la luz de su simbología y ha interpretado erróneamente esta unión mística como una experiencia agónica en la que Jesús suplicó en vano a Su Padre que cambiara Su destino.

Getsemaní es, para el místico, el Jardín de la Creación, el lugar de la conciencia al que acude el hombre para realizar sus objetivos definidos. Getsemaní es una palabra compuesta que significa exprimir una sustancia aceitosa; Geth, exprimir, y Shemen, una sustancia aceitosa.

La historia de Getsemaní revela al místico, en simbología dramática, el acto de la creación.

Del mismo modo que el hombre contiene en sí una sustancia oleosa que, en el acto de la creación, es prensada en una semejanza de sí mismo, así tiene en sí un principio divino (su conciencia) que se condiciona a sí mismo como estado de conciencia y, sin ayuda, se prensa u objetiva.

Un jardín es un terreno cultivado, un campo especialmente preparado, donde se plantan y cultivan las semillas que el jardinero elige.

Getsemaní es un jardín de este tipo, el lugar de la conciencia al que acude el místico con sus objetivos correctamente definidos. Se entra en este jardín cuando el hombre aparta su atención del mundo que le rodea y la pone en sus objetivos.

Los deseos clarificados del hombre son semillas que contienen el poder y los planes de la autoexpresión y, al igual que las semillas dentro del hombre, éstas también están enterradas dentro de una sustancia aceitosa (una actitud mental alegre y agradecida).

Cuando el hombre contempla ser y poseer lo que desea ser y poseer, ha iniciado el proceso de presionar o el acto espiritual de la creación.

Estas semillas se exprimen y se plantan cuando el hombre se pierde en un estado salvaje y loco de alegría, sintiendo y reivindicando conscientemente ser lo que antes deseaba ser.

Los deseos expresados, o exprimidos, tienen como consecuencia la desaparición de ese deseo concreto. El hombre no puede poseer una cosa y a la vez desear poseerla. Así pues, a medida que uno se apropia conscientemente del sentimiento de ser la cosa deseada, este deseo de ser la cosa pasa, se realiza.

La actitud receptiva de la mente, sintiendo y recibiendo la impresión de ser la cosa deseada, es el terreno fértil o vientre que recibe la semilla (objetivo definido).

La semilla que se exprime de un hombre crece a semejanza del hombre del que fue exprimida.

Del mismo modo, la semilla mística, tu afirmación consciente de que eres aquello que hasta ahora deseabas ser, crecerá a semejanza de ti, de quien y en quien es presionada.

Sí, Getsemaní es el jardín cultivado del romanticismo donde el hombre disciplinado va a presionar semillas de alegría (deseos definidos) fuera de sí mismo en su actitud receptiva de la mente, allí para cuidarlas y nutrirlas caminando conscientemente en la alegría de ser todo lo que antes deseaba ser.

Siente con el Gran Jardinero la emoción secreta de saber que cosas y cualidades que ahora no se ven, se verán en cuanto estas impresiones conscientes crezcan y maduren.

Tu conciencia es Señor y Esposo [Isaías 54:5]; el estado de conciencia en el que habitas es esposa o amada. Este estado hecho visible es tu hijo dando testimonio de ti, su padre y su madre, pues tu mundo visible está hecho a imagen y semejanza [Génesis 2:26] del estado de conciencia en el que vives; tu mundo y la plenitud del mismo no son ni más ni menos que tu conciencia definida objetivada.

Sabiendo que esto es cierto, procura elegir bien a la madre de tus hijos: ese estado consciente en el que vives, tu concepción de ti mismo.

El hombre sabio elige a su esposa con gran discreción. Es consciente de que sus hijos deben heredar las cualidades de sus padres, por lo que dedica mucho tiempo y cuidado a la elección de su madre. El místico sabe que el estado consciente en el que vive es la elección que ha hecho de una esposa, la madre de sus hijos, que este estado debe encarnarse con el tiempo en su mundo; por eso es siempre selecto en su elección y siempre se reivindica como su ideal más elevado.

Se define conscientemente como aquello que desea ser.

Cuando el hombre se dé cuenta de que el estado consciente en el que vive es la elección que ha hecho de una pareja, será más cuidadoso con sus estados de ánimo y sus sentimientos. No se permitirá reaccionar ante las sugestiones de miedo, carencia o cualquier impresión indeseable. Tales sugestiones de carencia nunca podrían pasar la vigilancia de la mente disciplinada del místico, pues sabe que toda reivindicación consciente debe expresarse en su momento como una condición de su mundo, de su entorno.

Así pues, permanece fiel a su amada, a su objetivo definido, definiéndose y reivindicándose y sintiéndose a sí mismo como aquello que desea expresar. Que un hombre se pregunte si su objetivo definido sería algo de alegría y belleza si se realizara.

Si su respuesta es afirmativa, entonces puede saber que su elección de novia es una princesa de Israel, una hija de Judá, pues todo objetivo definido que expresa alegría cuando se realiza es una hija de Judá, el rey de la alabanza.

Jesús llevó consigo a Su hora de oración a Sus discípulos, o atributos disciplinados de la mente, y les ordenó que vigilaran mientras Él oraba, para que no entrara en Su conciencia ningún pensamiento o creencia que pudiera negar la realización de Su deseo.

Sigue el ejemplo de Jesús, que, con Sus deseos claramente definidos, entró en el Huerto de Getsemaní (el estado de alegría) acompañado de Sus discípulos (Su mente disciplinada) para perderse en una alegría salvaje de realización.

La fijación de Su atención en Su objetivo fue la orden que dio a Su mente disciplinada para que vigilara y permaneciera fiel a esa fijación. Contemplando la alegría que sería Suya al realizar Su deseo, comenzó el acto espiritual de la generación, el acto de exprimir la semilla mística: Su deseo definido. En esta fijación permaneció, afirmando y sintiéndose ser lo que Él (antes de entrar en Getsemaní) deseaba ser, hasta que todo Su ser (conciencia) estuvo bañado en un sudor aceitoso (alegría) parecido a la sangre (vida); en resumen, hasta que toda Su conciencia estuvo impregnada de la alegría viva y sostenida de ser Su objetivo definido.

A medida que se logra esta fijación, de modo que el místico sabe por su sentimiento de alegría que ha pasado de su estado de conciencia anterior a su conciencia actual, se alcanza la Pascua o Crucifixión.

A esta crucifixión o fijación de la nueva reivindicación consciente le sigue el Sabbat, un tiempo de descanso. Siempre hay un intervalo de tiempo entre la impresión y su expresión, entre la reivindicación consciente y su encarnación.

Este intervalo se denomina Sabbat, el periodo de descanso o de no esfuerzo (el día de la sepultura).

Caminar impasible en la conciencia de ser o poseer un determinado estado es guardar el Sabbat.

El relato de la crucifixión expresa maravillosamente esta quietud o reposo místico. Se nos dice que, después de que Jesús gritara: "¡Consumado es!" [Juan 19:30], fue depositado en un sepulcro. [Juan 19:30], fue depositado en un sepulcro. Allí permaneció durante todo el Sabbat.

Cuando te hayas apropiado así del nuevo estado o conciencia, te sentirás por esta apropiación fijo y seguro en el conocimiento de que está acabado; entonces tú también gritarás: "¡Está acabado!" y entrarás en la tumba o Sabbat, intervalo de tiempo en el que caminarás impasible en la convicción de que tu nueva conciencia debe resucitar (hacerse visible).

La Pascua, el día de la resurrección, cae el primer domingo después de la luna llena en Aries. La razón mística de ello es sencilla. Una zona definida no se precipitará en forma de lluvia hasta que dicha zona alcance el punto de saturación; del mismo modo, el estado en el que habitas no se expresará hasta que la totalidad esté impregnada de la conciencia de que es así: está acabado.

Tu objetivo definido es el estado imaginario, igual que el ecuador es la línea imaginaria por la que debe pasar el sol para marcar el comienzo de la primavera. Este estado, como la luna, no tiene luz ni vida por sí mismo; pero reflejará la luz de la conciencia o sol.

**"Yo soy la luz del mundo".**
- Mateo 5:14; Juan 8:12; Juan 9:5; Juan 12:46
**"Yo soy la resurrección y la vida".**
- Juan 11:25

Como la Pascua está determinada por la luna llena en Aries, así también la resurrección de tu reivindicación consciente está determinada por la plena conciencia de tu reivindicación, por vivir realmente como esta nueva concepción.

La mayoría de los hombres no consiguen resucitar sus objetivos porque no consiguen permanecer fieles a su nuevo estado definido hasta alcanzar esta plenitud.

Si el hombre tuviera en cuenta el hecho de que no puede haber Pascua o día de resurrección hasta después de la luna llena, se daría cuenta de que el estado al que ha pasado conscientemente sólo se expresará o resucitará después de haber permanecido dentro del estado de ser su objetivo definido.

Hasta que todo su ser no se estremezca con la sensación de ser realmente su reivindicación consciente -al vivir conscientemente en este estado de serlo y sólo de este modo-, el hombre resucitará o realizará su deseo.

# CAPÍTULO 27: LA FÓRMULA DE LA VICTORIA

**"Todo lugar que pise la planta de vuestro pie, ése os he dado".**
- Josué 1:3

LA MAYORÍA de la gente conoce la historia de Josué capturando la ciudad de Jericó. Lo que no saben es que esta historia es la fórmula perfecta para la Victoria, en cualquier circunstancia y contra viento y marea.

Consta que Josué sólo estaba armado con el conocimiento de que todo lugar que pisara la planta de su pie le sería dado; que deseaba capturar o hollar la ciudad de Jericó, pero encontró infranqueables las murallas que le separaban de la ciudad.

A Josué le parecía físicamente imposible traspasar aquellos enormes muros y pisar la ciudad de Jericó. Sin embargo, le impulsaba el conocimiento de la promesa de que, a pesar de las barreras y obstáculos que le separaban de sus deseos, si tan sólo podía plantarse sobre la ciudad, le sería entregada.

El Libro de Josué relata además que, en vez de luchar contra este gigantesco problema de la muralla, Josué empleó los servicios de la ramera Rahab y la envió como espía a la ciudad. Cuando Rahab entró en su casa, que estaba en medio de la ciudad, Josué -que estaba bien protegido por las infranqueables murallas de Jericó- tocó la trompeta siete veces. Al séptimo toque, los muros se derrumbaron y Josué entró victorioso en la ciudad.

Para los no iniciados, esta historia carece de sentido. Para el que la ve como un drama psicológico, más que como un registro histórico, es de lo más reveladora.

NEVILLE GODDARD

Si siguiéramos el ejemplo de Josué, nuestra victoria sería igualmente sencilla.

Josué simboliza para ti, lector, tu estado actual; la ciudad de Jericó simboliza tu deseo u objetivo definido.

Las murallas de Jericó simbolizan los obstáculos que se interponen entre tú y la realización de tus objetivos. El pie simboliza el entendimiento; colocar la planta del pie sobre un lugar definido indica fijar un estado psicológico definido.

Rahab, el espía, es tu capacidad para viajar en secreto o psicológicamente a cualquier lugar del espacio. La conciencia no conoce fronteras. Nadie puede impedirte que habites psicológicamente en cualquier punto o estado del tiempo o del espacio.

Independientemente de las barreras físicas que te separen de tu objetivo, puedes, sin esfuerzo ni ayuda de nadie, aniquilar el tiempo, el espacio y las barreras.

Así, puedes habitar, psicológicamente, en el estado deseado. Así pues, aunque no puedas pisar físicamente un estado o una ciudad, siempre puedes pisar psicológicamente cualquier estado deseado. Por pisar psicológicamente, quiero decir que ahora, en este momento, puedes cerrar los ojos y, tras visualizar o imaginar un lugar o estado distinto del actual, SENTIR realmente que estás en ese lugar o estado. Puedes sentir que este estado es tan real que al abrir los ojos te asombres al comprobar que no estás físicamente allí.

Una ramera, como sabes, da a todos los hombres lo que le piden. Rahab, la ramera, simboliza tu infinita capacidad de asumir psicológicamente cualquier estado deseable sin cuestionarte si estás o no física o moralmente capacitada para ello.

Hoy puedes capturar la ciudad moderna de Jericó o tu objetivo definido si vuelves a representar psicológicamente esta historia de Josué; pero para capturar la ciudad y realizar tus deseos, debes seguir cuidadosamente la fórmula de la victoria tal como se establece en este libro de Josué.

Esta es la aplicación de esta fórmula victoriosa tal como la revela hoy un místico moderno:

**Primero: Define tu objetivo** -no la forma de obtenerlo, sino tu objetivo, pura y simplemente-; conoce exactamente qué es lo que deseas para tener una imagen mental clara de ello.

**Segundo: Aparta tu atención de los obstáculos** que te separan de tu objetivo y pon tu pensamiento en el objetivo mismo.

**Tercero: Cierra los ojos y SIENTE** que ya estás en la ciudad o estado que ibas a capturar. Permanece en este estado psicológico hasta que obtengas una reacción consciente de plena satisfacción por esta victoria. Entonces, simplemente abriendo los ojos, vuelve a tu estado consciente anterior.

Este viaje secreto hacia el estado deseado, con su consiguiente reacción psicológica de plena satisfacción, es todo lo que se necesita para conseguir la victoria total.

Este estado psíquico victorioso se encarnará a sí mismo a pesar de toda oposición. Tiene el plan y el poder de la autoexpresión.

A partir de este punto, sigue el ejemplo de Josué, quien, tras permanecer psicológicamente en el estado deseado hasta recibir una reacción consciente completa de victoria, no hizo nada más para que ésta se produjera que tocar siete veces la trompeta.

La séptima ráfaga simboliza el séptimo día, un tiempo de quietud o descanso, el intervalo entre los estados subjetivo y objetivo, un periodo de embarazo o de alegre expectación.

Esta quietud no es la quietud del cuerpo, sino la quietud de la mente: una pasividad perfecta, que no es indolencia, sino una quietud viva nacida de la confianza en esta ley inmutable de la conciencia.

Los que no conocen esta ley o fórmula de la victoria, al intentar aquietar su mente, sólo consiguen adquirir una tensión tranquila, que no es más que ansiedad comprimida.

Pero tú, que conoces esta ley, descubrirás que después de captar el estado psicológico que te correspondería si ya estuvieras victoriosa y realmente atrincherada en esa ciudad, avanzarás hacia la realización física de tus deseos.

Lo harás sin dudas ni temores, en un estado mental fijo en el conocimiento de una victoria preestablecida.

No temerás al enemigo, porque el resultado ha sido determinado por el estado psicológico que precedió a la ofensiva física; y todas las fuerzas del cielo y de la tierra no pueden detener el cumplimiento victorioso de ese estado.

Permanece inmóvil en el estado psicológico definido como tu objetivo hasta que sientas la emoción de la Victoria.

Luego, con la confianza que nace del conocimiento de esta ley, observa la realización física de tu objetivo.

**"Quédate quieto y contempla la salvación del Señor contigo...".**
- 2 Crónicas 20:17

Made in United States
Orlando, FL
10 June 2025

61994924R00321